황금숲

The Golden Forest

황금숲 1

2018년 4월 26일 초판 1쇄 발행
2022년 5월 23일 초판 5쇄 발행

지은이 윤소리
발행인 이종주

기획 편집 정시연 이은정 주수지 주종숙
경영 지원 배진경
마케팅 김정수

발행처 (주)로크미디어
출판 등록 2003년 3월 24일
주소 서울시 마포구 성암로 330 DMC첨단산업센터 3층 14호
Tel (02)3273-5135 Fax (02)3273-5134
홈페이지 rokmedia.blog.me
E-mail queens@rokmedia.com

© 윤소리, 2018

값 14,000원

ISBN 979-11-294-6354-8 04810 (1권)
ISBN 979-11-294-6353-1 04810 (세트)

황금 숲

The Golden Forest

윤소리 장편소설

I

Queen's Selection

Contents

The Golden Forest

프롤로그

  오늘 저는 굉장히 들떴어요. 주인님께서 저를 이난나 여신님의 신전에 데려가겠다 하셨거든요. 이제 너도 일곱 살이 되었고, 제법 똘똘하니 나귀 고삐 잡을 정도는 되었겠지, 하시는데, 사실 저는 다섯 살 때부터 나귀 고삐 정도는 잡을 줄 알았다고요! 주인님이 뭘 좀 모르세요.

  신전이라고는 해도 작은 섬에 있는 신전이라 주인님의 집보다도 작아 보였어요. 하지만 이난나 여신님은 엄청나게 아름다운 사랑의 여신님이라지 않아요? 그런 분을 섬기는 곳이라 그런지 예쁜 꽃들이 주변에 가득 피어 있었어요. 꼭 무지개구름 위에 동실 얹혀 있는 듯 아름다웠지요. 입에서 침이 떨어지는 것도 모를 정도로요.

  마당에는 노랗게 햇빛이 쏟아지고 있었고, 백토를 발라 하얗게 만든 신전의 담장은 따끈따끈해서 등을 기대니까 기분이 아주 좋앉아요.

저는 주인님의 나귀를 나무에 묶어 두고는 담장에 기대앉아 제사 지내러 오는 사람들을 힐끔힐끔 구경했어요. 잘 빗질한 양털 술이 물결처럼 샤르르샤르르 흔들리는 카우나케스를 입고 붉은색 새 모자를 쓴 잘생긴 아저씨나, 머리를 꽃과 금띠로 장식하고 화려한 숄을 두른 부잣집 마님들을 보면 고개가 저절로 빙그르르 돌아갔어요.

아, 그러다가 같이 담장에 기대앉아 있던 할머니와 눈이 딱 마주쳤지 뭐예요! 저는 쪼끔 나쁜 짓을 하려다 들킨 기분이 들어서 헤헤 웃어 버렸지요.

"귀여운 아이로구나. 누구 기다리니?"

"주인님이요. 할머니도 누구 기다리세요?"

"응. 할머니한테는 예쁜 조카가 있는데, 그 아이가 사랑하는 사람이 이 신전에 온다더구나. 그래서 여기서 몰래 얼굴이나 보고 들어가려고."

"왜 여기서 몰래 보세요? 조카랑 같이 집에서 만나시면 되죠! 아…… 신관님들은 신전을 떠날 수 없나요?"

저는 뒤늦게야 할머니가 이 신전의 신관님이라는 것을 눈치챘어요. 이곳 신관님들이 입으신다는 하얗고 화려한 어깨 덮개와, 소매와 아랫단에 금실로 수가 놓인 아마포 웃옷과, 일곱 단 술이 달린 카우나케스 치마를 입고 계셨거든요. 할머니는 고개를 끄덕이며 기운 없이 대답하셨어요.

"응. 신관들은 이 신전을 떠날 수 없단다."

할머니가 신관이란 걸 늦게 알아본 건 제 잘못이 아니었어요. 주인님께선 이난나 신전엔 젊고 예쁜 신관님만 있다고 하셨거든요. 제사 과정 중에 젊고 예쁜 신관님과 함께 무언가를 하는 순서

가 있는데, 봉납물을 많이 올리면 '그중 제일 젊고 예쁜 신관님을 선택할 수 있다'고 자랑도 하셨었죠.

그래서 전 이난나 신전에는 다 젊고 예쁜 신관님들만 계시는 줄 알았지, 이렇게 호호 할머니 신관님도 계실 줄은 몰랐지 뭐예요.

"할머니, 할머니는 여기서 오래 사셨나요?"

"그럼. 네가 태어나기도 전부터 예서 살았지. 나도 너만큼 귀여운 아가일 때가 있었단다."

할머니는 긴 한숨을 쉬면서 내 등을 두드리셨어요.

"그런데 할머니는 왜 이렇게 슬픈 얼굴을 하세요?"

"아파서 그렇지."

"어디가 그렇게 아프세요. 제가 호 해 드릴까요?"

할머니는 쓸쓸하게 대답하셨어요.

"마음이 아프구나. 예전에는 그렇게 인기가 많았었는데, 지금은 너무 외로워서 산 채로 썩어 가는 것 같아."

"아기는 없나요?"

할머니는 코를 찡그리고 주름진 입술을 옴죽거리셨어요.

"글쎄다. 어디서 뭣들 하고 사는지 도통 모르겠구나."

아차, 저는 얼른 입을 틀어막았어요. 여자 신관님들이 낳은 아기는 신전에서 기르지 못하고 다른 곳으로 보내 버린다고 들었거든요. 저는 얼른 고개를 숙이고 사과했어요.

"괜한 걸 여쭤 봐서 죄송해요."

남편도 없고, 아기도 직접 기르지 못하고 다른 곳으로 보냈으면, 그동안 아기들이 얼마나 보고 싶으셨을까. 얼마나 외롭고 힘드셨을까. 저까지 마음이 아파졌어요.

할머니는 눈물을 그렁그렁, 코를 훌쩍훌쩍하는 제 머리를 쓰다듬어 주셨어요. 저는 허리춤의 전대를 풀어 점심으로 먹을 납작한

밀빵과 무화과 두 개를 전부 드렸어요.

"착한 아이로구나. 네가 먹을 게 없어서 어쩔까?"

"괜찮아요. 다음에는 더 맛있는 거 몰래 싸 올 테니까요. 그때는 이렇게 슬퍼하지 말고 웃어 주세요. 훨씬 예뻐 보이실 거예요. 지금도 예쁘시지만."

"다음에 올 때까지 내가 있을지 모르지만, 예뻐 보인다는 말은 기분 좋구나."

할머니 신관님은 빙긋 웃으셨어요.

"그래, 모처럼 예쁘다는 말도 듣고 맛있는 간식을 봉납물로 잘 받아먹었으니 내가 예언이라도 해 줄까?"

"예언이요?"

"뭐, 궁금한 게 있니? 나중에 어떤 사람이랑 결혼하게 되는지 같은 거? 이난나 여신께서 사랑을 주관하시니, 그런 거 많이들 물어보러 오던데, 그거 봐 줄까? 아니면 다른 소원이 있니?"

"할머니, 제 소원은요."

저는 조금도 망설이지 않고 대답했어요.

"꿀을 듬뿍 넣은 우유를 먹어 보고 싶어요."

할머니가 허리를 고부리고 갈갈갈 웃는 것을 보며, 저는 너무 시시한 소원을 빌었다는 걸 알았죠. 창피해서 얼굴로 열이 호닥호닥 올라왔어요. 저는 얼른 열 손가락을 꼽아 가면서 소원이 좀 더 그럴듯해지도록 부풀리기 시작했지요.

"그거 말고도 하얗고 말랑말랑한 치즈하고, 소금하고 후추하고 양파, 마늘, 육두구를 잔뜩 넣어 화덕에 구운 양고기하고, 자고새 구이하고, 바삭, 소리가 나는 꿀과자하고, 말린 살구하고 건포도도 하고 무화과를 많이 먹고 싶어요."

"홀홀홀, 그리고?"

"저희 주인마님께서 입으시는, 어 그러니까 붉은색으로 물들인 술이 찰랑찰랑 발목까지 오는 카우나케스 치마를 한번 입어 보고 싶고요, 노랗게 물들인 아마포 숄도 입어 보고 싶고요, 금실로 자수가 들어간 머리띠랑 예쁜 색깔 돌이 많이 달린 허리띠도 차 보고 싶고요, 끈이 여러 개 달린 가죽신도 한번 신어 보고 싶어요."

"홀홀. 네 소원을 이루려면 고귀하고 높은 분의 사랑을 받아야 겠구나."

"네? 저는 노예인데요? 그것도 여기 엘데 섬 완전 깡촌에 사는 어부 영감님네 노예요."

"아가야, 사랑은 세상에서 가장 잔혹하고 난폭한 힘이란다. 한번 휩쓸리면 누구도 저항할 수 없지. 위대하신 이난나 님께서는 인간이 감당하지 못할 감정을 주시는 것으로 오만한 인간을 겸손하게 만드신단다. 인간은 절대 오만해서는 안 되는 존재거든."

"왜 절대 오만해서는 안 되나요? 그냥 꼴 보기 싫어서요?"

"태생이 더럽고 천하고 비루하니 그렇지. 위대한 창조자이신 엔키 님께서는 신들을 섬길 인간을 만들 때, 높은 신들에게 반역한 이기기 신들의 수장의 피를 뽑아서, 그걸 더러운 진흙에 섞어서 만들었거든."

고개를 갸웃했어요. 참 이상해요. 기왕 사람을 만드는 거, 예쁘고 고운 것으로 골라 만들고 사랑해 주면 좋을 텐데 왜 이상한 걸로 만들어 놓고 더럽고 천하다고 미워하는 걸까요? 사람이 누군가를 사랑하는 건 위대한 신들이 인간을 겸손하게 만들려고 내리는 벌일까요? 이해가 되지 않았어요.

"자, 그럼 한번 해 볼까."

할머니 신관님은 저를 한 발 띄워 앉히더니 작은 쌈지에서 말린 향초 뭉치를 꺼내 주변에 군데군데 향을 피웠어요.

잠시 후 할머니의 눈이 빙그르르 돌아가면서 팔과 다리가 달달 달 떨리기 시작했어요. 저는 신관님들이 예언을 하기 위해서는 이 상한 향을 맡고 그 정신이 신들의 세계에 잠시 다녀와야 한다는 것을 주인님께 들어서 알고 있었어요. 그래서 두 손을 모으고 얌 전히 기다렸지요.

주름진 입술이 들썩거리더니 쉬고 갈라진 것 같은, 이상한 목소 리가 흘러나오기 시작했어요.

이난나의 사랑을 받은 자여. 위대하신 이난나께서 말씀하신다.

어? 눈이 동그래졌어요. 이난나의 사랑을 받은 자? 나? 내가? 정말 뭔가 예언을 해 주시는 건가? 정말 이난나 여신의 신탁인 가?

그대는 이난나처럼 숱한 사내들을 홀릴 향기를 갖고 있구나. 이난나의 사랑을 받은 자여. 너는 고귀하고 아름다운 자들의 사랑을 얻겠구나.

이난나의 사랑을 받은 자여. 이난나가 내리는 축복을 받아들이라. 그 렇지 않으면 향기가 악취가 되고 네 운과 명은 온전치 못하리니 고귀하 고 아름다운 자들의 사랑을 잃겠구나.

네 앞에는 두 개의 길이 끊이지 않으리. 남과 북, 위와 아래, 하늘과 땅, 육지와 바다, 사랑과 증오, 귀와 천, 미와 추, 선과 악, 진실과 거짓, 과거와 미래, 생과 사.

그 모든 갈림길에서, 너는 네 운명을 선택해야 하리라.

……이거 뭐야?

솔직히 기분이 좀 나빴어요. 시무룩하게 할머니한테 여쭤 봤죠.

"할머니, 그 축복 안 받으면 안 돼요?"

할머니는 몽롱한 상태로 눈을 가늘게 뜨고 저를 보셨어요.

"왜?"

저는 아주 좋아하는 사람 한 명하고만 사랑하고 싶었거든요.

그렇게 생각한 이유는 우리 주인 영감님 때문이에요. 마을에서 부자 소리깨나 듣는 주인님에게는 주인마님 말고도 사랑한다는 여자 노예가 네 명이나 더 있었는데, 솔직히 말해서 하나도 좋아 보이지 않았어요.

마님은 영감님하고 싸웠다 하면 그 노예 언니들을 불러 무슨 트집이든 잡아 채찍질하고 따귀를 때리면서 욕을 했죠. '임자 있는 영감한테까지 암내 풍풍 풍기면서 홀리는 년들'이라나요. 사실 그 언니들을 억지로 끌고 가는 건 주인 영감님인데 말이에요. 그래서 저는 '숱한 사내들을 홀리는 향기' 따위는 하나도 반갑지 않았어요.

"선물은 받기 싫으면 안 받고 돌려 드려도 되는 거잖아요."

"저런, 아가야. 신이 내린 것은 맘에 안 들어도 돌려보낼 수 없어요."

할머니는 여전히 몽롱한 목소리로 속삭였어요.

저는 담벼락에 등을 기댄 채 눈을 깜박깜박했어요. 그렇게 따끈하던 담벼락이 더 이상 따뜻하게 느껴지지 않았어요.

"……왜요?"

"이난나 여신께 불복종하고 반항하는 거잖니."

저는 눈을 동그랗게 떴어요. 불복종, 반항은 노예한테는 굉장히 큰 죄예요. 죽을 때까지 채찍질을 당하기도 해요. 하지만 저는 할머니나 이난나 여신님께 그런 나쁜 짓을 한 적이 없어요. 굉장히 억울한 기분이 들었지요.

"왜요? 제가 나쁜 짓을 해서 벌을 받는 것도 아니고, 착한 일을 해서 받을 선물을 그냥 안 받겠다는 것뿐인데요?"

제가 또랑또랑 따지니까 할머니 신관님은 다시 코끝을 실룩실룩 구기더니, 찬찬히 설명을 해 주었어요.

"위대한 신들은 사람을 착하고 악한 것으로 판단하지 않는단다. 그분들 눈에 뵈는 진흙인간이란 어차피 벌레랑 비슷해서, 저희끼리 착한 일을 하든, 못된 일을 하든, 그냥 벌레들이 이리저리 꿈틀거리는 것에 불과하거든. 그래서 그분들이 판단하는 기준은 '저 진흙인간이 내 명령에 얼마나 잘 복종하느냐'가 될 수밖에 없어."

"아…….."

어쩐지 등이 오싹해요. 할머니는 눈을 감고 몸을 흔들면서 다시 흥얼흥얼 말을 이었어요.

"그러니 선물을 거절하는 것도 불복종과 반항이 되고, 신에 대한 반항은 저주로 연결이 되지. 그래서 신들의 축복과 저주는 뿌리가 같고, 저주를 거절할 수 없듯 축복도 거절할 수 없는 거야. 알겠니?"

할머니의 속삭임은 포근하고 다정했지만 점점 이해하기 어렵고 무서워졌어요. 그래도 싫은 축복을 거절할 수 없다는 것은 알아들었고, 그건 진짜 마음에 들지 않았지요. 고집쟁이였던 저는 네, 하고 얌전하게 대답하는 대신 용기를 쥐어짜서 대답했어요.

"그래도 싫은 건 싫어요."

할머니는 고개를 살랑살랑 흔들더니 하품을 하셨어요. 하품이

옮는 바람에 저도 두 번이나 하품을 했어요.

할머니는 미혼향의 기운이 남아 있는지 다시 꼬박꼬박 조는 것처럼 고개를 흔들다가 중얼거리셨어요.

위대하신 이난나께서 말씀하신다.
너를 사랑하는 두 명의 사내가 보인다.
네가 사랑하는 두 명의 사내가 보인다.
너를 죽이는 두 명의 사내가 보인다.
네가 죽이는 두 명의 사내가 보인다.

……역시 받지 않는 게 좋겠어.

저는 할머니 신관님의 신탁이 더 길게 이어지기 전에 얼른 새로운 말로 꼬리를 달기로 했어요. 저는 사랑하는 사람이 두 명인 것보다는 한 명인 게 좋고, 죽이는 것보다는 살리는 게 좋다고 생각했어요. 그래서 할머니처럼 몸을 앞뒤 좌우로 건들건들 흔들면서 흥알흥알 말했어요.

용감하고 씩씩한 레니에께서 말씀하신다.
내가 사랑하는 한 명의 사내가 보인다.
나를 사랑하는 한 명의 사내가 보인다.
내가 살리는 한 명의 사내가 보인다.
나를 살리는 한 명의 사내가 보인다.

할머니 신관님은 제 엉터리 예언을 듣고는 눈을 빼꼼 뜨시더니 고개를 흔들흔들, 혀를 끌끌끌 하셨어요. 네깟 년이 감히 위대한 여신님의 신탁에 딴지를 걸어? 하는 속의 목소리가 다 들렸어요.

저는 쪼끔 부아도 나고, 쪼끔 겁도 났어요. 하지만 저는 노예라 함부로 화를 내면 안 되었어요. 그래서 얼른 배시시 웃으며 말씀 드렸지요.

"제가 나중에 어른이 돼서 어느 쪽이 맞았나 말씀드리러 올게요. 할머니 오래오래 사세요."

"에구…… 되바라진 것. 궁금하긴 하다만 내가 그때까지 살 수 있을까 모르겠구나."

할머니는 여전히 반쯤 미혼향에 잠긴 목소리로 중얼중얼하다가 다시 햇볕을 받으며 꾸벅꾸벅 졸기 시작했어요. 저는 머쓱해져서 헤헤 웃고는 다시 담벼락에 등을 대고 눈을 감았지요.

우리는 그렇게 나란히 앉아 오랫동안 햇볕을 쬐었어요.

1부. 쿤

D.KUN

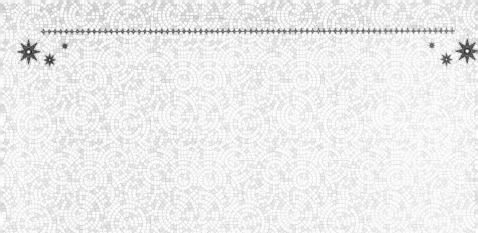

1. 이난나의 선물

"저년의 손에는 살殺이 끼었어."

레니에는 이 말을 어렸을 때부터 들었다. 하지만 그때는 그것이 무슨 말인지 알지 못했다.

레니에는 예뻤다. 키는 또래보다 자그마했지만 다리가 길어 날렵하고 시원해 보였고, 피부는 햇볕에 타서 가무스름했지만 티 하나 없이 깨끗하고 매끄러웠다. 숱이 많고 반짝이는 갈색 머리카락은 폭포처럼 허리까지 흘러내렸다. 그래서 어릴 때부터 누구나 한 번씩 뒤돌아볼 정도로 시선을 끌었다.

레니에의 주인 영감은 동네에서 소문난 바람둥이로, 아기 때부터 주워 기른 노예 계집아이를 어떻게든 해 보려고 내내 추근거렸으나 함부로 건드리지는 못했다. 고 발칙한 것은 어렸을 때부터 자신을 위협하는 것들에 무의식적으로 반격하면서 그들을 심하게 다치게 했던 것이다.

일곱 살 때, 레니에를 쪼려고 내려오던 까마귀는 그녀가 겁에 질려 집어 던진 돌에 머리가 깨져 까마귀구이가 됐다. 여덟 살 때 레니에를 공격하던 사냥개는, 그녀가 얼결에 휘두른 고기 굽는 꼬챙이에 귀를 관통당해 즉사하기도 했다.

당시 레니에의 무릿매(긴 줄이 달린, 돌을 멀리 던지는 무기) 돌리는 실력은 그저 그랬지만 살기를 느끼는 감각은 선천적으로 타고났고, 바짝 긴장해 던지는 돌이나 얼결에 휘두른 꼬챙이, 칼, 나뭇가지 등은 백발백중 짐승의 급소에 들이박혔다.

레니에는 눈이 밝고 감이 좋아 주위의 작은 변화도 쉽게 알아차렸고, 위험한 상황도 귀신처럼 감지했다. 특히 상대가 내뿜는 살기나 공격 직전에 뻗쳐오르는 강한 기운을 생생하게 느끼는 능력이 있어서 기습 공격을 당하는 일이 드물었다. 몸이 날렵해 도망치기도 잘 했고, 위험에 맞닥뜨리면 필사적으로 발버둥 쳐 기어코 빠져나왔다. 그 과정에서 주변에 있는 모든 물건은 무서운 흉기가 됐다.

레니에의 주인은 고깃배를 열 척 가진 어부로, 마을에선 부자 소리깨나 듣는 영감이었다. 방이 열 개가 넘는 큰 집에는 많은 노예와 고용인들이 항상 득시글거렸는데, 그들의 시선 역시 작은 노예 소녀를 항상 추잡하게 핥아 댔다.

그들은 레니에가 성인식도 치르지 않은 아이라는 것은 신경조차 쓰지 않았다. 집에서 일하는 노예건 재산을 다루는 청지기건 주인이건 주인의 아들이건 비슷한 시선으로 그녀를 훑었고, 비슷한 꼬락서니로 주위를 배회하며 군침을 삼켰다.

하지만 강제로 그녀의 몸을 차지하는 데 성공한 놈은 아무도 없었다. 레니에가 겁에 질려 도망치거나 반항하는 과정에서 사내들은 반드시 크게 다쳤던 것이다.

레니에가 자신의 능력을 처음으로 알게 된 때는 열 살 때였다. 그리고 잊고 있던 이난나 여신의 신탁을 떠올리게 된 때 역시 같은 시기였다.

같은 집에서 일하던 늙어 빠진 노예 영감이 시작이었다. 그는 꿀이 스민 벌집 조각, 과수원에서 몰래 따 온 풋사과, 쿰쿰한 조각 치즈 따위로 레니에의 환심을 사려 했다. 레니에는 꿀도 좋아하고 과일도 치즈도 좋아했지만 주름이 주글주글한 입으로 히죽히죽 웃어 대는 꼴이 너무 징그러워 손도 내밀지 않고 도망치곤 했다.

그날도 레니에는 영감에게 고개를 저어 거부 의사를 밝혔지만 영감은 물러나는 대신 더 가까이 다가왔다. 잔뜩 겁에 질린 레니에는 문득 그의 머리통과 어깨 주변으로 거무스름하고 불그레한 연기 같은 것이 피어오르는 것을 알게 되었다.

어, 저게 뭐지?

레니에가 놀라서 잠시 공포를 잊은 사이 영감이 레니에의 손목을 잡아챘다. 들일 뱃일을 못 하게 될 정도로 힘이 쇠한 사내였지만 그래도 열 살밖에 안 된 여자아이를 억지로 창고로 끌고 갈 정도의 힘은 있었다.

옷이 벗겨지고 커다란 손이 몸의 어딘가를 더듬을 때 느껴지던 혐오감은 벌레나 뱀이 몸을 가득 뒤덮은 것처럼 끔찍했다. 번질대는 시커먼 눈동자와 웃을 때 드러나는 누런 이빨. 그의 주변을 뒤덮은 연기는 이제 검붉은 점액처럼 끈적끈적 엉기기 시작했다.

저도 모르게 구역질이 솟았다. 그대로 있으면 몹쓸 일을 당할 것이고, 잘못하면 죽을지도 모른다는 공포가 엄습했다. 레니에가 발버둥 치며 반항하자 노인은 레니에의 머리채를 잡고 벽에 쾅, 쾅 박아 거의 정신을 잃게 한 후 밧줄로 팔을 결박했다.

그는 레니에의 몸이 생각보다 훨씬 유연한 것을 몰랐다. 퍼뜩 정신을 차린 레니에는 어깨를 있는 힘껏 뒤로 돌려 한쪽 팔을 빼낸 후, 미친 듯이 바닥을 더듬어 손에 잡힌 것으로 그의 뒤통수를 찍었다.

레니에의 손에 잡힌 것은 깨져 못 쓰게 된 우유 단지 조각이었다. 얼결에 휘둘렀던 힘이 얼마나 악셌는지 손바닥만 한 사금파리가 그의 귀밑에 쩍 소리를 내며 박혔다. 순간, '이걸 끝까지 박으면 이 사람이 죽겠구나.' 하는 느낌이 번개같이 들었고, 그 직전에 손을 딱 멈출 수 있었다.

히죽대며 덤벼들던 늙은 사내는 비명도 지르지 못하고 쓰러졌다. 사금파리를 뽑자 피가 폭포처럼 쏟아졌는데, 레니에는 뭘 어떻게 해야 할지 몰랐다. 막아도 막아도 피는 콸콸 쏟아졌다.

한참 후 하인들이 창고 문을 열었을 때, 벌거벗은 열 살 소녀는 머리부터 발끝까지 피를 뒤집어쓴 채 늙은 노예의 목덜미를 움켜잡고 식식대고 있었다.

그 후로 집에서, 들에서, 그물을 넣어 두는 바닷가의 음습한 창고에서 그녀를 탐내는 사내는 점점 많아졌고, 더러운 사내들의 피를 보는 일은 몇 번 더 되풀이되었다.

레니에는 자신을 흘끔대며 눈을 번들번들 빛내는 사내들과 그들 주변으로 거뭇한 아지랑이가 피어오르는 것을 볼 때마다 미리 도망치려 애를 썼지만, 노예들의 좁은 숙소에서 마주치지 않고 피할 재간은 없었다.

그러는 사이 사내들에 대한 혐오감은 점점 지독해져서, 레니에는 이제 누가 자신을 훑는 시선을 느끼기만 해도 온몸에 소름이 쫙 끼칠 정도로 예민해졌다.

시간이 흐르면서, 레니에를 보며 입맛을 다시던 사내들 중 다치는 자들이 점점 늘어났다. 그들은 필사적으로 반항하는 노예 계집을 힘으로 찍어 누르다가 옆에서 굴러다니던 절굿공이에 머리가 깨지거나, 빨랫감에 목이 졸리거나, 바늘에 눈을 찔리거나, 다리뼈가 부러졌다. 주인이 총애하는 청지기는 질화로의 뜨거운 재를 샅에 뒤집어쓰고 사내구실을 못 하게 되기도 했다.

본래 노예들은 험한 일을 하다가 크게 다치거나 불구가 되는 일도 잦고 채찍을 맞다가 죽는 일도 드물지 않았다. 하지만 작은 노예 계집의 반항으로 덩치가 산만 한 노예들이 줄줄이 실려 나가는 것은 경우가 달랐다.

레니에는 그런 일이 생길 때마다 죽지는 않았지만, 채찍으로 서른 대씩 맞아야 했다. 채찍을 맞은 날은 방구석에 박혀서 밤새 훌쩍대고 울었다. 신관 할머니도 그랬지 않나. 신의 축복과 저주는 뿌리가 같은 거라고. 그때 알아들었어야 했다.

그대는 이난나처럼 숱한 사내들을 홀릴 향기를 갖고 있구나.

이난나의 사랑을 받은 자여. 이난나가 내리는 축복을 받아들이라. 그렇지 않으면 향기가 악취가 되고 네 운과 명은 온전치 못하리니 고귀하고 아름다운 자들의 사랑을 잃겠구나.

레니에는 이난나의 축복이 무엇인지 어렴풋이 깨닫기 시작했다. 어쩐지 처음 들을 때부터 마음에 들지 않더라니. 어째 뒤통수가 영 싸르르하더라니.

"숱한 사내들을 홀릴 향기? 이 씨! 누가 그런 거 달랬어? 다 필요 없다 했잖아!"

여기저기 주위들은 이야기를 합쳐 보면 이난나는 아름다움과 풍요의 여신이기도 했지만 무시무시한 전사이자 전쟁을 주관하는 힘센 여신이기도 했다. 못 말리는 바람둥이에 변덕도 심하며 자기 대신 남편을 저승으로 밀어 넣을 정도로 야멸찬 여신이라고도 했다.

레니에는 방구석에서 훌쩍대며 중얼거렸다.

"그러면 그렇지. 성깔이 그렇게 고약한데 나한테 순순히 좋은 선물을 줬을 턱이 없잖아."

하지만 신에게 받은 선물은 돌려줄 수 없다는 게 참 난감했다. 레니에는 손등으로 눈물을 문지르고는 자리에서 일어났다. 버릴 수도 없는 선물을 끌어안은 채 울고 자빠져 있을 시간도 없었다. 레니에는 사내들이 몸에 닿는 것이 끔찍하게 싫었고, 어떻게든 자신을 지켜야만 했다.

"할머니, 이 정도면 안 예뻐 보이죠? 미워 보이죠?"

나이 든 노예 할멈에게 부탁해서 서역인 사내들처럼 머리를 박박 밀었다. 그리고 얼굴과 머리에 진흙과 재를 잔뜩 발랐다. 할멈은 대답하는 대신 고개를 돌리고 혀만 끌끌 찼다.

레니에는 못 들은 척하고 주인에게 가서 들일을 하게 해 달라고 청했다. 곡식을 거두거나 양, 염소를 치는 일은 억센 사내들이 해도 고된 일이었지만, 자신이 자꾸 위험에 처하고, 사내들이 자꾸 다치는 것보다는 나았다. 피할 수 있는 일이라면 최대한 피하고 싶었다.

주인은 똥 씹은 얼굴로 레니에의 청을 승낙했다.

마지막 희생자는 몇 해 만에 귀향한 주인의 막내아들이었다. 그는 남루하게 해진 베옷에 허리를 짚 끈으로 동이고 들에서 양을 몰던 레니에를 범하려 덤벼들었다가 옷을 장식하고 있던 달 모양의 청동 장식에 손목을 찍혔다. 레니에가 얼결에 잡아채서 휘둘렀던 푸른 달의 뾰족한 끄트머리는 그의 손목 동맥을 끊어 놓았다.

이레 후, 레니에는 백은 10세켈(약 114g)이라는 헐값에 황금숲 신전의 노예로 팔렸고, 석 달 후 도망 노예 신세가 됐다.

레니에는 노예 낙인이 박힌 채 북국의 백염白鹽산맥으로 도망쳤다. 황금숲 신전 노예의 낙인에는 숲의 경계를 벗어나면 발현하는 주문이 걸려 있었는데, 그 주문이 먹히지 않는 유일한 땅이 '짐승의 땅'이라 불리는 수인獸人종족의 나라, 북국이었기 때문이다. 레니에로서는 선택의 여지가 없었다.

하지만 백염산맥에 와서도 이난나의 축복은 그녀를 놓아주지 않았다.

❖ ⚕ ❖

삐익, 삑, 휘르르, 삑.

찌이이익! 삑!

"아 짜증나, 이놈의 휘파람 소리, 진짜 뭐야! 새벽마다 시끄러워 죽겠네. 어후, 추워."

레니에는 밖에서 들리는 가느다란 소리에 눈을 비비며 일어났다.

깊은 신성석神聖石 동굴 안. 여기저기 옴폭옴폭 팬 작은 굴이나 구석 자리에 처박혀 낡아 빠진 양털 가죽을 두르고 곯아떨어진 사람들이 보인다. 저 소리가 전혀 안 들리는지 아니면 자다가 얼어죽었는지 다들 꼼짝도 하지 않는다.

잊을 만하면 가늘게 이어지는 휘파람 소리에, 요 며칠 새벽마다 잠이 깬다. 귀가 밝은 것은 생존에 도움이 되지만 너무 밝은 것도 가끔 귀찮다. 레니에는 하품을 하며 동굴 입구를 가려 둔 낡은 가죽을 들추고 밖을 슬쩍 내다보았다.

아직 해는 뜨지 않고 사방이 침침한데 눈발만 미친 듯이 날리고 있다. 눈보라가 닷새째 계속되고 있었다. 문제는 이놈의 눈보라가 몇 이레나 더 이어질지 짐작도 할 수 없다는 점이었다.

백염산맥의 신성석 동굴에 들어온 지 벌써 3년이 가까워진다. 이곳에서의 거친 삶에 어느 정도 인이 박였지만 그래도 북국의 눈폭풍에는 영 익숙해지지 않았다.

이놈의 눈보라는 한 번 시작했다 하면 두 이레고 세 이레고 직성이 풀릴 때까지 몰아쳤다. 사람들은 이것을 뭇 신들의 지배자이자 대기를 다스리는 엔릴의 채찍이라고 부르며 동굴 속에 틀어박혀 꼼짝도 하지 않았다.

레니에는 휘파람 소리에 귀를 기울이다가 동굴에 웅크리고 자는 사람들을 돌아본 후, 한숨을 쉬고 동굴 밖으로 살금살금 걸어나왔다. 현재 이 동굴에는 신성석을 몰래 캐서 한밑천 잡아 보려는 남국 사람들이 열일곱 명 정도 살고 있었다.

백염산맥은 열두 개의 큰 봉우리와 작은 산들로 연결된 험한 산맥으로, 산마다 자연동굴이 많이 형성돼 있었다. 백염산맥의 주인인 북국 사람들은 그 동굴들을 묘지로 사용했는데, 굴을 조금씩 파 들어가다 보면 상당한 크기의 신성석이 발견될 때가 있어 돈에 눈먼 외지인들을 끌어당겼다.

신성석은 천족天族의 후손이라 알려진 황금숲의 신관들이 사용하는 돌로, 그 안에는 '닝아크', 혹은 '아크'라 불리는 신성한 힘이 깃들어 있다고 했다. 천족 신관들은 그 돌에 깃든 힘을 뽑아 불을 일으킨다거나 바람을 부른다거나 물을 끌어온다든가 사람의 외양을 아름답게 꾸민다든가 하는 이능異能을 발휘할 수 있었다.

신성석은 황금숲 말고도 각 도시의 왕족이나 부유한 상인, 전사들에게 장식품으로도 수요가 많아 손톱만 한 크기의 신성석이라도 가격이 엄청났다. 주먹 반만 한 크기의 신성석이라도 발견하면 평생 노예를 부리면서 살 수 있을 정도였다.

하여, 북국과 인접한 남국의 도시들은 물론이고 서역의 오아시스 마을이나 멀리 떨어진 동방 지역에서까지 사람들이 몰려들었다.

물론 그런 곳에 몰리는 놈들이 제대로 된 인간일 턱이 없었다. 살인자, 도둑, 반역자, 도망 노예, 저주를 받아 도시에서 추방된 자, 남창, 부모 혹은 자식과 붙어먹은 자, 세상에 존재하는 모든 극악한 범죄자와 밑바닥 사람들이 다 모여들어 신성석 광산들은 말 그대로 무법 천지였다. 그들의 염원은 신성석을 많이 캐거나 남이 캔 것을 훔쳐서 흥청망청 새 인생을 시작하는 것뿐이었다.

분위기가 그 모양이니 언제 곁의 사람에게 배신을 당하고 목이 잘릴지 몰라, 동굴의 분위기는 불신과 증오로 이글이글했다. 끈끈한 동지 의식은 고사하고 실낱같은 친분조차 존재하지 않았고, 새로운 사람이 들어올 때마다 위계를 정하기 위한 주먹질과 칼부림이 터졌다.

동굴의 물갈이는 잦은 편이었다. 도굴꾼들 중 열에 아홉은 몇 달 버티지 못하고 죽거나 되돌아갔고, 식량이 씨가 마르는 겨울에는 사냥한 고기나 도굴한 신성석을 뺏기고 동료들에게 살해당하기 일쑤였다. 누군가 어느 날 갑자기 사라져도 죽었는지 살았는지 도망쳤는지 아무도 묻지 않았다.

그들이 유일하게 힘을 합칠 때는 동굴에 침입한 늑대나 검치호,

곰 등에 맞서 싸울 때, 그리고 백염산맥의 주인인 북국 사람들의 추적을 피할 때—사실 도굴꾼들은 맹수들보다 수인종족이라 불리는 북국 사람들을 훨씬 무서워했다—뿐이었다.

북국 사람들이 왜 수인종족이라 불리는지 정확한 이유는 아무도 몰랐다. 수인종족은 사람과 외양이 비슷하고 인간의 말도 할 줄 알지만 짐승과 비슷하게 야만적인 성정을 갖고 있다 했고, 다른 나라 사람들에 비해 미개한 삶을 살고 있다고도 했다.

북국 사람들은 신성석을 몰래 채굴하는 외지인들을 조상의 무덤을 파헤치는 자, 사후 안식을 방해하는 자로 여겨 '도굴꾼'이라 칭하며 무섭게 증오하고 끔찍하게 응징했다.

하지만 더 이상 잃을 게 없는, 그러면서도 한 방에 팔자를 펴 보려는 놈들은 어느 나라에서건 넘쳐 나게 마련이라, 각 나라의 도굴꾼들은 쇠똥에 똥파리가 꾀듯 북국의 백염산맥으로 까맣게 까맣게 모여들었다.

삐익, 삑, 휘르르, 삑.

레니에는 다시 눈썹을 찡그렸다. 멀리서 들리는 휘파람 소리가 점점 약해지는 것이 자꾸 거슬렸다.

저 소리는 멀리 있는 동료에게 보내는 신호로, 이 동굴이 있는 소금산에 거하는 사람들이 사용한다 들었다. 전에 머물렀던 황금숲에서도 비슷하게 휘파람 신호를 사용하는 걸 보아 왔기에, 레니에는 저것이 구조 요청이나 급박한 연락 신호임은 짐작하고 있었다.

문제는, 이 눈보라 속에서 휘파람 소리가 들린다는 건 적어도 1리그(약 5km) 내에 북국 사람이 있다는 뜻이라, 동굴에 숨어 있는 도굴꾼들은 저 소리가 사라질 때까지 불도 제대로 피우지 못하고, 기척도 내지 않고 숨어 있어야 한다는 의미였다. 짜증이 날 수밖에 없었다.

"와 씨, 이 눈보라에 대체 어떤 놈이 여기까지 기어 나와서 휘파람을 불어 쌓고 난리야. 사냥하러 나가지도 못하게."

레니에는 동굴 앞에 서서 한참을 망설였다. 백염산맥에선 눈보라가 한 번 시작되면 몇 이레 동안 이어질지 알 수 없다. 그러니 눈이 온다고 사냥을 하지 않겠다는 건 굶어 죽겠다는 말과 다름없었다.

물론 가으내 사냥에만 열중했던 레니에에게는 몰래 저장해 둔 식량이 적지는 않았다. 하지만 이렇게 사냥을 열심히 하는 이유는 따로 있었다.

그녀는 낮에 도굴꾼들과 마주치는 것을 최대한 피해야만 했다. 종일 얼굴을 맞대고 있으면 아무래도 여자인 것을 들키기 쉬울 테니까. 인간쓰레기라는 말에 딱 어울릴 법한 사내들만 모인 곳에서 여자라는 게 들통나면 그 뒤로 이어질 일은 불 보듯 뻔했다.

"어쩌지, 요새 분위기가 좀 이상하던데."

레니에는 눈썹을 찡그리고 중얼거렸다. 아무래도 여자인 것을 눈치챈 놈이 있는 것 같다. 누구더라, 그 느끼하게 생긴 놈. 얼마 전에 미노토스에서 왕족의 첩을 강간하다 도망친 놈. 요 며칠 동안 레니에의 몸과 얼굴을 이리저리 훑어보며 히죽히죽 웃는 꼬라지가 영 재수 없었다.

레니에는 자신의 꼴을 내려다보며 고개를 갸웃했다.

뭔가 티가 났나?

설마. 아무리 봐도 열두 살 정도 꼬꼬마 남자애인데?

……혹시 얼굴에서 티가 나서 그런가?

어쩌다 세수를 하고 다시 진흙을 바르기 전에 샘에 얼굴을 비춰 볼 때가 있었다. 그럴 때면 제가 보기에도 뽀얗고 이목이 오목조

목 모인 조그만 얼굴이 예뻐 보이긴 했다. 볼 때마다 한숨이 나왔다.

얼굴 같은 거 좀 못생겼으면 훨씬 좋았을걸.

글쎄. 열여섯 살 정도면 아무리 어려 보여도 여자인 티가 나려나?

레니에는 지금 열여섯, 오는 춘분절이 되면 열일곱 살이 된다. 비록 나이는 어리지만 도굴꾼들 사이에서 자그마치 3년을 버틴 레니에는 물갈이 주기가 극도로 짧은 신성석 동굴에서 최고참에 속했다.

도굴꾼들은 레니에가 남국의 도망 노예라는 것은 알았지만 여자라는 것은 몰랐다. 동굴에 처음 들어올 때도 도저히 열네 살이라고 볼 수 없는 작은 체구를 갖고 있었는데, 먹는 게 부실해서인지 몇 년간 몸이 전혀 자라지 않았다. 레니에는 여전히 열두 살 정도 되는 소년 목동처럼 보였다.

레니에는 작은 청동 조각을 잘 갈아서 항상 머리를 짧게 쳤고, 얼굴과 팔에는 재와 진흙을 섞어 바르고 다녔다. 가슴이 자라지 않도록 얇은 아마포와 무두질한 가죽으로 단단히 감은 후 양털을 몇 겹으로 겹쳐 두르고 띠를 단단히 묶었다. 그나마 백염산맥은 산봉우리마다 만년설이 남아 있을 정도로 추운 곳이라 그렇게 둘둘 감고 지내는 것을 아무도 이상하게 여기지 않았다.

도굴꾼들은 잠귀와 밤눈이 밝아 동굴 입구에서 야간 초계 역을 톡톡히 하는 꼬맹이를 꽤 요긴하게 생각했다. 게다가 사냥할 때 모습을 보면 손이 독하기 그지없어서, 고참 도굴꾼들 사이에선 '저 녀석은 되도록 건드리지 말자.' 하는 분위기가 형성돼 있었다.

레니에는 도굴꾼들과 달리 신성석에는 아무런 관심이 없었다. 그래서 먹을 것과 마실 물을 구하는 일로 하루의 대부분을 보냈다.

그녀는 주로 무릿매나 작은 칼, 동물의 뒷다리 힘줄을 꼬아 만든 조잡한 활이나 덫으로 사냥을 했고, 잡은 짐승들을 소금에 절여 이곳저곳에 숨겨 두었다. 백염산맥 열두 개 봉우리 중 가장 높은 산이 이곳 소금산이었는데, 이곳에는 암염이 많아 소금을 구하기는 쉬웠다.

그리고 과일이나 약초도 가죽 주머니에 담아 암염 틈에 꼭꼭 숨겨 놓고 발효시켜 술도 만들었다. 남국에서 온 술꾼에게 돼지 다리 하나와 맞바꾼 누룩 한 덩어리가 이렇게 오래도록 요긴할 줄이야. 딱하게도 그 술꾼은 동굴에 온 지 석 달도 못 버티고 죽어서, 이 좋은 술 한 모금 마시지 못하는 신세가 됐다.

술이 잘 익으면 레니에는 아무도 안 보는 바위틈에 쪼그리고 앉아 술을 마셨다. 입맛을 짭짭 다셔 가며 홀짝홀짝 마시다가 알딸딸하게 취할 때도 있었다. 그러면 기분 좋게 흥흥흥 노래도 하다가 가끔 울다가 가끔 웃다가 가끔 맹한 얼굴로 하늘을 보며 겁도 없이 욕도 해 보는 것이 동굴의 꼬맹이 레니에의 유일한 낙이었다.

"어이, 꼬맹이! 아직 해도 안 떴는데 일찍 일어났네. 항상 부지런하다니까."

뒤에서 기척이 들렸다. 막 일어났는지 머리카락이 부스스한 젊은 사내 너덧이 어슬렁대며 동굴 밖으로 나오고 있었다. 대부분 늦가을에 들어온 신참 도굴꾼들로 그중 한 명은 얼마 전에 합류한 미노토스의 도망 노예였다. 레니에는 조심스럽게 한 걸음 물러섰다.

"일어나셨어요? 아무래도 저 휘파람 소리가 거슬려서요."

"응? 휘파람? 저건 무슨 소리지?"

"북국 사람이 조난을 당한 것 같은데 눈이 와서 그런지 소리가 멀리까지 안 가나 봐요."

"홍, 그런가? 그럼 게서 얌전히 얼어 죽게 냅두지 왜 신경을 쓰고 그래."

시선이 맞닿는 순간 그가 히죽 웃어 보인다. 제기랄. 등줄기가 파르르 긴장한다. 굉장히 익숙한 이 느낌. 레니에는 식은땀을 흘리며 한 걸음 더 뒷걸음질 쳤다.

"그러잖아도 휘파람 소리 들어 보니 오늘 중에 죽을 것 같아요. 소리에서 점점 기운이 빠지고 있…… 악!"

레니에는 뒤로 펄쩍 뛰어 몸을 피했다. 히죽히죽 웃던 사내가 손을 갈고리처럼 구부려 멱을 움키려 했던 것이다. 허탕을 친 사내가 쯔으읍, 길게 혀를 찬다.

"왜 도망쳐? 가만 좀 있어 봐, 꼬맹이. 거 가만 좀 있어 보라니까?"

등 뒤로 소름이 쫙 끼쳤다. 아니나 다를까, 그의 어깨와 얼굴로 검붉은 안개가 희미하게 일렁거리다가 흩어진다. 레니에는 허둥지둥 뒤로 물러섰다. 하지만 뒤를 돌아보니 저놈과 작당이라도 했는지 다른 사내 넷이 빙 둘러 길을 막고 서 있었다. 이를 드러내고 웃는 얼굴에 갑자기 구역질이 치솟았다.

내가 여자란 걸 눈치챘구나!

산 아래로 빠져나가는 가파른 내리막길은 사내들에게 막혔고, 반대쪽은 지반이 약한 암염으로 이어진 낭떠러지였다. 당황해서 갈팡질팡하는 사이, 뒤에 서 있던 억센 사내 두 명이 레니에의 양쪽 손목을 잡았다.

"악, 이, 이거 놔! 야! 이 개새……! 악!"

퍽, 배로 발길질이 와 꽂혔다. 레니에가 훅 허리를 구부리며 눈밭에 쓰러지자 커다란 손이 레니에의 머리채를 잡고 들어 올렸다.

"으읔! 놔! 새끼야, 이거 놔!"

레니에가 심하게 몸부림치자 이번엔 아예 손이 허리춤 사이로 들어와 배꼽 아래쪽을 확 훑어 내린다. 소름이 쫙 끼치고 정신이 나갈 것 같다. 그 와중에, 사내들이 혀를 날름대며 입술을 축이는 모습이 눈에 들어온다. 그대로 죽고 싶었다.

"계집애 맞아?"

"맞아, 밑에 아무것도 없어. 캬, 요 피부 말랑한 거 봐라, 감촉 죽인다. 병신들, 이걸 몰랐다고? 다들 눈깔을 어디 두고 있었어?"

"병아리콩만 해서 감쪽같이 속았잖아. 어쩐지, 그동안 추운데도 머리를 박박 밀고 진흙 뒤발을 하고 다니더라니. 쌍."

다섯 명의 사내들은 레니에의 사지를 붙잡고 옷을 벗기기 시작했다. 오랫동안 여자에 굶주렸던 사내들은 눈을 허옇게 뒤집고 덤벼들었다.

혼이 나갈 것 같았다. 어릴 때도 몇 번 겪어 보았지만 도저히 면역이 생기는 일이 아니었고, 여러 명이 한꺼번에 덤벼든 것은 이번이 처음이었다. 손이 닿는 곳마다 수백 마리 벌레가 기어 다니는 것 같아, 맨살에 눈이 닿았는데도 차가운 것을 느낄 수 없었다. 몸을 버둥댈 때마다 얼굴과 명치로 주먹질이 이어졌다.

"하지 마! 죽여 버려! 하지 말라니까!"

"시, 시발, 좋, 좋아, 존나 좋아, 형씨는 이놈이 여자애인 걸 어떻게 알았어?"

"내가 계집년들 한두 번 후려 보나. 딱 보면 알지. 으흐, 죽인다!"

"흐, 흐흐, 여기서 여자 맛을 볼 수 있다니 꿈만 같네. 다른 놈한테 말 안 했지?"

"이런 걸 미쳤다고 말을 해? 말했다간 나한텐 순번이 오지도 않을 텐데. 떠드는 새끼들 있으면 나한테 죽는 거지…….”

“개자식아! 죽으려면 너나 죽어!”

한 놈이 손을 잠시 놓은 틈을 타서, 레니에는 번개처럼 팔을 움직였다. 땅바닥에서 움켜쥔 돌조각이 놈의 눈에 그대로 들이박혔다.

“악? 아! 으아앗!”

난데없이 동공을 찔린 사내는 눈을 움켜쥐고 벌떡 일어나 미친 듯이 날뛰기 시작했다. 눈을 잡고 날뛰니 앞이 제대로 보일 리가 없었다. 그는 정신없이 사방으로 빙빙 돌다가 아래로 향하는 내리막 빙판에서 그대로 미끄러졌다.

“씨발, 이게 뭐야! 와, 왁! 이게 뭐…… 뭐야!”

호되게 자빠진 사내가 욕설을 퍼붓는다. 동굴 앞 내리막길은 경사가 심한 편인 데다, 닷새째 눈이 내리고 얼어붙어 상당히 미끄러웠다.

균형을 잃은 몸뚱이는 아차 하는 사이 내리막길 아래로 주르르 밀려 내려갔다. 그는 자빠진 자세 그대로 잡을 것을 찾기 위해 정신없이 바닥을 더듬었다. 하지만 빙판길은 잡을 것 하나 없이 매끈했고, 동굴 입구가 눈에 띄지 않아야 하니 난간이나 미끄러짐을 막아 주는 바위 따위를 박아 두었을 리도 없었다. 그는 버둥버둥하다 순식간에 길모퉁이의 절벽까지 미끄러져 내려갔다.

“아, 아? 으아아아……?”

눈을 찔린 사내는 사람 살리란 고함도 지르기 전에 절벽 아래로 떨어져 버렸다. 커다란 덩치가 훅, 하고 길 밖으로 넘어가더니 순식간에 시야에서 사라진다. 그야말로 눈 깜짝하는 순간에 일어난 일이었다.

“어? 어어?”

레니에를 붙잡고 있던 네 사람은 무슨 일이 일어났는지도 모르고 어리둥절했다. 레니에도 눈앞에서 벌어진 일을 믿을 수 없어 멍하니 눈만 깜박거렸다.

어? 이럴 리가 없는데. 이럴 리가…….

너무 당황하니 생각마저 멈춘 것 같다. 이게 뭐야? 왜 일이 이렇게 된 거지? 눈앞에서 벌어진 일인데도 믿어지지 않았다.

지금까지 비슷한 상황에서 반항하다가 사내들을 다치게 한 적은 많았지만, 여태 사람이 죽은 적은 없었다. 겁이 왈칵 나면서 갑자기 몸이 돌덩어리처럼 굳었다.

한참 정적이 지난 후 미노토스에서 온 노예 사내가 들들 떨며 씹어뱉었다.

"어, 시, 시발, 이, 이게 뭐야?"

"저거 죽은 거야? 뭐가 이렇게 순식간이야?"

다른 사내들은 뒤늦게 당황해서 레니에를 잡은 손을 떼고 엉거주춤 몸을 일으켰다.

레니에는 손이 풀리자마자 허둥지둥 일어났다. 옷을 주워 입고 어쩌고 하며 시간을 낭비할 새도 없어서, 앞을 가로막은 덩치 큰 미노토스 사내를 그대로 들이받았다.

그가 헉, 하며 배를 웅크리다가 레니에가 빠져나가기 직전 어깨를 확 끌어안아 붙잡는다. 레니에는 미친 듯이 몸부림을 치다가 그의 허리춤에 있는 손바닥만 한 단도를 발견했다. 레니에는 그것을 움켜잡고 휘둘러, 간신히 그의 팔 밖으로 빠져나올 수 있었다.

"어, 어……?"

미노토스 사내의 눈이 튀어나올 듯이 커졌다. 무슨 일이 일어났는지 실감이 안 나는 듯, 아랫배에서 시뻘겋게 흘러나오는 피를 내려다보던 사내는 갑자기 무릎을 꿇고 고꾸라진다.

"크윽! 아윽, 아윽, 나, 나 좀 살려, 으아악!"

그는 아랫배를 움켜잡고 땅에 고개를 처박으며 비명을 지르기 시작했다. 그것을 본 남은 사내 셋은 미노토스 사내를 구하는 대신 레니에에게 한꺼번에 달려들었다.

"저, 저 미친년, 해 놓은 짓 좀 봐라!"

"어쩐지 시발, 세데크가 저 꼬맹이 손속 독하다고 지랄하더니!"

"저거 죽여! 저, 저년을 당장!"

옷도 못 입은 채 도망치던 레니에는 결국 한 사내에게 팔을 잡혔다. 그가 레니에의 손을 뒤로 꺾자 칼이 바닥으로 툭 떨어진다. 레니에는 칼에 미련을 두는 대신, 뒷발질로 낭심을 힘껏 걷어찼다. 걷어차인 사내가 돼지 멱따는 소리를 하며 눈 위에서 뒹굴기 시작했다. 그것을 본 남은 두 놈은 불같이 화를 내며 레니에에게 덤벼들었다.

"이 개 같은 년이 고분고분 있으면 살려 줬을 텐데, 어디서 감히!"

레니에는 동굴 위쪽의 오르막으로 물러섰다. 도망칠 곳이 점점 좁아진다. 지금 일어나는 일이 믿어지지 않았다. 울음이 터질 것만 같다. 이거 뭐야, 오늘 대체 왜 이래! 여기서까지 왜 이래!

저들의 머리 위로 시커먼 살기가 엉겨 있다가 스스스, 넓게 퍼져 가는 것이 보인다. 입이 바싹 마르고, 맨살에 닿는 찬 바람에 몸이 얼어붙는 것 같고, 머리카락이 곤두선다. 레니에는 입술을 깨물고 눈을 부릅떴다.

지금은 울면 안 돼, 겁에 질려도 안 돼. 살아남으려면 정신 바짝 차려, 레니에!

레니에는 우들우들 떨며 뒷걸음질 치면서 눈에 덮인 뒷길을 필사적으로 곁눈질했다.

뒤의 낭떠러지로 연결된 외길은 암염으로 되어 있어 지리를 잘 아는 고참들은 그쪽으로는 발도 디디지 않았다. 암염은 다른 바위보다 무르고 푸석해서 가벼운 충격에도 쉽게 부서졌으며 이미 금이 가 있는 곳도 있었다. 특히 저 큰 바위가 박혀 있는 곳은 바닥이 쩍쩍 갈라져 있는 데다 지반마저 거의 내려앉은 상태였다.

하지만 눈앞의 도굴꾼들은 동굴에 들어온 지 얼마 안 되는 신참이라 그걸 모르고 겁도 없이 다가오고 있다. 저들을 뚫고 나가지 못하면 위험한 뒷길 말고는 도망칠 곳이 없다. 눈앞이 점점 새까맣게 물든다.

어떡해. 이제 나 어떡하지?

레니에가 더 이상 뒤로 가지 못하고 멈칫거리자 두 사내는 요거 좋다 하는 표정으로 칼을 쥔 채 히죽히죽 웃으며 다가오기 시작했다.

"……제발 살려 주세요. 아무라도 좋으니 제발 저 좀…….."

레니에는 사방을 두리번거리며 누구인지도 모를 대상에게 필사적으로 빌었다.

이난나의 선물을 의식한 이후 이런 시선에서 단 한 번도 자유로운 적이 없었다. 선물 같은 거 필요 없어. 제발 아무라도 좋으니 나 좀 살려 주세요, 제발!

목이 졸리는 것 같다. 이젠 더 물러서면 안 될 것 같다. 커다란 바위, 금이 간 곳. 아마 이쯤일까? 한 걸음 더 물러나면? 무너지면 어쩌지? 미끄러져서 낭떠러지로 떨어지면 어쩌지? 레니에는 이를 악문 채 두 손을 모으고 빌었다.

"제발, 나 좀 내버려 둬요. 살려 주세요, 제발."

눈에서 드디어 눈물이 터졌다. 다가오던 두 사람은 레니에가 멈춰 서서 우는 것을 보고 히죽히죽 웃었다.

그들이 웃는 것을 보니 저절로 이가 갈리며 독기가 솟는다. 레니에는 눈을 치뜨고 입술을 꽉 깨물었다.

이대로 당하면 안 돼. 여기서 당하면 그 뒤로 이어질 일은 뻔하다. 동굴에 소문이 날 것이고, 내일부터는 지옥이 펼쳐질 것이다. 그러느니 싸우다 죽는 게 나아.

어느새 두 사람이 성난 곰처럼 몸을 날려 눈앞으로 들이닥친다. 결단을 내린 레니에는 허리를 확 숙이며 두 사람의 다리를 걸고 그대로 미끄러져 앞으로 빠져나갔다. 두 사람은 뛰어오던 힘 그대로 넘어져 얼음 위로 심하게 나동그라졌다.

퍽!

무언가 둔탁하게 부서지는 소리가 났다.

"……어?"

레니에는 뒤를 돌아보며 눈을 커다랗게 떴다.

두 사람은 몸이 겹쳐진 상태로 한꺼번에 넘어졌는데, 그중 아래 깔린 놈의 머리통이 뾰족한 바위에 세게 부딪쳤다. 레니에가 필사적으로 피하려고 멈칫거렸던 그 바위였다. 바위 주변의 새하얀 눈이 붉고 누런 뇌수로 순식간에 물들기 시작했다.

"어, 어, 어? 으으?"

그의 몸이 바로 푸들푸들 경련하기 시작했다. 레니에는 입을 틀어막고 뒷걸음질 쳤다.

"히이이, 이, 이게 뭐……?"

머리가 깨진 사내는 이상한 소리를 내며 한동안 푸들푸들 경련하다가 입에 거품을 물고 눈을 하얗게 뒤집었다. 그를 깔고 넘어진 다른 사내는 순식간에 죽어 버린 동료와 레니에를 번갈아 바라보며 목에 핏대를 세웠다.

"이, 뭐, 뭐 이따위 일이 다 있어? 저, 저 악귀 같은 년이, 무슨 짓을 한 거야!"

"거, 정말 죽었나? 이렇게 금방 죽었다고? 미치겠네. 잘 좀 봐 봐!"

"씨발, 대갈통이 작살났는데 바로 뒈지지, 그럼!"

뒤에서 사타구니를 차인 사내가 눈 위에서 버르적버르적 일어나며 욕설을 퍼부었다.

"야! 빨랑 일어나서 저년 좀 잡아 봐! 내가 아주 갈가리 찢어 죽일 테다!"

그 말을 듣자, 속에 쌓여 있던 무언가가 폭발했다. 레니에는 덜덜 떨리는 소리로 악을 썼다.

"아저씨가 뭔데 날 찢어 죽이고 말고 해!"

이게 왜 내 탓이야! 당신들이 무슨 짓을 했는지 생각 안 해? 이게 왜 내 탓이냐고! 레니에는 그가 제대로 일어나 공격하기 전에 다시 사타구니를 미친 듯이 걷어찼다.

"끼아아, 끄아앗! 그, 그만! 쌍! 그마아안!"

그가 다시 거품을 물고 나동그라지는 모습을 보며 레니에는 옷이 있는 곳으로 이를 악물고 달려갔다. 이곳을 벗어나야겠다는 생각 하나뿐이었다. 걷어차인 사내는 목이 따이는 멧돼지처럼 비명을 질러 대더니 사타구니를 움켜잡고 지렁이처럼 꿈틀꿈틀 두 사람이 뒤엉킨 바위 쪽으로 기어가기 시작했다.

"시, 시발, 나, 나 좀 살려 줘! 아으, 아파 뒈지겠네, 저 죽일 년을 그냥!"

"잠깐만 좀 기다려 봐. 벌써 사람이 셋이 작살이 났는데 시발, 저년을 어떻게 조지지?"

다치지 않은 두 사내는 슬슬 겁이 나기 시작했다. 동굴의 고참들이 왜 꼬맹이를 함부로 건드리지 않았는지 뒤늦게 감이 오는 것 같다. 괜한 벌집을 건드렸다 싶기도 하지만 일이 이 지경이 됐으니 꼬리를 사리고 물러설 수도 없었다.

"좋다, 이년. 이제 이 지경까지 왔으니 기어코 잡아서 죽여 주마."

"죽여도 한번 맛은 보고 죽여야지. 그래도 얌전히 굴었으면 목숨은 살려 주려고 했는데."

하지만 두 사람은 말만 그렇게 하지, 선뜻 레니에게 다가오지는 못했다. 그들은 바로 앞에서 대가리가 깨져 죽은 사람을 보고 몸을 부르르 떨었다.

"일단 이것 좀 처리해 봐. 그러고 사람들 좀 깨워. 나눠 먹긴 아까워도 안 되겠어."

"시발, 아침부터 기분 잡쳐. 캬악, 퉤. 어쨌든 저년은 잡히기만 하면 아주 내 손으로 그냥."

두 사람은 널브러진 동료를 절벽 끝으로 질질 끌고 가 발로 힘껏 밀었다. 퍽, 눈이 많이 쌓인 끝이라 시체가 떨어져 땅에 부딪치는 소리도 부드럽고 푹신하게 들렸고, 그게 더 소름 끼쳤다. 재수 없는 기운을 털어 내려는지 두 사람은 절벽 위에서 쿵쿵쿵, 힘껏 발을 구르며 진저리를 쳐 댔다.

뒤이어 쩍, 하는 큰 소리가 들렸다.

"이게 무슨 소리야?"

"글쎄? 떨어지는 소리인가?"

순간, 다시 발밑에서 쩍, 우지끈, 쩍, 하는 소리가 연속으로 이어졌다.

"……이게 무슨……?"

두 사람의 얼굴이 하얗게 얼어붙으며 저절로 입이 벌어졌다.

옷 뭉치를 가슴에 끌어안고 도망치려던 꼬맹이 자식이 그 소리를 들더니 뒤를 돌아본다. 눈물범벅이 된 얼굴이 새파랗게 질려 있다. 무슨 말을 하려는 듯, 입술이 달싹거린다. 새끼들아, 거기 위험해, 위험해, 위험…….

"저년이 뭐라는 거……?"

두 사람이 멍하니 꼬맹이를 보고 몸을 주춤대는 순간 서 있던 발치가 푹 꺼진다.

"악, 이게 뭐야!"

"사, 살려 줘! 살려……!"

두 사람의 몸이 아래로 훅 곤두박질했다. 두 사람의 고함은 길게 이어지지도 못하고 바로 끊어졌다.

……쿵.

잠시 후 무너져 내린 암반이 둔한 소리가 되어 올라왔을 때, 두 사람의 비명은 아주 짧게, 조금 더 이어졌다. 그들의 마지막 외마디는 눈 속에 파묻혀 생각보다 습하고 고요하게 들렸다.

레니에는 헐떡거리면서 그 자리에 주저앉았다. 다리에 닿는 눈이 차가운 줄도 모르겠고, 몸에 닿는 바람이 매운 줄도 모르겠다. 그냥 눈물이 줄줄 쏟아지고, 숨을 제대로 쉴 수 없었다.

옆에서 희미한 목소리가 들린다.

"사, 사람 살려, 살려……. 꼬, 꼬맹이, 씨발……."

고개를 번쩍 들었다. 배를 찔려 엎어진 미노토스 출신의 사내가 아랫배를 움켜쥐고 애걸하고 있었다. 새하얀 눈 위로 시뻘건 핏물이 난잡한 그림을 그려 대는 중이었다.

레니에는 옷 뭉치를 가슴에 끌어안은 채 엉금엉금 기어 사내의 곁으로 갔다. 생각보다 상처가 깊은 듯 내장이 밖으로 비어져 나왔고, 그는 이미 제정신이 아니었다.

레니에는 손등으로 눈물을 문지르고 그의 상처를 꽉 눌렀다. 하지만 아무리 상처를 세게 눌러도 도무지 피가 멎지 않았다.

"이, 씨, 흐으, 아저씨, 어떡해. 아저씨, 정신 차려 봐요. 죽지 마. 제발."

씨발, 썅, 한번 대 주는 게 뭐 어때서, 멀쩡한 사내들을 무더기로 죽여. 개 같은 년. 누워 있는 사내가 욕을 주워섬기는데 목소리는 가물가물 까라진다.

"죽이려던 거 아니야. 아니라고!"

레니에는 다시 눈물을 훔쳐 내며 이를 악물었다. 오늘은 뭔가 이상했다. 대체 왜 일이 이 지경이 됐는지 모르겠다. 나는, 나는 그냥 몹쓸 짓을 당하고 싶지 않았다. 죽고 싶지도 않았다. 그것뿐이었다.

그런데, 그런데!

– 저년의 손에는 살이 끼었어.
숱한 사내들을 홀릴 향기를 갖고 있구나.

"아니야. 그런 거 아니라니까!"

레니에는 미친 듯이 고개를 저었다. 눈물이 벌그레하게 물든 눈 위로 확확 흩어진다.

열 살, 열한 살, 열두 살, 열네 살 때 겪었던 일을 다시는 되풀이하고 싶지 않았을 뿐이었다. 하지만 이런 꼴을 보길 원했던 건 정말 아니었다.

묻고 싶은 말이 목구멍까지 치밀었다.

내가, 그럼 당신들한테 찍소리 않고 몹쓸 짓을 당했어야 해?

하지만 죽어 가는 사내에게 차마 그걸 물어볼 수는 없었다. 레니에가 훌쩍대는 사이사이, 사내의 더러운 욕설만 차가운 눈발 속에 흩어진다.

"씨발, 같이 좋자는 건데 쌍, 고거 싫다고 사람을 죽여⋯⋯? 벼락이나 맞고 뒈⋯⋯."

레니에의 손에서 천천히 힘이 빠졌다. 눈물 때문에 죽어 가는 사내가 제대로 보이지 않는다. 사내의 입에서 거품이 부르르 일었다.

"아, 아니, 자, 잘못했⋯⋯. 제발 살려⋯⋯."

잠시 후, 그의 목소리가 툭 끊어졌다.

레니에는 그의 앞에 주저앉은 채 그대로 넋을 잃었다. 주변에 두껍게 쌓인 눈은 이제 온통 피범벅이다. 꽁꽁 얼어붙은 맨살에 소름이 가시처럼 돋아났고, 머릿속도 새하얗게 얼어붙었는지 아무 생각도 할 수 없었다.

그래도 이대로 앉아 있을 순 없었다. 레니에는 우들우들 떨면서도 억지로 몸을 일으켜 옷을 주워 입기 시작했다. 가슴 부분은 아마포와 가죽으로 피도 통하지 않을 만큼 단단하게 동여매고, 양털로 엮은 겉옷도 꽉꽉 힘을 주어 묶었다. 그리고 미노토스 사내의 옷자락을 잡고 세 사람이 떨어져 죽은 낭떠러지까지 질질 끌고 갔다.

털썩.

시체가 눈에 파묻히는 소리는 여전히 포근하게 들렸다. 이름도 모르던 미노토스의 사내는 앞서 죽은 동료들과 달리 팔다리를 사방으로 활짝 펼친 꼴로 눈에 내동댕이쳐졌다. 시체 위로 주변에 쌓여 있던 하얀 눈덩이가 풀썩 쏟아졌다.

레니에는 멍청하게 서서 아래를 내려다보았다. 목이 점점 심하게 쑤시기 시작했다. 눈앞은 온통 출렁이는 눈물바다였다. 나 어떡하지. 이대로 같이 떨어져 죽을까. 나 정말 어떡해, 이제.

"흐으……."

사내들이 자신을 강제로 취하려던 일은 한두 번이 아니었다. 어렸을 때부터 신물 나게 겪어 와서 이젠 놀랍지도 않다. 열네 살 어린 나이에 이런 짐승의 땅, 짐승 같은 인간들이 사는 동굴에 들어와 살게 된 것도 따지고 보면 그 때문 아니던가.

하지만 사람이 죽었던 적은 없었는데.

레니에는 눈에 절반쯤 파묻힌 시체들을 내려다보며 한참 흐느꼈다. 동굴 안에 소리가 들릴까 봐 입을 틀어막고 서럽게 울었다.

난 불쌍한 할머니 신관님께 먹을 것을 나누어 드렸을 뿐이야. 꿀이 든 우유가 먹고 싶었을 뿐이고, 예쁜 옷을 입어 보고 싶었을 뿐이고, 원하지 않는 선물을 거절했을 뿐이야.

그리고 지금도, 몹쓸 짓을 당하고 싶지 않았을 뿐이야.

그런데 일은 왜 이 지경으로 흘러가는 거야? 내가 뭘 크게 잘못한 거야? 저 사람 말대로 몹쓸 짓을 당하는 게 옳았어?

아니야! 먼저 잘못한 건 저 사람들이잖아!

그렇지만 네가 얌전하게 반항하지 않았으면 저 사람들이 죽지 않았을 거 아니야?

아니야. 싫어, 그건 아니잖아!

하지만 절벽 아래에서 기괴한 형상으로 몸이 꺾여 널브러진 시체들을 보니 이제 정말 뭐가 뭔지 모르겠다. 사람이 다치고 끝났을 때는 그놈들 잘못에 대한 응분의 벌을 받은 거라 생각할 수도 있었는데, 일이 이 지경이 되고 보니 그런 말조차 할 수 없었다.

이런 개 같은 일들이 정말 이난나의 선물 때문이라면, 나는 앞으로 이런 일을 얼마나 더 많이 겪어야 하는 걸까?

난 이제 겨우 열여섯 살이란 말이에요…….

레니에는 입을 틀어막고 속에서 치미는 오열을 짓눌렀다.

나는 이제 어떡해. 여기서 정말 떨어져서 죽을까.

나 이제 어떡해…….

삐이이, 삐르르. 삐르르.

찌이익, 피이이.

순간 희미한 휘파람 소리가 다시 끼어들었다. 소리는 점점 작아지고 있었다. 레니에는 천천히 고개를 들었다. 탁하고 느른한 목소리가 다시 귓가에 감겼다.

그대는 이난나처럼 숱한 사내들을 홀릴 향기를 갖고 있구나.

이난나의 사랑을 받은 자여. 이난나가 내리는 축복을 받아들이라. 그렇지 않으면 향기가 악취가 되고 네 운과 명은 온전치 못하리니 고귀하고 아름다운 자들의 사랑을 잃겠구나.

그래, 이난나의 축복이 뭔데? 운명을 결정한다는 위대한 여신이면 다야? 내 주변에 있는 사내들이 개같이 헐떡대면서 덤벼들게 해 놓고 그걸 축복이라 하는 거야? 그리고 그걸 안 받아들이겠다는 게 반항이야? 그래서 내 운과 명이 지금 이 모양 이 꼴인 거야?

원래, 받기 싫은 선물은 안 받아도 되는 거잖아. 믿기 싫은 건 안 믿어도 되는 거잖아.

레니에는 고개를 확확 저으며 울부짖었다.

"아냐, 아니라고, 이건 그냥 재수가 없었던 거야. ……아니, 재수가 좋았던 거야! 억세게 좋았던 거야! 놈들은 죽고 나는 살았잖아. 저 사람들이 죽지 않으면, 내가 무슨 짓을 당하고 뒈졌을지도 모르잖아!"

하지만 아무리 되풀이해서 말해도 눈물은 멎지 않았다.

천천히 해가 솟고 있었다. 레니에는 미노토스 사내가 흘렸던 핏자국을 눈으로 덮기 시작했다. 눈이 워낙 많이 쌓인 터라 얼마 지나지 않아 핏자국은 감쪽같이 사라졌다.

절벽 아래의 시체들도 곧 눈으로 덮일 것이고, 없어진 놈들을 구태여 찾을 이도 없다. 봄이 되어 시체가 드러난다 해도 추궁할 자도 없을 것이다. 저들의 얼굴을 아는 도굴꾼들도 그때쯤이면 거의 굶어 죽거나 얼어 죽은 후일 테니까. 신성석 동굴이란 그런 곳이었다.

삐익, 삑, 휘르르, 삑.

찌이이익! 삑!

우습게도, 희미한 휘파람 소리가 다시 들렸다. 점점 작아지는 소리지만 그래도 끈질겼다. 어떤 사람은 이리도 쉽게 죽는데, 어떤 사람은 또 저렇게 필사적으로 삶을 이으려고 발버둥을 치고 있었다.

레니에는 눈에 파묻힌 시체들을 물끄러미 내려다보았다. 휘파람 소리가, 살려 달라고 나를 구해 달라고 악을 쓰는 것처럼 들리기 시작했다. 기괴하게 꺾이고 사지가 활짝 펼쳐진 시체들이 레니에에게 손가락질하며 묻는 것 같다.

네 손으로 해 놓은 짓을 봐. 냉혹한 명부의 여왕 에레쉬키갈 앞에 가서 뭐라 말할 건데? 그녀의 저울 앞에 서서 뭐라고 변명할 거야?

누군가가 멀리서 깔깔대고 웃는 소리가 들리는 것만 같다.

삐익, 삑, 휘르르 삑!

웃음소리 사이사이로 뼈바늘처럼 가늘고 뾰족한 휘파람 소리가 다시 끼어든다. 그 소리에 담긴 삶을 향한 의지와 열망은 너무 단단하고 치밀해서 다른 시끄러운 목소리가 들리지 않는다. 이름도 얼굴도 모르는 누군가의, 생을 향한 저 간절한 의지가 레니에에겐 외려 구명줄처럼 느껴졌다.

휘파람 소리는 어느새 자신에게 새로운 것을 요구하고 있었다.

살려, 저자를 살려.

살려, 저자를 살려. 저울을 맞춰.

레니에는 이를 악물고 다시 고개를 저었다.

……내가 왜? 내가 정말 그렇게 큰 죄를 지은 거야? 등 뒤의 시커먼 살기 봤잖아. 내가 대체 어떻게 해야 했어? 대답해 봐!

속에서는 어떤 대답도 쉽게 나오지 않았다. 하지만 왕왕대는 목소리는 한층 커졌다.

살려, 저자를 살려.

저자를 살려, 저울을 맞춰.

그리고 냉혹한 명부의 여왕 에레쉬키갈에게 말해. 나의 손에 죽은 자들도 있었지만, 그래도 산 자들도 있었다, 내 손에 다친 자가 있었지만 내 손에 치유받은 자도 있었다. 그렇게 말해. 당신의 자매인 이난나의 장난질에 모질게 휘둘렸지만, 그래도 나는 당신의 저울을 맞추기 위해 최선을 다했다고 말해.

그 모든 갈림길에서, **너는 네 운명을 선택해야 하리라.**

문득, 더 이상 눈물이 나오지 않는 것을 깨달았다. 레니에는 얼굴에 얽혀 차게 얼어 가는 눈물을 손등으로 세게 문질렀다. 그리고 꽁꽁 얼어 곱아든 손을 탁탁 치고 발을 굴러 눈을 털어 냈다. 신발 끈도 단단히 동이고 눈 속에 처박힌 털모자도 찾아 썼다. 청동 주머니칼과 무릿매도 찾아 허리에 꽂았다.

살려, 저자를 살려.

저자를 살려, 저울을 맞춰.

휘파람 소리, 바람 소리와 뒤섞인 정체 모를 고함은 이제 귀청을 터뜨릴 것처럼 시끄러워졌다.

레니에는 소리가 나는 방향을 향해 천천히 내려가기 시작했다.

2. 세 가지 소원

"야, 야! 괜찮아? 정신 차려! 여기서 이러면 죽어! 정신 차리라고!"

소리 나는 곳을 찾는 것은 어렵지 않았다. 동굴에서 한참 내려가면 레니에가 사냥하는 삼나무 숲이 있는데, 그 숲의 초입, 새하얗게 뒤덮인 눈밭에 붉은 핏자국이 남아 있었던 것이다. 검은바위산과 소금산의 경계 지역이라 두 부족 사람들이 잘 오가지 않는 곳이었다.

바위 사이에 나뭇가지를 얽어 바람막이를 설치하고 숨어 있던 건 덩치 큰 소년이었다. 레니에가 발견했을 때, 소년은 이미 정신을 잃은 상태였다.

레니에는 그가 수인종족이라 불리는 북국 사람이라는 것을 한눈에 알아차렸다. 일단 외양이, 레니에가 자주 보았던 남국이나 서역 사람들과 크게 달랐다. 덩치가 굉장히 크고 팔다리와 손등에까지 털이 얽혀 있는 데다 진흙색 머리카락마저 빽빽한 잡초밭처럼 뒤엉켜 있었다.

하지만 그동안 상상했던 것과는 달리, 소년은 사람처럼 보였다. 주근깨가 살짝 박힌 동그스름한 얼굴만 보면, 꽤 앳되어 보이기도 했다.

레니에는 쓰러진 소년을 한참 살펴보았다. 반인반수 수인종족이네, 사람 잡아먹던 짐승의 후손이네 하는 말을 하도 많이 들어서 은근히 겁을 먹고 있었는데, 생긴 것도 사람하고 아주 다르진 않고, 옷도 입고, 신발도 신고, 무기도 갖고 있었다. 짐승이 신발따위를 만들어 신을 리 없지 않은가.

그나저나 대단하다. 저렇게 피를 흘렸으면서 며칠을 버티면서 구조 신호를 보내고 있었던 건가?

아직 살아 있기는 했지만 상태가 심각해 보였다. 허벅지에 청동 창날이 깊이 박혀 있었는데, 상처 주위는 독이 올랐는지 얼어서 그런 건지 이미 시퍼레졌다.

하지만 지금 저걸 뽑았다간 제대로 지혈도, 치료도 하지 못하고 바로 죽고 말 것이다. 아니 통증으로 바로 즉사할 가능성이 더 크다. 사실 지금 어떻게 살아 있는지 궁금할 지경이었다.

레니에는 소년의 눈부터 가리고 손을 앞으로 모아 단단히 묶은 후, 애지중지 아끼던 약술을 입에 들이부었다. 그리고 뺨을 세게 때리기 시작했다.

"으……. 으윽!"

뺨이 새빨개지도록 때린 후에야 희미한 신음이 흘러나왔다. 그는 눈이 가려지고 손이 묶인 것을 깨닫고도 몇 번 두리번거리기만 할 뿐, 몸부림치지 않았다. 몸에 기운이 전혀 남아 있지 않은 듯했다. 그는 가늘게 숨을 몰아쉬면서 띄엄띄엄 질문을 쏟아 냈다.

"넌 누구지? 나, 나를…… 구해 준 건가? 어느 산의 부족인가? 그리고…… 내 눈은 왜 가려 놓은 건가? 손은 왜?"

소년의 말투는 노인처럼 괴상하고 우스웠는데, 레니에는 그게 북국 사람의 원래 말투인지 소년의 말투가 특별하게 우스운 건지 구별할 수 없었다. 북국 사람들이 말하는 것을 처음 들었던 것이다.

"손은, 네가 눈 가린 걸 풀어 버릴까 봐 묶어 둔 거야. 눈 가린 걸 그대로 두겠다고 약속하면 손은 풀어 줄 수 있어. 하지만 눈을 풀어 버릴 거면, 난 여기서 그냥 갈 거야."

"왜 눈을 가린 건지 이유부터 알려 다오."

소년의 목소리는 낮고 거칠었으며 몹시 침울하게 들렸지만, 한편으로는 무섭도록 침착했다.

"일단 내 말부터 들어. 지금 내가 너를 구해 주지 않으면 넌 오늘 안에 죽을 거야. 너도 알겠지만 이 눈 폭풍이 그치려면 이레가 걸릴지 열흘이 걸릴지 아무도 몰라."

"……."

"휘파람 쓰는 걸 보면 소금산 사람인가 본데, 휘파람 백날 불어 봐야 소용없어. 지금 이런 날씨에는 소리가 1리그도 안 가. 소금성에 들릴 턱도 없고 너희 부족 사람들이 너를 구하러 올 수도 없어."

"그건 나도 안다. 하지만 살기 위해서라면 가능한 것은 무엇이든 다 해야 해서 신호를 보낸 것이다. 그래서 네가 오지 않았나."

하지만 만약 아침에 다섯 놈이 죽지 않고 내가 몹쓸 짓을 당하고 끝났으면, 너는 이곳에서 얼어 죽었겠지. 레니에는 쓸쓸하게 웃었다.

"내가 있는 동굴은 여기서 멀지 않아. 거기엔 내가 만든 약술도 있고, 불도 피울 수 있고, 사람들이 많아서 들짐승이 들어오지도 않아. 네가 버텨 주면, 어쩌면 살 수 있을지도 몰라."

"동굴?"

"응. 동굴. 하지만 북국 사람에게 동굴의 위치를 알려 줘선 안 되고, 거기 있는 사람들 얼굴을 알려 줄 수도 없어. 그리고 북국 사람을 살려 준 걸 알면 난 맞아 죽어. 그래서 눈을 가려 둔 거야."

"넌 혹시 신성석 광산의 도굴꾼인가?"

소년의 목소리가 갑자기 차가워진다. 레니에는 어깨를 움츠렸다가 부루퉁하게 내뱉었다.

"광산에 숨어 있긴 하지만 신성석 따위 알 게 뭐야. 난 한 조각도 캐지 않았어. 사냥해서 먹고살기도 바빠."

"⋯⋯."

"믿기 싫으면 믿지 마. 하지만 위대한 엔릴과 엔키와 우투와 난나와 닌후르상의 이름을 걸고, 난 지금껏 눈곱만 한 신성석 조각도 만져 본 적 없어."

레니에가 되는대로 갖다 붙인 신들의 이름에 소년의 표정이 누그러진다. 그는 한참 동안 숨을 진정하며 통증을 참더니 간신히 말했다.

"그렇다면 믿겠다. 네가 신성석을 캐지 않았다는 거."

"흥, 믿어 주셔서 황공하다고 절이라도 해야겠구나. 북국 사람들은 이럴 때 어떤 인사를 해야 하는지 안 배워?"

그러잖아도 기분이 바닥인데, 더욱 기분이 상한 레니에는 퉁명스럽게 말했다. 소년은 그제야 당황한 듯 황급히 말했다.

"⋯⋯인사가 늦어서 미안하다. 네게 큰 은혜를 입었다. 나는 후와투와 카할라의 아들, 소금성에 사는 쿤이다. 네 이름은? 고향은? 아비의 이름은?"

"이게 미쳤나. 북국 사람한테 안 들키려고 죽을 똥을 싸는 사람한테 이름하고 고향을 알려 달라고?"

"……."

"어쨌든 내가 눈 풀어도 좋다고 할 때까지 절대 뭔가를 보면 안돼. 그것만 약속하면 내가 도와줄게."

소년은 잠시 이마를 찡그리고 생각에 잠겼다.

"나를 구해 주면 네 목숨이 위험하다면서, 왜 나를 구해 주는지 알고 싶다."

레니에는 왈칵 짜증이 났다. 그 이유를 어떻게 설명해. 그러잖아도 그 '이유'가 떠오를 때마다 목이 콱콱 막히고 죽고 싶은데. 별수 없이 소년의 질문을 억지로 무지르는 수밖에 없었다.

"이건 살려 주겠다는데 왜 이렇게 잡소리가 많지? 그냥! 내가 살려 주고 싶다고!"

"나는 너를 믿고 싶다. 그래서 네 이해할 수 없는 행동의 이유를 알고 싶다."

소년은 느릿한 말투로, 하지만 고집스럽게 되풀이했다.

레니에는 대체 이 덩치 큰 띨띨이가 고맙다고 하면서 냉큼 업히기나 할 것이지 왜 이런 질문을 하는지 알 수 없었다. 하지만 처음 보는 수인종족의 반응이 생각보다 이성적이고 신중한 것은 좀 놀라웠다. 레니에는 머뭇거리다가 조그만 목소리로 대답했다.

"평소 같으면 북국 놈 따윈 절대 구해 주지 않았을 거야."

"그러면 왜?"

레니에는 뭐라 대답해야 할지 몰라 한참 서 있었다. 절벽 아래로 떨어져 팔다리가 기괴하게 꺾인 시체들이 떠올랐다. 저도 모르게 속에서 욱하는 것이 솟아오르며 새로 눈물이 치밀었다. 참으려고 눈을 깜박거렸지만, 아차 하는 사이 물방울이 폭폭 소리를 내며 발치로 박혔다.

소년은 고개를 수그린 채 한참 기다리다가 조용히 말했다.

"울지 마라."

"…….."

"내가 묻지 말아야 할 걸 물었으면 미안하다. 그냥 약속하겠다."

"흐…… 씨, 더럽게 황송하네."

"눈 가려 놓은 것도 네가 허락하지 않으면 풀지 않겠다. 아무것도 보지 않겠다. 네가 시키는 대로 하겠다. 네가 위대한 신들의 이름을 걸고 맹세했으니, 나도 내가 믿는 태양신 우투 님의 이름을 걸고 약속하겠다."

쿤이라 말한 소년은 낮게 가라앉은 목소리로, 하지만 침착하게 말했다.

레니에는 남겨 두었던 과일 술을 다시 소년에게 먹였다. 과일 술은 영양도 많고 몸을 후끈하게 데워 주기도 해서 약과 비상식량의 용도로 귀하게 쓰였다.

소년은 눈을 가린 채 레니에의 부축을 받으며 간신히 일어났다. 그는 창날이 박힌 왼쪽 다리를 땅에 디디기만 해도 몸을 소스라치며 신음했다. 레니에는 그를 둘러업으려다 그대로 주저앉을 뻔했다. 소년은 레니에보다 덩치가 훨씬 크고 몹시 무거웠다.

"도끼 버려. 무거워."

"……우르투르(강아지)는 내 몸의 일부다."

얼씨구. 강아지? 지금 강아지라 했냐? 도끼에 그렇게 귀여운 이름씩이나 붙이셨어? 그래서 못 버리시겠다?

"야! 너 지금도 더럽게 무거워! 지금 나 다리 후들거리는 거 안 보여? 아, 안 보이겠구나. 어쨌든 버려! 내가 시키는 대로 한다고 약속했잖아. 무슨 약속을 개발바닥 뒤집듯이 뒤집어?"

"……잠시 잊은 것뿐이다. 버리겠다."

그는 허리에 꽂혀 있던 피에 흠뻑 젖은 도끼를 바닥에 던졌다. 그의 움직임에서 망설임이 한참 느껴지는 걸 보면, 몸의 일부라는 말이 사실인 것 같았다.

레니에는 그를 업고 비틀비틀 걸었다. 허리와 무릎이 튕겨 나갈 것처럼 무거웠다. 몸이 미끄러져 한 번씩 추스를 때마다 다리의 통증이 심해지는지 소년이 이를 악물고 팔에 경련하듯 힘을 주며 신음을 참는 것이 느껴졌다.

그때마다 목이 졸리고 허파가 짓눌려 터지는 것 같았지만 그것까지 못 하게 할 수는 없어서, 레니에는 이를 꽉 물고 필사적으로 걸었다. 헐떡헐떡, 입에서 단내가 나다가 피비린내가 올라왔다.

문득, 빳빳하게 긴장한 목소리가 뒤에서 들렸다.

"잠깐. 너…… 여자인가?"

빌어먹을. 레니에는 속으로 욕을 퍼부었다. 어떻게 알았지? 가슴을 이렇게 돌덩이처럼 묶어 놨는데 팔 좀 닿았다고 바로 알아차리다니. 아 씨, 진짜!

"여자 맞아."

업혀 있던 몸이 딱딱하게 굳었다. 소년은 아까의 침착한 태도를 모조리 날려 버리고 레니에의 등에서 내리려고 버둥거렸다. 짜증이 나서 옆의 바위에 내려놓았더니 그는 여전히 당황한 목소리로 중얼거렸다.

"모, 몰랐다. 알았으면…… 업히지 않았을 것이다."

"왜? 그럼 이 다리를 하고 씩씩하게 걸어가실 거야?"

하지만 소년은 대답하는 대신 한참 꾸물거리다가 뒤늦게 깜짝 놀란 듯 소스라쳤다.

"가만. 그러면 여자가 신성석 광산에, 그 쓰레기 같은 놈들과 함께 있다는 말인가? 지금?"

"너, 거기 가서 내가 여자라고 떠벌대면 제일 먼저 너를 죽여 버릴 거야."

"……다른 사람은 모르나?"

"아무도 몰라, 아는 사람은 모조리 죽었어."

"네가 죽였나?"

너무 덤덤하게 물어서 저도 모르게 고개를 끄덕일 뻔했다. 레니에는 발칵 화를 내며 소리쳤다.

"알 게 뭐야! 지들이 제 발로 뒈지러 오는 걸 내가 어쩌라고!"

"비난하려 했던 게 아니다. 왜 화를 내지?"

"화 안 냈어! 안 냈다고!"

레니에는 소리를 박박 지르다가 말을 멈췄다. 이 소년에게 화풀이할 일이 아닌데. 미안해진 레니에는 풀 죽은 목소리로 소년의 손을 잡아 일으켰다.

"업혀 가기 싫으면 부축해 줄게. 내 어깨 잡아. 이거라도 짚고."

소년은 한쪽 손을 레니에의 어깨에 짚은 후, 다른 손으로 레니에가 나뭇가지로 급조해 만들어 준 지팡이를 움켜쥐고 절룩절룩 힘겹게 걸었다. 다친 다리가 땅에 닿을 때마다 턱에 힘을 주어 복숭아씨 같은 모양이 잡히고, 이를 악문 한숨 소리가 튀어나왔지만, 그래도 끝까지 업히지 않고 한 걸음씩 걸었다.

입구가 보일 정도로 동굴이 가까워졌을 때, 소년의 얼굴은 이미 물벼락을 뒤집어쓴 것처럼 진땀으로 푹 젖어 있었다.

레니에는 그를 잠시 앉혀 두고 바위틈 비밀 창고로 뛰어가 술과 말린 고기 두어 점을 가져왔다. 소년은 바위에 앉아 정신을 잃지 않으려고 필사적으로 버텼고, 레니에는 귀한 술과 고기를 아낌없이 내주었다. 소년은 씹어 먹는 것도 어려워해서 레니에가 이로 잘게 찢어 먹기 쉽게 만들어 주어야 했다.

"고기 귀한 거야. 술도 엄청 귀한 거야. 얼마 안 남은 거 주는 거야."

"그런 것 같다."

"그런 거 같다아? 북국 사람들은 생전 모르는 사람이 귀한 거 나눠 주면 그딴 식으로 말씀하시는구나?"

"……고맙다."

고맙다는 말에 인색한 게 수인종족의 특징인지, 아니면 영감탱이 같은 말투만 골라 쓰는 이 자식의 성격인지 모르겠다. 도굴꾼들 사이에서라면 벌써 상욕이 몇 번 터지고 발칵 짜증을 냈겠지만, 레니에는 녀석이 안 죽고 여기까지 버티고 와 준 것만으로도 고마워서 퉁명스럽게 쏘아 대려는 말을 집어삼켰다.

레니에는 소년의 손 위로 술 주머니를 가만히 얹어 주었다.

"많이 먹어. 잘 먹어야 나아."

그는 눈을 가린 채 술 주머니를 손에 쥐었다. 소년의 손가락이 레니에의 손을 조심스럽게 건드렸다가 바로 물러섰다. 그는 눈이 가려진 채 레니에가 앉아 있는 방향을 한참 바라보더니 쉰 목소리로 속삭였다.

"네 이름이 알고 싶다."

"아 진짜……. 너 정말 끈덕지다."

"이름이 안 되면 나이라도 알려 줄 수 있나? 나는 열여섯 살이고, 춘분절이 돌아오면 열일곱 살이 돼서 성인식을 치르게 된다."

……나랑 동갑이라고?

레니에는 잠시 말을 잃은 채 소년을 물끄러미 내려다보았다.

지금까지 레니에는 자신과 같은 또래의 친구를 만나기를 간절히 바랐었다. 눈만 마주치면 힐끔대며 침을 삼키던 아저씨나 할아버지들, 잔소리에 화풀이에 고자질만 해 대던 노예 아줌마들, 돌보아야 할 어린아이들 말고, 힘든 속마음까지 모두 털어놓고 지낼 수 있는 동갑내기 친구.

하지만 지금까지 레니에는 그런 친구를 만나 본 적이 없었다. 단 한 번도. 정확히 말하자면 사람 피해 다니기에 바빠서 또래 친구조차 마음 편히 사귈 기회가 없었다. 돌아가는 꼴을 보면 아마 앞으로도 내내 그럴 것이다. 심지어 외진 숲에 버려졌던 레니에에게는 부모, 형제, 일가친척마저 없었다.

레니에는 대답 대신 히득히득 웃기 시작했다. 열여섯, 그렇게 만나고 싶었던 동갑내기 또래를 난생처음 만났는데 그게 수인종족이라는 북국 놈이고, 만나게 된 이유가 오늘 아침의 환상적인 사건 때문이다. 너무 반갑고 좋아서 미칠 것 같다.

소년은 레니에의 웃음에 눈썹을 찌푸리다가 한숨을 쉬었다.

"내가 또 뭘 잘못 물었는지 모르겠다. 나이를 물은 것도 잘못인가?"

"아직 성인식도 안 치른 꼬맹이 주제에, 흐, 흐흐흐, 아가씨 나이를 함부로 물어봐? 됐어. 집에 가서 엄마 젖이나 더 먹고, 엄마 무릎에 얌전히 앉아서 예절 교육이나 제대로 받고 오라고. 알았어?"

"……."

"왜 대답을 안 해? 나에 대해서 묻지 마. 아무것도 묻지 말라고! 엉? 알았어? 흐흐, 흐……."

"알았으니까 울지 마라. 묻지 않겠다."

소년의 퍼렇게 얼어붙은 손이 허공을 더듬었다. 레니에는 그가 자신의 눈물을 닦아 주도록 내버려 두는 대신 몸을 물렸다. 허공을 더듬던 손은 한참 후 아래로 툭 떨어졌다.

레니에는 문득 웃음을 멈췄다. 소년의 눈을 가린 수건이 축축하게 젖어 있는 것을 뒤늦게 발견했던 것이다.

"너는 왜 울어?"

"울지 않았다. 북국 남자들은 애들처럼 울지……."

그는 말을 확 끊고 황급히 고개를 돌렸다. 하지만 뭘 잘못 건드렸는지, 수건 위로 물기가 확 번지기 시작했다. 흐르륵, 흐. 속에서 올라오는 소리를 감추려고 무척 애는 쓰는데, 의지로 막는 게 쉽지는 않은 것 같았다. 소년의 얼굴이 온통 일그러지고 입술이 실룩대는 꼴을 보며 레니에는 눈썹을 찡그렸다. 가슴이 둔하게 아렸다.

"그래. 내가 잘못 봤네. 그냥 기분이 우울한 거였어?"

소년은 대답도 하지 못하고 고개를 끄덕였다. 레니에는 시큰둥하게 물었다.

"그럼 왜 그렇게 기분이 우울한지나 말해 줘."

"……나도 묻지 않을 테니, 너도 묻지 마라."

"그럼, 나도 말해 줄게, 너도 말해 봐."

"……."

"나는, 네가 열여섯 살이라는 말을 들으니까 굉장히 슬펐어. 됐어?"

그는 전혀 납득하지 못한 얼굴로 레니에를 향해 고개를 돌렸다. 레니에는 다시 웬수 같은 신들을 팔아먹었다.

"운명을 정하시는 위대한 일곱 신을 모조리 걸고 맹세할 수 있는데, 정말 네가 열여섯 살이라는 게 엄청나게 슬펐어."

소년은 여전히 이해가 되지 않는 표정으로, 뭔가를 잔뜩 따져 묻고 싶은 얼굴로 고개를 저었다. 너는 거짓말을 하는데 왜 내가 솔직하게 대답해야 해? 하는 오기가 그의 얼굴에 뚜렷하게 드러났다.

　"네가, 네가 울어서 기분이 잠시 가라앉은 것뿐이다."

　"왜 내 핑계를 대? 빌어먹을, 아니 위대한 이난나 님에게 대고 맹세하는데, 난 거짓말을 한 게 아니야! 네가 그 슬픔을 이해 못하는 건 무디고 이해력 딸려서 그런 거야, 알았어?"

　"……."

　"말하기 싫으면 하지 마."

　레니에는 퉁명스럽게 내뱉었다.

　그는 한참 후 조용하게 고개를 끄덕였다. 여전히 이해는 되지 않는다는 얼굴이었지만, 그래도 위대한 신들의 이름까지 들먹대며 갖다 붙인 말에 타박을 하지는 못했다. 우직해 보이는 소년은 레니에가 신들을 믿지도 섬기지도 않으면서 가짜 맹세를 위해 그 이름을 갖다 붙였다는 것을 감히 상상도 하지 못하는 듯했다.

　그는 쉰 목소리로 나직하게 대답했다.

　"갑자기 어머니 생각이 나서."

　응? 레니에는 고개를 갸웃했다. 조금 전에 엄마 젖이나 더 먹고 오라고 쏘아붙였는데 설마 그 말 때문에? 소년은 내키지 않는 듯, 하지만 어쨌든 띄엄띄엄 설명을 덧붙였다.

　"사흘 전에, 아버지와 어머니가 눈앞에서 돌아가셨다. ……난 두 분을 구해 드리지 못했다."

　아, 이런.

　"왜 이제 왔느냐, 왜 빨리 나가지 않느냐 화를 내며 고함을 질렀다. 그런데 그게 어머니께서 세상에서 마지막으로 들은 말이 돼 버렸다. 고맙다는 말씀도 못 드렸는데……. 잊으려 노력하고 있었는데 네가 울어서 생각났을 뿐이다. 네 핑계를 대려던 건 아니었다."

그는 고개를 숙이고 무릎에 얹힌 주먹을 꽉 움켜쥐었다. 다시 천 위로 축축한 습기가 번진다.

레니에는 손을 뻗어 그의 눈가에 대려다 잠시 머뭇거렸다. 뭔가 따뜻한 말로 위로라도 해 주고 싶었지만, 아니 무슨 일이 있었는지 이유라도 묻고 싶었지만 그랬다간 저 흥건하게 젖은 천 아래로 눈물이 줄줄 흘러내릴 것 같았다. 지금도 견디기 힘든데 그 꼴까지는 못 볼 것 같다.

레니에는 그의 눈을 쓰다듬는 대신 뺨을 두 손으로 꽉 움켜잡고 억지로 퉁명스러운 목소리를 짜내어 쏘아붙였다.

"응, 그러셔? 네가 정신 안 차리고 이렇게 질질대고 있으면 오늘 내로 에레쉬키갈 님 앞에서 엄마 아빠랑 감격의 상봉을 할 수 있을 거야. 그럼 두 분이 퍽도 좋아하시겠어!"

레니에는 볼을 쥔 주먹에 꽉꽉 힘을 주며 화를 냈다. 눈을 가린 수건에 흥건하게 번지는 물기가 점점 보기 힘들었다.

"나도 엄마 아빠 없어. 아니 있긴 했겠지만, 자기 딸을 들짐승들이 맛있게 드시라고 숲 한가운데 내려놓고 튀어서 얼굴도 몰라! 그런 데다 성질 고약한 인간들한테 여기저기 팔려 다니기까지 했지. 그런 걸로 보면 내가 더 불쌍해! 내가 세상에서 제일 불쌍해! 그러니까 넌 찔찔대지 마. 엉?"

치미는 대로 말해 놓고 보니, 이게 소년을 향한 위로인지, 자신을 향한 연민인지조차 잘 모르겠다. 레니에는 목소리를 한풀 죽이고 중얼거렸다.

"……더 이상 나빠질 일은 없을 거야. 그러니까……."

순간 레니에의 뺨에 무언가 와 닿았다. 핏자국이 말라붙은 그의 손가락이었다.

"됐다. 나는 이제 괜찮다."

차가운 손가락이 레니에의 젖은 뺨을 천천히 쓰다듬기 시작했다. 레니에는 눈썹을 잔뜩 우그렸다. 녀석의 반응이 좀 이상했다.

"네, 이, 이름은 모르지만 뭐, 뭐라 해야 할지 모르지만, ……어쨌든 잊지 않겠다."

역시 이 녀석은 상황에 맞는 적절한 인사말을 배우지 못한 게 틀림없다. 레니에는 이 자식은 왜 이 나이가 되도록 인사 하나 제대로 못 배운 걸까 분개하며 한참 울었다.

레니에는 동굴에 들어가기 전, 소년에게 신신당부했다.

"동굴에 가면, 입 다물고, 눈 감고, 귀 닫고 구석에서 얌전히 박혀 있어. 신성석을 캐러 백염산맥에 들어오려다 조난할 뻔한 걸 내가 구해 줬다고 말이나 맞춰 주고, 동굴 구석에 누워서 내가 갖다 주는 거나 받아먹으면서 몸을 회복시키면 되는 거야. 알았어?"

"몸을 회복하는 대로 나를 놓아줄 건가?"

레니에는 멈칫했다. 일단 목숨을 구해 주는 것까진 해 주겠는데 돌려보내야 하나? 그것까진 생각 안 해 봤는데.

"……아직 몰라."

"평생 나를 그 동굴에 가둬 둘 건가? 나는 집에 돌아가야 한다. 반드시 해야 할 일이 있다."

"아 물론, 이곳에 오는 도굴꾼들도 집에 꼭 돌아가야 하지. 반드시 해야 할 일도 있고."

레니에는 투덜대며 덧붙였다.

"네가 돌아가서 뒤통수치지 않겠다고 누가 장담해? 막말로 놔

줬더니 소금성 사람들을 끌고 나를 죽이러 올지 어떻게 알아?"

"너……."

소년은 기가 막힌 듯 입을 벌리고 잠시 더듬거렸다.

"남국이나 서역에선 목숨 구해 준 사람을 죽이는 일이 많은가? 나는 네게 목숨을 빚졌으니, 반드시 은혜를 갚을 것이다."

"뭐? 북국 사람이 은혜 갚는다는 말을 나한테 믿으라고? 너희 소금성 사람들은 자식까지 낳아 준 아내를 잡아먹은 식인수리의 후손 아니야?"

레니에는 대놓고 코웃음 쳤다. 남국에서 욕할 때 쓰는 '북국 사람', '수인종족'이라는 말에는 배은망덕한 자, 배신자라는 의미가 항상 숨어 있었다. 옛이야기 속, 자신의 아이들을 낳아 준 황금숲의 여신 아르마누를 잡아먹은 짐승이 소금산 부족의 조상 식인수리였기 때문이다. 소년의 커다란 고함이 터졌다.

"어디서 그따위 말을 들었는가! 소금성 사람들은 그런 짓을 하지 않는다!"

레니에는 "말로야 무슨 말을 못 해?" 하고 튕겨 주려다 멈칫했다. 소년은 정말 기분이 나쁜 듯했다. 그는 분한 얼굴로 식식거리다가 덧붙였다.

"나는 약속을 많이 하는 편은 아니지만……."

"응?"

"……일단 한 약속은 어긴 적이 없다."

"어……."

소년의 말투는 여전히 고리타분하고 터무니없이 진지해서 우스꽝스러웠지만, 또 묘하게 믿고 싶은 마음을 불러일으켰다.

하지만 레니에는 그 진지함에 넘어갈 생각이 없었다. 그녀는 신성석 광산에서 끊임없이 이어지는 배신과 사기, 살해의 현장을 3년 가까이 지켜보았다. 그리고 그전에 당했던 배신과 몹쓸 경험 역시 차고 넘쳤다. 레니에는 사람이 짐승이나 벌레보다도 믿을 수 없는 존재라는 것을 이미 잘 알고 있었다.

"빌빌 죽어 가는 놈이 큰소리는. 그래, 좋아. 은혜 갚는다 쳐. 그럼 무슨 재주로 갚을 건데? 내가 목숨이라도 내놓으라면 내놓을 거야?"

"……네게 받았으니, 원한다면 언제든 돌려주겠다."

조금의 망설임도 없이 튀어나오는 대답에 어이가 없었다. 레니에는 왈칵 화를 냈다.

"와, 씨! 기껏 목숨 구해 줬더니 헌신짝처럼 집어던지네? 사람 황당하게?"

"이해할 수가 없다. 네가 돌려 달라 해서 준다 했더니 왜 화를 내지? 네가 돌려 달라면 얼마든지 돌려주겠다."

"됐어, 됐어. 난 북국 놈 목숨 따위 필요 없어. 가뜩이나 하루하루 사는 게 엿 같고 힘들어 죽겠는데 왜 남의 목숨까지 당겨서 살아 줘야 해?"

소년은 말을 멈추고 눈썹을 찡그리더니 잠시 후 무거운 목소리로 물었다.

"……사는 게 싫은가?"

"진짜 싫어. 내 소원은 쿨쿨 자고 있는데 네 몸뚱이만 한 바위가 내 머리통에 떨어져서 죽는 거야. 아픈 줄도 모르게, 눈 깜짝할 사이에."

레니에와 소년 사이로 한참 침묵이 흘렀다. 레니에는 불퉁불퉁 내뱉었다.

"그래, 뭐 정 은혜를 갚고 싶으면, 내 소원이나 한 가지 들어주라."

"내가 할 수 있는 일이라면 열 가지라도 들어주겠다."

"야, 됐다니까. 열 가지 백 가지 필요 없고, 하나면 돼. 내 소원이 뭐냐 하면."

레니에는 속이 울렁거리는 것을 느꼈다. 속에 꽉꽉 뭉쳐 있던 말이 기회를 만났다는 듯 치밀어 오른다. 레니에는 조금 떨리는 목소리로 더듬더듬 말했다.

"너, 오래오래 살아. 내가 기껏 살려 줬는데 비실비실하다 바로 죽으면 나한테 죽는다. 백 살까지 살아. 아니, 백 살도 모자라. 백오십 살, 어쨌든 다른 사람의 다섯 배쯤 오래 살아야 해. 알았어? 다섯 배."

소년의 얼굴이 멍청해졌다.

"왜 하필 다섯 배인가?"

"그놈의 이유 좀 묻지 말라고! 소원을 들어줄 수 있다, 없다만 말하라고!"

"……드, 들어줄 수 없다. 미안하다."

"아, 진짜! 내가 백오십 살까지 살면서 확인하러 갈 것도 아닌데 대충 알았다고 하면 어디가 덧나냐! 그럼 은혜니 뭐니 귀찮게 갚을 것도 없고 여기서 다 털어 버리는 거잖아!"

그는 한참 고민하더니 내키지 않는 듯 고개를 저었다.

"노력해 보겠다. 하지만 지키지 못할 약속은 할 수 없다. 그러니 다른 소원을 말해 줘."

레니에는 고집쟁이 소년의 우직한 얼굴을 올려다보았다. 저 진지한 얼굴을 보고 있으니 킬킬 웃음이 나오기 시작했다. 다섯 몫의 생이라니. 레니에 이 게으른 년, 다섯 명의 목숨을 일일이 구하려니 그것도 귀찮았니?

다섯 명의 목숨을 구한다 해도 우습기는 마찬가지다. 그런다고 네가 저지른 짓이 정말 없던 일이 된다고 믿는 거야?

"좋아. 안 된다면 할 수 없지. 그럼 다른 걸로 가자고."

레니에는 소년이 갖고 있던 크고 무거운 도끼를 떠올렸다. 피가 말라붙어 있던 도끼였다. 레니에가 두 손으로 간신히 들 수 있던 도끼를 소년은 한 손으로 던졌다. 레니에는 잠시 망설이다가 물었다.

"너…… 사냥 잘해?"

"잘한다. 열 살 때 검치호를 혼자 잡았고, 백염산맥의 어떤 맹수, 맹금과 겨루어도 진 적이 없다. 원하는 짐승이라면 무엇이든 잡아 주겠다."

"나도 사냥은 제법 해. 짐승은 필요 없어. 그러면 사람 죽여 본 적 있어?"

"있다. 혹시 죽이고 싶은 사람이 있나?"

소년은 너무나 태연하게 물었다. 레니에는 대답하는 대신 발끝을 내려다보며 가만히 서 있었다. 소년은 덤덤한 목소리로 덧붙였다.

"나는 소금산 부족의 첫째가는 전사다. 우리 가족과 부족의 명예와 생존을 지키기 위해서 단 한 번도 두려워하지 않았고 물러서지도 않았다. 너는 어떤 사람을 무슨 이유로 죽이기를 원하는가?"

"이유가 중요해?"

"사람의 목숨은 취하면 되돌릴 수 없다. 합당한 이유가 있어야 한다."

"그 이유가 합당한지 아닌지는 누가 정해?"

"내가 정한다."

레니에는 동갑내기 소년을 물끄러미 내려다보았다. 그의 세계와 레니에의 세계는 달라도 무언가가 많이 다른 것 같았다. 내가 정한다, 하는 단호한 대답. 신의 축복이든 저주든 상관없이, 저렇게 확신에 차서 대답할 수 있는 사람이 세상에 존재하는구나.

이 아이는, 아까 죽은 사람들이 '죽기에 합당한 이유'가 있다고 생각할까?

레니에는 천천히 입술을 뗐다.

"나중에, 아주 먼 훗날에 내가 너를 찾아가면……."

그러니까, 내가 다섯 몫의 목숨을 다 살리고, 나 때문에 다쳤던 사람들만큼 나도 고생하고, 변덕쟁이 여신이나 다른 신들이 보기에도 어느 정도 저울이 맞춰진 것 같으면 말이야, 이쯤이면 에레쉬키갈 님 앞에 끌려가도 고개 들고 말할 수 있을 정도가 되면 말이야.

"나를 단번에 죽여 줄 수 있어? 이유도 묻지 말고, 아픈 것도 모르고 죽는 것도 모를 만큼 단번에."

소년의 얼굴이 다시 일그러진다. 한참 후에 그가 조용히 물었다.

"……왜?"

소년은 이해 안 가는 걸 얌전히 넘기는 법이 없는 듯 말끝마다 이유를 물었다. 이젠 이유를 묻지 말라는 말을 하기도 지친다. 레니에는 다시 불퉁한 목소리를 짜냈다.

"돌에 머리를 맞고 죽기가 너무 어렵더라고. 죽으려면 안 아프게, 무섭지도 않게, 죽는 것도 모르게 죽고 싶거든."

소년의 얼굴은 점점 혼란스러워졌다. 그는 상처를 붙잡고 신음인지 한숨인지 모를 긴 날숨을 내뱉더니 다시 고개를 저었다.

"하지 않겠다."

"……흥. 이럴 줄 알았지. 이것도 튕기고 저것도 튕기고. 이럴 거면 애초에 뭣하러 물어봐?"

"나는 목숨을 살려 준 자를 내 손으로 죽이지 못한다. 다른 걸 말해 다오."

"글쎄 그러니까 누가 은혜 같은 거 갚아 달랬냐고? 필요 없다니까 그러네."

레니에는 투덜대다가 문득 입을 다물었다. 부탁할 만한 것이 한 가지 떠올랐다. 너무 맞춘 듯 적절한 부탁이라, 입에 쓴 물이 가득 고였다.

"좋아. 그럼 이 부탁 하나만 들어줘. ⋯⋯썩 어려운 건 아닐 거야."

다섯 명의 사내들은 죽지 않았을 것이다⋯⋯.

레니에는 입술을 짓씹으며 생각을 이어 보았다. 그래. 죽지 않았을 것이다. 내가 이난나 여신이 집어 던진 역겨운 축복에 복종했다면. 그들의 탐욕에 필사적으로 반항하는 대신 얌전하게 몹쓸 짓을 당했으면.

⋯⋯그랬다면 남국의 더러운 사내들도 다칠 일이 없었을 것이고, 나는 황금숲에 팔리지도, 도망 노예가 되지도 않았을 것이다. 남국에서 적당한 노예와 결혼해서 아들이건 딸이건 되는대로 낳고 소리 소문 없이 살고 있었을 것이다. 어쩌면 어부 영감의 첩이 되어 아침마다 꿀을 넣은 우유 정도는 마시고 있었을지도 모른다.

이난나 여신의 축복에 얌전히 순응했다면 말이지.

"네 몸이 완전히 나으면⋯⋯."

아까 억지로 묻어 두었던 질문이 이제 폭포처럼 쏟아져 내린다. 아니, 해일처럼 뒤덮는다. 나는 반항하지 않고 얌전히 당하는 게 옳았을까. 다섯 명이 죽었다. 그들은 죽지 않을 수 있었다. 그들을 죽일 생각은 없었는데. 내가 반항하고 도망치지 않으면, 그들이 원하는 대로 내 몸을 억지로 취하게 내버려 두었으면.

하지만 나는 싫었는데. 정말 싫었는데. 그럼 네가 싫다고 해서 남들을 죽게 한 것이 옳아? 그럼 내가 기어이 그 대가를 치러야만 하는 거야? 치를 수나 있는 거야? 혼란스러워서 미칠 것 같다.

레니에는 자신의 입속에서 맴도는 부탁을 혀로 감아 누르며 입술을 실룩거렸다. 목구멍 속을 화살촉으로 찍어 내리는 것처럼 아프다.

나는 지금 정말 벌을 받고 싶은 걸까? 아니면 마음이라도 편해지려고 이러는 걸까? 신들에게 벌을 받는 것보다 사람이나 짐승에게 벌을 청하는 것이 더 낫지 않을까? 신보다는 인간이 자비롭고, 인간보다는 짐승이 더 자비롭지 않을까? 생각이 길어질수록 레니에는 점점 암담해졌다.

"나를……."

눈물이 스며 나오고, 천천히 목이 잠긴다. 소년은 상처가 아픈지 눈을 자꾸 찡그리고 헐떡대면서도 엄숙한 얼굴로 레니에의 대답을 기다리고 있었다. 목소리가 쩍쩍 달라붙는다.

"……강제로 범해 줘."

3. 손바닥이 먹어 버린 말

소년의 얼굴이 딱딱하게 굳었다. 숨을 크게 들이쉬는 소리가 들렸다. 한 번, 두 번, 세 번. 아무리 기다려도 대답이 나오지 않아, 레니에는 천천히 되풀이했다.

"네 몸이 완전히 나으면, 나를 있는 힘껏, 강제로 범해 줘."

"……."

"거부반응이 굉장할 거야. 하지만 내가 싫다고 아무리 반항해도, 아프다고 고함을 질러도, 입을 틀어막고 손발을 묶어 놓고, 주먹으로 후려쳐 가면서 나를 범해 줘."

"싫다."

소년은 이번에는 이유도 묻지 않고 단호하게 고개를 저었다. 레니에는 이를 악물고 따졌다.

"왜 또 안 돼? 왜? 할 수 있는 건 다 해 준다며. 설마 못 하는 거야? 남자들은 여자라면 어린애건 뭐건 환장하잖아."

소년의 얼굴은 숫제 얼음덩어리처럼 변했다. 굵은 눈썹이 크게 일그러지고 입술이 한참 실룩거리더니 한참 만에야 퉁명스러운 대답이 튀어나왔다.

"나는 하지 못한다. 다른 걸 말해라."

"아 씨 진짜! 다 집어치우라고! 말하는 것마다 죄다 못 한다 싫다 하면서 뭘 또 자꾸 대래? 아니 누가 은혜 갚아 달랬냐고! 필요 없으니까 집어치우라고!"

"……"

"다들 웃고 있어. 넌 여자랑 자는 거 싫어? 내가 못생겼을 거 같아서? 아니면, 여자랑 안 자 봤어? 사내새끼들은 개나 소나 나만 보면 허발하고 달려들던데, 넌 왜 공짜로 주는 빵도 못 집어먹어?"

소년의 얼굴이 당혹감과 분노로 이글이글 끓어올랐다. 그는 레니에에 대한 경멸을 굳이 감추지도 않고 쏘아붙였다.

"남국 여인들이나 서역 여인들은 명예도 수치심도 없나? 처음 보는 남자에게 다들 이따위로 행동하나?"

레니에는 소년을 한참 내려다보다가 풀썩 웃음을 터뜨렸다. 명예? 수치심? 그게 뭐야? 이 자식이 어디서 이렇게 팔자 좋은 소릴 하고 있지? 킬킬, 킬킬킬. 히, 으히히히. 도무지 웃음이 멈추지 않았다.

그래그래, 내가 미친 소릴 했다. 나 혼자 절박하고 나 혼자 죽을 것 같을 뿐이지, 남이 보기에는 그저 명예롭지 못하고 수치스러운 일일 뿐이다.

창피하진 않았다. 그냥 모든 게 웃기고, 모든 게 개 같고, 그냥 다 웃길 뿐이었다. 레니에는 한참 웃었다. 눈물이 줄줄 흘러나올 정도로 웃었다. 레니에가 웃으면 웃을수록 소년의 얼굴은 점점 심하게 구겨졌다. 소년은 무거운 목소리로 내뱉었다.

"나는 남국이나 서역 사람을 몇 번 만나 봤지만…… 내 머리로는 도저히 너희를 이해할 수 없다."

"이해할 필요 없어. 어차피 내가 사는 세상엔 명예나 부끄러움 같은 건 없고, 이해할 수 없는 일만 꽉 차 있었으니까."

"……."

"싫으면 다 집어치워. 너 구해 준 건 그냥 내가 오늘 아침에 갑자기 배알이 틀려서 한 짓이니까 은혜 갚으니 어쩌니 할 거 없어. 뒤통수나 안 치면 고마운 거지. 그리고 너 아니라도 여자에 걸신 들린 새끼들 많아. 지금 내가 있는 동굴에도 우글우글해."

소년의 얼굴은 이제 손쓸 수 없을 정도로 험악해졌고, 표정에 드러난 경멸은 숨길 수 없을 만큼 적나라해졌다. 레니에는 이 요청이 그에게 심한 모욕이며, 이것을 받아들일 경우 그가 죽을 때까지 수치스럽게 여기리라는 것을 뒤늦게 알아차렸다.

하지만 딱히 무를 생각은 없었다. 그의 말대로 레니에에게는 명예와 수치라는 것이 없고, 지금껏 살아온 시간을 그에게 이해시킬 생각도 없었다. 그 순간 그의 침통한 목소리가 들렸다.

"네 말대로 하겠다. 그게 네게 은혜를 갚는 거라면."

❊ ⚜ ❊

쿤은 이를 악물고 신음을 참았다. 목이 타고 허벅지가 아파서 도저히 잠을 이룰 수가 없었다.

곁에서 들리는 여자의 숨소리가 거칠다. 자신을 구해 준 여자가 그의 앞을 지키면서 자고 있는데 몸이 좋지 않은 것 같다. 아까 도굴꾼들에게 심하게 얻어맞은 탓이다.

……이제 어떡해야 할까.

쿤이 북국 사람이라는 것은 생각보다 일찍 들통이 났다. 아니, 사실 동굴에 들어서자마자 들통이 났다. 북국 사람과 남국 사람은 일단 외양부터 확연하게 다른 데다, 말투에서조차 차이가 났다.

쿤이 듣기에 남국 사람들의 말투는 낯간지러울 정도로 가늘고 가볍고 빨라서 자고새가 지저귀는 것처럼 들렸다. 그렇다면 그들 귀에 자신의 말투는 곰이나 멧돼지 우는 소리처럼 굉장히 거칠고 투박하게 들릴 것이다. 특히 소금산에 사는 사람들은 말투까지 느릿해서 더욱 우스꽝스럽게 들리는 듯했다.

그리고 말하려는 핵심 내용을 간결하게 직설적으로 치고 들어가는 북국의 말 습관과 달리 남국이나 서역 사람들은 말하려는 대상을 무언가에 이리저리 빗대서 말하는 습관이 있었다. 왜 그런 피곤한 짓을 하는지 이해할 수 없었지만 그들은 오히려 북국 사람들의 말 습관을 촌스럽고 세련되지 못하다고 생각하는 것 같았다.

결정적으로, 바로 들통이 난 건 쿤 자신 때문이었다. 거짓말에 익숙하지 못한 쿤은 소금산에서 섬기는 태양신 우투를 걸고 북국 사람이 아니라는 맹세를 하라고 시켰을 때 저도 모르게 입을 다물고 말았다.

그는 소금성의 부족장이자 우투 신전의 대신관인 아버지의 뒤를 이을 후계자였다. 신관이 될 자가 자신이 섬기는 신의 이름으로 거짓 맹세를 할 수는 없었다.

그를 의심한 도굴꾼들이 고향이 어디냐, 아비의 이름이 무어냐, 도시의 왕이 누구냐, 도시의 대신전에선 누구를 섬기고 있느냐 취조를 하기 시작했다. 남국에 대한 정보가 거의 없는 쿤은 얼마 안 가 꼬리를 잡혔고, 그때부터 살벌한 구타가 시작됐다. 옆에 있던, 명예를 모르는 여자가 당장 끼어들었다.

"애 때리지 마세요! 죽어! 더 맞으면 죽어!"

"당연히 죽어야지! 미친 꼬맹이! 북국 사람을 살릴 생각이었어? 우리까지 몽땅 뒈지게 하려고 작정했어? 너도 죽어, 죽어! 이 쌍놈의 새끼들을!"

자신을 구해 준 여자는 동굴에서 꼬맹이라는 이름으로 불리고 있었다. 부축할 때 키가 작은 것은 짐작했지만 나이도 생각보다 어린 듯했다. 툭탁툭탁, 퍽퍽대는 소리가 들린다. 여자가 맞는 소리를 듣고 있으니 속이 뒤집히는 것 같다. 악에 받친 고함이 터졌다.

"내가 아저씨들 몇 번 살려 줬잖아! 북국 놈들 올 때 미리 눈치 까고 신호 보내 줘서 바로 튀게 해 줬잖아! 그럼 이번 한 번은 봐줘도 되잖아! 내가 묶어 놓고 감시할 거라니까?"

"그건 그때 일이고! 이 쪼끄만 새끼가 말이 많네!"

"아으아으! 얘는 때리면 죽는다니까, 그냥 날 때려, 아욱! 씨발! 진짜 때리네. 아으으!"

레니에는 쿤에게 쏟아지는 발길질을 몸으로 막는 수밖에 없었다. 이 눈치 없는 놈이 괜히 반항하다가 도굴꾼들의 부아를 지르지 않도록 한 손으로는 그놈의 입을 틀어막고 한 팔로는 바닥을 짚은 채 등짝으로 발길질과 주먹질을 받아 냈다.

명치를 걷어차였을 땐 내장이 입 밖으로 모조리 쏟아져 나오는 줄 알았다. 어릴 때부터 하도 채찍질을 당해서 맷집은 좋다고 생각했는데 너무 아파 정신이 하나도 없다.

아 씨, 그래. 죽을 사람 하나 살리는 거니까 죽을 만큼 힘든 건 당연하겠지. 그런데 빌어먹을 너무 아프네. 이러다 둘 다 죽겠다.

"씨발! 작작 좀 패! 사람 말 좀 들어 봐! 내 말부터 들어 보란 말이야!"

레니에는 드디어 맞주먹질을 하면서 고래고래 고함을 지르기 시작했다. 사람들의 발길질엔 정말 살의가 넘쳤고, 뭐든 타협을 시도하지 않으면 바로 죽을 판이었다.

"들어 보긴 뭘 들어? 이 새끼가 나가면 여기로 북국 놈들 끌고 올 거 몰라? 이 새끼가 네놈 똥구멍에 기둥 꿰어서 높이 매달아 놔야 정신 차리겠지!"

"얘는 여기가 어딘지 몰라요. 내가 눈 가리고 데려왔어! 우리 얼굴도 몰라. 내가 도망 못 가게 감시하면 되잖아요."

"그게 무슨 미친 놀음이야?"

"이 새끼 미친 거 아냐? 멀쩡한 거 같더니 오늘따라 왜 이래?"

"아이 씨! 내가 책임지고 감시한다니까? 얘 도망치면 내가 따라가서 죽이고 올게. 내가 사냥감 놓치는 거 봤어? 안 그럼 그때 나 죽여도 돼."

그리고 다시 걷어차려는 놈의 다리에 답삭 매달려 흥정을 시작했다.

"이번만 봐주면 내가 가을에 만들어 둔 과일주 갖다 줄게요!"

"……뭐?"

순간 발길질이 수긋해졌다. 레니에는 기회를 놓치지 않고 빠르게 떠들어 대기 시작했다.

"고기! 고기도 남겨 놓은 거 다 갖다 줄게. 그리고 앞으로 사냥하는 거 자고새 벌새 하나 남기지 않고 몽땅 갖다 줄게요. 나한테 소금에 절인 고기가 얼마나 있는지 모르죠? 여기 모인 사람들이 이레, 열흘은 먹을 수 있어!"

갑자기 발길질이 딱 멎었다.

"이, 이레? 열흘? 정말이야?"

"고기가? 그 정도 고기가 있었단 말이야?"

지금 동굴에 있는 사람들에게 가장 절실한 건 식량이었다. 하지만 모인 사람이 모두 사냥을 할 수 있는 건 아니었고, 그나마 가장 사냥 솜씨가 좋은 것이 레니에였다.

그들도 먹을 것이 부족하면 겨울이 지날 동안 대부분 살아남지 못하리란 것을 알고 있었다. 하지만 여름, 가을 충실하게 식량을 모으지 못했던 이유는 그놈의 한탕주의 때문이었다. 오늘, 아니 내일이라도 주먹만 한 신성석 한 개만 캐면 당장 팔자를 펼 텐데, 하다가 대책 없이 겨울을 맞는 것이다.

그리고 북국의 겨울이 워낙 갑작스럽게 들이닥치는 것도 한몫했다. 백염산맥에선 여름 끝물에 잠시 선선해지는가 싶으면 이내 첫눈이 오고, 바로 겨울이 시작된다.

도굴꾼들은 뒤로 물러서서 머리를 맞대고 수군수군 의논하기 시작했다. 신성석에 관심 하나 없이 밖으로 돌기만 하던 꼬맹이가 뭘 하나 했더니 줄창 먹을 것을 쟁여 두었던 모양이다. 게다가 약초 술이나 과일주는 이곳에서 신성석만큼이나 귀한 것이었다.

여러 말이 오갈 것도 없었다. 저 북국 놈을 인질 삼아 동굴에 묶어 두고 고기와 술을 뺏어 먹은 후, 봄이 오면 인질을 죽이면 되는 것이다. 꼴을 보아하니 그전에 뒈질 것 같긴 하지만 적어도 놈이 살아 있는 동안이라도 본전을 뽑으면 된다.

그들 중 임시 우두머리 노릇을 하던 세데크가 앞으로 나섰다. 그는 남국 니니갈 성 출신으로 동굴에서 개중 북국 정보에 밝고 가장 덩치가 크고 힘도 셌다.

"좋다! 저놈을 살려 주는 대가로 고기를 가져와라. 내일 당장! 한 점도 남김없이 모조리 가져오지 않으면 저 자식은 죽는다."

"그건 안 돼요. 내일 다 먹어 치우고 모레 우릴 죽이면 어떡할 건데? 매일 조금씩 갖고 올 거야."

레니에는 고개를 저으며 협상 태세로 돌아섰다. 세데크가 흉흉하게 주먹을 들어 뺨을 후려갈겼지만 레니에는 코피를 찍찍 흘리면서도 까딱하지 않았다. 어차피 고기에 눈이 홀렸으면 칼자루는 자신에게 반 이상 넘어온 거였다.

그들은 마지못해 협상에 동의하고 쿤을 질질 끌어 안쪽에 있는 작은 바위굴에 처박아 놓았다. 신성석 광산은 광맥을 따라 조금씩 파 들어가는 넓은 갱도 말고도 여기저기 작은 동굴들이 성글게 파여 있어, 새로 오는 사람들은 비어 있는 바위틈이나 작은 굴을 찾아 양털을 깔고 잠을 자곤 했다.

세데크는 돌기둥에 세 겹으로 된 굵은 가죽끈을 매어 쿤의 발에 묶었다. 쿤은 반항하지 않고 얌전히 동굴에 들어가 돌바닥에 웅크려 누웠다. 손은 자유로웠지만 눈을 가린 천을 풀지도 않았고, 발을 묶은 가죽끈을 풀려 애쓰지도 않았다.

창날이 박힌 다리를 움직일 때마다 이를 악문 소리를 냈지만 뽑아 달라는 말조차 하지 않았다. 창날을 뽑은 후 제대로 지혈하고 치료를 해 줄 사람은 동굴 안에 한 명도 없었고, 제 손으로 뽑을 수 있는 건 더더욱 아니었다. 쿤도 그것을 아는지 몸을 둥글게 구부리고 돌아누운 채 조용히 통증을 견뎠다.

"아, 아야, 아으으."

레니에는 퉁퉁 부은 뺨을 만지며 투덜거렸다. 한쪽 눈이 부어서 잘 안 보였고, 코피가 줄줄 흘러내렸다. 오른쪽 윗어금니도 하나 덜렁 빠져 버렸고 팔다리도 여기저기 긁혀 피가 스며 나왔다.

하지만 뼈가 부러진 곳은 없었다. 그거면 충분했다. 겨울이라 크게 덧나지는 않을 거고, 까이고 찢어진 곳에는 침을 발라 두면 대충 나을 것이다.

내가 문제가 아니지. 간신히 구해 온 저 자식이 구석에 처박혀서 아무 반응이 없는 게 문제다.

레니에는 이리저리 얽힌 동굴을 엉금엉금 기어서, 자신이 잠자리로 쓰던 눅눅해진 풀 더미와 시커멓게 더러워진 양털 깔개를 가져왔다.

"쿤? 괜찮아?"

몇 번 불러도 대답이 없다. 겁이 더럭 난 레니에는 그의 입가에 얼굴을 바짝 갖다 댔다. 가느다란 날숨이 흘러나오고 있었다. 그제야 가슴을 쓸어내리며 안도의 한숨을 쉬었다.

사람이 죽는 것은 너무 쉬운데, 죽어 가는 사람 하나 살리는 건 이렇게 힘든 거구나.

"……너는. 너, 너는."

귓가에 텁텁하게 갈라진 목소리가 들이박혔다. 목소리는 심하게 흔들리고 있었다. 레니에는 화들짝 놀라 옆에 바짝 다가앉았다.

"너 어디 아파? 안 좋아? 왜 그래?"

문득 말을 멈췄다. 아픈 게 당연하고 안 좋은 게 당연하다. 지금 다리가 독이 올라 썩어 가고 있는데. 나무나 돌로 된 창날이나 화살촉과 달리 푸르스름하거나 누른빛이 도는 쇠로 만들어진 무기들은 사람에게 박히면 푸르고 검은 독을 깊이 퍼뜨렸다.

뺨에 양손을 대 보았다. 열이 올라오고 있었다. 입가에 얼굴을 들이대니 날숨이 거칠고 가파르고 뜨거웠다.

어쩌지. 어찌할까.

순간 쿤의 손이 힘겹게 올라와 레니에의 손목을 움켜잡았다. 레니에는 숨을 크게 몰아쉬었다. 손목이 불에 덴 것처럼 뜨거웠다.

"왜…… 이런 멍청한 짓을 하지?"

……이 새끼가.

❈ ✚ ❈

쿤은 몸이 녹자마자 열이 펄펄 끓기 시작했다. 첫날밤부터 혼수 상태에 빠졌다. 불을 피우고 물을 먹여도 우들우들 떨면서 계속 토하기만 했다.

"으으, 으, 흐으."

쿤의 손이 레니에의 옷자락을 꽉 잡았다. 레니에는 가늘게 한숨을 쉬었다. 데리고 와서 먹이고 따뜻하게 해 주면 살아날 줄 알았는데 아주 골치 아픈 놈을 주워 온 것 같다.

뭐가 문제인 줄은 안다. 저 허벅지 속에 깊이 박혀 있는 창날이 문제다.

뽑으면 피가 터져 죽을 것이고, 안 뽑으면 저 독이 퍼져서 죽을 것이다. 오늘을 넘기면 어느 쪽으로든 죽고 말 거라는 게 보였다.

여기저기서 코 고는 소리가 희미하게 들렸다. 자정은 벌써 지났고 새벽이 되어 가는 것 같다. 어차피 이 아이가 살기를 바라는 사람은 레니에밖에 없고, 살릴 수 있는 사람도 도와줄 사람도 레니에밖에 없다. 레니에는 소년의 귀에 대고 속삭였다.

"쿤."

"……."

"쿤, 들려?"

거물거물 눈썹이 움직였다. 옆에 피워 놓은 작은 모닥불보다 날숨이 더 뜨거웠다.

"창날을 뽑아야 해."

레니에는 그의 허벅지에 꽂힌 창날의 부러진 부분을 살짝 건드렸다. 그의 몸이 벼락을 맞은 것처럼 꿈틀거리고 이를 악문 신음이 흘러나왔다. 레니에는 천천히 되풀이했다.

"창날을 뽑아야 해, 쿤. 난 너를 꼭 살리고 싶어."

그의 눈썹이 다시 크게 꿈틀거렸다. 레니에를 붙잡은 팔에 힘이 들어갔다. 레니에는 그가 두려워하고 있으면서도 그것을 들키지 않기를 바란다는 것을 알아차렸다. 레니에는 엉망으로 헝클어진 그의 칙칙한 적갈색 머리카락을 천천히 쓰다듬었다.

"네가 힘들어도 살아 줬으면 좋겠어. 무사히 살아나서 백오십 살까지 살았으면 좋겠어."

"……."

"그리고 한 가지 더 바란다면, 다리를 자르지 않고도 살아 줬으면 좋겠어."

"뽑아."

그는 간결하게 말했다.

"지금 지혈초는 없어. 의사도 없어. 불로 독을 누르고 지혈해야 할 거야. 겨울이라 덧나진 않겠지만, 많이 아플 거야."

"해. 나는 괜찮다."

그는 덜덜 떨면서, 숨을 헐떡이며 덧붙였다.

"나는, 나는 북국 사내다. 걱정 말고 해."

레니에는 쿤의 손목을 잡고 고개를 숙였다. 웃기지 마, 멍청아. 북국 사내라 하면 더 용감하고 강하게 들리는 줄 아니?

아니지. 나야말로 웃기다. 난 왜 아무 상관도 없는 이 멍청이를 이렇게 필사적으로 살리려고 하는 걸까.

처음엔 가책이었고, 에레쉬키갈 여신 앞에서 어떻게든 셈을 맞춰 보려는 얄팍한 충동이었던 것 같다. 하지만 이제는 그냥 이 녀석이 살았으면 좋겠다. 무슨 수를 써서라도 살려 내고 싶었다. 레니에는 소년의 손을 꼭 붙잡고 목멘 소리로 속삭였다.

"살아 줘, 제발. 오늘 밤만 버텨 주면 돼, 쿤."

"너는 왜…….."

다행히 쿤은 더 이상 묻지 않았다. 대신 떨림이 살짝 가라앉은 목소리로 다시 말했다.

"뽑아."

레니에는 바닥에 깔린 천을 길게 찢고, 사냥할 때 쓰는 작은 칼을 옷으로 문질러 닦은 후 모닥불에 얹었다. 칼끝이 발그레하게 달아오르는 것을 보며, 레니에는 짚을 뭉쳐 쿤의 입에 물려 주었다.

"잠시만 참아."

그의 허리에는 질 좋은 양털로 만든 긴 카우나케스가 둘려 있었고, 방한을 위해 양털로 북슬북슬 엮은 천을 다리에 감아 놓았다. 피에 흠뻑 젖은 털옷들은 끔찍하게 무거웠고, 피가 엉겼다가 빳빳하게 굳은 양털은 가시처럼 그의 피부를 긁어 대고 있었다.

레니에가 옷자락을 들치자 흐읍, 숨을 들이쉬는 소리가 흘러나왔다. 누워 있는 그의 가슴이 크게 오르락내리락한다. 간신히 옷을 벗겨 내자 상처에서 흘러나온 피로 시뻘겋게 물든 하반신과 눈 뜨고 볼 수 없을 만큼 처참한 상처가 드러났다.

청동 창날이 박힌 곳은 왼쪽 허벅지 위쪽, 샅에서 약간 아래로 내려온 곳으로 상처 부위는 이미 거무스름하게 변해 가고 있었다. 시선을 느낀 쿤은 얼굴을 옆으로 돌린 채 거친 목소리로 화를 냈다.

"……무슨 구경났나?"

"구경? 내가 지금 뭘 본다고 생각하는 거야? 지금 창피해할 정신은 있어?"

"네 명예롭지 못한 요청은, 안 그래도 똑똑히 기억하고 있다. 박힌 거 뽑기나 해."

"미친 새끼! 지금 그 생각이 나? 이걸 확 비틀어서 뽑아야 정신 차릴 거지? 엉?"

레니에는 욕을 퍼부으면서도 손을 덜덜 떨었다. 살을 헤쳐서 속에 깊이 파묻힌 창날 끄트머리를 더듬어 잡고, 단번에 확 뽑는 거야. 잘못되면 얘는 뽑다가 아파서 죽을 거야. 한 번에, 단숨에.

하나, 둘.

……셋!

"흐읍! 흑!"

쿤의 몸이 발작하듯이 뒤틀렸다. 시커먼 피와 고름이 레니에의 몸으로 튀어 오르고 이내 붉은 피가 위로 솟아올랐다.

쿤의 입이 크게 벌어지더니 물려 놓은 짚 덩어리가 아래로 툭 떨어졌다. 흐, 흡, 윽. 레니에가 피가 솟구치는 상처를 옷으로 있는 힘껏 누르면서 와들와들 떨고 있을 때 쿤은 두 손으로 입을 틀어막고 발작했다. 고개가 이리저리 비틀리면서 팔다리가 부들부들 떨리는 것이 보인다. 차라리 기절하면 좋을 텐데, 이 멍청한 새끼는 기절도 안 한다.

"꿈틀대지 마! 움직이지 말라고! 불로 지질 때 이렇게 몸부림치면 까딱하면 고자 되는 거야. 그럼 살아남아도 장가 못 가, 새끼야. 아, 씨 진짜! 움직이지 말라고!"

레니에는 시근시근 헐떡거리면서 남아 있는 고름과 검은 피를 짜낸 후 상처를 눌렀다. 하지만 아무리 세게 눌러도 도무지 피가 멎지 않는다. 지저분한 아마천을 흠뻑 적신 피는 손가락 사이로 계속 흘러내렸다.

"흐 씨, 왜, 왜 안 멈춰. 왜!"

중얼거리는 사이사이, 콧물과 눈물과 식은땀이 뒤엉켜서 줄줄 흘러내렸다. 레니에는 입술을 피가 나도록 깨물고는 달궈진 작은 단검을 옷자락으로 감싸 잡았다. 바로 불로 상처를 눌러 지혈을 시켜야 할 것 같았다.

쿤은 간신히 움직임을 멈추고 헐떡대고 있었다. 레니에는 경고 도 하지 않고 달궈진 쇠를 그대로 상처 위에 대고 눌렀다.

치이익, 치익, 칙.

악물린 입이 다시 커다랗게 벌어지면서 허리가 뒤로 크게 꺾였 다. 하지만 고통을 준비하고 있었던 듯, 이제 소년은 신음 한 자 락 내지 않고 버텼다. 으득, 으드득, 부득, 잇새로 흘러나오는 소 리와 살이 칙칙대며 녹는 소리가 뒤엉키는 동안 그는 손가락으로 거친 돌바닥을 긁으며 필사적으로 버텼다.

상처를 한참 지지자 더 이상 피는 흘러나오지 않았다. 레니에는 칼을 집어 던지고 울기 시작했다. 발작하듯 몸을 꿈틀대던 소년은 레니에가 우는 소리를 듣자 다시 이를 꽉 물고 신음을 삼켰다. 레 니에는 끅끅 울음을 삼키며 말했다.

"너, 죽지 마. 이래 놓고 죽으면, 나한테 죽을 줄 알아, 흐이 씨, 하여튼 죽지 마. 내가 이렇게 빌게, 제발 죽지 마."

그는 대답하지 않았다. 숨을 내쉴 때마다 몸이 부르르부르르 경 련했다. 눈을 가린 수건은 흥건하게 젖어 있었다. 레니에는 그의 다리를 묶어 주며 목멘 소리로 중얼거렸다.

"……피, 피는 멈췄어. 괜찮아? 괜찮아, 쿤?"

쿤은 한 마디도 대답하지 못했다. 와들와들 떨리는 손이 허공을 휘젓더니 레니에의 손을 끌어당겼다. 레니에는 눈을 감고 간절히 중얼거렸다.

살아, 제발 버텨서 살아 줘. 제발 오늘 밤을 무사히 넘겨 줘. 그리고 내일 밤도 넘기고, 1년, 10년, 20년 살아 줘. 백 살, 2백 살이 될 때까지, 오늘 일을 잊을 때까지, 나같이 재수 없는 계집애 따위는 새까맣게 잊어버릴 때까지 제발. 레니에는 그의 뺨에 손을 갖다 대고 한참 더 훌쩍거렸다.

쿤의 울대뼈가 크게 울렁거린다. 눈을 가린 천에 흠뻑 고인 짠물이 넘칠 것처럼 아슬아슬하다. 무슨 말인가 하려는 듯 입술을 들썩였지만, 목구멍에서 꿀럭, 꿀럭하는 소리만 들릴 뿐, 한 마디도 하지 못한다.

툭.

드디어 고여 있던 짠물이 관자놀이를 타고 귓가로 줄줄 흘러내리기 시작했다. 쿤은 더 이상 고개를 돌려서 그것을 감출 생각이 없어 보였다. 레니에의 손바닥이 축축해질 때까지, 그는 소리를 죽인 채 계속 꿀럭꿀럭 힘겹게 침을 삼켰다.

쿤의 손이 레니에의 흠뻑 젖은 손을 덮고 지그시 움켜쥐었다. 레니에의 손은 그의 뺨에서 입술 위로 조심스럽게 끌려갔다.

손바닥이 잠시 간질간질했다.

레니에는 손바닥이 먹어 버린 그 말을 알아들을 수가 없었다.

4. 신성석 동굴

쿤은 이틀 동안 혼수상태였다. 열이 너무 심하게 올라서 손을 쓸 방법이 없었다. 레니에는 그동안 꼼짝도 하지 않고 그의 곁을 지키며 돌보았다. 열이 오르면 눈에 적신 천으로 온몸을 문질러 주고, 힘들어하면 손을 잡아 주고, 하루에 서너 번씩 삼나무를 달인 물로 환부를 씻어 주었다.

다행히 쇳독은 그를 잡아먹지 않고 불에게 잡아먹힌 모양이었다. 이튿날 저녁때부터 열이 천천히 가라앉기 시작하면서 녀석의 숨소리도 조금씩 편안해지는 것 같았다.

동굴로 희미하게 빛이 들어왔다. 쿤이 있는 안쪽의 작은 굴에는 해가 뜰 때만 잠깐 빛이 기어 들어왔다.

"아, 춥다. 불 꺼졌나? ⋯⋯벌써 아침인가?"

쿤 앞에서 쭈그리고 자던 레니에는 부스스 일어나 기지개를 켜다가 깜짝 놀랐다.

"어, 언제 일어났어?"

쿤이 자리에 앉아 있었다. 많이 핼쑥해졌지만, 열이 내렸는지 붉게 달아올랐던 얼굴도 제 색을 되찾았고 약간 생기가 돌아온 것 같았다. 그는 레니에의 소리가 들리는 쪽을 향해 고개를 돌리고 소리 없이 웃었다.

"아까. 네가 일어나는 것 기다렸다."

레니에는 조금 얼떨떨한 기분으로 그가 웃는 모습을 바라보았다. 그리 자주 웃는 성격은 아닌 듯 웃는 표정이 약간 어색하고 거북스러워 보였다. 하지만 수줍어하는 듯 쑥스러워하는 듯한 표정이 그 어색한 웃음과 잘 어울려서 꽤 보기 좋았다.

솔직히 말하면, 그동안 쿤이 동굴에 있는 남국 사람들의 절반만큼이라도 잘생겼으면 좋았겠다 생각했었다. 그래도 저리 웃는 모습을 보니 북국 사람도 아주 못생긴 건 아니구나 싶다.

문득, 레니에는 왜 그의 얼굴이 이렇게 달라 보이는지 알게 되었다. 며칠 전까지 그의 얼굴에 스며 있던 경멸의 기색이 말끔하게 자취를 감췄다. 차고 딱딱하며 단호한 분위기가 사라진 소년의 얼굴은 꽤 부드럽고 순박해 보였다.

"저기, 손 좀."

그가 쑥스러운 듯이 조심스럽게 말했다. 레니에는 잠자코 손을 내밀었고, 쿤은 고개를 수그린 채 레니에의 손을 꼭 쥐었다. 한참 꾸물대던 소년이 조금 잠긴 목소리로 중얼거린다.

"……참 작다."

북국 사람들은 고맙다는 말을 참 이상한 방식으로 한다. 그는 잡은 손을 한참 동안 놓지 않았다. 손바닥으로 촉촉하게 습기가 배어 나왔다.

쿤이 의식을 회복하자, 레니에는 그제야 약속대로 술과 고기를 가져와서 동굴 사람들에게 나누어 주었다. 그리고 쿤에게는 말린 약초 몇 가지와 고기, 그리고 아껴 둔 비곗덩어리와 곡물 가루와 암염 부순 가루를 납작한 토기에 넣어 끓여 먹였다.

쿤은 첫날은 국물밖에 먹지 못했지만 이튿날부터 고기도 잘 먹었다. 레니에는 앓는 사람이 고기를 그렇게 잘 먹는 건 난생처음 봤다.

문제는 너무 잘 먹는다는 것이다. 양이 많이 모자라서, 레니에는 자신의 몫을 나눠 주어야 했다. 눈치가 둔한 소년은 그 고기가 레니에의 저녁이라는 것도 모른 채 정말 잘도 먹었다. 소금기도 별로 없고 턱이 나갈 정도로 질긴 고기인데 사자나 표범처럼 더운 숨을 식식 뿜으며 씹어 먹는 모습을 보며, 레니에는 새삼 북국 사람들이 수인종족이 맞구나, 하고 실감했다.

"저 개 같은 새끼는 구해 준 은혜도 모르고 꼬맹이 저녁을 다 뺏어 먹고 앉았네. 누가 배은망덕한 짐승 새끼 아니랄까 봐. 어이, 꼬맹이! 너 조심해. 배고프면 저 새끼가 너 잡아먹을지도 몰라."

세데크가 그 앞을 지나가다가 퉁명스럽게 내뱉었다. 저 퉁돼지 새끼가! 지가 내 고기 뺏어 처먹는 건 생각도 안 하고! 레니에가 확 눈을 흘겼지만 이미 때는 늦었다. 쿤은 손에 쥔 고깃덩어리를 그릇에 내려놓았다.

"네가 먹을 거였나?"

"아니야. 나 다 먹고 가져온 거야. 나 원래 많이 안 먹어."

"거짓말 마라. 지금 네 배에서 이상한 소리가 난다."

"아 진짜, 이 빌어먹을 놈의 배때기는 왜 눈치도 없이 지랄이래."

레니에가 투덜대자 그는 목소리가 들리는 쪽을 어림해 고개를 돌리더니 애써 웃어 보였다.

"……미안하다. 눈을 가려 놔서 몰랐다. 먹어."

그는 쓸데없는 일에 고집을 피웠다. 고집은 사자의 뒷다리 심줄처럼 질겼다. 그릇에 다시 돌려놓은 고깃덩어리는 다음 날 아침까지 그대로 남아 있다가 세데크의 주둥이로 들어갔다.

두 새끼 다 때려잡고 싶었다.

❖ 卉 ❖

"그러니까, 왜 꼭 세데크 아저씨하고만 나가야겠느냐고. 말씀 좀 해 보시지?"

참고 참았던 게 터졌다. 오늘도 세데크에게 돼지비계를 거하게 뜯긴 레니에는 본격 '싸는 문제'에 대한 닦달을 시작했다.

종일 누워 지내는 쿤이 하루 중 유일하게 일어나 동굴 밖으로 나갈 기회는 용변을 해결할 때뿐이었다. 그런데 다른 건 그렇게 고분고분한 쿤이 그 일만큼은 레니에가 데리고 나가는 것에 펄펄 뛰며 화를 냈다.

레니에는 별수 없이 웬수 같은 세데크에게 멧돼지비계와 껍데기 모아 둔 것을 조금씩 줘 가며 매일 '거시기한 부탁'을 해야 했다. 아무리 속이 터져도 멀쩡한 사나이 볼일을 못 보게 할 수는 없는 노릇이었다. 하지만 저놈의 답답이 때문에 매일 팔랑팔랑 날아가고 있는 비곗덩어리를 생각하니 욕이 저절로 튀어나왔다.

"이 개똥 같은 자식아. 오늘도 내 금쪽같은 비곗덩어리가 날아갔잖아! 엉? 누가 너 싸는 거 구경한대? 등 돌리고 끈만 잡고 있을 거라고! 엉? 도망가지 않게! 너 묶은 끈만!"

"비, 비계는 갚겠다. 내, 내가 멧돼지 잡아서, 열 배, 아니 백 배로."

"다 필요 없어! 대체 세데크 놈은 되는데 나는 왜 안 되는데?"

"그, 그러니까, 그게, 나는 아직 성인식을 안 했다. 음 그러니까."

갑자기 목소리가 모기 날갯소리만큼 가늘어진다. 레니에는 고개를 갸웃했다.

"……그게 무슨 상관인데?"

"그게, 우, 우리 집안에서는 성, 성인식 하기 전에는 남자 여자 따로 지낸다. 아니, 북국에서 가풍이 제대로 잡힌 집안이라면 어느 정도는……."

"아, 그러셔? 이건 또 무슨 엔키 님이 흙장난하던 시절 얘기니?"

땍땍 고함을 치던 레니에는 문득 입을 다물었다.

아, 아하? 내가 여자라 창피해서 안 되시겠다?

기가 막힌 레니에는 그의 볼을 두 손으로 쭉 잡아당기며 으르렁 거렸다.

"아하, 왜 이렇게 분위기 파악 못 하고 철없는 투정을 하나 했더니 성인식을 아직 못 하셔서 그랬구나! 그런데 맨날 옷 벗기고 다리 치료하고 씻겨 준 게 어디 사는 누군지 까먹었어? 대체 나이가 몇 살인데 이래? 이렇게 철이 안 들어서야 어떻게 장가를 가실까?"

쿤은 진땀을 뻘뻘 흘리면서 레니에의 '세 가지 질문'에 열심히 대답하기 시작했다.

"다리 치료해 주고 씻겨 준 게 신성석 동굴에 사는 너라는 것은 절대 잊지 않았다. 첫날 말했듯이 나는 열여섯 살이고, 곧 열일곱 살이 된다. 그리고 철이 들었는지 안 들었는지 판단을 누가 하는지는 모르겠지만, 나는 열 살 때 혼자 검치호를 잡아서 성인 전사로서의 능력을 입증했기 때문에 결혼은 충분히 할 수 있다. 다만 나이가, 결혼하기엔 나이가 부족하다 해서 성인식이 미루어졌을 뿐이다. 이번 춘분절에 성인식만 치르면 나도 바로 혼례를 올리고 어엿한 가장이 될 수 있다."

레니에는 뺨에서 손을 떼고 그를 아래위로 훑어보았다. 양쪽 볼과 목덜미까지 시뻘게진 놈의 얼빠진 대답을 듣고 있노라니 싸울 기분도 들지 않았다.

에휴, 그래. 널 설득하는 것보단 비계를 다시 구하는 게 쉽겠다.

레니에가 포기하고 물러나자 그는 어깨를 움츠리고 레니에의 눈치를 보며 콧잔등을 문질렀다. 하도 세게 문질러서 콧등에 뺨까지 시뻘게졌다. 무안할 때의 버릇인 것 같은데 저러다 콧등이 까지지 않을까 걱정이 될 지경이었다.

"야, 코 완전 빨개. 막 태어난 하얀 강아지 코 같아! 엄청 귀여워!"

레니에는 혀를 쏙 내밀고 히히 웃었다. 그는 분한 듯 고개를 돌렸다.

"무례하다. 나는 귀엽지 않다. 난 열 살 때 혼자 검치호를 잡은 전사라고 했다."

어른스러운 척 애쓰는 허세마저 귀여웠다. 레니에는 문득, 동굴이 아닌 밖에서, 희미한 달빛이 아닌 환한 햇빛 아래서 녀석의 얼굴을 제대로 보고 싶다는 생각이 들었다.

특히 수건으로 가려 놓은 눈이 보고 싶었다. 웃을 때는 어떻게, 찡그릴 때는 어떻게. 눈동자는 무슨 색일까. 아마 그 색깔마저 귀여울 거라는 터무니없는 생각이 들었다.

❖ ♯ ❖

'봉을 잡았어. 흐흐, 제대로 잡았고말고.'

세데크와 광산에 있는 도굴꾼들은 쾌재를 불렀다. 다들 겨울을 넘기지 못하고 꼼짝없이 굶어 죽을 줄 알았는데 이런 식으로 운이 트이다니, 그야말로 신들이 내린 은혜 아니겠는가.

꼬맹이 놈은 약속을 착실히 지켰다. 아침저녁으로 부지런히 사냥을 다니거나 덫을 놓아 저녁 전에 먹을 만한 무언가를 끌고 들어왔고, 모자라면 저만 아는 곳에 숨겨 둔, 소금에 절여 말린 고깃덩이를 들고 왔다. 그러고는 둘이 바쁘게 고기를 손질해 손바닥만 한 고깃점을 꼬박꼬박 나눠 주었다.

물론 도굴꾼 열두 명이 배부르게 먹기에는 턱없이 적은 양이었다. 한두 명이라도 따라 나가 몰이꾼을 해 주거나 숨어 있는 새나 토끼들을 튀기기라도 해 주면 사냥이 훨씬 수월할 테지만, 그들은 그리하는 대신 양이 적다고 트집하며 꼬맹이 놈을 때리는 쪽을 택했다.

고기가 모자란 날이면 저녁마다 어김없이 매타작이 시작됐다. 원래 빨리 달리는 말이라도 채찍을 휘두르면 더 빨리 달리게 마련이니 사냥 잘하는 놈을 쥐어지르면 새 한 마리라도 더 잡아 오게 마련이었다.

어차피 세상은 버는 놈과 쓰는 놈이 따로 있는 법이고, 그게 위대한 신들이 정해 준 세상 돌아가는 법칙이니 꼬맹이가 억울해할 일도 아니었다. 세데크는 자신을 위해 사냥 잘하는 꼬맹이와 어리바리한 북국 놈을 보내 준 신들에게 매일 저녁 감사의 기도를 드렸다.

"씨발, 약속이 틀리잖아, 이렇게 먹다간 굶어 죽게 생겼어! 이걸 누구 코에 붙이라고! 엉!"

오늘만 해도 그렇다. 저녁을 먹고도 배가 허한 놈들이, 북국 놈과 머리를 맞대고 히히덕대며 조그만 고깃점을 나눠 먹던 꼬맹이를 끌어내서 다짜고짜 욕설을 퍼부으며 따귀를 갈겼다.

서역 키시 성에서 왔다고 키시라 불리는 젊은 놈이 앞장을 섰다. 원래 성질대로라면 꼬맹이 놈이 얌전히 맞고 있을 턱이 없지만, 뒤에 인질이 자빠져 있으니 따귀를 맞고 배를 걷어차여도 찍소리도 하지 못했다.

"쿤! 너 거기 박혀서 가만히 있어! 나서지 마! 나서면 나한테 죽어."

꼬맹이는 반격하는 대신 뒤에 대고 고함을 지르고는 몸을 둥글게 말았다.

꼬맹이의 손이 지독하게 매운 것을 아는 몇몇 고참들은 뒤로 빠지고 꼬맹이를 직접 건드리지는 않았다. 그래서 동굴에 들어온 지 몇 달 안 되는 신참들만 저런 짓을 한다. 하지만 고참들은 알면서도 말리지 않았다. 손 안 대고 콩고물이 떨어질 수도 있으니까.

꼬맹이의 새된 고함에, 같이 고기를 먹으며 멍청하게 웃던 덩치 큰 소년이 얼른 돌아앉아 귀를 막는다. 제 은인이 코앞에서 얻어터지고 있는 것을 외면한 채, 손등에 핏줄이 툭툭 불거질 정도로 힘껏 귀를 막고는 온몸을 덜덜 떨기만 했다.

매타작이 멎자 꼬맹이는 툭툭 털고 일어나 코피를 찍 풀며 욕을 퍼붓고 말았지만, 북국 소년은 밤이 될 때까지 계속 그렇게 등을 돌린 채 작은 굴에 처박혀서 말 한 마디 못 하고 우들우들 떨었다.

세데크는 북국 놈이 도망치거나 괴물 같은 힘으로 굴에서 난동을 부릴까 봐 신경을 곤두세웠다가 놈의 비굴한 꼬락서니를 보고 느긋하게 마음을 풀게 되었다.

놈은 수인종족에 대한 무시무시한 소문과 달리 사내다운 배알도 쥐뿔 없고, 아주 얌전한 순둥이에 겁쟁이였다. 덩치가 크고 인상도 험한 주제에 왕 옆의 환관 시종들만큼이나 고분고분했다. 게다가 순진한 건지 멍청한 건지, 꼬맹이 놈이 눈을 가려 둔 수건에 손대지 말랬다고 정말 이레가 되어 가도록 손끝 하나 대지 않는다.

"북국 사람들이 무섭다고? 웃기시네. 밑천을 떼라, 한심한 새끼야."

"소금산에 사는 놈들은 배은망덕한 식인수리의 후손이라잖아. 딱이지 뭐. 그러면서 주둥이는 살아서 가져다주는 고기는 부끄러운 줄도 모르고 꾸역꾸역 처먹고 앉았지."

사람들은 북국 놈의 곁을 지나다니면서 침을 찍찍 내갈기거나 발로 툭툭 걷어차며 이죽거렸다. 그래도 놈은 벽을 보고 누운 채 아무런 반응이 없었다.

하긴. 제깟 게 화나면 또 어쩔 건데?

도굴꾼은 열둘이고 놈은 하나였다. 게다가 이제 앉은뱅이가 다 돼서 혼자 힘으로는 일어나지도 못했다. 창날이 박혔던 다리는 영 못 쓰게 되었는지, 용변 보러 데리고 나갈 때 옆에서 부축해 주지 않으면 걷지도 못하고 엉금엉금 기었다. 맞붙어 싸우는 건 고사하고 혼자 힘으로 동굴도 벗어나지 못했다.

"어이, 다들 이리 와 봐."

세데크는 코를 골고 있는 쿤을 곁눈질하다가 눈짓으로 사람들을 불러 모았다. 주변에서 굼실대던 몇몇이 슬금슬금 세데크 곁으로 모여들었다.

"쟁여 둔 고기 대충 떨어진 거 같으면, 저거 처리하자고. 저 꼬맹이가 아직 뭘 몰라 저러지."

"그러게. 수인종족이 우리 같은 사람인 줄 알아. 들키면 꼬맹이 저부터 제일 먼저 죽을 텐데."

"그럼. 후환 없는 게 최고지. 쓱싹."

생각하는 건 다들 비슷비슷했다. 그리고 그들은 신성석 동굴에서 가장 고참이 꼬맹이 놈인 것을 쉽게 잊었다.

"뭐, 볼일 보러 나갈 때 절벽으로 끌고 가 밀어 버리면 간단하겠는데."

"제대로 걷지도 못하는 놈이니 한두 명만 더 달고 가면 될 테고."

생각이 비슷하니 의논은 일사천리로 금방 끝났다. 그들은 언제쯤까지 고기를 뜯어낼 수 있을까 속으로 열심히 계산했다.

한 이레나 열흘이라도 더 뜯어낼 수 있으면 좋을 텐데. 조금만 버티면 봄이고, 그러면 먹을 것을 구하기 쉬워진다. 세데크는 작은 굴에 처박혀 코를 골고 있는 쿤을 돌아보며 조그만 소리로 말했다.

"그나저나 꼬맹이 놈이 요새 북국 놈하고 꽤 친해진 것 같아서 좀 걸리는데."

"미친 새끼. 아무리 제 또래래도 어떻게 수인종족하고 친해질 생각을 해?"

"아직 애새끼라 그렇지. 또래도 아니야. 꼬맹이 놈은 한 열두 살? 열세 살이나 됐나? 형제 놀이가 하고 싶었나 보지. 시발, 그러고 보니 지금까지 저 지랄맞은 꼬맹이 나이도 몰랐네.”

“나중에 우리가 해치운 거 들키면 그 독한 꼬맹이가 발광을 할 텐데.”

“알 게 뭐람. 들키지만 않으면 되지.”

키시 성 출신의 젊은 놈이 무성의하게 내뱉는다. 하긴, 그렇지. 또 들킨들 무슨 상관인가. 애써서 살려 놓은 놈을 죽였다고 우릴 잡아 죽일 것도 아니고. 원래대로라면 저 북국 놈은 눈 속에서 뒈질 운명이었던 것이다.

어이, 한 이레든 두 이레든 더 살게 해 줬던 걸 고맙게 생각하라고.

세데크는 쿤을 곁눈질하며 자리에서 일어섰다. 내일 일을 오늘부터 깊게 생각하는 것은 바보들이나 하는 짓이다. 덩치 큰 북국 소년은 여전히 세상모르고 곯아떨어져 있고, 동굴 밖에서는 여전히 눈이 펄펄 날리고 있었다.

❖ ⚕ ❖

“아, 씨 진짜, 욕 나온다, 욕 나와. 도굴꾼 새끼들한테 고기 처먹이려고 이 눈보라를 헤치면서 사냥을 하는 날이 오다니. 그것도 예쁘지도 않은 북국 놈을 살리려고. 응. 나도 미쳤어. 이놈의 눈은 두 이레가 되어 가는데 왜 그치지를 않아? 위대하신 엔릴께서 벌써 치매가 오셨나, 엉? 하늘에 구멍을 내 놓고 까먹은 거지? 폭풍의 이쉬쿠르여, 아버지가 치매가 왔으면 아들이라도 하늘을 좀 막아야지 댁까지 이러시면 안 되지. 농땡이도 좀 치셔야 저희도 살지요. 시발, 눈 녹을 틈은 줘야 할 거 아니야!”

레니에는 쉴 새 없이 투덜거리며 동굴을 향해 올라갔다. 무릎까지 쌓인 눈 때문에 걷는 것도 힘든데 사냥까지 하려니 아주 죽을 맛이었다.

첫날은 재수가 좋아 덫에 대가리가 걸린 작은 멧돼지를 잡아 며칠 때울 수 있었지만, 보통 덫에 걸리는 건 굶주려서 비쩍 마른 토끼나 족제비, 오소리, 자고새 따위 자잘자잘한 놈들이었다. 멍청한 늑대라도 한 마리 걸리면 그날은 재수 엄청 좋은 날이었다.

고기가 모자라면 별수 없었다. 애지중지 비축해 둔 고기를 가져와 양을 채우거나 어제처럼 얻어터지거나 해야 했다. 레니에는 얻어맞을 때마다 '앞으로 저 새끼들 줄 고기는 오줌에 절여 줄까.' 하고 진지하게 고민했다.

오늘은 덫에 토끼 네 마리밖에 들지 않았다. 할 수 없이 눈을 헤치고 점찍어 둔 바위를 들춰 가며 동면에 든 뱀 일곱 마리와 개구리 세 마리까지 긁었다. 이 정도면 그렁저렁 양이 찰 것 같다. 그 정도 잡아들이는 데도 벌써 날이 어둑해졌다.

"왔나?"

쿤이 레니에의 발걸음 소리를 듣고 고개를 돌리더니 반색한다. 레니에는 쿤이 반듯하게 앉아 있는 것을 보고 피시시 웃었다.

세데크와 몇몇 도굴꾼들이 비웃으며 고자질한 바에 따르면, 쿤은 레니에가 깔아 준 양털 자리 위에 누워서 집 지키는 개처럼 하루 종일 레니에를 기다리다가 레니에가 사냥한 짐승들을 짊어지고 돌아올 때쯤 되면 그제야 자리에서 일어나 '꽃단장(?)'을 시작한단다.

엉망이 된 머리를 더듬더듬 손으로 빗고, 지저분한 수건에 눈 녹인 물을 묻혀 얼굴과 손발도 씻고, 그러고도 시간이 남으면 구겨진 옷을 펴고 이리저리 엉킨 카우나케스의 양털 술도 가지런히 정리한다나. 눈도 안 보이는데 더듬더듬 꾸물꾸물하면서 입성을 정리하는 꼴을 생각하니 우습기도 하고 딱하기도 했다.

"잘 왔다. ……어, 음. 오늘도 고생 많았다."

그는 레니에가 돌아오면 대놓고 반색을 하다가 제가 생각해도 뻘쭘하다 싶으면 그것을 어떻게든 숨겨 보겠다고 심각한 표정을 지었다. 그러면 차마 눈 뜨고 못 볼 표정이 만들어졌다. 게다가 노인 같은 이상한 말투까지 합쳐지니 아주 죽을 맛이었다.

그래, 다 내가 감수한다. 사람 하나 살리는 건 쉬운 게 아니지. 다행히 놈의 눈이 가려져 있어서 레니에의 똥 씹은 표정은 들키지 않았다.

레니에가 자리에 앉아 눈에 흠뻑 젖은 신발과 발싸개를 벗어 놓자 쿤은 그것을 끌어당겨 모닥불에 가까이 놓고 레니에의 발을 손으로 한참 주무르면서 녹였다. 발이 동상에 걸리지 않게 해 주는 북국 전사들의 비법이라고 했다.

처음에는 소름 끼치고 싫었지만 이제는 버틸 만했다. 아니, 사실은 나쁘지 않았다. 그의 손은 크고 두툼하고 투박했지만 따뜻했고, 무엇보다 손놀림이 그렇게 부드럽고 그렇게 정성스러울 수가 없었다. 이렇게 밤새 주물러 주면 온몸이 녹아 버리겠다 싶을 정도였다.

"오늘 몸은 좀 괜찮았어?"

"다 나았다. 나도 이제 사냥을 나갈 수 있다. 우르투르…… 내 도끼를 찾아 줘."

오자마자 이게 무슨 뒤통수야. 도끼라니.

"네가 무슨 재주로 사냥을 나갈래? 아직도 열이 폴락폴락하면서."

"열은 이제 다 떨어졌다. 말했지 않나? 나 사냥 잘한다. 나는 검치호보다 강하고 큰뿔사슴보다 빨리 달릴 수 있고, 이 절벽도 새처럼 가볍게 오를 수 있다. 혼자 어른 키 두 배만 한 검치호를 잡은 적도 있었어. 그놈한테 뽑아 놓은 엄니가 내 허리까지 왔다."

네에, 그런 말 안 해도 너 수인종족인 거 잘 아는데요. 레니에는 부아를 꾹꾹 누르며 소년을 달랬다.

"나 걱정해서 그러는 거면 신경 쓰지 마. 난 정말 괜찮아. 까지고 얻어터지고 이런 건 신성석 동굴에선 일상다반사라고."

"내가 괜찮지 않다. 사냥을 해 올 테니 도끼를 찾아 줘. 눈을 가린 것을 풀어 줘."

"눈을 풀어 줄 순 없어. 네가 사람들 얼굴을 보고 동굴 위치를 알게 된 걸 들키면, 사람들은 너를 바로 죽여 버릴 거야."

"놈들을 다 없애 버리면 되지 않나?"

"……이게 미쳤냐."

"이자들은 죽어 마땅한 자들이다. 남의 땅에 함부로 들어와 허락도 없이 무덤을 파헤치고, 죽은 자의 안식을 방해하고 시신을 훼손하기까지 한다. 북국에서 조상의 안식을 방해하고 시신을 모독하는 일은 어떤 사람이든, 어느 부족이든 죽어 마땅한 일이다. 절대 용서하지 않는다."

그는 한참 생각에 잠겼다가 조용히 말했다.

"그래. 너하고 약속한 것도 있으니, 네 얼굴을 보지 않고 나가서 사냥만 해서 오겠다. 도망치지 않겠다."

"그걸 어떻게 믿어? 네가 이대로 돌아오지 않으면 끝장이라고. 사람들은 나를 죽여 버리고 다른 광산으로 도망칠걸."

"반드시 돌아오겠다고 맹세하겠다. 우리 조상의 이름을 걸고 맹세하겠다."

"조상? 식인수리?"

갑자기 맹세에 신빙성이 사라진다. 쿤은 기분이 언짢은 듯 침묵하더니 가슴을 더듬어 거무스름한 것을 꺼내 들었다.

"정 못 믿겠으면 이걸 맡기고 가겠다. 그럼 믿어 주겠나?"

"이게 뭔데 날보고 믿으라는 건데?"

"조상의 심장이다."

레니에는 그것을 손에 들고 쿤을 보고, 손에 든 것을 만져 보고 다시 쿤을 보았다.

"……돌 같은데?"

"심장이다! 아버지께서 우리 선조 큰수리의 말라붙은 심장 조각이라 분명하게 말씀하셨다! 이건 우리 집안에서 장자에게만 대대로 전해지는 것이고, 북국에서 가장 귀한 보물이다!"

쿤은 울컥 성을 내며 말했다. 하지만 화를 낸다고 해서 길가의 흔한 자갈이 북국 제일의 보물로 보이는 기적은 일어나지 않았다.

레니에는 대롱대롱 흔들리는, 적당히 매끄럽지만 거친 기가 남아 있는 꺼먼 돌멩이를 보며 한숨을 쉬었다.

너희 수인종족은 죽으면 돌이 되는 거니?

……하긴, 네 머리만 보면, 지금도 돌 상태하고 크게 다른 것 같지는 않다.

돌은 설득할 수 없다. 레니에는 별수 없이 재협박 모드로 돌아섰다.

"쿤, 너는 지금 중요한 사실을 까먹고 있는데, 그대는 환자 이전에 내 포로십니다, 예? 내가 허락하기 전엔 동굴에서 나가면 안 돼. 내 말 잘 듣겠다고 우투 님의 이름으로 맹세도 했고. 했어, 안 했어?"

"……했다."

"알아들었으면 이제 그 일은 그만 말해. 이거 가죽이나 벗겨 줘."

쿤은 입술을 쫑긋대더니 결국 입을 꾹 다물었다. 그나마 저 억 센 놈을 다루기가 수월한 게, '우투의 이름으로 맹세했다'고 들먹 이면 꼼짝없이 꼬리를 내리는 것이다. 어떤 신을 믿든, 일단 신앙 심이 돈독한 것은 정말 좋은 일인 것 같다. ……이용해 먹기에.

그는 더 이상 조르지 않고 레니에가 준 청동 조각을 바위에 썩 썩 갈아 날을 세운 후 토끼와 뱀의 가죽을 벗기기 시작했다.

레니에는 속으로 혀를 내둘렀다. 눈을 가려 두어 손끝의 감촉만 으로 일을 해치우는데, 그래도 얼간이 도굴꾼들이 벗기는 것보다 서너 배는 빨랐다. 주변의 것을 감지하는 능력도 대단해서 동굴에 들어온 지 이틀 만에 발소리만으로 레니에가 오가는 것도 알아차 렸다. 감이 좋은 레니에가 보아도 감탄사가 절로 나올 지경이었 다.

"음, 저, 묻고 싶은 게 있다."

놈이 재게 손을 놀리며 말을 붙인다. 놈은 과묵할 것 같은 외양 과 달리 궁금한 것이 많고 말하고 싶은 것도 많다.

"응. 뭔데?"

"오늘은 뭐 잡았나?"

"……만져 보면 알잖아?"

다만, 내용은 참 영양가가 없다.

"음, 그래. 뱀하고 토끼다. 털이 갈색인가 흰색인가?"

"색깔이 뭔 상관이야. 오늘 잡은 건 죄다 똥색이야. 그 말 듣고 먹으면 더 맛있어?"

"어, 그건 아니다. 그런데 몇 마리나 잡았나?"

"세 보면 알잖아! 세 보라고! 하나, 둘, 셋, 넷!"

"그, 그러면 되는구나. 토끼가 넷, 뱀이 일곱. 음, 그럼 무엇으로 잡았나? 무릿매를 썼나? 활? 활을 쓰나? 잘 쓰나? 활줄은 어떤 동물의 심줄을 쓰나?"

"이 폭설에 눈이 무릎까지 쌓여 있는데 펑펑 뛰어다니면서 돌 던지고 활 쏘라고? 뒀 놨다, 뒀! 그거 다 도는 것도 일이야. 제기랄!"

"며, 몇 개?"

"아우 진짜! 백 개 놨다, 백 개!"

쿤은 레니에가 옆에 있기만 하면 무슨 말이라도 걸고 싶어 안달을 했다. 하지만 사냥을 잘한다 칭찬하는 것도 아닌 데다, 말주변도 없고 횡설수설해서 자꾸 점수를 잃어버렸다. 아무 말도 안 하면 그럭저럭 7~8점 정도는 주겠는데 말을 하기 시작하면 2점으로 폭락한다—100점 만점이다.

"배고픈가? 이거 더 먹어라. 눈 속에서 동물 쫓는 거 힘들다."

쿤은 제가 먹던 고깃덩어리를 슬그머니 내민다. 레니에는 입을 비죽거렸다. 그런 말을 할 거면 내 앞에서 빈 뼈다귀를 그렇게 열심히 빨지 말든가! 내가 먹는 소릴 그렇게 귀 쫑긋 기울이면서 듣지를 말든가!

"음. 오, 오늘도 도굴꾼들끼리 신성석으로 패싸움이 있었다. 그런데 좀 이상한 게."

쿤은 낮에 신성석 동굴에서 있었던 일을 다 기억했다가 수군수군 조그만 소리로 알려 주었다. 쿤은 자신이 중요하다 여기는 부분에서는 기이할 정도로 기억력이 좋았다. 이해가 안 되는 것을 죄다 모아 두었다가 손가락으로 꼽아 가며 묻기도 했다. 그런데 이해가 안 되는 것들이 레니에로서는 이해가 안 될 정도로 많았다.

"남국 사람이나 서역 사람들은 죽는 것을 무서워하지 않는가?"

"개뿔, 그럴 리가 있어?"

"그럼 왜 자꾸 남의 나라에 와서 돌을 캐 가는가? 땅의 주인인 우리가 그렇게 싫어하는데? 잡히면 죽는 걸 뻔히 알면서?"

"주먹만 한 신성석 하나만 캐면 팔자 펴니까 그렇지. 황금숲에 가져가면 부르는 게 값이야. 황금숲 신관님들은 신성석 없으면 시체거든."

"신성석은 사람을 살리는 돌이 아니다."

아아, 뭔가 비유를 척, 하면 척, 하고 알아듣는 거 좀 안 되겠니. 생각하던 레니에는 바로 포기하고 조곤조곤 설명해 주었다.

"황금숲 신관님들은 신성석 없으면 아무 짓도 못 한다고."

"그럼 아무 짓도 안 하면 되지."

"……신관님들은 신성석의 힘을 뽑아서 불도 일으키고 비도 오게 하고 무거운 것도 허공에 띄워 옮기고 바람칼로 사람을 죽일 수도 있는데?"

"불은 부싯돌로 피우면 되고, 비 안 오면 물길을 내서 끌어오면 되고, 무거운 건 수레나 도르래나 하늘수레로 옮기면 되고, 사람은 그냥 칼이나 활이나 도끼로 죽여도 잘 죽는다."

"……."

"황금숲 신관들에게 네가 가서 전해 주면 되겠다. 아무 짓도 안 하면 된다고. 왜 사람들을 자꾸 여기 보내서 죽게 하느냐고."

"미쳤어! 내가 거길 왜 가! 내가 거기서…… 아니, 남국에서 어떤 개고생을 하다가 도망쳤는데!"

레니에는 질겁한 목소리로 빽 소리를 질렀다. 그의 움직임이 잠시 멎었다.

"혹시 너 도망 노예인가? 황금숲에서 있었나?"

"시끄러워!"

레니에는 식겁해서 고함을 질렀다. 지금껏 아무한테도 안 들켰는데 넌 왜 쓸데없이 귀는 밝아서 명추리를 펼치고 그러세요.

"어쨌든 난 황금숲엔 죽어도 안 가. 황금숲도 엿 같고 섬기는 나무의 신도 엿 같고 숲의 수호자도 엿 같고 특히 신관들이 제일 엿 같아. 천족의 후손이라고? 개나 먹으라고 해. 그러니까 말하려면 네가 직접 가서 말해."

"아, 그런가? 나도! 나도 그렇다. 나도 황금숲의 신관들이 싫다. 신성석 도굴꾼을 뒤에서 부추기는 진짜 도둑들이다."

"드디어 공통 취향이 하나 나왔다고 그렇게 대놓고 반가워하지 말라고, 좀!"

레니에는 하늘을 우러러 비장하게 한숨을 쉬었다. 위대한 엔릴이시여, 난나시여, 엔키시여, 닌후르상이시여. 저는 정말 저 불쌍한 소년에게 잘 대해 주고 싶었습니다. 예? 정말이라고요. 그런데 차라리 말 안 들어서 치고받고 싸우는 게 낫지, 이렇게 다리에 달라붙은 강아지처럼, 아니 강아지는 작고 귀엽기나 하지, 저 덩치를 해서는 말끝마다 꼬리를 치고 좋아라 했다가 시무룩했다가 하면 저는 진심으로 피곤해서 감당할 수 없습니다. 예?

"황금숲 신관들도 너희 북국 사람들 진짜 싫어해. 거기 신관님들 소원이 뭔지 알아? 소금산에 사는 사람들 씨를 말려 버리는 거라고. 피장파장이지만."

"피장파장이 아니다. 우리는 우리 영토, 그것도 조상들의 신성한 무덤을 침범당했으니 복수하는 것이 정의로운 것이지만, 황금숲의 신관들은 도둑질을 방해받으니 화를 내는 것뿐이다. 뻔뻔하고 염치없는 것도 모자라 우리 부족의 씨를 말려 버린다고? 어떤 고약한 새끼들이 그따위 개소리를 하나? 죽여 버릴 테다."

"맞아. 개소리지. 가서 다 죽여 버리라고. 복받을 거야."

레니에가 시원하게 웃자 단순하기 짝이 없는 소년은 또 한참 고개를 갸웃갸웃한다. 그러더니 또 엉뚱한 말을 털어놓는다.

"저놈들이 나를 몹쓸 호칭으로 부른다."

"응? 뭐라 하는데?"

"네가 없을 때마다 나를 짐승 새끼, 돼지 새끼, 개새끼라고 부른다."

응? 그, 그야 네가 심하게 많이 먹긴 하지만……. 레니에는 터져 나오려는 웃음을 간신히 참으며 녀석이 기분이 덜 언짢도록 최대한 돌려 대답했다.

"그건 네가 수인종족이라 그러는 걸 거야. 종족 이름 자체가……."

"누가 뜻을 몰라 이러나! 너도 나를 진짜 개돼지 취급할 건가?"

벌컥 목소리가 높아졌다. 레니에가 황급히 입을 틀어막았지만 이번엔 진짜로 열이 뻗쳤는지 목소리가 잘 줄어들지 않았다.

"우리는 스스로를 짐승으로 생각하지 않는다. 게다가 하는 말을 들어 보면 저들이야말로 짐승처럼 비루하고 천박하고 명예를 모른다. 너희가 우리 종족보다 뭐가 나은지 잘 모르겠다!"

"어……."

"너도 날 보면 알 것 아닌가! 짐승이 말하는 것 봤나? 이렇게 불 피우고, 짐승 가죽으로 옷과 신발을 만드는 것 봤나? 우리는 집도 층을 올려 지을 수 있고, 사람 키 열 배 높이의 제단을 쌓을 수도 있고, 수로를 파서 물도 대서 마실 수 있고, 구리와 주석을 섞어서 강한 무기를 만들 수도 있다. 나도 내가 쓰는 무기만큼은 내 손으로 만들 줄 안다! 그런데 왜 너희는 우릴 제대로 보지도 않고 멋대로 단정하고 짐승 취급하느냐는 거다, 내 말은!"

"시끄러워! 야, 꼬맹이! 그 개새끼 아가리 좀 다물게 해!"

뒤에서 세데크의 고함 소리가 들린다. 쉿, 레니에는 그의 입에 손가락을 대고 조그맣게 물었다.

"쿤, 너 혹시 야장이니?"

"야장은 아니지만, 시무그 원로님, 그러니까 내 유모의 남편이 북국 최고의 야장이고 나도 그분께 단단한 무기와 판금 갑옷, 투구를 만드는 법을 배웠다. 내가 만든 칼과 도끼는 남국이나 서역에서 만든 방패를 쪼갤 수 있다."

레니에는 눈을 동그랗게 떴다. 무기와 판금 갑주를 만드는 야장은 남국이든 서역이든 동방이든 최고로 귀한 인재였다. 가장 단단한 무기를 만드는 구리와 주석의 합금 비율은 도시마다 특급 기밀로, 그것을 아는 장인은 왕이나 대신관도 함부로 대하지 못하였다.

그의 말이 사실이라면, 쿤의 부족, 혹은 북국 사람들은 남국에서 야철 기술이 가장 발달한 도시와 대등한 기술력을 보유하고 있다는 말이었다.

"듣고 보니 그러네. 나도 잘못 생각하고 있었나 보다."

"……."

"남국 황금숲에 전해지는 전설에 너희 조상 이야기가 조금 나오거든. 백염산맥 수인종족, 특히 너희 소금산 부족은 제 자식을 낳아 준 아내까지 잡아먹은 식인수리의 후손인데, 후손들한테 아직도 그 야만적인 성질이 남아 있다는 거야."

배은망덕한 식인수리의 후손, 여전히 짐승 같은 수인종족, 다른 남국 사람들과 마찬가지로 레니에도 그 말을 아무 생각 없이 믿고 있었다. 레니에는 쿤의 손등에 두 손을 얹고 조그맣게 속삭였다.

"내가 황금숲에서 들은 옛날이야기 때문에 너희를 오해하고 있었어. 앞으론 안 그럴게. 정말 미안."

레니에는 진심으로 사과했다. 동굴에 살면서 저 막장 놈들에게 밀리지 않으려니 저도 모르게 반응이 까칠해지고 말투나 행동까지 험해지긴 했지만 원래 레니에는 천성이 솔직한 편이라 남을 속상하게 해 놓고도 자존심 때문에 나 몰라라 하는 성격은 아니었다. 남이 언짢아하는 것을 눈치채는 것도 빨랐고, 잘못을 인정하고 사과를 하는 것도 빨랐다.

진심 어린 사과에 쿤의 기세가 누그러졌다. 그는 시근시근하면서도 한결 가라앉은 목소리로 제 종족에 대한 변호를 시작했다.

"내 조상이 식인수리라는 걸 부인하려는 게 아니다. 북국 사람들이 오래전에 짐승처럼 야만적으로 살았던 걸 부인하려는 것도 아니다. 하지만 이젠 우리도 너희와 별로 다르지 않은 사람이다. 북국 사내들도 아내를 사랑할 줄 알고, 어른을 존경하고, 친구와 자식들을 아낀다. 그리고 절대 배은망덕하지 않다. 우리는 은혜와 원한을 절대 잊지 않고 반드시 갚는다. 우리에게 정의를 세우고 명예를 지키는 것은 죽음보다 더 중요한 일이다."

"그래, 그래. 옛날이야기가 그렇다고. 속상하게 해서 미안해."

"……사, 사과는 한 번만 하면 된다. 지금은 속상하지 않아."

그는 손가락을 꿈지럭대며 우물쭈물했다.

"그런데 황금숲의 옛이야기에도 우리 조상의 이야기가 나오나?"

"식인수리 이야기가 나오긴 하는데 잠깐 나오고 말아."

"……그쪽 조상들의 옛이야기는 재미있나?"

"아주 재미있긴 한데, 아주 길고, 아주 고약하고, 아주 슬프기도 하지. 얘기 다 하려면 밤 꼴랑 새워야 할걸?"

그의 미간에 가늘게 고랑이 팬다.

"너는 황금숲의 옛이야기를 기억하고 있나?"

"그럼. 한 문장도 안 빼놓고 다 기억해. 난 어릴 때 마을에서 유명한 '기억하는 아이'였다고."

"기억하는 아이? 대단하다. ……너는 좋겠다."

갑자기 쿤이 어깨를 축 늘어뜨리고 풀 죽은 소리를 한다. 멧돼지 새끼를 질질 끌고 와도 감탄은커녕 콧방귀조차 안 뀌던 놈이 처음으로 내뱉은 감탄사였다.

"야, 부러워할 거 없어. 그것 때문에 얼마나 여기저기 불려 다니면서 얻어맞았는데."

"많이 얻어맞아도 좋으니 나도 너처럼 한 번만 듣고도 모든 이야기가 기억이 잘 나면 좋겠다."

그의 한숨이 어찌나 애잔하고 절절하던지 레니에는 웃음을 터뜨렸다.

중요한 일을 오래 기억하는 일은 쉽지 않았다. 약속은 쉽게 뒤집히고 돈을 받고 시치미를 떼는 사람들은 어디에나 넘쳐났다. 노예들은 몸에 주인의 낙인이라도 찍어 두지만, 소와 양을 대규모로 사고팔거나 땅이나 집이나 무덤용 동굴을 팔거나 고깃배를 넘길 때는 사람들을 많이 모아서 증인으로 삼고 눈에 띄게 표식을 만들어 두는 수밖에 없었다.

그럴 때마다 특히 고생하는 게, 마을에서 머리가 좋다고 알려진 아이들이었다. 아이들은 이유도 모르고 끌려가 계약 내용을 몇 번이나 반복해서 외운 후 뺨을 맞았다. 그래야 아팠던 기억을 떠올리며 계약에 대해서 오랜 시간 증언(?)을 할 수 있다는 이유 때문이었다. 레니에도 기억력이 좋아서 여기저기 불려 가서 따귀깨나 맞았었다.

그래도 좋은 점도 있었다. 사람들은 신전에 갈 때나 방랑객이 부잣집에 머무르며 재미있는 이야기판이라도 벌일 때, '기억하는 아이'를 자주 데려갔다. 그래야 마을 사람들이 두고두고 이야기를 듣게 되기 때문이었다.

"후아아아으, 졸리다. 쿤, 너도 졸릴 텐데 얼른 자."

레니에가 길게 하품을 하며 쿤의 앞쪽에 자리를 펴고 눕자 쿤이 더듬더듬 말을 붙였다.

"저, 음. 나는 졸리지 않다."

"내내 낮잠을 잤으니 당연히 안 졸리시겠지. ……그래서 나한 테 어쩌라고."

레니에는 도굴꾼들에게 말하던 습관대로 퉁명스럽게 대답하다가 얼른 말을 끊었다. 덩치 큰 놈이 풀이 죽어 어깨를 움츠리는 게 속상하다. 낮에 억지로 누워서 자신만 기다리고 있었을 녀석의 모습이 자꾸 저 어깨 위로 겹쳐져서 더 미안했다.

동굴에서는 독하고 세게 반응해야 만만히 보이지 않았고, 조금이라도 약한 기세가 보이면 언제 무슨 일을 당할지 몰라 항상 말끝마다 날을 세우는 버릇이 들어 버렸는데, 쿤에게는 당연히 익숙하지 않을 것이다.

말버릇을 고쳐야 할 건 녀석이 아니라 나일지도 몰라. 레니에는 쿤의 손등을 토닥토닥하면서 부드럽게 달래듯 말했다.

"옛날얘기라도 해 달라는 거야?"

"……음. 어, 그래. 그러면 좋고."

저 단순한 놈은 입이 벌쭉 벌어지는 것조차 제대로 숨기지 못한다. 너 정말 옛날이야기를 듣고 싶어서 좋아하는 거니, 아니면 나하고 대화하는 시간이 길어져서 좋아하는 거니? 그런 걸로 이렇게 대놓고 좋아하면 난 어떡해. 목숨을 구해 줘서 그러는 거면 그냥 고마워하는 걸로 끝내 주면 안 되겠니?

"꼬꼬마 아이도 아니라면서 옛날이야기라니. 내가 네 엄마도 아닌데 자기 전에 옛날이야기까지 들려주어야 해?"

투덜대던 레니에는 아차 싶어 입을 다물었다. 눈을 가린 수건이 다시 젖는 꼴을 보고 싶진 않았다. 소년은 괜찮다는 듯 희미하게 웃었다.

"우리 어머니의 이야깃주머니에는 짧은 노래 이야기나 짧은 옛날이야기밖에 없었다. 그것도 세 개밖에 안 된다. 매일 똑같은 이야기를 듣는 것은 조금 재미없었다."

"……."

"그러고 보니 이제 그나마도 못 듣게 됐다. 이럴 줄 알았으면 매일 재미있다고 말씀드렸을 텐데."

레니에는 천천히 고개를 끄덕였다. 덤덤한 말투가 더 안쓰러웠다. 달래는 한마디에 속없이 좋아하고 퉁명스러운 한마디에 대번에 풀이 죽는 녀석은 이제 주인만 보고 있는 커다란 강아지같이 느껴진다.

누구에겐가, 어떠한 감정이 생기는 것은 참 귀찮은 일이다.

귀찮거나, 번거롭거나, 힘들거나, 혹은…… 아픈 일.

나는 대체 왜 너를 구해 주었을까?

레니에는 목이 지그시 눌리는 것 같아 잠시 꾸물거렸다. 타닥, 타닥, 모닥불에 불티 날리는 소리 사이로 낮고 서그럭대는 목소리가 스며들었다.

"황금숲의 이야기를 들려줘. 네가 있던 곳의 이야기."

"……."

"길고, 재미있고, 고약하고, 슬프다는 그 이야기."

"……오래전, 아주 오래전, 위대하고 고약한 신들이 세상을 만든 지 얼마 지나지 않았을 때."

레니에는 양털 깔개 위에 엎드려 속삭이듯 이야기를 시작했다. 눈앞으로 그의 구불구불한 머리카락이 흩어져 있었다. 거칠고 칙칙해 보이던 적갈색 머리카락은 이제 기름지고 따뜻한 대지의 색깔로 느껴진다.

손으로 가만히 머리카락을 쓰다듬었다. 순간 그의 밭은 날숨이 얕은 파도를 타는 것처럼 일렁일렁 레니에에게 와서 부딪친다. 목이 아프다. 자꾸자꾸 아프다.

"생명수와 대지의 주인인 엔키의 배꼽에서 나무가 한 그루 솟아났어."

5. 일곱 개의 밤, 일곱 개의 낮

7.
세상에서 가장 고약하고 완벽한 수.
세상이 변화하는 단위가 되는 수.
일곱.
운명을 정하는 위대한 신들의 수.
이레.
일곱 신이 인간들에게 베푼 날의 수.

만유萬有의 아버지인 천공의 안이 베푼 하루.
세상의 주재, 대기의 엔릴이 베푼 하루.
기름진 대지와 물의 주인, 창조의 엔키가 베푼 하루.
밤하늘의 주관자, 달의 난나가 베푼 하루.
빛과 공의의 주관자, 태양의 우투가 베푼 하루.

사랑과 전쟁과 풍요의 주관자, 샛별의 이난나가 베푼 하루.
자비로운 어머니, 산파 닌후르상이 베푼 하루.

그리하여 일곱 밤과 일곱 낮은,
세상에서 일어날 수 있는 일은 무엇이든 다 일어날 수 있는 시간.
세상에서 일어났던 모든 일이 흩어져 무로 돌아갈 수 있는 시간.
모든 것이 이루어지고 스러지기에 충분한 시간.
모든 감정이 맺어졌다가 풀리기에 충분한 시간.

<첫 번째의 밤과 낮>

태초에 나무가 있었다.
나무는 위대한 창조의 신 엔키가 다스리는 대지의 한가운데서 솟아났다. 새도 짐승도 벌레조차 접근하지 못하는 신성한 곳이었다.
나무는 솟아나자마자 하늘의 한가운데서 빛나는 태양을 향해 뻗어 올라가기 시작했고, 이내 햇빛처럼 눈부시게 빛나는 잎과, 기름진 대지 색깔의 아름다운 몸으로 자랐다.
태양신 우투는 생전 처음 보는 아름다운 나무가 자신을 향해 수많은 손을 뻗으며 올라오는 것을 보고 마음이 흡족하여 그 손을 잡아 끌어 올렸다. 깜짝 놀란 엔키는 나무의 뿌리를 단단히 붙잡고 물줄기를 나무 아래로 보내 나무가 더 깊이 땅에 뿌리박도록 유혹했다.
나무는 태양 빛을 펼친 눈부신 하늘과 생명수를 품은 기름진 대지를 동시에 탐욕했다. 그래서 나무는 지상의 어떤 풀보다 높이 가지를 뻗어 올렸고, 지상의 어떤 식물보다 깊게 뿌리를 내렸다.

우투는 자신의 아들이자 하늘에서 가장 용맹하고 강한 전사, 신궁 카타를 불렀다. 카타는 천상을 빛낼 만한 아름다움으로 인하여 빛의 영광이라 불렸으며, 독수리처럼 눈이 밝고 사자처럼 힘이 셌다. 그리고 그의 화살은 과녁을 어긋나는 법이 없었다.

우투는 그에게 큰수리의 날개 세 쌍을 주고, 황금 관을 씌우고, 황금의 검과 불의 화살, 그리고 영원한 생명력을 주어 나무를 '하늘 꼭대기'까지 끌어 올리라 명했다.

엔키는 자신의 아들이자 지상과 물속에서 가장 크고 강한 전사, 검은 용을 소환했다. 엔키는 검은 용에게 백은의 관을 씌우고, 거대한 물을 움직일 수 있는 세 갈래 창과 모든 것을 감추는 차가운 안개, 그리고 불멸의 지혜를 주고 나무를 '깊음의 물'까지 끌어 내리라 명했다.

카타는 여섯 개의 날개를 활짝 펴고 내려가, 하늘을 향해 손을 뻗치고 흔들어 대는 나뭇가지에 앉아 노란 빛살을 뿌리며 유혹했다. 검은 용은 거대한 구름을 몰고 가 나무를 덮고, 땅속의 물을 이끌어 아직 대지에 박혀 있는 나무의 뿌리를 휘어 감았다.

카타와 검은 용은 나무를 사이에 두고 크게 다투었다. 대등한 힘을 가진 두 전사의 싸움은 오랫동안 이어졌고, 그들은 대지가 풀 한 포기 없이 황량해지도록 싸웠다. 카타의 분신이자 충성스러운 천족 전사들과 검은 용에게 복종하는 수족 전사들은 나무를 둥글게 둘러싸고 진흙으로 만들어진 삿된 종족들이 범접하지 못하게 막았다.

어느 날, 카타와 검은 용은 갑자기 싸움을 멈추었다.

나무 아래, 아름다운 여자가 발가벗은 채 누워 있었다.

꿀꺽.

돌연 침 넘어가는 소리가 들려 레니에는 말을 멈췄다. 카타와 검은 용이 대가리가 터지게 싸우고 있을 때는 얌전하게 듣고 있던 놈이 여자가 어찌저찌 누워 있다는 말이 나오니까 갑자기 고개를 빳빳하게 들고 침을 삼킨다.

그런데 그놈의 침 삼키는 소리가 꼭 천둥 치는 소리 같다. 꿀꺽, 다시 꿀꺽. 레니에의 침묵이 길어지자 짧게 헛기침하는 소리가 들린다.

"후아암. ……졸리다."

장난기가 발동한 레니에는 짐짓 하품을 하고 곁눈으로 그의 얼굴을 살폈다. 으스스한 목소리가 흘러나왔다.

"……졸린가?"

"응, 피곤해."

"많이 졸린가?"

"응."

"정말 졸린가?"

"그렇다니까!"

레니에가 소리를 빽 지르자 쿤은 이야기를 재촉하는 대신 두말없이 고개를 끄덕이더니 등을 돌리고 누워 버렸다.

"낮에 사냥하느라 많이 곤했던 듯하다. 이만 자라."

이 자식 이거 뭐야?

레니에는 눕자마자 몸을 돌리고 코를 드렁드렁 고는 놈의 넓은 등짝을 보며 뭐가 뭔지 알 수 없는 기분이 되었다.

❖ ✟ ❖

〈두 번째의 밤과 낮〉

어느 날, 카타와 검은 용은 갑자기 싸움을 멈추었다.
나무 아래, 아름다운 여자가 발가벗은 채 누워 있었다.

여자의 머리카락은 나무처럼 깊고 부드러운 다갈색을 띠고 있었고,
팔다리는 부드럽게 늘어진 나뭇가지처럼 우아했으며 피부는 나무의
속살처럼 뽀얗고 티 하나 없이 매끄러웠다.
카타는 여자가 나무의 현신임을 직감하고 조심스럽게 그녀의 곁에
앉았다. 여자는 그들에 비해 너무너무 작고 섬세해서 무릎을 꿇지 않
으면 얼굴을 제대로 볼 수 없었다. 그는 자신의 깃털 중 가장 부드러
운 솜털을 뽑아 여자의 몸을 살그머니 가려 주었다.
깜박. 깜박.
카타의 눈과 검은 용의 눈과 여자의 눈이 마주쳤다. 카타는 여자의
눈동자에서 새파란 하늘을 보았고, 검은 용은 여자의 눈동자에서 맑
은 바다를 보았다. 카타는 여자의 희고 매끄러운 피부에서 눈부신 태
양 빛을 느꼈고, 검은 용은 여자의 찰랑대는 머리카락에서 기름진 대
지의 색깔을 발견했다.
여자는 자신보다 어마어마하게 큰 카타와 검은 용을 한 번씩 올려
다보더니 붉은 입술을 떼었다.
"당신들은 누군가요?"
둘은 홀린 듯이 대답했다.
"우투의 아들, 하늘의 전사, 여섯 날개의 카타."
"엔키의 아들, 물의 전사, 지혜의 검은 용."

"그럼 내 이름, 내 이름은 뭔가요?"

카타와 검은 용은 동시에 '아르마누', 나무라고 대답했다.

아르마누, 아르마누, 제 이름을 불러 보던 아르마누는 위를 올려 다보며 두 손을 내밀었다. 카타와 검은 용은 홀린 듯이 자신의 손을 내밀어 맞잡았다. 여자의 손은 믿을 수 없을 만큼 말랑하고 따뜻해서 카타와 검은 용은 한참 동안 손을 떼어 낼 수 없었다.

"내 옆에선 싸우지 말아 줘요. 시끄러워서 잠을 잘 수 없어요."

그녀는 벌꿀처럼 달콤한 목소리로 청했다.

"하지만 내 아버지의 이름을 걸고, 나무를 땅에 뺏길 순 없다."

"하지만 내 아버지의 이름을 걸고, 나무를 하늘에 뺏길 순 없다."

"땅에도, 하늘에도 뺏길 수 없다면 땅과 하늘의 중간으로 가면 되지 않나요?"

그녀는 막 벌어지려는 장미꽃처럼 아름다운 입술로 말했다.

여섯 날개 카타와 지혜의 검은 용은 오랫동안 이어지던 싸움을 멈추었다. 그리고 나무가 하늘과 땅 어느 곳에도 속하지 않도록 만들기로 합의했다.

그들은 나무와 나무의 뿌리를 받칠 땅 한 덩어리를 하늘에도 땅에도 속하지 않은 허공으로 띄워 올렸다. 그곳에는 나무와, 나무를 닮은 아르마누, 그리고 카타와 검은 용만 있었다.

카타의 분신인 천족 전사들은 큰 새처럼 날개를 퍼덕여 허공의 땅을 떠받쳤고, 검은 용은 땅속의 맑은 물을 허공으로 감아올려 나무에 뿌려 주었다.

높은 곳에서 흩어지는 물은 안개처럼 나무를 감쌌고 햇빛이 그 위로 쏟아지면 나무 주변으로 찬란한 무지개가 생겼다. 카타는 황금의 검과 불의 화살로 주변을 막고, 검은 용은 짙고 차가운 안개를 주변에 채워 그들의 나무가 더러운 진흙종족과 각종 짐승의 눈에 띄지 않게 감추었다.

아르마누의 땅은 아름답고 풍요로웠다. 나무는 시원한 물과 따뜻한 볕과 밝은 빛으로 인하여 푸른 잎이 무성하도록 자랐고, 달콤한 과일을 넘치도록 결실했다. 그녀의 손이 닿는 곳마다 향기와 단물이 넘쳐흘렀다.

아르마누는 매일 가장 달콤한 과일을 따서 카타와 검은 용에게 주었다. 그들은 그것을 먹고 그녀의 향과 달콤함을 좋게 여겼고, 지상과 하늘의 어떤 것도 신성한 처소를 어지럽히지 못하도록 막았다.

"고마워요, 여섯 날개의 카타 님. 고마워요, 지혜의 검은 용 님."

아르마누는 땅에도 하늘에도 속하지 않은 자신의 영토를 몹시 흡족히 여겨, 두 수호자의 목을 끌어안고 감사의 표시로 입을 맞추어 주었다.

카타와 검은 용의 마음에서 이상한 것이 자라기 시작했다.

❖　♯　❖

쿤의 눈치가 이상했다. 저녁 준비하는 것도 잊어버리고, 안절부절못하며 자꾸 눈치를 보는 품이, 아무래도 절체절명(?)의 순간에 이야기가 끊어진 파장이 생각보다 컸던 모양이다. 어쩐지. 어젯밤에 필요 이상으로 호기롭게 튕기더라니.

아니나 다를까, 다시 이야기를 시작하자 그 좋아하던 토끼구이를 손에 쥔 채 먹는 것도 새까맣게 잊어버린다. 입을 멍하니 벌리고 귀를 쫑긋 세우고 앉아 있는 꼴이 우스워 죽을 지경이다.

장난기가 발동한 레니에가 발로 쿤의 옆구리를 쿡 찌르자 쿤은 동굴 천장에 머리를 부딪칠 정도로 높이 뛰어올랐다.

"헉, 왜, 왜 이래!"

"그 '이상한 것'이 뭔지는 알겠어?"

"……안다."

"뭔데?"

그는 애꿎은 손가락만 관절이 나갈 정도로 쥐어뜯다가 전장에 나가는 전사처럼 비장하게 대답했다.

"그건, 사랑이다."

우오오오! 레니에는 아낌없이 손뼉을 치고 휘파람도 불어 주었다.

"이야! 네가 사랑도 알아? ……아! 그럴 리가. 너희 집안사람들은 성인식 할 때까지 남자 여자 따로 지낸다면서."

"그래도 알 건 다 안다. 나는 곧 성인식을 할 것이고, 그러면 바로 결혼도 할 수 있으니까."

그가 분한 듯이 내뱉었다.

오호, 알 건 다 아신다?

레니에는 눈을 가느스름하게 뜨고 쿤을 아래위로 훑어보았다. 저 녀석이 거짓말을 못 한다는 건 알고 있고, 알 건 다 안다는 말도 제 딴에는 사실일지 모른다. 하지만 남의 딴에도 사실일지는 알 수 없다. 결혼할 여자가 누군지 모르지만 걱정부터 되는 건 왜일까.

"쿤. 내가, 응, 정말 이런 것까진 안 물어보려고 했는데……. 솔직히 얘기해 줘."

"그래."

"너, 여자 손 잡아 본 거, 내가 처음이지?"

"그건 아니다! 나를 어떻게 보고. 어머니 손과 유모 손은 많이 잡아 보았다."

그러면 그렇지.

"알 거 다 안다니 그럼, 네가 아는 사랑이 뭔지 얘기나 좀 해 줘."

그는 경기 발작이라도 일으킬 얼굴로 고개를 흔들었지만, 레니에의 다음 이야기를 안 해 준다는 협박에 너무 쉽게 굴복했다. 그는 귀를 기울여 주변에 사람이 오가는지 한참 확인한 후, 목소리를 잔뜩 낮춰서 대답했다.

"그, 그, 사랑이라는 게 뭐냐 하면."

"응. 응?"

"그 사람에 대해 몹시 궁금하고, 종일 생각나고, 생각하면 기분 좋고, 잘해 주고 싶고……."

모닥불에 녀석의 볼이 불그레하게 익는 것이 보인다. 저 꼴이 귀여워 보이다니 나도 망했다.

"응, 그리고 또?"

"내 뒤에 감춰 두고 아무도 안 보게 하고 싶고, 남이 때리면 그 자를 죽여 버리고 싶고……."

그는 손가락을 꼽아 가며 열심히 대답했다. 이마에 숭얼숭얼 진땀이 맺힌 것이 보인다. 레니에는 눈썹을 찡그렸다. 갑자기 몰이꾼의 포위망에 몰리는 토끼가 된 기분이었다.

"손을 잡고 싶고, 끌어안고 싶고, 입을 맞추고 싶고."

"……."

"함께 잠자리에 들고, 네 자궁에 내 정수를 부어 아이를 만들고 싶어 하는 것이다."

레니에는 멍청한 얼굴로 쿤을 멀거니 바라보았다. 쿤의 직설적인 결론에 말문이 막혔다. 저 수줍음 많은 놈이 저렇게 말하는 걸 보면 북국의 화법이 원래 이 지경인 게 틀림없다.

다만 그는 이 말을 하기 위해 남은 용기를 바닥까지 박박 긁어 대는 바람에 '네' 자궁, '내' 정수라고 말했다는 것을 인식하지 못하고 있었다. 레니에는 간신히 정신을 붙잡고 모르는 척 말을 넘겼다.

"아하. 그게 네가 생각하는 사랑이야?"

"그래."

"그럼, 마음에서 아직 아무것도 자라지 않았는데 끌어안고, 입맞추고 함께 잠자리에 들고 싶어 하는 건? 그것도 사랑이야?"

쿤은 대답을 멈추었다. 그는 레니에가 한 말의 이중적인 의도를 생각하려 애쓰는 듯했다. 그의 미간으로 긴 주름이 팼다.

"……아마 아닐 것이지만, 마음이 바뀐다면 사랑이 될 수도 있을 거다."

레니에는 콧방귀를 뀌었다. 녀석답지 않은 간사한 대답이 마음에 들지 않았다. 아니나 다를까, 그는 고개를 절레절레 흔들며 내뱉었다.

"아니, 아니다. 그건 짐승의 발정과 같다. 그런데 그건 왜 묻지?"

"아아, 난 지금까지 그런 사람들밖에 못 봤거든."

"넌 대체 지금까지 어디서 어떤 사람들과 함께 살았던 건가?"

그가 분노가 스민 목소리로 중얼거렸다. 다행히, 처음 만났을 때 들었던 경멸의 어조는 말끔히 사라졌고, 대신 레니에를 괴롭게 했던 자들에 대한 적의만 이글이글했다.

"그럼 쿤, 만약 두 사람 중 한 명의 마음에만 그런 마음이 자라면 어떻게 하겠어?"

레니에는 그 문제에 대한 해답을 몇 가지 알고 있었다. 그동안 주변의 숱한 사람들이 자신에게 시도했던 것처럼 강제로 몸을 취하려 하는 것, 협박이나 권력으로 자발적으로 굴복시켜 취하는 것, 혹은 많은 사람이 하는 것처럼 대가를 주고 사는 것. 마음을 포기한다면 방법은 많았다.

"상대방의 마음도 자라도록 최선을 다한다."

"최선을 다한다고 상대방 마음에서 반드시 사랑이 자라는 건 아니잖아. 끝까지 안 자랄 수도 있지."

"신께서 한 명의 마음에만 사랑이 자라도록 허락하신 거라면."

레니에는 그의 가정이 마음에 들지 않았지만 잠자코 대답을 기다렸다. 그는 말을 고르다가 단호하게 대답했다.

"섬기는 신께 내 모든 것을 걸고 기도하겠다. 상대의 마음에도 같은 것이 자라게 해 달라고."

레니에는 그의 대답도 마음에 들지 않았다. 딱, 따닥, 천천히 사위어 가는 불꽃이 커다란 소리를 내며 불티를 날렸다. 두 사람 사이의 새까만 공간으로 작은 불티가 불화살처럼 길쭉한 포물선을 그리며 가로질렀다.

레니에는 설핏 잠에서 깼다. 모닥불은 꺼지고 발그레한 불씨만 한두 점 모닥불 속에 남아 있다. 사방은 빛 한 자락 없이 깜깜하고 남아 있는 불씨 주변만 희미하게 빛나고 있다.

자신의 앞으로 어둑한 형체의 그림자가 늘어져 있다. 레니에의 몸은 양털로 된 옷으로 꼭꼭 덮여 있고, 한 손은 무언가에 감싸여 있었다. 크고 두툼하고 따뜻한 그 무엇. 그 무엇이 레니에의 손등을 살그머니 쓰다듬는다. 너무 조심스러워서 깃털이 스치는 것처럼 느껴진다.

"……."

낮고 울림이 깊은 목소리가 어둠 속에 사르르 녹아 들어간다. 웅웅웅웅, 꿀벌 한 마리가 날갯짓하는 것처럼 부드럽고 뭉근한 소리. 귀에 감기는 낮고 긴 숨소리가 꿀처럼 달다.

레니에는 눈앞의 검은 그림자로, 그가 차가운 돌바닥 위에 무릎을 꿇고 앉아 있다는 것을 알 수 있었다. 그는 아마 자신이 섬기는 신에게 기도하고 있는지도 모른다.

무얼 기원하고 있을까? 저렇게 간절하게, 저렇게 꿀꺽, 꿀꺽, 아픈 침을 삼켜 가면서.

네 세상에는 이렇게 간절하게 기원할 만한 것이 그래도 남아 있구나.

속삭임 같은 기도가 멎는다. 그의 고개가 천천히 수그러들었다. 레니에의 손등 위로 그의 얼굴이 닿고, 그의 헝클어진 머리카락이 그녀의 손목과 팔을 덮었다.

손등이 간질간질하다.

촉, 하는 짧고 부드러운 소리가 들렸다.

❖ ⚜ ❖

〈세 번째의 밤과 낮〉

나무가 태양의 빛과 대지의 양분과 생명의 물을 동시에 탐욕했듯, 아르마누 역시 아름다운 카타와 지혜로운 검은 용을 탐욕했고, 여섯 날개의 카타와 검은 용 역시 아르마누를 탐욕하기 시작했다.

하지만 아르마누는 하늘을 올려다보고 땅을 내려다보며 슬픈 얼굴로 고개를 저었다.

"빛의 영광이여, 여섯 날개의 아름다운 전사여, 당신은 너무 커서 나는 당신을 품을 수 없습니다. 당신의 날개는 하늘을 덮지만, 나는 당신의 깃털만큼 작습니다. 나는 당신을 감히 품을 수 없습니다."

"깊고 어두운 물의 지혜여, 아름다운 비늘을 가진 현자여. 당신은 너무 커서 나는 당신을 품을 수 없습니다. 당신의 꼬리는 바다를 덮지만, 나는 당신의 비늘만큼 작습니다. 나는 당신을 감히 품을 수 없습니다."

"하늘만큼 커질 수 있는 자가 깃털만큼 작아지지 못하겠는가."

"바다 끝까지 덮을 수 있는 자가 비늘만큼 작아지지 못하겠는가."

여섯 날개의 카타와 지혜의 검은 용은 스스로 아르마누의 작은 몸을 흉내 내 몸을 작게 우그리고 접고 구겨 그녀의 곁에 가서 섰다.

드디어 그녀와 눈을 맞추고 나란히 설 수 있게 된 카타와 검은 용은 아르마누를 보며 난생처음 겪는 생소한 욕정이 온몸을 할퀴고 지나가는 것을 느꼈다. 그녀의 날숨에서는 꽃의 향기가 나는 것 같고, 몸에는 달콤한 꿀이 발라진 것 같았다.

"나로 하여금 너를 사랑하게 하라. 내가 나의 몸으로 너를 희락케 하며, 빛의 영광으로 네 마음을 기쁘게 하리라."

"나로 하여금 너를 사랑하게 하라. 내가 나의 몸으로 너를 즐겁게 하며, 아름다운 지혜로 네 영혼을 즐겁게 하리라."

"나로 하여금 너를 안게 하라. 너의 자식은 천지간 가장 아름다운 전사가 되리라."

"나로 하여금 너를 안게 하라. 너의 자식은 천지간 가장 지혜로운 현자가 되리라."

"아르마누여, 나의 씨로 하여금 네 자궁에 들어가 나의 아이를 결실케 하라. 내가 너로 인하여 몸이 불타는 것 같다."

"아르마누여, 나의 씨로 하여금 네 자궁에 들어가 나의 아이를 결실케 하라. 내가 너로 인하여 뼈가 녹는 것 같다."

아르마누는 망설이며 물었다.

"여섯 날개의 카타여, 당신이 나를 취하면 당신이 나에게 줄 것은 무엇입니까?"

"원하는 것을 말하라. 내가 가지고 있는 것은 무엇이든 네게 주고 더하여 주리라."

"지혜의 검은 용이여, 당신이 나를 취하면, 당신이 나에게 줄 것은 무엇입니까?"

"원하는 것을 말하라. 내가 가지고 있는 것은 무엇이든 네게 주고 더하여 주리라."

"이레, 이레를 허락하면 내가 대답을 이르겠나이다."

❀ ✠ ❀

쿤은 무엇인가 골똘하다. 이마와 미간에 주름이 빡빡하게 잡혀 있는 꼴을 보니.

"아르마누는 왜 진실하게 답하는 대신 상대의 마음을 이용해 제 욕심만 채우려 하나?"

"뻔하지. 카타와 검은 용의 마음에서 자라던 것이 아르마누의 마음에선 자라지 않은 거지. 하지만 네 말대로라면 그건 신께서 자라게 허락하지 않은 거고, 그걸 욕할 수는 없잖아. 카타와 검은 용은 아르마누의 마음에 들기 위해 네 말마따나 '최선을 다하는 중'인 거고."

레니에의 대답조차 몹시 마음에 들지 않는 듯, 쿤의 이마가 심하게 구겨졌다. 하지만 논리적으로 반박하지는 못했다.

"그럼, 왜 하필 이레인가? 기다리면서 얼마나 고통스럽겠나."

레니에는 그가 카타와 검은 용에게 심하게 이입했음을 알아차렸다. 이런 고통은, 사랑을 받는 자가 아닌 항상 사랑을 하는 자의 몫이다. 누군가 그랬는데. 신은 인간이 감당할 수 없는 감정을 주어서 인간을 겸손하게 만든다고.

자신을 아무 주저 없이 카타 혹은 검은 용에 이입하는 쿤이 용감하게 느껴진다. 레니에는 그럴 자신이 없었다. 이레 안에 생성되어 이레 안에 소멸할 수도 있는 감정에 자신의 모든 것을 거는 짓은 아주 미련하거나, 아주 용감한 사람만 할 수 있을 것 같다. 레니에는 천천히 설명해 주었다.

"이레는 세상에서 일어날 수 있는 일이 다 일어날 수 있는 시간이거든."

이레. 예전에 누군가에게 들었던 말이 떠올랐다. 모든 일이 일어날 수 있고, 모든 일이 스러지기에 충분한 날의 수. 혀 밑으로 쓴 물이 가득 고였다.

"살아 있던 사람이 목숨을 잃고, 죽어 가던 사람이 삶을 얻기에 충분한 시간."

"……"

"누군가를 몰랐다가 알게 되고, 누군가를 미워하다 사랑하고, 사랑하다가 헤어지기에 충분한 시간."

"충분하지 않다. 그 감정을 위해서는 70일도, 700일도, 7년도, 70년도 짧을 것이다."

쿤은 거친 목소리로 말을 가로막았다.

"쿤, 네가 그 감정을 알아? 70년도 짧을 거라고? 어떻게 그렇게 용감하게 장담해?"

"그러면 너는 아나?"

"너보다는 잘 알지. 적어도 그 감정이 사라지는 데 이레가 아니라 하루도 안 걸린다는 것 정도는 알아."

레니에는 쓰게 웃으며 대답했다. 지금껏 겪었던 일은 매웠고, 기억은 쓰디썼고, 이 녀석의 속을 뭉개는 진실을 일러 주는 것은 아팠다.

"……그럴 리가 없다."

쿤은 말끝을 흐렸다. 난생처음 겪는 감정에 맞닥뜨린 그는 그 감정의 결말에 자신이 없었는지, 절대 아니라고 끝내 단언하지는 못했다.

레니에와 쿤이 만난 지 두 번째 이레가 다가오고 있었다.

〈네 번째의 밤과 낮〉

아르마누는 하늘과 대지 사이에 자리한 나무 아래 앉아 고민했다.

여섯 날개의 카타는 나무 위에 앉았고, 지혜의 검은 용은 땅속 깊은 곳의 물로 스며들었다. 카타는 기다렸고, 검은 용은 생각했다. 생각하고 생각했다. 이 감정의 연한과 끝과 얻을 것과 잃을 것을 생각했다. 카타는 기다렸고, 검은 용은 생각했다.

이레가 되는 날, 생각을 끝낸 검은 용은 물속에서 몸을 나누어 두 마리의 희고 검은 뱀으로 변하였다. 뱀은 카타의 눈에 띄지 않게 나무를 타고 매끄럽게 그녀의 곁에 다가갔다.

"아르마누여. 무엇을 구할지 정하였습니까?"

"아직 정하지 못하였구나. 내가 지혜가 없어 누가 나를 더 사랑하는지 알지 못하겠다."

"누가 더 당신을 사랑하는지 알게 할 지혜를 원합니까?"

"원한다."

"하나를 선택한다는 뜻은 하나를 버린다는 것을 뜻합니다. 그래도 원합니까?"

"원한다."

두 마리 뱀은 나무를 타고 그녀의 어깨 위로 미끄러져 내려가 두 귀에 대고 번갈아 속삭였다.

"……시험하소서."

"……."

"당신이 가장 원하는 것, 그리고 상대가 가장 소중히 여기는 것을 각각 한 가지씩 달라고 하여, 상대가 당신을 진실로 사랑하는지 거짓으로 사랑하는지 시험하소서. 그리하면 알 수 있으리라."

아르마누는 뱀들의 지혜를 옳게 여겼다.

"여섯 날개의 카타여. 나는 당신이 가진 빛의 영광, 즉 천상의 아름다움과 영원한 생명을 원합니다."

아르마누가 가장 원하는 것, 카타가 가장 소중히 여기는 것. 카타는 심각한 고민에 빠졌다.

"빛의 영광 즉 천상의 아름다움은 받을 수 있으리라. 그러나 영원한 생명은 아버지 우투에게 받은 신성한 것, 천족으로서 가지고 있어야 할 것이다. 내 마음대로 줄 수 없다."

"나는 당신의 빛의 영광, 즉 천상의 아름다움과 영원한 생명을 원합니다."

아르마누는 뱀에게 얻은 지혜대로 되풀이했다. 카타는 아르마누가 없는 하늘의 영원한 생과 아르마누와 함께하는 지상의 유한한 생을 생각한 끝에, 괴롭게 대답했다.

"네가 원하는 것을 얻으리라. 그러니 너는 나를 택하라."

아르마누는 검은 용에게 가서 말하였다.
"지혜로운 검은 용이여. 나는 땅과 물의 풍요함과 당신의 지혜를 원합니다."
아르마누가 모르는 것이 있었으니, 생명의 특성은 나누면 줄어드는 것, 온전해지지 못하는 것, 지혜의 특성은 나누어도 그대로 남아 있는 것, 여전히 온전한 것. 지혜로운 검은 용은 웃으며 말하였다.
"땅과 물의 풍요함은 내게 주어진 것이 아니나, 지혜를 원하면 내게 구하라. 내가 네게 이르리라. 그래도 좋다면, 너는 나를 택하라."

그리하여 아르마누는 여섯 날개의 카타를 택하여 그에게 갔다.

카타는 약속대로 빛의 영광, 즉 천상의 아름다움을 그녀에게 주고, 교합이 끝나면 영원한 생명도 마저 주리라 약속했다. 여섯 날개의 카타는 그녀를 안고, 입을 맞추고, 함께 밤을 보내며 아르마누와 길게 교합하였다.
그러나 카타는 긴 교합을 끝내고도 영원한 생명을 미처 주지 못하였다. 그날 새벽, 꿈에 우투가 그의 꿈에 사자를 보내 엄히 경고하였던 것이다.
"나의 아들아. 내가 준 것을 버리는 것을 허락하지 아니한다. 빛의 영광, 즉 천상의 아름다움과 영원한 생명을 버렸다가는 영영 하늘로 돌아오지 못하리라. 너는 진흙종족이 겪는 간난신고 희로애락을 모조리 겪다가 결국에는 소멸하리라. 네 분신인 전사들 역시 같은 운명을 겪게 되리라."
꿈에서 깨어난 카타는 나무 꼭대기로 올라가 새벽이 될 때까지 깊게 고뇌하며 부르짖었으나 우투는 더 이상 대답하지 않았다.

약속한 영원한 생명을 받지 못하자 배신감을 느낀 아르마누는 검은 용에게 갔다.
"그가 약속을 지키지 아니하였습니다. 저는 당신을 택하고, 당신이 주는 것을 받기를 원하나이다."
검은 용은 차가운 안개를 뿜으며 웃었다.
"하나를 택하면 하나는 버리는 것. 너는 이미 선택을 했다."
"……."
"다만 내가 너를 사랑했음에 대한 증거를 한 가지 보이리라. 네가 원하는 지혜를, 내가 알고 있는 진실을 나누어 주리라."

아르마누가 검은 용을 찾아간 것을 알게 된 카타는 자신이 약속을 지체하여 그렇게 된 것을 알았다. 그러나 검은 용의 차가운 안개에 파묻혀 있는 아르마누를 빼 올 수는 없었고, 마음만 용암처럼 끓어올랐다.
그는 황급히 아르마누의 본신本身인 나무로 달려가서 약속한 것, 곧 영원한 생명을 나무에 내어 주고, 차가운 안개 덩어리 앞에서 큰 소리로 고함을 질러 자신이 약속을 지켰음을 알렸다.
순간 태양이 지평선에서 솟아오르고, 빛의 전차에 탄 우투가 하늘에 몸을 드러냈다. 동시에 여섯 날개의 카타는 신성을 잃고 땅으로 굴러떨어졌다. 진흙으로 만들어진 종족들이 우글대는 땅, 그가 경멸하고 불결하다 여기던 땅이었다. 그의 분신이던 무수한 천족의 전사들 역시 날개가 꺾인 채 땅에 처박혔다.
천족 전사들이 받치고 있던 작은 땅과 나무 역시 하늘에서 땅으로 내동댕이쳐졌다. 아름다운 무지개가 서리고 향기로운 꽃과 달콤한 열매가 열리던 아르마누의 땅은, 땅으로 떨어진 카타와 전사들의 피로 검게 물들었고, 피에 물들고 꺾인 날개와 깃털들로 온통 희고 붉었다. 장대하고 아름답던 나무 역시 많은 가지가 꺾이고 뿌리가 부러진 상태로 힘겹게 땅에 박혔다.

아르마누는 카타에게도 검은 용에게도 가지 않고 자취를 감추고 말았다.
남은 흔적은 진흙 위에 남은 큰 새의 발자국뿐이었다.

❖ ⚕ ❖

쿤은 눈을 감은 채 한참 동안 생각에 잠겼다. 왜 그녀는 자취를 감추었을까. 그 절절한 사랑도, 영원한 생명도, 빛의 영광도, 검은 용의 지혜까지 한 자락 받은 그녀가 왜.

그녀가 받은 지혜는 어떤 것일까. 그녀는 왜 선택하지 않았을까. 그녀는 왜 사랑하지 않았을까. 카타, 혹은 검은 용을.

"나는, 그녀의 감정을 이해할 수 없다."

"응? 난 아르마누는 조금 이해가 되는데. 나는 카타가 이해가 안 돼. 포기할 게 따로 있지."

"왜 카타가 이해가 안 되나? 나는 잘 이해된다."

두 사람은 잠시 말을 접어 넣고 서로가 무슨 말을 해 주기를 기다렸다. 그러나 한참 동안 시간이 흘러가도 숨통을 짓누르는 듯한 적막만 두 사람 주변으로 내려앉을 뿐이었다.

타닥, 탁, 탁. 불꽃이 점점 사그라들면서 애처로운 소리를 냈다. 레니에는 장작을 더 넣는 대신 불이 꺼져 가는 모습을 물끄러미 쳐다보았다.

“……쿤. 너는 저번에 신께서 한 명의 마음에만 사랑이 자라도록 허락하신다면 네 모든 것을 걸고 기도한다 했지?”

“음.”

“그런데 나는 그런 것까지 신에게 허락받고 싶진 않거든? 나를 사랑하는지 미워하는지도 모르는 신들한테 구걸해 봐야 무슨 좋은 일이 있겠어?”

“그게 어찌 구걸인가? 나는 내가 섬기는 우투 님께서 나를 사랑하고 아끼신다고 확신한다. 부모가 자식이 행복하게 될 일을 허락하고 축복하듯, 우투 님도 섬기는 자가 행복하게 될 일을 허락하고 축복하실 것이다.”

“글쎄? 나는 이난나 여신의 사랑을 받은 아이라고 하는데, 그분은 사랑하는 사람들이 불행하게 되기만 바라시는 것 같던데?”

“그럴 리가 있는가. 내가 믿는 우투 님이나 진흙인간을 만드신 엔키 님, 닌후르상 님, 모두 인간들을 아끼고 보살피고 기꺼이 축복하는 분이시다.”

“축복? 흥! 다 됐고, 난 내 마음에 드는 사람이 있으면 구걸이나 기도 따위는 집어치우고 나 너 좋아해, 하고 말하고, 그 사람이 날 좋아하도록 열심히 노력할 거니까 훼방이나 하지 말라고 해.”

너무나도 단호한 대답에 소년은 말을 잇지 못하고 머뭇거렸다. 그는 레니에가 신들에 대한 이야기가 나오면 으레 날카로워지거나 빈정대는 것을 진작 눈치챈 것 같았다.

그래서일까. 여느 고리타분한 어르신들처럼 신성모독이라거나 독신자(瀆神者—신을 모독하는 자)라거나 저주받을 자라거나 하며 협박을 하지는 않았지만 그럴 때마다 소년의 얼굴은 몹시 어두워졌다.

……너무 말이 세게 나갔나? 레니에는 주저하다가 조심스럽게 물었다.

"그러면 쿤, 넌 우투께서 허락하지 않으면 마음을 포기할 거야? 아니면 그분을 버릴 거야?"

대답 대신 신음 같은 한숨이 흘러나왔다. 레니에는 내친김에 속에 든 말을 다 해치웠다.

"솔직히, 우투 님이 기도를 듣는지 안 듣는지 넌 모르잖아. 듣는다 해도 너를 사랑하는지 미워하는지도 모르고, 사랑한다 해도 그 사랑이나 축복이라는 게 너한테 좋을지 나쁠지도 모르잖아."

"말을 조심해라. 너는 내가 섬기는 빛과 공의의 우투 님을 모독하고 있다."

그가 엄한 목소리로 말을 잘랐다. 레니에는 입을 비죽대며 비아냥거렸다.

"천만의 말씀이세요. 힘없고 불쌍한 진흙인간이 어떻게 감히 운명을 정하는 위대한 신들을 모독씩이나 하겠어요. 제가 얼마나 경건하고 겸손하게 그분들을 공경하고 있는데요. 위대한 이난나 여신께 맹세코 단 한 번도……."

갑자기 커다란 손이 레니에의 입을 틀어막았다.

"너는 왜 거짓말만 하려면 이난나 님을 끌어대나. 대체 한두 번도 아니고! 그러지 마라. 이난나 님의 노여움을 산다."

"내 맘이야!"

레니에는 손을 탁 뿌리치고 쏘아붙였다.

"난 그 이름만 들어도 기분이 아주 더러워! 알아? 누군 운이 좋아 변덕쟁이 지랄 작렬 여신으로 태어나서 오만 횡포에 진상 짓은 다 하고도 떵떵대며 사는데, 누군 재수 똥 밟아 고아 노예 계집애로 태어나서, 잘못한 것도 없이 눈 밖에 나서 진창을 굴러다녀야 한다고! 그것만으로도 열 받아 죽겠는데, 사랑하는 사람이 생겼을 때 구걸질도 해야 해? 그것도 모자라서 거짓말하는 것까지 눈치를 봐야 해?"

"대체 무슨 일로……!"

"그것까진 알 거 없어! 어쨌든 난, 거짓말할 때 그 빌어먹을 이름이라도 팔아먹어야 덜 억울하겠어. 앞으로도 맹세할 게 있을 때마다 멋대로 팔아먹을 거니까, 너도 '저게 또 용감하게 거짓말을 하고 있구나' 하고 알아서 걸러 들으라고!"

갑자기 튀어나온 격렬한 반응에 쿤의 입이 멍하니 벌어졌다. 그는 결국 뒤로 물러앉아 시원하게 웃음을 터뜨렸다.

"나는 우투 님을 어릴 때부터 섬겼고, 조만간 우리 부족의 신관이 될 몸이지만 너처럼 속 시원하게 신을 욕하는 사람은 처음 본다."

레니에는 순간 기겁해서 소년을 아래위로 훑어보았다.

"뭐? 뭐뭐? 신관? 신과안? 너 지금 신관이라고 했어?"

"음. 춘분절에 성인식을 마치면 소금산에 있는 우투 신전의 대신관이 되어야 한다."

맙소사, 아, 이런 맙소사. 낼모레 대신관이 될 사람 앞에서 신성모독 발언을 폭포처럼 쏟아붓고 있었으니 이런 미친 짓이 있나!

어쩐지, 그제야 녀석의 대답과 반응과 행동들이 한꺼번에 이해가 된다. 자신이 지금껏 겪어 왔던 개새끼들처럼 저년을 어떻게 홀릴까 어떻게 따먹어 볼까 궁리하는 대신 여자의 마음에도 같은 사랑이 놓게 해 달라고 기도를 한다는 것부터 괴상했었다.

하긴. 우투의 이름으로 맹세만 시켜 놓으면 정말 이상할 정도로 곧이곧대로 지키더라 했다. 안 그랬으면 이 자식은 진작 결박을 끊고 눈의 수건도 풀고 동굴을 탈출했을 것이다.

그래. 처음부터 말하는 본새가 이상해도 너무 이상했고, 생각하는 것도 행동하는 것도 백 살 먹은 영감처럼 고리타분했다. 알

앉어. 이제야 이유를 알았다고. 레니에는 발을 버둥대며 웃기 시작했다.

"야, 그나저나 너희 부족 사람들도 큰일 났다. 나야 어차피 찍힌 인생이니 이 말 저 말 막 해도 되지만 너는 대신관이 될 놈이 신을 욕하는데 속 시원하다고 하면 어떡하냐."

갑자기 그의 어깨가 푹 쭈그러들었다.

"나도 내가 제대로 된 신관이 될 수 있을지 잘 모르겠다. 대신관이 되면 초하루마다 신전에서 제사도 지내야 하고, 결혼한 사람들, 아기 낳은 사람들 다 축복해 주어야 하는데 뭐라고 빌어 줘야 할지 눈앞이 깜깜하고, 내가 빌어 준다고 정말 사람들이 복을 받는지도 모르겠고, 아니 나부터 믿어지지 않고…… 그래 놓고 제물이나 봉납물을 받아도 되는지 모르겠고……."

레니에는 예비 대신관의 난데없는 양심 고백을 듣고 깔깔대며 웃었다. 차라리 사냥꾼이나 대장장이를 하면 대성할 텐데 태양신 우투의 신관이라니. 그것도 대신관이라니.

예비 대신관은 레니에의 웃음에 시무룩하게 물었다.

"그런데 넌 거짓말을 할 때마다 그렇게 위대한 신들의 이름을 팔아 대면 어떡하나. 진짜 맹세를 해야 할 일이 있으면 무엇으로 맹세를 할 건가?"

"내 이름으로 해야지."

"왜?"

"나한테 남아 있는 거라곤 이제 이름밖에 없거든."

레니에는 싱긋 웃었다.

쿤은 입을 다문 채 고개를 수그렸다. 레니에의 대답이 충격이었는지, 한참 동안 말을 하지 못했다. 그의 울대뼈가 느리게 움직이는 것이 보였다. 그는 고개를 숙인 채 말했다.

"그럼, 앞으론 내 이름으로 해."

"……응?"

"남은 게 이름뿐이면 소중히 아껴 두고, 진짜 맹세를 할 일이 있으면 내 이름으로 해라. 북국 소금성의 쿤, 후와투와 카할라의 아들의 이름을 걸고 맹세를 하면, 내 목숨이 닿는 한 그 맹세의 보증이 되어 주겠다."

레니에는 눈을 커다랗게 떴다. 갑자기 목이 막혀서 말이 잘 나오지 않았다. 그는 고개를 숙인 채 띄엄띄엄 속삭였다.

"나는 이런 말을 들으면 속이 아프다. 네게 무언가를 해 주고 싶은데 뭘 해 주어야 할지, 어떻게 해 주어야 할지도 잘 모르겠다. 짐승을 빚졌으면 같은 짐승을 네 배로 잡아 줄 것이고, 돈을 갚으라면 일곱 배로 갚아 주고, 목숨을 빚졌으면 내 목숨으로 대신하라고 하고 싶다."

"이, 이게 기, 기껏 목숨, 구, 구해 줬더니 아무 데나 내팽개치고……."

"어차피 지금 내 목숨은 네게 빚진 것이다."

"그건 내가 어떻게 갚으라고 분명 말해 줬고, 너는 그렇게 한다고 했어. 그러고 나면 은혜고 원한이고 다 끝나는 거야. 그날로 까맣게 잊어버리면 되는 거야! 맹세 따윈 개뿔이! 난 네 이름까지 까먹어 줄 거라고!"

그의 낯빛이 가라앉는 것을 보며 레니에는 이유도 모르게 화가 났다. 약속했잖아! 기억 안 나? 고함 소리가 팩 높아졌다. 그는 덤덤한 목소리로 대답했다.

"기억한다. 잊지 않았다. 나는 네가 원하는 방법대로 갚을 것이다."

❖ ☗ ❖

<다섯 번째의 밤과 낮>

카타는 광란에 빠지고 말았다. 그는 아르마누를 찾아 오랜 시간 광야를 방황했다.

그는 피투성이가 된 맨발을 질질 끌며 광야를 돌아다녔다. 그의 탁해진 눈에서는 쉴 새 없이 눈물이 흘러 눈가가 온통 짓물렀다. 그는 태양이 떠오르면 하늘을 보고 울었고, 지상에서 흔적도 없이 자취를 감춘 그녀가 생각나면 땅에 얼굴을 박고 다시 울었다.

그가 방랑 끝에 나무로 돌아갔을 때, 나무는 무섭도록 자라고 퍼져 숲이 되어 있었다. 그러나 나무의 현신인 그녀는 여전히 돌아오지 않았다.

나무를 얽고 지키던 두 마리의 희고 검은 뱀은 카타를 보자 검은 용으로 다시 변하였다. 검은 용은 카타를 보며 차가운 안개를 내뿜지도 않고 뇌우를 뿌려 공격하지도 않았다.

외로움에 지친 그는 오랫동안 싸워 오고 경쟁했던, 그러나 하늘과 땅에서 서로를 가장 잘 알고 대등했던 카타를 보며 눈물을 흘리기 시작했다. 카타는 그 이유를 묻지 않았다.

"검은 용이여, 지상에서 하늘의 지혜를 얻은 자여. 청하노니 나의 아르마누가 어디에 있는지 이르라."

"알려 하지 말라. 지혜는 선하지도 악하지도 않은 것, 하여 네게 득이 될지 독이 될지 알지 못하나니, 그녀를 잊고 너의 생을 살고 남은 즐거움이라도 누리라. 여섯 날개의 위대한 전사, 빛의 영광이며 천상의 아름다움인 카타여."

"검은 용이여, 앉아서 천 리 밖을 보는 자여. 두 번째 청하노니 나

138

의 아르마누가 어디에 있는지 이르라."

"그녀는 네게서 도망쳤고, 신성한 나무의 영역을 벗어나자마자 사악하고 가증한 날짐승이 기다렸다 낚아챘구나. 그녀는 그 날짐승과 교합하고 씨를 받아 자식들을 낳았다. 그러니 너는 가지 말고 이 숲에 머무르라. 나는 너와 힘을 겨루며 싸울 때가 그리웠다. 영원한 나의 호적수이자 대등한 벗, 나의 형제여."

"검은 용이여, 나의 유일한 적이며, 나의 유일한 벗이여. 세 번째 청하노니 나의 아르마누가 어디에 있는지 이르라."

검은 용은 눈물을 흘리며 대답했다.

"백엽산맥에는 소녀들을 잡아먹는 식인수리가 살고 있고, 아르마누는 식인수리의 동굴에 있다. 네가 뿌린 씨 역시 그녀가 결실하였다. 너의 외형을 닮은 자가 너의 아들이며 너의 딸이다."

❧ ⚜ ❧

"네가 만약 아르마누라면, 넌 어떤 사내와 결혼하고 싶은가?"

레니에는 눈앞의 소년을 물끄러미 바라보았다. 어떤 갈망이 느껴지는 목소리, 강렬한 염원이 깃든 질문.

하루씩 지날 때마다 그가 한 걸음, 한 걸음 다가오는 것이 느껴진다. 그의 걸음걸음이 너무 태산 같아 암담하고, 이레라는 시간이 너무 짧아 암담했다. 끊고 물러서고 돌려보내는 것도 가능한 시간이 있는 법이고, 그 끝이 점점 가까워 오고 있었다.

레니에는 천천히 방패를 집어 앞을 막았다. 더 다가오게 놔둘 수는 없었다.

"난 누구하고도 결혼 안 할 거야. 남자라면 소름 끼치도록 싫어. 손이 닿기만 해도 지네나 거미가 떼 지어서 우글우글 기어 다니는 것 같아."

쿤의 움직임이 멈췄다. 그는 굉장한 충격을 받은 얼굴로 얼음덩이처럼 굳어 있었다. 한참 지난 후 낮게 가라앉은 목소리로 물었다.

"왜?"

그걸 어떻게 내 입으로 설명하겠니. 레니에는 한숨을 쉬며 이야기를 끊었다.

"얘기 길어. 묻지 마."

"왜? 너는 왜 이렇게 묻지 말라는 게 많은가? 왜! 나는 네가 묻는 모든 것에 대답했는데! 아무리 창피해도 거짓 없이 성실하게 모두 대답했다. 그런데 너는 왜?"

쿤이 격하게 부르짖었다. 레니에는 물러진 목소리로 그를 다독거렸다.

"쿤, 사람들한테는 말하지 못할 이유도 많이 있어. 넌 세상에 일어나는 일들의 이유를 모두 알아내야 직성이 풀려?"

"그런 건 아니다. 다만 너에 대해서는 모르는 것이 나올 때마다 답답해. 이젠 숨이 막힌다."

방패를 들어 너를 막은 것이 너무 늦은 걸까. 레니에는 자신의 마음도 점점 믿을 수가 없었다. 좀 더 이르게 너를 쳐서 보내야 했을까. 저 수건으로 눈을 가려 두지 않았으면 자신은 방어하는 것조차 진작 포기했을 것이다. 쿤은 눈썹을 찌푸리고 한참 고민하다가 조심스럽게 물었다.

"그렇다면 내가 손을 잡은 것도 기분 나빴나? 발도 주물러 주었는데 그건."

레니에는 그의 걱정스러운 얼굴에 풀썩 웃었다.

"글쎄. 동상 안 걸리게 주물러 주는 건 고마웠지만 하여튼 남자가 훑어보고 손대고 그러는 건 정말 소름 끼치…… 안 좋아해. 그냥 더러워서 싫어."

"자주 씻으면 되나?"

"……쿤."

레니에는 한숨을 쉬다가 고개를 저었다. 알고 저러는 걸까, 정말 모르고 저러는 걸까. 밀고 잘라 내고 내칠수록 녀석은 뚝심 있게 버티면서 밀고 들어오고, 자신은 점점 뒤로 밀려서 영역을 내주는 것 같다. 레니에는 방패를 든 팔을 툭 떨구고 말았다.

"네가 만지는 건 아주 나쁘진 않았던 거 같아."

그는 한참 망설이다가 주먹을 꽉 움켜쥐고 물었다.

"……그럼, 내가 입 맞추는 건 괜찮은가?"

그의 목소리가 너무 심하게 떨려 뭐라고 대답해야 할지 알 수 없었다.

레니에는 밤마다 그가 자신의 손을 잡고 긴 기도를 드리고, 손등에 입을 맞추는 것을 알고 있었다. 저 숫기 없고 미련한 녀석이 이렇게 물어볼 지경이면 속에서 해일처럼 출렁대던 말이 결국 넘쳐서 튀어나온 것이리라. 넘치고, 넘치고, 넘쳐서.

레니에가 대답하지 않자 쿤은 고개를 수그리고 이를 악물었다.

"못 들은 걸로 해."

목덜미로 피가 몰려 시뻘겠다.

<여섯 번째의 밤과 낮>

그 밤에 우투가 현몽하여 그를 찾았다.

"나의 아들아, 네가 헛되이 선물한 두 가지를 거두어들이라. 그리하면 너는 다시 하늘로 돌아올 수 있게 되리라."

"어찌하면 거두어들일 수 있으리까."

"네 핏줄은 네 품에 들이고, 그녀와 그녀의 남은 핏줄을 모두 지상에서 소멸시키라. 그리하면 그녀에게 준 빛의 영광이 네게 다시 돌아오리라. 그 후에 나무를 불태워 나무에 묶어 둔 영원한 생명을 다시 거두어들이라. 네가 내어 준 순서대로, 반드시 빛의 영광을 먼저 거두고 영원한 생명을 나중에 거두어야 하리니, 그리하면 너와 네 후손은 다시 하늘로, 내 곁으로 올 수 있으리라."

그러나 카타는 아르마누를 죽이는 대신 그녀와 함께 살고자 하였고, 머나먼 길을 걸어 백염산맥을 찾아갔다.

백염산맥은 크고 험하여 식인수리가 숨은 동굴을 찾아내기 어려웠다. 긴 세월이 지난 후 간신히 동굴을 찾았지만, 식인수리는 제 씨를 낳아 준 아르마누도 다른 소녀들처럼 잡아먹은 후였다. 살점 하나 뼛조각 하나 남기지 않고 모조리 삼켜 그녀의 자취는 지상에서 완전히 사라지고 말았다.

격노한 카타는 큰 활을 들어 화살을 메겼다. 하늘로 날아 도망치던 식인수리는 카타가 쏜 일곱 발의 화살을 맞고 땅에 떨어져 죽었다. 카타는 그 자리에 앉아 온몸에 재를 바르고 몸을 할퀴어 가며 이레 동안 슬피 울었다.

눈물이 멎은 후, 동굴을 살피니 동굴 구석에는 아르마누가 낳은 네 생명이 있었다. 자신을 빼닮아 눈부시게 수려하고 아름다운 소년과 그의 짝이 될 소녀 쌍둥이, 사람이 되다 만 식인수리를 빼닮아 몸이 새의 깃털로 뒤덮인 수인종족 소년과 그의 짝이 될 소녀 쌍둥이가 있었다. 식인수리와 아르마누가 교합하여 낳은 더러운 씨앗이었다.

아르마누는 이미 짐승에게 먹혀 흔적도 없어졌으니, 그녀에게 준 빛의 영광을 돌려받기 위해서는 아르마누와 식인수리의 아들과 딸에게서 생명을 거두어야 했다.

카타는 활을 들어 식인수리의 아들과 딸을 쏘았다. 소년과 소녀는 화살을 맞고 피를 흘리며 도망쳤다. 카타는 그들을 쫓아가 칼을 휘둘러 죽이고자 하였으나 아이들은 백염산맥에서 가장 높고 험한 소금산으로 자취를 감추고 말았다.

카타는 아르마누와 식인수리의 아이들을 놓침으로 하늘로 올라갈 기회마저 영영 놓치고 말았다. 빛의 영광을 잃고 영원한 생명을 잃고 아르마누마저 잃은 카타와 그의 분신인 천족 전사들은 산마루에 앉아 울부짖었다. 그들의 눈물은 끝도 없이 흘러내렸고, 이내 얼어붙어 산을 덮기 시작했다.

❈　⚕　❈

"……식인수리는 그때 죽지 않았다."

귀를 기울여 듣고 있던 쿤이 풀 죽은 목소리로 말했다. 제 조상이 어떤 식으로 나오는지, 조금 괜찮은 내용이 있는지 기다렸던 모양인데, 안타깝게도 그의 조상 식인수리는 도저히 변명의 여지가 없는 악역 대마왕이었다. 하지만 잘못 알려진 부분은 짚고 넘어갈 모양이었다.

"그럼 식인수리는 어떻게 됐어?"

"나중에 꺾인 날개랑 부러진 발로 절뚝절뚝하면서 제 자식들을 찾아 소금산으로 왔다. 그래서 소금산에 숨어 살던 자식들이 식인수리를 모시고 살았다."

와, 진짜, 그런 개 같은 일! 레니에는 욕이 튀어나오려는 것을 간신히 집어삼켰다.

"그 자식들은 완전히 호구네. 엄마 잡아먹은 아빠를 모시고 살아? 왜, 자식들은 안 잡아먹었대? 아니 그보다, 소금산 부족도 좀 웃긴다. 자기네 애들 잡아먹던 식인수리를 덜렁 받아 주다니. 머리가 나빠서 다 까먹었대?"

열변을 토하던 레니에는 말을 끊고 푸스스 웃고 말았다. 뭐긴 뭐겠냐, 무서워서 찍소리도 못 한 거지.

하지만 이해는 가도 화가 나는 건 마찬가지였다. 레니에는 힘을 가진 무엇인가에 굴복해서 비참해지는 사람들의 이야기를 들으면 자꾸 화가 났다.

"이해가 안 된다 진짜. 수인종…… 아니 북국 사람들은 있는 거라곤 힘밖에 없다면서 왜 식인수리한테 그렇게 당하고만 살았어? 힘을 합치면……."

그깟 새 한 마리, 홀랑 통구이로 만들어 버릴 수도 있었을 텐데! 하는 고함도 간신히 삼켰다. 식인수리가 통구이가 됐으면 쿤이 태어나지 못했을 테니 그것도 좀 복잡 미묘한 문제였다.

"어, 그렇게 다들 힘을 합쳐서 적을 물리칠 지혜나 힘은 없었던 것 같다. 음, 솔직히 그때 북국 사람들은 진짜 짐승들하고 많이 비슷했던 것 같다. 천도 짤 줄 모르고, 옷도 신발도 발싸개도 없고, 불도 못 피우고, 집도 없어 동굴에서 살다 겨울에 대부분 얼어 죽고 굶어 죽고, 돌칼도 흙 그릇도 못 만들었다고 했다."

"아하. 그래서 북국 사람들을 수인종족이라고 했던 거야?"

"수인종족으로 불리게 된 정확한 이유는 아무도 모른다. 열두 개 산에 사는 열두 마리의 신령한 동물이 인간과 교합해서 나온 종족이라고도 하고, 위대한 일곱 신을 모르고 조상신이라는 열두 마리 짐승을 섬겨서라고도 한다. 하지만, 내 생각은 다르다. 당시 북국 사람들은 지혜가 모자라고 야만적인 모습은 있었지만, 그래도 사람이었을 거라 생각한다."

"응."

"그런데 우리 집안은…… 식인수리의 후손이라 진짜 수인종족 맞다. 그때 속상해서 네게 화를 내긴 했지만, 나도 실은 조상 이야기가 자랑스러웠던 적은 없다."

레니에는 눈앞의 덩치 큰 소년을 물끄러미 바라보았다. 수인종족을 사람 취급 안 한다고 격분하긴 했지만, 그는 이미 자신이 속한 가문을 부끄러워하고 있었다. 단지 아픈 곳을 건드리니 크게 화를 냈던 것뿐이었다.

쿤은 씁쓸하게 웃으며 제 조상에 대한 옛이야기를 털어놓기 시작했다.

"당시 북국 사람들은 어떤 위대한 신들보다도 식인수리를 무서워했다. 식인수리는 어마어마하게 크고 흉맹한 새인데 '짐승 중 영물이 1천 명의 사람을 잡아먹으면 몸이 사람처럼 변하고 큰 지혜를 얻는다'는 신탁을 어디선가 듣고, 걸핏하면 사람들을 낚아채서 잡아먹었다. 하도 잡아먹히니까 열두 부족은 견디다 못해 제물을 바치며 식인수리를 달래기로 한 거였다."

"으, 으음."

정말 쌍놈의 새 새끼긴 한데, 그전에 쌍놈의 신탁이 있었다. 이쪽도 신탁이 문제였던 거다. 중간에 쌍놈의 신탁이 걸리자 식인수리의 이야기는 이제 남의 이야기가 아니게 됐다. 레니에는 눈을 부릅뜨고 이야기를 재촉했다.

"그래서 열두 부족에서 매달 번갈아 가며 어린 소녀를 골라서 제물로 바쳤다. 식인수리는 소녀가 마음에 안 들면 바로 잡아먹고, 마음에 들면 안 잡아먹고 살려서 깊은 곳에 잘 숨겨 두곤 했다."

"아, 살려 주는 경우도 있구나. 다행이네! 그렇게 살아남은 소녀들은 어떻게 됐어?"

쿤은 냉큼 대답하지 않고 우물쭈물하다가 내키지 않는 듯 대답했다.

"……욕정을 채우고 싫증 나면 잡아먹었다고 한다."

씨발, 욕이 저절로 튀어나온다. 다행 취소. 그냥 신탁과 상관없이 애초부터 쌍놈의 새 새끼였다. 레니에는 그제야 남국 사람들이 북국 사람들, 특히 소금산 부족 사람들을 짐승의 후손이네 배은망덕의 상징이네 하며 경멸하는 것이 모조리, 모조리 이해가 됐다.

레니에는 수리가 사람을 잡아먹게 된 원인에서부터 후일담까지 하나도 마음에 들지 않았다.

식인수리와 수많은 소녀의 인생을 망친 것은 같잖은 신탁 한마디였다. 그렇다고 식인수리를 희생자라고 하기도 웃겼다.

나처럼 신탁을 거부하고 받아들이지 않을 수도 있었잖아. 꼭 사람이 되어야 했어? 그냥 멋진 수리로 남아서 하늘과 땅을 오가며 행복하게 살았습니다, 하는 결말을 나에게 전해 줄 수도 있었잖아. 레니에는 입술을 비죽이며 눈앞에 있는 애먼 후손에게 화풀이를 해 댔다.

"그래서, 백염산맥에서 바치는 제물 잡아먹는 것도 모자라서, 영지를 막 벗어난 신성한 여신님까지 납치해서 애까지 낳고 같이 살다가 잡아먹고, 화살 얻어맞고 죽을 지경이 돼서야 소금산에 숨어 사는 자식새끼들한테 엉금엉금 기어 들어온 거야?"

"……그걸 왜 나한테 화를 내고 그러나. 내가 잡아먹은 것도 아닌데."

말 한 마디만 세게 해도 금방 풀이 죽어 우물대는 놈을 보니 짠해서 화도 못 내겠다. 이 신성석 동굴에서도 성질 더럽기로 유명한 꼬맹이가 왜 이렇게 됐을까 모르겠다.

"어쨌든, 사람 천 명을 먹고 사람의 몸과 지혜를 얻으려 했다더니 소원 성취했나 보네."

"천 명을 다 채우지는 못했고, 완전히 인간으로 변하지도 못해서, 인간도 수리도 아닌 꼴로 소금산에 왔다고 했다. 그래도 아르마누를 끝으로 더 이상 사람을 잡아먹지 않았고, 큰 지혜도 얻었고, 그걸 전수해서 소금산의 부족장도 됐다."

"뭐, 나무의 여신까지 잡아먹었으니 당연히 큰 지혜야 얻었을 거고, 그러니 '으악, 내가 그동안 어떻게 이런 짓을!' 하면서 정신이 번쩍 들었겠지."

"아마…… 나도 그럴 거라고 짐작하고 있다."

"그래도, 소금산 부족에서 부족장까지 시켜 준 건 진짜 이해 안 간다. 부족에서 같이 살게 된 건 무서워서 그랬다고 이해라도 하겠는데. 혹시 족장 안 시켜 주면 또 잡아먹겠다고 협박한 거 아니고?"

레니에는 흠칫 말을 멈췄다. 쿤의 미간에 주름이 잔뜩 잡혔다. 그는 레니에가 몰아붙이는 것을 더 이상 참지 못하겠는지 주먹을 꾹 쥐고 더듬더듬 제 조상을 변명하기 시작했다.

"그, 그래도…… 식인수리는 북국 수인종족에게 진짜 많은 것들을 전수했다. 부족 간, 이웃 간, 가족 간에 서로 지켜야 할 규칙, 셈을 하고 길이와 무게를 재는 법, 휘파람 신호, 쇠를 녹이고 섞어 무기와 도구를 만드는 법, 안마르를 만들고 큰수리들을 훈련하는 법, 흙으로 그릇을 굽는 법, 천을 짜고 옷을 갖추어 입는 법, 벽돌을 굽거나 돌을 깎아서 단단한 집을 짓고 신전을 쌓는 법, 수로를 파서 물을 대고 고기를 소금에 절여 저장하는 법, 위대한 신들께 바르고 경건하게 제사를 드리는 법 같은 것을 알려 주었다.

소금산 꼭대기의 우투 대신전도 식인수리가 만든 것이고, 겨울 폭풍을 불러일으키는 신이 대기의 엔릴 님인 것을 알려 주고 삼나무 숲에서 제사를 드릴 수 있게 해 준 것도 식인수리다."

레니에는 쿤을 물끄러미 바라보다가 고개를 끄덕였다. 그러잖아도 제 근본에 대해 부끄러워하는 녀석을 몰아붙인 것이 미안했다. 쿤의 불그레하게 달아오른 얼굴을 보니 그것도 마음이 아렸다.

"그래. 정말 집도 무기도 그릇도 없이 살았다면 식인수리가 북국 사람들에게 큰 은인이었겠네. 내가 너희 선조 할아버지를 너무 몰아붙였나 봐. 미안."

레니에의 인정해 주는 듯한 말에 쿤의 구겨진 얼굴이 간신히 펴졌다. 정말 안심했는지 크게 한숨을 쉬더니 코를 비비면서 부스스 웃기까지 한다.

"응. 그래서 북국 사람들은 우리 집안과 소금산 부족을 우두머리 가문, 장자 부족으로 지금까지 인정해 주는 것이다."

"응, 그래. 정말 그렇겠네."

내용에 동감을 해서라기보다 쿤의 안심한 듯한 웃음을 보니 그냥 그렇다고 해 주고 싶었다. 저 웃는 모습이 왜 이렇게 천진하고 귀엽고 마음이 아린지 모르겠다.

레니에는 움츠러들었다가 간신히 펴진 녀석의 어깨를 툭툭 두드리고, 머쓱하게 고개를 숙이는 녀석의 머리도 가만히 쓰다듬어 주었다. 손에 머리카락이 감기는 촉감이 은근 좋았다. 들에서 양을 칠 때 도와주던 커다란 강아지의 머리를 쓰다듬는 기분이었다.

"어, 음."

쿤은 누군가가 머리를 쓰다듬는 일에 익숙하지 않은 듯 잠깐 몸을 움찔했다. 그 움직임에선 본능적인 반발과 반격의 기세까지 느껴져서 레니에도 손을 멈칫했다. 아주 잠시의 순간이었다.

후우우.

쿤은 화를 내거나 거부 의사를 표시하는 대신 가늘게 한숨을 쉬었다. 그뿐만 아니라 정말 양치기 강아지처럼 고개까지 얌전히 숙여 레니에의 손길을 받아들였다. 레니에는 조심스럽게 물었다.

"혹시 기분 나빠?"

"……아니다. 여섯 살 후로는 내 머리를 쓰다듬은 사람이 없어서 좀 어색해서 그랬다. 얼마든지 괜찮다."

레니에는 쿤이 자신의 어느 부분을 다시 무너뜨리고 자신을 받아 주었다는 것을 알았다. 아니, 레니에에 대해서는 제 손으로 제 울타리를 모조리 때려 부수는 느낌이었다.

좀 더 힘주어 쿤의 머리를 쓰다듬었다. 결이 거칠고 억센 머리카락인데 부드럽고 포근하게 느껴지는 게 이상했다. 어제만큼은 아니지만 그의 목덜미가 다시 달아오르기 시작했다.

손안에서 무엇인가 가볍게 움직이는 느낌이 났다. 레니에는 손을 멈추고 눈을 동그랗게 떴다.

"……쿤, 너 귀 움직여?"

"아, 씨."

쿤은 당황한 듯 얼른 고개를 돌렸다. 목덜미보다 빨갛게 달아오른 귀가 옴찔대며 쫑긋거리다가 딱 멈춘다.

"우, 우와! 귀, 귀 움직여, 쿤!"

"……조, 조용히 말해라. 다 듣겠다."

하지만 너무 흥분해서인지 목소리가 잘 줄어들지 않았다. 지금까지 살면서 귀가 움직이는 사람은 처음 보았던 것이다. 레니에는 그의 귀 앞에 얼굴을 바짝 들이대고 요리조리 살펴보았다.

"우와! 원래 너희 수인…… 북국 사람들은 다 귀 움직여?"

"……그건 아니다."

"진짜 신기해! 엄청 귀여워! 강아지가 귀 쫑긋대는 것 같아! 한 번 더 움직여 봐."

"……싫다. 동물하고 비슷하다고 하지 마라."

아차. 레니에는 그가 짐승과 비슷하다는 말을 무척 싫어한다는 것을 한 박자 늦게 떠올리고 얼른 사과했다.

"아, 미안. 미안해. 너무 예쁘고 귀여워서 그랬어. 화났니?"

"……화 안 났다. 괜찮다."

"그런데 귀 움직이는 거 한 번만 만져 봐도 돼? ……너무 예뻐서 그래."

쿤은 한참 망설였다. 레니에는 그가 이것을 구경거리처럼 남에게 드러내는 것을 몹시 거북해한다는 걸 뒤늦게 알아차렸다. 그가 내키지 않는 듯 중얼거렸다.

"어머니나 동생에게도 절대 보여 주지 않았던 거라서……."

"아, 그래. 보여 주기 싫으면 안 보여 줘도 돼. 미안해. 괜히 말했어."

"……아니다. 네가 보여 달라면…… 보여 주겠다. 별것도 아니다."

그는 결국 제 손으로 머리카락을 넘기고 한쪽 귀를 드러냈다. 발갛게 익은 귀가 드러났고, 귀만큼이나 폭 익은 뺨도 드러났다.

레니에가 귀를 가만히 쓰다듬자 그의 귀가 움찔거린다. 간지러워서 저도 모르게 나오는 반응인 것 같은데, 신기하고 재미있다기보다 가슴이 두근거렸다. 겉보기와 달리 그의 귀는 갓 구워진 빵의 속살처럼 부드럽고 말랑말랑했다.

그는 레니에가 귀를 쓰다듬을 때마다 미간을 심하게 찌푸렸고, 있는 힘껏 발가락을 오므렸다. 발가락이 하얗게 될 지경으로 꽉꽉 힘을 주었다. 귀를 더 만지다간 저놈의 발가락이 부러질 것 같아, 레니에는 아쉬운 한숨을 쉬며 손을 떼었다. 하지만 그는 여전히 발가락이 하얗게 되도록 힘을 주고 있었다.

짙은 어둠, 한 줌의 불빛, 차가운 공기, 알 수 없는 열기, 가는 한숨, 굵은 날숨. 침묵이 길어질수록 레니에는 그 공간을 채우고 있는 모든 것이 점점 거슬리기 시작했다.

특히 그의 굵은 날숨과 귀와 뺨과 목덜미를 물들이는 선정적인 핏빛, 그리고 꿈틀대는 발가락이 심하게 신경을 긁었다. 레니에는 홀린 것처럼 손을 내밀어 쿤의 발을 꽉 감싸 안았다.

"왜⋯⋯."

쿤은 깜짝 놀라지도, 소스라치며 발을 빼지도 않았다. 다만 숨이 크게 거칠어지고, 손안에 든 발가락이 경련하듯 오그라들었을 뿐이다.

글쎄, 쿤. 뭐라고 대답해야 할까? 네 흙투성이 발이, 꼼지락대는 발가락들이 너무 예뻐서 그런다고 해야 할까? 내 손에서 움직이던 네 귀의 감촉이 신비롭고 사랑스러워서 그런다 해야 할까? 굵고 억세지만 수줍게 붉어진 네 목덜미에 입 맞추고 싶은 걸 참느라고? 네 갈라지고 더듬대는 목소리에 정신이 흩어져서 그런다고?

하지만 어느 것이든 입에 담으면 안 될 말이라, 레니에는 퉁명스럽게 내뱉었다.

"정신 사나워, 발 좀 꼼지락대지 마!"

"⋯⋯."

"왜는 무슨 왜야. 네가 매일 발을 주물러 주었으니까 나도 한 번은 해 줘야 맞지. 아, 가만 좀 있어! 움직이면 발 고린내 난단 말이야."

"바, 발은 아까 눈으로 씻었……."

"시끄러워! 발바닥 간질이기 전에 얌전히 있으라니까! 아, 쫌!"

쿤은 이제 숨도 크게 쉬지 못하고 발을 맡겼다. 동굴 벽에 등을 기대고 어깨를 움츠린 그의 얼굴이 시뻘겋게 타오른다. 이마로는 진땀이 스며 나오고, 레니에가 손에 힘을 줄 때마다 입술을 꽉 다물고 숨을 고르더니 결국 무릎을 꽉 붙이고 얼굴을 파묻고 만다. 그가 얼굴을 감춘 채, 낮고 갈라진 목소리로 중얼거린다.

"미, 미안, 네가 만질 때마다 발가락이 자꾸 저절로 움직여."

레니에는 두 손에 힘을 지그시 주었다. 녀석이 입을 틀어막는 것은, 어제 같은 말실수를 절대 하지 않겠다는 뜻일 것이다. 손안에서 자꾸 꼼틀거리는 발가락의 감촉에 그만 숨이 막혔다.

❖　♯　❖

눈보라가 절정을 향해 치닫고 있었다. 엔릴의 채찍이라는 눈 폭풍이 백염산맥과 북국 대평원을 온통 휩쓸고 있다.

북국은 봄이 오기 직전이 가장 추웠고, 동굴에서 아사자와 동사자가 가장 많이 나오는 때도 바로 이 기간이었다. 이 눈보라와 추위가 지나면 거짓말처럼 날이 따뜻해지고, 순식간에 눈이 녹고 땅에서 풀이 파랗게 밀려 올라온다.

"세데크, 저 새끼들 그냥 둘 거요?"

키시 성 출신의 젊은 놈이 와서, 북국 놈이 쭈그리고 있는 안쪽의 작은 동굴을 턱짓했다.

"우린 이틀을 굶었다고. 꼬맹이 새끼는 사흘 동안 허탕이고."

기온이 뚝 떨어진 상태에서 눈보라가 휘몰아쳐서 동물들마저 굴에 박혀 나오지 않는 듯했다. 덫을 돌아 봐야 토끼 한 마리, 오소리, 족제비 두어 마리. 그따위로는 누구의 배도 채울 수 없었다.

도굴꾼들은 화가 났다. 레니에가 아니었다면 도굴꾼 대부분은 진작 굶어 죽었을 텐데, 그들은 그 사실을 너무 쉽게 잊었다. 하루를 굶었을 때는, 하루쯤이야, 내일이면 뭐라도 잡아 오겠지 하고 너그러운 척을 했지만 이틀을 굶었을 때는 바로 바닥이 드러났다.

"시발, 저 자식은 대체 뭘 하기에 이렇게 매일 허탕이야?"

"뭐 하는지 모르겠어? 저 북국 앉은뱅이 새끼하고 밤이고 낮이고 시시덕시시덕 형님 아우 놀이 하고 있는 거 안 보여?"

"형님 아우 좋아한다. 혹시 알아? 저 앉은뱅이 새끼가 밤마다 비역질이라도 가르치고 있을지."

"별 미친……. 저 까칠한 꼬맹이 놈을? 그 앉은뱅이 새끼도 꼬맹이 손에 어디 한 군데 살점이 떨어져 나가 봐야 지랄 춤을 안 추겠지."

우우우, 느른한 웃음이 뒤엉겼다.

사내들만 모인 곳이라 여자에게 향할 욕정이 이상한 곳으로 튀는 경우도 왕왕 있었다. 처음에 들어온 신참들은 하루 종일 사냥에만 열중하는 빡빡머리 소년에게 군침을 흘리기도 했었다. 체구도 자그마하고, 겉으로 보기에는 진흙투성이인 얼굴도 잘 뜯어보면 눈이 반짝반짝하고 콧매가 고운 게 삼삼하고 만만해 보였으니까.

하지만 그것도 오래는 못 갔다. 보통 동굴에 들어온 지 한 달이 가기 전에 도굴꾼들은 꼬맹이를 건드리지 않게 되었다. 꼬맹이는 억센 힘은 없었지만 짐승을 사냥할 때는 독기가 넘쳤고, 손속이 악랄하기로 소문나 있었다.

꼬맹이가 늑대의 등에 매달려 나뭇가지나 작은 칼로 놈의 눈이

나 귀를 후벼 판 후, 그 늑대가 발광하다 죽을 때까지 버티는 꼴을 본 사내들은 꼬맹이에게 먼저, 그것도 혼자서는 절대 시비를 걸지 않게 되었다. 억지로 잡아 누르면 한두 번쯤 욕심을 채울 수도 있겠지만 그랬다가는 언제 눈깔이 파이고 나뭇가지에 뇌를 관통당할지 알 수 없었던 것이다.

다만 지금은 앉은뱅이 북국 놈이라는 인질이 있어서 전세가 역전이 된 상태였다. 안 그랬으면 이렇게 고기를 뜯어내고, 안 가져온다고 욕을 하며 떼 지어 쥐어 패는 일은 불가능했을 것이다.

"하여튼 저 쌍놈의 새끼들, 오늘은 손 좀 봐 줘야겠어. 일도 제대로 안 해 놓고 밤마다 대가리 붙이고 히히호호 쌍 지랄을 한다."

"그러니까요. 우리 다 굶고 있는 거 안 보이나."

"저거 어디 다른 데 숨겨 놓은 게 있을 거야."

공짜로 매일 들어오는 고기는 그들이 당연히 받아야 할 권리가 되어 있었고, 굶주림에 대한 분노는 레니에게 향했다. 언젠가 죽여야 할 북국 놈하고 친하게 지내는 꼴도 불안불안했다.

그들은 자리에서 일어나 레니에와 쿤이 자고 있는 작은 동굴로 굼실굼실 걸음을 옮겼다.

"하루 이틀은 더 사냥이 어려울 것 같아요. 저 미친 눈보라 안 보여요? 이런 날씨엔 토끼도 족제비도 안 나와요. 얼어 죽어."

눈을 비비며 일어난 레니에가 고개를 젓는다. 동굴 안쪽에서 쭈그리고 졸던 덩치 큰 북국 놈도 몸을 꿈틀대며 일어나 앉았다.

"그건 네 사정이고. 그럼 숨겨 둔 고기라도 가져와야 할 거 아니야?"

"숨겨 둔 고기가 어디 있어, 다 발라먹고선! 괜히 이렇게 힘 빼지 말고 자면서 며칠만 더 버텨 봐요."

"새끼, 말이 다르잖아, 엉? 매일 배부르게 고기 갖다 댄다며! 말이 다르잖아!"

"내가 언제 배부르게 갖다 댔어! 모아 둔 거 나눠 준댔지! 그래서 지금까지 열흘 넘게 고기 퍼먹였잖아! 나 혼자!"

날카로운 목소리가 튀어 올랐다. 순간 키시가 레니에의 멱살을 틀어잡고 주먹으로 얼굴을 후려쳤다.

"우리가 지금까지 얼마나 봐주고 있는지 알고 큰소리야?"

그 말을 필두로 왁 하니 몰려들어 매타작이 시작됐다. 북국 놈이 동굴에 들어온 후 몇 번 되풀이된 일이었는데, 항상 비슷한 수순이었다. 다만 이번에는 이틀을 완전히 굶은 끝이라 매질이 살벌했다.

꼬맹이 놈은 욕을 퍼부으며 몸을 돌돌 말았다. 시발 새끼, 개새끼들, 정말 다 굶겨 죽여 버릴라. 지금까지 살아 있는 게 누구 덕인지 알고!

키시는 꼬맹이가 발악하는 게 듣기 싫어 주둥이를 집중적으로 짓밟았다. 시끄러운 게 조용해지니 기분이 나아졌다. 항상 비슷하게 시작해서 분이 풀릴 때까지 때리면 비슷한 모양새로 끝날 일이었다.

"……이건 또 뭐야!"

항상 작은 굴에 처박혀서 귀를 틀어막고 벌벌 떨던 새끼가 오늘은 우들우들 떨면서도 엉금엉금 기어 나온다. 물론 발목이 묶여 있어서 길게 나오지는 못했다. 하지만 놈은 최대한 가까이 기어와 날카롭게 비명을 지르는 꼬맹이 놈을 끌어당기더니 제 몸으로 덮었다.

"쿤! 야, 저리 가! 이 멍청아! 저리 가아아!"

북국 놈은 한 마디도 하지 않고 고슴도치처럼 몸을 둥그렇게 말아 꼬맹이 놈을 완전히 감싸 안았다. 바짝 엎드린 그의 등 위로 무시무시한 발길질이 쏟아졌다. 키시는 그의 앞으로 가서 머리채를 잡아 올리고 콧잔등을 후려갈겼다. 눈썹이 크게 꿈틀거렸지만, 그는 신음 한 자락 내지 않고 버텼다.

꼬맹이의 찢어지는 비명은 천천히 잦아들었고, 북국 놈은 여전히 체구가 작은 소년을 으스러질 듯이 끌어안은 채 엎드려 있었다. 흡, 흡, 후우. 짤막한 숨소리만이 그가 통증을 제대로 느끼고 있다는 유일한 증거였다. 그의 등과 옆구리, 얼굴 위로 주먹질과 발길질이 폭우처럼 내리꽂혔다.

"……시발."

세데크는 몸을 떨며 한 걸음, 두 걸음 뒤로 물러섰다. 돌덩어리를 두들겨 대는 기분이었다. 기분이 더럽고 이상했다.

"그만해, 새끼들아."

하지만 광란에 빠진 상태로 두들기고 있는 놈들의 귀에 들릴 리가 없었다. 그만해! 그가 몇몇 놈의 뒷덜미를 잡아채서 끌고 나온 후에야 주먹질과 발길질이 멎었다.

남은 것은 얼굴이 피투성이가 된 북국 놈이 헐떡거리는 숨소리와 악에 받친 꼬맹이 놈이 발작처럼 질러 대는 쇳소리였다. 쿤, 쿤! 괜찮아? 쿤! 쿠우운! 이 멍청아, 나서지 말랬지, 나서지 말라고! 야, 이 새끼들아, 죽여 버려, 날강도 새끼들아, 죄다 죽여 버린다! 악, 으아악, 악!

"괜찮아. 안 아프다. 괜찮아. 안 아파. 울지 마, 울지 마, 제발."

북국 놈은 여전히 꼬맹이를 꽉 감싸 안은 채 작은 목소리로 중얼거렸다.

"이봐. 키시."

세데크는 이마를 잔뜩 우그린 채 중얼거렸다. 키시와 뒤에 있던 도굴꾼들 몇몇이 눈썹을 찡그리고 슬금슬금 뒤를 따라왔다.

"아무래도 느낌이 좋지 않아."

그들 중 아무도 왜냐고 묻지 않았다. 그들도 세데크와 비슷한 것을 느끼고 있었다. 그는 목소리를 잔뜩 낮추어 숙덕였다.

"늦기 전에 북국 놈을 처리해야 할 것 같아. 더 늦어지면 처리도 못 하고, 꼬맹이 놈이 몰래 놓아 보내면 우린 다 좆 되는 거야. 그럼 여기 비우고 튀어야 해."

"아무래도 그렇죠."

"저도 느낌이 좀."

모인 사람들이 일제히 고개를 끄덕였다. 세데크는 목소리를 더욱 낮춰서 결론을 내렸다.

"꼬맹이가 다음에 사냥을 나가면, 그날 바로 처리하자고."

안쪽에서 들리는 울부짖음이 점점 잦아든다. 키시가 재빠르게 덧붙였다.

"한두 놈으로는 안 될 수 있으니까, 여기 있는 사람이 같이 처리하는 걸로 하지요."

"무기 될 만한 거 준비해. 신성석 캘 때 쓰는 연장들도 갖고 오는 게 좋을 거야."

세데크는 신중하게 말했다.

레니에는 옷자락을 물에 적셔 코피로 범벅이 된 쿤의 얼굴과 부어오른 턱과 찢어진 입술을 닦아 주었다. 그리고 몸의 뼈가 부러진 곳이 없는지 확인하고 엉망이 된 머리카락을 손으로 빗겨 주었다. 너무 많이 울어서 목소리가 나오지 않았다. 레니에가 꺽꺽 소리를 낼 때마다 그의 목울대가 크게 꿈틀거렸다.

"울지 마라. 안 아프다. 난 괜찮다. 울지 마라."

그는 바보처럼 같은 말만 계속 되풀이했다. 하지만 그 말이 되풀이될 때마다 짜증이 나는 게 아니라 자꾸 눈물이 나왔다. 레니에는 그의 어깨에 이마를 대고 한참을 더 울었다. 그의 숨이 점점 밭아지는 느낌이 들었다.

두 사람은 그날 한 마디도 하지 않고 잠자리에 들었다. 레니에는 오래도록 잠을 이루지 못했다. 동굴 입구에서 눈보라가 여전히 무시무시하게 휘날리는 것이 보인다.

차가운 바람이 소금산의 거대한 바위들을 채찍처럼 후려갈긴다. 그럴 때마다 동굴 벽을 타고 부으으, 치이이, 끼이이이, 천이 길게 찢어지는 듯한 소리가 흘러 들어왔다.

후우, 후, 후우. 후.

레니에는 바람 소리 사이사이로, 그가 잠을 이루지 못하고 밤새 거친 호흡을 달래는 소리를 들었다.

❖　╫　❖

〈일곱 번째의 밤과 낮〉

카타는 아들과 딸을 안고, 부하들을 이끌고 지친 몸으로 숲으로 돌아왔다.

카타는 언젠가 그녀가 돌아오리라 믿고 기다리기 시작했다. 아르마누는 나무의 현현이니 나무가 생명이 있는 한 그녀 역시 언젠간 다시 생명을 얻어 숲으로 돌아올 것이라 믿었다.

카타는 그녀가 다시 오면 나무에 묶어 둔 영원한 생명을 주어 약속을 지키고 그녀와 온전히 맺어지는 그날이 오기를 하염없이 기다렸다. 카타는 하늘로 돌아가는 것보다 그녀가 돌아오는 것을 더욱 간절히 기다렸다.

어느 날 아들이 기름과 횃불을 들고 와서 카타에게 청했다.

"아버지, 이 나무, 아르마누를 불사르겠나이다. 아버지께서 늙고 병들기 전에, 저희와 함께 영원한 생명이라도 먼저 돌려받으사이다."

카타는 노를 발하며 고함쳤다.

"어리석은 아들아, 나무를 불사르면 나의 아르마누, 네 어미는 다시 돌아오지 못하리라."

"어머니는 어차피 돌아오지 못할 것입니다. 식인수리의 발이 어머니를 찢고 그 부리가 찢어진 몸을 삼켰습니다. 어머니는 에레쉬키갈의 땅으로 끌려갔고, 그 땅에 속한 자는 산 자의 땅으로 영영 돌아오지 못함을 아버지는 아시나이다."

아들은 횃불을 앞으로 내밀고 더욱 목소리를 높였다.

"그러니 영원한 생명을 먼저 돌려받은 후, 어머니가 식인수리에게 낳은 더러운 씨앗들을 찾아내 모조리 죽이고 빛의 영광도 돌려받아 저와 함께 하늘로 돌아가사이다."

"그렇지 아니하다. 하늘로 돌아가려면 내가 내어 준 것을 순서대로 돌려받아야 하리니 식인수리의 자손에게 빛의 영광을 먼저 돌려받고, 그 후에 나무를 태워 영원한 생명을 받아야 다시 하늘로 올라갈 수 있으리라. 우투 님의 말씀이니라."

"……."

"하지만, 아들아 기억하라. 영원한 생명은 내가 계약의 조건으로 네 어머니에게 준 것이니 그녀의 몫이다. 어머니와 한 몸인 나무에 영생을 묶어 둔즉, 그녀는 언젠가 살아 돌아오리라. 그리하여 나의 몸과 마음을 풍성케 하고 이 황무한 대지에도 풍요한 결실을 주리라."

그러나 아들은 아비의 간절한 기다림보다 영원한 생명에 더욱 혹하

159

였다.

"하지만 이미 많은 세월이 흘렀나이다. 어머니께서 아버지께서 살아 계실 때 돌아오리라 어찌 확신하리까."

카타는 아들이 먼저 나무를 불사르고 영생을 취할까 두려웠다.

"아들아, 영원한 생명을 맡아 둔 이 나무를 지키겠다고 약조하라. 아르마누가 다시 올 때까지 다른 사악한 종족들이 이 나무를 해치고 영원한 생명을 가로채지 못하도록 지켜라."

"그러면 우리가 영원한 생명을 얻을 날은 과연 언제이겠습니까?"

"지상에서 아르마누와 식인수리의 가증한 씨가 온전히 멸절되어 그녀에게 준 빛의 영광을 돌려받는 날, 그날까지 아르마누가 돌아오지 않으면, 그때 나의 피를 이은 자들은 이 나무를 불살라 영원한 생명을 취하여 하늘로 오를 수 있으리라. 그때까지는 이 나무를 목숨 걸고 지키는 것이 네 임무가 될 것이라."

"말씀대로 하겠나이다. 아버지의 말씀대로 나무를 지키고, 식인수리의 가증한 후손을 멸절한 후 영생을 취해 하늘로 오르겠나이다."

카타는 그의 입에서 나온 말을 묶어 약속의 새 조건으로 삼았다.

"네 몸과 영혼을 나무에 묶으리니 너는 나무의 수호자가 되어 온 힘을 다하여 나무를 지켜라. 식인수리의 가증한 씨가 멸절되기 전, 즉 나의 후손들이 빛의 영광을 되찾기 전에 이 나무가 먼저 죽으면 아무도 영생을 취할 수 없을뿐더러, 나무에 묶인 수호자 역시 소멸하리라."

순간 아들의 얼굴이 크게 일그러졌다. 아들은 맹세를 피하려 필사적으로 아비를 설득하였으나 카타는 말을 번복하지 않았다.

카타는 아들의 손에서 피를 내어 계약의 증거로 삼고, 이 피의 주인과 이 피를 받은 후손들만 자신의 모든 능력을 사용할 수 있도록 축복하였다.

후일 숲의 수호자, 알티라는 호칭으로 불리게 된 아들은 장성하여 자신의 쌍둥이 누이를 취하여 아내로 삼고 아이들을 낳기 시작했다. 그들은 후일 황금숲의 신관이 되었다.

시간이 흐르며 여섯 날개의 카타는 기다림에 지쳐 갔다. 부하들은 하나둘씩 세상을 떠나기 시작했다.

빛의 전사들이었던 부하들은, 빛으로 돌아가 하늘에서 다시 태어나는 대신, 빛을 머금은 돌이 되어 땅속 깊이 묻힌 후 산산이 부서져 흩어졌다. 카타는 눈물을 강물처럼 흘리며 그들의 시신을 얼어붙은 눈물 속에 차례차례 묻었다.

카타는 하늘을 우러러 아버지였던 태양을 올려다보며 마지막으로 기원했다.

하늘의 영광, 빛과 공의이신 위대한 태양, 나의 아버지 우투시여.

제가 원하는 것은 하늘로 돌아가 눈부신 영광을 회복함이 아닙니다.

먼 훗날이라도 그녀와 함께 다시 태어나, 그녀를 다시 만나, 그녀를 다시 선택해,

그녀와 함께 한 생애라도 살 수 있게 해 주소서.

빛보다 빠르게 사라지는 진흙종족의 한살이라도 좋으니

그녀와 함께 한 생애라도 살도록 허락해 주소서.

기원을 마친 그는 연못을 한참 내려다보다가, 홀연히 몸을 돌려 숲을 떠났다. 늙고 병든 천족 전사들도 날개와 발을 질질 끌며 카타를 따라 자취를 감추었다.

그들은 그 후로 영원히 숲으로 돌아오지 않았다.

❖ ☩ ❖

"이야기는 끝인가?"

"응."

쿤은 도무지 믿을 수 없다는 얼굴로 목소리를 울컥 높였다.

"정말 그걸로 끝인가? 여섯 날개 카타는 아르마누를 만나지 못했는가?"

"응."

"잘 기억해 보라. 정말 뒤의 이야기는 없나? 그 후의 생에도, 다시 태어난 생에서도 아르마누를 만나지 못했나? 그렇게 간절하게 기도했는데도?"

"응, 만나지 못했어. 정말 이야기는 그게 끝이야."

쿤은 얼굴을 잔뜩 찌푸리고 맹렬하게 혀를 찼다.

"……정말 고약한 이야기다."

"원래 사랑이란 게 그렇잖아? 시작은 재미있고 달콤하겠지만 끝은 고약하고 슬프고 그 모양이지."

"넌 왜 자꾸 그런 이야기를 하나. 네가 그 감정을 직접 겪어 본 것도 아니면서."

"직접 겪어 본 일이 아니라고 누가 그래?"

"그, 그럼 너는…….."

"내가 뭐?"

레니에가 탁 쏘아붙이자 그는 입술만 들썩대더니 결국 한 마디도 하지 못하고 몸을 뒤척여 등을 돌렸다. 한참 지났는데도 아무 소리가 들리지 않는다.

"쿤, 자니?"

여전히 대답이 들리지 않는다. 레니에는 조용히 다시 물었다.

쿤, 자니? 자? 몇 번을 물어도 대답이 없다. 레니에는 그의 얼굴을 확인하는 대신 모닥불에 장작을 더 집어넣고, 그가 누워 있는 작은 동굴 입구에서 낡은 양털 깔개를 깔고 쪼그려 누웠다.

"쿤, 사람들 분위기 이상해."

"안다."

등 너머에서 가라앉은 대답이 흘러나온다. 쿤 역시 감이 좋고 기민한 사냥꾼이니 레니에가 눈치챈 것이면 쿤 역시 당연히 눈치채고 있었을 것이다.

"너 여기 오래 있으면 안 될 것 같아. 무슨 말인지 알겠어?"

"……안다."

똑같은 대답이 한참 만에 흘러나온다. 레니에는 아무 말 없이 틱틱 춤을 추는 불티만 응시했다. 흐르륵. 누군가 희미하게 코를 훌쩍이는 소리가 들렸다. 딱 한 번, 아주 짧은 순간이었지만 귀가 밝은 레니에에게는 너무 선명하게 들렸다. 레니에는 알은척하지 않고 중얼거렸다.

"내가 일곱 살 때 말이야, 이난나 여신의 신전에 간 적이 있었어."

"……."

"거기서 늙은 할머니 신관님을 한 분 뵈었어. 난 그분의 이야기를 들어 드리고, 함께 울어 드리고, 간식을 나눠 드렸었지."

"……."

"난 거기서 이난나 여신의 축복을 받았어."

레니에는 그가 듣든 말든 상관없이 두 번째 이야기를 시작했다. 생전 처음 이난나 여신의 신전을 방문했던 어느 일곱 살 소녀의 하루와, 황금숲의 전설만큼이나 고약한 어떤 선물에 대한 이야기였다.

그대는 이난나처럼 숱한 사내들을 홀릴 향기를 갖고 있구나.

이난나의 사랑을 받은 자여. 너는 고귀하고 아름다운 자들의 사랑을 얻겠구나.

이난나의 사랑을 받은 자여. 이난나가 내리는 축복을 받아들이라. 그렇지 않으면 향기가 악취가 되고 네 운과 명은 온전치 못하리니 고귀하고 아름다운 자들의 사랑을 잃겠구나.

네 앞에는 두 개의 길이 끊이지 않으리. 남과 북, 위와 아래, 하늘과 땅, 육지와 바다, 사랑과 증오, 귀와 천, 미와 추, 선과 악, 진실과 거짓, 과거와 미래, 생과 사.

그 모든 갈림길에서, 너는 네 운명을 선택해야 하리라.

너를 사랑하는 두 명의 사내가 보인다.

네가 사랑하는 두 명의 사내가 보인다.

너를 죽이는 두 명의 사내가 보인다.

네가 죽이는 두 명의 사내가 보인다.

용감하고 씩씩한 레니에께서 말씀하신다.

내가 사랑하는 한 명의 사내가 보인다.

나를 사랑하는 한 명의 사내가 보인다.

내가 살리는 한 명의 사내가 보인다.

나를 살리는 한 명의 사내가 보인다.

그녀의 반항에도 이난나 여신의 축복은 여전히 고약하게 발목에 매달려 있다. '용감하고 씩씩한 레니에의 신탁' 따위는 정말 덧없이 스러진 모양이다. 레니에는 길게 하품을 하며 히죽 웃었다.

"선물을 거절도 해 보고, 가짜 신탁도 동원해 가면서 발을 빼

보려고도 했는데, 어째 영 통하지 않았던 것 같아. 축복은 저주처럼 거절할 수 없는 거라더라고. 그렇다고 다른 신들한테 그걸 덮을 축복을 내려 달라고 하기도 싫은 게, 위대한 신들께 감히 싸움질을 붙인 고약한 년으로 찍히고 싶진 않거든. 한쪽 따귀도 아파 죽겠는데 양쪽으로 따귀 맞고 싶진 않다고."

레니에는 경쾌하게 웃었다.

"나는 남자가 싫고 결혼도 싫어. 내 소원은 신들과 인간들의 눈에 띄지 않게 이런 곳에 숨어 살다가, 잠잘 때 천장에서 떨어진 바위에 머리를 맞고 바로 죽는 거야. 누구든 나를 기억하는 것도 싫고, 사내들이 나한테 손대는 것도 싫어. 끔찍하게 싫어. 죽는 것보다 싫어."

"……."

"그리고 무엇보다, 이난나 여신의 저주에 다른 사람을 끌고 들어가는 게 제일 싫어. 나 혼자 뻗대다 죽으면 속이나 편하지 남까지 끼워 넣으면 무슨 민폐람?"

"……."

"그래도 네가 싫은 건 아니었어. 네가 손잡고, 발 만져 주는 건 좋아했어. 참 좋아했어."

레니에는 둥글게 등을 구부린 채 자는 그의 뒷목을 쓰다듬었다. 손안에서 살풋살풋 움직이던 보드라운 촉감의 귀, 주먹 안에서 꼼지락거리던 그의 발가락. 낯선 욕구를 불러일으킬 정도로 붉게 물든 목과 뺨, 그곳에서 느껴지던 강렬하고 이질적인 어떤 감정.

내가 손잡은 것도 기분 나빴나. 그럼, 내가 입 맞추는 건 괜찮은가. 못 들은 걸로 해. 악다문 입술과 시뻘겋게 달아올랐던 그 목덜미.

레니에는 천천히 고개를 수그렸다. 가까이 다가갈수록 낯익은 냄새가 난다. 그가 자신을 감싸 안고 대신 맞을 때 각인되어 버린 그의 체취였다. 마음속에 이미 갈고리처럼 찍혀 버린 그의 냄새. 그것은 좋다 혹은 역하다의 느낌조차 없어진 채, 무서운 힘으로 레니에를 잡아끌었다.

레니에는 그의 목덜미에 가만히 입술을 댔다. 촉, 물기에 젖은 소리가 났다. 크고 거친 외양을 가진 소년의 목덜미, 머리카락 속에 감추어져 있던 피부는 레니에의 피부처럼 부드럽고 순했다. 순간 오랫동안 가물거리던 모닥불의 마지막 불티가 소르르 어둠 속으로 스며들었다.

"네가 몰래 입 맞추는 것도 아주 싫지는 않았어. 그냥, 그랬다고."

그르륵, 코 고는 소리가 크게 울렸다. 레니에는 그의 목에 입술을 댄 채 푸스스 웃었다.

❖ ✙ ❖

거칠거칠한 손가락이 얼굴을 더듬는다. 설핏 잠에서 깬 레니에는 눈을 감은 채 잠을 자는 척 숨을 골랐다. 깃털이 쓰다듬는 것처럼 부드럽고, 숨소리도 들리지 않을 정도로 조심스러웠다. 그 움직임이 너무도 애틋해서, 레니에는 눈을 뜰 수가 없었다.

남자 노예들처럼 박박 밀었다가 이제야 반 뼘 남짓 자란 머리카락도 가만히 쓰다듬는다. 들쭉날쭉 까치집 같은 머리카락을 비단실 매만지듯 곱게 어루만진다.

가만가만 떨리는 그의 손은, 이제 어깨를 살그머니 타고 내려와 레니에의 손을 살짝 감싼다. 다시 웅웅 울리는 목소리가, 꿀벌의 날갯소리처럼 낮고 투명한 그의 기도가 동굴 바닥에 서리기 시작한다.

북국 사내들은 속에 든 것을 말하면 안 된다고 배우는 걸까? 말한 마디, 입술이나 어깨의 떨림 혹은 조심스러운 손가락의 움직임에서조차 녀석의 마음이 흘러넘치는데, 저 멍청한 놈은 그것을 밖으로 내서 맺거나 푸는 대신 서리서리 속으로 쌓아 두려고만 한다. 레니에는 점점 암담해졌다.

쿤. 왜 이래. 왜 자꾸 이래. 넌 내 이름도 나이도 모르잖아. 아니 내 얼굴조차 모르잖아. 아는 게 하나도 없잖아. 그런데 어떻게 이런 감정에 빠질 수 있어?

아니. 내 잘못이었을지도 모른다. 어차피 헤어지면 끝날 인연인데, 이런 감정을 자꾸자꾸 키우도록 방치하는 게 아니었다. 모른 척하고 밀리면 밀리는 대로 내버려 뒀던 게 잘못이었다.

내 감정을 되는대로 방치한 것도 잘못이었다. 그건 애써 살린 널 다시 죽이는 것만큼이나 몹쓸 짓이 아니었을까.

네가 차라리 세데크나 키시 성의 개새끼처럼 못된 놈이면 좋았을 텐데.

레니에는 눈을 감은 채 지나간 날수를 헤아렸다.

우리가 만난 지 벌써 두 이레.

일곱 밤과 일곱 낮, 모든 일이 일어났다가 소멸하기 충분한 시간.

살아 있던 사람이 죽고, 죽어 가던 사람이 살아나는 데 한 이레.

미워하던 사람이 사랑하고, 사랑하던 사람이 헤어지는 데 한 이레.

시간은 넘침도 부족함도 없이 맞춤했다.

"쿤."

레니에가 조그맣게 속삭이자 쿤은 황급히 손을 떼고 뒤로 물러앉았다.

"일어나 있었나? 아직 밤이다. 더 자라."

"이렇게 못 자게 방해해 놓고 양심도 없지."

"아……. 안 자고 있었나? 미안하다. 네, 네 얼굴이 너무 궁금 해서."

그의 절박하고 급한 마음. 우투 님에 대한 맹세를 지키려는 의 무와 나에 대한 감정 사이에서 그가 할 수 있는 일이란 고작 이런 것뿐이었다. 놈은 너무나 반듯해서, 신이 허락하지 않는 감정 따 위를 선택하기 위해 신을 버리는 짓 따위는 절대 하지 못할 것이 다.

"나에 대해선 아무것도 궁금해하지 말라고 했잖아."

"……그러려고 노력하는데 궁금한 게 잘 안 없어진다. 앞으로 는 조심하겠다."

그의 침통한 대답에 다시 목이 멘다. 뭐가 자꾸 잘못되어 가는 것만 같다. 바보 같은 자식이 하는 말만 들으면 자꾸 화가 나고 눈물이 난다. 나는 가면 안 되는 길이라는 걸 알면서도 왜 자꾸 줄줄 끌려가는 걸까?

"내 얼굴이 어떤 것 같아?"

"……."

"그렇게 만져 봤으니 상상은 해 봤을 거 아냐. 어떤 것 같아? 예쁜 거 같아?"

덩치가 커다란 소년이 쑥스러워하면서 고개를 주억거리는 모습 이 어스름한 그림자로 보인다. 그는 말 한 마디 하지 못하고 오랫 동안 고개를 끄덕였다. 레니에는 씁쓸하게 웃었다.

"난 못생긴 도망 노예야, 쿤. 얼굴은 새까맣고 코는 납작하고 눈은 찌그러지고 하도 얻어맞아서 어금니도 하나 나가고 얼룩덜룩 멍투성이에 머리카락은 삐쭉빼쭉 까치집이고."

레니에는 킬킬대고 웃었다. 웃음소리는 이내 물기에 푹 잠겨 버렸다.

쿤은 레니에의 얼굴로 손을 내밀었다. 손가락은 조심스럽게 머리와 이마, 눈썹과 속눈썹, 콧대와 뺨, 입술을 더듬었다. 그의 숨이 조금씩 가빠지는 것 같다. 그의 날숨을 따라 달콤한 향이 흘러나와 동굴에 가득 차는 것처럼 느껴진다.

쿤은 잔뜩 쉬어 갈라진 목소리로 속삭였다.

"예뻐. 너는, 예쁘다."

레니에는 그가 자신을 끌어당겨 품에 넣는 동안 멍하니 그의 얼굴만 바라보았다. 몸이 으스러질 것처럼 눌렸다. 등이 아프다.

얼굴이 가까워진다. 지척으로 가까워진다. 레니에는 손을 내밀어 눈을 가린 수건을 쓰다듬었다. 그의 눈이 보고 싶었다. 눈을 가리기 전에 보았던 그는 짙은 눈썹과 길고 부드럽게 휘어 올라간 긴 속눈썹을 갖고 있었다. 억센 얼굴에 어울리지 않는다 생각했었다. 눈동자 색깔은 어떨지 궁금했다.

왜 하필 지금, 이렇게 깜깜한데 그의 눈이 보고 싶을까.

레니에는 그의 머리를 감싸 안고 눈을 가린 수건을 풀었다. 어둠 속에서 그의 속눈썹이 움직이는 것이 희미하게 느껴졌지만 궁금해하던 눈동자는 여전히 보이지 않았다.

그 역시 한참 동안 눈을 깜박였다. 얼굴을 조금이라도 볼 수 있을까 하는 간절한 마음이 느껴졌다. 하지만 제 손의 형체도 알 수 없을 만큼 짙은 어둠 속이었다. 그는 결국 레니에를 끌어안고 뺨을 비비는 것으로 만족할 수밖에 없었다.

"쿤, 내가 너를 살려 준 이유가 궁금하다 했지."

"그래."

"그날 아침, 이 동굴 밖의 절벽 아래로, 나를 범하려던 더럽고 음탕한 사내 다섯이 떨어져 죽었어."

"네가 그랬나?"

레니에는 대답하는 대신 쿤의 얼굴을 끌어당겨 입술을 맞댔다. 흡, 그가 숨을 짧게 들이쉬는 소리가 들렸다.

"그게 네 목숨값이었어."

"……."

"네 목숨값은 가볍지 않아. 그러니 약속대로 이제 갚아. 그리고 잊어."

그는 레니에를 있는 힘껏 끌어안았다. 그의 날숨은 뜨겁고 성급했다. 거칠게 갈라진 입술이 레니에의 눈과 뺨과 입술을 덮는다. 열에 들뜬 손가락은 옷자락을 비집고 들어가 가슴을 단단하게 묶은 가죽과 아마포 천을 풀어 헤치기 시작했다.

빛 한 점 들지 않는 동굴 속, 짐승이 은혜를 갚는 시간이었다.

6. 보은의 시간

"네 이름은?"

레니에는 그의 팔에 뭉개질 듯 안겨 있었다. 그가 너무 힘을 주어 안는 바람에, 숨을 쉴 수 없을 정도였다.

레니에는 대답하지 않았다. 그는 귀에 입술을 더 바짝 대고 속삭였다.

"네 나이는? 네 고향은? 아버지 이름은?"

"이 가슴의 낙인은 뭐지? 등의 상처는 뭐지? 너를 이렇게 만든 자는 누구지?"

"아까, 아까 많이 아팠나? 얼마나 많이 아팠어? 지금은 괜찮은가?"

쿤은 빛 한 점 들지 않는 어둠 속에서 그녀를 샅샅이 핥았다. 손으로, 눈으로, 입술로. 팔과 다리를 넝쿨처럼 얽고 그는 끝없이 물었다. 레니에는 한 마디도 대답하지 못했다. 그가 깨물고 짓씹고 짓누르고 거칠게 파고들었던 모든 곳이 너무 아프고 쓰라렸다.

그는 남녀 간의 관계에 대해 레니에가 아는 절반만큼도 알지 못했다. 그가 배운 것이라고는, 남녀의 교합이 있어야 아기가 생긴다는 사실 한 가지뿐이었다. 그는 자신의 무지함에 맞닥뜨려 어찌할 바를 모르면서도 그것을 들키지 않기 위해 필사적으로 애를 썼다.

레니에는 '내가 어떤 거부반응을 보이고 반항해도, 입을 틀어막고 뺨을 후려쳐서 제압한 다음에 몸을 취하라' 말해 두었지만, 막상 생소한 고통이 몰려오고 강력한 거부반응을 통제할 수 없자 당황했다.

쿤은 쿤대로 레니에가 너무 고통스러워하며 극심하게 몸부림치고 반항하자 당황해서 허둥대기 시작했다.

레니에의 요청이 괴이하고 이해할 수 없다 생각했지만, 받아들인 것은 결국 자신이었다. 그는 약속한 대로, 격렬한 거부반응과 통증에 몸부림치는 레니에의 입을 틀어막고, 팔다리를 꺾어 짓누르고, 혹은 몸싸움을 해 가며 밤새 몸을 취했다.

자신이 제대로 하고 있는지, 이렇게 아프다가 여자가 죽는 건 아닌지, 정말 이렇게 완력을 써야 하는 건지, 그는 레니에를 품은 채 내내 혼란스러웠고, 시간이 흘러갈수록 점점 비참해졌다.

"네가 잘못한 거 아니야. 나 정말 괜찮아."

"내가 뭔가 잘못해서, 그게⋯⋯."

"아냐, 아니야. 여자들은 원래 처음에는 아프다고 들었어. 정말인가 했는데 진짜 아프네."

견디다 못한 레니에가 그의 뺨에 가볍게 입술을 대고 달랬다. 그의 몸이 다시 굳었다.

"⋯⋯처음에는 원래 아프다고?"

"그렇다니까. 네가 잘못해서 그런 거 아니야."

"……처음에는, 원래, 아프다고?"

그는 믿을 수 없다는 듯, 백치처럼 자꾸 되풀이해 물었다. 물을 때마다 목소리가 점점 심하게 흔들리는 것이, 어쩐지 울고 싶어 하는 것 같았다.

레니에는 땀에 젖은 그의 등을 달래듯 가만히 토닥였다. 뺨에 와 닿는 그의 더운 숨이 크게 펄럭거렸다. 그는 무슨 말인가 하려고 입술을 들썩거리다가, 레니에의 가슴에 고개를 파묻었다. 그의 입술이 가슴에 박힌 둥그런 나무 모양의 낙인을 뒤덮었다. 레니에는 그의 뒤엉킨 머리카락을 쓰다듬으며 속삭였다.

"너, 집에 가서 해야 할 일이 있다고 했지?"

"……그래."

"무슨 일이야? 급한 일이었어? ……아, 아니다. 말할 필요 없어. 안 궁금해."

녀석에 대해 아는 것들이 하나하나 늘면 늘수록 마음에 낙인으로 박혀, 녀석을 잊기가 힘들어질 것이다. 레니에는 그에 대해 묻고 싶은 것들이 입 밖으로 자꾸 튀어나오려는 것을 하염없이 삼켜야 했다.

"쿤. 이제 눈보라가 그치면 바로 집에 돌아가. 뒷일은 내가 알아서 할게. 사람들한테 너 도망쳐서 내가 따라가서 죽였다고 하면 돼."

그가 몸을 꿈틀거리는 것이 느껴졌다. 레니에는 그의 등을 쓰다듬으며 나른한 목소리로 중얼거렸다.

"이제 가면, 여기 절대 찾아오지 마. 그때는 사람들이 절대 너를 살려 보내지 않을 거야. 알지?"

"알아."

"이 동굴에서 있었던 일도 모두 잊어. 나도 잊어버리고."

"……."

"나한테 고마워할 것도 없어. 난 네가 좋아서 구해 준 것도 아니고 착해서 구해 준 것도 아니야. 나 속 편해 보자고 혼자 지랄한 거야."

열 살 때부터 단 한 번도 자유로울 수 없던 족쇄. 자신을 지키려는 몸부림은 레니에를 하루하루 더욱 진창으로 몰아넣었다. 그것도 핏물에 잠식된 진창이었다. 쿤은 레니에의 가슴에 얼굴을 묻고 허리를 바짝 끌어안은 채 끝까지 침묵을 지키며 이야기를 들어주었다.

레니에는 그의 머리를 쓰다듬었다. 이 감촉을 오랫동안 잊지 못할 것 같다. 많이 그리울 것 같다. 녀석의 눈이 무슨 색인지도 오랫동안 궁금할 것 같다.

하지만 이제는 단호해져야 할 시간, 혹은 잔혹해져야 할 시간이었다. 두 번의 이레는 충분히 길었다.

"됐어. 너도 빌어먹을 은혜인지 뭔지도 다 갚았으니 이제 다 된 거야. 주고받을 것도 없어. 그렇지?"

"나는, 제, 제대로 갚은 게 아니다. 이건, 이건……."

레니에의 가슴에 박힌, 둥근 나무 모양의 낙인으로 미지근한 무엇인가가 스며들었다. 레니에는 눈을 가만히 감으며 속삭였다.

"눈보라가 언제 그칠까? 빨리 그쳤으면 좋겠다."

"……그건 위대하신 대기의 엔릴께서 알아서 하실 일이다."

그는 이슬을 흠뻑 먹은 흙처럼 어둡고 축축한 목소리로 중얼거렸다.

레니에는 그날 밤 역시 그가 무릎을 꿇고 간절하게 비는 소리를 들었다. 그 내용을 들을 수는 없었지만, 그의 간절한 기원이 어제와 무언가 달라졌다는 것은 확실히 느낄 수 있었다.

무엇일까. 오늘은 어떤 새로운 것을 기원하고 있을까.

그의 더운 손이 레니에의 정수리에 살그머니 놓인다. 크고 두툼한 손은 땀에 흠뻑 젖었지만 이상하리만치 뜨거웠고, 그의 손바닥과 머리 사이에는 단단하고 울퉁불퉁한 무언가가 놓여 있었다.

레니에는 아래로 늘어진 가죽 줄의 감촉을 느끼고서야 그 정체를 알아차릴 수 있었다. 그것은 예전에 쿤이 맹세할 때 꺼내 보였던, 조상의 말라붙은 심장이라 칭하던 검은 돌이었다.

레니에는 그의 기도에 귀를 기울이다가, 그것이 기도가 아닌 신관들의 축사 비슷한 것임을 알게 되었다. 아니, 그의 말이 한 마디씩 귀에 들어오기 시작하면서, 레니에는 그것이 축사조차 아님을 깨닫게 되었다.

빛과 공의의 주관자이신 우투께서 말씀하신다.

세상에서 가장 아름답고 용맹한 여자여.

그것은 신탁이었다. 미혼향도 없고, 그의 정신이 신들의 세계에 가서 닿지도 않았고, 그는 아직 신관이 되지도 않았다. 아직 제사 한 번 집전해 보지 못한 우투 신전의 예비 신관에 불과했다. 하지만 말하는 내용을 들어 보면 이건 신탁이 틀림없었다.

정수리가 축축해진다. 레니에는 희미한 비린내를 맡으며, 그의 손을 흠뻑 적시고 있던 것이 땀이 아님을 알아차렸다. 아마도 그는 봉납물도 제물도 없는 이곳에서, 이 엉터리 같은 신탁을 발하기 위해 제 몸에서 피를 내어 신에게 올리는 것으로, 신탁으로서의 형식을 갖추려 하는 모양이다.

정상적인 상황이라면 절대로 신탁이 될 수 없는 말이었다. 하지만 그는 여전히 간절한 목소리로 되풀이했다.

낮의 영광이며 의의 주관자이신 우투께서 말씀하신다.
네가 사랑하는 한 명의 사내가 반드시 있을 것이다.
너를 사랑하는 한 명의 사내가 반드시 있을 것이다.
네가 살리는 한 명의 사내가 반드시 있을 것이다.
너를 살리는 한 명의 사내가 반드시 있을 것이다.

이건 뭐지?
레니에는 눈썹을 찡그렸다. 이난나 신전의 예언을 받아들이기 싫어서 레니에가 급하게 갖다 붙였던 말에, 녀석은 '반드시 있을 것'이라며 확인도장을 찍어 대고 있었다.

너는 강하고 현명한 전사이니, 그 모든 갈림길에서 결국 빛의 길을 선택하리라.
너는 불행을 쳐서 파하고 행복해지는 길을 평탄하게 닦으리라.
빛과 공의의 주관자인 우투, 위대한 태양신의 이름으로 말하노니, 이 모든 것이 기어코 이루어지리라.

신탁은 그의 성격대로 간결하고 명확했다. 너를 사랑하는 한 명의 사내가 반드시 있을 것이다, 너를 살리는 한 명의 사내가 반드시 있을 것이다. 너는 결국 빛의 길을 선택하리라, 불행을 쳐서 파하리라, 행복해지는 길을 평탄하게 닦으리라. 이 모든 것이 기어코 이루어지리라.
그는 하염없이 되풀이했다. 되풀이할수록 이난나의 신탁에 맞설 힘이 생기기라도 하는 것처럼, 아니 자신의 말이 정말 실현되기라도 하는 것처럼 필사적으로 반복했다.

레니에의 눈꼬리로 눈물이 주르르 흘러내렸다. 됐다. 이제 됐다. 그가 신관이든 아니든, 이것이 미혼향을 맡고 나온 말이든 아니든, 이젠 아무래도 상관없었다.

나는, 이 엉터리 신관의 신탁을 믿겠다. 아니, 믿는 것을 선택하겠다. 레니에는 이를 꽉 물고 결심했다. 이난나 여신의 신탁이 아무리 영험해도, 이난나 여신이 아무리 나를 사랑하니 축복하니 떠들어도, 나는 신관도 되지 않은 네 신탁을 믿겠다.

쿤, 난 네 말과 반대로 빛의 길을 택하지 못할지도 몰라. 평생 행복해지는 길을 찾지 못할지도 몰라. 평생 사랑하는 사람 따위 만나지 못하고 신성석 동굴에서 죽을지도 몰라.

하지만 이제부터는 네 신탁대로, 내가 택한 길이 행복해지는 길이라고 믿고 살게.

적어도, 언젠가는, 반드시, 기어코.

……고마워, 쿤.

그날 밤, 세 이레 동안 이어지던 눈보라가 멎었다.

❖ ⚜ ❖

레니에가 새벽에 일어나니, 쿤은 허리를 곧게 펴고 그녀의 곁에 조용히 앉아 있었다. 밤을 고스란히 새운 게 분명했다. 레니에는 어젯밤 그가 내린 신탁을 모르는 척했고, 쿤은 그 일에 대해 전혀 내색하지 않았다.

레니에는 그의 눈가리개가 잘 묶여 있는지 확인한 후, 쑥대밭이

되어 버린 머리카락을 빗기기 시작했다. 집으로 돌아가는 마당이
니 그래도 조금은 사람처럼 만들어서 돌려보내고 싶었다.

"지금 뭐 하려는 건가?"

"머리 좀 빗겨 줄게, 가만히 좀 있어 봐. 머리가 잡초밭이야 뭐
야. 집에 가는데 이러고 갈 거야?"

레니에의 타박에 쿤은 얼떨떨한 얼굴로 허둥지둥하기 시작했
다. 내, 내가 지금 자고 일어나서, 내가 본래 이러지는 않는데,
비, 빗도 잃어버렸고. 물론 빗이 있으면 저 억세게 엉킨 머리카락
이 죄다 뽑혀서 남아나지 않았을 것이니 쿤으로서는 빗을 잃은 것
이 일생일대의 행운이었을 것이다.

레니에는 손가락으로 머리를 곱게 빗기고 가죽끈으로 묶은 후,
쿤의 부탁대로 위로 동그랗게 틀어 올려 주었다.

그동안 쿤은 단정하게 허리를 펴고 앉아 기다렸다. 그의 굵은
목덜미에 레니에의 손가락이 닿을 때마다 그는 깊게 심호흡을 했
다. 어스름한 빛이 동굴에 감도는 시각, 사람들은 곤하게 자고 있
었고, 작은 동굴 안은 레니에가 쿤의 머리카락을 빗질하는 소리만
사그락사그락 거미줄처럼 서렸다.

"묶은 모양이 좀 이상하긴 한데 어쩔 수 없어. 내가 남의 머리
를 묶어 본 적이 없어서. 아, 내 머리를 묶어 본 적도 거의 없구
나."

레니에는 키득키득 웃었지만, 쿤은 웃음기 하나 없는 얼굴로 진
지하게 대답했다.

"괜찮다. 좋다. 고맙다."

레니에는 쿤의 머리를 다 정리한 후, 겉옷 끈도 꼭꼭 여미며 묶
어 주고, 카우나케스 치마에 엮인 양털 술도 가지런하게 빗겨 주
었다.

"눈이 그쳤어. 오늘은 날이 좋을 것 같아."

레니에는 그의 발을 묶어 둔 가죽끈을 끊은 후, 불 옆에서 말려 두었던 자신의 발싸개를 들고 와 그의 발에 찬찬히 감아 주고, 어젯밤에 생긴 것이 분명한 손바닥의 상처도 아무 말 없이 꼭꼭 감아 주었다. 그리고 잘 말려서 속의 털이 보슬보슬 일어난 양털 신발도 신긴 후 발목 끈까지 꼭꼭 매 주었다.

저렇게 높이 쌓인 눈을 헤치며 먼 길을 가야 할 텐데, 가다가 발이 많이 젖으면 어쩌나, 저 예쁜 발가락에 동상이라도 걸리면 어쩌나, 부질없이 그런 생각만 들었다.

그는 아직도 따끈따끈한 열기가 남아 있는 신발을 가만히 감싸 쥐더니 불그레하게 물든 얼굴을 가만히 수그렸다. 한참 동안 침묵이 이어졌다.

"응? 왜……."

그가 손을 뻗어 레니에의 머리를 쓰다듬기 시작했다. 레니에는 흠칫 놀랐지만, 녀석의 얼굴이 하도 진지하고 엄숙해서, 그리고 시린 머리에 와 닿는 그의 체온이 너무 따스해서 레니에는 가만히 눈을 감고 그의 손길을 받아들였다.

그의 두툼하고 큰 손은 부드럽고 애틋하게 움직였다. 그의 손이 레니에의 발을 감싸고 더듬더듬 신발 끈을 여며 줄 때는 눈시울이 욱신거리기까지 했다.

"집에 가기 좋은 날이네. 일어날 수 있지?"

레니에는 그의 손을 붙잡아 일으켰다. 그녀는 눈썰미가 좋은 사냥꾼이었고, 쿤의 움직임을 보며 그가 동굴 사람들을 방심시키려고 일부러 다리를 질질 끌며 기어 다닌 것이라 짐작했다. 덩치 큰 북국 소년은 한눈에 보아도 강골이었으며, 움직임을 보면 몸이 거의 회복된 것으로 보였다.

추측대로, 그는 수월하게 자리에서 일어나 두 발로 동굴을 걸어 나왔다. 그가 작정하고 기척을 죽이자 발걸음 소리, 숨소리조차 느껴지지 않아, 레니에는 등 뒤로 한기가 일었다.

발자국이 남지 않게 하려고 레니에는 일부러 길을 돌아 눈이 쌓여 있지 않은 삼나무 숲을 가로질렀다. 꽤 큰 숲을 지나는 동안 레니에와 쿤은 말 한 마디 없이 손만 꽉 잡고 걸었다.

목적지에 도착했을 때는 이미 동이 터서 사방이 눈부시게 빛나고 있었다. 뒤로는 하얗게 눈을 뒤집어쓴 나무들이 울울창창 서있었고 앞으로는 북국의 대평원이 눈이 시리게 펼쳐져 있었다.

쿤을 처음 발견했던, 바위에 둘러싸인 작은 은신처가 보인다. 레니에는 마지막으로 남아 있던 과일주 한 자루와 소금에 절여 말린 육포 한 덩어리를 쿤의 손에 쥐여 준 후 한 걸음 뒤로 물러섰다.

"쿤. 여기 서서 숫자를 세. 70까지 일곱 번, 천천히, 아주 천천히 세."

"……잠깐, 이봐, 잠깐만. 내, 내가 할 말이……. 아, 아니 그게 아니라."

그는 술과 육포를 집어 던지고 다급하게 손을 휘저어 레니에의 손을 다시 잡았다. 레니에의 속에서 욱, 하는 것이 치솟았다.

"할 말? 무슨 말? 지금까지 뭐 하고 있다가 하필 지금 이래?"

레니에는 야멸차게 손을 뿌리쳤다. 겁쟁이 자식! 지금까지 죽어라 망설이고 있다가 급해지니까 간신히 용기를 쥐어짤 거야? 안됐지만 네가 망설였건 진작 말했건 아무짝에도 소용이 없어. 레니에는 녀석과의 연을 완전히 끊고 돌려보내기로 진작 결심했다.

"됐어. 내 말이나 끝까지 들어. 70까지 일곱 번 다 센 다음에 눈 가린 거 풀어. 우투 님의 이름을 걸고 맹세했지? 내가 풀어도 된다고 하기 전까지는 절대 풀지 않겠다고? 숫자 하나라도 빼먹으면 안 돼."

그는 나를 보고 싶겠지만, 신의 이름으로 한 맹세를 어기면서까지 보려 하지는 않을 것이다. 북국이든 남국이든 믿는 신의 이름으로 거짓 맹세를 하는 것은 저주받아 죽는 게 마땅하다 할 만큼 큰 죄니까.

그리고 나를 위해 이난나의 신탁에 맞서는 엉터리 신탁을 내리기도 했지만, 우투의 대신관이 될 놈이 이름도 얼굴도 모를 여자 때문에 다른 신의 저주까지 끌어안는 짓 역시 하지 못할 것이다.

아니나 다를까. 그는 눈을 가린 천을 풀지 못하고 손을 멈칫거린다. 당혹스러움과 혼란이 가득한 얼굴이 허옇게 가라앉기 시작했다. 레니에는 빠르게 말을 이었다.

"꼭 다 센 다음에 사람 불러. 눈이 오지 않고 하늘이 이렇게 맑으니 휘파람 소리는 4리그까지 퍼질 거야. 만약에 누가 구하러 오지 않으면, 너 스스로 방향을 잡아서 돌아가. 몸도 다 회복됐으니 혼자서도 찾아갈 수 있을 거야. 나 찾지도 말고 쫓아오지도 마."

"잠깐, 잠깐만! 이제 동굴로 돌아갈 건가? 네가 꼭 그곳에 있어야 할 이유가 있나?"

"그럼 거기 말고 어디로 가야 하는데? 설마 텃세 심한 북국 사람들 사이에, 남국의 도망 노예가 숨어 살 수 있을 거라 생각하는 거야?"

"잠깐, 그게 아니라, 내, 내 말을, 지금 말하면 안 되지만 할 말이 있다."

"말하면 안 되는 말은 하지 마."

레니에는 차갑게 말을 끊었다. 쿤은 허둥지둥 손을 저으며 부르짖었다.

"가지, 가지 마! 여자, 꼬맹이, 너, 너! 제기랄! 네 이름! 이름을! 네 이름! 나는 아직도 네 이름을 몰라! 너는 왜!"

"이름 따위가 뭐 그리 중요해? 잊어버리라니까. 잊어버리려면 이름도 나이도 얼굴도 모르는 게 훨씬 편해."

쿤은 눈을 가린 수건 끝을 움켜쥐고 손을 꿈틀거렸다. 풀어 버리고 싶겠지. 미치도록 보고 싶겠지. 하지만 대신관이 될 놈이 섬기는 신의 이름을 걸고 말한 것을 깨뜨릴 수는 없겠지. 그것이 이 놈에게는 가장 소중한 것이니까.

레니에는 자신을 사랑하는 사람이 가장 소중한 것을 버리도록 시험하는 아르마누가 될 생각도 없었고, 자신의 마음에서 이상한 것이 자라도록 내버려 둘 생각도 없었다.

더욱이 자신에게 얽힌 이난나의 고약한 선물을 그에게까지 뒤집어씌울 생각은 절대 없었다. 서로에게 은혜를 주고받았고, 남은 것이 없으면 된 것이다.

폭폭폭폭, 레니에는 삼나무 숲으로 빠르게 달리기 시작했다. 숲으로 들어가 버리면 아무리 귀신같은 감을 가진 쿤이라도 쉽게 추적할 수 없을 것이다.

"가지 마! 가지 마아아! 할 말이 있어!"

쿤은 손을 앞으로 뻗고 허우적대다가 눈 위에 그대로 고꾸라지고 말았다. 한참 지켜봐도 일어나지 않는다. 깜짝 놀란 레니에는 욕설을 퍼부으며 되돌아가 그를 붙잡아 일으켰다.

"이 멍청아! 뭐 하는 거야! 다쳤어?"

순간 그는 무시무시한 힘으로 레니에를 끌어안았다. 입술이 달라붙으면서 잇새로 그의 혀가 치밀고 들어왔다. 숨이 컥 막혔다. 한참 컥컥대던 레니에가 주먹으로 그의 관자놀이를 후려쳤다. 그

182

는 눈썹을 찡그리고는 잔뜩 잠긴 목소리로 말했다.

"그 동굴로 돌아가지 마라. 네가 그곳에 있는 것이 싫다."

"이 미친 새끼가! 그럼 남국에 도로 가란 말이야?"

레니에는 힘껏 버둥거리며 무릎으로 그의 명치를 올려쳤다. 하지만 그는 몸을 잠시 꿈틀거릴 뿐 그대로 레니에를 밀어 넘겼다. 무릎 높이까지 쌓인 눈 속에 두 사람이 푹 파묻혔다. 온통 새하얀 눈 속에서, 그의 붉게 상기된 얼굴과 헐떡대는 숨소리만 뚜렷했다.

"네가 뭔데 이래라저래라야? 내 처지가 오죽하면 고향을 떠나서 짐승의 땅이라는 북국까지 기어들어 왔겠어? 그것도 인간 막장만 몰려 있다는 신성석 동굴에 몇 년이나 처박혀서 살고 있겠어! 엉?"

레니에는 황금숲 노예의 낙인이 박힌 가슴께를 콱콱 후려치며 고함을 질렀다.

"난, 백염산맥을 벗어나면 죽어. 이 빌어먹을 노예 낙인에 아주 엿 같은 저주가 걸려 있다고! 내가 저 거지 같은 동굴에 처박혀 있던 이유는, 황금숲에서 걸린 저주가 북국에서만 발현이 안 돼서 그랬던 것뿐이야! 북국이 저주받은 짐승 종족의 땅이라서! 천족의 신성한 주문이 발현이 안 되는 암흑의 땅이라서!"

"아, 그, 그 낙인이……."

그제야 레니에가 신성석 동굴에 살던 이유를 알게 된 쿤은 입을 벌린 채 더듬거렸다.

"그, 그러면 신성석 동굴이 아니라 부, 북국 사람들 사이에서 살아도 되지 않나? 왜 하필……."

"그게 말이 되는 줄 알아!"

레니에는 매섭게 쏘아붙였다.

이방인이 북국에 살 수 없게 만드는 가장 큰 장애물은 북국 사람들의 지독한 배타성이었다. 그에 비하면 북국이 짐승들의 영역이라거나, 인간이 인간답게 살 수 없는 암흑의 땅이라는 소문 따위는 사소한 것으로 여겨질 지경이었다.

그들은 다른 나라 사람들에게 오랫동안 수인종족으로 낙인찍혀 살아오면서 저희끼리 무섭도록 똘똘 뭉치게 되었고, 외인들을 결코 울타리 안으로 받아들이지 않았다. 이방인에 대해서는 어떠한 보호막도 법도도 존재하지 않는 땅, 레니에가 보고 들은 북국은 그런 곳이었다. 쿤은 목이 터져라 외쳤다.

"아니다. 너만 원한다면 얼마든지 살 수 있다. 말했잖아! 북국도 사람 사는 곳이고, 우리도 너희와 같은 성정을 가진 사람이라고! 우리도 슬프면 울고 기쁘면 웃고, 아버지 어머니 형제들을 소중히 여기고, 사랑하는 사람을 만나 결혼하고 아이를 낳고 산다! 우리도 너희와 같은 사람들이다!"

"그만해!"

"너는 아직도 내가 더러운 수인종족으로 보이나? 너는 짐승보다 더러운 그 사내들과 있는 게 좋은가?"

쿤은 레니에를 끌어안은 채 악을 쓰며 물었다. 개자식아, 아무것도 모르면 입 닥치고 가기나 하란 말이야! 레니에는 힘껏 발버둥을 치며 주먹으로 그의 가슴을 마구 후려쳤다.

쿤은 레니에의 주먹질을 고스란히 받으며 온몸으로 레니에를 눌렀다. 헐떡헐떡, 거친 숨소리와 함께 그의 속삭임이 눈 속으로 흩어진다.

"해야 할 일을 마무리하면, 네게, 네게 반드시 하고 싶은 말이 있다."

레니에는 눈을 크게 뜨고 자신을 누르고 있는 소년을 올려다보았다. 그가 반복적으로 말하는 '반드시 하고 싶은 말'이 대체 뭘까.

어떤 명징한 예감이 레니에의 머릿속을 온통 휩쓸었다. 가슴은 그 내용을 이미 질러 짐작했다. 심장에서는 재갈을 물리지 않은 말이 날뛰는 것같이 요란한 소리가 들린다.

이런 걸 바라고 살려 준 건 아니었다. 이놈이 불쌍해서도, 내가 특별히 자비로워서도 아니었다. 가책에서라도 벗어나 보려는 이기적인 이유에서였다.

하지만 진실이 머릿속을 후려칠수록 구차하고 비굴한 기대감이 아랫배에서 서리서리 똬리를 튼다. 내가 목숨을 살려 준 것을 계기로 이 녀석의 마음에 무언가 자라났다면, 그것에 기대도 괜찮지 않을까? 내 마음에 똑같은 것이 똑같은 크기로 자라나지 않았다 해도 어쨌든 내가 살려 준 건 사실이니까.

그가 나에게 무엇인가 말해 준다면, 내가 간절히 바라는 그 어떤 말을 해 준다면, 이난나 여신의 저주를 끌어안을 정도로 이 녀석의 마음이 간절하고 강력하다면, 나는 한 번쯤 그 마음에 기대 봐도 되지 않을까.

레니에는 결국 강력한 유혹에 굴복하고 말았다.

"네가 해야 할 일이 뭔진 모르지만 할 말 있으면 지금 해. 나중에 말하나 지금 말하나 달라질 건 없잖아."

"지금은 말하기 어렵다."

쿤은 고집스러운 얼굴로 고개를 저었다. 레니에의 목소리가 왈칵 높아졌다.

"지금 말하지 않을 거면 꺼져! 말 하나 제대로 못 하면서 무슨!"

"……와."

그가 들릴락 말락 중얼거렸다. 하도 목소리가 작아 그의 입가에 귀를 가져다 대야 했다. 쿤은 지금 할 수 있는 말만 고르려는 듯 이마를 잔뜩 찡그린 채 신중하게 한 마디씩 말을 이었다.

"내, 내가 할 일을 끝내면, 그때 널 데리러 오겠다. 신성석 동굴보다는 우리 집이 그래도 안전할 것이다. 내가 너를 보호할 것이다. 모든 들짐승, 날짐승의 손에서, 너를 해하려는 사람들의 손에서……."

그는 크게 숨을 쉬고 결심한 듯 단호하게 덧붙였다.

"너를 해치려는 모든 신의 손에서."

레니에의 눈에 천천히 눈물이 괴었다.

아직 숨겨진 마음까지 입 밖에 낼 용기는 없었던 걸까. 레니에가 생각했던 고백은 아니었다. 하지만 지금 그가 제안한 것은 사실 그녀에게 가장 절실한 것이었다. 땅 위에서 숨을 수 있는 지붕한 칸, 사면을 두른 단단한 벽, 그녀가 받은 축복을 빙자한 저주까지 끌어안아 줄 수 있는 팔.

그런데 이상한 일이다. 누구에겐가 이런 말을 들으면 너무 기쁠 것 같았는데, 이 녀석의 입에서 그 말이 나오니 마음이 찢어지는 것 같다. 레니에는 꽉 막힌 목소리로 확인했다.

"그 신이…… 이난나 님이 아니고 우투 님이라고 해도?"

그의 얼굴이 다시 일그러진다. 흐으. 그는 대답하는 대신 고개를 옆으로 틀고 이상한 소리를 냈다. 레니에는 자신의 입을 후려치고 싶었다. 레니에는 그가 대답하기 전에 왈칵 고함을 질렀다.

"아니야, 됐어! 대답하지 마!"

"나는…….."

"대답하지 말라고! 나는 아르마누같이 몹쓸 년이 아니야! 그러니까 절대 대답하지 마!"

레니에는 쿤의 멱살을 잡고 화를 냈다.

"이, 이 멍청아. 이런 얘기를 왜 진작 안 하고 지금 이래? 생각할 시간도 없는데 왜 지금!"

"생각할…… 시간이 필요한가? 왜? 네가 아르마누도 아니고, 그런 게 왜 필요해?"

"생각할 시간은 내가 아니고 너한테 필요한 거야! 네가 몰라서 그러는데, 이레 동안 죽어라 고민해야 했던 건 아르마누가 아니고 카타였다고! 사랑에 빠져서 백치 등신 머저리가 돼 버린 여섯 날개의 카타! 이 멍청아!"

내 몫의 짐을 짊어지는 게 어떤 뜻인지 이해하려면 한 이레가 아니라 일곱 이레가 지나도 모자라겠지! 엉터리 신탁이나 밤새 되풀이하는 네 대가리로는 말이야.

멀리 갈 것 없어. 주변에서 나한테 집적댔던 사내들이 결국 어떤 꼴이 되었는지, 내가 결국 어떤 꼴로 살고 있는지 생각해 보란 말이야.

"나는 지금까지 내내 생각했다. 그럼 내가 얼마나 더 생각해야 내 말을 믿어 주겠나?"

"……하, 한 이레, 아니, 두, 두 이레, 일곱 이레, 성인식도 치르고, 아니, 아니아니, 몰라. 모르겠어."

"그렇다면 기다려라. 할 일을 마무리 짓고 오겠다. 성인식도 마치고, 네 말대로 너에 대한 생각도 더 많이 하고 오겠다. 그때 와서 네게 하고 싶은 말을 분명하게 말하겠다. 그럼 되겠나? 기다려 줄 수 있겠나?"

레니에는 입술을 벌벌 떨었다. 대답이 나오지 않는다. 뺨을 감싸 쥔 피투성이 손이 덜덜 떨리는 것이 느껴진다.

레니에는 다시 한 번 유혹에 굴복하고 말았다. 꿀꺽, 꿀꺽, 힘겹게 침을 삼키면서 고개를 끄덕였다.

"고맙다. 그럼⋯⋯."

쿤은 황급히 겉옷을 헤치고 목에 걸린 것을 풀어냈다. 예의 거슬거슬한 검은 돌이었다. 그는 그것을 손에 쥐고 잠시 머뭇거리다가 레니에의 손에 쥐여 주었다.

레니에는 손안에 든 것을 한참 동안 내려다보았다. 어젯밤 돌에 묻었다가 굳은 그의 피가 눈에 젖은 손바닥에 붉은 자취를 남긴다. 손이 불타오르는 것 같다.

"⋯⋯이건? 이걸 왜 나한테 줘?"

"우리 조상의 심장에 걸고 맹세한 말은 흩어지지 않는다. 우리는 반드시 다시 만날 것이다. 다시 오겠다는 증표로 이걸 맡겨 두겠다."

"쿤!"

"북국 사람들은, 은원恩怨을 잊지 않는다. 절대 잊지 않는다. 제대로 은혜를 갚을 기회를 다오."

은혜?

레니에는 눈썹을 찡그렸다. 뒤통수가 싸르르 식는 기분이다. 아까 쿤이 했던 이야기를 찬찬히 되돌리던 레니에는 갑자기 찬물이 등으로 쫙 쏟아지는 기분이 들었다.

– 내가 너를 보호할 것이다. 모든 들짐승, 날짐승의 손에서, 너를 해하려는 사람들의 손에서. 너를 해치려는 모든 신의 손에서.

– 신성석 동굴보다는 우리 집이 그래도 안전할 것이다.

사랑한다는 고백은 없었다. 확실히 없었다. 지금까지 있었던 모든 대화에서도 단 한 번도, 그 비슷한 것도 나온 적이 없다.

그럼 나와 함께 가자는 이유가 혹시 마음의 빚을 갚기 위함일까? 어젯밤에 그것을 갚았다고 생각하는 게 아니고?

"은혜라니? 쿤, 너는 분명 어젯밤에……."

레니에는 말을 맺지 못했다. 그가 얼굴을 일그러뜨리며 손으로 레니에의 입을 막았던 것이다. 그는 고개를 저으며 퉁명스럽게 내뱉었다.

"어제 일은 없던 것으로 하자."

"……뭐?"

쿤은 레니에의 표정이 어찌 변하는지도 모른 채 침통한 얼굴로 속을 털어놓았다.

"사실대로 말하겠다. 나는 어제 일이 싫었다. 몹시 불명예스럽고 수치스러운 일이었고, 다시는 생각하고 싶지 않다. 그래서 어제 일을 무르고 다른 것으로 갚겠다는 것이다."

피가 거꾸로 솟는 것 같다. 레니에는 벌떡 일어나 고함을 질렀다.

"무르긴 뭘 물러, 개자식아! 그러니까 잊어버리라고 했잖아!"

쿤에게 화가 나진 않았다. 다만 그 말을 듣는 순간 정신이 번쩍 났다. 맙소사. 난 안 된다, 안 된다 하면서도 속으로는 이놈에게 특별한 감정을 기대하고 있던 거였어. 내가 정말 큰 은혜라도 베푼 것처럼.

나는 한 부족의 대신관이 적국의 저주받은 도망 노예를 내실로 삼아 줄지 모른다는, 정말 말도 안 되게 뻔뻔한 상상을 하고 있었던 것이다.

멍청이 레니에. 대신관이 될 녀석이 이난나 여신의 저주를 같이 끌어안는다는 의미를 모를 리가 없다. 이난나의 남편이나 애인들이 대부분 죽거나 미치거나 병들거나 저주를 받아 비참해졌다는 걸 모를 리가 없다.

그런데도 나는 내 간절한 필요에 굴복해서 그의 집에 따라가서 아내가 되는 상상을 했다. 잠깐이지만, 아주 잠깐이지만 그랬다. 미칠 것처럼 부끄러워졌다.

"아주 웃기고 자빠졌어! 그렇게 기를 쓰고 무를 필요가 뭐가 있어? 네놈 머리통으로는 하룻밤만 자면 새까맣게 까먹을 수 있을 텐데! 나란 사람이 있었던 것조차 잊어버릴 만큼 싹! 아주 싹! 당장 꺼져! 꼴도 보기 싫어! 만나러 오기는 개뿔, 다른 동굴로 튀어 버릴 거야!"

레니에는 그를 뿌리치고 달리기 시작했다. 쿤이 황급히 자리에서 일어나 레니에의 옷자락을 잡았다. 양털이 부득 소리를 내며 뜯겨 나갔다.

레니에가 주저앉으며 멈칫하는 사이 쿤이 휘저은 손에 짧은 머리카락이 잡혔다. 레니에는 머리카락이 후득 뽑히는 것도 아랑곳하지 않고, 벌떡 일어났다. 그리고 쿤이 자신을 붙잡기 전에 삼나무 숲을 향해 미친 듯이 달리기 시작했다. 숲으로 들어가면 발자국이 사라져 추적하기 힘들 것이다.

"가지 마! 가지 마! 가지 마아아! 이름이라도 알려 주고 가! 제발! 제발!"

그는 뒤에서 주먹을 움켜쥐고 엎드린 채 커다란 목소리로 고함을 질렀다. 고함 소리는 점점 울부짖음으로 바뀌었다.

레니에는 그 소리를 듣지 않기 위해 귀를 틀어막고 달렸다.

삼나무 숲에 헐떡거리며 들어온 레니에는 손에 그가 쥐여 준 검은 돌이 여전히 남아 있는 것을 발견했다. 그의 목소리는 더 이상 들리지 않았다.

레니에는 돌을 움켜쥔 채 그 자리에 엎드려 울기 시작했다.

7. 배신

레니에는 쿤을 보낸 후 절벽 아래로 내려가 눈을 파헤쳐 미노토스 사내의 얼어붙은 시체에서 코와 귀를 베어 동굴 사람들 앞에 던져 주었다.

"새끼가 나를 속이고 도망쳤어. 그렇게 잘 대해 줬는데 감히 날 속이고. 약속대로 쫓아가서 죽이고 왔어. 시체는 무거워서 못 끌고 왔어. 확인하고 싶으면 같이 가서 봐."

어차피 길가에 나동그라진 시체는 독수리와 들개의 밥이 되는 판이니, 확인하러 가자는 놈 따위는 한 명도 없으리라는 것을 레니에는 알고 있었다.

그날부터 레니에는 앓기 시작했다. 목에 걸린 검은 돌을 움켜쥐고 레니에는 오래 열병을 앓았다. 몸과 마음이 미칠 것같이 아프고, 눈을 감건 뜨건 그의 생각밖에 나지 않았다.

레니에는 기다렸다. 오지 말라고 해 놓고는 하염없이 기다렸다. 이럴 줄 알았으면 눈 딱 감고 따라간다 할 걸 그랬나. 아니야, 그래선 안 돼. 절대 안 돼. 그래도 약속대로 녀석이 오면? 용기를 내 봐도 되지 않을까?

약속대로 돌아오기를 바라는 마음과 그래서는 안 된다는 마음이 속에서 무섭게 싸웠다. 올까. 오지 않을까. 안 오면 어쩌지. 아니, 오면 어쩌지.

보고 싶다, 보고 싶다, ……보고 싶다.

밤마다 그의 꿈을 꾸었다. 꿈에서 그는 자신의 마음을 고백하고, 열렬하게 입을 맞추고, 밤새 그녀를 안았다. 자고 일어나도 그의 입술이 닿았던 몸의 구석구석에서 불이 이는 것 같았고, 나중에는 대낮에도 그의 모습이 허공에서 떠다녔다.

그의 목소리가 귓가에 치밀 때마다 레니에는 미칠 것 같았다. 낮이면 높은 나무 위에 올라가 그의 집이 있다던 소금성 쪽을 넋을 잃고 바라보았다.

이건 뭔가 이상하다. 아무래도 이상하다. 이건 내가 아니다. 레니에는 그가 깔고 잤던 양털 깔개에 엎드려 뺨을 비비며 히히대고 웃었다.

"바보 멍청아, 멍청아. 마음에서 이상한 게 돋아난 건 그놈이 아니었어. 아니었다고."

레니에는 뒤늦게 머리카락을 쥐어뜯었다. 오지 말라고 했던 것이 후회스러워서 이가 갈리고, 다시는 못 볼지 모른다 생각하면 실성한 것처럼 눈물이 흘러나왔다. 잊으려고 아무리 애를 써도, 사방 굴러다니는 불그레한 암염 한 덩어리만 봐도 속에서 울컥 무엇이 솟구쳤다.

그의 툽툽하고 낮은 목소리가 다시 주변에서 서그럭거린다.

― 성 이름이 왜 소금성이야? 재미없게?

― 소금산에 있으니 소금성이다. 성 이름이 재미있을 이유가 필요한가?

― 왜! 기왕이면 재미있고 예쁜 이름이 좋지. 하얗고 눈부시게 반짝거리니까 눈의 성이라든가, 우유성이라든가 하면 좋잖아. 소금으로 만든 것도 아니면서.

두 사람은 도굴꾼들이 잠들면 소곤소곤 이야기를 나눴다. 모닥불이 타닥타닥 불티를 날리며 사위어 가고, 불빛이 손바닥만큼 남은 어둑한 공간에서 두 사람의 목소리는 손에 잡힐 듯한 형태를 가지고 돌아다녔다.

― 암염으로 만든 아름다운 방이 있긴 하다. 어머니께서 쓰시던 내실에.

― 우와, 그런 방이 있어? 정말 소금이야? 핥아 봤어? 천장까지 바닥까지 다 짜?

― ……그, 그런 짓은 안 해 봤다. 네가 구, 궁금하다면 알아보긴 하겠지만…….

― 해 봐, 꼭 해 봐! 뭐 먹을 때 편할 거 아냐! 고기 먹다 소금이 모자라면 벽을 핥아 먹으면 되겠다!

― 나, 나중에 해 보고, 해 보면, 그러면 말해 주겠다.

정말 집에 가서 벽을 혀로 핥아 보았을까. 그 바보 같고 곧이곧대로인 놈은 그러고도 남았을 거야. 벽에, 바닥에, 의자를 놓고 천장까지 핥아 보았을 거야. 그 바보 같고 요령 없는 놈이라면.

레니에는 입을 틀어막은 채 키득키득 웃다가 다시 울었다. 그리고 거의 먹지도 마시지도 않은 채 소금산 방향을 바라보며 종일 넋을 놓고 앉아 있었다. 아무래도 점점 미쳐 가는 것만 같다.

그렇게 두 이레를 앓았고, 미열은 더 길게 꼬리를 끌었다. 그러잖아도 마른 몸이 반쪽이 되어 버렸다.

동굴의 도굴꾼들은 더 이상 공짜 고기를 못 얻어먹게 된 것을 아쉬워할 뿐 별달리 의심의 눈길을 보내지는 않았다.

흥, 멍청한 놈. 북국 놈이 뒤통수를 칠 걸 몰랐나, 그래도 형님 아우처럼 시시덕시시덕 친하게 지내더니만 따라가서 죽이고 온 거 봐. 독하다, 그래도 나름 충격은 받았나 본데. 앓아누웠잖아. 쉬쉬, 건들지 마, 저 새끼 지금 한창 독이 올라서 옆에서 얼쩡대다간 뭔 짓을 당할지 몰라. 도굴꾼들은 저들끼리 수군거리며 레니에를 슬슬 피해 다녔다.

눈보라가 그치고 슬금슬금 따뜻해지나 했더니 훌쩍 봄이 됐고, 어느새 춘분절이 다가오고 있었다.

간신히 자리에서 일어난 레니에는 비틀비틀하며 쿤과 헤어졌던 두 산의 경계, 삼나무 숲으로 가 보았다. 눈이 모두 녹고 푸릇한 이끼와 풀, 그리고 작은 꽃들이 조금씩 머리를 내밀고 있었다.

꽃들이 붉고 노랗고 하얗게 피어올라 소금산은 아름다운 신부처럼 보였다. 무지개 색 화관에 화려한 장신구가 달린 숄을 두르고, 붉게 물들인 아마천에 일곱 단 양털 장식이 달린 긴 치마를 입은 새신부가 옷자락을 팔락이며 그녀의 앞에서 환하게 웃고 있었다.

레니에는 눈이 녹은 자리에 주저앉아 한참 넋을 잃었다.

"······우르투르."

도끼가 있었다. 그가 사용하던, 자루에 검게 퇴색한 얼룩이 남아 있는 커다란 도끼가 풀밭 위에 음충맞게 나동그라져 있었다.

레니에는 도끼를 질질 끌고 돌아왔다. 말린 고기와 술을 숨겨 두던 바위틈에 놓아두고, 그것을 바라보며 하염없이 시간을 보냈다. 어떤 때는 저놈의 도끼를 절벽 아래로 집어 던지고 싶을 만큼 화가 났고, 어떤 때는 놈이 보고 싶어서 눈물이 났다.

이 빌어먹을 것을 왜 가져왔을까. 속 편하게 까먹어 버릴걸. 하지만 만에 하나 놈이 정말 오거나 우연히 만나면, 이걸 돌려주면 얼마나 반가워할까. 청동으로 만든 무기란 워낙 귀한 것이니까.

"이것을 찾아오다니 고맙다. 영영 찾지 못할 줄 알았다. 손에 익은 무기가 없어 불편했다. 이 은혜를 어떻게 갚으면 좋겠나?"

입을 비죽대며 쿤의 괴상한 말투를 따라 하던 레니에는 말을 멈추고 고개를 숙였다. 흐, 씨. 자꾸 콧물이 흘러나왔다.

쿤은 춘분절이 지난 직후 동굴로 돌아왔다.

새벽에 잠에서 깬 레니에는 등으로 천천히 내려오는 한기를 느꼈다. 짐승의 기척이나 주변 사람들의 움직임은 없었다. 사방은 조용했지만 등으로 타고 내려오는 차가운 기운은 점점 선명해졌다.

근처에서 누가 살기를 뿜는 건 아닌데, 영 느낌이 좋지 않다. 레니에는 자신의 감이 상당히 정확하다는 것을 알고 있었다.

일단 자리를 피해야겠다.

레니에는 다른 도굴꾼들이 깨지 않도록 삵처럼 바짝 엎드려 살금살금 동굴 밖으로 걸어 나갔다. 동이 트기 전의 부유스름한 빛이 백염산맥 위로 스멀스멀 기어 올라오고 있었다.

하늘을 한참 바라보다가 눈썹을 찌푸렸다. 어둠 속에서 뭔가 이질적인 움직임이 잡힌다. 새떼 비슷한 것이 이쪽으로 날아오는 듯한데 남국에서 자주 보았던 박쥐나 올빼미 같은 밤새들의 움직임이 아니었다.

저렇게 빠른 속도로 가까워지는 건 수리 종류 아닐까? 가만. 그런데 수리가 이렇게 밤에 떼 지어 돌아다닌다고? 생각을 더듬던 레니에는 갑자기 눈을 크게 떴다.

"혹시…… 하늘수레? 안마르?"

등 뒤로 치미는 소름이 더욱 날카로워졌다.

'안마르'는 북국에서만 볼 수 있는, 커다란 수리 예닐곱 마리가 끌고 다니는 둥그런 형태의 수레다. 북국의 대평원에는 털이 빽빽한 북국 말이나 개들이 끄는 썰매가 있고, 북국의 하늘에는 천구를 가로지르는 하늘수레 안마르가 있다고 했다.

북국 사람들은 수리 중에서도 몸집과 날개가 특별히 큰 누움마라는 수리들을 기르고 훈련해 하늘수레를 끌게 했는데, 짐승을 길들이는 데 천부적이라는 그들조차 누움마들을 길들이고 안마르를 모는 일을 힘들고 까다로운 일로 여겼다.

물론 레니에가 노예로 잠시 머물렀던 황금숲에서도 능력이 좋은 고위 신관들은 신성석의 힘인 아크를 사용해 사람의 몸이나 물건을 하늘로 띄워 움직일 수 있었다.

하지만 하늘을 날 수 있게 하는 부양浮揚 아크는 몹시 비쌌고, 공중에서 부양체에 올라탄 사람들은 부양체의 움직임을 제대로 통제하지 못했다. 지독한 멀미, 공포, 추락과 부상 등의 문제 때문에 다른 나라에서는 저렇게 높게, 자유자재로 하늘을 나는 일은 거의 불가능했다.

거리가 가까워지면서, 여러 마리의 새에 매달린 둥그런 형체가 점점 뚜렷해졌다. 레니에는 동굴을 돌아보며 연기가 나오는지 불빛이 새고 있는지 확인했다. 연기도 나지 않고, 불빛도 없다. 큰 바위와 나무에 가려진 동굴의 작은 입구를 하늘에서 식별할 만한 것은 아무것도 없다. 하지만 오는 방향은 정확하게 이 동굴을 향하고 있었다.

"혹시?"

미친 듯이 가슴이 날뛰었다.

– 그렇다면 기다려라. 할 일을 마무리 짓고 오겠다.

혹시, 혹시 쿤이?

– 성인식도 마치고, 네 말대로 너에 대한 생각도 더 많이 하고 오겠다. 그럼 되겠나? 기다려 줄 수 있겠나?

하지만 레니에는 그 자리에 서서 기다리는 대신 잎이 빽빽하게 올라온 나무 위로 올라갔다. 속에서는 저 하늘수레를 타고 있는 사람이 쿤일 거라 외쳐 대고 있었지만, 아닐 가능성도 염두에 두어야 했다. 등을 타고 흘러내리는 느낌이 너무 좋지 않으니 조심해서 나쁠 것은 없었다.

누움마들이 동굴 앞까지 내려와 큰 소리로 끽끽 울며 날개를 친다. 안마르에 탄 사람은 수레에 매인 줄과 휘파람을 사용해서 능숙하게 안마르를 풀밭 위에 안착시켰다.

레니에는 강궁과 큰 화살통을 어깨에 두르고 수레에서 가볍게 뛰어내리는 덩치 큰 사내를 보며, 그가 자신이 기다리던 소년인 것을 알아차렸다. 정말, 정말 와 주었구나. 눈물이 왈칵 쏟아져 나오려고 한다.

"너 정말 내 저주까지 끌어안기로 한 거니? 이 바보야, 그러면 어떡해, 이 바보 멍청아."

레니에는 손등으로 눈을 문지르며 나무를 타고 내려가려 했다. 하지만 쿤이 동굴로 다가가는 것을 잠시 살펴보고 고개를 갸웃했다.

"저건…… 뭐야?"

쿤의 몸에서 시커먼 연기 같은 것이 횃불처럼 뻗쳐오르고 있었다. 레니에는 나뭇가지에 몸을 숨긴 채 눈을 커다랗게 떴다. 저 검은 연기 같은 것이 무엇을 말하는지 레니에가 모를 턱이 없었다. 온몸이 그대로 얼어붙는다.

그가 현재 내뿜는 살기는 도저히 잘못 알아보지 못할 정도로 선명하고, 적나라하고, 지금까지 레니에가 보았던 어떤 살기보다 크고 흉흉했다. 그러고 보니 먼발치로 보이는 그의 옆얼굴도 무시무시하고 험악하기 그지없다.

"이게 무슨 시끄러운 소리야? 시발 놈의 꼬맹이는 망 안 보고 또 어딜 빨빨대고…… 어?"

새들이 끽끽대며 날개 치는 소리를 듣고 세데크가 동굴 밖으로 나왔다. 순간 쿤은 그의 앞으로 달려 나가 팔을 휘둘렀다. 거대한 흑호가 소리도 없이 뛰어 올라 사냥감을 움키는 것 같다.

"……어?"

그의 움직임이 하도 가볍고 빨라 눈이 밝은 레니에조차 무슨 일이 일어났는지 바로 눈치채지 못했다. 툭, 세데크의 목이 바닥으로 떨어져 바닥에 두어 바퀴 구른 후에야 레니에는 새파랗게 질려 입을 틀어막았다.

정말…… 나인지 확인도 안 하고 죽여?

세데크의 외마디 비명에 동굴에 있던 사람들이 떼 지어 몰려나왔다. 봄이 지나면서 동굴에 있는 도굴꾼들은 서른 명 가까이로 늘어난 상태였다.

쿤은 한 손으로 도끼를 고쳐 쥐었다. 그의 등 뒤로 새로운 살기가 새카맣게 솟구쳤다. 새벽부터 느껴지던 불길한 예감이 역시 이 때문이었을까? 지금 레니에는 그의 몸에서 쏟아지는 기운만으로도 숨이 막혀 죽을 지경이었다.

그는 사람들이 몰려나오는 대로, 말 한 마디 하지 않고 도끼를 휘둘렀다. 엄청나게 크고 무거운 도끼를 한 손으로 쥐고 새털처럼 가볍게 움직였다. 휘두르는 힘이 엄청난 데다 움직임은 간결해 헛된 동작이 하나도 없었고, 치고 막고 빠지는 동작도 번개처럼 빨라서 상대를 공격하는 움직임조차 제대로 보이지 않았다. 붕붕, 윙윙, 쩍, 하는 파공음만 뒤늦게 따라왔다. 그의 팔이 움직일 때마다 무기나 날붙이를 들고 떼 지어 달려들던 도굴꾼들의 목, 팔다리, 몸통이 조각나 사방으로 튕겨 나갔다.

레니에는 우들우들 떨며 아래를 내려다보았다.

……쿤, 너 이러면 안 되는 거 아니야?

너, 내 얼굴도, 이름도, 나이도 아무것도 모르잖아. 적어도 나를 데리러 온 거라면 살려 두고 하나씩 물어보면서 확인을 해야 하잖아. 적어도 목소리라도 들어 봐야 하잖아.

……나까지 죽이려고 작정한 게 아니라면 이렇게 모조리 죽이면 안 되잖아.

하지만 레니에의 애처로운 희망과 반대로, 그는 동굴에서 나오는 사람들을 끝까지, 단 한 번의 망설임도 없이 모조리 살육했다.

눈앞이 빙글빙글 돌면서 하얀 안개가 차올랐다. 레니에는 나뭇가지를 꽉 움켜잡았다. 새벽부터 등 뒤를 기어오르던 한기의 정체가 확실해졌다. 속에서 들끓던 애처로운 희망이 그녀의 눈을 아주 잠깐 가릴 뻔했지만, 저 시커먼 살기를 감지하는 능력이 이번에도 목숨을 구했다.

동굴 안으로 들어간 쿤은 한참 동안 나오지 않았다. 안에서는 큰 고함과 비명이 찢어진다. 안에 숨어 있던 도굴꾼들이 도륙을 당하는 중이다.

채굴을 위해 새로 만든 크고 흉한 돌붙이, 날붙이들도 많이 있었다. 도굴꾼들이든 쿤이든 한쪽은 무사하지 못할 것이다. 레니에는 귀를 틀어막고 몸을 와들와들 떨었다.

누군가 한 명이 동굴에서 튀어나온다. 키시 성 출신이라 키시라 불렸던 경박한 도굴꾼이었다. 그는 제 동료의 시체를 방패 삼아 입구를 빠져나오더니 급하게 내리막길로 도주한다.

쿤이 동굴 입구로 나와 화살을 메긴다. 남국에서는 보지 못한 크고 굵은 활에 긴 살을 얹더니 바로 시위를 놓는다. 살은 키시의 허벅지를 꿰뚫었고, 키시는 자리에서 고꾸라졌다.

쿤이 곁으로 다가가자 키시는 그 자리에서 엎드렸다. 쿤이 그의 목에 도끼를 대며 추궁한다. 키시가 자신을 심하게 폭행했던 것을 기억하는 걸까. 키시의 사타구니에서 물이 흘러나와 땅을 축축하게 적시는 것이 보인다. 잠시 후 그의 목도 바닥으로 굴러떨어졌다.

그는 키시의 시체를 밟고 서서 크게 휘파람을 불었다. 삐르르, 삐잇, 삐, 삐르르. 삐이, 삐이. 지난번에 들었던 구조 요청 신호와는 확실히 다른 소리였다.

잠시 후 하늘에서 요란한 소리가 들리더니 하늘수레가 하나, 둘, 셋, 아니 여러 대가 동굴 앞에 안착했다. 안에서는 흑호의 털

200

가죽으로 몸을 감싼 무시무시한 전사들이 강궁과 만곡도를 두르고 뛰어내렸고, 놀랍게도 그 뒤를 따라 덩치가 큰 개들도 함께 내렸다.

쿤은 개들의 콧잔등 앞에 손에 쥐고 있던 것을 내밀었다. 레니에는 그 누르스름한 것이, 자신이 깔고 자던 양털 깔개라는 것을 알아차리고 소름이 끼쳤다.

맙소사. 정말 나까지 기어코 찾아내서 죽이려고?

개들은 양털 깔개의 냄새를 맡더니 이를 드러내며 크게 컹컹거리고는 동굴 주변을 수색하기 시작했다. 수색을 위해 다시 동굴로 들어가는 쿤의 움직임에서는 여전히 시커먼 살기가 형형했다.

레니에는 나무 위에서 몸을 바짝 옹송그렸다. 우들우들 떨면서 필사적으로 생각했다.

아니야, 나 죽이러 온 거 아닐지도 몰라. 나 찾아서 데리러 가려고 온 걸지도 모르잖아.

그래, 나를 데리러 온 걸 수도 있어! 녀석은 나를 분명, 분명…….

레니에는 입을 틀어막고 우는 것처럼 웃었다. 하나뿐인 목숨을 가지고 모험을 하는 것도 유분수지. 지금 쿤의 몸을 휘감고 뻗쳐 오르는 서슬 퍼런 살기와 피비린내를 느끼면서도 그런 생각을 해? 장난해?

레니에는 필사적으로 마음을 다잡았다. 지금 나가면 안 돼. 적어도 널 죽이지 않으리란 보장은 있어야 해. 안 그러면 너도 세데크나 키시 꼴이 날 거야. 정신 차려, 레니에.

그들이 안마르로 데려온 개들을 풀어 주변을 이 잡듯 수색하는 동안 쿤은 동굴 안에서 오래 머물렀다. 굴은 깊고 갈래가 많았고, 샅샅이 뒤지려면 시간이 걸렸다. 부하들의 고함 소리가 쩡쩡 울려

퍼졌다.

"주변에 작은 동굴들이 더 있을 거고, 그런 곳에 숨어 있을 수도 있다 하신다. 샅샅이 뒤져라."

"사라진 지 얼마 안 됐다. 반드시 찾아서 끌고 와라!"

전사들의 말투에도 살의가 등등했다. 레니에는 무성한 나뭇잎 속에 바짝 몸을 붙이고 눈을 꽉 감았다.

해가 높이 솟을 때까지 수색하던 전사들은 동굴에서 나온 쿤에게 주변에서 아무도 찾을 수 없었음을 고했다. 쿤은 살기 어린 눈으로 사방을 훑더니 다시 안마르에 올랐다. 삐르르, 삑, 삐익. 쿤의 날카로운 휘파람 소리에 수색하던 전사들이 사냥개를 끌고 와 그의 앞에서 예를 취했다.

"이 동굴에 있었던 자들은 죽어 마땅한 자들이다."

"그렇습니다, 루갈!"

"저들은 우리의 신성한 땅을 허락 없이 침범하고 조상들의 피이자 살이자 뼈가 스며든 대지를 파헤치며 사욕을 채웠다. 조상들의 안식을 방해한 자는 자신도 편히 안식을 취할 권한이 없으니 이들의 육신을 장대에 매달아 길짐승 날짐승의 배 속으로 흩어지게 하라."

"예! 루갈!"

그들은 시체 더미에서 옷과 날붙이를 모두 취한 후 발가벗겨진 시체들을 긴 장대에 꽂아 동굴 앞에 주르르 세우더니 그대로 하늘로 날아올랐다.

레니에는 그들이 떠난 후에도 한참 동안 나무 위에서 우들우들 떨었다. 그가 남겨 둔 살기가 여전히 레니에를 짓눌러 숨도 제대로 쉴 수 없었다.

그는 레니에의 예상보다 훨씬 무시무시하고 잔혹한 전사였다. 사람을 죽일 때 아무런 감정조차 없는 것 같았다. 소년의 거칠고 메마른 목소리가 뒤늦게 레니에의 귓속에서 되살아났다.

– 사람의 목숨은 취하면 되돌릴 수 없다. 합당한 이유가 있어야 한다.

– 그 이유가 합당한지 아닌지는 누가 정해?

– 내가 정한다.

동굴에 있던 사람 중 살아남은 이들은 아무도 없었다. 나무에 숨어 있던 자신을 제외하고는, 아무도, 아무도.

나도 일찍 일어나지 못했으면, 지금쯤 저 장대에 꽂혀 매달려 있었을까?

아닐 거야, 설마 그럴 리는 없잖아!

아무리 아니라 부인해도 장담할 수 없었다. 쿤의 온몸을 휩싸고 있던 시커먼 살기, 사람들의 목소리조차 확인하지 않고 도끼를 휘두르는 것을 똑똑히 보고서도 현실을 부인할 순 없었다.

하지만 레니에는 도저히 받아들일 수 없었다. 뒤에서 자신을 부르며 울부짖던 소년의 목소리가 속임수였다는 생각은 들지 않았다. 그 멍청하고 곧이곧대로인 놈이 그렇게 교활한 속임수를 쓸 수 있을 리가 없다.

그래, 백번 양보해서 몇 이레 사이에 마음이 바뀌었을 수도 있겠지. 사람의 마음이란 생각보다 간사해서, 그사이 예쁜 여자를 만났을 수도 있고, 나랑 그날 밤에 있던 일이 생각할수록 기분이 더러웠을 수도 있고, 창피했을 수도 있다.

그래도 그게 날 기어코 찾아내서 죽일 일은 아니지 않니? 애초에 은혜 따위 안 갚아도 된다 했잖아. 그냥 신경 끄고 살면 되잖아. 뭘 귀찮게 찾아 죽이려고 해.

그래도 나는 네 목숨을 구해 준 사람이잖아…….

레니에는 손에 쥐어진 새까만 돌덩이를 집어 던졌다. 돌덩이는 핏물이 이리저리 튄 땅으로 툭 소리를 내며 떨어졌다.

레니에는 바닥에 떨어진 검은 돌을 내려다보았다. 그 돌이 몸에서 떨어져 나가니 갑자기 가슴에 뻥 하고 구멍이 뚫린 것 같다.

물끄러미 내려다보고 있으려니, 구멍은 살을 갉아먹으며 점점 커지기 시작했다. 아파서, 너무 아파서 레니에는 천천히 나무에서 내려가 그것을 주웠다. 너무 세게 쥐어서 이제는 손바닥이 아팠다.

멍청한 레니에. 왜 버리지도 못해.

그와 함께 가지 않겠다고 했던 데에는 백 가지 이유가 있었다. 그중 가장 큰 이유는 이난나의 저주를 그에게 옮기고 싶지 않아서였다. 그럼에도 그를 열심히 기다렸던 이유는 단 하나였다.

그냥 보고 싶어서.

……그 바보 자식이 미치도록 보고 싶어서.

바보 레니에. 그 잘난 이난나가 나한테 뭐라 했어. 나한테 지붕을 만들어 줄 남자 따위가 진짜로 생길 리가 없잖아.

그래도 그 신탁만 있었던 거 아니잖아.

빛과 공의의 주관자이신 우투께서 말씀하신다.

세상에서 가장 아름답고 용맹한 여자여.

낮의 영광이며 의의 주관자이신 우투께서 말씀하신다.

네가 사랑하는 한 명의 사내가 반드시 있을 것이다.

너를 사랑하는 한 명의 사내가 반드시 있을 것이다.

네가 살리는 한 명의 사내가 반드시 있을 것이다.

너를 살리는 한 명의 사내가 반드시 있을 것이다.

너는 강하고 현명한 전사이니, 그 모든 갈림길에서 결국 빛의 길을 선택하리라.

너는 불행을 쳐서 파하고 행복해지는 길을 평탄하게 닦으리라.

빛과 공의의 주관자인 우투, 위대한 태양신의 이름으로 말하노니, 이 모든 것이 기어코 이루어지리라.

레니에는 고개를 숙이고 눈물을 떨구기 시작했다. 쿤은 분명 진심이었다. 절절하던 그 기원과 억지 신탁을 내리던 그 마음이 거짓일 리가 없다. 적어도 그때는 분명 진심이었을 것이다.

하지만 그의 신탁은 이난나의 신탁을 이길 수 없었다. 그는 변했고, 이유는 모르지만 나를 죽이러 왔다.

"그러니까 오지 말라고 했잖아. 그런 말 하지 말고 가서 잊어버리라고 그랬는데 왜 꾸역꾸역 찾아와서 이러는 거냐고. 이 나쁜 새끼가."

누가 은혜 갚아 달래? 누가 이따위 증표 받고 싶대? 필요 없다고 했잖아! 다 필요 없다고!

레니에는 동굴 안으로 들어가 짐을 챙겼다. 쿤이 이 동굴의 위치를 알고 있으니 언제 다시 올지 몰랐다. 더 깊은 골짜기, 더 작은 동굴로 은신처를 옮겨야 했다. 레니에는 다른 사람이 쓰던 양털 깔개와 질그릇, 청동 날붙이, 여벌 옷가지를 주섬주섬 챙기고 굴을 나섰다.

어젯밤만 해도 쿤이 오면 도끼를 돌려주고, 고맙다는 인사를 받으면 뭐라고 대답할까 생각하고 있었다. 그때 약속한 대로 같이 가자 하면 정말 따라가도 좋을까, 잘 설득해서 혼자 보내야 할까, 그 아이가 슬퍼하면 어떻게 달래야 하나, 멍청하게 그런 생각이나 하고 있었다.

"죽게 내버려 둘걸⋯⋯."

레니에는 말을 맺지 못하고 멈췄다. 발끝으로 짠물이 툭툭툭 연이어 떨어졌다. 그 아이가 눈 속에서 피를 흘리다 그대로 얼어 죽었다 생각하니 갑자기 가슴이 찢어지는 것처럼 아파서, 그래도 그 아이를 구해 줘서 다행이라고 중얼거리는 마음이 너무 기가 막히고 지긋지긋해서, 레니에는 시체들이 줄줄 꽂혀 있는 장대 아래서 한참 울었다. 피 냄새를 맡은 수리들이 여기저기서 떼 지어 날아들었다.

❈ ⚕ ❈

"태양신 우투의 새로운 대신관이자, 우리 소금성의 새 부족장이자, 북국에서 가장 강하고 용맹한 전사이자, 후와투와 카할라의 장자이신 루갈 쿤께서는."

소금성으로 들어가는 입구를 지키는 전사들은 저희의 수장에 대해 자랑스러움이 넘치는 얼굴로 기나긴 호칭을 늘어놓더니 주먹을 불끈 움켜쥐고 말했다.

"얼마 전 북국의 열두 개, 아니 열한 개 부족을 모두 복속시키고 북국을 통일하셨다. 이 놀라운 소식을 알지 못하다니 너는 대체 어느 부족에서 온 건가?"

레니에는 눈을 크게 뜨는 대신 멀거니 수문장들을 바라보았다. 대신관이 될 거라 하지 않았나? 그런데 소금성의 새 부족장? 북국 열한 개 부족을 통일? 너무 놀랄 일이 많아서 이제는 놀라기도 지쳤다.

"아, 워낙 깊은 산속에서 살고 있어서요. 그래서 소식을 못 들었나 봐요."

몇 이레 동안 다른 동굴을 전전하며 몸을 피하던 레니에는 결국 쿤의 도끼를 들고 소금성까지 직접 찾아오게 되었다. 쿤이 세데크 일행을 몰살하고 돌아간 이후, 백염산맥에서는 도굴꾼 소탕 작업이 대대적으로 전개됐던 것이다.

레니에는 날이 갈수록 목을 죄어 오는 그의 추적에 점점 숨이 막혔다. 안마르는 시도 때도 없이 떴고, 깊은 곳에 박힌 동굴에도 그의 부하 전사들이 무시로 들이닥쳤다.

수색대의 규모도 날이 갈수록 늘어나는 느낌이었다. 직감이 좋고 도망치는 데 이력이 난 레니에였지만, 잡히기 일보 직전에 간신히 몸을 빼 도망친 것이 한두 번이 아니었다.

이대로 가다간 부하들한테 붙잡혀서 개죽음을 당하고 말 거야.

죽음이 달콤하게 느껴진 적도 있었지만, 자신의 알몸뚱이가 산 채로 장대에 꽂혀 독수리 밥이 되는 것은 생각만 해도 끔찍했다.

레니에는 이 동굴 저 동굴 전전하며 끝없이 생각했다. 설마, 아닐 거야. 나를 이렇게 필사적으로 죽일 이유가 없잖아. 그냥 도굴꾼 소탕 작전일 거야. 나 같으면 귀찮아서라도 집어치울 텐데. 아니야, 어쩌면 날 데려가려고 찾는 걸지도 모르잖아. 목걸이까지 주면서 기다리라고 했잖아.

아아, 스스로를 설득하려는 목소리가 이제는 지긋지긋하다. 눈앞에 뻔히 보이는 진실에도 억지로 외면하려는 마음은 너무 끈질기고 집요해서 설득이 되지 않았다.

그래, 기왕 죽을 거라면, 이유나 제대로 알고 죽어야겠다.

레니에는 동굴 안쪽 갈라진 틈에 깊게 숨겨 둔 그의 도끼, 우르투르를 천으로 꼭꼭 싸서 등에 짊어졌다. 멀리 보이는 소금산 중턱, 하얗게 솟아 있는 소금성이 아스라했다.

레니에는 수문장 뒤로 높직하게 솟은 새하얀 성벽을 올려다보았다. 봄이 무르익어 사방은 온통 울울창창한 나무들의 푸른 잎으로 가득한데, 그 속에서 눈처럼 새하얀 성벽은 눈이 아플 정도로 환하게 빛나고 있었다. 레니에는 멍하니 중얼거렸다.

"북국이 언제 통일됐나요? 어떻게?"

"작년 겨울, 우리 소금산 부족은 황금숲의 꾐에 넘어간 검은바위산 부족의 배신으로 몹시 힘든 일을 겪은 바 있다. 하지만 새로 루갈이 되신 소금성의 젊은 주인께서 그 모든 문제를 명예롭게 해결하셨다!"

"그 놀라운 이야기를 모르다니 촌스럽고 무지하기 그지없구나."

덩치 큰 사내들은 쿤과 비슷한 말투로, 레니에가 그 '전설적인 사건'을 모르는 일에 대해 비분강개 성토하며 제 부족의 수장이 이룩한 위업에 대해 줄줄 늘어놓기 시작했다.

❈ ⚕ ❈

작년 겨울 초입, 소금산 부족과 오랫동안 반목하던 검은바위산의 족장은 우투의 대신관이자 소금산 부족장인 후와투에게 사신을 보내 화해를 하고 싶다는 뜻을 밝혔다.

족장의 꿈에 태양신 우투께서 강림하여 북국의 장자 부족인 소금산 부족과 화해하고 혼인 동맹으로 화합을 이루라는 명을 내리셨다는 것이다.

그는 화해의 증표로 부러진 활과 중동을 자른 청동만곡도를 보내며, 그동안 검은바위산 부족이 신성석 채굴을 계속 용인해 온 것을 사과했다. 그리고 두 부족 간의 화합을 위해 소금산의 대신관께서 검은바위산에 새로 단장한 우투 신전에 왕림하여 두 부족의 화해를 기념하는 연합 제사를 집전해 달라 정중하게 부탁했다.

사신은 그 제사에 소금성 족장의 일가친척이 모두 동행하기를 청했다. '내년 춘분절에 맏아들이 성인식을 치른다 들었는데, 검은바위산 족장의 딸들도 성인식을 치른 지 얼마 되지 않았다, 아름다움과 품성이 그만그만하니 당사자 간에 마음이 맞아 바로 혼사가 이루어지면 그 이상의 화합이 어디 있겠는가, 우투께서 그 일을 특별히 기꺼워하셨다.' 하는 검은바위산 족장의 전언이 덧붙었다.

열두 개의 부족은 부족 간 반목과 경쟁이 있긴 했지만, 수인종족으로 타국 사람들에게 배척당하며 살아온 아픔을 공유하고 있었고, 소금산 부족장의 시조인 식인수리에게 인간답게 살 지혜를 얻었다는 동질감이 있었다.

특히 우투께 함께 제사를 드리고 혼사를 맺자 청하는 것은 태양신의 이름을 걸고 화해를 맹세하는 것과 마찬가지였다. 북국 사람들은 그들이 주신으로 섬기는 우투의 이름을 걸고 거짓 맹세를 하는 것을 가장 큰 죄로 여겼다.

후와투는 한참 고민했다. 화해 제안은 반가운 일이지만 일단 소금산 부족장 집안은 철저한 친족혼으로 식인수리의 혈통을 이어 오고 있어서 쿤과 다른 부족의 처녀를 맺어 준다는 것에 심리적

거부감이 몹시 컸다.

하지만 우투의 현몽을 무시할 수 없었다. 그는 고민 끝에 부족의 원로들을 소집해 회의를 연 후, 검은바위산 부족의 요청을 모두 받아들이기로 결정했다. 성인식을 앞두고 있던 쿤 역시 우투의 명령이라는 전언에 말없이 자신의 혼사를 받아들였다.

이레 후, 후와투는 자신의 친족을 모두 이끌고 검은바위산으로 향했다.

검은바위산에서는 융숭한 대접이 열흘 동안 이어졌다. 말린 과일들과 고기 요리, 치즈와 버터, 벌집 덩어리가 푸짐하게 나왔고 발효한 염소젖과 맥주와 과일주도 끝이 없이 이어졌다.

족장의 두 딸은 자주색으로 물들인 다섯 단 카우나케스 치마와 화려한 숄을 두르고 꽃이 수놓인 머리쓰개를 늘어뜨리고 매일 나와 손님들에게 인사했다. 소금산 부족의 사람들이 경계를 풀고 함께 신전에 올라가 제사에 참석하기 전까지 분위기는 우호적이고 부드러웠다.

"우리는 더 이상 우투를 섬기지 않는다!"

그 말이 떨어짐과 동시에 쿤의 가족은 수십 수백 겹의 전사들에게 포위되었다.

"우리는 이제부터 황금숲의 아르마누와 카타를 섬길 것이다!"

"이제 우리는 황금숲의 요청대로 너희 일가와 소금산 부족 사람들을 모조리 해치우고 그들의 기름진 땅으로 갈 것이다!"

제단 앞에서 끔찍한 도살이 시작됐다. 싸움이 아니라 도살이었다. 무장을 해제하고 신전에 들어간 후와투와 일가친척, 그리고 그들을 호위하던 전사들은 신전을 수백 겹으로 둘러싼 적의 전사들과 검은바위산 백성들의 포위망을 뚫지 못하고 몰살당했다.

쿤은 살아남았다. 신전 밖에 서 있던 카할라가 필사적으로 포위를 뚫고 들어와 맨주먹으로 싸우고 있던 아들에게 도끼를 전해 주고 그 자리에서 쓰러졌다. 부모와 동생, 그리고 생과 사를 같이 넘나들었던 동료 전사들이 눈앞에서 무참하게 난도질당할 때, 그는 구름처럼 몰려드는 사람들을 도끼 한 자루로 뚫고 탈출했다. 자신마저 그곳에 휩쓸려 죽고 나면, 구심점이 없어진 소금산 부족이 검은바위산 부족에게 바로 몰살당할 것이라는 냉정한 판단이, 그가 가족들을 구하려다 개죽음을 당하는 일을 막았다. 그는 부족장 집안의 유일한 생존자였고, 소금산 부족을 지킬 책임이 있었다.

밖에서는 눈보라가 휘몰아치고 있었다. 온몸은 피로 흠뻑 젖어 있었고, 허벅지에는 여전히 창날이 박혀 있었다. 손을 댈 때마다 기절할 것처럼 아파 도저히 혼자 힘으로 뺄 수 없었다. 뺐다가는 피가 폭포처럼 쏟아져서 얼마 가지도 못하고 죽을 게 뻔했다.

그는 한 걸음 내디딜 때마다 살점이 헤집히는 통증을 참으며 간신히 소금산과 검은바위산의 경계인 삼나무 숲 초입까지 도망쳐 몸을 숨겼다. 그는 그제야 검은바위산을 돌아보고 피눈물을 흘리며 맹세했다.

"너희가 빛의 영광이신 우투의 이름으로 맹세했으니, 나도 우투의 이름으로 맹세하건대, 나는 이 모든 것을 갚을 것이다! 굽은 것을 바르게 하고 공의를 실현하는 우투를 만족시킬 제물로, 너희 모두의 목숨을 바칠 것이다! 그의 제단에 넘치도록 바칠 것이다!"

그는 눈발이 날리는 어둑한 하늘을 보며 큰 소리로 악을 썼다.

"빛과 공의의 우투의 이름을 걸고 맹세하건대, 나는 너희가 그의 이름으로 우리를 죽인 것을 되돌릴 것이다. 너희가 우리 부족을 몰살하기로 약조하였다 했으니 나 역시 동일한 것을 약속할 것이다!"

후우우, 우우우, 귀신의 곡성 같은 바람 소리, 엔릴의 채찍이 그의 몸을 날카롭게 후려친다. 쿤은 한기와 통증에 몸서리를 치다가 다시 하늘을 올려다보며 울부짖었다.

"우투의 이름으로, 나 소금성의 쿤은, 너희 검은바위산 족장 일가부터 노예가 갓 낳은 젖먹이와 우리에 있는 가축들까지, 성안에 있는 것이라면 생명을 가진 것은 단 하나도 남김없이 멸절할 것이다. 내가 섬기는 위대한 태양의 이름으로 맹세하노니······."

몸이 부들부들 떨리고 목이 컥컥 막혀 말이 제대로 나오지 않았다. 그는 그 자리에 무릎을 꺾고 주저앉았다.

이해할 수 없다. 빛과 공의의 주관자라는 우투라면 하늘에서 큰 불덩이를 내려 지금 당장 저 성을 몰살해야 옳다. 불의 전사, 빛의 전사들을 동원해 저 성을 산산조각 내야 옳다. 왜 위대한 신들은 자신의 이름이 저 지경으로 모욕당하는데도 침묵하는가.

쿤은 자신의 혼례를 빙자해 일족이 한꺼번에 몰살당한 것이 끔찍했고, 자신을 살리기 위해 기꺼이 죽음을 선택한 어머니를 생각하니 온몸이 찢어지는 것만 같았다. 거기에 당장 돌아가 소금성 사람들을 지켜야 한다는 무거운 책임감이 허파를 터뜨릴 듯 짓눌렀다.

그는 엎드린 채 가슴을 콱콱 질렀다. 헐떡이는 숨소리만 튀어나올 뿐, 울음도 나오지 않았다. 지금 그에게는 눈물조차 호사였다. 그는 부족장 집안에서 유일하게 남은 생존자였고, 기어코 살아남아 이 모든 것을 갚아야 할 의무가 있었다.

"······이를 온전히 이루기 전까지는, 장례도 애곡도 없을 것이다. 나를 즐겁게 할 잔치를 배설하지도 않을 것이며, 나를 위로할 춤과 노래를 베풀게 하지도 않을 것이며, 나를 기쁘게 할 여인을 맞이함도 없을 것이다. 그리하면 나에게 우투의 분노와 저주가 임할 것이다. 이 모든 것을 이루기 전까지는, 아무것도! 아무것도!"

소식은 소금산에 뒤늦게 전해졌다. 족장 후와투와 카할라, 일가친척 그리고 전사들의 몰살 소식에 그들은 넋을 잃었다.

쿤이 탈출하긴 했지만, 빠져나갈 당시 이미 큰 부상을 입었다고 하는 데다, 실종된 지 두 이레가 지나도록 소금성으로 돌아오지 않아, 모두 그가 죽었다고 생각했다. 엔릴의 채찍이라 불리는 눈폭풍이 계속 이어지는 중이라, 소금성 사람들은 안마르를 몰아 그를 찾으러 나갈 수조차 없었다.

그 촉급한 상황에서 소금성을 지킨 것은 지혜로운 노파, 북국 최고의 의사로 알려진 쿤의 유모 닌갈사르밧과 그의 남편 시무그 원로를 비롯한 다섯 명의 대원로, 그리고 소금성에 남아 있던, 쿤과 절친했던 최측근 전사들이었다.

그들은 성문을 닫아걸고 남은 전사를 모아 방어 체제를 갖춘 후, 검은바위산 부족의 공격을 기다렸다.

쿤은 세 이레가 지나고서야 돌아왔다. 그는 자신을 붙잡고 통곡하는 자들에게 눈물도 흥분도 비통한 기색도 없이 자신을 제외한 모든 사람이 검은바위성에서 죽었음을 알렸다. 그는 침착한 목소리로 명했다.

"소와 양을 준비하라. 우투께 제사를 드리고 그들을 심판해 정의를 회복하겠노라 고할 것이다. 그들이 행한 것을 1백 배로 갚아 구부러진 것을 바로잡고 불의한 자들의 피를 빛과 정의의 신께 드릴 제물로 삼을 것이다."

모두 쿤의 분위기가 예전과 완전히 달라진 것을 알았다.

쿤은 소금산 정상에 있는 신전에 올라가 죽은 아버지를 대신해 첫 번째 제사를 집전했다. 직접 열두 마리의 수소를 도살해 살과 뼈 무더기를 산더미처럼 쌓고 피를 제단이 흠뻑 잠길 정도로 뿌려 댄 후, 태양을 향해 악을 쓰며 고했다. 자신이 소금성의 새 족장이자 태양신 우투의 대신관이 되었음을, 그리고 그의 이름을 욕되게 사용하고 무고한 이들을 죽인 검은바위산 거민들을 모두 처단하여 당신의 이름의 명예를 되찾고, 당신이 주관하는 공의를 태양빛처럼 빛낼 것임을.

열 개 부족에서 보낸 전사들이 소금성에 속속 집결했다. 안마르를 다룰 수 있는 전사들로만 구성된 정예부대였다.

새해 첫날인 춘분절, 쿤은 전사들을 이끌고 검은바위산으로 출정했다.

가장 먼저 도착한 쿤은 검은바위산의 성벽 앞에 내렸다. 그의 가족과 동료들의 시체는 죽은 지 두 달이 되어 가는데도 여전히 성벽에 매달려 새들에게 쪼아 먹히고 있었다.

쿤은 활을 들어 화살을 메겼다. 소금성에서는 다른 부족이나 타국과 달리 여러 가지 재료를 덧댄, 길고 굵은 복합궁을 쓰고 있었고, 특히 쿤이 사용하는 활은 어지간한 사람들은 시위도 당기지 못할 정도의 강궁이었다.

화살은 단 한 발도 어긋나는 법 없이, 시체를 쪼아 먹고 있던 새들과 독수리들을 관통해 차례차례 떨어뜨리기 시작했다.

"저 자식, 저거 뭐야, 저거!"

"네 이놈! 네놈은 뭐냐! 여기 어떻게 들어온 거냐!"

그사이 검은바위성의 수문장과 파수하는 전사들이 고함을 지르며 달려 나왔다. 하지만 몇 걸음 디디기도 전에, 쿤의 화살에 그대로 땅에 나동그라졌다.

앞장서 달리던 수십 명이 순식간에 쓰러지자 화살을 쏘며 달려 나오던 사람들이 멈칫하며 발을 멈췄다. 검은바위산 병사들이 쏜 화살은 쿤에게 닿지 않았고, 쿤이 쏘는 화살은 그들의 가슴을 꿰뚫었다. 화살의 힘과 사거리 자체가 다르다는 것을 알아차린 그들은 당황한 표정으로 황급히 뒷걸음질 치기 시작했다.

쿤은 비어 버린 전통과 활을 집어 던졌다. 웅웅웅, 속에서 부글부글 끓어오르던 용암이 드디어 큰 소리를 내며 팔과 다리로 내닫는다.

그는 등에서 도끼를 뽑아 든 후 방패를 단단히 움켜잡았다. 텅, 방패로 화살이 부딪치는 것과 동시에 그의 오른팔이 크게 만곡선을 그렸고, 그의 앞까지 들이닥친 두 명의 전사가 목이 날아가 버렸다.

"나와! 다 나와! 나와서 그때처럼 비겁한 줄도 모르고 다시 칼을 휘둘러 봐! 우리는 더 이상 우투를 믿지 않는다고 말해 보란 말이다!"

"……."

"너희가 우투의 이름으로 저지른 불의를, 내가 우투의 이름으로 정의롭게 갚을 것이다! 나와!"

그는 새로 맞춘 투구를 쓰고 단단하게 말린 가죽 갑옷과 무거운 청동 판금 갑옷을 겹쳐 걸친 상태로 무거운 도끼와 방패를 휘두르며 흡사 신들린 것처럼 날뛰었다.

그의 앞을 막는 자들마다 모조리 피를 뿜으며 목이나 사지가 날아갔다. 방패든 칼이든 갑옷이든 무시무시한 힘이 실린 그의 도끼를 막을 수 있는 것은 아무것도 없었고, 겁에 질린 사수들이 멀리서 쏘아 대는 짧고 가벼운 화살은 그의 방패와 갑옷을 꿰뚫지 못했다.

댕강댕강, 성의 꼭대기에 달린 종이 깨지는 듯한 소리를 냈다. 이곳저곳에서 제대로 무장을 갖추지도 못한 사람들이 쏟아져 나왔다. 몇몇 전사들은 만곡도나 찌르는 창, 곤봉을 들고 싸웠지만 많은 사람들은 정신없이 도망쳤다.

그는 수리가 나는 것처럼 무시무시한 속도로 달렸고, 피에 주린 맹수처럼 흉포했다. 그와 맞서서 두 합을 버틴 자가 없었다. 그의 눈앞에서 움직이는 것이라면 모조리 그의 도끼에 찍혀 나갔다.

족장의 집으로 향하는 쿤을 포위하고 막아 보려던 병사들은 그에게 공격이든 방어든 아무것도 통하지 않는 것을 보고 이내 전의를 상실했다. 부족장의 측근 호위 전사들까지 등을 돌리고 도망치면서 전세는 급속히 기울기 시작했다.

쿤은 우투에게 맹세한 것을 지켰다. 남국과 황금숲의 사주를 받았던 검은바위산의 족장과 그의 아내, 늙은 어미, 자식들, 성을 지키던 전사, 아니 눈에 띄는 것 중 생명이 있는 것은 모두 죽였다. 죽여야 할 대상을 구별할 필요가 없으니 머뭇거릴 이유도 없고, 거칠 것도 없었다.

뒤이어 성벽 앞에 도착한 소금성의 전사들은 누군가가 닫혀 있던 성문을 활짝 열어젖히는 것을 발견했다. 피를 온통 뒤집어쓴 덩치 큰 사내가 눈을 하얗게 치뜨고 그들에게 손짓하고 있었다. 그에게서 붉지 않은 것이라고는 살기로 희번덕대는 새하얀 눈자위와 웃을 때 섬뜩하게 드러나는 이뿐이었다.

"악귀다!"

"……에, 에레쉬키갈의 사자다!"

평생 사냥과 싸움에 익숙하던 전사들이었지만 모골이 송연해졌다. 그는 눈앞에 늘어선 전사들에게 명령했다.

"단 하나의 생명도 남겨 두지 마라. 개새끼 하나라도 살려 놓으면 너희들 목숨으로 대가를 치러야 할 것이다."

검은바위성 사람들은 쿤이 싸우는 모습을 보고 극심한 공포에 휘말려 이미 전의를 상실한 상태였다. 공포에 휘말린 자들과의 싸움은 싸움이라기보다 살육에 가까웠다.

살육이 끝나기까지는 꼬박 하루가 걸렸다. 그들은 시체를 성 한가운데 모은 후, 성을 불 질러 황폐하게 만들었다. 땅에는 피가 스며들어 검게 물들었고 붉은 피가 강을 이루어 여러 날 동안 흘러내려 갔다.

그는 폐허가 된 검은바위성 한가운데서 시체를 무더기로 쌓아 올리고 태양신 우투에게 제사를 드렸다. 뉘엿뉘엿 산골짜기로 스며드는 태양을 향해 두 손을 들고, 태양신의 명예를 회복했음과 굽은 것을 바르게 하고 공의를 실현하였음을 고했다.

쿤은 그곳에 모인 각 부족의 수장들에게 북국의 분열을 획책한 황금숲과 남국에 맞서 백염산맥을 지킬 것을 천명했고, 이에 반대하는 자들은 속히 돌아가 자신의 공격에 맞설 준비를 하라 통보했다.

이튿날, 열 명의 족장들은 소금성의 젊은 주인을 북국 열한 개 부족 연합의 왕, 루갈로 만장일치 추대했다.

며칠 후, 쿤은 검은바위성에서 죽은 가족과 일가친척, 그리고 측근 전사들의 뼈를 항아리에 모아 백염산맥의 깊은 동굴에 안장했다. 소금성 거민들과 열한 명의 족장들은 무고하게 희생당한 자들을 위해 머리를 풀고 몸을 할퀴며 열흘 동안 애곡했다.

❖ ✚ ❖

"루갈께서는 그렇게 북국을 통일하셨다. 힘든 일이 많으셨지만, 다행히 루갈의 행동을 흡족히 여기신 우투께서 그분께 잘 어울리는 에레쉬(여왕. 왕비의 경칭)를 내실로 예비해 두셔서 모두에게 큰 위안이 되었다."

……에레쉬? 내실? 이건 또 무슨 말이지?

레니에는 멍하니 수문장의 말을 듣고 있다가 비틀비틀 지팡이에 매달렸다.

"루, 루갈께서 결혼하셨나요? 누, 누구……."

"북국의 강아지들도 알고 있는 소식을 모른다니 한심하구나. 우리 루갈께서는 몇 달 전, 북국에서 가장 아름다운 분을 내실로 맞으셨고, 겨울이 되기 전에 귀한 왕손이 탄생할 것이다."

"루갈의 가문은 북국의 장자 집안인데 대대로 손이 너무 귀한데다 지난번에 부족장 집안이 전멸하는 바람에, 이번 왕손의 회임 소식은 온 북국의 큰 경사가 아닐 수 없다."

왕손의 회임? 이건 또 무슨 소리지?

……이번 겨울이 되기 전에 아기를 낳는다고?

아무리 이해하려 노력해도 뜻이 와닿지 않는다. 그저 이해할 수 있는 것은 한 가지뿐이었다.

북국에서 가장 아름다운 여자라는 말. 가장 아름다운 여자. 가장 아름다운.

새하얀 성이 일렁일렁 찌그러진다.

……그래. 너 예쁜 여자 좋아할 거 같더라.

그런데 쿤, 나도 아주 그렇게 못생긴 거 아닌데. 네가 못 봐서 그렇지, 나 어릴 때 예쁘다는 소리 많이 들었는데. 나도 얼굴의 진흙을 씻고 머리를 길게 기르면…….

속에서 순식간에 치고 올라오는 목소리에, 레니에는 너무 기가 막혀서 웃기 시작했다.

세상에. 미쳤구나, 레니에. 미쳤어.

나를 배신하고 뒤통수 친 이유를 따지려 했는데, '이렇게 사람 말려 죽일 거면 단숨에 죽여 줘!' 하며 호기롭게 도끼를 던지려 했는데, 아내가 있단다. 그것도 북국 최고의 미인이란다. 도끼까지 싸 들고 온 꼴이 굉장히 우스꽝스럽게 돼 버렸다.

왕을 자랑하기에 바쁜 수문장들은 눈물이 흠뻑 괸 채 히죽히죽 웃는 레니에의 꼴도 눈치채지 못하고 동료와 함께 주거니 받거니 신이 나셨다.

"다른 부족에서 들어온 혼인 축하 선물이 내실에 천장까지 쌓였다지 않나?"

"어찌나 깨가 쏟아지는지 내실에 박혀서 꼼짝도 안 하신다지. 도낏자루가 썩어 간다 하데."

"에레쉬의 심사를 거스르지 말라, 그저 조심하라, 부하들에게 신신당부하셨다던데. 내 사촌 형이 직접 듣고 전해 준 말이니 틀림없어. 그 대단하신 루갈께서도 에레쉬께는 꼼짝 못 하시는 듯하네."

"뭐 한창 그러실 때지. 아내가 임신했을 때 비위를 건드리면 안 되는 것은, 우리같이 천한 놈들이든 북국 열한 부족의 루갈이든 사나이라면 피해 갈 수 없는 운명 아닌가."

"뭐 루갈께선 의외로 그런 일에 익숙하실지도 모르지. 돌아가신 카할라 님께서도 성정이 보통이 아니셨잖나. 뭐, 왕비님께 쩔쩔매시는 거야 부족장님 집안의 내림이니, 루갈이라고 별수 있겠나."

"이 사람이, 다른 부족 사람 앞에서 우리 루갈의 험담을 하자는 건가. 위대한 전사는 큰 전쟁을 치르고 나면 휴식이 필요한 법이고, 에레쉬께서는 조만간 귀한 자식을 안겨 주실 테니 뭐든 흐뭇하지 않으시겠나."

도저히 더 들어 줄 수가 없다. 다리에서 힘이 후르륵 풀려서 수문장 앞에서 털썩 주저앉았다. 히, 히, 흐히히히. 레니에는 눈부시게 하얀 성벽을 올려다보며 계속 키들키들 웃었다.

나는 대체 뭘 바라고 여기까지 찾아온 걸까? 그 녀석이 당황해서 사과라도 하길 바란 걸까?

아니다. 진실은, 진짜 인정하고 싶지 않았던 진실은, 그 개자식의 얼굴을 한 번이라도 더 보기를 바랐던 거였다.

그리고 또 다른 진실은 생각보다 훨씬 참담했다. 은혜도 모르는 짐승의 후손인 어떤 멍청이가 살던 곳은 이렇게 예쁜 성이었고, 이 성 안에 있는 내실에는 암염으로 만들어진 눈부신 방이 있고, 그 방에는 북국에서 가장 아름다운 왕비님이 계시고, 놈은 밤마다 왕비님을 품에 안고 열심히 씨를 뿌렸고, 이제 왕비님의 배 속에는 그놈이 뿌린 씨가 자라고 있고, 몇 달만 기다리면 그의 아기가 태어날 것이고.

……그래서 그 아름다운 분이 나란 년의 존재를 알면 안 될 것 같았니? 적국의 노예 계집애한테 잠시 정을 주었던 걸 들키면 그 아름다운 분이 널 침실에서 쫓아낼까 봐? 바가지라도 박박 긁힐까 봐? 얼굴을 할퀴기라도 할까 봐?

그래서 친히 도끼를 쥐고 동굴까지 찾아온 거니?

— 사실대로 말하겠다. 나는 어제 일이 싫었다. 몹시 불명예스럽고 수치스러운 일이었고, 다시는 생각하고 싶지 않다.

레니에의 뺨으로 천천히 눈물이 흘러내렸다. 생각날 때마다 결사적으로 파묻었던 목소리가 이제 선명하게 떠오른다.

불명예스럽고 수치스러운 일. 그래. 네 입장에선 목숨을 구해 주었다는 이유로 억지로 관계를 가져야 했으니, 너야말로 강제로 당한 기분이 들 수도 있었겠다. 미안하게 됐다. 그래, 미안하다고. 내 생각만 했어.

그럼 애초부터 거절하고 말 일이지, 어차피 동의해 놓고 왜 그렇게 부득부득 날 쫓아와서 죽이려고 하니? 그냥 목숨 얻은 값이라 치고 욕이나 한 번 하고 잊어버리든가! 잊어버리는 것도 잘 안 됐니? 아니면 내가 혹시 소금성까지 찾아와서 이상한 소리라도 떠들까 봐 그랬던 거니?

아니라고 화도 낼 수 없었다. 한심하게도, 레니에는 그가 염려한 대로 소금성 앞에 와서 이상한 소리를 떠들 생각이었으니까.

여기까지 찾아오는 게 아니었는데. 이런 이야기를 들어서는 안 되었는데. 그가 살기에 찬 얼굴로 도굴꾼들을 몰살하는 꼴을 보는 게 아니었는데. 아무것도 몰랐으면, 그나마 오랫동안 설레고 들뜨고 행복했을 텐데.

아니다. 그의 살기등등한 모습을 본 것이 나았고, 잔혹한 진실을 들은 것이 나았다. 안 그랬다면 영영 미련이 남아 미련한 짓을 하고 있었을 것이다.

혹시나 그의 내실이 되어 그의 보호 아래 조용히, 편안히 숨어 살 수 있을까, 그가 정말 이난나 여신의 개 같은 선물을 함께 짊어져 주려나, 그런 말도 안 되는 헛된 꿈이나 꾸고 있었을 것이다.

더 이상 북국에 머물 수 있는 곳은 없었다. 레니에가 북국의 험한 땅에 머물렀던 이유는 단 한 가지였다. 그녀는 황금숲 신전의 도망 노예였고, 가슴에는 노예의 낙인이 찍혀 있었고, 그 낙인에는 황금숲에서 도망치면 발현되는 몹시 고통스러운 저주, 불의 아크가 걸려 있었다. 황금숲 신관들의 신성한 힘인 아크가 먹히지 않는 지역은 저주받은 짐승의 땅이라는 북국뿐이었다.

하지만 이젠 북국에서조차 살 수 없게 되었다. 살 수 없으면 돌아가야 했다. 그것도 아크가 발현되지 않게 하려면 자신의 가슴에 낙인을 찍은 황금숲, 그 음습한 신들의 땅으로 가야만 했다.

레니에는 손등으로 눈물을 문지르며 자리에서 일어났다. 꿈도 환상도 사라지고 나니 뒤에 짊어지고 온 도끼가 천근만근 무거워졌다. 이제는 그를 만나게 해 줄 핑계조차 될 수 없는 애물단지. 레니에는 그것을 풀어 덩치 큰 수문장에게 내밀었다.

"부탁 하나 드릴게요. 혹시 나중에라도 루갈을 뵐 일이 있으면, 이것을 전해 주시겠어요?"

"이게 뭐지?"

"오면서 어떤 여자에게 부탁을 받았는데, 소금산에 갈 일이 있으면 소금성의 족장님한테 이 물건을 전해 달라 했거든요."

수문장은 고개를 갸웃하며 도끼를 받아 들었다. 그는 루갈이 도끼를 잘 쓴다는 것을 알고 있었다. 저 꼬마가 실없는 소리를 하는 것 같지는 않았다.

레니에는 수문장에게 꼭 전해 달라 어째라 하는 약속조차 받지 않았다. 쓰레기처럼 버려져야 할 감정을 자꾸 되살려서 사람을 괴롭게 했던 빌어먹을 물건은 이제 그 감정과 함께 쓰레기처럼 버려져야 옳았다.

"어이, 꼬마. 그 여자 이름이 무언가? 뭐라 전하면 돼?"

다시 눈물이 스며 나온다. 이럴 줄 알았으면 진작 이름이나 알려 주면 좋았을걸. 가끔 내 생각이라도 나게. 이름이 뭐냐고 그렇게 졸라 댈 때, '쿤, 내 이름은 레니에야. 나이는 너랑 동갑이야. 엘데 섬이라는 아주아주 깡시골 출신이야.' 하고. 그럼 그때까지만 해도 순박하게 웃어 주었을 텐데.

부질없다. 그는 지금 나에 대한 기억을, 아니 내 존재 자체까지 지우려고 필사적으로 노력하는 중이다.

"저도 몰라요, 아저씨. 지나가다 만난 사람이고 아는 사람도 아니었어요. 아저씨가 루갈을 뵐 일이 없으면 아저씨가 가지셔도 되고 그냥 버려도 돼요."

"왜?"

"……그 여자는 죽었거든요."

덩치 큰 수문장은 레니에가 다시 우는 꼴을 보며 입을 벌린 채 말을 삼켰다. 죽었어, 죽었다고. 왜 약속을 안 지켰냐고, 왜 나를 배신하고 뒤통수를 치느냐고 딱딱대며 따지러 올 수도 없게 돼져 버렸으니까…….

"귀찮으면 그냥 버려도 돼요. 아니면 대장장이에게 파셔도 돼요."

레니에는 손등으로 눈물을 벅벅 문지르며 되풀이했다. 문질러도 문질러도 눈물은 자꾸 뺨을 타고 흘러내렸다. 수문장은 입을 벌린 채 두 손으로 검게 얼룩진 도끼를 받았다.

"루갈을 뵙는 대로 바로 돌려 드리겠다."

"아뇨. 그러지 마세요."

놈이 쫓아오지 않도록 멀리 도망칠 시간이 필요했다. 어제까지만 해도 우연히라도 쿤을 만나길 바랐는데, 천신만고 끝에 소금성에 와서는 도끼를 핑계로라도 그의 얼굴을 다시 볼 수 있기를 바랐는데, 이제는 저 도끼에 머리통이 찍히지 않기 위해서 다시 도 망을 쳐야 한다.

"이레, 아니 일곱 이레, 일곱 달, 아니……."

그 멍청한 놈이 나를 완전히 잊어버릴 정도로 오랜 세월이 지난 후에.

"7년이나 70년쯤 지난 후가 좋겠어요. 그때쯤 돌려 드리는 게……."

레니에는 결국 말을 끝맺지 못하고 고개를 숙였다. 이제 눈물이 걷잡을 수 없이 쏟아졌다. 두 명의 수문장은 난감한 듯 헛기침을 했지만, 고맙게도 아무것도 묻지 않았다.

소금성에서 떠나 하룻길을 간 후에야 레니에는 목걸이를 돌려 주지 않았음을 깨달았다. 하지만 그것마저 돌려주러 되짚어갈 수 는 없었다. 수문장이 도끼를 바로 갖다 바쳤다면 이번엔 가자마자 성문에서부터 끌려 들어갈 일이었다.

레니에가 백염산맥을 넘어 남국의 경계에 닿기까지는 꼬박 두 이레가 걸렸다. 눈물이 말라붙기까지도 두 이레가 걸렸고 시커먼 돌멩이를 땅에 파묻었다가 되돌아가 파내고, 다시 파묻었다가 되 돌아가 거듭거듭 파내는 짓도 두 이레 동안 되풀이했다. 파낼 때 마다 한심해서, 스스로가 너무 한심해서 흙이 묻은 돌을 움켜쥐고 욕을 퍼붓고 고함을 질렀다.

그의 피에 흠뻑 젖었던 검은 돌에서는 옅게 피비린내가 났다. 그 냄새만 맡아도 눈물이 났다. 두 이레 동안, 온몸의 물과 소금 기는 모조리 눈을 통해 빠져나가 소금산에 스며들었다.

백염산맥을 넘어 남국의 경계에 닿은 후, 가슴에 찍힌 동그란 나무 모양의 낙인이 타오르기 시작했다. 매 순간 살을 지지는 고통에 맞닥뜨린 레니에는 황금숲의 신관이 걸어 둔 아크가 발현됐음을 깨달았다.

이 아크를 건 사람이 풀어 주기 전에는 평생 이 끔찍한 족쇄에서 벗어나지 못하며, 낙인에 걸린 아크가 심장까지 파먹어 들어가는 데는 고작 사흘이라 했었다. 황금숲을 벗어나지 못하게 찍어 둔 낙인이므로 사흘 안에 황금숲으로 돌아가야 했다.

레니에는 국경에 있는 니누르갈 성에서 말을 훔쳐 그대로 황금숲으로 달렸다.

백염산맥에서 황금숲까지는 말로 나흘 길이었다.

❖　廾　❖

"아으, 으, 아으윽!"

레니에는 가슴을 움켜잡고 흙을 박박 긁었다. 황금숲이 다가올수록 고통이 심해지고 있었다.

말의 고삐를 묶어 두고 나무 옆에 쭈그리고 앉아 가슴을 쥐어뜯었다. 불에 달군 인두로 끊임없이 눌러 대는 것 같은데 그것이 점점 안으로 파고들어 가는 느낌이었다.

"기치다 님, 기치다…… 아파! 아파아! 제발 나 좀 살려 주세…… 흐으, 아우우! 으윽!"

그의 이름을 입에 담은 건 3년 만이다. 황금숲의 고위 신관, 엔이쉬브 기치다. 레니에는 그 이름을 부르며 울부짖었다.

"이럴 줄 알았으면 그때 나무 위에 숨어 있지 말고 그 곰 같은 새끼의 도끼에 대갈통을 들이밀고 죽어 버릴걸!"

뒤늦은 후회가 밀려왔다. 죽는 건 아쉽지 않은데 이렇게 아프게 죽는 건 싫어. 레니에는 몸부림을 치며 돌에 머리를 박았다. 머리가 깨져서라도 죽는 것이 나을 것 같다.

하지만 레니에는 제힘으로 죽는 것이 너무 힘들다는 것을 다시 실감했다. 머리를 바위에 힘껏 박았다 생각했지만 띵, 하고 얼얼하기만 할 뿐, 피조차 나지 않고 말짱했다. 동굴 천장에서 바위가 머리로 떨어지는 것과 제힘으로 바위에 머리를 박는 것은 아무래도 같을 수가 없는 모양이다.

아, 정말 미치겠다. 황금숲까지는 아직 반밖에 가지 않았는데. 앞으로 이 꼴로 이틀을 더 견뎌야 한다고?

아니지. 이틀씩 갈 필요도 없을 것 같다. 내일이면 이 염통이 불에 녹아 버릴 것 같은데.

레니에는 가슴을 꽉 누르며 필사적으로 생각했다. 황금숲의 도망 노예인 레니에는 황금숲에서 신관들에게 잡히면 바로 죽을 것이다. 그것도 곱게는 못 죽고 가장 극악한 방법으로 죽게 될 가능성이 컸다.

레니에는 자신과 함께 지냈던 동료 노예들이 처참하게 찢겨 죽은 장면을 떠올리며 몸을 부르르 떨었다. 하지만 황금숲에 가지 않으면 이 통증은 점점 심해질 것이고, 하루 이틀 사이에 심장이 녹아 죽게 될 것이다.

황금숲에서 아무의 눈에도 띄지 않고 평생 숨어 살지 못할 경우, 남은 선택지는 딱 셋이었다. 첫째, 황금숲 신관에게 들켜서 찢겨 죽기, 둘째, 황금숲에 가지 않고 심장이 녹아 죽기, 셋째, 북국으로 돌아가 도끼에 맞아 죽기.

······정말 어쩌면 이렇게 한결같이 거지 같을 수가 있을까.

생각하자, 레니에. 황금숲에 도착해서 아무의 눈에도 띄지 않게 숨어 살아야 하는데 그게 과연 가능할까. 신관들이 득시글대는 그곳에서, 대체 몇 년이나 숨어서 버틸 수 있을까. 레니에는 죽는 것도 모르고 죽어 버린, 아니 아픈 것을 느끼기도 전에 죽어 버린 세데크와 키시가 이제는 하염없이 부러웠다.

레니에.

순간 바람결에 희미한 환청이 들렸다.

레니에, 레니에?

말의 울음소리, 드드드드, 말발굽 소리가 땅을 타고 고막을 흐릿하게 두들겼다. 나무에 묶여서 자고 있던 말이 고개를 들고 두리번거린다.

레니에는 가슴을 움켜쥐고 헐떡이며 두리번거렸다. 하나, 둘, 셋 혹은 그 이상의 사람들이 말을 타고 빠르게 달려오는 중이다.

"레니에!"

아주 희미하게, 벌레의 날갯소리보다 더 작은 소리가 바늘처럼 귀를 찌른다. 익숙한 목소리. 머리가 어찔하면서 온몸으로 식은땀이 쫙 흘러내렸다.

가슴을 움켜잡고 후들후들 자리에서 일어났다. 틀림없다. 말을 탄 사람이 두 명, 아니 세 명이 달려오고 있다. 가장 앞에 서 있는 자를 알아볼 수 있다. 눈이 밝은 레니에는, 알아볼 수 있다.

"……기, 기치다 님?"

레니에는 황급히 뒷걸음질을 쳤다. 심장이 죄어든다. 그가 자신을 알아봤다는 사실만으로도 숨이 막히는 것 같다. 레니에가 급히 몸을 돌려 도망치려는 순간 펑, 하는 소리와 함께 커다란 불길이 오른쪽에 치솟았다.

"헉!"

펑! 펑펑! 주변에서 두어 차례 더 불길이 치솟았고, 쩨액, 소리와 함께 머리 위의 나무에서 나뭇잎과 가지들이 한꺼번에 잘려 후드드 떨어졌다. 레니에는 그의 경고를 알아차리고 바로 걸음을 멈췄다.

"레니에. 오랜만이구나."

그가 손을 저어 따라오던 사람들을 물린다. 수종하던 이들이 멀찍이 물러서자 그가 말을 천천히 몰아 레니에의 앞으로 다가온다. 말을 타는 일에 익숙하지 않은 황금숲의 신관은 꽤 오랜 시간 말을 달려왔는지 숨이 몹시 거칠었고, 한 손으로 허리를 지그시 누르며 고통스러운 표정을 짓고 있었다.

"네가 내 앞에서 등을 돌리고 도망칠 거라곤 상상도 못 했다. 물론 경고를 바로 알아듣고 멈추는 걸 보니 여전히 현명하긴 하구나."

드디어 선명하게 들리는 목소리. 그의 목소리는 3년 전과 다름없이 벌꿀처럼 달고 부드러웠지만, 거칠어진 호흡 때문인지 파도에 휩쓸린 배처럼 몹시 흔들리고 있었다. 한 걸음, 두 걸음 뒤로 물러서던 레니에는 입술을 일그러뜨리고 웃었다.

피할 수 없다. 이 낙인에 스며든 아크가 발현됐고 북국이 아닌 한은, 이 힘에서 벗어날 수 없을 것이다.

그리고 이 아크를 풀어 줄 수 있는 사람은 눈앞에 있는 저 사람밖에 없다.

황금숲의 엔이쉬브, 기치다.

눈부시게 새하얀 옷, 긴 소매에 둘린 금빛 자수와 각종 보석으로 장식한 요대, 소매 아래 감추어진 형형색색의 신성석 팔찌, 황금숲의 고위 신관들이 쓰는 둥그런 모자, 그 아래로 황금으로 뽑은 실처럼 눈부신 금발이 어지럽게 흩어져 있었다. 그는 흐트러진 숨을 가다듬으며 낮은 목소리로 힐책했다.

"사흘 안에 오라고 했었다. 사흘 안에 반드시 돌아오라고. 너는 그러겠다 약속했다. 기억나니?"

"……예."

"그런데 어째서 3년 만에 돌아오는 거냐. 내가 애타게 기다릴 거라는 생각은 하지 않았어?"

레니에는 도망칠 생각을 접고 자리에 꿇어앉았다. 그의 앞에서는 도망치는 것이 불가능했다. 이제는 심장까지 지글지글 녹는 것처럼 아팠다. 레니에는 낙인을 움켜잡고 몸을 부들부들 떨며 말위에 올라앉은 사내에게 인사를 올렸다.

"엔이쉬브 기치다…… 님."

"그나마 내 이름을 잊어버린 건 아니구나."

그가 말에서 훌쩍 뛰어내리며 내뱉는다. 레니에는 엎드려 우들우들 떨면서 그의 발이 한 걸음씩 다가오는 소리를 들었다. 그가 레니에의 어깨를 잡고 일으켰다. 땀으로 뒤덮이고 일그러진 그의 얼굴이 몹시 생소했다. 그가 억눌린 목소리로 조용히 묻는다.

"백염산맥에 숨어 있었니?"

"예."

"아크의 발현을 피하려고?"

"……예."

"많이 힘들었겠구나."

그가 눈썹을 잔뜩 찌푸리고 혀를 찬다. 신성석 팔찌에 감싸인 그의 손이 레니에의 옷을 헤치고 왼쪽 가슴의 낙인을 찾아냈다. 레니에는 눈을 꽉 감고 기다렸다. 너무 아파 그의 차가운 손가락이 가슴을 파고드는 일에 아무런 느낌조차 없었다.

그는 손가락으로 심장 위에 찍힌 동그란 나무 모양의 낙인을 지그시 누르며 짤막하게 엔(아크 발현 언어)을 읊었다.

"타브 구에아 에쉬 안바."

'3일 후 발화'라는 명령어가 그의 입에서 떨어진 순간 거짓말처럼 통증이 멎었다. 몸에 남은 것은 써늘한 소름과 현기증이었다. 레니에는 부르르 몸을 떨며 눈을 깜박거렸다.

"……기치다 님?"

소름 끼칠 정도로 아름다운 얼굴이 눈앞에 와 있었다. 양젖처럼 희고 깨끗한 얼굴, 새파란 눈, 양귀비 꽃물을 짜서 떨어뜨린 것 같은 붉은 입술, 머리카락은 금을 녹여 만든 폭포가 흘러내리는 것 같다. 카타와 아르마누의 후손, 천족, 지상에 머무르는 천계의 신, 혹은 반인반신이라 불리는 황금숲의 신관들은 이렇게 세상 사람이 아닌 듯한 외형을 갖고 있었다.

그는 손을 빼내고 옷을 추슬러 준 후 레니에를 내려다보았다. 그의 희고 가는 손이 레니에의 뺨을 천천히 쓸었다. 눈썹이 천천히 찌푸려졌다.

"예쁜 얼굴이 엉망이 되었구나. 얼굴이 왜 이리 상했을까."

레니에는 그를 올려다보다가 당혹스러워서 얼른 눈을 내리깔았다. 그의 눈에 눈물이 보일 듯 말 듯 고여 있었다. 기치다는 그것을 감출 생각도 하지 않는다.

"네가…… 죽었다는 것을 믿지 않으려고 많이 노력했다."

왜요, 기치다 님?

고개를 들고 물으려던 레니에는 다시 입을 다물었다. 그의 눈시울에 쌓여 가는 맑은 물은 금방이라도 터질 것처럼 아슬아슬해졌다.

"기다렸다. 난 약속대로 기다렸다. 3년 동안 피가 다 말라 버리는 줄 알았어. 그런데 너는, 백염산맥에 숨어 있었단 말이지."

결국 한 곳이 툭 터져 버렸다. 그의 뺨과 턱을 타고 맺힌 투명한 물이 툭, 그의 발끝으로 떨어졌다. 그대로 숨이 멈추는 것만 같았다. 한 걸음, 두 걸음, 레니에가 물러서는 만큼 그는 다가왔고, 한 걸음 더 바투 다가섰다. 레니에의 어깨와 머리가 천천히 그의 품에 파묻혔다.

"기, 기치다 님!"

"잠깐만 이대로 있어 다오."

그의 두 손이 레니에의 머리와 등을 부드럽게 쓰다듬는다. 그의 온몸은 땀에 흠뻑 젖어 있었고 레니에의 뺨으로 느껴지는 심장 박동은 거칠었다.

"확인하고 싶어서. 네가 정말 살아 있는지, 허깨비나 환상이 아닌지."

짧고 거친 날숨 사이로 튀어나오는, 조각조각 깨진 말의 사금파리는 레니에의 몸에 아프게 박혔다. 기치다, 기치다 님. 기치다 님. 레니에의 입에서 튀어나오지 못한 이름이 미친 듯이 맴돌았다. 그의 습한 속삭임이 레니에의 귓속으로 소용돌이치며 빨려 들어왔다.

"잊지 마라. 너는 내게 생명을 빚졌고, 나의 사람이 되기로 약속했다, 레니에."

2부. 기치다

8. 황금숲의 신관, 기치다

열네 살 되던 해, 엘데 섬의 어부인 주인 영감은 레니에를 팔았다. 값은 10셰켈. 열네 살쯤 먹은 그저 그런 노예 계집아이의 가격은 보통 20셰켈, 남자 노예들의 가격은 30셰켈이었다.

레니에는 그렇게 싼 가격으로 팔리는 것을 알고 자신이 그리 좋지 않은 곳으로 끌려가리라 짐작했다. 팔려 가지 않으려고 몸이 부서져라 들일을 했지만 아무 소용이 없었다.

주인이 왜 그렇게 후려치듯 팔아 치웠는지는 레니에 자신이 가장 잘 알고 있었다.

그전에도 사내들이 집적일 때마다 크고 작은 사고가 있었지만, 이레 전의 사건이 결정적이었다. 주인님의 막내아들이 들에서 양과 염소를 치던 레니에를 범하려 덤벼들었고, 레니에가 그의 옷에 달린 청동 장식으로 그의 손목 동맥을 끊어 놓았던 것이다.

주인 영감이 이난나 여신의 저주를 무서워한 덕에 그나마 그 자리에서 맞아 죽는 것은 피할 수 있었지만 섬 밖으로 팔려 나가는 것을 피할 수는 없었다.

레니에를 사기 위해 집에 들어온 사람은 세상 사람이 아닌 것처럼 아름다웠다. 눈부신 황금색 머리카락에 갓 짜낸 양젖처럼 뽀얀 피부, 눈은 남국의 바다처럼 새파랬고 입술은 농익은 체리처럼 짙게 붉었다.

외지에서 온 방랑객이라면 일단 소 돼지처럼 깔아 보던 주인은 처음 보는 손님에게 허리를 굽히고 쩔쩔맸다.

"저 아이가 얼마 전에 초경을 치른 아이라고?"

"틀림없습니다, 엔이쉬브 님."

엔이쉬브?

황금숲의 수호자이자 신성석의 힘인 아크를 다루는 남녀 신관들을 '이쉬브', '누기그'라고 한다는 것은 레니에도 알고 있었다. 고위 신관이면 '엔이쉬브, 엔누기그', 그리고 숲을 다스리는 대신관은 '숲의 수호자'라는 뜻의 '알티르'라고 부르며, 그들은 우리 같은 진흙인간이 아니라 지상에 머무르는 천족이라는 정도까지 알고 있었다.

그나저나 저렇게 예쁜데 엔이쉬브? 남자 신관이라고? 에이, 설마.

레니에는 곁눈질로 흘끔대며 그의 가슴께를 살폈다. 하지만 아무리 봐도 정강이까지 흘러내린 옷은 굴곡 하나 없이 헐렁헐렁 밋밋할 뿐이었다. 순간 불경한 시선을 눈치챈 신관님이 눈썹을 찌푸린다. 물처럼 담담하던 목소리에 서리가 얹혔다.

"네 이름이 레니에. 이 집 주인이 어릴 때 숲에서 주워 와서 계속 이 집에서 자랐고, 올해 열네 살, 얼마 전에 초경을 치렀다고 들었다. 맞나?"

"예? ……아, 네."

레니에는 초경이 무언지 잘 이해하지 못했으나 일단 고개를 끄덕였다. 주인이 그렇다고 하면 그럴 것이다. 주인이 레니에를 빨리 팔아 치우기 위해 거짓말을 했으리라고는 생각하지 못했다.

"몰골이 사내 같구나. 확인을 해 봐야 할 것 같은데?"

"뭘 하고 있어? 냉큼 옷을 벗어 보이지 않고!"

주인이 끼어들어 버럭 고함을 질렀다. 레니에는 얼빠진 얼굴로 주춤댔다.

"여, 여기서요? 여기서 옷을 홀딱 벗어요?"

레니에는 황금숲 신관님의 몸을 무례하게 훔쳐봐서 바로 대가를 치르게 된 것임을 알았다. 여기 모여 있는 아저씨, 할아버지들 중엔 날 이상하게 보던 사람도 많은데 이 앞에서 정말 옷을 벗어야 하나? 무릎 꿇고 불경한 태도에 대해 용서를 구해야 할까?

"벗으라면 당장 벗어! 채찍으로 처맞고서야 말을 들을 테냐."

레니에가 우물쭈물하는 동안 주인의 고함은 더 크게 터졌고, 엔이쉬브라 불린 사내는 싸늘한 얼굴로 고개를 흔들었다.

"아, 됐소. 초경을 겪을 정도면 무례한 건 모르지만 부끄러움은 알 나이지."

그는 곁에서 솟아나고 있는 작은 샘을 보더니 손목에 늘어진 팔찌를 손에 쥐었다.

"이딤, 무구, 이리구브."

잠시 후 샘이 출썩출썩 소용돌이치듯 감기더니 위로 쭉 솟아올라 허공에서 멈춰 커다란 덩어리를 이루었다. 사방에서 헉, 하는 신음이 터져 나왔다.

"쉬르, 미르."

짧은 주문이 더 이어지자 갑자기 훅, 바람이 몰아닥쳤다. 허공에 떠 있던 물은 그의 손짓에 따라 허공에서 이리저리 비틀리며 길쭉한 모양으로 바뀌었다.

"아, 아크?"

곁에 있던 주인이 크게 숨을 들이켜며 황급히 몇 걸음 뒤로 물러선다. 레니에는 너무 놀라 입을 덩그러니 벌린 채 허공에 둥둥 떠 있는 물 덩어리를 올려다보았다.

"진흙 칠을 해서 얼굴이 제대로 보이지 않는구나. 슈브."

그의 손짓을 따라 허공에 있던 물이 레니에에게 촥 쏟아졌다. 난데없는 차가운 물벼락에 정신이 번쩍 들었다.

"아크, 아크 발현이다!"

"정말 신관님이 맞나 봐. 황금숲의 고귀한 엔이쉬브가."

주변에서 흘끔대던 노예들이 황급히 무릎을 꿇었다. 주인 영감이 장사꾼에게 산 황금숲의 아크 점토판으로 불을 피우는 건 본 적 있지만, 황금숲의 신관이 이렇게 수준 높은 아크를 직접 발현하는 것은 처음 보았던 것이다.

레니에는 눈을 꽉 감은 채 덜덜 떨었다. 물벼락은 끝났지만 무서워서 눈을 뜰 수가 없었다. 낡은 옷이 흠뻑 젖어 몸에 찰싹 달라붙은 것을 알게 된 레니에는 두 팔로 가슴을 감쌌다. 무서워서 혼이 나갈 것 같았지만, 본능은 더 큰일을 당하기 전에 일을 수습해야 한다고 말하고 있었다. 레니에는 자리에서 무릎을 꿇었다.

"너무 아름다우셔서 누기그를 이쉬브로 들은 줄 알았습니다. 잘못했습니다. 기분이 언짢으셨다면 용서해 주세요."

달달 떨리는 조그만 목소리지만 그래도 맺음이 분명한 말에 신관은 눈을 가늘게 뜨고 한참 동안 그녀를 응시했다. 그 시간이 지독하게 길게 느껴졌다.

"상황 판단이 좋구나. 행동도 빠르고."

그의 목소리가 귓가에 떨어졌다. 노기가 사라진 그의 목소리는 매끄럽고 부드러웠다. 꿀 넣은 양젖처럼 달콤하게 들리기까지 했다. 하지만 그 목소리에선 사람다운 온기가 거의 느껴지지 않았다. 그 괴리감 때문일까. 레니에는 여전히 몸을 덜덜 떨었다.

"거칠고 억센 목동인 줄 알았는데 작고 예쁜 아이였구나."

레니에는 조심스럽게 고개를 들어 그의 얼굴을 살폈다. 엘데 섬의 바다처럼 온통 새파란 눈동자가 자신을 응시하고 있었다. 화가 풀렸는지 안 풀렸는지 표정으로는 도저히 짐작할 수 없다. 천족들은 원래 저런 분위기일까? 레니에를 바라보는 그의 눈매가 조금 더 가늘어진다.

"본의 아니게 부끄럽게 했다. 사과하마. 샤한, 디그 미르."

낯선 주문과 함께 손이 다시 움직였다. 길고 흰 손가락의 움직임은 간결하면서도 아름다워 레니에는 잠시 무서움을 잊었다. 후우웅, 소리가 일더니 따끈하고 부드러운 바람이 레니에의 몸을 휘감고 팔다리의 물기를 말렸다.

레니에는 그가 여전히 자신을 응시하고 있는 것을 알고 두 눈을 꽉 감았다. 저 새파란 눈동자와 마주치기만 하면 몸이 완전히 얼어붙는 것 같다.

그는 와들와들 떨고 있는 노예 소녀를 보며 눈썹을 찌푸리더니 어깨에 걸치고 있던 희고 부드러운 카우나케스 숄을 벗었다.

"잠시 가리고 있는 게 좋겠다."

길고 풍성한 양털 카우나케스가 몸을 감쌌다. 레니에는 앞자락을 황급히 여미고 고개를 숙였다.

"……이리 예쁜 아이가."

그가 짧게 혀를 차는 소리가 들렸다.

그는 백은 조각과 양팔 저울을 꺼내 10셰켈을 달아 주인에게 값을 치렀다. 레니에는 그의 손목에서 색색으로 빛나는 아름다운 팔찌와, 설화석고처럼 흰 손가락 끝에 작은 핏자국이 남아 있는 것을 보고 가만히 눈을 깜박거렸다.

"내 이름은 기치다. 황금숲의 엔이쉬브다."

"……."

"레니에. 너는 앞으로 황금숲의 신전에서 일하게 될 것이다."

❈ ⚕ ❈

기치다는 나귀를 탔고 레니에는 고삐를 잡고 나귀를 몰았다. 지금까지 살아온 집을 떠나면 몹시 무서울 거라 생각했는데 그렇지 않아서 신기했다. 아예 배를 타고 섬을 떠나게 된다는 말을 들으니 속이 후련하기까지 했다.

첫날, 두 사람은 말 한 마디 하지 않고 반나절을 걷기만 했다. 레니에 같은 경우, 주인집에서 워낙 주눅이 들어서 얻어맞지 않으려고 말하기 전에 열심히 눈치를 보는 습관이 들어서 그렇다지만, 저 고귀하신 신관님마저 이렇게 말씀이 없으신 건 좀 이상했다.

갈래길이 나오면 레니에는 기치다를 빤히 쳐다보며 눈을 깜박거렸고, 기치다는 나귀 위에서 손가락으로 가야 할 방향을 가리켰다. 무심하고 아무 감정도 없는 저놈의 얼굴이 너무 황홀하게 아름다워서 볼 때마다 머리가 하얘지고, 손이 꼬들꼬들 꼬였다.

하지만 이렇게 말도 없이 계속 걷기만 하니 죽을 지경이었다. 그러잖아도 아침에 손바닥만 한 굳은 보리빵만 먹고 신관님께 팔린 이후 지금까지 쫄쫄이 굶은 상태였다. 레니에는 침을 꿀꺽 삼키고 용기를 잔뜩 냈다.

"저, 기치다 님."

"······."

"저, 기치다 님?"

신관님이 대답하는 대신 고개만 약간 비틀어 레니에를 내려다본다. 말을 들으셨는지 못 들으셨는지 짐작하기도 애매한 반응이었는데, 반쯤 감은 듯한 눈꺼풀과 시선이 내려오는 각도, 턱을 살짝 들어 올리는 약간의 움직임만으로도 레니에는 그가 인간들과 말하는 것을 좋아하지 않는다는 것을 알아차릴 수 있었다.

하지만 그래도 이렇게 벙어리처럼 말 한 마디 못 하고 내처 갈 수는 없었다. 황금숲은 반나절이면 도착하는 옆 동네가 아니었다. 레니에는 아랫배에 힘을 딱 주고 다시 용기를 냈다.

"저····· 기치다 님, 혹시 귀가 불편하신가요?"

레니에의 질문에 허를 찔린 듯, 짧게 숨을 들이켜는 소리가 났다.

"아니."

물론 귀가 불편하시지 않다는 건 안다. 그래도 이렇게라도 찔러야 뭔가 반응이 나올 것만 같았다.

하지만 간신히 끌어낸 대답도 다시 툭 끊어지고 말았다. 밥을 얻어먹기까지의 과정은 멀고 험했다. 레니에는 어떻게든 대화를 이어 가려 필사적으로 애를 썼다.

"저기, 혹시 기치다 님은 노예가 말 많이 하는 거 안 좋아하세요?"

"·····넌 말이 많은 편이냐, 레니에?"

다그락. 그가 나귀 고삐를 잡고 세웠다. 얼굴에선 큰 변화가 없었고 목소리도 그대로였지만 그가 짜증스러워하고 있다는 것은 알 수 있었다.

"아, 아니요! 어릴 때는 수다쟁이였지만 지금은 말 한 마디 안 하고 몇 달씩 살 수 있게 됐어요."

……밥만 잘 주시면요.

레니에의 간절한 염원을 전혀 알아듣지 못한 배부른 신관님은 약간 흥미가 동한 얼굴로 레니에를 내려다보았다.

"그건 나쁘지 않구나. 어쩌다 그리됐지?"

그야, 아저씨, 할아버지들한테 이상한 짓을 안 당하려면 눈에 최대한 띄지 않아야 하니 죽은 듯 입 다물고 지내야지요……라고 솔직하게 말할 수는 없었다. 레니에는 살짝 눈치를 보고는 조그맣게 중얼거렸다.

"들에서 양이랑 염소랑 몇 년을 살았더니 사람 말을 다 까먹었어요."

하, 어이가 없다는 듯 짧은 웃음이 터졌다.

"그럼 양이나 염소가 하는 말은 잘 알겠구나."

"몇 가지는요."

"한번 해 봐라."

"네? 그걸 해 보라고요?"

취향도 이상하시지, 별걸 다 해 보라시네. 심심하신가? 힐끔힐끔 표정을 훔쳐봤는데 신관님의 얼굴은 세상 심드렁하기만 하다. 시끄러우니 입 다물고 있어라, 하는 이야기일까? 내가 떠드는 소리가 짐승들 짖는 소리로밖에 안 들린다는 건가?

레니에는 한참을 꾸물꾸물하다가 어깨를 폈다. 배도 고팠고 오기도 났다. 흥. 하라면 못 할 줄 알고.

"목마르면 미해해, 목말라용 하면 미해행, 추우면 무흐흐, 춥다 이 자식아, 하면 무흐흐큿, 졸리면 메헹 메헤헤, 재워 줘용 하면 메헹 메헹헹, 배고프면 매해매해음매해해해, 굶어 뒈지겠다 주인님아, 그러면 먀헤켁먀헤켁켁 그렇게 울죠."

"푸핫."

기치다의 몸이 나귀 위에서 휘청했다. 레니에는 눈을 깜박거리면서 두 손을 모았다. 먹을 것 앞에선 못 할 일이 없었다. 그녀는 자신이 지을 수 있는 가장 간절한 표정을 지은 후, 아까부터 하고 싶었던 말을 염소의 언어로 외쳤다.

"매해매해음매해해행! 먀헤켁, 먀헤켁, 먀헤켁켁!"

"와하하하하하하하!"

기치다는 기어이 폭소를 터뜨렸다. 고삐를 움켜쥔 채 어깨를 들썩거리다가 결국 나귀에서 굴러떨어질 뻔했다. 레니에는 싸늘한 표정이 모조리 날아간 신관님을 말끄러미 올려다보았다. 불쌍한 노예 계집애가 굶어 죽겠다는 말이 그렇게 재미있나?

한참 후, 기치다는 뭔가 포기한 듯, 짧게 한숨을 쉬며 고개를 끄덕였다.

"그래. 밥 먹자."

❈ ⚕ ❈

기치다는 신이 나서 달랑달랑 달려가는 노예 계집아이의 까까 승이 뒤통수를 보며 쓰게 웃고 말았다.

자신이 식사를 끝낼 때까지 얌전히 시중을 들던 아이는, 자루에서 굳은 빵 한 덩어리와 벌집 한 조각, 말라비틀어진 무화과 하나를 꺼내 주자 두 손으로 소중하게 받아 가슴에 꼭 안았다. 돌꿀 좋아해요! 엄청 좋아해요! 정말 감사합니다! 하며 떨리는 목소리로 말할 때는 자그마치 벅찬 감동에 휩싸인 얼굴이었다.

저따위 먹을 게 그리 맛있을까.

신경을 거스르지 않으려는 듯 멀찍이 떨어진 나무 그늘에 쪼그리고 앉아 꼬약꼬약 먹는 모습을 보니 뭔가 언짢았다. 지그시 노려보고 있자니 예민하게 시선을 느낀 아이가 고개를 든다. 눈이 마주치자 입이 째지게 활짝 웃고 고개를 꼬박 수그린다.

……배가 많이 고팠나?

조금 더 언짢아졌다.

기치다는 진흙인간과 대화하는 것을 좋아하지 않았다. 아니, 인간과의 접촉 자체를 꺼렸다.

천족은 원래 하늘에 속한 존재인지라, 인간의 경외와 섬김을 받는 것이 마땅했다. 둘 사이에는 절대 넘지 못할 선이 있었고, 기치다는 그 선을 가장 강경하게 고수해 온 천족이었다. 그리고 이런 태도가 인간에게 유화적인 윗선에 밉보여, 고위 신관인데도 혼자 황금숲 밖으로 나와 노예를 사들이는 일을 맡게 된 상태였다.

저 되바라진 계집종에게 양과 염소의 말을 해 보라 시킨 것 역시, 천족에게 격의 없이 접근하지 마라, 너희 인간들의 말은 천족에게는 동물 짖는 소리와 다를 바 없다, 하는 경고와 다름없었다.

하지만 의도는 어이없게 깨지고 말았다. 기치다는 자신이 계속 고집을 피웠다간 끼니때마다 인간의 말도 아니고 염소의 말로 의사소통을 하게 될 수도 있다는 것을 알게 되었다.

재미있는 것은, 저 아이가 자신의 의도를 알고 그렇게 반응했다는 점이었다.

"기치다 님."

밥을 다 먹고 손가락 끝에 묻은 꿀 한 방울까지 샅샅이 핥아 먹은 레니에가 앞에 와서 조심스럽게 두 손을 모았다.

"바로 황금숲으로 돌아가시나요? 아니면 다른 데 들러서 가시나요?"

"몇 군데 더 들렀다가 돌아간다. 노예가 더 필요해서."

"기치다 님, 혹시 사람들하고 말씀 나누시는 게 편치 않으시다면요……."

기치다가 말없이 레니에를 올려다보자, 그의 침묵을 긍정으로 확신한 레니에가 조심스럽게 말했다.

"황금숲까지 가는 동안 제가 대신 나서서 사람들하고 이야기하면 어떨까요? 도와주는 노예도 시동도 없어서 여기까지 오실 동안 많이 불편하셨을 텐데, 필요한 돈만 그때그때 주시면 제가 기치다 님 옆에서 대신 흥정도 하고, 장도 보고, 잠자리도 알아보고, 식사도 준비하겠습니다."

아하?

기치다는 눈을 가늘게 뜨고 눈앞의 노예 아이를 응시했다.

사실 시동 한 명 없이 떠난 여정이라 불편한 게 한둘이 아니긴 했다. 하지만 처음 만난 노예 아이가 이렇게 당돌한 제안을 한 것은 놀라운 일이었다.

아이는 겁에 눌린 듯 보이면서도 본성이 똑똑하고 기민한 듯했고, 의외의 곳에서 손바닥을 따끔하게 누르는 가시도 있었다. 종종 우울감과 권태에 잠식당하곤 하는 기치다는 이런 따끔한 감각이 외려 흥미로웠다.

황금숲에서 가장 명민한 자로 꼽히는 그는 자신의 성격대로 눈치 빠르고 총명한 제자와 수하들을 아꼈다. 그 선호는 대상이 진흙인간이라도 크게 달라지지는 않는 듯했다.

"너 같은 아이에게 거래까지 대신하게 할 정도는 아니다."

"아, 네."

아이가 두 손을 앞으로 모으고 고개를 꼬박 수그린다. 반짝이는 눈을 깜박이며 생긋 웃는 얼굴이 묘하게 생동감이 있었다. 황금숲에선 퍽 이질적인 생동감이라 그런지, 쉽게 시선이 거두어지지 않았다.

"그럼 그 일 말고 다른 잡스러운 일로 기치다 님의 신경을 거스르거나 천족의 품위를 상할 일이 없도록 제가 잘 모시겠습니다. 수종 노예 하나 없이 다니는 분들을 얕보는 바보들도 많거든요. 제가 하인 열 명 몫은 해 드리겠습니다. 한 이레만 지나면 백은 10셰켈이 아니라 100셰켈짜리 노예라고 생각하시게 될 거예요."

"……."

"그럼 잘 부탁드립니다."

박박 밀어 버린 동그란 머리통이 다시 꼬박 수그러들더니 쌩끗 웃는 얼굴이 보스스 솟아오른다.

기치다는 드디어 저 밤톨만 한 노예 소녀와의 대화를 웃으며 받아 줄 기분이 들었다.

❈ ⚕ ❈

레니에는 드디어 한시름 놓게 되었다. 고귀한 천족 신관님께서 '천한 노예 아이에게 대화를 허락해 준 후'부터, 밥을 쫄쫄이 굶을 일이 없어졌다.

새로운 노예 아이가 예전 집에서 주눅이 든 것이 딱해 보였는지, 말투도 나름 신경 쓰시는 것 같았다. 물론 그게 아주 좋은 건 아닌 것이, 좀 멀리 나가셨다. 말투가 어찌나 부드럽고 나긋나긋해졌는지 레니에에, 하고 말꼬리를 살짝 감아올리면서 부드럽게 부르면 온몸이 그만 오그라들 지경이었다.

원래 천족들의 억양이 저런 건지, 저분 말투가 저런 건지, 부드럽게 말하려고 노력하시다가 저 지경이 된 건지, 진실은 당사자만 알 일이다. 그래도 '레니에에'가 협박과 냉소, 채찍질보다 백번 나은 건 확실했다.

먹을 것도 풍성해졌다. 하루 한 번씩 자루 속 작은 단지에서 석청 벌집도 한 조각씩 내주셨다. 어부 영감님 집을 떠난 지 얼마 되지도 않았는데 세상은 온통 무지갯빛으로 변했다. 레니에는 지문이 닳아 빠질 정도로 손가락을 핥으며, 기치다 님께 목숨 걸고 충성하겠다고 속으로 백번씩 맹세했다.

그것 말고 신기한 일들도 꼬리를 물고 이어졌다. 레니에가 모아 온 장작을 쌓아 놓고 불을 피우려고 손바닥이 까지도록 나뭇가지를 비벼 대자 뒤에서 지켜보던 기치다가 한숨을 쉬면서 짧게 주문을 외운 것이 시작이었다.

"간체르."

순간, 그의 손가락 끝에서 불이 튕겨 나가더니 장작 한가운데서 큼직한 불꽃이 솟아올랐다.

"불의 아크를 발현시키는 엔이란다."

레니에가 턱을 덜렁 떨어뜨린 채 뒤로 덜썩 주저앉자 그는 짧게 웃으며 자리에서 일어나더니 곡식 가루가 든 주머니와 구리 냄비를 던져 주었다.

"식사 준비하렴."

"야! 떨어져! 그만큼 얻어맞았으면 예의상으로라도 떨어져! 어차피 아작아작 씹힐 팔자니까 운명을 받아들이란 말이야! 기왕 떨어지는 거면 한 번 맞고 떨어지는 게 낫지, 열 번 백 번 얻어터진 담에 골병들어 떨어지면 좋아? 입이 째지게 좋아?"

"……흐."

손이 안 닿는 곳에 열린 무화과를 따려고 돌팔매질을 하며 종알 대는 레니에를 보고 신관님께서 이상한 소리를 냈다. 빨리 도와주 지 않고 뒤에서 구경하면서 이상한 소리나 내는 걸 보면 팔짝대는 꼴이 어지간히 웃겼던 모양이었다.

"키 작은 거 아니까, 손 안 닿으면 따 달라고 해라. 쉬르 미르, 키추라 바주, 페쉬."

그는 긴 주문과 함께 예쁜 팔찌가 감긴 손을 다시 휘둘렀고, 아 무것도 없는 곳에서 쌔액, 하는 날카로운 소리가 들렸다. 잠시 후 높은 곳에 대롱대롱 달려 있던 무화과 뭉치와 나뭇잎들이 발치로 툭툭 떨어졌다.

"우와! 굉장해요! 우와! 엄청나요!"

두 팔을 번쩍 들고 미친 듯이 환호하던 레니에는 칼로 베어 낸 것처럼 싹둑싹둑 잘린 잎사귀와 가지의 매끈한 단면을 보고 땡땡 얼어붙었다.

예쁘다고 함부로 까불면 바로 죽겠구나.

그래, 예쁜 버섯엔 독이 많고, 예쁜 꽃엔 가시가 많고, 숲에서 가장 예쁜 개구리로 가장 무서운 독화살을 만드는 거지. 아무렴. 응응. 레니에는 바짝 얼어서 고개를 끄덕였다.

"풀들아, 잡초들아, 토끼 이빨이나 염소 이빨에 자근자근 씹히 면 너희도 아프지 않겠니? 그러니 얌전히 좀 뜯겨 주면 안 되겠 니, 이 고집 세고 질긴 새끼들아! 고집부리면 조오기 나귀 데리고 올 테다, 엉?"

저녁때가 되어 가죽을 잇대 천막을 세우고 바닥에 깔 풀을 모으던 중이었다. 길가에 쪼그리고 앉아 억센 잡초 더미와 씨름하던 중 뒤에서 다시 예의 요상한 웃음소리가 들렸다.

레니에는 조금 부루퉁했다. 가만 보면 기치다 님은 바로 도와주시는 법이 없었다. 레니에가 혼자 버둥버둥 폴짝폴짝 동동대는 모습을 뒤에서 지켜보며 흠, 흠, 소리를 내다가 웃음을 참지 못할 때쯤 되면 도와주시곤 했다.

분명, 내 웃기는 꼴 구경하는 걸 즐기시는 거다. 고약한 악취미다. 진짜.

불퉁한 눈으로 뒤를 돌아보니, 그는 웃음을 뚝 멈추고 눈썹을 찌푸리며 툭툭 내뱉었다.

"뭐 하는 거니? 까까숭이 토끼 한 마리가 풀밭에 엎드려서 꼼지락거리는 것 같구나."

……그거 귀엽다는 말인가요, 욕인가요.

기치다 님과 이야기를 하려면 아주 골치 아팠다. 칭찬인지 야단인지, 귀엽다인지 웃기다인지, 기분이 좋다인지 나쁘다인지 딱 부러지게 표현해 주지 않아서 복장이 터졌다.

표정은 더 골치 아파서, 웃는 입이 꼭 기분 좋다는 뜻도 아니었고, 찌푸린 눈썹이 꼭 기분 나쁘다는 뜻도 아니었다. 눈치 없는 사람은 절대 모시면 안 될 주인이었다.

어휴, 나나 되니까 모신다. 똑똑한 레니에 님 정도나 되니……아니, 하루 한 번씩 꿀을 주니까 그래도 모셔 준다. 진짜.

"잠깐 뒤로 물러서 있으렴."

결국 그가 레니에 앞으로 나섰다. 비록 연약하고 섬세하고 우아하고 속 모르고 오만하시고 취향마저 상당히 괴상한 것 같은, 하여간 모시기 까다롭기로 천하제일인 주인이라 장담하지만, 레니에의 불평불만은 새로운 아크를 볼 때마다 홀랑 날아가 버리곤 했다.

기치다 님은 시간이 갈수록 레니에에게 더 많은 아크를 보여 주게 되었는데, 나중에는 딱히 필요해서라기보다 레니에가 하도 놀라고 신기해하며 감탄하니까 그걸 구경하고 싶어서 자꾸 새로운 기술을 보여 주는 게 아닐까 하는 얼빠진 생각까지 들었다.

"쉬르, 미르."

우우웅.

두 사람의 주변으로 바람이 이는 소리가 났다. 그의 손이 이리저리 움직임에 따라 마른풀이 사방으로 납작납작 고개를 숙였고 작은 나뭇잎 조각이 빙그르르 소용돌이를 치며 모여들었다.

"어, 어, 어! 바, 바람이 기치다 님 발치로, 자꾸자꾸…… 우와아아!"

아무것도 없는 허공에 무언가 물렁물렁? 출렁출렁한 것이 만져진다. 아니 만져졌다기보다 뭔가 허공은 허공인데 물에 손을 넣고 휘젓는 것 같은 저항감이 느껴졌다. 보이지 않는 가죽 부대에 보이지 않는 물을 채워 놓은 느낌과 비슷했는데, 보이는 것은 텅 빈 허공이라, 뭐라고 설명할 수가 없었다.

"기, 기치다 님! 이건 뭔가요? 아무것도 안 보이는데 뭔가가! 뭔가가!"

레니에가 허공을 향해 소리를 질러 대자 기치다 님은 시큰둥한 얼굴로 어깨에 두르고 있던 카우나케스 숄을 벗어 허공 위에 펼쳤다.

"이제 잘 보일 거다."

착. 양털이 빽빽하게 엮여 있는 넓은 겉옷은 무릎 정도 높이에서 탁자 깔개처럼 평평하게 펼쳐지더니 바닥으로 내려오지 않고 둥둥 떠 있었다. 심드렁한 척하시지만 뭔가 참 극적인 효과를 좋아하시는 분이었다. 레니에는 그가 원하는 대로 입을 떡 벌리고 침을 흘리며 진심으로 감탄했다.

"풀 더미보단 나을 거다. 천막 안에 넣어 줄 테니 그 위에서 자렴."

천막에서 재워 주신다고?

레니에는 눈을 크게 떴다. 지금 천족인 기치다 님이 얼마나 큰 호의를 보여 준 건지는 바로 짐작할 수 있었다. 하지만 저절로 등이 곤두서고 긴장했다.

……혹시?

기치다는 레니에의 긴장한 얼굴을 보며 고개를 기웃, 하더니 갑자기 날카롭게 코웃음을 터뜨렸다. 레니에가 무슨 생각을 하는지 순식간에 눈치챈 듯했다. 눈매가 가늘어지면서 그를 감싼 분위기가 순식간에 차가워졌다.

어이없는 생각을 하는구나. 내가 천족으로서의 고귀함을 내던지고 천한 진흙인간, 그것도 노예 계집아이의 몸을 탐욕할까.

너무나 뚜렷하게 느껴지는 경멸과 거부감에 레니에는 다시 한번 눈을 크게 떴다. 기분이 나쁘다기보다 자신을 욕구의 대상으로 보지 않는 사람도 있다는 것이 놀라웠다.

아, 혹시 천족은 진흙인간의 몸에 욕정을 느끼지 못하나?

기치다의 이마가 꿈틀한다. 레니에는 그가 자신의 생각의 흐름을 읽었음을 알았다. 그리고 레니에가 알아차린 것을 기치다도 알았다. 두 사람 사이로 무거운 적막이 흘렀다.

"……그런 건 아니다."

기치다 님은 몸을 확 돌리며 냉랭하게 내뱉었다.

무엇에 대한 부인인지 애매했지만, 레니에는 기치다 님에게 이상한 탐심이 없다는 쪽으로 받아들였다. 기치다 님에게선 다른 사내들에게서 자주 겪었던, 소름 끼치고 음흉한 기운을 단 한 번도 느껴 본 적이 없기 때문이었다.

그는 욕구를 가진 사내라기보다 눈에 덮인 바위나, 얼어붙은 겨울 호수처럼 느껴졌다. 그것이 진흙인간에 대한 경멸 때문이라 해도, 레니에는 그것이 고맙고 반가웠다.

"고맙습니다, 기치다 님."

기치다 님이 걸음을 멈추고 낯선 얼굴로 뒤를 돌아본다. 의아한 것인지 당혹스러운 것인지 잘 구별이 되지 않았다. 레니에가 진심으로 고마워하는 표정으로 고개를 숙이자, 그는 눈을 가늘게 뜨며 레니에를 응시했다.

"……그게 네겐 고마운 일인 거냐."

"예, 기치다 님."

"알았다. 들어가 자거라."

기치다 님은 아무것도 묻지 않았다. 그것 역시 고마웠다.

천막에 들어간 레니에는 눈에 힘을 빡 주어 부릅뜬 후, 허공에 둥실대는 하얀 옷 위로 깡충 뛰어올랐다. 출렁, 몸이 쑥 가라앉았다가 위로 가볍게 튕겼다. 레니에는 침상 위에 엎어져서 한 바퀴 데구루루 굴렀다.

우와. 진짜 죽인다. 풀 더미보단 나을 거라고? 그런 엉터리 같은 말이 어딨담. 산더미처럼 쌓아 둔 양털에 몸이 폭 파묻히는 것 같다. 아예 그냥 몸이 소르르 녹는다, 녹아. 이 바람 침대는 깡촌 엘데 섬 출신 시골뜨기 레니에가 열네 살 평생 누려 본 것 중 최대의 호사였다.

황금숲의 신관이란 정말 좋구나. 레니에는 부러워 죽을 지경이었다. 손가락 하나로 척척 일을 해치울 수 있으니 얼마나 편할까.

손바닥이 까지도록 나무를 비비는 대신 주문 하나로 불도 척척 피울 수 있고, 아침저녁으로 힘들게 물 길어 올 필요 없이 손짓 하나로 물을 쭉 끌어오고, 밤에는 이렇게 온몸이 폭 가라앉는 바람 침대에서 잠을 자는 것이다.

아니 일단 이 재주로 돈을 많이 번 다음에 몸값을 내고, 그러고도 돈이 더 많이 모이면 주인님처럼 큰 집에 고깃배를 많이 사서 힘든 일 하나도 안 하고 맛있는 것만 먹으면서…….

히죽히죽 웃으면서 상상의 나래를 펼치던 레니에는 문득 웃음을 멈췄다.

황금숲의 신관은 어떻게 되는 걸까? 혹시 노예도 신관이 될 수 있을까?

뒤를 돌아본 레니에는 주춤하며 얼굴을 구겼다. 기치다 님이 천도 깔지 않은 맨 허공에 둥둥 떠서 주무시고 있었다. 속이 뜨끔해졌다.

저분이 덮으실 겉옷을 내가 깔고 눕는 바람에 그만…….

어쩌지? 지금이라도 돌려 드려야 할까? 깨워도 괜찮을까?

레니에는 박박 깎은 머리카락이 모조리 뽑힐 정도로 고뇌하다 조그만 목소리로 물었다.

"저, 어, 음……. 기치다 님, 춥지 않으세요?"

그는 어둠 속에서 나른한 목소리로 중얼거렸다.

"아, 정말…… 어지간히 손이 많이 가."

"예? 아, 아니, 그, 그게 아니고……."

"샤한."

그의 나지막한 목소리가 떨어지기가 무섭게 조그만 가죽 천막 안으로 훈훈한 열풍이 훅 들이닥쳤다.

레니에는 난데없는 불볕더위에 밤새 땀을 쫄쫄 흘리면서, 더 이상 아무 말도 하지 않기로 결심했다.

❖ ⚕ ❖

그 후부터 레니에는 딱히 명령을 받지 않아도 어지간한 일은 척척 해내며 기치다의 시중을 들었다. 작은 샘이 나오면 나귀를 세우고 물을 먹이고, 풀을 모아 기치다가 앉아 쉴 장소를 마련하고 장작으로 쓸 만한 나뭇가지를 주워 모아 끈으로 꼭꼭 묶어 나귀 엉덩이에 매달았다.

길을 가는 틈틈이 야생 딸기와 큼직한 송이버섯을 따 왔고 무릿매를 돌려 멧새를 잡았다. 간식거리로 메뚜기를 몇 마리 잡아 길쭉한 새 가지에 끼워 장작단에 찔러 넣기도 했다.

"사냥을 굉장히 잘하는구나."

"그야, 먹고살아야 하니까요."

보아하니 기치다 님은 손에 물 한 방울 안 묻히고 귀하게 황금 숲 안에서만 자라신 분 같았고 밖의 세상에도 별로 나와 보지 않으신 것 같았다. 그렇지 않고서야 레니에를 살 때 흥정 한 번 하지 않고 달라는 대로 은을 달아 줄 리도 없고—물론 10셰켈이면 레니에도 엄청 싸구려로 팔리긴 했다— 노예 계집애에게 사과 따위를 하실 리도 없고, 겉옷을 벗어서 입혀 주거나 친히 침대를 만들어 주실 리도 없다.

더욱이 기치다 님은 이상한 데서 약한 모습을 보였다. 레니에가 뱀을 보기만 하면 소리 지르며 달려가 꼬리를 잡고 땅바닥에 대가리를 팡팡팡 패대기쳐서 사냥하는 모습이나 돌을 던져 토끼를 잡아 단숨에 껍질을 벗겨 긴 장대에 꿰는 꼴을 차마 보지 못하고 진저리를 치며 외면했다.

"으, 음. 뱀은 내가 안 보는 데서 잡아라, 레니에. 껍질은 내가 안 보는 데서 벗겨라, 레니에. 그 뻘건 거 장대에 덜렁덜렁 들고 다니면서 말리지 마라, 레니에. 메뚜기는 다리를 떼고 구워라, 나는 안 줘도 돼, 안 먹는다니까!"

"기, 기치다 님? 토끼고기 잘 드시잖아요. 뱀 스튜도 잘 드셨잖아요. 주인님은, 아니 전 주인님은 뱀 스튜가 정력에 좋다고 제일 먼저 드셨는데. 혹시 싫어하세요?"

"이것과 그것은 다르다. 치워, 치우라니까. 나한테 뱀 스튜를 먹였니? 레니에! 레니에!"

기껏 먹어 놓고 소화까지 된 것을 토해 내려고 애를 쓰는 기치다 님을 보며 레니에는 심대하게 고민했다.

아니 그렇게 잘 드시고, 맛이 있다고도 하셨고, 탈이 나신 것도 아닌데 대체 왜 저러실까? 왜? 왜? 대체 왜? 고민하던 레니에는 드디어 대대적인 결론을 내렸다.

천족이란 정말 아름답지만 정말정말 연약한 존재로구나.

그래. 가시는 길 동안만이라도 내가 기치다 님을 지켜 드려야지.

레니에는 서역 출신 호위 전사라도 된 것처럼 주먹을 꼭 움켜쥐고 결심했다.

기치다는 레니에의 태도가 날이 갈수록 달라지는 것을 흥미 있게 지켜보았다. 주인집이 멀어질수록 아이는 주눅 든 모습 대신 본색을 드러내기 시작했다. 아무래도 그간 주인집에서 심하게 부림을 당한 듯했다.

일단 호기심이 못 말릴 지경이었다. 묻는 것도 많고, 궁금해하는 것도 많았다. 특히 이런저런 아크가 발현될 때마다 눈을 동그랗게 뜨거나 팔짝팔짝 뛰면서 구경했다. 그 모습이 의외로 중독성이 있어, 기치다는 가끔 불필요한 아크를 보여 주었다.

순발력과 위험에 대한 감지 능력은 놀라웠다. 움직임이 간결하고 민첩했고, 눈이 밝아 시야에 들어오는 모든 동식물의 움직임을 쉽게 알아차렸다. 제가 무슨 호위 전사라도 된 것처럼 앞을 가로막는 크고 작은 짐승들을 처단하기도 했다.

처음에는 코웃음을 치며 구경만 했는데 시간이 갈수록 웃음기가 사라지게 되었다. 황금숲 최고의 초계병도 저 정도는 안 될 성싶었다. 들에서 오랫동안 목동 일을 했다기에 어린아이가 그 험한 일을 어떻게 했을까 했는데 의심한 것이 민망할 지경이었다.

다만, 문제는 저 총명한 아이가 워낙 고립된 촌에서 자랐다 보니 황금숲에 대해서 아는 것이 너무 없다는 점이었다. 그리고 더 큰 문제는, 기치다에게는 신전의 노예들에게 황금숲에 대해 기본적인 것들을 가르쳐야 할 책임이 있다는 점이었다.

"레니에."

"예, 기치다 님."

"황금숲에 대해 궁금한 게 있으면 물어봐도 된다. 그렇게 이상한 얼굴로 힐끔대지 말고."

"예? 아, 죄송합니다!"

까슬까슬 싹이 올라오는 동그란 머리통이 꼬박, 수그러들더니 이내 호기심과 두려움이 뒤죽박죽 섞인 얼굴이 빼꼼 솟아난다. 그러더니 첫 질문부터 걸작이다.

"황금숲의 신관이 되려면 어떻게 해야 하나요?"

"하?"

기치다가 기가 막혀 나귀를 세우자 레니에는 아차 싶은 얼굴로 얼른 입을 가리고 눈을 내리깔았다.

　건방지다, 불경하다 호되게 질책하려던 기치다는 숨을 들이켜며 말을 삼켰다. 이 아이는 천족이 인간이 아니라는 개념도 확실히 없는 것 같고, 각 도시의 왕들조차 천족에게 함부로 말을 붙이지 못한다는 것도, 천족들이 진흙인간과 교류 자체를 싫어한다는 것도 모르는 모양이다.

　기치다는 짜증을 감추지 않고 내뱉었다.

　"황금숲의 신관들은 모두 천족이고, 하늘에 속한 존재다. 정확히 말하면 태양신 우투의 아들인 '여섯 날개 카타'의 핏줄이지. 진흙인간이나 노예 계집아이 따위가 되고 싶다고 마음대로 되는 게 아니야."

　"아, 아하……. 그냥 궁금해서 여쭤 봤어요."

　눈치 빠른 아이는 두 번 묻지 않고 바로 말을 돌린다.

　"그런데 신관님들은 다들 기치다 님처럼 아름다우세요? 제가요, 지금까지 살면서 본 중에서 기치다 님이 최고로 아름다우세요!"

　레니에가 주먹까지 꼭 쥐고 찬사를 늘어놓자 기치다는 코끝으로 짧게 웃었다.

　"비슷해. 하지만 태어날 때부터 이런 모습은 아니야. 신성석에서 아크를 뽑아 처음 운용하는 순간부터 몸이 천족답게 변해. 머리카락은 태양의 빛을 머금게 되고, 피부도 점점 희게 변하게 되지. 우리 조상인 여섯 날개의 카타처럼."

　우와. 좋겠다. 신관이 되는 것만으로도 좋은데 예뻐지기까지 하다니.

　"카타라는 분이 그렇게 아름다웠대요?"

　"음. 어느 정도였느냐 하면 신들의 세계에서도 카타는 '빛의 영광', 즉 천상의 아름다움으로 통할 정도였어. 카타가 나타나면 사랑과 미의 여신인 이난나의 아름다움도 빛을 잃는다고 했지. 카타의 아버지인 태양신 우투는 아들이 죽은 후 하늘이 빛의 영광을 잃었다며 태양 전차를 운행하지 못하는 바람에 온 대지가 이레 동안 어둠에 갇혀 있었다고 해."

레니에는 그의 죽음보다 그의 아름다움에 쉽게 혹했다. 입에서 얼빠진 소리가 흘러나왔다.

"걱정 마세요. 그래도 기치다 님이 더 아름다우실 거예요."

"……뭐?"

기치다의 표정이 갑자기 썩어 들어 갔다. 레니에는 뒤늦게 정신을 차리고 다시 입을 틀어막았다. 미쳤다! 내가 드디어 저 얼굴에 홀려서 미쳤나 보다. 머리통을 두 손으로 감싸 안고 손에 잡히지도 않는 머리카락을 쥐어뜯었지만 입 밖으로 튀어 나간 걸 다시 주워 먹을 수는 없었다.

하, 참. 그가 어이없는 얼굴로 물었다.

"내가 여섯 날개 카타처럼 아름답다 생각하니?"

"아뇨! 아뇨! 카타보다 훨씬 아름다우세요!"

"아하? 카타를 본 적은 있고?"

"아뇨! 하지만 그래도 장담할 수 있어요. 하늘과 바다의 어떤 신을 모셔 와도 기치다 님만큼 아름답진 않을 거예요!"

너무나도 열렬한 반응에 기치다는 결국 크게 웃음을 터뜨렸다.

"어쨌든, 카타는 죽기 전에 숲을 지키는 자들만 자신의 능력을 사용할 수 있도록 계약을 맺었어. 그게 황금숲의 신관들이야. 그리고 카타와 그의 분신인 천족 전사들은 죽어서 크고 영롱한 돌기둥이 됐는데, 그게 신성석이지."

"……어휴, 그건 완전 반칙이에요. 살아서 아름답던 전사가 죽

258

어서까지 아름다운 돌이 되다니, 인생사 참 불공평해요."

기치다는 얼굴을 굳히고 나귀를 멈췄다. 이쯤 해서 경고를 해 두는 게 좋을 것 같다.

"레니에, 천족은 진흙인간이 아니다. 지상에 잠시 머무르는 하늘의 신이라 했다. 인간 세사世事의 불공평함을 천족에게 따지지 마라."

"네, 죄송합니다. 조심하겠습니다."

레니에가 어깨를 쭈그리고 얼른 대답했다. 기치다 역시 고개를 끄덕이며 날 선 말투를 거두어들였다.

노예들이란 으레 뱃속에 고집 세고 미련한 나귀를 일곱 마리쯤 키우게 마련이라 바로바로 채찍으로 다스려야 옳았지만, 레니에 라는 아이는 경고를 단번에 알아들어 편했다. 그리고 아이에게 역정을 낼 때마다 속이 불편해지는 것도 마땅치 않았다.

"어쨌든 카타의 능력은 신성석에 남게 되었고, 신성석은 숲을 지키는 우리 신관들에게만 그 힘을 허락한다. 카타와 계약한 숲의 수호자와 그 후손들의 '피'하고 정해진 명령어 '엔'이 신성석에 닿으면 아크가 발현되지."

레니에는 눈을 동그랗게 뜨다가 이내 아하, 하며 고개를 끄덕였다.

"처음 뵙던 날 기치다 님 손가락에서 핏자국을 보았어요."

"눈이 밝구나. 맞다. 팔찌의 연결고리에 있는 작은 침을 눌러서 피가 한 방울 스며 나오게 하지. ……걱정 마라, 그리 아픈 건 아니니."

레니에의 걱정스러운 얼굴에 기치다는 빙긋 웃으며 덧붙였다.

"기치다 님, 그럼 천족들은 태어날 때부터 아크를 발현할 수 있나요?"

"그건 아니야. 성인식을 할 때쯤 되면 신성석 안에 있는 능력을 발현시키고 싶다는 열망이 생긴다. 그때 아크를 발현시켜야 정식 신관이 되지. 그게 천족들의 통과의례다."

아이가 고개를 들어 말끄러미 그의 얼굴을 바라본다. 저도 기치 다 님처럼 아크 해 보고 싶어요. 저도 그런 열망이 있어요, 하는 메아리가 쨍쨍 울리는 것 같다.

이놈의 맹랑한 집착을 어찌해야 할까? 호되게 나무라야 할까?

하지만 반짝반짝하는 눈과 발쭉 웃는 얼굴이 눈에 들어오는 순 간 마음이 조금 바뀌었다. 입 밖으로 내놓지 않은 말까지 앞질러 나무랄 필요는 없겠지. 기치다는 잠시의 노여움을 내색하는 대신 웃음을 머금은 얼굴로 설명을 계속했다.

"아크를 스스로 뽑아낼 때까지 과정은 많이 힘들단다. 적응할 때까지는 몸의 거부반응도 크고 구토나 어지럼증이 심해서 며칠 동안 아무것도 먹지 못할 때도 있지. 처음으로 아크를 뽑는 데 성 공하면 그때 머리가 카타처럼 눈부신 금발로 바뀌는데, 어떤 경우 는 열 살에 발현하기도 하고, 어떤 경우는 스무 살이 훨씬 넘어서 야 발현하기도 해."

나귀는 느릿느릿 걸었고, 기치다는 최선을 다해 레니에를 교육 했다. 총명한 레니에는 하나를 배우면 열을 아는 대신 열 개의 궁 금한 것이 새로 생겼다.

기치다 님, 신성석은 어디에서 구하나요? 북국하고 황금숲은 왜 사이가 나쁜가요? 거기는 어떤 사람들이 사나요? 황금숲은 어 떤 분이 다스리나요? 황금숲에서는 어떤 신을 모시게 되나요? 카 타 님과 아르마누 님은 어떤 분인가요?

"신성석은 북국의 백염산맥에서 많이 채굴된다. 사이가 안 좋 은 이유는, 북국, 특히 장자 부족인 소금산 부족에서 신성석 채굴을 강경하게 막고 있기 때문이지. 소금산 부족은 식인수리와 아르마누 사이에서 태어난 후손들이다. 더럽고 야만적인 수인종족이지…….”

언덕마루에 오른 기치다는 말을 멈추고 잠시 마른기침을 했다. 목이 잠기는 것처럼 쑤시고 칼칼하다. 레니에가 눈치 빠르게 물이 든 가죽 부대를 두 손으로 바쳤다. 그것을 받아 들고 달게 물을 마시던 기치다는 갑자기 머리가 띵 울리는 것을 느꼈다.

그는 천천히 가죽 부대를 내려놓았다.

“……믿을 수 없구나.”

엘데 섬에서 작은 노예 아이를 산 지 고작 이레밖에 되지 않았는데, 내가 그동안 목이 잠길 정도로 많은 말을 했던가? 생각해 보니 아이에게 한 말은 평생 진흙인간에게 했던 말의 몇 배는 되는 것 같다.

그는 다음 마을을 향해 구불구불 길게 이어진 언덕길을 한 번 보고, 레니에의 얼굴을 한 번 보고, 눈앞에 펼쳐진 내리막길을 다시 확인했다.

“하긴. 이레라면 무슨 일이든 일어날 수 있긴 하지. 일곱이란 워낙 고약한 숫자이니.”

기치다는 피곤한 눈을 문지르며 희미하게 웃었다.

“예? 무슨 말씀이신가요? 일곱이란 숫자가 무슨 죄를 지었나요?”

“7이란 숫자는 말이다, 운명을 정하는 위대한 신들의 수라서 신성하고 완벽한 숫자이기도 하지만, 모든 걸 변화시키는 고약한 숫자이기도 해.”

기치다는 얌전하게 서서 자신을 올려다보는 작은 소녀를 응시했다. 무슨 말인지 이해가 잘 안 되는 듯 동그랗게 뜬 눈에는 여전히 호기심과 반짝거리는 빛이 가득하다.

아이는 올해 열네 살. 앞으로는 일곱에 일곱을 더한 그 숫자도 고약한 숫자가 될 것 같다는 예감이 들었다. 기치다는 레니에의 의아한 시선을 맞받으며 난생처음 낯설고 생소한 생각에 잠겼다.

"이레. 모든 일을 이루기에 충분한 시간, 이루어진 모든 일을 흩어 버리기에 충분한 시간."

레니에는 그가 조용히 씹어 넘기는 혼잣말 소리를 들으며 등이 오싹했다. 새파란 눈동자, 날카로운 시선이 채찍으로 후려치듯 몸을 훑고 지나간다. 처음 봤을 때 느꼈던 두려움은 첫날 이후 사라진 줄 알았는데 어디엔가 숨어 있다가 갑자기 불쑥 솟아난 것 같다.

후우우.

그가 시선을 거두어들인다. 하지만 레니에는 여전히 숨이 막혔다. 위에서 예의 부드럽고 조용한 목소리가 흘러내려 온다.

"아직도 여정이 길게 남았으니 황금숲에서 섬기는 두 신의 이야기를 해 주도록 하마."

레니에는 안도의 한숨을 쉬며 위를 올려다보았다. 때마침 아래를 내려다보던 그와 아주 잠시 시선이 닿았고, 그는 바로 고개를 돌렸다.

살짝 핏기가 오른 얼굴이 요사스럽게 느껴질 만큼 아름다웠지만, 긴 머리카락이 황금의 폭포처럼 흘러내려 그의 옆얼굴은 바로 가려지고 말았다. 찰랑대는 폭포 너머에서 꿀처럼 달콤하고 나른한 목소리가 흘러나와, 레니에의 어깨 위에 이슬처럼 내려앉기 시작했다.

"오래전, 아주 오래전, 위대하고 고약한 신들이 세상을 만든 지 얼마 지나지 않았을 때."

"……."

"생명수와 대지의 주인인 엔키의 배꼽에서 나무가 한 그루 솟
아났어."

9. 신전의 노예

기치다는 황금숲으로 들어가기 전 남국의 크고 작은 도시들을 돌며 신전의 노예로 쓸 소녀들을 사들였다.

그는 노예 소녀가 초경을 시작했느냐만 확인했고, 나머지는 아무것도 묻지 않았다. 출신이 어디인지, 부모가 살아 있는지, 불 피우기나 길쌈이나 요리를 잘하거나 보리맥주를 잘 담는지, 아니면 들일이나 양 치는 일은 해 봤는지 아무것도 궁금해하지 않았다. 심지어 가격조차 흥정하지 않았다.

레니에는 고작 10셰켈이었지만, 올해 열여섯 살인 에우니케의 가격은 무려 백은 35셰켈이었다. 들일을 잘 하는 남자 노예의 값이 백은 30셰켈인 걸 생각하면 바가지를 쓴 게 분명한데 기치다 님은 신경조차 쓰지 않았다.

두 개의 섬, 세 개의 도시, 그리고 마지막 행선지인 남국 제일의 도시 미노토스까지 이어진 여정은 꼬박 세 이레가 걸렸다. 세 이레 동안 레니에는 계속 나귀 고삐를 잡고 앞장서 걸었고, 작은 보퉁이를 어깨에 멘 소녀 아홉 명이 재잘거리며 길게 뒤를 따랐다.

일행이 생기면서 레니에는 더 이상 기치다와 같은 천막에서 잠들지 못했고, 기치다는 그 이후 아무에게도 바람 침대를 만들어 주거나 날카로운 바람칼로 무화과를 따 주지 않았다.

레니에는 맛있는 무화과나 복숭아를 먹지 못해도 좋고 딱딱한 흙바닥에서 자도 좋으니 기치다 님이 저 소녀들에게는 신기한 아크를 보여 주지 말았으면, 하고 생각했다. 그리고 잠시 후, 자신이 왜 그런 생각을 했는지 고개를 갸웃하곤 했다.

❖ ⚕ ❖

"저 아래 보이는 넓은 숲이 황금숲이다."

힘들게 산마루까지 올라온 소녀들이 환성을 질렀다. 끝이 보이지 않을 정도로 넓은 평야에 강과 자잘한 개천이 퍼져 있었고, 그 한가운데 숲이 있었다.

숲은 이름처럼 황금빛을 띠고 있지 않았다. 오히려 무서울 정도로 잎이 푸르렀다. 숲에 딸린 쿠그시그평원에서 노예들이 보리를 거두는 모습이 조그맣게 보였다.

따라오던 소녀들 중 가장 나이 많은 에우니케가 기치다를 올려다보며 물었다.

"엔이쉬브 님, 황금숲에 가면 저희는 무슨 일을 하게 되나요?"

"그리 힘든 일은 없을 거다. 신전에서 제사를 돕는 일을 하게 될 거야."

이번에는 에우니케의 뒤에 서 있던 카를라가 나서서 물었다.

266

"기치다 님, 제가 살던 미노토스 성에는 이난나 님의 신전밖에 없었는데요, 황금숲의 신전에선 어떤 신을 모시나요?"

"그래. 미노토스에는 이난나 님을 위한 일곱 단 지구라트가 있더구나."

그의 목소리는 얼핏 들으면 레니에에게 말할 때처럼 다정하고 부드러운 것 같았으나, 그녀에게 대하던 말투와는 미묘한 격의가 있었다. 가끔 등으로 얼음 한 덩어리가 조르르 흘러내리는 기분도 들었다.

하지만 소녀들은 전혀 그런 것을 느끼지 못하는 듯, 새로운 주인의 아름다운 모습과 고아한 분위기, 그리고 친절한 말투에 완전히 혹해 버렸다.

"황금숲의 신전에선 중앙에 있는 신성한 나무의 여신인 아르마누, 그리고 아르마누의 남편이자 태양신 우투의 아들인 여섯 날개 카타를 섬긴다."

"예."

"하는 일은 이난나 신전과 크게 다르지 않을 게다. 시키는 일 몇 가지만 하면 편히 지낼 수도 있고, 맛있는 것도 많이 먹을 수 있고, 꽃무늬 자수가 놓인 고운 아마포 머리쓰개도 쓸 수 있고, 세 가지 색으로 물들인 가죽 신발도 신을 수 있고, 예쁜 옷도 입을 수 있지."

아아. 그 말을 들은 레니에는 그제야 자신이 무슨 용도로 팔렸는지 알게 되었다. 머리칼이 순식간에 곤두섰다.

이런 맙소사. 왜 일이 이따위로 흘러가는 거지?

이난나 여신의 신전에는 사내들의 몸을 받는 여자 신관들이 상주하고 있었다. 여신에게 풍요한 결실을 기원하며 올리는 제사에, 남녀의 교합 의식이 포함돼 있기 때문이었다.

이난나 신전뿐만 아니었다. 엔릴이나 엔키, 닌후르상 같은 위대한 신들의 신전에도 제사 때 사내들과 교합 의식을 치를 여자 신관이나 노예 소녀들이 있다고 알려져 있었다.

레니에는 뒤를 힐끔 돌아보고는 고개를 갸웃했다. 예상과 달리 동료 노예 소녀들은 무슨 일인지 눈치챘으면서도 시큰둥하고 떨떠름한 얼굴이었다. 레니에처럼 당황하거나 격렬하게 싫어하는 반응은 보이지 않았다.

잠시 생각하던 레니에는 이내 이유를 알게 되었다.

전 주인의 집에서도 얼굴 좀 반반하다 싶은 여자 노예들은 성인식도 치르기 전에 사내들에게 이상한 짓을 당하곤 했다. 레니에는 그런 일에 몹시 과민했지만 사실 주변에선 그런 일을 일상적으로 겪는 여자 노예들이 훨씬 많았다. 다른 집들도 비슷했을 것이다. 모든 노예 소녀들이 레니에처럼 반항하며 자신을 지킬 수 있던 것은 아니었다.

"뭐, 양털 뽑기나 보리 베기 같은 들일에 끌려 나가는 것보다는 훨씬 낫겠지. 들일 하고 수로 파는 데 끌려 나갔다가 죽은 애들이 한둘인가."

"게다가 예쁜 옷하고 세 가지 색 가죽 신발도 받는다잖아."

에우니케와 카를라가 한숨을 쉬며 나직하게 소곤거리는 말이 들렸다. 다른 소녀들도 체념이 빠른 건지 에우니케와 비슷한 생각을 하는 건지 조금 술렁이다가 이내 조용해졌다.

하지만 레니에는 도저히 견딜 수 없었다. 어렸을 때부터 지긋지긋하게 겪어 왔던 시선과 손길을 다시 겪어야 한다면 그냥 이 자리에서 죽어 버리고 싶을 만큼 끔찍하게 싫었다. 레니에는 흙바닥에 엎드려서 이마를 바닥에 대고 청했다.

"기치다 님. 차라리 들일을 하게 해 주세요. 저 양도 염소도 잘

치고, 양털도 잘 뽑고, 보리 베기 같은 힘든 일도 잘해요."

주변에 모인 소녀들이 고개를 갸웃했다. 기치다는 담담하게 말했다.

"레니에. 황금숲 신전의 여자 노예들은 양도 치지 않고 곡식도 베지 않는다. 네가 들일을 할 필요는 없어."

"저, 저는, 남자를 상대하는 일은 절대 하면 안 돼요."

기치다의 눈썹이 찌푸려진다. 소녀들의 시선이 이상해지자 기치다는 조용히 손을 저었다.

"이따 저녁때 얘기해 보자. 오늘 산 아래 마을까지 도착하려면 좀 서둘러야겠다."

❖ ✝ ❖

"이유를 말해 보렴."

기치다가 낮고 써늘한 목소리로 묻는다.

레니에는 그의 말투에 몸을 부르르 떨었다. 자신에게 많이 다정해졌다 생각했지만 원래 그렇게 다정한 분은 아니었다. 처음 만났을 때 온몸이 얼어붙을 정도로 무서웠던 기억이 떠올랐다.

레니에는 덜덜 떨며 주인이 그녀를 팔아 치우기 위해 은폐했던 진실을 실토했다.

"제 손에 살이 끼어 있대요. 그래서 아저씨들이 이상한 짓을 하려고 할 때 반항하다 보면 자꾸 사람이 다치고 그랬어요. 그럼 저도 채찍으로 맞고 굶게 되고요."

여기까지 왔으니 이제 사실을 알아도 주인집에 되팔거나 하시지는 않겠지. 레니에는 한참 더듬대며 그동안 있었던 일을 털어놓았다. 기치다는 중간에 말 한 번 끊지 않고 그 긴 이야기를 잠자코 들어 주었다.

이야기가 끝나자 기치다는 눈을 가느스름하게 뜨고 팔짱을 꼈다.

"흠. 그들이 너를 해치거나 범하려 할 때 몸 주변으로 검게 일렁이는 안개 같은 게 보였다고?"

"네."

"한 번도 빼놓지 않고?"

"네. 항상 보였어요."

기치다의 눈이 더욱 가늘어진다. 그가 낮은 목소리로 물었다.

"게다가 너는 안 다치고 그 남자들만 다쳤다? 그 남자들 중 즉사한 사람은 없었고?"

"없었어요. 그랬다면 저는 주인님한테 맞아 죽었을 거예요."

"의식하지 못하고 얼결에 휘두른 것에 그렇게 되었다는 말이지."

"……예."

"레니에."

그는 새파란 눈을 빛내며 레니에를 쏘아보았다.

"그 일로 너를 치죄하거나 다시 팔려는 게 아니다. 정말 모르고 휘두르다 그렇게 된 거니?"

"……."

"너는 그들의 살기를 눈으로 확인한 후에, 주변에 무기로 쓸 만한 것이 무엇이 있는지 본능적으로 판단했고, 그것으로 상대가 죽지 않을 만큼, 하지만 너에게 덤비지 못할 정도의 상처를 주려고 했어. 그렇지?"

"……기, 기치다 님."

"레니에. 솔직하게 말해라."

긴 침묵이 흘렀다. 레니에는 고개를 수그리고 몸을 떨었다. 숨길 수 없으리라는 예감이 들었다.

"저는, 저를 해치려는 사람에게 반항하고 싸운 것뿐이에요. 그래도, 저를 해치지 못할 정도까지만 반격했어요. 저도 사람들이 자꾸 다치는 거 너무 싫고, 어떻게든 피하고 싶어서 목동 일을 하겠다고 했어요. ……그런데 거기서까지 비슷한 일이 일어나잖아요."

레니에는 고개를 숙이고 잠긴 목소리로 대답했다. 숨겨 둔 큰 죄를 들킨 것 같은 기분이 들었다. 아니야. 나는 잘못한 게 없어. 그건 내 잘못이 아니야. 레니에는 애써 고개를 저었지만 자꾸 목이 아프고 눈이 욱신거렸다.

기치다는 눈을 가늘게 뜨고 레니에를 한참 응시하다가 조용히 물었다.

"네가 열네 살이라 했던가."

"예."

"믿기 어려운 말이구나. 오랫동안 훈련받은 전사도 아닌데, 장성한 사내들이 널 해치지 못할 정도까지만 반격하고 멈춘 거다?"

"……정말이에요, 기치다 님."

울고 싶었다. 뭔가 분하고 억울하기도 하고, 한편으론 정말 큰 잘못을 한 건가 겁도 났다.

"너는 크게 다친 그들을 보고 어떤 생각이 들었지? 미안하거나 걱정하는 마음이 들었니?"

"……아뇨. 응당 받아야 할 벌을 받았다고 생각했어요."

그들을 다치게 했다고 채찍으로 맞는 것은 아팠고, 굶는 것은 고통스러웠다. 하지만 그들이 상처로 오랫동안 고생하는 것에 미안한 감정을 갖고 싶지 않았다. 제 손으로 한 일에 대해 대가를 치르는 것이 옳다 생각했다.

레니에가 어쭙잖게 반항하다 밀렸으면 몹쓸 일을 당하고 심하게 다치는 것은 그녀의 몫이었을 것이고, 그들은 아무 벌도 고통도 받지 않고 아직 같은 짓거리를 되풀이하고 있었을 것이다.

"그 사람들을 걱정하고 미안해하려고 노력해야 하나요? 저를 해치려는 자를 해치는 것이 잘못인가요?"

기치다는 레니에를 탐색하듯 바라보며 한참 생각에 잠겼다. 잠시 후 그는 빙긋 웃으며 고개를 저었다.

"아니."

레니에는 고개를 번쩍 들었다. 그의 대답은 간결하지만 단호했고, 빙그레 웃는 얼굴에선 레니에에 대한 비난의 표정이 전혀 보이지 않았다. 속으로 뜨거운 게 울컥 치밀면서 눈시울이 화끈해졌다.

아무런 이유도 붙이지 않고 아니라고 단언해 준 그가 눈물 나게 고마웠다. 지금까지 한 번도, 단 한 번도 레니에의 편에 서서 '아니'라고 단언해 준 사람이 없었다. 다들 일이 생길 때마다 레니에의 탓이라 비난하기만 했다.

레니에는 그의 앞에서 눈물을 떨어뜨리지 않으려고 눈을 부릅뜨고 크게 한숨을 쉬었다. 하지만 목구멍으로 아픈 덩어리가 자꾸 치밀고 올라온다. 덩어리를 억지로 삼킬 때마다 욱, 욱 소리가 났다. 막아도 막아도 막무가내로 쏟아지는 눈물이 너무 당황스러워, 레니에는 두 손으로 얼굴을 가렸다.

기치다는 아무 말도 하지 않고 레니에가 소리 없이 우는 시간을 기다려 주었다. 레니에의 흐느낌이 사그라들고서야 그는 조용한 목소리로 말했다.

"하지만 지금까지 네가 산 게 기적 같다는 생각은 드는구나. 네가 그 집에 조금만 더 있었다면 넌 결국 돌이나 채찍에 맞아 죽었겠지. 사내와의 교합이 아무리 싫어도 목숨을 잃는 것만 하겠니."

"그래도 싫어요. 손대는 놈들은 다 죽이고 저도 죽는 게 나아요."

레니에는 두 팔로 가슴을 꽉 끌어안고 부르르 진저리를 쳤다. 기치다는 레니에를 의미심장한 눈으로 응시했다.

"그 집은 노예들의 기강이 썩 좋지는 않았나 보구나. 열 살짜리 아이에게 음심을 품는 사내들이 한둘이 아니었다니."

"기강도 기강이지만, 다른 문제도 있는 것 같아요."

레니에는 주저주저하며 가슴에 맺혔던 것을 털어놓았다.

"사내들이 자꾸 꼬이는 게 사실 이난나 여신의 선물이래요. 어릴 때 이난나 신전에 갔다가 우연히 신탁을 들었거든요."

레니에는 노신관의 예언에 대해 자세히 일러 주었다. 예언이 네가 죽이는 두 명의 사내가 보인다, 너를 죽이는 두 명의 사내가 보인다, 하는 끝 구절에 이르자, 그가 낮게 가라앉은 목소리로 레니에의 말을 막았다.

"보는 사내마다 네게 음심을 품는 이유가 정말 이난나 님의 선물 때문이라 믿니?"

"……잘 모르겠어요. 그래서 그냥 안 받기로 했어요. 아무리 생각해도 그 선물이 축복인지 저주인지 헷갈려서요."

"이난나 님의 선물을…… 안 받기로 했다?"

기치다는 묘한 얼굴로 레니에의 말을 뇌더니 소리 없이 웃기 시작했다. 레니에는 그가 웃는 이유를 이해할 수 없었다. 웃음이 담고 있는 의미도 짐작할 수 없었다. 내가 한 말 중에서 마음에 드실 만한 이야기가 한 가지라도 있었던가?

"이난나 여신께서 선물을 내리실 때, 그분이 가진 전사의 능력이 함께 내려왔나 보구나. 아니면 네가 그런 힘을 타고나서 이난나 님의 눈에 든 걸까. 어쨌든 살기를 볼 수 있고 네 스스로 위험을 피할 수 있다니 그건 정말 다행스러운 일이구나."

레니에는 눈을 깜박였다. 기치다 님은 다른 사람들처럼 네 손에 살이 끼었다, 사람을 자꾸 다치게 한다, 하며 비난하는 대신 위험을 피할 수 있어서 '다행이다'라고 말해 주었다.

자신을 탐내는 사내들은 그렇게 많았는데, '네가 다치지 않아서 다행이다.' 하고 말해 주는 사람이 단 한 명도 없었다는 것을 레니에는 뒤늦게 깨달았다. 새의 솜털처럼 부드러운 목소리가 이어졌다.

"네가 만약 고귀한 왕족으로 태어났으면 이난나 님의 선물은 권력자들을 휘두를 수 있는 큰 축복이 될 수도 있었을 거야. 각 도시에서 불안에 떠는 왕이나 대신관, 전장의 전사들이라면 살기를 보는 네 능력을 몹시 탐낼 테고. 하지만 힘없는 어린 여자아이, 그것도 노예한테 그런 선물이라니, 이난나 님께서 네게 심술을 부리셨구나."

그는 미소를 거두어들이고 레니에의 머리에 손을 얹었다. 신관들이 엄숙하게 축사하는 동작과 비슷했지만 그를 감싼 분위기는 부드러운 위로에 가까웠다.

그의 길고 부드러운 손가락이 레니에의 짧은 머리카락을 천천히 쓸기 시작했다. 따뜻하고 부드러운 바람이 전신을 찬찬히 감싸 안는 것이 느껴진다. 도저히 그의 얼굴을 볼 수 없어서, 레니에는 고개를 숙이고 눈을 꽉 감았다.

"그동안 얼마나 고생이 많았을까."

"기치다 님……."

"피할 수 없는 운명도 있는 거야. 하지만 오래 힘들거나 고생하지는 않을 거다. 조금만 참아 보렴."

간신히 멈춘 눈물이 새로 터졌다. 이제는 소리도 막을 수 없었다. 기치다 님이 시끄럽게 우는 것을 싫어하신다는 것을 알면서도 어쩔 수 없었다.

레니에는 두 손으로 얼굴을 감싸고 소리 내어 울기 시작했다.

❖ ✟ ❖

노예 소녀들의 처소는 신전 옆에 만들어진 벽돌집이었다. 겉에 백토를 발라 하얗게 빛이 났고, 바람도 잘 들어 시원했다. 마당도 넓고 꽃과 나무도 많아 향긋하고 아름다웠다.

민네와 야다라고 하는 여자 신관 두 명이 번갈아 가며 노예 소녀들에게 먹을 것과 옷을 갖다 주며 돌보았다. 원래 노예 소녀들을 사 오고 교육, 관리하는 책임자는 기치다인데, 아무래도 젊은 남자가 노예 소녀들을 돌보기엔 고충이 있었던 듯했다. 기치다 님과 달리 민네는 잔소리가 많았고, 야다는 몹시 엄하고 쌀쌀맞았다.

황금숲의 신전에서 봉사할 노예 소녀들은 모두 열 명으로, 나이는 다 고만고만했다. 가장 어린 아이는 열세 살인 닌후르—비르가, 가장 나이 많은 소녀는 열여섯 살 먹은 에우니케로 둘 다 남국에서 제일 큰 도시인 미노토스 출신이었다. 레니에는 열네 살로 제일 어리지는 않았지만 키가 가장 작고 가장 말랐다.

황금숲은 소녀들이 상상하는 것보다 훨씬 풍요하고 안락했다. 기치다는 황금숲에서 생산된 건포도와 올리브, 서역의 대추야자, 무화과, 신선한 고기와 양젖, 금방 구운 빵과 바위틈에서 채취한, 혀가 녹을 듯한 석청을 하루가 멀다 하고 들여보냈다.

노예 소녀들은 민네와 야다의 지시대로 잘 먹고 푹 쉬면서 부지런히 몸을 가꾸었다. 양털이나 토끼털로 만든 따뜻한 이부자리 위에서 늦게까지 뒹굴다가 늦은 아침을 먹고 반질반질 윤을 낸 구리거울이나 물을 담은 대야를 들여다보며 몸단장 연습을 시작했다. 화려한 옷과 새로운 화장품이 들어오면 환성을 지르며 달려가기도 했다.

레니에는 그런 것이 들어올 때마다 불안해서 목이 졸리는 것 같았지만 소녀들은 안락한 생활에 믿을 수 없을 만큼 쉽게 적응했다. 어차피 어느 집으로 팔려 가든 이 나이대 노예 계집아이들의 신세란 빤한 것이라, 그러면 신관 비슷한 대우라도 받으며 호사하는 쪽이 훨씬 낫다고 생각하는 것 같았다.

지금 그들이 가장 관심을 보이는 것은 황금숲의 신관님들, 특히 그들을 데리고 온 엔이쉬브 기치다 님이었다.

"기치다 님은 요새 왜 이곳에 자주 안 오시지? 아, 정말 뵙고 싶다."

"엔이쉬브면 고위 신관님인 거잖아. 그럼 우리 관리하는 거 말고도 많이 바쁘시겠지. 숲도 관리하고, 쿠그시그평원 노예들도 관리하고. 신도들의 집에서 파는 아크 점토판 같은 것도 신관님들이 만드시잖아."

가장 맏언니인 에우니케가 대답했다. 에우니케는 미노토스 왕궁의 시종장을 수발하는 노예였기 때문에, 황금숲과 천족 신관들에 대해 주워들은 것이 많았다. 에우니케만큼은 아니라도 대부분 남국 내륙이나 큰 섬에서 살던 아이들로 레니에처럼 황금숲에 대해 깜깜한 촌뜨기는 없었다.

"아크 쓰시는 거 한 번도 못 봤는데. 누구 혹시 본 사람 있어?"

다들 서로를 둘러보며 두리번거렸지만 기치다 님이 아크 쓰시는 걸 본 아이들은 한 명도 없었다. 구석 자리에 앉은 레니에는 눈만 깜박거리며 무릎 사이로 고개를 박았다. 막 자랑하고 싶기도 했고 아무도 모르게 비밀로 간직하고 싶기도 했다.

"아크 실력이 대단하신 분으로 알고 있어. 기치다 님은 알티르 님하고 사이가 별로긴 한데 아크 실력이 너무 좋고, 약초에 대한 지식이나 치유술은 남국 최고 수준이라 젊은 나이에 엔이쉬브가 된 거라 들었어."

에우니케의 설명에 카를라가 끼어들었다.

"아니야, 언니! 기치다 님 능력 중에 제일가는 건 얼굴이야, 얼굴! 그 얼굴로 웃으면서 별을 따 오라거나 바닷물을 다 퍼내라는 부탁을 하면 거절할 수 있겠어? 난 못 해! 바닷물 퍼내다 늙어 죽는 한이 있어도 난 거절 못 해. 안 그래?"

"맞아, 맞아!"

소녀들은 이마를 맞대고 깔깔대며 웃었다.

레니에는 그들 사이에 쉽게 낄 수 없었다. 신전에서 남자를 받는 대신 들일을 하겠다고 나서는 바람에 모두의 눈 밖에 났던 것이다.

하지만 레니에는 알고 있는 정보를 굳이 동기들에게 알려 주며 환심을 사지도 않고 동료들의 수다에 끼어들지도 않았다. 기치다 님이 다른 소녀들에게는 자신처럼 대해 주지 않았다는 것을 실감할 때마다 기뻤고, 기뻐한 것을 알았을 때는 당황했다.

동료들 사이에 있는 것이 거북해질 때마다 레니에는 밖으로 나와 일을 했다. 마당을 쓸기도 하고 물을 길어 오기도 하고 예쁜 꽃을 꺾어 동그랗게 화환을 만들어 문밖에 걸기도 했다.

담장 너머로 보이는 숲은 무서울 정도로 울창했다. 몸통과 가지가 짙은 갈색인 거대한 나무들은 시선을 돌리는 곳마다 시야를 가득 채웠고, 끝이 날카로운 잎들은 서슬이 퍼렇게 싱싱했고, 꽃잎은 섬뜩할 정도로 붉고 요사스러웠다.

레니에는 왜 이 숲이 황금숲인지 알 수 없었다. 숲은 어둡고 차갑고 무겁고 습해서 숨이 막혔다. 가끔 들어오는 햇빛 조각 말고는, 기치다 님 단 한 분만이 이 숲에서 유일하게 눈부시고 아름다운 것이었다.

레니에는 돌집 벽에 세워진 작은 도끼를 들고 밀짚으로 엮은 끈을 챙겼다. 어젯밤 땔나무를 아껴 쓰지 않는다고 야다 님께 야단을 맞았으니 해가 떨어지기 전에 나뭇가지라도 모아 올 참이었다.

❈ 卉 ❈

"기치다 님? ……어? 아니네. 누구시……?"

나무를 하던 레니에는 가까이 다가오는 사내들을 보고 고개를 갸웃했다. 신전 옆에 있던 커다란 나무들에는 잔가지가 무성했는데 레니에는 그중 눈을 찌를 정도까지 늘어진 가지들을 쳐내고 잘게 쪼개 단으로 묶던 중이었다.

가장 앞에 있던 사람이 레니에 앞으로 걸음을 옮겼다.

"네놈은 지금 뭘 하고 있는 게냐!"

레니에는 난데없이 터진 불호령에 황급히 고개를 숙였다. 줄지어 서 있는 사람들이 둥그렇게 레니에를 둘러쌌다.

고함을 지른 사내는 기치다보다 키가 작고, 흰 수염이 길게 늘어졌으며 입가와 눈가에 주름이 깊게 팬 신관이었다. 은빛이 감도는 금발을 곱게 빗질하고 금사로 화려하게 수놓인 띠를 이마에 둘렀다. 소맷부리와 여밈단까지 금사 자수가 놓여 있는 걸 보면 기치다 님보다 더 높은 신분의 신관인 것 같았다.

그리고 레니에가 알기로 기치다 님보다 높은 신관은 '알티르'라는 호칭으로 불리는 대신관, 숲의 수호자밖에 없었다.

"아, 알티르 님?"

"……다시 묻겠다. 네놈은 지금 무슨 짓을 하고 있는 게냐."

알티르의 얼굴에는 분노가 지글지글 들끓고 있었다. 뭔가 단단히 잘못 걸렸다.

"저, 저는 엘데 섬의 레니에라고 합니다. 이곳 신전에서 일하게 된 노예로, 얼마 전에 황금숲에 오게 되어서 지금…….”

"방자하다. 이분이 뉘신 줄 알고 빳빳이 서서 대답을 하는 게냐.”

"지금 알티르께서 네놈이 무얼 하고 있느냐고 묻고 계시지 않느냐!"

둘러서 있는 키 큰 신관들의 고함이 숲을 쩡쩡 울렸다. 레니에는 황급히 무릎을 꿇고 대답했다.

"나, 나무를 하고 있었습니다. 아직은 밤에 쌀쌀한데 장작이 얼마 남지 않은 듯하여.”

"네놈이 감히 황금숲의 신성한 나무, 아르마누를 베고 있었단 말이냐! 감히!"

뒤에 서 있던 또 다른 신관의 고함이 터졌다. 알티르는 레니에를 노려보며 부들부들 떨더니, 숲이 쩌렁쩌렁 울릴 정도로 크게 외쳤다.

"황금숲에서, 아르마누를 훼손하는 자는 죽을 것이다!"

"죽을 것이다.”

"숲의 수호자 알티르는 신성한 나무인 아르마누와 한 몸으로 묶였으니.”

"한 몸으로 묶였으니."

"나무를 괴롭게 한 자는 반드시 알티르의 손에 죽을 것이다."

"죽을 것이다."

뒤에 서 있는 자들이 감정이 전혀 느껴지지 않는 목소리로 음산하게 되풀이했다.

미, 미쳤나 보다. 저 사람들.

하지만 레니에의 속마음은 입 밖으로 나오지 못했다. 새하얀 얼굴에 살기 어린 눈동자, 꽃잎처럼 붉은 입술을 보니 겁이 더럭 났다. 꼭 피가 싹 빠져나간 시체들이 서 있는 것만 같았다.

"몰랐습니다. 다시는 안 그러겠습니다. 숲의 나무에 손대면 안 된다는 말을 듣지 못해서 나무를 해도 되는 줄로만 알았습니다. 정말 죄송합니다. 다시는 안 그러겠습니다."

"⋯⋯체르."

그의 입에서 무슨 중얼거림이 흘러나오며 강한 살기가 뻗쳤다. 번뜩, 알티르의 소매가 움직이는 순간, 레니에는 팔꿈치와 무릎을 튕겨 황급히 자리를 피했다. 생각하고 어쩌고 할 수도 없는, 본능적인 반응이었다. 순간 그녀가 있던 자리에서 화르륵, 거대한 불꽃이 치솟았다.

"얌전히 죽지 않고 감히 도망을 쳐!"

알티르는 격노했다. 흰 소맷자락이 다시 펄럭거렸고, 레니에는 바닥을 굴러 다시 공격을 피했다. 레니에가 움직이는 궤적을 따라 불길이 다시 치솟았다. 공격이 다섯 번쯤 실패한 후, 격분한 알티르는 가슴을 움켜잡고 헐떡대며 고함을 질렀다.

"저놈을 잡아 묶어라!"

뒤에 서 있던 건장한 신관들이 그녀를 덮쳤다. 레니에는 몸을 옆으로 굴려 피하면서 양손에 잡힌 모래와 흙을 그들의 눈에 확

뿌리고 몸을 돌려 도망치기 시작했다.

"잡아라, 당장 잡아!"

삐이익, 삐이익, 삐익, 삐이익!

날카로운 휘파람 소리가 들렸다. 높낮이가 오락가락하는 걸 보니 의미가 정해져 있는 소리 같다. 이곳저곳에서 수런수런하는 움직임이 읽힌다.

레니에는 빠르게 달렸다. 숲이 너무 어두워 길이 도무지 보이지 않았다. 나무들은 비슷하게 생긴 데다 숲의 지형을 전혀 모르다 보니 점점 숨이 막히고 무서워졌다.

레니에는 달리면서 무기로 쓸 만한 무언가를 찾기 시작했다. 나무와 돌, 모래 외에는 아무것도 눈에 띄지 않았다. 뒤에서 쫓아오는 소리는 멀어졌다 가까워졌다 한다.

한참 달리던 레니에는 당황해서 자리에 멈춰 섰다. 저 나무가 눈에 익다. 저 나무는 분명…….

……아르마누?

"빌어먹을!"

방향을 모르고 계속 직선으로 달리게 되면 결국 왔던 자리로 돌아가게 된다 했는데.

하필 숨이 차서 따라가지 못하고 그 자리에서 기다리던 알티르와 눈이 딱 마주쳤다.

"아이 씨. 왜 하필!"

"네 이놈!"

알티르가 손을 다시 휘두르는 순간, 거대한 불길이 레니에의 옆에서 치솟았다.

"당장 거기 서지 않느냐, 당장 목을 찍어 내고야 말 것이다!"

빌어먹을! 너 같으면 서겠냐.

레니에는 다시 달렸다. 알티르의 고함과 휘파람 소리에 여기저기서 추적자가 몰려들기 시작했다. 탁탁, 탁탁탁탁. 레니에의 걸음은 가볍고 날랬으나 쫓는 사람은 여럿이니 몰이꾼에 둘러싸인 토끼처럼 몰릴 수밖에 없었다. 한참을 뛰다 보니 숨이 턱까지 차오르고 목구멍에서 피비린내가 올라왔다.

"간체르!"

다시 거대한 살기가 느껴지고, 레니에는 반사적으로 몸을 굴렸다. 이 살기 어린 공격을 대체 몇 번이나 피했는지 모르겠다. 신관들이 포위망을 좁히는지 공격이 점점 잦아지고 가까워진다.

"제기랄, 숲에 불이나 확 나 버리지!"

등이 후끈하더니 거대한 불덩어리가 바로 레니에가 있던 자리에서 커다랗게 폭발했다. 옷이 약간 탄 것 같지만 신경도 쓰이지 않는다. 레니에는 미친 듯이 달렸다. 펑! 펑펑! 다시 커다란 불덩어리가 날아와 바로 옆에서 터진다. 순간 위에서 다급한 목소리가 터졌다.

"레니에? 이게 무슨!"

"기치다 님?"

레니에가 두리번거리는 순간 다시 거대한 불이 두세 덩어리로 나뉘어 그녀의 뒤로 따라붙었다. 레니에는 포기하고 나동그라지듯 바닥에 엎어졌다. 등짝이 홀랑 타서 벗겨지지 않고는 피할 재간이 없을 것 같다.

"지이!"

등 뒤에서 펑펑, 소리가 나는가 싶더니 갑자기 사방이 조용해졌다.

펄럭.

나무 위에서 기치다가 뛰어내려 레니에의 앞을 막아선다. 레니에는 그 자리에 엎드린 채 와들와들 떨었다.

"기치다!"

멀리 서 있던 대신관이 숨을 고르며 천천히 다가왔다. 기치다는 고개도 돌리지 않은 채 작은 목소리로 물었다.

"무슨 일이지?"

"오후에 신전 근처에서 나무를 조금 했어요. 그런데 갑자기 알티르 님께서 나타나셔서……."

이가 으득 갈리는 소리가 났다.

"이런 멍청한! 여기가 황금숲이고 우리가 숲을 지키는 자들인 걸 잊었어?"

"……네?"

"이곳의 나무는, 특히 신전 옆의 나무 아르마누는 제의의 대상이 되는 신성한 나무라 절대 손대면 안 된다. 땔나무는 전부 외부에서 들여오는데, 누가 네게 그따위 일을 하라 했지?"

"몰랐습니다. 그냥, 어젯밤에 야다 님께서 장작이 너무 빨리 떨어진다 나무라셔서 아무 생각 없이……."

기치다는 눈썹을 찌푸리며 한숨을 쉬었다.

"알티르는 아르마누 나무와 몸과 영혼이 묶여 있어서 생사를 같이한다고 분명 얘기했다. 특히 아르마누의 가지를 꺾으면 알티르를 죽이려는 것으로 간주해. 못 들었어?"

"나, 나뭇가지 이야기는 정말 몰랐습니다. 기치다 님. 죄송합니다."

"너희를 교육하는 게 내 소관이니 내 책임이다. 내 뒤에서 꼼짝 말고 엎드려 있어."

"기, 기치다 님! 부, 불이! 아악!"

펑, 펑펑펑! 이제는 그의 앞으로 커다란 불길이 치솟았다. 기치다는 이번에는 불길을 없애는 대신 짧은 주문으로 방향을 바꾸고 크기를 줄였다.

화르르! 불길은 크기가 작아졌지만 완전히 사라지지는 않고 그의 소맷단과 머리카락에 들이박혔다.

기치다는 소맷단의 불이 팔뚝까지 올라와서야 뒤늦게 소멸 아크를 발현했다. 흐읍. 낮고 짧은 신음이 그의 입에서 튀어나오다 악물린 입술 속으로 사라졌다.

"기치다, 감히 누구 앞을 막는 거냐. 물러서라. 저 아이가 아르마누의 가지를 베었다."

"용서하십시오, 알티르. 저 아이는 봄의 축제 때 들어갈 노예입니다. 아이들을 제대로 교육하지 못한 제 불찰입니다. 아무것도 모르고 한 짓이니 부디 용서해 주십시오."

머리카락과 소맷자락이 시커멓게 탄 꼴로, 기치다는 그 자리에 엎드렸다. 레니에도 이마를 땅에 박았다. 다리가 후들후들 떨렸다.

"봄의 축제 때 들어갈 아이? 여자아이란 말이냐? 머리를 저리 박박 밀어 놓고?"

"머리 모양은 이렇지만 여자아이가 틀림없습니다, 알티르."

알티르의 눈썹이 확 일그러졌다. 정말 여자아이인지 확인해 보려는 듯 레니에의 엎드린 모습을 한참 훑어보았다. 겉모습으로는 짐작하기 어려웠지만, 기치다가 거짓말을 하는 것은 아닐 것이다. 적어도 제의에 참가할 소녀들로 거짓말을 할 멍청한 신관은 아무도 없었다.

다만 자신을 막아선 짓거리는 용서할 수 없었다. 기치다라는 놈은 사사건건 알티르와 대립하는 원리주의자들의 핵심 인물로, 신관으로서의 능력도, 지지 세력도 막강했다. 알티르는 노한 목소리로 씹어뱉었다.

"기치다, 네놈 하는 짓이 점점 우습고 방자해지는구나. 제의에 참가하는 아이들은 축제 기간 동안 아르마누의 현현이 된다. 어디서 저런 걸 데려와? 제의를 우습게 만들고 나를 능멸하려 했던 게냐?"

"천부당한 말씀입니다, 알티르. 이번에는 기일도 촉박하고 제가 처음 맡아 본 일이라 조건을 맞춰 열 명을 데려오기가 쉽지 않았던 것뿐입니다. 제가 어찌 감히 알티르를 능멸할 염을 품을 수 있겠습니까. 저 아이의 머리는 봄의 축제 전까지 크게 흉하지 않을 정도로 자랄 것입니다."

"저 아이가 아르마누를 베었다. 그 의미를 알고 있을 텐데?"

"모르고 한 짓입니다. 게다가 저 아이는 천족도 왕족도 아닌 천한 노예에 불과합니다. 알면서 감히 어찌 그리했겠습니까? 부디 자비를 베풀어 주십시오."

알티르는 여전히 노여움에 부들부들 떨었다. 기치다는 고위 신관으로서의 명예와 자존심까지 모조리 집어던진 듯, 이마를 흙바닥에 박으며 필사적으로 사죄했다.

"알티르, 한 번만 용서해 주십시오. 다른 것도 아니고 이번 축제 때 들어갈 아이입니다. 제가 감독과 교육의 책임에 소홀했으니 저를 나무라 주시고 부디 노여움을 거둬 주십시오. 제가 단단히 교육하여, 앞으로는 절대 이런 일이 없도록 하겠습니다."

평소라면 절대 볼 수 없는 기치다의 태도에 알티르는 잠시 말을 멈췄다. 불에 타서 엉망이 된 머리와 시커멓게 타 버린 소맷자락, 그리고 화상이라도 입었는지 붉게 부풀어 오르는 팔을 보며 알티르는 조금 분이 풀리는 것 같았다. 그는 레니에게 시선을 돌리고 날카로운 목소리로 추궁했다.

"레니에라고 했나? 너는 왜 다른 아이들처럼 잘 먹고 예쁘게 단장하는 연습을 하지 않고 숙소를 빠져나와 나무를 베고 있었지? 장작이 필요하다 했으면 주었을 것이고, 먹을 것, 입을 것이 필요하다면 모두 보냈을 것이다. 부지런히 먹어서 몸을 아름답게 살찌워야 한다고 명을 내리지 않았어?"

레니에는 엎드린 채 벌벌 떨며 대답했다.

"잘 먹고 있습니다, 알티르 님. 조금 전에도 과일과 하얀 빵을 먹었어요. 금방 짜서 끓인 양젖도 많이 마셨습니다. 장작이 모자란다 하셔서 아무 생각 없이 나무를 하러 나왔습니다. 황금숲의 나무를 베면 안 되는 건 몰랐습니다. 다시는 그러지 않겠습니다."

알티르는 무언가 한바탕 퍼부으려다 기치다를 향해 몸을 돌렸다.

"기치다, 네 말대로 네가 감독하던 노예의 잘못이니 네게 책임을 묻겠다. 팔을 다친 것 같으니 일단 치료하고 처소에서 명을 기다려라."

"명을…… 받들겠습니다, 알티르."

기치다는 금방이라도 의식을 잃을 것처럼 몸을 휘청거렸다. 알티르는 입술 끝을 비틀며 몸을 돌렸고, 흰옷을 입은 이쉬브들이 줄지어 뒤를 따랐다.

"기치다 님! 기치다 님!"

레니에는 눈물을 줄줄 흘리며 기치다에게 달려갔다.

그가 소매를 털고 자리에서 일어난다. 그렇게 곱고 아름답던 머리카락이 보기 흉하게 그을렸다. 소맷자락이 타서 소매 안쪽의 팔이 시뻘겋게 부풀어 오른 것이 보인다. 벌써 물집이 보이는 것이, 크게 화상을 입은 것 같았다. 대체 이걸 어떡하면 좋을까. 레니에는 그만 죽고 싶었다.

"이거, 어떡해, 어떡해요!"

"머리 아프다. 조용히 해."

그가 눈썹을 잔뜩 찌푸리며 내뱉는다. 레니에는 눈물이 잔뜩 괸 눈을 깜박깜박했다. 그가 상처를 잠시 바라보고 있자 시뻘겋게 변하던 피부색이 천천히 본래의 우윳빛으로 되돌아오기 시작했다.

"붉은색 위장 아크를 묵언으로 발현해서 화상을 입은 것처럼 꾸몄다. 위장 아크는 여인들이 아름답게 보이고 싶을 때 주로 사용하는데 이렇게 상처처럼 꾸밀 때도 쓸 수 있지. 그보다 내가 묵언으로 아크를 발현시켰다는 말은 아무에게도 말하지 마라. 알려지면 골치 아프다."

레니에는 입을 멍하니 벌린 채 말짱해진 손목을 바라보았다. 이상하다. 분명히 저 손목이 한참 불길에 휘말렸던 걸 봤는데? 뜨거워서 이를 악물던 모습도 분명 봤는데? 레니에는 멍청한 얼굴로 점점 희게 본 피부색을 찾아가는 팔을 지켜보다가 문득 진실을 알아차렸다.

기치다 님의 말은 사실이 아니다. 기치다 님은 알티르를 속이려한 게 아니라 지금 나를 속이는 중이다.

레니에가 울 것 같은 얼굴로 그의 손목을 자세히 보려 하자 그는 소매를 거칠게 휘둘러서 팔목을 휘감으며 확 짜증을 냈다.

"감히 내 몸을 확인할 참이냐. 그렇다면 그런 줄 알아라."

"호, 혹시…… 일부러 공격을 당하신 건가요?"

레니에의 떨리는 목소리에 그는 결국 짧게 한숨을 쉬며 고개를 끄덕였다.

"눈치가 너무 빠른 것도 좋진 않구나. 내가 말짱한 꼴로 알티르를 맞았으면 그의 분노가 가라앉지 않았을 거라서. 신경 쓰지 마라. 크게 덴 건 아니니 큰 흉은 안 남을 거고, 머리카락은 금방 자랄……, 레니에. 왜……!"

"으허어어어, 기치다 님! 죄송합니다. 잘못했습니다. 정말 잘못했습니다."

레니에는 그의 발 앞에 엎드려서 울기 시작했다. 긴 한숨 소리가 레니에의 등 위로 지나갔다.

"레니에."

긴 아마포 옷자락이 바스락거리는 소리가 들렸다. 그가 레니에의 앞에 무릎을 접고 앉는다. 생각보다 노하지는 않은 듯, 목소리가 담백했다.

"나무에 손대면 안 된다고 에우니케와 카를라에게 가장 먼저 알리라고 했을 텐데 네게 전달이 안 됐구나. 그 아이들이 너를 계속 따돌렸니?"

아아, 왜 이 중요한 정보를 듣지 못했는지 뒤늦게 이해가 됐다. 따돌림은 익숙하고 필요한 정보를 늦게 얻는 경우도 많았지만 오늘처럼 치명적인 결과가 나온 것은 처음이었다. 울음이 도무지 그치지 않는다.

"그만 울라고 했다. ……시끄럽고 머리 아프다니까. 내가 노예 아이 우는 것까지 달래 주어야 해?"

하지만 기치다 님의 말과 행동은 따로 놀았다. 쯧, 짧게 혀 차는 소리, 당혹스러운 혹은 짜증스러운 듯한 표정, 서투르지만 토닥토닥 두드려 주는 손길 중 어떤 것이 진짜인지 알 수 없었다. 삿된 감정이 느껴지지 않는 손길은 소름 끼치는 대신 따뜻하기만 해서, 레니에의 심장은 풍랑에 휩쓸린 조각배처럼 날뛰었다.

저 멀리서 민네와 야다가 달려오는 것이 보인다. 그들을 본 기치다는 바로 손을 떼고 자리에서 일어섰다. 얼굴은 아무 감정도 읽을 수 없는 냉랭한 표정으로 돌아가 있었다.

"그만 울어라. 민네에게 채찍질은 하지 말라고 얘기해 두마."

"네, 흐으, 네. 아, 안 울게요."

"알아 두어야 할 것들을 몇 가지 일러 줄 테니, 내 처소로 한번 오도록 해라. 알티르에게 제대로 교육하겠다고 약속했으니 이른 시일 내로 오는 게 좋겠지. 민네에게 말해 두겠다."

"예."

레니에는 그의 새파란 눈을 바라보며 고개를 끄덕였다. 그의 눈이 살짝 가늘어지며 웃음을 머금는 모습이 눈물에 잠겨 찰랑찰랑 흔들렸다.

미친 듯이 날뛰는 가슴은 오후 내내 가라앉지 않았다.

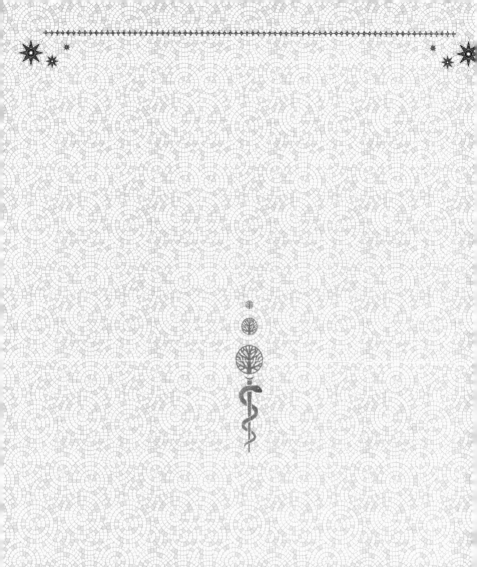

10. 원리주의자, 현실주의자

기치다의 처소는 신전에서 한참 떨어진 나무 위에 있었다. 신관들의 집은 황금숲에 속한 노예들이 함부로 오르지 못하는 나무 위에 지어졌고, 위에서 사다리를 내려 주지 않으면 아크로 오르내리는 수밖에 없었다.

레니에는 신관들의 집을 구경하느라 두리번두리번하면서 걸었다. 그러자니 치맛자락이 계속 나무뿌리에 걸려 나중에는 치마를 무릎까지 끌어 올려 잡고 걸어야 했다. 레니에는 지금까지 이렇게 치맛단이 질질 끌리도록 긴 치마를 입어 본 적이 없었다.

"얼른 따라오지 못하니? 봄의 축제 때는 너도 아르마누처럼 곱게 단장하고 참여해야 할 텐데 이러다간 한 걸음 뗄 때마다 치맛자락에 걸려 넘어지겠구나. 뭘 그렇게 두리번거리는 거냐?"

"아, 아니에요, 민네 님. 신관님들의 처소가 너무 신기해서요."

"무슨 큰 구경이 났다고, 촌스럽게."

그녀의 손을 잡은 민네가 퉁명스럽게 면박을 준다.

신관들은 자신이 살 집을 아크를 사용해 혼자 짓는다 했다. 집을 보면 아크의 사용 능력을 짐작할 수 있었기에 신관들은 자신의 집을 짓는 데 온갖 공을 다 들였다.

그래서인지 황금숲에서는 숲 바깥에서는 상상도 할 수 없는 특이한 형태의 집들이 많았다. 새하얀 흙으로 된 집, 새까맣고 반짝이는 돌로 된 집, 양털로 만들어진 집. 나뭇가지를 이상한 모양으로 엮어 올린 집도 있었다. 그 비싼 자주색과 보라색 염료도 집의 외벽을 치장하는 데 흔하게 쓰였다.

"헉! 미, 민네 님! 저, 저기에 이상한 게!"

레니에는 나뭇가지와 무성한 잎 사이에 가려진 이상한 집을 뒤늦게 발견하고 입을 딱 벌리고 말았다. 투명한 것도 같고 불투명한 것도 같고, 물 같기도 하고 얼음 같기도 하고, 뭔가 정체를 알 수 없는 공처럼 동그란 집이 나뭇가지 사이에 숨어 있었다.

"저기가 기치다 님의 집이다. 크지는 않아도 아크 운용 수준으로는 신전만큼 굉장하긴 하지."

레니에는 '신전보다 더 굉장한 것 같은데요.' 하는 말을 꼴깍 삼켰다. 기치다 님을 칭찬하는 민네 님의 표정이 썩 좋아 보이지는 않았다.

"어제 기치다 님께서 나서지 않았으면 너는 알티르 님 손에 바로 죽었을 것이다. 올라가서 제대로 감사 인사를 드리도록 해. 바라스."

레니에의 몸이 나무 위로 붕 떠올랐다. 으악 소리를 지르기도 전에 정수리가 나뭇가지에 부딪쳤다. 레니에는 허공에서 몸을 가누기 위해 한참 버둥거렸다. 민네의 짧은 웃음소리가 들렸다.

"이따 저녁 전에 데리러 오마."

"물로 만든 집이야. 신기하니?"

기치다가 웃으며 레니에에게 자리를 권했다. 레니에는 여전히 흥분을 감추지 못한 채 덜덜 떨며 벽을 더듬어 보았다. 누르면 출렁출렁하는 느낌은 나지만 물 위에 얇은 껍질을 씌워 두기라도 한 것처럼 손이나 옷이 젖지는 않았다. 바람을 뭉쳐서 만들었던 침대에 비할 바가 아니었다.

다행히 아래쪽에는 나무로 만든 바닥이 있었다. 바닥까지 이렇게 물렁물렁 출렁출렁했으면 어지러워서 한 걸음도 떼지 못했을 것이다.

가구가 생각보다 많은 편은 아니었다. 하지만 몇 점 안 되는 탁자나 책상, 침상 등은 향나무를 깎아 만든 것으로 선이 간결하면서도 나뭇결이 매끈하고 고급스러워 보였고 붉은 항아리에 세심하게 그려진 물고기 그림과 테두리 장식은 무늬가 비틀리거나 어긋나지 않았다.

모든 것이 고아하고 단정하면서도 은은하게 아름다웠다. 기치다 님의 취향이나 안목을 짐작할 수 있었다.

작업실로 쓰이는 듯한 안쪽 방에는 커다란 점토 덩어리가 젖은 천을 덮은 채 뭉쳐 있었고, 약초를 담은 듯한 작은 자루들이 수북하게 쌓여 있었다.

작업실 안에서는 하얀 신관복 차림의 누기그 몇 명이 바쁘게 약초 자루를 정리하고 점토를 밀대로 밀어 납작하고 반반한 판을 만들고 있었다. 레니에가 방문 틈으로 묵례를 해도 고개를 돌려 쳐다보지도 않았다. 기치다 님을 처음 만났을 때와 비슷한 반응이라 크게 놀랍지는 않았고, 다만 뻘쭘하기는 했다.

레니에는 자리에 앉아 한참 사방을 둘러보았다. 나뭇잎들 사이로 들어오는 햇빛은 반투명한 벽을 통해 안으로 보얗게 쏟아져 들어왔다. 하지만 물이 찰랑찰랑 잘게 움직이는 흐름 때문에 벽 너머의 모습이 보이지는 않았다.

"굉장해요……."

레니에가 눈을 휘둥그레 뜨고 감탄하자 기치다는 빙그레 웃으며 고개를 저었다.

"굉장하긴. 내가 주로 연구하는 게 불을 다루는 아크라서 물로 벽을 댔을 뿐이야. 집에 불이라도 냈다가 알티르의 노염이라도 사면 어쩌겠어."

"아, 네. 그렇겠네요!"

레니에는 얼빠진 얼굴로 열심히 고개를 끄덕였다. 기치다의 웃음이 조금 더 짙어진다.

"약초 공부도 조금 하는데, 이것저것 헤매다가 가끔 연기를 피울 때가 있어. 냄새가 퍼지지 않게 하자니 물로 만든 집만 한 게 없어서. 실은 이거 만들 때 복잡한 아크 수백 개를 한꺼번에 발현하느라 머리카락이 다 빠지는 줄 알았지."

"아, 걱정 마세요! 기치다 님은 대머리가 되셔도 아름다우실……."

"……거 고맙구나."

기치다의 말이 끝나기도 전에 레니에는 놀란 토끼처럼 뒤로 튕겨 도망쳤다.

"으, 으악! 이, 이게 뭔가요!"

눈앞으로 잘 익은 과일과 견과들이 소복하게 담긴 나무 접시가 둥둥 날아온다. 짓궂게 웃는 저 해사한 얼굴과 말간 눈을 보니 누가 한 짓인지 바로 알겠다.

조그만 노예 계집애가 놀라는 걸 그렇게 보고 싶으실까? 물론 새로운 기술을 자꾸 보여 주시는 건 좋은데 심장에는 너무 좋지 않았다.

294

"이거 뭘까. 문 앞까지 날아간 거야? 이난나 님께 또랑또랑 말대답도 잘하시던 용감한 아가씨는 어딜 갔을까."

레니에는 주저앉아 낑낑 우는 소리를 냈다.

"흐이⋯⋯. 그, 그래도 거기선 물건이 이렇게 막 허공을 날아다니진 않았⋯⋯ 우와, 건포도예요! 우와! 우와! 무화과 과자도 있어요! 우와, 기치다 님!"

갑자기 돌변하여 쟁반으로 돌진하는 레니에의 모습에 기치다는 목을 뒤로 젖히고 시원하게 웃기 시작했다.

"가나평원의 건포도와 무화과가 들어와 따로 준비해 뒀어. 꿀을 넣은 양젖과 아몬드도 있으니 편히 먹으렴. 먹으면서 네가 알아야 할 것들을 얘기해 주도록 하마."

작업실에서 약초를 정리하고 아크 점토판을 만들고 있던 기치다의 제자 키리아케와 사바토는 신경이 곤두섰다. 스승님이 집에 노예 아이를 들여놓은 것도 모자라 아예 귀빈 대접을 하고 계시다.

들어 보니, 올해 봄의 축제 때 참가할 노예 소녀 중 한 명인 것같다. 조그맣게 쟁알대는 목소리로 자못 걱정스러운 듯 기치다 님의 다친 팔 걱정을 하는 걸 보면, 어제 겁도 없이 아르마누를 꺾어 기치다 님 몸에 화상 자국을 남겨 놓은 괘씸한 년인 것도 알겠다.

하지만 더 이해할 수 없는 것은 그들의 스승인 기치다 님이 하는 말이었다. 불의 아크를 자주 써서 불을 낼까 봐 물로 벽을 만들었다? 약초 공부를 조금 하는 중이다?

기가 막혀서 말도 나오지 않았다. 겸양도 저 정도면 어거지다.

이 작고 동그란 물의 집은 역대 어떤 알티르나 신관들도 구현하지 못했던 형태의 집이었다. 사용된 아크의 수준은 이미 신전에 사용된 수준을 훌쩍 능가했다.

알티르 측 신관들은 인정하기 싫겠지만, 기치다는 신성석의 아크를 사용하는 기술과 수준 차이를 가장 오만하고 적나라한 방식으로 모든 신관에게 드러낸 셈이었다. 게다가 그는 황금숲에서 첫손에 꼽히는 치료 신관이기도 했다. 약초에 대한 지식은 남국에서 그를 따를 자가 없었다.

기치다는 자신의 기술을 함부로 전수하지 않았고 제자를 거두는 것도 몹시 까다로웠다. 기치다의 제자들은 황금숲에서 가장 총명하고 아크를 다루는 솜씨가 좋은 젊은 신관들 중에서 선정되었다.

스승은 실력이 좋은 대신 몹시 엄했다. 성정도 차고 냉혹한 데다 속도 짐작하기 어려워 모시기가 곤혹스러울 때가 많았다.

하지만 그 모든 것을 감수하고라도 그의 제자가 되고자 하는 신관들은 차고 넘쳤다. 그의 제자가 되는 것은 알티르의 호위 신관이 되는 것보다 훨씬 자랑스럽고 명예로운 일로 여겨졌다.

그런데 지금 어디서 굴러들어 온지도 모르는 천한 노예 계집 따위가, 일개 신관들은 대면조차 어려운 스승님과 마주 앉아 대머리니 뭐니 제자들조차 함부로 입에 담지 못할 망발을 하고 앉아 있으니 듣고 있는 제자들로서는 머리꼭지가 돌아 버릴 일이었다.

스승은 자신이 원하는 재능이 있는 자들을 특별히 총애하기는 했지만 그것도 천족에게나 해당하는 것이다. 저 콩알만 한 진흙인간 노예 계집이 총애의 대상에 해당될 이유가 없었다.

"어떤 계집인지 정신이 나갔구나. 주둥이를 찢어 놓을 테다. 가만, 내 상판이라도 한번 봐야겠구나. 스승님을 다치게 한 것도 모자라서 뭐가 어째?"

격분한 키리아케는 평소 스승님 앞이라면 입에 담지도 못할 폭언을 퍼부으며 문을 열고 나가려 했다. 옆에 있던 사바토가 급하게 소맷자락을 붙잡았다.

"그만두세요, 키리아케 님. 스승님께서 노여워하실 거예요."

"사바토, 넌 스승님이 어제 화상 때문에 얼마나 고생하셨는지 알면서 그만두란 말이 나와? 저 천한 것이 터진 입이라고 나불대는 소리가 안 들려?"

"어차피 봄의 축제에 참가할 아이 같은데요. 그깟 노예 계집아이 얼굴 따위 봐서 뭐하겠어요. 눈만 더러워지게."

실랑이를 하는데 밖에서 스승님의 맑고 시원한 웃음소리가 들린다. 두 사람의 움직임이 멎었다. 스승님이 저렇게 크고 시원하게 웃을 줄 알았다니, 도무지 믿을 수가 없다.

그들의 스승은 카타의 외모를 물려받았다는 천족 중에서도 눈에 띄게 아름다운 외양을 가진 반면 신경은 예민하고 몸은 강건하지 못했다. 우울과 권태에 젖어 있을 때도 잦았고, 그러다 보니 그가 측근들에게만 종종 보여 주는 웃음도 대부분 차갑고 짧거나 비틀려 있을 때가 대부분이었다.

저 웃음소리는 아무래도 이상했다. 스승의 상처를 걱정하는 노예 계집아이의 말에 스승님의 다독거리는 듯한 대답이 문틈으로 흘러들어 온다.

"내 머리카락은 금방 자랄 테니 염려 마라. 네 걱정이나 하지? 사내아이도 아닌데 머리카락이 이리 짧으니 알티르께 쓸데없는 오해를 사잖아. 맛있는 것 많이 먹고 빨리 머리 기를 생각이나 하시죠? 머리도 길고 볼도 통통해지면 지금보다 훨씬 예뻐질 거야."

침착하던 사바토의 손에서 점토판이 주르르 미끄러져 철걱, 소리를 내며 깨졌다.

"다른 것보다 나무들이 상하지 않도록 조심해라. 아르마누가 죽으면 알티르도 죽는다는 얘긴 했지? 잎이나 꽃이 떨어지는 정도는 상관없지만 가지가 부러지면 안 돼. 그걸 모르는 신참 노예들이 나뭇가지 하나라도 부러뜨리면 광장에 알몸으로 묶여서 채찍 50대는 맞을 거야."

"헉! 나뭇가지 하나로 채찍 50대요?"

어제 난 아슬아슬하게 죽다 산 거구나. 레니에는 몸을 부르르 떨었다.

"그나마 채찍질로 넘어가는 건 신관이 아닌 노예라서 봐주는 거야. 게다가 넌 제의에 들어갈 아이라서 그조차 면했지. 만약 신관이 일부러 아르마누의 가지를 부러뜨리다가 알티르에게 들키면 당장 목이 날아갈걸?"

"으으, 같은 천족님이신데 나뭇가지 하나 부러뜨린다고 어떻게 그렇게까지……."

"'고작 나뭇가지 하나'는 아니거든."

기치다는 의미심장하게 웃더니 물었다.

"알티르가 어떻게 뽑히는지는 혹시 알고 있니?"

"아뇨. 들어 본 적 없는데요."

"이건 남국의 어지간한 사람들은 알고 있는데……. 하긴 엘데 섬이 상당히 고립돼 있긴 했지."

촌뜨기라는 말을 우아하게 돌려 말한 신관님께서 고개를 숙이고 낮은 목소리로 숙설거리기 시작했다.

"중앙의 아르마누에는 눈부시게 빛나는 황금빛 가지들이 있다. 아르마누의 손가락이라 불리는 가지들이지. 그것을 꺾어 들고."

"예."

"그것으로 알티르를 죽이는 신관이 다음번 알티르가 되는 거야."

헉, 레니에는 너무 놀라서 입을 틀어막았다.

"밤에 잠을 자다 암습으로 살해당한 알티르는 헤아릴 수 없이 많아. 숲의 수호자는 그래서 잠을 이루지 못하고, 그래서 사람을 믿지 않는다. 특히 최측근 신관들은 절대 믿지 않는다."

"아……."

"믿을 것은 자신을 선택한 신성한 나무 아르마누뿐이지만, 아르마누 역시 언젠가는 그를 버린다. 나이를 먹어 힘과 총명과 아름다움을 잃어 가는 알티르를 버리고 더 젊고 강건한 사내를 선택하게 되지. 카타를 버리고 떠난 전설 속 아르마누처럼."

레니에는 입을 틀어막고 우들우들 떨었다. 아르마누와 여섯 날개의 카타가 사랑하여 낳은 후손들 사이에서 왜 이렇게 잔혹한 전통이 생겨났을까?

"알티르는 알티르가 된 순간부터 언제 죽을지 모르는 위협 속에서 살아가야 해. 욕망이 강렬했던 만큼 치러야 할 대가도 크거든. 만물이 잠들고 쉬는 밤에도 혼자 잠들지 못하고 나무를 지켜야 하지. 핏발이 선 눈으로 차기 알티르가 될지 시체가 될지 모르는 동료를 기다린다."

기치다의 속삭이는 소리가 더욱 어둡고 습해진다.

"젊고 힘이 넘치는 새로운 신관이 황금빛 나뭇가지를 꺾고 알티르에게 도전을 신청하면 알티르 역시 나뭇가지를 꺾어 들고 그를 맞아야 한다. 아크나 무기 없이 아르마누의 손가락과 완력만으로 싸워야 해. 그렇게 두 사람이 목숨 걸고 얽혀 싸울 때, 아르마누는 그녀의 손가락으로 선택하지. 더 젊고, 더 강건하고, 더 지혜롭고, 더 생명력이 넘치는 자를."

그는 요요하게 웃으면서 레니에의 머리를 쓰다듬었다.

레니에는 목이 좔아붙는 기분으로 그를 올려다보았다. 그의 얼굴에 얽혀 있는 감정이 너무 강렬해서 무엇을 의미하는지 읽기가 어려웠다.

숲은 신성하지도 않고 고결하지도 않다. 바람둥이 이난나 여신보다 더 음탕하고, 전쟁의 이난나 여신보다 더 잔혹했다. 기치다 님은 이 사악함이 느껴지지 않는 걸까?

"알티르 님의 자리는 고귀한 것 이상으로 외로운 자리겠네요."

"끔찍하게 외롭고 고통스러운 자리지. 적지 않은 알티르들이 정신착란을 일으키거나 광기에 휩싸여 폭군이 됐다고 해."

기치다는 재미있다는 듯 웃으며 덧붙였다.

"하지만, 신관 중에서 그 자리를 꿈꾸지 않는 자는 단 한 명도 없어. 하늘과 대지의 사랑을 받았던 이 황금숲과 혼연일체가 되는 알티르라는 자리는, 천족의 후손이라면 누구나 본능처럼 탐욕하게 되거든. 사랑에 빠진 카타가 아르마누를 탐욕했던 것처럼. 누구도 피할 수 없는 지독한 열병이지."

레니에는 몸을 부르르 떨었다. 저주와도 같은 잔혹한 전통에 기치다가 얹히자, 갑자기 슬프고 힘겹게 느껴진다.

"그럼, 알티르 님이 지금 기치다 님을 싫어하는 이유가 그런 불안감 때문인가요?"

"글쎄. 그러기엔 알티르께서 나를 너무 심하게 미워하는 것 같지 않아? 도전할 수 있는 신관이 나 하나도 아닌데?"

그는 서늘한 물벽에 등을 기대며 반쯤 감은 눈으로 레니에를 응시했다. 분명 웃는 얼굴인데, 아까와 같은 따뜻함이 느껴지지 않는다. 알티르에 대한 반감 때문일까. 그의 말에 어쩐지 얼음이 서린 것처럼 느껴진다.

"레니에. 역대 알티르 중 많은 이들은 북국 수인종족, 특히 소금산 부족을 멸살하려 최선을 다했단다. 그 진짜 이유를 아니?"

"소금산 부족이 신성석을 못 캐도록 막기 때문이라고……."

"그건 대외적으로 내보일 만한 이유지. 그런 이유만으로 한 부족을 모조리 멸절시키려는 번잡한 짓을 해야 할까? 내가 여기 오면서 들려주었던 황금숲의 전설을 생각해 보면 짐작할 수 있을 텐데."

그가 사각사각 날 선 목소리로 속삭였다. 순간 머릿속이 띵, 울렸다.

레니에는 입을 덩그러니 벌린 채 천천히 고개를 끄덕였다. 아, 그래. 생각. 난다. 이유를 알 것 같다. 기, 기치다 님, 당신이 원하는 것이 무엇인지 알 것 같다.

"카타가 잃었던 것……을 정말 되찾으려고 하시는 건가요?"

아, 하하하. 머리 위로 흡족한 듯한 웃음소리가 지나간다.

"그래. 그걸 원하는 신관들을 원리주의자라고 한단다. 그리고 나는 현재 원리주의자들의 열렬한 지지를 받고 있지."

어깨와 등으로 오싹 소름이 내달린다. 역시 그랬구나. 기치다 님은, 아니 천족 신관들은 지금까지 그 전설을 정말로 믿고 있구나.

"반면, 우리가 주장하는 이상을 포기하고, 지상에서 강대한 나라를 만드는 데 힘을 모으자는 신관들을 현실주의자라 해. 현 알티르인 키로스도 그렇고, 네가 아는 민네나 야다도 현실주의자들이야."

아하. 레니에는 그제야 기치다 님과 알티르 혹은 민네나 야다 사이의 골을 이해할 수 있었다.

"우리는 그들을 변절자라 부른다. 카타와 우투가 준 임무를 방기하고 속세의 부와 권력을 추구하는 타락한 자들이지. 두 파는 도저히 화해할 수 없을 지경으로 갈라졌어. 민네만 해도 하나뿐인

딸과 의절했지. 딸이 몇 해 전에 원리주의자로 전향했거든."

그가 목소리를 잔뜩 낮추어 속삭이는 목소리는 꿀에 절인 것처럼 달콤해진다.

"우리는 카타처럼 아르마누를 기다릴 이유가 없어. 기회가 닿는 대로 아르마누와 식인수리의 후손이 살았다는 소금산 사람들을 멸절시켜서 빛의 영광을 찾은 후, 영원한 생명을 맡아 두고 있는 신성한 나무를 불사르고 우리의 고향인 하늘로 돌아가면 되는 거야."

"신성한 나무가 죽으면, 나무와 묶인 알티르도 돌아가시잖아요!"

"땅에 매인 인간의 껍데기가 죽는 동시에 천족으로서 영원한 생명을 돌려받게 되지. 너 같으면 이따위 진흙 껍데기에 연연해서 천족으로서의 새로운 생명을 포기하고 싶겠니?"

"아…… 다행이다. 그렇군요."

레니에는 저도 모르게 안도의 한숨을 쉬었다. 그래 놓고는 왜 안도의 한숨이 나왔는지 몰라서 조금 어리둥절했다. 기치다의 웃음이 묘해졌다.

"나는, 내 명이 다하기 전에 천족에게 주어진 신성한 임무를 완수할 생각이다."

그 말은, 기치다 님이 알티르가 돼서 북국을 정복하고, 소금산 부족을 한 명도 남김없이 멸절할 거라는 말인가? 부드럽고 다정한 어조와 무시무시한 내용 사이의 괴리감은 컸다. 그래서 레니에는 그의 말이 주는 잔혹함이 제대로 실감이 되지 않았다.

그러면 기치다 님은 언제쯤 알티르가 되실 건가요? 언제 황금가지를 꺾어서 도전하실 생각이세요?

레니에는 묻지 않았다. 안쪽의 작업장에 제자들이 있기도 하지만, 함부로 물어서는 안 될 내용이라는 생각이 들었다. 레니에가 입술을 달싹거리면서도 끝내 궁금한 것을 묻지 않고 삼키자 기치다는 매끄럽게 웃으며 허리를 바짝 숙이고 속삭였다.

"레니에. 숲의 수호자라는 자리는 엄청난 것이 걸려 있지만, 한편으로는 저주받은 자리란다. 아무도 믿을 수 없고, 지켜 주는 자조차 극도로 불신하게 되는 자리지. 끔찍하게 외롭고 고독해진다. 미치지 않고 버티는 것만으로도 버거울 정도로."

레니에는 주변의 공기가 점점 이상해지는 것을 느꼈다. 기치다 님은 왜 나한테 이런 말을 하실까? 천한 노예 아이 따위에게 굳이 해 줄 필요가 없는 비밀스러운 말. 무언가 감추고 있는 듯한 기치다 님의 미소. 이해할 수 없을 만큼 다정한 태도.

그럼 지금 기치다 님은 내게 뭔가 원하시는 게 있는 걸까?

레니에는 말 밑에 숨은 꼬리를 잡기 위해 필사적으로 생각했다. 기치다 님께서 정말 원하시는 것. 알티르가 되기 위해, 혹은 되고 나서 가장 절실하게 필요한 것. 황금숲에 들어설 때 기치다 님께 들었던 말, 그리고 조금 아까 들었던 말이 불현듯 떠올랐다.

— 각 도시에서 불안에 떠는 왕이나 대신관, 전장의 전사들이라면 살기를 보는 네 능력을 몹시 탐낼 테고.

— 끔찍하게 외롭고 고통스러운 자리지: 적지 않은 알티르들이 정신착란을 일으키거나 광기에 휩싸여 폭군이 됐다고 해.

생각이 어떤 지점으로 명료하게 모여들기 시작했다. 레니에는 고개를 들어 그의 눈을 바라보았다.

"기치다 님. 제가 곁에서 지켜 드릴게요."

그의 눈이 가늘어진다. 레니에는 그 눈을 보는 순간, 자신이 읽은 것이 틀림없다는 확신을 얻었다. 다시 한 번 힘을 주어 말했다.

"기치다 님. 제가 최선을 다해서 기치다 님을 지켜 드리겠습니다. 저는 밤눈이 밝은 사냥꾼이고 위험한 기척이나 살기를 가장 잘 알아차릴 수 있어요. 무엇보다 저는 신관이 아니고 신전의 노예라서 안심하실 수 있어요. 저를 기치다 님의 호위 노예로 삼아 주세요. 기치다 님이 스스로를 지키지 못할 시간에, 제가 목숨을 걸고 기치다 님을 지켜 드리겠습니다!"

그가 갑자기 크게 웃기 시작했다. 와하하하, 아하, 아하하하! 물로 된 벽이 부르르 떨릴 정도로 진동했다.

"황금숲의 기치다가 살다 살다 이런 말도 들어 보는구나. 그것도 나 아니었으면 어제 불에 타 죽었을 꼬꼬마 아가씨한테?"

맙소사. 잘못 짚었나?

레니에는 뒤늦게 정신이 번쩍 들었다. 아니 그보다 오늘 정말 정신이 나갔나 보다. 어제만 해도 제 한 몸 건사하지 못하고 지질지질 도움을 받은 주제에 지켜 드리겠다 안심하시라 망발을 하고 앉았다.

뒤늦게 레니에가 허둥지둥 쩔쩔매자 기치다는 딱, 소리가 나도록 이마에 꿀밤을 때렸다.

"좋다. 약속은 잘 받았다. 말에는 이루어지는 힘이 있다고 하니, 기억해 두마."

그가 눈을 가늘게 뜨고 빙글 웃었다. 한쪽 입술 끝이 살짝 비틀린 듯한, 웃음기가 거의 느껴지지 않는 웃음. 레니에는 그가 진심으로 흡족해할 때 저렇게 웃는다는 것을 나중에야 알게 되었다.

노예 아이가 숙소로 돌아가고 난 후, 사바토와 키리아케는 조심스럽게 작업실 문을 열고 나섰다. 스승에게 물어보고 싶은 것이 태산 같았지만, 그랬다간 스승의 성격으로 보아 큰 노여움이나 사기 십상이라 얌전히 인사나 드리고 갈 요량이었다.

하지만 두 사람은 문을 열자마자 어깨를 움찔하며 발을 멈췄다.

물의 벽을 통해서 노을빛이 부드럽게 스며들고 있었다. 불이 꺼진 거실의 눅진한 어둠 속으로 황금빛과 핏빛의 낙조가 살짝 녹아들어, 어두운 공간은 달고 나른한 분위기가 가득했다.

그 공간 한가운데서, 스승은 긴 의자에 한쪽 팔을 괴고 비스듬히 누워 있었다. 길고 아름다운 금빛 머리칼이 의자 아래로 흘러내려 바닥에 사르르 휘감겨 고이고, 온몸을 감싸고 있는 얇은 아마포 신관복은 그의 늘씬하고 미끈한 몸을 가장 우아하면서도 관능적인 방식으로 드러내고 있었다. 숨이 턱 막혀서 말도 제대로 나오지 않았다.

스승님께서는 노예 아이 앞에서 저러고 계셨단 말인가?

아니, 그보다 그 천한 것이 감히 스승님의 저런 모습을 보고 있었다고?

두 사람은 얼굴도 모르는 노예 계집에게 심한 분노가 치밀어 오르는 것을 느꼈다.

"길이 어둡구나. 오늘 고생 많았다. 조심해서 들어가렴."

뭉근하게 퍼져 가는 어둠 속에서 부드러운 목소리가 흘러나온다. 사바토와 키리아케는 흠칫 놀라 스승의 얼굴을 살폈다.

스승의 시선은 그들을 향하고 있지 않다. 스승은 눈을 반쯤 감은 채 탁자에 흩어진 과일과 과자 부스러기를 물끄러미 응시하고 있었는데, 입가에는 그들이 지금까지 단 한 번도 보지 못한, 너무나 생소한 웃음이 걸려 있었다.

아주 잠시, 그의 입술 사이로 짙은 날숨 소리, 혹은 가벼운 신음 비슷한 것이 흘러나와 허공으로 스며든다. 그 소리로 인해 황금빛이 어스름하게 스민 어둠이 더욱 농밀해지고, 그를 둘러싼 공기는 몹시 고혹적이고 퇴폐적이며, 숨 막히게 달콤하게 변했다.

11. 아크

"야야야! 며칠 전에 기치다 님이 알티르 님하고 대결할 뻔했대."

"왜? 무슨 일로?"

갑자기 방이 왁자해진다. 레니에는 방구석에서 귀를 쫑긋 세우고 노예 소녀들이 떠드는 소리에 귀를 기울였다.

"그건 모르지! 알티르 님하고 기치다 님이 발현한 아크가 팡, 부딪쳤는데, 한 번은 막상막하였고, 한 번은 기치다 님이 살짝 밀렸대. 그래도 대단했다고 그러더라."

"와, 정말? 그러면 기치다 님은 알티르 님하고 실력이 엇비슷한 거야?"

"그런데 대체 무슨 일이 있었던 거야?"

레니에는 그 사건을 바로 코앞에서 본 장본인이지만 말 한 마디 꺼낼 수 없었다. '그거, 나 때문에 일어난 일이야!' 하고 나설 순 없는 일 아닌가. 듣기 민망해서 귀를 막아 봐도, 손을 뗄 때마다 그놈의 '기치다 님'에 대한 이야기만 계속 들려와서 레니에는 괴로워 죽을 지경이었다.

기치다 님은 레니에만 홀린 게 아니었다. 같이 따라온 아홉 명의 소녀들도 홀랑 홀려 버렸다.

각 성의 왕들보다 고귀한 천족인 기치다 님은 소녀들이 만나 본 어떤 사내들보다 아름답고 친절했다. 채찍질 한 번 한 적이 없고, 매일 과일과 호밀빵, 견과와 꿀과자, 따끈하게 데운 양젖 따위를 쟁반이 넘치도록 대 주었다. 노예 소녀들은 난생처음으로 배불러 터질 정도로 먹고 마시면서 기치다 님에 대해서 종일 수다를 떨었다.

"기치다 님은 결혼하셨겠지? 부인은 어떤 분일까?"

"글쎄? 아무래도 천족이시니 누기그 님하고 결혼하셨겠지?"

"아이들은 몇 명이나 있을까?"

"그런데 기치다 님 결혼하신 거 맞아?"

다들 꿀 먹은 벙어리가 됐다. 레니에 역시 저도 모르게 긴장했다. 그때 기치다 님 집에 갔을 때, 제자들은 있었지만 아내나 아이들은 분명 없었다. 에우니케가 조금 자신감 없는 소리로 끼어들었다.

"아니야, 신관님들 결혼 안 하신대. 전에 모시던 주인님이 그렇게 얘기했어."

"그럼 아이들은 어떻게 낳는데? 여기 오시는 민네 님이나 야다 님만 해도 가끔 딸이나 아들 얘길 하시잖아."

"하지만 두 분 다 남편인 이쉬브 님 이야기는 안 하시잖아."

순간 한꺼번에 입이 달라붙은 것처럼 수다가 멈췄다. 결혼 안 해도 아이는 낳을 수 있지만, 그렇다면 그 뒤로 이어지는 이야기에 필연 불경한 상상이 포함되기 때문에 더 이상 뭐라 말을 할 수가 없었다.

레니에 역시 귀를 쫑긋 기울이다 고개를 갸웃했다. 결혼을 안 하고도 아이들이 있다면, 그럼 대체 뭐가 어떻게 된 거지? 다들 비슷하게 난처해졌는지 에우니케가 어물어물 말을 돌렸다.

"아, 그러고 보니 신전 아래층에, 아직 신관이 되지 못한 어린 천족들이 공부하는 곳이 있어. 어제 그곳에 심부름을 갔는데, 거기 아이들은 금발 아니다? 까만 머리도 있고 갈색 머리도 있어."

"어? 천족들은 원래 전부 금발 아니야?"

아니야! 신성석에서 아크를 발현하는 통과의례를 거쳐야 머리카락이 금발로 샥 바뀐댔어.

하지만 레니에는 대답하지 않았고, 동료 소녀들은 열심히 고개만 갸웃거리며 상상의 나래를 펼쳤다. 그 상상은 대체로 불경하거나 의아하거나 달콤한 방향으로 흘렀고, 방은 이내 가벼운 한숨과 함께 나른한 침묵에 감싸였다.

문가에서 야다의 날카로운 목소리가 들린다.

"레니에! 레니에! 당장 예쁜 옷을 입고 머리쓰개를 하고 나와라. 기치다 님께서 부르신다."

뒤에 둘러앉은 동료 소녀들의 눈이 동그래졌다.

❖ ⚕ ❖

"기치다 님은 항상 집에 계시나요?"

"거의. 신관들은 알티르의 명대로 아크 점토판을 만들어야 하는데 나는 할당량이 많거든."

"기치다 님의 실력이 엄청 뛰어나서 그럴 거예요!"

"아, 물론 내가 실력이 없지는 않지. 하지만 누군가가 내가 집에만 틀어박혀서 아크 점토판만 만들다가 정기를 다 뺏기고 늙어 죽기를 바라는 게 문제지."

레니에는 그 누군가가 알티르 님이라는 것을 바로 알아차렸다. 현실주의자 대신관이 원리주의자의 우두머리를 대놓고 짓밟고 있다는 게 빤히 보였다.

하지만 갓 들어온 신참 노예가 그런 고도로 정치적인 주제에 대해 길게 얘기하는 건 위험천만한 짓이었다. 레니에는 기치다 님이 직접 데워 준 꿀을 넣은 염소젖을 홀짝홀짝 마시며 눈치껏 화제를 돌렸다.

"아크는 종류가 많은가요?"

"많지. 신관들이 계속 개발하고 있으니까 점점 더 많아질 거고."

"개발……이요? 와, 정해진 주문을 배워서 사용하는 게 아니고 개발도 하셔요?"

"그럼. 내가 좀 능력이 있지."

레니에는 그의 말버릇이 재미있어서 깔깔대고 웃었다.

"그런데 기치다 님, 아크는 어떻게 개발하는 거예요?"

"그래. 그러잖아도 오늘은 아크에 대해서 교육할 참이었다. 신전의 노예가 아크에 대해서 이렇게 깜깜 무지렁이면 그것도 알티르의 노여움을 살 일이니."

기치다는 맞은편에 있는 장의자에 편히 기대앉았다.

"신성석은 여섯 날개 카타와 그의 분신인 천족 전사들이 아름다운 돌로 변한 거라고 말했지?"

"예."

"그리고 돌이란 건 원래 큰 힘으로 긴 시간 동안 짓눌려서 단단해진 거야. 그렇지?"

"예."

"또, 신성석의 아름다운 색깔엔 카타가 갖고 있던 눈부신 아름다움이 여전히 깃들어 있지. 그리고 놀랍겠지만, 이 차가운 신성석에는 용암처럼 엄청나게 뜨거운 열기도 숨어 있단다."

어쩐지 숙연해졌다. 몸과 마음을 모조리 녹일 정도로 뜨겁게 끓어올랐던 카타의 사랑을 생각하면, 신성석에 뜨거운 열이 숨어 있다는 말도 당연하게 느껴졌다.

"지금까지 신관들이 밝혀낸 신성석에 담긴 힘은 이 네 가지다. 짓누르는 힘, 뜨거운 열, 긴 시간, 그리고 아름다운 빛깔. 그중에 시간은 우리가 다룰 수 없어. 그래서 우리 신관들은 남은 세 가지 힘을 뽑아내서 백성들이 여러 용도로 사용할 수 있게 응용해서 개발하는 거야."

"우와, 신기해요."

레니에는 조금 얼떨떨해서 그의 팔에 감긴 돌들을 바라보았다.

"그리고 아크를 사용하기 위해서는 발현하는 주문인 엔이 필요하지. 자, 그럼 뜨거운 바람을 일으켜 볼까. 샤한, 미르."

순간 뜨거운 바람이 훅, 레니에의 몸을 훑고 지나간다.

"간체르."

작은 불꽃 하나가 신성석 팔찌가 걸린 그의 손끝에서 튀어나와 레니에의 앞에서 타오르기 시작했다. 레니에가 헉, 하며 물러서자 기치다는 손가락을 튕겨서 작은 불꽃을 물벽으로 휙 밀어냈고, 불꽃은 칙, 소리를 내며 사라졌다.

"강하게 누르는 힘은 여러 가지 방향으로 응용할 수 있어. 공기, 물, 물건들을 이리저리 움직이고 뒤틀고 여러 가지 모양으로 만들 수 있지."

"맞아요. 그때 저 물벼락…… 아니, 씻겨 주실 때, 허공에 둥둥 떠 있던 물이 긴 뱀처럼 변했었어요."

"……용이었어."

"아, 어, 어쩐지 뱀치고는 굉장히 뚱뚱하다고 생각했어요. 용, 용 생각을 못 했어요."

레니에는 허둥지둥 말을 돌렸다. 기치다의 미소가 짓궂어진다.

"레니에. 내가 그때 용의 네 발과 날개까지 형태를 잡아서 만드느라 애를 먹었는데 못 봤어?"

아니 그렇게 기절할 것처럼 정신없는 와중에 물 덩어리에 발이 달렸는지 날개가 달렸는지 그걸 어떻게 봐. 그리고 기치다 님, 고작 물벼락을 내릴 물을 퍼 올리면서 왜 그렇게 쓸데없는 곳까지 섬세하신 거예요. 레니에는 진땀을 쫄쫄 흘리며 대답했다.

"아, 그, 그, 거짓말을 하면 안 되지만, 발인지 날개인지 비슷한 거 본 것 같아요. 네."

짓궂은 신관님이 소매로 입을 가리고 웃기 시작했다. 아무래도 콩알만 한 노예 아이를 놀리는 데 재미가 들리신 게 분명했다.

레니에는 조금 뻘쭘해서 고개를 살짝 옆으로 돌렸다. 저번에도 그랬지만 어째 조금, 아니 많이 민망한 것이, 기치다 님은 집에서 꽤 점잖지 못한 옷을 입고 계셨다.

약식 신관복인지 뭔지 옷자락이 길기는 긴데, 속이 반쯤 비칠 정도로 얇고 하늘거리는 아마포 통옷이었다. 그 위에 별도의 겉옷이나 어깨 덮개도 없이 잘랑잘랑 흔들리는 긴 귀걸이와 가슴까지 늘어지는 세 겹 목걸이만 걸고 있었는데 장식도 소맷단과 아랫단에만 있고 요대조차 없어서, 저렇게 몸을 살짝살짝 움직이기만 하면 몸의 윤곽이 너무 적나라하게 드러났다.

게다가 고양이가 야살스럽게 늘어져 봄볕을 쬐는 것처럼, 저렇게 긴 의자에 반쯤 누워서 나른하게 손을 살랑살랑 움직이며 웃는 모습을 보면 이게 참, 가슴하고 아랫배에서 뭔가 보글보글 끓어오르는 것 같고, 손발이 간질간질 곱아들고 얼굴이 화닥화닥하고 침이 꼴딱꼴딱 넘어가면서, 눈을 어디에 둘지 모르게 되는 것이다.

물론 그동안 다른 남자들에게서 계속 느껴 왔던 위협이나 두려운 기운은 전혀 없었다. 기치다 님에게서 풍기는 건 부드럽고 우호적인 분위기가 틀림없었다. 기분 나쁘거나 도망치고 싶다는 마음도 전혀 들지 않는다. 그런데 이 거북함은 도대체 무슨 일인지 모르겠다.

레니에는 우물쭈물하며 말을 돌렸다.

"그럼 기치다 님, 그때 눈에 안 보이는 침대를 만들어 주신 것도 '강하게 누르는 힘'으로 만드신 건가요? 과일을 따실 때 만든 바람칼도요? 어, 그런데 바람칼 만드실 때 주문이 훨씬 길었던 것 같긴 해요."

"맞다. 바람칼은 침대 만들 때보다 훨씬 강하게 압축한 다음에 가장자리를 날카롭게 다듬어서 만들어."

"그럼, 공기가 아닌 물건을 단단하게 만들 수도 있나요?"

"그렇지. 하나를 가르치면 열을 아는구나. 돌로 만든 칼이나 돌화살, 흙을 구워 만든 괭이나 돌도끼나 농기구 같은 것에 단단해지는 아크를 걸면 청동으로 만든 것만큼이나 단단해져."

"아, 네."

"이런 말 하기는 뭣하지만, 그 기술을 개발한 게 바로 나란다."

"우와! 굉장해요! 기치다 님 대단하세요! 어떻게 그런 꼭 필요하고 모든 사람에게 도움이 되는 기술을 개발하실 수 있으세요! 백성들이 모두 모여서 기치다 님께 절을 해야 한다니까요?"

레니에가 갑자기 손뼉까지 쳐 대자 기치다는 아예 시원하게 폭소를 터뜨렸다.

"그거 말고도 사람을 공중에 띄워 날게 할 수도 있고, 굉장히 많은 힘을 쓰면 강물을 끌어 올려 비가 오게 할 수도 있고, 열과 바람을 섞어서 팽이처럼 돌리면 조그만 폭풍도 만들 수 있다. 음. 이건 비밀로 해 주렴. 알티르 님이 썩 좋아하실 것 같진 않아."

레니에의 반응이 재미있던 듯, 기치다의 자랑이 조금 더 길어졌다.

하지만 레니에는 더 이상 웃거나 손뼉을 칠 마음이 들지 않았다. 세상에, 아무리 천족이라지만 대기의 신 엔릴도, 폭풍의 신 이쉬쿠르도 아닌데 비와 폭풍을 일으킬 수 있다고? 등짝으로 슬그머니 소름이 돋는다.

"마지막으로 이런 것도 있어."

눈앞에 나타난 것은 벌꿀처럼 노랗고 투명한 색깔의 신성석이었다.

"투명한 황금 같아요."

"예쁜 표현이구나. 밖의 세상에선 호박이라고 하는데 아직 본 적은 없나 보구나. 여기선 이런 아크를 추출할 수 있어. 이리쿠르 쿠그시그 딜리브."

엔이 끝나기가 무섭게 두피가 화끈해지는 느낌이 들었다. 레니에가 어리둥절해서 눈을 동그랗게 뜨고 고개를 갸웃거리자 그의 웃음이 조금 더 커진다.

"기다려 봐라. 보면 깜짝 놀랄걸. 쉬르 미르, 키추라 바주, 딜리브, 페쉬."

그가 길게 중얼거린 직후 가벼운 바람이 일었다. 전에 과일 따 줄 때 들었던 엔과 비슷한 것 같은데? 생각하는 순간 아주 미세하게 사그락, 하는 소리가 들렸다. 머리와 어깨 쪽으로 쭈뼛, 한기가 일었다.

"무, 무슨……?"

레니에는 번개처럼 몸을 낮추고 뒤로 구르듯 몸을 물렸다. 이유도 모른 채 튀어나온 본능적인 반응이었다. 고개를 들자 기치다의 빙긋 웃는 얼굴이 들어왔고, 레니에는 다시 몸을 튕겨 문 옆으로 바짝 붙어 엎드렸다.

"어, 이, 이건?"

두리번거리는 순간 머리에서 무언가가 바닥 위로 포스스 떨어진다. 노르스름한 고양이 털이나 개털 부스러기 같은 것이었다. 레니에는 우들우들 떨며 노란 털 부스러기를 내려다보았다.

이 노란 털은 뭐고, 지금 내 몸은 왜 이렇게 떨리지? 나 모르는 공격이라도 당한 건가? 순간 기치다의 맑은 웃음소리가 들렸다.

"……기치다 님?"

"그렇게 놀란 토끼처럼 뛸 건 뭐니. 그건 네 머리카락이야. 이 신성석의 색깔을 네 머리로 옮겼어. 호박색 머리카락이라니, 그대로 머리를 기르면 황홀하겠구나. 금발로 변한 소감은 어때?"

"그, 그럼 이 개털 부스러기 같은 게……."

"개털……. 음, 개털이 아니고 네 머리카락이야. 금발이 된 걸 보여 주려고 바람칼로 앞머리를 조금 잘랐어. 그런데 살기가 없는데도 반응이 엄청나게 빠르구나. 좋다. 어디 가든 등에 칼 맞을 걱정은 없을 테니."

"바람칼로 머리를 잘랐다고요?"

레니에는 기겁해서 고함을 질렀다. 어쩐지 아무 이유도 없이 소름이 쫙 끼치더라니. 뒤늦게 공포감이 엄습해, 레니에는 문에 등을 대고 와들와들 떨기 시작했다.

기치다 님은 정말 아무런 생각 없이 머리카락을 자르셨겠지만,

그때 조금이라도 머리를 움직였으면 그 자리에서 모가지가 날아가는 거였다.

공황 상태에 빠진 레니에를 보며 기치다도 당황했다.

"왜 이렇게 놀라니, 레니에? 금발이 어때서. 예쁘다, 레니에. 정말 잘 어울려. 이 상태로 기르면 정말 이난나 여신처럼 예쁠, 아, 금발이 싫으냐? 아, 알았다. 미안. 그러고 보니 내가 묻지도 않고 바꿨던 거구나. 원래대로 돌려놓으마. 아윽! 이리쿠르 수 딜리브. 아니, 아니아니! 바르! 바르! 바아르!"

"……아?"

정수리로 써늘한 바람이 지나갔다. 레니에는 다시 바람칼날이 날아오기 전에 얼른 옆으로 몸을 물린 후 떨리는 손으로 머리카락을 뽑아 보았다. 예전과 똑같은 짙은 갈색 머리카락이었다.

"안 자른다. 자르지 않을 테니 걱정 마라."

"아, 아아. 아흐으……."

레니에는 한숨을 쉬며 털썩 주저앉았다. 갑자기 기운이 빠진 다리가 후들거려 일어날 수 없었다. 바닥에 흩어진 노르스름한 머리카락을 보고 있으니 너무 무섭고 떨려서 눈물이 나올 것 같았다.

기치다 님이 마음만 먹으면 눈앞의 사람을 죽이는 건 일도 아니겠구나.

고개를 드니, 기치다 님이 눈썹을 찡그리고 손가락을 감싸는 모습이 눈에 들어온다. 손가락에 상처가 크게 났는지 새하얀 소맷자락이 새빨갰다. 당황해서 팔찌의 바늘에 손가락을 너무 세게 문지른 모양이었다. 눈앞이 깜깜해졌다.

"요, 용서, 용서해 주세요. 잘못했습니다."

그렇게 호들갑스럽게 들뛰지 않았으면 되는 건데. 내가 그렇게 재미있어하고 좋아하니까 나한테만 진귀한 아크를 살짝 보여 주신 건데. 너무 당황하고 죄스러워서 바닥으로 눈물이 툭툭툭 떨어졌다. 그의 싸늘한 목소리가 떨어졌다.

"무슨 잘못을 했다고 비는 거지? 네가 무슨 잘못을 했는지 말하고 빌어라."

"제, 제가, 저도 모르게 도망치다가 기치다 님을 다치게⋯⋯."

"네가 다치게 했어? 힘 조절 못 한 건 난데 왜?"

기치다는 심하게 언짢은 얼굴로 내뱉었다.

"목숨에 위협을 느꼈으면 본능적으로 도망치는 건 당연한 거야. 그건 네 능력이 뛰어나서 생긴 일이지, 잘못이 아니다. 내 앞에선 멍청한 다른 노예들처럼 잘못도 없이 무작정 빌지 마라."

"네, 네, 흐으어어, 네! 네."

"울지도 말고."

"네, 절대 안 울, 네, 끅, 흐어, 끅, 어어으! 끅끅."

레니에는 그 와중에도 기치다 님이 시끄럽게 우는 애들을 질색하는 것을 떠올리고 입을 틀어막았다. 하지만 울음이 고약한 것은, 시작이든 끝이든 마음대로 되는 게 없다는 점이었다.

레니에가 어떻게든 울음을 그치려고 입을 막은 채 고개를 숙이고 버둥거리자 기치다의 미간은 더 심하게 찌푸려졌다.

"⋯⋯됐다. 울어도 되니까, 이 천으로 손가락이나 좀 묶어 다오. 한 손으로는 매듭을 지을 수가 없다."

레니에는 울면서 피투성이가 된 손가락을 꼭꼭 감았다. 천족의 손이 진흙인간의 손과 마찬가지로 따뜻하다는 것이 새삼스러웠다. 상처는 크지 않았지만, 그래도 피는 한참 스며 나왔고, 눈물은 자꾸자꾸 쏟아졌다.

후우. 긴 한숨이 머리 위를 지나간다. 후우, 후. 날숨은 길고 더웠고, 레니에는 고개를 들 수 없었다. 눈앞에 보이는, 그의 하얀

피부를 상상하게 만드는 지나치게 얇은 옷 때문에 눈을 뜨고 있을
수도 없었다. 레니에는 함빡 젖은 눈을 꽉 감은 채, 그의 더운 날
숨을 오랫동안 버텼다.

  그날 저녁 레니에는 시뻘겋게 퉁퉁 부은 얼굴로, 기치다에게 업
혀 숙소로 돌아왔다. 숙소의 노예 소녀들과 민네, 야다는 기절할
정도로 놀랐지만 기치다의 표정이 하도 험악해서 아무것도 물을
수 없었다.

12. 초경

레니에는 소녀들에게 단번에 부러움과 시샘의 대상이 되었다. 그네들은 레니에와 고귀하신 엔이쉬브 사이에 모종의 일이 생겼다고 믿는 눈치였고, 심지어 민네와 야다마저도 그렇게 생각했다. 기치다가 그 일에 대해 시인도 부인도 하지 않고 입을 다물었기 때문이었다.

"제가 너무 많이 울어서 기치다 님이 달래느라 업어서 데려다주신 것 같아요."

하여, 레니에가 민네와 야다에게 더듬더듬 해명했을 때, 기치다의 냉혹하고 차가운 성정을 잘 아는 두 사람은 어처구니없는 얼굴로 콧방귀만 뀔 수밖에 없었다.

그래서 이레 후 기치다 님이 다시 레니에를 불렀을 때, 숙소의 분위기는 몹시 살벌해졌다. 민네와 야다는 상급 관리자의 명이니 보내야 한다, 무책임한 관리자에겐 보낼 수 없다 하며 크게 다투었다.

　레니에는 꽁꽁 얼어붙은 채 물의 집으로 질질 끌려갔다. 그날 일에 대해 무슨 언급이라도 있을 거라 마음을 졸였지만, 기치다는 아크 점토판 만드는 법과 그곳에 적히는 신성한 문자 몇 가지, 혹은 일반 백성들이 아크 점토판으로 주문 발현하는 법을 태평하게 알려 주었다. 그리고 그것보다 더 태평하게, 레니에가 좋아하는 간식과 꿀을 넣은 염소젖을 한 사발이나 내주었다.

　"별걸 다 신경 쓰는구나. 이거나 마셔 볼래? 방금 짠 염소젖을 바로 가져오라 해서 맛있어지도록 꿀의 아크를 걸었어."

　우와. 기치다 님이 농담도 할 줄 아시네. 기치다 님의 태도에 레니에도 슬슬 긴장을 풀고 조금씩 웃기 시작했다.

　그런데 긴장이 너무 풀렸는지 이제는 아예 졸음이 쏟아지기 시작했다. 레니에는 눈을 부릅뜨고 기치다 님이 가르치는 내용에 귀를 기울이려 했지만 자꾸 고개가 꼬박꼬박 수그러들었다. 기치다 님의 가벼운 웃음소리가 들렸다.

　"피곤한가 보구나, 레니에. 어제 잠을 못 잤어?"

　기치다 님의 목소리가 점점 아득하고 희미하게 들린다. 레니에는 고개를 흔들면서 눈을 비볐다. 갑자기 눈꺼풀이 아래로 축축 가라앉고 손발이 무겁게 늘어진다.

　"피곤하면 좀 자라, 깨우지 않을 테니. 푹 자도 괜찮다."

　몸이 공중으로 붕, 떠올랐다. 기치다 님이 자신을 옮겨 주는 것은 이번이 두 번째였는데, 해일처럼 몰아닥치는 졸음에 의식이 완전히 녹아내리는 중이라 몸 둘 바를 모르겠다 하는 생각조차 들지 않았다.

　신기하다. 기치다 님의 몸이 이렇게 따뜻하고 부드러웠나?

……그런데 나는 왜 이러고 있지?

잠시 끼어들던 의아함은 이내 까무룩 사라졌다.

※ ⚕ ※

"기치다 님. 당연히 알고 계시겠지만 레니에는 다른 아홉 명 아이들하고 같이 이번 봄의 축제에 들어갈 신전의 노예입니다."

"압니다, 민네."

……응? 내가 언제 잠이 들었지?

레니에는 눈을 깜박거렸다. 기치다 님의 집에서 겁도 없이 저녁 때까지 낮잠을 잤다는 걸 믿을 수가 없다. 난 아까 분명 기치다 님한테 아크 점토판으로 아크 발현하는 방법을 배웠고, 기치다 님이 주신 꿀이 듬뿍 들어간 뜨거운 염소젖을 마시고 있었고, 잠깐 나른해져서 졸았는데…….

"이건 꿈이야. 나는 지금 숙소에서 자다 일어난 거야. 응, 그럼. 꿈이지."

하지만 아무리 속으로 우겨 봐도 물로 이루어진 반투명한 벽에, 자신이 누워 있는 곳은 기치다 님의 침상이고 몸에는 기치다 님이 사용하시는 게 분명한 고급 아마포 이불이 둘려 있었다.

레니에는 점점 겁에 질렸다. 미쳤어. 내가 미친 게 틀림없어. 내가 대체 무슨 짓을 한 거지?

순간 옆방에서 민네의 큰 목소리가 들렸다.

"잘 아시면서 대체 무슨 짓을 하신 거예요? 알티르 님께 얼마나 노여움을 사시려고요? 그 아이 때문에 태형을 받게 된 것도 모자라서 이러십니까? 알티르를 작정하고 긁으시려는 게 아니라면, 왜 굳이 봄의 축제에 들어갈 아이를……."

갑자기 정신이 번쩍 들었다.

태형? 이건 무슨 말이야? 기치다 님은 그런 말씀 안 하셨는데?

기치다 님의 대답이 들리지 않는다. 바짝 긴장해서 귀를 기울이니 민네의 가라앉은 목소리가 이어졌다.

"……물론 축제에 들어갈 여자아이들이 꼭 처녀여야 하는 건 아니지만 적어도 사내의 씨를 품은 상태로 보낼 수는 없습니다. 아르마누와 카타의 결합과 충만한 결실을 기원하는 제사에 임신한 아이를 내보냈다간 축복이 아니라 저주를 받을 일입니다. 그러니 레니에는 다음 달에 달거리가 있는지 확인한 후에 없다면 쫓아내고 얼른 다른 아이를 구해야 합니다."

임신? 그건 또 무슨 미친 소리야? 내 배 속엔 애 같은 건 고사하고 남자하고 뽀뽀 한 번 한 적 없는데?

그리고 달거리? 그건 또 뭐야?

레니에는 남자와 여자들 사이에 뭔가 추잡한 짓이 있어야 아기가 생긴다는 것은 알고 있었다. 여자 노예들의 숙소에서 넘쳐 나던 온갖 음담패설에 단련된 탓이었다. 다만 오며 가며 주워들은 지식이라 어설프고 구멍이 숭숭 뚫린 게 문제라면 문제였다.

레니에는 열심히 머리를 굴리며 생각했다. 아기 따윈 없으니 괜찮다 해도 달거리라는 게 없어서 황금숲에서 쫓겨나거나 다른 곳에 팔려 가면 큰일이었다. 기치다 님을 다시는 보지 못하게 되는 것이다. 신전에서 남자를 받기 싫어서 들일을 하게 해 달라고 했던 애가 누구였는지 모를 지경이었다.

그나저나 달거리가 뭐지? 나한테는 그런 이상한 거 없는데. 어디서 구해야 하지?

괜찮아. 일단 내 배 속에 애 따윈 없으니까 달거리가 뭔지부터 알아본 다음에 최대한 구해 보면 돼.

그래. 정 안 되면 기치다 님께도 도움을 청해 보자. 간절히 부탁하면 대충 구하실 순 있을 거야. 신성석처럼 귀하고 비싼 건 아닐 테니까.

그렇게 생각하자 조금 안심이 되었다. 레니에는 후르르 한숨을 쉬며 다시 몸 상태를 확인했다. 아랫배가 평소보다 싸르르 쑤시고 무지근하긴 했지만 역시, 천만다행으로 별다른 일은 없었다.

민네 님은 뭘 잘못 알고 있다. 레니에는 사내들의 음탕한 시선에 대한 감각이 굉장히 예민했는데, 기치다 님에게서는 단 한 번도 그런 것을 느껴 본 적이 없었다.

물론 입고 있는 옷이나 자세나 풍기는 분위기가 몹시 민망하고 수상하게 느껴질 때도 없는 건 아니었다. 그래도 그건 기치다 님의 고약한 취향일 뿐이라 생각했다. 솔직히 말하면 그런 분위기가 기치다 님과 놀랄 정도로 잘 어울리는 것도 사실이었다. 하지만, 레니에가 촉각을 세워 경계하는 추잡한 탐욕은 전혀 느껴지지 않았다.

레니에가 생각하는 기치다는 여전히, 짐승 같은 욕정에서 가장 거리가 먼, 천족답게 고결하고 정갈한 분이었다. 그게 천족으로서의 자부심과 인간에 대한 천시나 경멸 때문임은 잘 알지만 그래도 안심이 되는 것은 분명한 사실이었다.

얼른 나가서 아무 일도 없었다고 말씀드리고 민네 님의 오해를 풀어 드려야겠어.

레니에가 주먹을 꾹 쥐고 고개를 끄덕이는 순간 기치다가 조용히 대답하는 소리가 흘러들어 왔다.

"……앞으론 조심하도록 하겠습니다."

움직임이 그대로 멈췄다. 아니, 기치다 님? 이게 무슨 말씀이세요? 앞으로 조심하긴 뭘 조심해요? 민네의 잔소리가 이어졌다.

"아실 만한 분이 왜 그런 짓을 하셨는지 모르겠네요. 황금숲에 아름다운 누기그가 부족한가요? 왜 하필 축제에 들어갈 신전의 노예를! 그것도 저렇게 상태도 좋지 않고 이상해 보이는 노예 계집애를 건드릴 생각을 하시나요?"

기치다 님? 왜 아니라고 딱 잘라 말씀 안 하고 그렇게 이상하게 대답을 하세요? 얼른 말씀하세요! 저는 그냥 깜박 졸았고, 그래서 낮잠을 잔 거고, 기치다 님하고는 아무 일도 없었다고, 지난번에도 아무 일도 없었다고! 얼른 그렇게 말씀 좀 해 주세요!

하지만 레니에의 기대와 달리 기치다는 이렇게만 대답할 뿐이었다.

"어쨌든 제 불찰이니 제가 책임을 지도록 하겠습니다. 만약 레니에에게 달거리가 없다면 축제 전에 그 아이를 내보내고 다른 아이를 구해서 데려오겠습니다."

순간 레니에는 그 자리에 그대로 얼어붙었다.

'뭐, 뭐야. 그럼 나 혹시 기치다 님하고 무슨 일이 있었던 거야? 나 아무 기억도 안 나는데?'

레니에의 머릿속은 뒤죽박죽으로 엉켜 버렸다.

❊ ♯ ❊

"저, 기치다 님. 여쭤 볼 게 있는데요."

"그래. 잘 잤어? 일어나자마자 또 궁금한 게 생긴 거야?"

민네가 돌아갔는지 두세 차례 두리번거리며 확인한 레니에는 막상 궁금한 것은 묻지 못하고 한참 머뭇거렸다.

"저, 저 때문에 태형……을 받으시나요?"

그의 미간이 왈칵 접힌다.

"민네가 네게 그런 말을 하든? 아니, 혹시 우리가 하는 말을 들었어?"

"어, 언제……."

"아직 결정된 거 아니니 신경 쓰지 마라."

"……."

"변절한 대신관이 하는 짓이 점점 막장이 되어 가는구나. 그렇게 지상의 돈과 권력에 환장을 했으면 다른 신전처럼 사람에게 들린 악귀를 빼 준다거나 병을 낫게 해 준다거나 미혼향에 취해서 예언 따위나 씨불여 주면 좋을 텐데, 신성한 임무에 최선을 다하는 원리주의자들만 개 패듯 팰 생각만 하니."

자신 때문에 기치다 님이 벌을 받는다는 건 상상만 해도 끔찍했다. 레니에는 떨리는 목소리로 말했다.

"저 때문에 맞으시는 거면, 제가 그 벌을 받으면 안 되나요? 저, 저는 어려서부터 하도 맞아서 안 아파요. 금방 나아요. 제가, 제가."

"걱정하지 말래도. 어차피 의심 많은 알티르에게 찍혔으니 무슨 트집이든 잡히긴 하겠지만 천족에게 실제로 태형을 내리는 일은 없어. 근신을 내리면 집에서 편히 쉬면 되고 점토판을 만들라 하면 네가 좀 도와주면 되겠구나."

"아……."

"지금 알티르는 내 세력이 커지는 게 싫어서 내 신관직을 박탈하려고 안달을 내고 있지만, 고위 신관에게 벌을 내리거나 신관직을 박탈하는 사안에는 재판이 필요하고, 천족의 재판에는 내가 의무적으로 참석하기 때문에 그런 일은 일어나지 않을 거야."

"예. 제발 그렇게 해 주세요. 제가 무슨 일이라도 하겠습니다."

기치다는 팔짱을 낀 채 레니에의 얼굴을 보다가 고개를 갸웃한다.

"그보다, 레니에. 뭔가 묻고 싶은 게 있는 얼굴인데?"

레니에는 고개를 살그머니 들고 조심스럽게 그의 얼굴을 살폈다. 아직도 아랫배가 묵직하고 아프긴 하지만 그 외에는 딱히 이상한 느낌은 없었다. 무엇보다 잘 때 저분이 무슨 짓을 했다면 알아차리지 못했을 리가 없다. 하지만 레니에는 묻지 못하고 한참 우물쭈물했다.

"기치다 님, 혹시 제가 자고 있는 사이에 혹시 제 옷을 벗기고 여차저차한 짓을 하셨나요?"

……라고는, 쑥스러워서 도저히 물어볼 수가 없었다. 내가 잘못 들은 건 아닐까. 민네 님과 다른 이야기를 하시던 건 아닐까. 레니에는 고민하다가 일단 다른 것부터 묻기로 했다.

"저, 기치다 님, 달거리가 뭔가요?"

"응? 달…… 뭐?"

기치다의 얼굴이 이상해졌다. 그는 레니에를 빤히 보다가 잠깐 고개를 갸웃하더니 고개를 옆으로 돌리고 헛기침을 했다. 못 알아들으셨나? 레니에는 천천히 또박또박 다시 여쭤 봤다.

"기치다 님, 달거리가, 뭔가요?"

기치다는 헛기침을 멈추고 팔짱을 풀더니 턱을 만지작거렸다. 눈이 가늘어지면서 새파란 눈동자가 반쯤 사라진다. 그의 손가락이 나무 탁자를 톡톡톡 신경질적으로 두들긴다. 레니에는 두 손을 모으고 잠자코 기다렸다.

"너 초경 있었다고 들었는데 그걸 왜 나에게 묻지?"

"초경은 또 뭔가요?"

"초경 치른 게 아니었어? 네 주인은 분명 네게 초경이 있었고 성인식도 곧 하게 된다고……."

326

기치다 님은 대답하는 대신 자꾸 애먼 얘기만 갖다 붙인다. 레니에는 이야기를 원래 방향으로 맞추려고 안간힘을 썼다.

"초경이 달거리인가요? 달거리가 있어야 성인식을 하는 건가요? 저희는 그냥 열네 살이나 열다섯 살쯤 되면 주인어른이……."

"아니아니, 일단 초경은 첫 번째 월경을 말하는 거야. 아니, 그런데 왜 내가 이런 걸 설명해 줘야 하지?"

"흐이, 월경은 또 뭔가요? 하나도 알아들을 수 없어요."

"그만."

기치다는 대답하는 대신 눈썹을 찌푸리고 고개를 흔들었다. 하, 하하하. 잠시 후 그는 뭔가를 알아차린 듯 허탈하게 웃었다.

"네 주인이 나를 속였구나. 계속 문제를 일으키는 너를 얼른 팔아 치우려고. 그리고 너도 나를 속였고."

"아, 아니에요, 기치다 님. 저는 절대 기치다 님을 속이지 않았어요. 기치다 님한테는 한 번도 거짓말 안 했어요!"

"물어봤을 때 가만히 있었으니 속인 게 맞지."

어? 레니에는 자신이 기치다에게 팔리던 날 기억을 떠올렸다. 네 이름이 레니에, 열네 살, 초경을 치렀느냐 물었고, 레니에는 주인이 그리 말했으면 맞을 거라 생각하고 고개를 끄덕였다. 레니에는 고개를 들고 열심히 변명했다.

"몰라서 가만히 있었던 거예요. 그게 뭔지 알아야 맞다 아니다 말씀을 드리죠!"

"……"

"그런데 기치다 님, 저, 정말 죄송한데 초경은 뭐고, 월경은 뭐고, 달거리는 뭐고, 성인식하고는 무슨 상관이 있고, 제 주인님은 왜 기치다 님에게 거짓말을 하신 건가요?"

"그만해라."

긴 한숨과 함께 쓴웃음이 흘러나왔다.

"그런 건 숙소에 가서 민네에게, 아니, 아니다. 민네나 야다에게는 절대 묻지 말고 에우니케나 카를라에게 가서 살짝 물어봐. 남이 알지 못하게 입단속 철저하게 하고."

레니에는 문득 입을 다물었다. 점잖은 기치다 님이 저렇게 대답을 계속 피하는 걸 보면 새로 알게 된 말들이 그리 점잖은 뜻을 가진 건 아닌 듯했다.

한참 생각하던 기치다는 혀를 차며 자리에서 일어났다.

"그걸 어떻게 멈추게 해야 하나 계속 고민하던 꼴이 우습게 됐군."

기치다는 짜증스러운 얼굴로 중얼거리더니 대답 대신 청천벽력 같은 선고를 내렸다.

"아직 시작 안 했다니 잘됐다. 봄의 축제 때는 아이를 못 낳을 정도로 어린애는 못 들어간다."

"네? 기치다 님?"

"됐다. 오늘은 이만 됐으니 숙소로 돌아가라. 일이 결정되는 대로 알려 주마."

친절하고 다정했던 기치다의 태도가 순식간에 손바닥 뒤집듯 달라졌다. 웃음이 사라진 기치다는 얼음처럼 차갑게 느껴졌다. 레니에는 당황해서 황급히 자리에 꿇어앉았다.

"기치다 님? 제, 제가 뭘 잘못했나요? 기치다 님! 왜 저를 쫓아내시는 건데요?"

"생각할 게 있어. 돌아가라고 했다."

"제가 잘못했어요. 잘못했습니다, 다시는 안 그러겠습니다."

"뭘 잘못했는데? 뭘 다시는 안 그럴 건데?"

"아, 아차!"

당황해서 순간적으로 입이 막히자 기치다는 거칠게 몸을 돌렸다.

"내가 말했을 텐데? 무얼 잘못했는지도 모르고 빌지 말라고. 네 전 주인에게도 무슨 일이 생길 때마다 이렇게 덮어놓고 빌었겠지? 어디서 하던 버릇을 내 앞에서 되풀이하는 거냐?"

"그때 모른다고 아무 말씀도 안 드린 거 잘못했습니다. 이상한 거 여쭤 본 것도 잘못했고, 기치다 님 거처에 와서 잠든 것도 잘못했습니다. 제발 다른 데로 팔아 버리지는 마세요."

"가라고 했다. 나중에 다시 부르마. 바라스, 키."

레니에의 몸이 붕 떠올랐다. 악, 아아! 기치다 님! 기치다 님! 레니에는 팔을 버둥거리고 균형을 잡으려고 애를 썼으나 몸은 순식간에 나무 아래로 곤두박질했다. 다행히 땅에 닿기 직전에 몸이 멈춰서 다치지는 않았다.

레니에는 눈물이 잔뜩 고인 눈으로 나무 위를 올려다보았다. 그가 격한 목소리로 고함을 치고 있었다. 반투명한 물로 만들어진 집에서 확확 여러 차례 불꽃이 치솟는 모습이 어스름하게 보였다.

"괜히 태의 혈을 말리는 약을 썼어. 간체르! 그럴 필요도 없었는데, 그 독한 걸! 제기랄! 이치! 에쉬바르!"

펑, 펑, 화르르. 크고 작은 불꽃들이 여기저기 터졌다.

기치다는 의자에 앉아 두 손으로 머리를 감싸 안았다. 잇새로 부득, 이 가는 소리가 흘렀다. 책상 위에 있던 약초들과 자루 속의 약초들이 순식간에 잿더미가 되면서 매캐하고 역한 냄새가 흘러나왔다.

제기랄, 제기랄! 엉망이 된 책상을 바라보던 그가 흐트러진 머리칼을 쓸어 올리며 미간을 구겼다.

한참 후, 그는 고개를 수그린 채 맥없이 중얼거렸다.

"……아니지. 어쩌면 더 잘됐을 수도 있어."

❖ ⚘ ❖

레니에의 궁금증은 며칠 지나지 않아 쉽게 풀렸다. 에우니케와 카를라의 머리치장과 몸단장을 도와주고 지나가는 말로 슬며시 물어보았던 것이다.

레니에는 눈썰미가 좋고 손재주도 타고난 데다 한 번 본 것을 잘 기억했기 때문에 누기그들의 예쁜 머리 모양을 잘 기억하고 있다가 비슷하게 꾸며 줄 수 있었다.

누기그들 사이에도 머리 장식하는 유행이 있는 듯했다. 황금숲에서 가장 자주 본 머리 형태는, 귀 위에 있는 머리를 양쪽으로 둥글게 모아 금빛 띠로 보기 좋게 고정한 후, 뒷머리를 땋아 길게 꼬리를 늘인 후 꽃과 잎사귀 혹은 둥근 고리를 꽂아 화려하게 장식하는 것이었다.

머리 모양이 예쁘게 나와 한껏 기분이 좋아진 에우니케와 카를라는 레니에를 앉혀 놓고 달거리를 비롯하여 그네들이 겪었거나 주변에서 모아들인 '사내들에 대한 각종 경험담'과 아기가 생기는 과정까지 본격적으로 설명을 시작했다.

설명이 시작되고 한 문장도 끝나기 전에 레니에는 사색이 됐고, 설명이 끝날 때쯤엔 당장 목매서 죽고 싶은 마음이 됐다. 레니에는 짧은 머리를 쥐어뜯으며 발광을 시작했다. 난 죽어야 해. 내가 무슨 짓을 했을까. 난 죽어야 해. 무식하면 죽어야 해. 에우니케와 카를라는 이제 레니에의 발광이 딱히 새롭지도 않았다.

궁금증이 풀린 것은 좋은데 새로운 궁금증이 생겼다. 기치다 님은 왜 나와 이상한 짓을 한 것 같은 뉘앙스로 말씀을 하셨을까? 정말 내가 잠든 사이에 이상한 짓을 하신 걸까? 이 돌대가리는 왜 그걸 기억을 못 할까?

하지만 그걸 확인할 수는 없었다. 레니에는 숙소에 갇히고 말았고, 기치다는 더 이상 레니에를 부르지 않았다.

"레니에, 다음 달 초까지 월경이 없으면, 너는 이번 봄의 축제에 들어갈 수 없어. 숙소의 울타리 밖으로 나설 수도 없다. 아예 처음부터 가죽끈에 매서 가둬 두었어야 했는데."

레니에는 엔누기그 야다의 엄격한 말에 사색이 됐다.

"그러면 저는 어떻게 되는 건가요?"

"다시 숲 밖으로 팔려 나갈 거다. 알티르의 허락 없이는 어떤 노예도 황금숲에서 머무를 수 없어. 더욱이 기치다 님도 알티르께 노여움을 산 마당이니, 지난번처럼 너를 위해 변명해 주시지 못할 거다."

야다는 팔짱을 낀 채 레니에를 가만히 노려보았다.

"네가 온갖 사건 사고를 치고 다니는 바람에 기치다 님께서 공개 태형 100대, 그리고 근신 2년의 벌을 받으셨다. 축제 기간에는 맡으신 일이 있어 참가하시겠지만 그 기간을 제외하면 2년간 집 밖으로 나오지도 못하실 것이다."

레니에는 짧게 비명을 질렀다. 태형 100대? 아무리 건장한 노예도 그렇게 맞았다간 반도 살아남지 못한다. 야다는 차가운 얼굴로 쏘아붙였다.

"지금까지 정신 빠진 애들은 많이 봤지만 이렇게 대형 사고를 치는 아이는 처음이다."

"태, 태형은, 다, 다른 벌로 받으실 수는 없는 건가요? 기, 기치다 님께서 분명 다른 벌로……. 아, 아니 제, 제가, 제가!"

"건방진 기치다. 제가 뭔데 알티르 님의 명을 마음대로 뒤집는단 말이지? 알티르의 권위를 무시하는 것도 하루 이틀이지."

야다는 싸늘하게 혀를 찼다. 레니에는 얼른 입을 다물었다. 기치다 님의 말대로 민네나 야다는 확실히 알티르의 사람이었다. 야다는 소맷자락을 떨치고 일어나며 내뱉었다.

"그럴 줄 알고 알티르께서 오늘 당장 형을 집행하라고 명하셨다. 천족에게, 그것도 기치다 정도 되는 고위 신관에게 공개 태형이 집행되는 건 황금숲이 생긴 후로 전무후무한 일이라, 지금 황금숲이 발칵 뒤집혔다는 정도는 알아 두는 게 좋겠구나."

레니에는 입을 틀어막고 비명을 삼켰다. 어떡해. 어떡해! 난 몰라, 나는 어떡해!

"그를 맞아 죽게 할 생각이 아니라면 너도 소란 피우지 말고 근신하는 게 좋을 거야."

야다는 동료 소녀들을 둘러보며 명령했다.

"오늘부터 레니에를 창고 안에 가둬 두도록 해라."

❈ ⚕ ❈

"이러실 순 없습니다! 천족에게, 그것도 고위 신관에게 태형이라뇨! 이런 일은 황금숲이 존재한 이래 단 한 번도 없었던 일입니다."

"알티르! 나뭇가지를 꺾은 노예를 끌어내어 태형을 집행하는 것이 옳습니다. 기치다 님께서는 아르마누를 꺾은 일과 아무 상관이 없습니다."

알티르의 호위 신관 열두 명이 기치다의 집으로 찾아가 그를 끌어낸 것은 레니에가 그의 집에서 쫓겨난 지 사흘 후였다. 알티르는 그에게 노예가 아르마누를 상하게 한 데 대한 책임을 물어 공개 태형 100대에 처한다 통보했다.

기치다는 팔짱을 낀 채 싸늘하게 내뱉었다.

"내가 참석하지도 않은 재판에서 무슨 결정을 한다는 거지? 나는 황금숲의 최고위 신관 3인 중 하나고, 내 결정이 없으면 고위 신관이 받는 벌에 대한 최종 결정을 내릴 수 없을 텐데?"

"벌을 받는 대상을 어찌 벌을 결정하는 회의에 참석시킬 수 있겠습니까? 알티르의 명입니다. 뭣들 하느냐, 당장 묶어라!"

알티르의 호위 신관들이 대낮에 기치다를 결박해 끌고 가는 것을 본 원리주의자 신관들은 처음에 자신의 눈을 믿을 수 없었다.

"대체 이게 무슨 짓이야! 이분이 누군지나 알고 이래? 당장 풀지 못해?"

"당장 비켜라! 알티르의 명이시다! 방해하면 네놈도 같이 끌려가게 될 것이다!"

원리주의자 신관들은 황급히 휘파람 신호를 보냈고, 이내 수백 명의 동료 신관들이 몰려나와 기치다가 끌려가는 길목을 막았다.

소식을 들은 알티르 역시 동원 가능한 모든 신관들을 불러내 그들을 포위했다. 수는 알티르 측 신관들이 훨씬 많았지만, 아크의 파괴력과 살상력은 기치다 휘하의 원리주의자 측이 월등했다.

"안 됩니다. 기치다 님을 이리 끌고 가실 순 없습니다."

"당장 풀어 드리지 못하겠느냐. 기치다 님에겐 아무 잘못이 없다! 다들 길을 막아!"

"당장 비켜! 지금 네놈들은 알티르의 명의 집행을 막고 있다!"

"재판도 제대로 안 하고 고위 신관을 이렇게 끌어내는 법이 어디 있어!"

맨발로 질질 끌려가는 기치다를 보며 이성을 잃어버린 원리주의자 신관들은 알티르 측 신관들과 대치하기 시작했다. 이곳저곳에서 멱살잡이가 시작되며 순식간에 살기가 치솟았다. 금방이라도 유혈 사태가 일어날 것처럼 흉흉해졌다. 묶여 있던 기치다가 고개를 번쩍 들었다.

"아크는 쓰지 마라!"

그가 눈을 부릅뜨고 고함을 지르자, 공격을 준비하던 신관들이 손을 멈칫했다.

기치다는 알티르의 음모를 바로 눈치챘다. 왜 자신에게 이런 모욕을 주고 있으며, 이 꼴을 원리주의자들의 눈에 공공연하게 띄도록 일을 꾸몄는지도 이내 답이 나왔다.

이 상태에서 분을 못 이긴 원리주의자들의 아크 공격이 한 번이라도 먼저 나오면, 그것은 순식간에 원리주의자와 현실주의자 양측 신관들의 유혈 사태로 번지게 될 것이고, 알티르는 그것을 핑계로 반대 세력을 일망타진하고 모조리 수습 신관으로 강등시키거나 몰살할 것이었다. 알티르는 기치다와 원리주의자의 세력을 짓뭉개 버릴 천재일우의 기회를 잡았다고 생각한 것이다.

"아크는 쓰지 마라, 절대 쓰지 마라! 쓰는 자는 내 손에 죽을 것이다!"

기치다는 목에 핏대가 서도록 다시 고함을 질렀다.

"기치다 님! 이게 무슨 일입니까! 이대로 당하실 수는 없습니다!"

"기치다 님! 그 노예를 끌어내십시오. 기치다 님이 이렇게 당하실 일이 아닙니다."

"천족이 이런 벌을 받을 수는 없습니다. 기치다 님께 형을 집행하셨다간 두고두고 황금숲의 오점으로 남게 될 것입니다!"

뒤늦게 소식을 듣고 달려온 키리아케와 사바토, 그리고 측근 제자들이 달려와 기치다의 소맷자락을 붙잡고 울부짖었다.

알티르는 기치다가 신전 앞의 광장까지 끌려온 후에야 모습을 드러냈다. 기치다는 얇은 자리옷 한 장만 걸친 채 온몸을 결박당하고 맨발로 끌려온 상태였고, 머리카락도 온통 흩어져 엉망이었다. 한 번도 이런 취급을 당해 본 적이 없어서인지 그의 얼굴은 분노로 이글이글 끓어오르고 있었다.

알티르는 속으로 혀를 찼다. 그의 집에서 신전 앞까지 오는 짧지 않은 거리, 충분히 마찰이 일어날 수 있었다.

하지만 저 교활하고 냉철한 녀석은 애써 깔아 놓은 도발에 넘어가지 않았다. 오히려 끌려오는 내내 필사적으로 원리주의자의 무력 선공을 막았다.

사실 지금 이 상황에서도 말 한 마디면 기치다의 수하들은 죽음을 무릅쓰고 치명적인 아크 공격을 퍼부을 것이다. 그만큼 막강한 영향력을 가진 자다.

기치다는 백성들에게 도움이 되는 기술 아크도 많이 개발했지만, 그가 개발한 아크 중 압도적으로 많은 것은 치명적인 공격용 아크들이었다. 약초학의 대가이며 수많은 치료술을 개발한 기치다와 공격용 아크는 어울리지 않는 조합이었지만, 그런 이중성이야말로 가장 그다운 특징이었고, 그것이 알티르를 가장 두렵게 만드는 점이었다.

어쨌든, 일이 이렇게 되자 곤란해진 것은 전례까지 무시해 가며 기치다를 끌어낸 알티르였다. 현실주의자 신관들조차 크게 술렁거렸다.

기치다는 고위 신관이며 일파의 수장이다. 저런 식으로 제대로 된 재판도 없이 벌을 주는 것은 옳지 않았다. 그랬다가는 알티르에게 어떤 후폭풍이 올지도 알 수 없었다.

"알티르, 부디 다시 한 번 생각해 주십시오."

"알티르, 두고두고 안 좋은 전례로 남을 것입니다. 기치다의 그간 소행이 괘씸하긴 해도 이번 일에는 죄가 없고, 고귀한 천족의 몸을 태형으로 상하게 할 수도 없습니다."

"그 노예를 끌어내십시오. 100대의 태형을 받아 그 계집이 혹시 죽더라도 아직 시간이 있으니 새로운 노예를 숲 밖에서 구해 돌아올 수 있을 것입니다."

알티르는 분노를 지근지근 삼키며 바닥에 무릎을 꿇고 앉은 기치다를 내려다보았다. 곁에 서 있던 현실주의자 측의 고위 신관들도 대부분 고개를 저으며 속삭였다.

"어쩔 수 없습니다, 알티르. 이 상황에서는 노예 계집을 끌어내는 것으로 무마하는 게 옳습니다. 그리고 이 일에 대해서는 기치다에게 별도로 화해를 청할 일로 보입니다."

"어서 그 노예 아이부터 끌어내서 태형을 집행하게 하시고 그 선에서 일을 덮으십시오."

기치다의 고개가 번쩍 들린다. 새파란 눈동자에서 하얀 안광이 튀었다. 알티르가 눈썹을 찌푸리며 망설이는 순간, 그의 입에서 믿을 수 없는 말이 흘러나왔다.

"……올해 축제 노예의 교육은 제 소관이었으니 제가 벌을 받도록 하겠습니다."

원리주의자 신관들은 입술을 질끈 깨물고 고개를 돌렸다. 눈을 감고 귀를 틀어막고 몸서리를 쳤다. 존경하는 수장에게 형이 집행되는 모습을 차마 볼 수 없었거니와, 귀에 박히는 소리도 차마 들을 수 없을 지경이었다.

알티르도 미친놈이지만 기치다 님의 결정을 도무지 믿을 수 없었다. 하지만 그의 입으로 한번 나온 말이니 아무도 덧댈 수 없었다.

알티르는 수습 신관과 노예들까지 모두 불러내 그들이 보는 앞에서 공개 태형을 집행하게 했다.

노예가 태형을 받는 것과 동일하게 알몸으로 긴 기둥에 묶인 기치다는 난생처음 겪는 가죽 채찍의 고통도 고통이지만, 살면서 한번도 겪어 보지 못한 치욕에 넋이 나갔다. 그는 등가죽을 찢어 버리는 고통을 생으로 버틸 만큼 강건한 몸을 가진 자도 아니었고, 이 치욕을 그대로 넘길 만큼 무딘 정신의 소유자는 더더욱 아니었다.

처음 몇 차례는 채찍이 휘감길 때마다 날카로운 비명과 신음이 번갈아 치솟으며 격하게 몸이 뒤틀렸다. 하지만 30대, 40대를 넘어가면서는 비명도 제대로 나오지 않고 몸이 경련하듯 꿈틀거리기만 한다.

50대가 가까워지자 기둥에 매달린 그의 몸이 아래로 축 늘어지더니 그대로 움직임이 멎었다. 등은 이미 피투성이가 돼서 차마 볼 수 없을 지경이었다.

사바토가 앞으로 달려 나와 울부짖으며 무릎을 꿇었다.

"알티르 님! 기치다 님을 살려 주십시오. 지금 100대를 다 집행했다간 이곳에서 죽게 될 것입니다!"

이내 다른 신관들이 와르르 앞으로 달려와 무릎을 꿇었다. 광장 안은 순식간에 비통하게 울부짖는 소리, 악을 쓰는 고함으로 가득 찼다.

"알티르, 지금 기치다 님이 죽으면 알티르 키로스 치세의 오점으로 남을 것입니다. 부디 자비를 베풀어 주십시오."

"알티르, 그의 잘못도 아닌데, 이렇게까지 하실 이유가 무엇입니까! 제발 이쯤에서 손을 거두시고 치료라도 받을 수 있게 해 주십시오!"

현실주의자 측에서도 크게 술렁임이 일었다. 노예들의 체벌은 흔했지만 고위 천족의 체벌은 그들에게도 큰 충격을 주었다. 알티르는 더 버티다간 자신의 휘하에서도 큰 반발 세력이 나오리라는 것을 알았다. 그는 무거운 낯으로 자리에서 일어나 몸을 돌렸다.

"나머지 형은 봄의 축제가 끝난 뒤 집행한다. 그 노예 계집의 불미스러운 일에 대한 여죄도 함께 치죄할 것이니, 기치다는 집에서 한 걸음도 나오지 말고 대기하라. 한 걸음이라도 나올 시에는 네게든, 그 노예 계집에게든 나머지 50대를 바로 집행하게 할 것이다."

기치다는 이튿날이 되어서야 의식을 회복했다.

❀　⚚　❀

"으으으, 흐으으윽, 아으윽!"

기치다의 제자 중 약초를 잘 다루는 사바토와 키리아케, 파라스키에는 번갈아 가며 밤을 새웠다. 스승님의 상처는 너무 심해서 회복이 더뎠고, 그의 정신은 붕괴하기 일보 직전이었다.

"아으윽, 흐으……."

와장창, 펑, 펑! 후드드득.

고통스러운 신음이 지나가면 이내 무언가가 깨지거나 부서지는 소리가 이어졌다. 그럴 때마다 두세 명이 한꺼번에 방에 뛰어 들어가 이곳저곳에 깨져 나가고 불이 붙은 것들에 소멸 아크를 걸고 스승을 진정시켜야 했다.

기치다는 등의 통증보다 불쑥불쑥 치솟는 치욕감이 너무 심해서, 그 일이 떠오르기만 하면 몸을 뒤틀며 발작했다. 그때마다 여기저기서 공격형 아크가 미친 듯이 터졌고, 상처도 번번이 터져 나갔다.

제자들과 원리주의자들 역시 큰 충격과 비통에 빠진 상태였다. 그들의 수장은 원리주의자들의 자존심이며 명예의 상징 같은 존재였다. 그는 전무후무하다 할 정도의 아크 발현 능력과 지식의 깊이, 그리고 감정에 휩쓸리지 않는 냉철함과 필요하다면 손발이라도 가차 없이 잘라 낼 수 있는 무자비함까지 두루 갖추었고, 스스로에 대한 긍지도 대단했다.

그런 기치다가 고작 진흙인간 노예 하나 때문에, 진흙인간 노예처럼 그렇게 치욕스러운 일을 당했다는 걸 도저히 받아들일 수 없었다.

생각대로라면, 지금 당장 그 노예 계집을 끌어내 찢어 죽이고 싶었지만, 애석하게도 봄의 축제에 참가할 소녀라고 했다. 게다가 노예들을 관리하는 야다와 민네는 현실주의자였고, 그것도 알티르의 최측근들이었다. 분한 대로 행동했다가는 문제가 커지는 것은 둘째 치고 그 불똥이 모조리 기치다 님께 튈 것이었다.

"바라스."

아래에서 짧게 부양 엔을 외우는 소리가 들렸다. 알티르의 최측근 엔누기그이자 축제 노예들의 관리자 중 한 명인 야다, 그 까다로운 여자였다.

"엔누기그 야다가 단독 접견을 청합니다."

신참 제자인 파라스키에의 말에 기치다는 눈을 번쩍 떴다. 새파란 눈동자가 순식간에 지글지글 끓어오른다.

"물러가라 할까요. 시간도 늦었습니다."

"아니. 문밖에서 기다리라 해라. 예고 없이 찾아와 나의 추한 꼴을 보고자 함이니 천한 자들처럼 문밖에서 기다리는 것으로 대가를 치르게 하는 것이 좋겠지."

기치다는 싸늘하게 내뱉은 후 힘겹게 몸을 일으켰다.

"사바토, 키리아케. 등에 붕대를 새로 감고 신관복을 입혀 다오. 머리장식과 요대, 목걸이, 신발까지 의장을 모두 가져와. 화장수와 머리에 바르는 향 기름도 준비해라."

사바토가 황급히 만류했다.

"기치다 님, 지금 꼭 무리하게 접견하지 않으셔도 됩니다. 몸 상태가 많이 좋지 않습니다."

"아니. 지금 이 시간에 야다가 온 거라면 중요한 소식이 있을 것이다."

곁에서 의장을 준비하던 사바토의 움직임이 천천히 느려진다. 노예들의 관리자인 야다가 물고 온 '중요한 소식'. 이것이 누구에 대한 소식일지 어렴풋이 짐작이 가기 시작했다.

모든 상황은 가장 바람직하지 않은 한 가지 결론을 향해 모여들고 있었다.

"알티르의 원래 결정대로라면 아르마누의 가지를 꺾은 벌로 공개 태형 100대가 한꺼번에 집행되어야 옳았겠지만 기치다 님의 목숨을 생각해서 두 번으로 나누어 집행하도록 한 것이니 감사하라고 하셨습니다. 남은 50대는 봄의 축제가 끝난 후에 집행됩니다."

"……알겠습니다. 감사하라니, 감사드린다고 전해 주십시오, 야다."

야다는 눈앞의 사내가 창백한 낯으로 입술을 비틀며 웃는 모습을 물끄러미 바라보았다. 태형을 받고 기절했다가 하루 만에 간신히 정신을 차린 사내는 예전처럼 속을 매끄럽게 감출 여유가 없어 보였다.

"그리고 그 일과는 별도로, 알티르 님께서는 기치다 님과 노예 계집 사이에 있었던 불미스러운 소문을 들으시고 진노하셨습니다. 그 일로 2년의 가택 연금과 근신의 벌이 추가되었습니다. 기간 동안 이 집을 벗어나면 기치다 님과 보좌하는 신관들의 직분을 모조리 박탈한다 하셨습니다."

"……그 역시 황송 감사하군요. 또?"

"다만 봄의 축제와 동지제 기간은 제외됩니다. 기치다 님은 열흘간의 축제 동안 예전처럼 냄새를 가려 줄 강한 향초와 미혼향, 그리고 축제 후 진흙인간과 접한 누기그들에게 제공할 보름간의 약차도 예전과 동일하게 준비하셔야 합니다."

엔누기그 야다가 무미건조한 목소리로 수장의 명을 전했다. 기치다는 긴 의자에 비스듬히 기대앉은 채 싸늘하게 내뱉었다.

"태형 100대에, 2년 근신에, 미혼향에, 향초에, 누기그들을 위한 보름치 약차까지? 앓아누울 틈도 없겠군요. 더 있습니까?"

"아크 점토판은 불과 관련된 주문으로 매달 200장씩 추가해서 만들어야 한다고 하셨습니다."

"아, 정말 제대로 기회를 잡으셨어. 지금 알티르께서 하찮은 신관 하나를 죽이려고 상당히 무리하시는 것 같아 염려스럽기 그지없습니다."

기치다는 고개를 수그리고 킬킬 웃으며 덧붙였다.

"그 역시 매우 감사드린다고 전해 주십시오. 그리고 밤이 많이 늦었으니, 용건이 끝났으면 엔누기그께서는 이제 돌아가 주시기 바랍니다."

야다는 그의 등을 친친 감고 있는 흰 천과 겉옷까지 스며 나오는 붉은 핏자국들을 보고 속으로 혀를 찼다. 자존심 때문에 저렇게 의장까지 갖춰 입고 꼿꼿하게 버티고 있지만 실은 저렇게 앉아 있지도 못할 지경일 것이다.

야다가 생각하기에 태형 100대는 고사하고 50대도 과한 벌이었다. 그 노예 계집은 아무것도 모르고 나뭇가지를 꺾는 실수를 했을 뿐이고, 기치다는 축제에 들어갈 노예의 교육과 관리를 맡고 있으니 책임을 지겠다고 나선 것뿐이었다.

하지만 알티르가 정말 노예를 대신해서 천족인 고위 신관에게 태형을 내리리라고는 예상하지 못했고, 기치다가 그 벌을 떠안을 거라고는 정말 누구도 상상하지 못했다.

근신 2년의 벌도 과한 것은 마찬가지였다. 결혼을 하지 않고 가정을 꾸리지도 않는 황금숲 신관들의 경우, 남녀 관계에서 아무런 공적 제약이 없었다. 그래서 제의에 들어가는 소녀들을 신관들이 건드리는 경우도 종종 벌어졌다.

황금숲에서는 제의에 들어가는 소녀가 처녀여야 한다는 조건이 없었기 때문에, 신관들의 방종한 짓거리는 적당히 묵인하곤 했다. 어차피 신관과의 교합 절차를 위해 사 온 노예들이다 보니 문제가 커지지 않으면 느슨하게 넘기곤 했던 것도 사실이었다. 그래서 야다는 기치다를 몹시 싫어했지만 이번 일은 알티르의 생트집이라는 생각을 지울 수가 없었다.

하지만 그보다 더욱 이해할 수 없는 건 따로 있었다.

기치다는 원리주의자 중에서도 진흙인간을 백안시하는 정도가 상당히 심한 골수 원리주의자였다. 그가 인간들과 접촉하는 것을 얼마나 싫어하는지, 봄의 축제에 숲에 들어오는 외부 사람들과 접촉하는 게 싫다고 제의에 참가하지 않은 적도 있었다.

다만 그의 배타성이 지금까지 큰 문제를 일으키지 않았던 이유는, 그가 속을 감추는 능력이 탁월했기 때문이었다. 어느 정도였느냐 하면 그가 데려온 열 명의 소녀들이 그에게 홀딱 반해 버릴 정도였다. 기치다의 본래 모습을 잘 아는 민네와 야다는 소녀들이 기치다 님, 기치다 님, 하며 꿈꾸는 눈으로 종알대는 꼴을 보고 있으면 그저 기가 막힐 뿐이었다.

하지만 레니에라 하는 작고 깡마른 소녀에 대한 그의 태도는 확실히 이상했다. 그는 소녀를 대신해서 알티르의 공격을 일부러 받았고, 집으로 불러들여 아크 점토판 사용법과 신관들이 사용하는 '글자'를 가르쳐 주는 것도 모자라, 노예 계집을 대신해서 태형까지 자청했다.

그리고 그보다 더욱 황당한 짓거리를, 야다는 오늘 알게 되었다. 그녀는 자리에서 일어나며 태연하게 덧붙였다.

"아, 깜박 잊을 뻔했군요. 알티르께서는 문제가 되었던 노예 아이를 반드시 봄의 축제 때 넣으라 명하셨습니다."

기치다의 얼굴이 백랍처럼 굳었다. 그는 딱 잘라 말했다.

"생식 능력이 없거나 임신해서 월경이 끊어진 여자를 봄의 축제에 넣을 수는 없습니다. 설마 알티르께서 그 당연한 걸 모르실까요?"

역시. 이것 보라지.

저 명민한 자가 저지른 가장 황당한 짓은, 그 노예 계집을 임신시킨 것처럼 꾸며서 축제에서 빼돌리려 했다는 점이었다. 야다가 입술을 비죽 틀며 내뱉었다.

"레니에라는 아이가 월경을 시작했습니다."

기치다의 눈이 커다랗게 벌어졌다. 그는 한참 만에 갈라진 목소리로 더듬거렸다.

"그럴 리가, 그럴 리가 없습니다. 레니에는."

"엔이쉬브께서는 어째서 그럴 리 없다고 확신하실까요? 태의 혈을 말리는 약차라도 억지로 마시게 했습니까?"

기치다의 얼굴이 순식간에 굳는다. 역시나. 야다는 날카로운 목소리로 쏘아붙였다.

"엔이쉬브께서는 감히 알티르를 속이려 하셨더군요."

"무슨 말씀입니까, 야다?"

"그 아이가 오늘 울면서 실토했습니다. 자신은 기치다 님과 아무 일도 없었고, 초경도 시작하지 않은 상태로 팔려 오긴 했지만 엊그제 월경도 시작해서 축제에 참가할 수 있다면서, 기치다 님을 용서해 달라고 빌더군요. 자신이 남은 태형이라도 받겠다며 하도 난동을 부리고 울부짖어서 숙소가 아주 소란스러웠습니다. 지금은 가죽 줄에 묶여서 창고에 갇혀 있고요."

"레니에! 이……!"

"당신이 진흙인간들을 혐오하고 멀리했던 일이나 당신이 아꼈던 아름답고 고귀한 누기그들을 생각하면, 그 천하고 못난 노예 계집이 마음에 들었다기보다 무슨 특별한 재주나 쓸모가 보여 임신을 시킨 것처럼 일을 꾸미신 모양입니다만."

"야다!"

정곡을 찔렸을까. 기치다가 자리에서 벌떡 일어나다가 이를 악물고 다시 의자에 주저앉는다. 통증 때문인지 팔이 부들부들 떨리는 것이 보였다.

"포기하십시오, 엔이쉬브 기치다. 이제 당신이 하실 수 있는 일은 아무것도 없습니다. 그 아이는 월경을 시작했고, 봄의 축제에 들어가게 될 겁니다. 당신답지 않게 꽤 공을 들이신 모양인데, 그 계집애가 기치다 님 손에 들어갈 일은 없을 겁니다."

기치다의 얼굴이 설화석고처럼 굳어 가는 것이 보인다. 야다는 더 이상 그를 자극할 생각을 접고 몸을 일으켰다.

"그럼, 등의 상처가 얼른 낫기를 바랍니다. 그래야 축제가 끝난 후 남은 태형 50대를 집행할 수 있지 않겠습니까?"

기치다는 야다가 돌아간 후, 눈을 질끈 감았다.

레니에가 월경을 시작했다고?

그럴 리가 없다. 황금숲에서 나는 약초는 내가 가장 잘 알고, 레니에에게 먹였던 약초가 얼마나 효과가 좋은지도 가장 잘 안다.

그녀에게 썼던 약은, 진흙인간과 교합하여 씨를 품은 여자 신관들의 태를 말려 유산시키는 용도로 쓰이는 독초로, 적어도 1년 이상 태의 문을 닫아 놓는 독한 약이었다. 몸에서 과민하게 받을 경우 평생 석녀로 살아야 할 수도 있다. 그 때문에 약을 먹이기까지 한참 고민했지만 선택의 여지가 없었다.

예민한 아이라 이상하다고 느낄까 봐 꿀까지 듬뿍 넣어서 제대로 된 양을 먹였는데······.

"그런데 왜 하필 지금!"

온몸에 힘이 들어가, 등의 상처가 툭툭 소리를 내며 터졌다. 그는 얼굴을 일그러뜨리며 두 손으로 얼굴을 감쌌다.

❖ ⚕ ❖

"사바토. 내가 이상해 보이니?"

스승은 야다가 돌아간 뒤부터 잠을 이루지 못했다. 그는 침상에서 일어나 물벽에 손을 대고 오랫동안 밖을 내려다보았다. 삭일이라 달도 없었고, 숲이 워낙 짙고 빽빽해서 별빛조차 들어오지 않아 물의 벽 밖으로 보이는 풍경은 오직 칠흑 같은 어둠, 손조차 보이지 않는 암흑뿐이었다.

"예전과 동일한 기치다 님이냐 하문하시는 거라면, 아닙니다."

그는 창밖을 내다보며 웃었다. 물로 된 벽을 향해 비스듬히 돌아선 스승의 얼굴은 보이지 않는다.

"제때에 멈춰 섰어야 했다는 말이구나. 그렇지?"

기치다는 이마에 손을 짚고 벽에 몸을 기댔다.

대체 어디서, 어느 결에 스승님에게 삿된 것이 끼어들었는지 알 수 없었다. 스승님은 어디서 멈춰야 했는지 정말 모르셨던 걸까. 너무 늦게 알아차린 걸까. 사바토는 조용히 대답했다.

"지금도 늦지 않으셨습니다, 기치다 님."

"늦지 않았다……? 내 속의 무언가가 제대로 작동을 하지 않는데?"

"스승님은 황금숲의 기치다 님이십니다. 조만간 다시 회복되실 겁니다."

"그러냐."

기치다의 웃음이 천천히 사그라들며 그를 감싼 공기가 차게 식었다.

사바토는 야다의 전언이 고마울 지경이었다.

스승이 변한 이유는 종잡을 수 없다. 처음에는 스승에게 필요한 무언가를 그 계집이 갖고 있어서라고 생각했다. 하지만 어느 순간부터 스승은 그 노예 계집 자체를 원하시는 것처럼 보이기도 했다.

스승은 그 이유를 알까? 그들의 스승은 황금숲에서 가장 명철한 자로 꼽히지만, 그 이유만큼은 모를 수도 있겠다는 생각이 들었다. 엔이쉬브 기치다는 자신이 변해 가는 이유를 알면서 이따위로 일이 돌아가도록 방치할 분이 아니었다.

어찌 됐든, 이제 스승은 그 노예를 위해 손쓸 방법이 아무것도 없다. 고름이 일찍 터져 오히려 다행이고, 스승이 돌이킬 수 없을 만큼 망가지는 것보다 이쯤에서 노예 계집과 접점이 완전히 끊어지는 것이 나았다.

이번 일 같은 사태가 다시 벌어지고, 그 상황에서 한 걸음만 더 나가게 되면, 기치다라는 개인이 굴욕을 감수하고 끝나는 것이 아니라 원리주의자들의 기반 자체가 붕괴할 것이다.

그는 지켜야 할 위치가 있었고, 이루어야 할 신성한 임무가 있었다. 다행히 사바토의 스승은 그녀가 지금까지 만나 보았던 이들 중 가장 흔들림이 없고, 잔혹하리만큼 냉정한 자였다. 남에게나, 자신에게나.

"염려 마라. 나는 원리주의자들의 수장이고, 내가 어떤 위치인지, 무엇을 해야 하는지, 무엇을 하지 말아야 하는지 내가 가장 잘 안다."

사바토의 걱정을 헤아린 듯 기치다는 담담한 목소리로 말했다. 그들의 스승은 슬플 때 울지 않았고, 기쁠 때 웃지 않았고, 원하는 말을 하지 않았다. 그는 필요할 때 울었고, 필요할 때 웃었고, 필요한 말을 했다. 얼굴도 모르는 그 노예 계집에 대한 반응이 유일한 예외라면 예외였을 것이다.

어둠 속을 한참 응시하던 기치다의 어깨가 크게 흔들렸다. 그는 물의 벽에 두 손을 짚고 얼굴을 바짝 갖다 댔다. 등이 빳빳하게 긴장하고, 벽을 짚은 희고 가지런한 손가락이 파르르 떨리기 시작했다. 숲은 여전히 깜깜한데, 그는 나무 아래 어떤 지점을 뚫어지도록 내려다보고만 있다.

"사바토, 키리아케와 파라스키에를 깨워야겠구나."

"예?"

"문 앞에서 서 있어 다오. 그래서 내가 근신령을 어기고 밖으로 나가려고 하면 너희가 막아 주렴."

사바토는 천천히 자리에서 일어났다. 등으로 식은땀이 주르르 흘러내린다. 저 깜깜한 어둠 속에 누군가 와 있다. 불도 없이, 달빛도 없이, 이 밤중에. 기치다의 가지런한 손가락이 주먹으로 단단히 맺힌다. 그의 손에 핏줄이 곤두서는 것을 보며, 사바토는 입을 틀어막았다.

"기……기치다 님."

"만약 내가 나가고자 하면, 너희 셋은 목숨 걸고 막아야 할 거야."

"예. 기치다 님."

사바토는 덜덜 떨리는 목소리로 대답했다.

레니에는 눈물이 잔뜩 괸 눈으로 나무 위를 올려다보았다.

"기치다 님. 괜찮으신가요? 기치다 님."

레니에는 위를 올려다보며 목멘 소리로 중얼거렸다.

기치다 님이 태형을 받을 때 울부짖으며 난동을 부린 덕에 창고에 갇히게 되었지만 감시도 허술한 창고를 빠져나오는 건 레니에에게 일도 아니었다. 몇 번 방문했던 기치다 님의 집을 찾는 것도 아주 불가능하지는 않았다. 들에서 몇 년의 시간을 보낸 레니에는 밤눈이 무척 밝았고 지형에 대한 기억력도 몹시 뛰어났다.

물의 집에는 작은 등불이 두어 개 켜져 있었다. 거실을 오가는 몇 사람의 인영이 보인다. 신관복은 모두 흰색이기 때문에 어스름한 형태와 옷의 색만으로는 누가 누군지 알아볼 수 없으나, 레니에는 물의 벽에 손을 짚고 서 있는 후리후리하고 키가 큰 인영이 기치다인 것을 바로 알아차렸다.

그리고 그가 자신이 온 것을 알아차린 것도 알았다. 짙은 어둠 속에 묻혀 있는 레니에가 제대로 보일 리가 없는데, 그래도 그는 알았다. 그의 시선이 자신에게 쏟아지는 것이 느껴진다.

나오실 수 없을까? 아, 근신령 때문에 못 나오시려나?

맞다. 기치다 님은 나 때문에 태형을 받은 것도 모자라 2년이란 세월 동안 저 집에 갇혀 계셔야 하는 거지. 레니에의 어깨가 다시 움츠러들었다.

그렇다고 다른 신관들이 있는데 레니에가 나무를 타고 안으로 들어갈 수는 없었다. 자신도 창고에 갇혀 있다가 빠져나온 거라, 여기 온 것을 들키면 기치다 님께 또 어떤 벼락이 튈지 알 수 없었다.

뺨으로 눈물이 흘러 땅으로 떨어졌다. 만나 뵙고는 싶은데, 그 마음조차 너무 뻔뻔하게 느껴졌다. 어떻게 해야 할지도 모르겠고, 무슨 말을 해야 할지도 모르겠다.

얼마나 아프실까. 그 고고하고 자존심 높으신 분이 지금 얼마나 괴로우실까. 나 때문에. 나 같은 것 때문에. 불덩이를 통째로 삼킨 것처럼 목과 가슴이 아팠다. 기치다 님, 기치다 님. 레니에는 손등으로 눈물을 문지르며 울었다.

"울지 마라……. 시끄럽다 했어. 머리가 아프다니까……."

문을 막아선 세 명의 신관은 바짝 긴장한 채 스승이 중얼거리는 소리를 들었다. 밖에서는 아무 소리도 들리지 않는데, 그는 들리지도 않는 울음소리에 괴로워했다.

그는 여전히 두 주먹을 꽉 쥔 채 물벽에 지그시 누르고 있었다. 핏기가 가시도록 새하얗게 움켜쥔 주먹이 가늘게 떨리고 있었다.

"이렇게 깜깜한데 대체 어떻게 여기까지 찾아온 거냐, 응?"

포르르.

그의 말이 채 끝나기도 전에, 갑자기 작은 불티 하나가 솟아 집 밖으로 튀어 나갔다.

"키, 키리아케 님! 저, 저게 뭔가요?"

파라스키에가 눈을 동그랗게 뜨고 겁에 질린 얼굴로 중얼거렸다. 스승의 눈앞, 물의 벽 너머에서, 작은 불티는 뱅그르르 돌면서 아래로 하느작하느작 내려간다. 사바토와 키리아케의 눈도 커다래졌다. 순간 후드드드 소리가 나더니 뒤이어 몇 개의 불티가 물의 벽 밖으로 날아 내려간다.

"쉿! 스승님의 불의 아크 발현이다."

상황을 깨달은 키리아케가 빠르게 속삭여 막내 제자의 입을 막았다.

작은 불티는 땅으로 완전히 떨어지는 대신 바람을 타고 흐르며 어둠 속에 서 있던 소녀의 곁을 날기 시작했다.

검은 옷으로 몸을 가리고 있는 작은 소녀는 어둠 속에 완전히 파묻혀 있다가 작은 불티들로 인해 어스름하게 모습을 드러냈다. 아이는 두 손으로 얼굴을 가리고 흐느끼고 있었다.

"울지 마, 제발."

화르르.

갑자기 작은 불씨들이 눈송이처럼 한꺼번에 쏟아졌다. 어리둥절해서 고개를 들고 사방을 둘러보는 작은 아이가 보인다. 눈이 둥그레져서 두리번두리번 손을 내밀다가 겁에 질려 주춤해서 거두어들이는 모습이 보인다. 작은 아이가 하얀 얼굴을 들어 자신의 모습을 애타게 바라보는 모습이 보인다.

작은 불티들이 하나씩 팡팡 터지면서 하나하나가 크고 작은 나비 모양으로 변하기 시작했다. 세 명의 제자들은 문 앞에 선 채 필사적으로 비명을 삼켰다.

"아, 아르마누시여. 맙소사."

나비들은 그녀의 주변을 빙빙 돌며 하늘하늘 오르락내리락 날아다닌다. 수백, 수천의 노란 나비들이 반딧불이처럼 반짝거리면서 아이의 주변에서 춤을 추기 시작했다.

문을 막고 서 있던 신관들은 두 손으로 입을 가리고 비명을 삼켰다. 이건 상상도 못 할 아크 발현 기술이었다. 자신들이 배우고 어쩌고 할 수 있는 수준이 아니었다. 기치다 님을 오래 모셨지만 그의 실력을 이 정도까지 본 적이 없던 제자들은 눈앞에 펼쳐지는 광경에 넋이 나갈 지경이었다.

"나는 괜찮다. 괜찮으니 이제 울지 마라, 응?"

퐁퐁퐁, 퐁퐁퐁퐁. 파르르르. 이제 소녀의 주변의 땅에서 노란 별꽃이 물거품처럼 터지며 민들레처럼 활짝 피어난다. 얼마 지나지 않아 소녀의 주변으로 노란 별꽃들이 화사하게 깔리기 시작했다.

"이거 봐 봐. 많이많이 봐 두렴. 얼마나 예쁘니, 얼마나……."

소녀는 여기저기서 무더기 무더기로 피어나는 작은 별꽃 더미를 보고, 기치다를 보고, 자신을 감싸고 금빛으로 반짝이며 파닥파닥 날고 있는 거대한 나비 떼를 보고, 다시 기치다를 보았다. 꽃밭은 점점 넓어지고 나비 떼는 점점 커져서 소녀의 주변을 온통 빛으로 감싸 버렸다.

나비 떼가 이리저리 움직이며 춤을 추기 시작한다. 금빛 폭포처럼 아래로 쏟아져 내리다가, 두 팔로 끌어안듯 부드럽게 휘감다가, 굽이쳐 흐르는 시냇물처럼 소녀를 빙 둘러싸고 찰랑찰랑 물결치기도 했다. 황홀하고 눈부셔 눈을 뜰 수 없을 정도였다.

나비 떼가 움직이기 시작했다. 멍하니 기치다 님만 올려다보는 소녀를 재촉하듯 수많은 나비가 날개를 파닥이며 앞장을 선다. 여기 오래 있으면 위험해. 잘 가렴. 나는 괜찮으니 조심해서 돌아가렴. 어두울 테니 나비들이 길을 안내해 줄 거다. 나비 떼의 움직임에서 스승의 부드럽고 따뜻한 목소리가 들리는 것 같았다.

나비 떼에 감싸인 소녀는 위를 올려다보고, 나비 떼를 따라 몇 걸음 걷더니, 다시 뒤를 돌아 기치다를 올려다본다.

소녀가 자리에 엎드려 절을 한다. 절을 하는 작은 어깨가 한참 들먹거렸다. 기치다는 물의 벽에 이마를 대고 두 주먹을 벽에 누른 채 꼼짝도 하지 않았다.

수백 수천의 나비들이 춤을 추며 소녀의 앞장을 서고 사방을 감싸 호위한다. 소녀의 가는 길이 눈부신 금빛 별들로 반짝이기 시작한다. 소녀는 별밭을 걸어가며 자꾸 뒤를 돌아보고, 자꾸 울었다. 우는 소녀는 빛의 무리와 함께 점점 작아지다가 어둠에 천천히 묻혀 버렸다.

세 명의 신관들은 드디어 스승의 입에서 흘러나오는 어떤 소리를 들었다. 이를 가는 듯한, 혹은 아픈 덩어리를 있는 힘껏 삼키는 듯한 소리와, 짧고 가파르고 몹시 습한 날숨소리가 두서없이 뒤섞였다. 꿀꺽, 꿀꺽, 소리가 들릴 때마다 그의 턱에 맺혔던 물방울들이 한꺼번에 툭툭 떨어져 내렸다.

"……갔구나."

그가 담담하게 중얼거리며 고개를 위로 들어 올린다.

밖은 어느덧 완전히 깜깜해졌고, 세 명의 신관들은 깊이 안도의 한숨을 쉬었다. 그들은 스승이 근신령을 어기고 밖으로 나가지 않은 일보다, 그네들의 목숨이 무사하다는 것보다, 스승의 눈물이 어둠에 묻혀 더 이상 보이지 않게 된 것에 깊이, 깊이 감사했다.

13. 숲의 제전

둥둥, 타타타타, 둥둥, 타타타타.

뿌우우우우!

빠른 북소리가 끝나자 길게 뿔피리 소리가 울렸다. 우와아아! 와아아! 우와아아아! 중앙의 신성한 나무 아르마누를 빽빽하게 둘러싼 사람들이 발을 구르며 고함을 질렀다. 신전 앞에는 나무와 돌로 높은 제단이 만들어졌고 사방에 놓인 청동 향로에서는 향초와 약초의 하얀 연기가 빽빽하게 올라왔다.

해가 하늘 꼭대기에 닿은 정오, 황금숲의 가장 큰 행사인 봄의 축제가 시작되었다.

열 명의 노예 소녀들은 하루 한 명씩 돌아가며 제의를 돕게 되어 있었다. 그들은 아침마다 제비를 뽑아 그날 제의에 참가할 소녀를 정했다.

첫날은 닌후르—비르가, 열세 살로 소녀들 가운데 가장 어린 아이가 뽑혔다. 닌후르—비르가는 에우니케와 같은 미노토스 출신으로 아직 볼이 붉고 통통해 언니들과 민네, 야다의 귀여움을 독차지했다.

소녀들은 그동안 열심히 단장하고 잘 먹고 쉬며 지냈던 것이 이제 의에 포함된 '카타와 아르마누의 성혼례' 즉 남자와 여자의 합일 의식을 위한 것임을 알고 있었다.

상대는 알티르일 수도, 다른 신관일 수도, 혹은 외부에서 온 왕이나 왕족, 고귀한 혈통을 가진 분들일 수도 있다. 한 명일지 열 명일지도 몰랐다. 봄의 축제는 기본적으로 대지의 풍요한 수확을 아르마누께 기원하는 제사라 합일 의식은 축제에서 가장 중요한 핵심 순서였다.

어차피 이런 일을 위해 팔려 왔고, 피할 수 없는 일이라 다들 각오는 하고 있던 눈치였다. 그나마 다행인 것은, 다른 신전과 달리 열흘간의 축제에만, 그것도 딱 하루만 참으면 된다는 점이었다. 1년에 딱 하루, 눈 딱 감고 고생하고 이렇게 호사를 하는 거라면 해 볼 만하다고 서로를 위로하기도 했다.

"기왕 합일 의식을 치르는 거라면 상대가 기치다 님이었으면 좋겠어."

에우니케의 중얼거림에 다들 조용해졌다. 다들 같은 생각을 하고 있었다는 느낌이 확 왔다.

끔찍해. 미쳤어.

레니에는 무릎에 고개를 파묻었다. 모여 있는 소녀 노예들이 자신과 같은 생각을 하고 있다는 것이 끔찍했고, 그 와중에 에우니케에 대한 증오가 끓어오르는 자신이 제일 끔찍했다.

기치다 님은 자신 때문에 태형을 받다가 의식을 잃었다고 들었다. 레니에는 남은 태형을 자신이 받을 수만 있다면 목숨이라도 내놓을 수 있었다. 그런데 또 다른 자신은 마음 한구석으로 그따위 생각을 하고 있는 것이다. 레니에는 자신을 믿을 수 없었다.

에우니케는 겁에 질려 눈물이 고인 닌후르—비르가의 등을 도닥이며 열심히 달랬다.

"너무 겁내지 마, 비르가. 무서운 거 아니야. 그냥, 시키는 대로만 해. 눈 딱 감고 버티면 별일도 아니야. 매도 먼저 맞는 편이 낫다잖아. 처음만 조금 아프고 나중엔 아프지도 않아. 괜찮아. 혹시 알아? 정말 기치다 님이 나오실지?"

레니에는 귀를 틀어막았다. 도저히 마음을 제어할 수가 없다.

멀리 신전이 있는 방향에서 날카로운 피리 소리가 울리더니 이내 궁, 궁, 궁, 커다랗게 북이 울리기 시작했다. 신관들이 크게 고함을 지르는 소리, 북소리, 피리 소리, 음악 소리가 희미하게 들린다.

"너희들은 축제가 진행되는 동안 숙소 밖으로 나오면 안 된다. 나오는 걸 들키는 날에는 발목이 잘릴 것이다. 그날 제비 뽑힌 한 명만 제의에 참가할 것이고, 참가한 후에는 축제가 끝날 때까지 신전의 작은 기도실에서 경건하게 기도를 올리며 아르마누 여신께서 이 땅에 축복을 내려 주시기를 빌어야 한다."

야다는 엄한 목소리로 명령했다.

닌후르—비르가가 흰 말이 끄는 수레를 타고 나간 후, 숙소는 조용해졌다. 레니에는 밖에서 들려오는 희미한 소리에 귀를 기울였다. 둥둥둥둥 타타타타, 높고 낮은 북소리, 황금숲의 전설, 아르마누와 카타에게 바쳐지는 길고 장중한 찬가, 파도처럼 치솟는 군중의 후렴, 악을 쓰는 듯한 노랫소리, 온갖 악기 소리가 어우러지는데 시간이 흘러갈수록 북소리건 노랫소리건 엉망진창이 되어 간다.

아홉 명의 소녀들은 밖에서 무슨 일이 일어나나, 닌후르—비르 가가 상대할 신관님들은 어떤 분일까 잠시 궁금해하다가 이내 포기하고 낮잠을 자거나 양털 깔개 위에 엎드려 간식을 먹기 시작했다.

레니에는 아니었다. 아침부터 신경이 지독하게 예민해지고 입맛도 전혀 돌지 않았다. 제의에 사용되는 향이 숙소까지 퍼졌는지 이따금 배에 탄 것처럼 속이 울렁거리는 게, 느낌이 영 좋지 않다.

둥둥, 타타타타, 둥둥, 타타타타.
우오오오, 오오오, 우오오오, 오오오!

둥둥, 타타타타, 둥둥, 타타타타.
오, 카타! 오오오, 카타! 카타! 영광을 받으소서!
오, 여섯 날개의 큰 전사여! 큰 날개로 우리를 감싸소서!
오, 눈부신 빛의 아버지여! 빛과 공의로 우리를 보호하소서!
오, 위대한 숲의 수호자여! 신성한 나무와 우리를 지키소서!

짐승이 울부짖는 듯한 긴 선창을 모두가 한목소리로 따라 한다. 그런데 뭔가 이상했다. 들을수록 숨이 헐떡헐떡 가빠지고 가슴이 두근거린다.

둥둥, 타타타타, 둥둥, 타타타타.
오, 아르마누! 오오오, 아르마누! 아르마누! 은혜를 베푸소서!

오, 아름다운 나무의 여신이여, 우리를 축복하소서!

오, 기름진 대지의 어머니여, 우리에게 많은 수확을 허락하소서!

오, 열매를 결실하는 분이여, 넘치는 곡식과 과일을 베푸소서!

저 안에 기치다 님도 계실까?

알티르 님이 맡기신 일이 있다 했으니 나와 계시겠지? 몸도 몹시 안 좋으실 텐데 나와 계시려면 얼마나 힘들고 괴로우실까.

혹시 비르가를 상대하는 신관님 중 기치다 님도 계실까?

만에 하나, 정말 만에 하나, 내가 참석하는 날에 그분께서 상대로 나오시면 어쩌지?

레니에는 귀를 벽에 뭉개지도록 갖다 붙이며 이를 물었다. 생각할 때마다 자신이 환멸스럽고 죄스러워서 죽을 지경이었다. 미친 레니에. 그분이 지금 제대로 움직일 수나 있을 것 같아? 누구 때문에 그렇게 됐는지 알잖아! 네가 대체 사람이야?

하지만 어차피 피할 수 없는 거라면 교합의 상대가 제발 기치다 님이었으면 하는 마음은 시도 때도 없이 불쑥불쑥 치밀어서, 스스로를 목 졸라 죽이고 싶을 지경이 되었다.

레니에는 이 파렴치하고 뻔뻔하고 미친 감정이 너무 괴로웠고, 도저히 이해할 수 없었고, 그래서 이 감정에 어떤 이름도 붙일 수 없었다.

제의를 돕기 위해 나간 닌후르—비르가가 숙소로 오지 못하고 신전의 기도실로 가 버리는 바람에 소녀들은 합일 의식의 상대에 대해 아무런 정보를 알아낼 수 없었다.

방에 남은 아홉 명의 소녀는 이튿날 아침 다시 제비를 뽑았다.

두 번째로 뽑힌 사람은 미노토스의 에우니케였다. 밀짚색 머리카락을 한껏 틀어 올려 꽃으로 화려하게 치장한 에우니케는 이난나 여신처럼 아름다웠다.

그녀는 신부를 시샘하는 사악한 갈라(정령)들이 얼굴을 보지 못하도록 얇은 베일로 얼굴을 가린 후 여유 있게 손을 흔들며 숙소를 나섰다.

다음 날 아침 여덟 명의 소녀는 다시 제비를 뽑았다. 소녀들은 점점 말이 없어졌다.

8일째 되는 날 아침, 레니에는 손에 쥔 끈을 꼭 움켜잡았다. 손이 부들부들 떨린다.

레니에가 쥔 제비의 끝에 붉은색 꼬리가 달려 있었다.

❖ ✚ ❖

아침에 야다와 민네가 레니에의 몸 상태를 확인하는 사이, 남은 두 소녀 카를라와 이오나가 나무 욕조에 물을 채웠다.

레니에는 붉은 꽃이 가득 띄워진 나무 욕조에 들어가 목욕을 한후, 여신의 의상으로 갈아입었다. 가슴이 깊게 팬 새하얀 웃옷과 얇게 팔랑거리는 긴 치마를 입고, 그동안 수를 놓아 화려하게 꾸민 붉은색 허리띠를 맸다.

"머리가 여전히 볼썽사납구나. 오늘 너는 신성한 나무의 여신인 아르마누 님의 현현이 되니 최대한 아름답게 보여야 한다. 카를라, 레니에의 머리를 최대한 가려서 꾸며 주렴."

카를라는 한 뼘도 안 되는 레니에의 머리카락을 어떻게든 꾸며보다가 포기하고, 성글게 짜인 아마포 베일을 머리에 서너 겹 덮은 후 금술이 달린 가는 띠를 두르고, 화관을 크고 화려하게 만들어 머리 위에 얹어 주었다.

이오나는 꽃씨에서 모아 둔 백분으로 얼굴에 화장을 해 주었다. 수건에 올리브기름을 살짝 묻혀 얼굴에 문지른 후, 그 위에 백분을 얇게 펴 발랐다. 화덕에서 모은 그을음 가루와 고운 황토가루를 기름에 개어 만든 눈썹먹으로 진갈색 눈썹도 선명하게 그려 주었다.

"왜 그렇게 떨어. 너보다 더 어린 닌후르—비르가도 멀쩡하게 나갔는데. 괜찮아. 하루만 참으면 돼."

목욕을 시작하기 전부터 화장을 끝낼 때까지 계속 우들우들 떠는 레니에를 보며 이오나가 소곤거렸다.

"예뻐, 레니에. 화장하니까 에우니케 언니보다 훨씬 예뻐. 이난나 여신님이나 아르마누 님도 너처럼 예쁘지는 못했을 거야."

카를라도 레니에의 등을 쓰다듬며 속삭였다.

처음 한동안은 다들 레니에를 따돌리기도 했고, 기치다 님의 총애를 받는다 소문이 난 후엔 시샘을 하기도 했고, 창고에 갇힌 후에는 불쌍하게 생각하기도 했지만, 이제는 다 부질없었다. 축제 기간이 되어 제의에 끌려가 사내들의 교합 상대가 될 처지가 되고 보니 똑같이 불쌍한 노예 신세라는 게 실감이 났던 것이다.

"흠. 이렇게 보니 레니에 너도 꽤 볼만하구나."

칭찬이 몹시 드문 야다도 레니에의 베일을 들춰 보더니 흡족하게 웃었다.

레니에는 후들후들 떨며 울타리를 나섰다. 화려한 꽃으로 치장한 수레가 문 앞에서 기다리고 있다. 새하얀 말이 고개를 흔들며 흥분한 듯 투레질을 한다. 레니에는 몸이 너무 떨려서 두 신관의 부축을 받으며 수레에 올라야 했다.

둥근 나무 바퀴가 덜컹덜컹 소리를 내며 굴러간다. 수레가 흔들릴 때마다 레니에는 점점 구토감을 느꼈다.

황금숲은 대낮인데도 황금빛이라고는 전혀 보이지 않았다. 눈길 닿는 곳마다 흐드러지게 피어난 꽃들은 온통 핏빛이고, 빽빽한 나무들은 몸통이든 가지든 섬뜩할 정도로 시커멓다. 스치고 지나가는 나무들마다 가지를 꿈틀거리며 손가락질하고, 눈을 가늘게 뜨고 자신을 흘겨보는 것 같다. 레니에는 눈을 꽉 감았다.

아무래도 이상해. 나는 미쳐 가는 걸까?

레니에의 뱃속에선 수많은 목소리가 이 숲을 빨리 벗어나라고 고함을 지르고 있었다.

싫어, 싫어, 가기 싫어! 죽기보다 싫어!

지금 당장 수레에서 뛰어내려 도망쳐! 늦지 않았어!

하지만 레니에는 이를 악물고 참았다. 기치다 님의 안타까워하는 듯한 목소리가 떠올랐다.

― 사내와의 교합이 아무리 싫어도 목숨을 잃는 것만 하겠니.

레니에는 고개를 힘껏 흔들었다. 나는 떼를 쓰고 있는 거야. 이런 미친 마음은 달래서도 안 되고 키워서도 안 된다. 악착같이 박박 짓누르고 으깨서 완전히 없애 버려야 한다. 레니에는 눈을 힘껏 찡그리고 뇌었다.

버티면 돼. 하루만. 오늘 하루만. 딱 하루만.

사람들이 신전 앞의 제단에 구름처럼 모여 있었다. 금발에 흰옷으로 성장한 신관들이 대부분이었지만, 외부에서 들어온 신도들도 적지 않은 듯 검은 머리, 갈색 머리, 붉은 머리에 갖가지 색깔의 옷을 입은 사람들도 많이 눈에 띄었다.

그들은 붉거나 보랏빛으로 물들인 일곱 단 카우나케스를 두르고 목과 허리에 보석이 달린 장신구를 늘어뜨리고 있었다. 머리와 수염을 곱슬곱슬하게 꾸며 장식하고, 이마에 화려한 띠를 띠고 있는 자들도 있었다. 왕이나 왕족, 혹은 신분이 높은 귀족이나 이름난 전사들처럼 보였다.

레니에는 고개를 갸웃했다. 외부인이 올 수도 있다는 건 알고 있었지만, 귀하고 높은 신분의 사람들이 이렇게 많이 모인 것은 이해가 되지 않았다.

사방에 매캐한 연기가 가득하다. 제단 주변으로 청동 향로와 질화로들이 드문드문 놓여 있었고, 그곳에서는 하얀 연기가 구름처럼 솟아오르고 있었다.

다들 표정이 이상했다. 어떤 사람은 눈빛이 반쯤 풀렸고, 어떤 사람은 몸을 흐느적거리며 웃고 있다. 어떤 이는 춤을 추고, 어떤 이는 목에 핏대를 세우고 노래를 하는 중이다.

동료 노예들은 합일 의식의 상대가 기치다 님이라면 좋겠다 생각했고, 레니에는 그런 생각이 들지 않도록 죽을힘을 다해 자신을 비난했지만, 막상 눈앞에 모인 수많은 사람을 보니 저 앞에서 기치다 님과 그런 시간을 보내느니 차라리 죽어 버리겠다는 생각만 들었다.

제발 이곳에 계시지 않았으면. 내가 이런 꼴을 당하는 걸 보지 않으셨으면.

하지만 그 생각도 오래가지 못했다. 제단에 가까워지면서 공포는 걷잡을 수 없이 커졌다. 민네와 야다는 제의가 어떤 식으로 진행되고 몇 명의 남자와 합일 의식을 치러야 하는지 끝까지 알려 주지 않았다. 미친 듯한 떨림은 이제 걷잡을 수 없을 지경이었다.

"이리로 오십시오, 아르마누."

"카타와의 성혼 의식입니다. 표정을 밝게 해 주십시오, 아르마누."

말투가 완전히 바뀐 두 신관의 미소는 딱딱했다. 레니에는 두 명의 손에 이끌려 제단으로 올라갔다. 와아아아! 와아아아! 계단을 한 걸음씩 오를 때마다 신관들과 사람들의 거센 함성이 귀청이 터질 것처럼 솟아올랐다.

아르마누, 아르마누, 황금숲의 신성한 나무여! 결실의 어머니여!
이 자리에 오소서! 다시 오소서!
카타, 카타, 여섯 날개의 카타여! 강한 팔의 아버지여!
이 자리에 오소서! 다시 오소서!

알티르는 새하얗고 자락이 긴 신관복을 입고 황금빛 관을 쓰고 단 위에서 기다리고 있었다. 단 위에 뿌려진 붉은 꽃들로 인해 제단은 온통 피로 물든 것만 같다. 레니에는 합일 의식의 상대가 알티르라는 것을 알고 허망하게 웃었다.

생각하면 너무 당연한 거였다. 카타와 아르마누의 성혼 의식의 재현이니, 카타의 후계자인 숲의 수호자와 아르마누로 꾸민 자신이 합일 의식의 주인공이 되는 것이 마땅했다.

단에 깔린 부드러운 양털 깔개 위에 눕혀지자 베일 너머로 파란 하늘이 희미하게 눈에 들어온다. 사람들이 이렇게 수십, 수백 겹으로 둘러싸고 미친 듯이 소리를 질러 대는데도, 하늘이 저렇게 파랗다는 것이 새삼스럽고 소름이 끼쳤다.

도망쳐! 지금이라도 늦지 않았어! 얼른 도망치란 말이야!

– 사내와의 교합이 아무리 싫어도 목숨을 잃는 것만 하겠니.

두 개의 마음이 속에서 싸워 댔다. 도망치면 어찌 될지 결과가
보인다. 일천의 신관, 수백 수천 명의 사람이 겹으로 둘러싸고 있
으니 그냥 개죽음이다.

도망치려면 진작 했어야지.

바보야, 지금이라도 늦지 않았어! 제발!

레니에는 이를 꽉 물고 고개를 흔들었다. 오늘은 도망치지 않을
것이다. 오늘은 도망칠 수 없을 것이다. 오늘은. 오늘은.

깊은 생각을 하기 점점 어려워진다. 누워 있는데도 세상이 빙빙
도는 것처럼 어지럽다. 미혼향에 잠식되어 가나 보다. 하지만 애
써 정신을 차리려 노력하는 것이 좋을지, 미혼향에 취해서 이 시
간을 잊어버리는 것이 좋을지도 알 수 없었다.

두 팔이 양쪽 바닥에 묶인다. 얼굴을 가린 베일이 걷히면서 무
서울 정도로 울창하게 솟은 나무가 자신을 찌를 듯 내려다보는 것
이 느껴진다. 사람들의 고함 소리가 아득해지고, 파란 하늘은 이
내 하얗게 뒤덮인다. 레니에는 문득 한 가지 생각을 떠올리고 입
술을 비틀어 올리며 웃었다.

그런데 사실 내가 여기 있을 자격이 없다는 걸 알게 되면 다들
어찌 될까?

레니에는 아직 월경을 시작하지 않았다. 어떻게든 기치다를 태
형과 2년의 근신에서 벗어나게 해 보려고 달거리를 시작했다고
꾸몄을 뿐이었다.

레니에는 에우니케와 카를라에게 들었던 설명을 필사적으로 떠
올리며 창고에서 몰래 두더지를 잡아 피를 뽑은 후 새하얀 치맛자

락에 문질렀다. 제의에 참석할 자격이 없는 것을 속이고 들어갔다간 그 자리에서 죽을지도 몰랐지만, 그때는 기치다가 징벌에서 벗어나는 것만이 중요했다.

이제 와서 생각하니 참 부질없었어.

미혼향에 취한 듯, 흰 수염을 늘어뜨린 알티르의 눈이 불그레하다. 그가 누워 있는 레니에의 어깨에 걸쳐진 윗옷을 끌어 내리자 단 아래에 있는 사람들의 고함이 파도처럼 치솟는다.

하얗게 드러난 맨가슴에 뜨거운 햇볕이 와 닿는다. 알티르는 화로에서 새빨갛게 달아오른 인두를 꺼내 느릿한 걸음으로 다가왔다.

그의 중얼거림이 들렸다.

"이 나무의 형상을 숲에 속한 자의 신성한 표식으로 삼으리니, 너는 이제 거룩한 아르마누와 하나가 될진저."

미혼향에 취한 알티르는 내용을 알 수 없는 기도문 같은 것을 계속 웅얼거리며 레니에에게 다가와 허리를 굽힌다.

"아아악, 아아악!"

왼쪽 가슴에서 격통이 일었다. 이제야, 이제야 숲의 신전의 노예라는 낙인을 찍는 모양이다.

여자 노예들의 경우, 노예의 낙인을 어깨에 주로 찍는데 여기서는 심장에서 가장 가까운 왼쪽 가슴에 찍었다. 정신이 빠질 정도로 뜨겁고 아팠다. 레니에는 눈물을 흘리지 않기 위해 눈을 부릅떴다. 적어도 이 자리에서만큼은 볼썽사납게 울고 싶지 않았다.

둥둥둥둥 둥둥둥둥.

타타타타 타타타타.

제단 아래 있는 신관들이 북채를 휘두른다. 큰북과 작은북이 빠르게 제의를 재촉한다. 알티르는 그녀의 긴 치맛자락을 걷고 다리를 벌린 후 몸을 겹쳤고, 레니에는 눈을 질끈 감았다.

그의 맨살이 하반신에 닿는다. 그 느낌은, 뱀이 몸을 타고 오르는 것처럼 끔찍했다. 그가 몸을 앞뒤로 움직이기 시작하면서 북소리는 더욱 빨라지고 사람들의 고함은 광적으로 변해 갔다. 아르마누! 카타! 아르마누! 카타! 우리를 축복하소서!

레니에는 눈을 떴다. 뭔가 이상하다. 눈을 찡그리고 내려다보니 알티르는 얼굴을 일그러뜨리고 고개를 숙인 채 기계적으로 몸만 움직이고 있었다. 군중을 등지고 곁에서 의식을 보좌하던 민네와 야다의 얼굴에는 난감한 기색이 가득했다. 민네가 낮게 속삭였다.

"몸을 움직여라."

"……예?"

"알티르께서 이레 동안 제의를 집전하셔서 몸이 좋지 않으시다. 몸을 움직여. 알티르의 움직임에 따라 허리와 다리를 같이 움직여."

"조금 있으면 어차피 다른 사람들도 합일 의식이 시작되기 때문에 아무도 눈치채지 못할 것이다. 움직여!"

맙소사. 레니에는 눈을 커다랗게 뜨고, 자신의 위에서 얼굴을 일그러뜨리고 있는 하얀 수염의 사내를 올려다보았다.

자신만 속인 것이 아니다. 봄의 축제는 아르마누와 카타의 교합을 통해 풍성한 결실을 기원하는 행사인데, 한쪽은 씨조차 뿌리지 못할 정도로 기운 없고 늙은 자였고, 한쪽은 아직 초경도 치르지 못한 돌밭이었다.

우스웠다. 혹시 에우니케 언니나 먼저 갔던 동료들도 이렇게 엉터리 같은 짓을 당한 걸까? 지금 다들 신전 기도실에 모여앉아서 기도하는 대신 알티르와 이 성혼 의식을 비웃고 있는 게 아닐까?

레니에는 고개를 틀어 단 아래를 내려다보았다. 단 아래는 이미 광란의 도가니였다. 둥둥 타타타타, 둥둥 타타타타. 머리를 마비시키는 듯한 북소리와 함께 남자와 여자들이 뒤섞이기 시작한다.

노래하고 춤을 추던 사람들은 이제 서로 짝지어 손을 잡고 춤을 추다가 입을 맞춘다. 연기는 더욱 짙어져서 광장은 뿌연 구름이 빽빽하게 들어찬 듯하고 그들의 움직임은 더욱 음탕하고 노골적으로 변했다.

고귀한 천족과 신도들은 이제 하나둘씩 짝을 지어 상대의 몸을 더듬기 시작했다. 그들은 단 아래에서 몸을 얽거나, 사방이 훤히 트인 나무 아래로 가서 옷을 벗고 뱀처럼 서로의 몸을 타고 오르면서도 아무런 거리낌이 없다.

레니에는 단 아래서 펼쳐지는 광경을 아연하게 바라보았다.

황금숲의 제전이 이런 거였구나. 남녀 신관과 외부 신도들의 혼음이 대규모로 열흘간이나 이어졌던 거였다.

그들은 제의의 일부라 생각해서인지 혹은 미혼향에 취해서인지 부끄러움도 없이 치맛자락을 걷어 몸을 드러내고 환한 곳에서 정사를 치른다. 노랫소리와 잡다한 소음 속에 이제 끈적한 신음이 뒤섞이기 시작한다. 천족인 이쉬브, 누기그들, 진흙인간인 고귀한 왕, 왕족, 귀족, 용맹한 전사들, 모두 짐승 같았다.

레니에는 히득히득 웃기 시작했다. 아아, 알겠다. 이제야 알겠다. 왜 신관들이 결혼도 하지 않고 가정도 꾸리지 않고 혼자 살고 있으며, 왜 아이들을 공동으로 양육하고 있었는지.

이런 교합의 의식이 있으니 그랬던 거였다. 해마다 이런 짓거리를 열흘씩이나 되풀이하고 있는 신관들에게 결혼이 무슨 의미가 있을까.

하지만 천족과 외부 사람들과의 교합 의식은 믿어지지 않는다.

고귀한 천족들이 왜 경멸하는 진흙인간들과 왜 저런 짓을 하고 있을까?

단 아래에서 난교판을 벌이는 무리를 보며 멍하니 생각하던 레니에는 이내 킬킬 웃기 시작했다.

이유를 알 것 같다. 바깥세상의 지체 높은 사내들이 왜 이렇게 많이 모여들었는지도 잘 알겠다. 저들은 이런 의식을 통해 여자 신관들에게 자신의 씨를 뿌리고, 그 씨가 천족으로 태어날 수 있기를 바라는 거다.

그리고 황금숲은 이런 방법으로 바깥세상의 권력자들을 자신의 편으로 삼게 된다. 이 의식에 참가한 왕이나 왕족들은 자신의 아이가 천족으로 살고 있을지도 모르고, 숲의 수호자가 자신의 아들이나 형제일 수도 있다는 생각을 안 할 수가 없다. 생각하니 너무 간단해서 기가 막힌다.

황금숲의 입장도 이해가 된다. 황금숲은 무력을 갖춘 정식 군대가 없고 신관 수도 천 명 남짓밖에 되지 않는다. 그들만으로는 넓은 숲과 풍요로운 쿠그시그평원을 통제하고 보호하기 어려우니, 외부의 권력자들과 어떤 방법으로든 연결 고리를 만들어 두려는 것이었다.

아르마누와 여섯 날개 카타의 성혼 의식? 충만한 합일 의식? 풍년을 기원하는 의식?

……웃기고 있다, 아주.

기치다 님도 지금 저 무리 속에 계시면, 얼굴도 모를 어떤 여자 신관과 함께 저런 짓을 하고 있겠구나. 해마다 그러셨겠구나. 나는 이런 것도 모르고 합일 의식의 상대가 기치다 님이 되기를 간절히 바랐었고, 그런 내가 너무 혐오스럽고 끔찍해서 환멸감에 치를 떨었었다.

하, 하, 하하하하. 눈꼬리로 다시 눈물이 흘러내린다. 모든 것이 너무 우스웠다.

합일 의식은 생각보다 짧게 끝났다. 두 여신관의 부축을 받고 제단에서 내려오던 레니에는 문득 계단 아래에서 이상한 것을 발견했다.

응? 저건 내가 에우니케의 머리에 장식해 주었던 리본과 꽃인데?

……그런데 저게 왜 바닥에 있지?

레니에는 흠칫 입을 다물었다. 다시 등 뒤로 찌르는 것처럼 소름이 끼쳤다.

레니에는 자신이 본 것이 맞는지 몇 번이나 힐끔대며 확인했다. 자신이 장식해 주었던 것이 틀림없다. 다만 알 수 없는 것은, 저 리본과 꽃이 왜 저기 떨어져 있으며, 저기 얼룩덜룩 묻어 있는 붉은 얼룩과, 저 갈색 머리카락 타래와, 저 머리카락 끝에 붙은 붉은 덩어리가 무엇이냐 하는 것이었다.

레니에는 눈을 크게 떴다. 어떤 명료한 예감이 등을 타고 올라왔다. 찬물을 등에 쭉 들이부은 것만 같은 느낌. 곁눈질로 빠르게 바닥을 살폈다.

역시!

레니에는 이를 물었다. 그동안 먼저 나갔던 일곱 명의 소녀들을 장식했던 매듭, 천 조각, 꽃묶음, 머리끈, 그것을 붉게 물들인 그 무엇, 주변에 흩어져 있는 얼룩들, 주변보다 더 짙어 보이는 땅의 색깔!

드디어 레니에는 그 얼룩의 정체를 알아냈다.

이런 맙소사!

이 광장에는 피비린내가 가득 차 있다. 미혼향과 뒤섞여 짙게 올라오는 향초 연기는 이 피비린내를 감추기 위한 것이었다.

왜 그걸 이제야 깨달았을까? 몇 해 동안 들에서 양을 치고 사냥을 하던 레니에는 짐승들의 피 냄새에 익숙했다. 습하고 비릿한 이 냄새를 다른 냄새와 혼동할 수 없다. 더욱이 비가 온 직후에 더욱 강렬해진 이 냄새를.

미혼향만 아니었으면 진작 알아차렸을 텐데!

며칠 동안 극심한 공포에 시달릴 때마다, 그게 합일 의식에 대한 거부감이라고만 생각했는데 아니었다. 속에서 끝없이 도망치라고 고함을 지르던 목소리가 이제야 납득이 된다.

북을 치던 신관들이 다가오기 시작한다. 알티르가 가장 앞장을 선다. 그들의 몸을 어스름하게 감싼 검은 안개가 희미하게 보인다. 그의 소매 속에 묵직하게 늘어진 것이 무엇인지 이젠 짐작할 수 있다.

먼저 나간 일곱 명의 소녀 노예들은 지금 신전의 기도실에 있는 것이 아니다. 레니에는 드디어 수레 아래쪽에 파묻힌 붉은 뼈의 일부를 발견했다. 아직 검게 변하지 않은, 무섭게 싱싱한 붉은색.

그네들은 가장 잔혹하고 끔찍한 방법으로 피와 살을 황금숲의 대지, 혹은 신도들과 신관들에게 바쳐야 했을 것이다. 알티르의 손이 긴 소맷자락으로 들어가는 순간 레니에는 몸을 확 틀어 민네와 야다를 뿌리쳤다.

"놔! 이것 놔앗!"

"꺅! 레, 레니에!"

레니에는 민네와 야다의 손에서 벗어나, 소매에서 무언가를 끄집어내고 있는 알티르에게 그대로 돌진했다.

14. 낙인

"이게 무슨…… 억!"

알티르가 가슴을 들이받혀 땅에 나동그라지는 순간, 레니에는 묶인 두 손으로 번개처럼 흙을 움켜 그의 눈에 뿌렸다. 으아앗, 아아아! 그가 소리 지르며 눈을 감싸고 뒹굴 때, 레니에는 그의 손에서 떨어진 칼을 주워 빙글 돌려 손목 사이로 밀어 넣었다.

손목을 묶은 끈은 서걱, 하는 소리를 내며 잘려 나갔다. 이런 긴박한 순간일수록 시야는 정확해지고 움직임은 믿을 수 없을 만큼 빨라졌다.

"레니에!"

"저년을 잡아!"

북을 치던 신관 셋이 한꺼번에 그녀를 잡았다. 순간 그들은 큰 소리로 비명을 지르며 뒤로 물러섰다. 그들의 발치로 시뻘건 피가 줄줄 떨어졌다. 두 사람은 팔을 다쳤고 한 명은 목을 움켜쥐고 바닥에 쓰러졌다.

  – 저를 해치려는 자를 해치는 것이 잘못인가요?
  – 아니.

  기치다의 명징한 대답이 들렸다. 그는 그때 아무런 조건도 부연
하지 않고 단호하게 그렇게 대답했었고, 레니에는 그렇게 대답해
주었던 기치다가 진심으로 고마웠다.
  그리고 지금은 그때보다 열 배는 더 고마웠다.
  레니에는 거치적대는 긴 치맛자락을 칼로 쭉 찢어 버리고 칼을
움켜쥔 채 달리기 시작했다. 두 명의 신관이 바닥에 쓰러진 동료
를 놔두고 레니에를 쫓기 시작했다.
  "거기 서! 네 이년!"
  "아니, 어떻게 제물이, 제물이……."
  혼음의 황홀경에 빠져 있던 신관들과 신도들의 반응은 늦었다.
레니에는 그녀를 싣고 왔던 수레를 발견하고 미친 듯이 달려갔다.
고삐만 있는 말이 수레에 매여 있었다. 레니에는 굴레와 수레를
연결한 줄을 끊어 버리고 수레를 받침 삼아 말 등에 매달렸다.
  "가! 가! 얼른 가!"
  옆구리를 힘껏 걷어차자 말이 앞발을 들고 날뛰더니 이내 공터
를 벗어나 달리기 시작했다. 이곳저곳에 나신으로 얽혀 있던 신관
들이 뒤늦게 흐느적흐느적 일어나 옷을 걸치고 레니에를 뒤쫓았
다.
  "잡아라! 제물을 잡아라!"
  알티르의 쉬어 터진 고함 소리, 신관들의 북소리, 서로를 불러
대는 휘파람 소리가 급박하게 숲속을 가로질렀다.

펑! 펑펑!

옆에서 드디어 불꽃이 일기 시작한다. 알티르와 신관들의 공격이 시작됐다. 펑, 펑, 투투투투! 무엇인가가 주변에서 큰 소리를 내며 터지는데 레니에는 뒤도 돌아보지 않고 말갈기를 붙잡았다.

다그락, 다그락, 다그락, 말은 힘껏 달리면서도 방향을 잡지 못해 갈팡질팡했고, 레니에는 점점 다급해졌다. 숲은 거대한 미로였다. 나무들은 눈에 설었고, 제대로 된 길은 보이지 않고, 어디로 가야 하는지도 알 수 없었다.

머뭇거리는 사이 멀어졌다 싶은 사람들의 고함이 가까워진다. 레니에가 눈에 띄지 않자 흩어져 찾고 있는 모양이다. 숲의 지리라면 숲에서 태어나 평생 살아온 신관들을 당해 낼 수 없다.

"저기 있다!"

펑! 드디어 말의 발치에 불길이 확 인다. 말이 놀라 날뛰면서 레니에는 땅으로 굴러떨어졌다. 레니에는 바닥에 나동그라진 채 황급히 주변을 두리번거렸다.

⋯⋯주변 지형이 낯이 익다?

"저기 있다! 저기 있다!"

말이 날뛰는 소리 때문인지, 서너 명의 신관들이 긴 옷자락을 날리며 달려오는 것이 보인다. 둥그런 불덩이가 그녀를 향해 다시 날아오는데, 레니에는 너무 아파 바로 일어날 수 없었다.

"지이, 지, 지이잇!"

희고 긴 옷자락이 펄럭였다. 누군가 레니에의 앞을 막아서며 그녀의 위로 긴 그림자를 드리운다. 익숙한 목소리, 익숙한 뒷모습. 지이. 소멸 아크다.

기치다는 세 명의 공격을 막아 내기 위해 쉴 새 없이 소멸 아크를 발현시켰다. 지난번 알티르의 공격을 일부러 맞아 줄 때와 달리, 그가 맞받아치는 솜씨는 빠르고 정확했다. 그가 손을 휘두를 때마다 긴 소맷자락이 허공을 빠르게 가로질렀고, 레니에에게 날아오던 불길은 따닥, 딱, 딱 소리와 함께 깨끗하게 사라졌다.

그들이 잠시 멈칫대는 사이 기치다는 바닥에 나동그라진 레니에를 돌아보며 황급히 물었다.

"무슨 일이지, 레니에? 오늘이 네 차례였어? 그리고 왜 신관들이 너를 쫓고 있는 거지?"

"기치다 님!"

레니에는 터져 나오려는 울부짖음을 이를 악물고 참았다.

기치다 님은 알고 있었다. 우리들이 아르마누의 현현으로서 축제에 들어가 산 채로 제물로 바쳐진다는 것을. 백은 10셰켈을 주고 산 못난 노예 계집애가 축제 때 들어가 산 채로 뜯겨 죽으리라는 것을, 기치다 님은 애초부터 알고 있었다.

아아, 그제야 레니에는 그의 애매했던 대답이 이해가 됐다. 사내를 받아야 하는 제의에 참석하느니 차라리 들일을 하겠다고 부탁할 때, 잠시만 버티면 끝난다고 하셨었다. 잠시만 버티다 죽으면 된다는 의미였다.

그리고 죽기 전까지의 짧은 기간 동안 가장 달콤한 꿈을 꾸게 해 주었다.

"너, 너 혹시…… 합일 의식 중에 알티르의 손에서 벗어나 도망친 거니?"

기치다는 바짝 날이 선 목소리로 물었다. 그의 이마로 땀방울이 잔뜩 맺힌 것이 보인다.

레니에의 눈에 눈물이 천천히 고였다. 그의 다정한 말투를 제거하고 나니 '오늘이 너 죽는 날이었니? 죽어야 할 제물이 도망 나온 거니?' 하는 말이 또렷이 들렸다.

"합일 의식이 끝난 직후에 탈출했어요. 알티르는 몸이 좋지 않아 합일 의식을 치르지 못하고 흉내만 냈지만……."

"……아하? 알티르가?"

새파란 눈이 번쩍 빛났다. 레니에는 한 손에 칼을 움켜쥔 채 필사적으로 일어나 뒷걸음질 치며 물었다.

"저를 다시 끌고 가실 건가요?"

기치다는 자신을 죽이기 위해 황금숲으로 데리고 온 신관이었다. 그것이 그의 임무였다. 지금까지 소녀 노예들에게 다정한 말을 해 주고 아껴 주고 귀여워해 주는 것처럼 보였던 이유도 납득이 갔다. 그것은 죽기 전 두세 달 동안 희생 제물에게 매일 주어지던 달콤한 과일이나 꿀을 넣은 염소젖과 비슷한 것이었다.

천한 진흙인간 노예인 나를 아끼셨던 건 사실일 것이다. 나를 위해 큰 치욕과 끔찍한 고통까지 감수하실 정도로 특별한 감정이 있었던 것도, 믿기 어렵지만 어쩌면 사실일 것이다.

하지만 레니에는 이제 아무것도 믿을 수 없었다. 그는 레니에게 다정하게 웃어 주고 힘들었던 과거를 다정하게 위로하면서, 같은 입으로 조금만 참고 편히 죽으라 종용하던 자이기도 했다.

지금도 나를 구해 주긴 했지만, 당장 나를 잡아끌고 알티르에게 넘겨줄 수도 있다. 그것 역시 황금숲의 신관인 그의 임무이기 때문이다.

레니에는 급하게 뒷걸음질 쳤다. 발목이 접질렸는지 한 걸음 디딜 때마다 송곳으로 찔리는 것 같았고 가슴은 여전히 불로 지지는 듯 아팠다. 하지만 마음이 아픈 것에 비할 수는 없었다.

갑자기 뒤에서 떠들썩한 소리가 들렸다.

"엔이쉬브 기치다! 지금 무슨 짓입니까! 도망친 제물을 넘기십시오. 지금 얌전히 넘겨주신다면 알티르 님께 말씀드리지 않고 넘어가도록 하겠습니다."

"엔누기그 야다, 그럼 알티르께서 제의 제물을 놓친 것이 사실이라는 말입니까?"

"아직 제의가 끝나지 않았습니다. 지금 붙잡아서 데려가면 됩니다."

"카타와 아르마누의 합일 의식에도 실패하셨다고 들었습니다만? 숲의 수호자가 아르마누와의 성혼 의식에 실패하고 제물을 놓친다는 것이 무슨 의미인 줄은 야다 님께서도 잘 아실 텐데요?"

레니에는 그의 새파란 눈이 그렇게 잔혹하고 무시무시하게 빛나는 것을 처음 보았다. 그 직후, 그의 몸에서 새카만 안개가 칼날처럼 쫙쫙 뻗쳐오르기 시작했다. 숨이 막혀 질식할 것 같았다.

"기치다! 그 입 다무십시오! 이치! 간체르!"

야다가 손을 들고 황급히 엔을 외쳤다. 기치다의 입을 막을 심산인 듯했다. 두 사람의 주변으로 불꽃과 바람이 확확 일기 시작했다. 지이! 지이! 지! 한 손으로 공격을 빠르게 소멸시키던 기치다는 갑자기 팔찌를 두 손으로 움켜잡더니 큰 소리로 외쳤다.

"임홀, 이치! 두! 간체르! 가안체에르!"

그의 입에서 여러 종류의 바람과 불을 소환하는 강력한 엔이 연이어 쏟아진다. 그들과 공격의 규모부터 달랐다. 불로 만들어진 폭풍이 회오리바람처럼 주변을 휩쓸고 나간다. 이제는 반대로 추격하던 신관들이 몸을 날려 피해야 했다.

"쉬르 임홀 키추라 바주 페쉬!"

레니에는 그것이 몹시 위험한 아크임을 알아차렸다. 높은 곳의 무화과를 칼로 자른 것처럼 베어 낼 때, 자신의 머리카락을 소리도 없이 잘라 냈을 때의 긴 주문에 방금 전 몹시 강력한 바람을 불렀을 때의 엔이 섞여 있었다.

아악, 날카로운 비명이 터지더니 가장 앞에서 엔을 쏘아 대던 야다가 팔을 움켜쥐고 비명을 지른다. 팔에서 붉은 피가 솟구치는 것이 보인다. 야다 뒤에 서 있던 민네, 그리고 다른 신관은 주춤대며 기치다를 향해 무어라고 소리를 지른다. 일이 점점 커지고 있었다.

"투무달!"

그의 온몸에서 무시무시한 살기가 쏟아진다. 우웅, 후욱, 거센 광풍이 크게 소용돌이치더니 신관 서너 명을 그대로 감아올렸다.

"기치다 님! ……헉!"

그들이 멀찍이 떨어진 바위에 내동댕이치듯 떨어지며 비명을 질렀다. 레니에는 입을 틀어막았다. 저 높이에서, 저 힘으로 바위에 떨어졌으면 즉사하거나 적어도 움직이지 못할 정도로 크게 다쳤을 것이다.

기치다는 황급히 몸을 돌려 레니에에게 고함을 질렀다.

"도망쳐, 레니에! 지금 당장 숲을 벗어나라!"

"기치다 님? 저, 저를 살려 주시는…….."

"이런 기회는 다시 오지 않아. 내가 뒤를 막아 보겠지만 오래 버티진 못할 거야. 알티르는 숲의 기척과 사정을 잘 안다. 바로 이곳으로 올 거야."

레니에는 정신이 하나도 없었다. 이 상황에서 도무지 누구를 믿어야 할지, 아니 기치다 님을 믿어야 할지 말아야 할지조차 판단이 되지 않았다.

"저, 저는 그럼 어디, 어디로…….."

"당장 숲부터 벗어나! 여기 있으면 죽는다. 너는 지금 아르마누의 몸이며 축복의 제물이야. 신도들은 악귀처럼 달라붙어서 산 채로 살을 뜯어낼 거야! 얼른!"

"기, 기치다 님, 기치다 님은요? 신관들을 크게 다치게 했는데!"

"지금 네가 나를 걱정할 때냐! 내 걱정은 말고 가."

그는 레니에의 팔을 움켜잡고 말을 태우려 하다가 무언가 생각난 듯 문득 움직임을 멈췄다.

"낙인…… 제기랄, 숲의 낙인!"

"기치다 님?"

"……혹시 레니에, 아까 제단에서 낙인이 찍히지 않았어?"

기치다는 레니에가 저지할 사이도 없이 옷을 거칠게 벌려 가슴을 드러냈다. 레니에는 짧게 비명을 지르며 황급히 옷자락을 끌어당겼지만 그는 이미 붉고 선명한 나무 모양의 낙인을 보고 말았다. 제기랄! 그는 미간을 심하게 찌푸리고 잠시 생각에 잠겼다가 고개를 번쩍 쳐들었다.

"……깜박 잊었다. 숲의 낙인이 찍혔어. 제기랄! 알티르가 불의 아크를 함께 걸었을 거야. 이대로 도망칠 수 없게 됐어!"

그의 낯이 시커멓게 가라앉는다. 레니에는 덜덜 떨며 물었다.

"왜요? 이 낙인이 뭔데요?"

"이건 봄의 축제 때 숲에 바쳐진 제물이라는 뜻이고, 숲을 빠져나가지 못하게 만드는 낙인이다. 제물이 도망치는 건 아르마누와 카타의 노여움을 부르는 일이라, 알티르들은 제물이 숲에서 빠져나가지 못하도록 심장 위에 노예의 낙인을 찍고 그곳에 불의 아크를 걸어 둔다."

"부, 불의 아크가 어떤 건가요?"

"제물이 숲을 빠져나가는 순간, 저절로 아크가 발현돼서 낙인이 살을 태우고 들어가기 시작할 거다. 끔찍하게 고통스러울 거고, 사흘 안에 심장을 파고들어 녹여 버릴 거야."

"기치다 님! 그러면 저는 황금숲을 영원히 벗어날 수 없는 건가요?"

눈앞이 깜깜해졌다. 기치다의 잇새로 이 갈리는 소리가 흘러나왔다.

"안 돼. 신관들은 숲의 모든 곳을 속속들이 알고 있어. 어디 숨어 있든 반드시 잡힐 거야."

삐익, 삑. 신관들의 휘파람 소리가 들리고 멀찍이서 사람들이 웅성웅성 모이기 시작했다. 기치다는 이를 악물고 낙인 위에 손을 얹었다.

"타브 구에아 에쉬 안바."

그의 말이 끝나자 다시 짧게 불로 지지는 듯한 느낌이 들었다. 레니에는 입을 틀어막고 비명이 새 나가지 못하게 막았다. 그는 옷깃을 바짝 여며 주며 빠르게 말했다.

"나는 알티르가 건 엔을 풀 수 없다. 이건 엔을 발한 자만 풀 수 있는 거야. 지금이 아니고 사흘 후에 발현되도록 미루는 게 내가 할 수 있는 일의 전부다. 지금 숲을 벗어난다고 해도 사흘 정도는 안전할 거야."

"흐, 고, 흐으, 흐. 고맙습니다. 고맙습니다."

"사흘 후에, 아니, 사흘 안에 숲으로 돌아오너라. 내가 그동안 네가 무사히 살 방법을 찾아 놓으마."

레니에는 덜덜 떨며 고개를 끄덕였다. 지금껏 자신의 목숨을 위협하는 것들이 한두 가지가 아니었지만, 지금처럼 온몸이 와들와들 떨린 적은 처음이었다. 여기서 살아난다면 그야말로 기적일 거라는 예감이 들었다.

"내 옷을 입고 머리에 이 천을 두르고 가라. 그러면 먼발치에서 볼 때 너라는 생각은 못 할 거야."

기치다는 입고 있던 옷을 황급히 벗었다. 고위 신관들이 입는 옷자락이 긴 사제복과, 금사로 수놓인 얇고 반투명한 세마포 숄이었다. 기치다는 옷을 레니에에게 내밀며 재촉했다.

"빨리 입고 말에 타라! 시간이 없어!"

그가 말을 끌어오려 등을 돌릴 때, 눈부시게 희고 매끄러운 그의 몸과 시뻘건 피딱지로 얽혀 있는 등이 보였다. 레니에는 순간적으로 눈을 질끈 감고 말았다.

아아, 맙소사…….

그리고 그동안 궁금해했던 그의 팔도 보았다. 그때는 말짱해 보였던 그의 팔은, 지금 보니 손목에서 팔꿈치까지 흉한 화상 자국으로 덮여 있었다. 역시나 내가 괴로워할까 봐 내내 위장 아크를 걸어 감춰 두고 계셨던 거였어. 레니에는 입을 틀어막고 울음을 꿀럭꿀럭 집어삼켰다.

"숲 밖에서 사흘, 축제가 끝날 때까지 사흘만 숨어 있어라. 내가 그사이 무슨 수를 써서라도 알티르의 아크를 저지하는 방법을 찾아내겠다. 레니에? 울지 마! 정신 차리고 날 봐! 날 믿어! 불의 아크는 사흘 후에 발현하니, 반드시 사흘이 가기 전에 내게 돌아와야 한다."

"기치다 님은! 흐어, 어어어! 기치다 님은 어떻게 하시려고요! 저를 도망치게 도왔으니 알티르 님이 기치다 님을 죽이고 말 거예요!"

"내 걱정 말고 가! 당장 가!"

"같이 가요, 기치다 님. 같이 도망가요!"

순간 그의 움직임이 딱 멎었다. 눈이 커다랗게 벌어지고, 그 안에 있는 새파란 눈동자가 레니에를 집어삼킬 듯이 바라본다. 레니에는 그의 눈에 담긴 감정을 도무지 읽을 수가 없었다.

"……네 뒤를 막아야 해. 알티르를 저지해야 네가 돌아와서도 무사히 살아남을 수 있다. 내 걱정은 마라."

"기치다 님, 죄송해요. 정말 죄송해요, 기치다 님! 저 때문에! 저 때문에!"

"나야말로 미안하다. 그때 너를 사 오는 게 아니었는데. 너를 보는 내내 얼마나……."

그는 입술을 꽉 깨물고 목구멍 너머에서 올라오는 소리를 삼키더니 이를 악문 채 덧붙였다.

"그동안…… 말 못 해서 정말 미안하다."

레니에는 결국 그의 팔을 붙잡고 오열하기 시작했다. 이런 분을 오해하다니. 이런 분을 믿지 못하겠다고 생각했다니. 레니에는 울부짖으며 말했다.

"죄송합니다. 제가 오늘 무사히 살아난다면, 반드시 은혜를 갚겠습니다. 제 목숨과 남은 생을 모두 기치다 님께 드려서 이 은혜를 갚겠습니다."

"……그래, 고맙구나. 그 약속은 기꺼이 받겠다. 하지만 네가 무사히 돌아와야 그 약속을 지킬 수 있겠지?"

"사흘 후에 반드시 돌아오겠습니다, 기치다 님."

기치다는 레니에의 흠뻑 젖은 뺨을 두 손으로 꼭 감싸며 바짝 끌어당겼다.

"천계의 위대한 전사 카타와 신성한 아르마누께서 너를 보호하시기를…… 반드시 살아서 돌아오너라, 레니에."

그가 레니에를 끌어당겨 힘껏 안는다. 레니에는 눈을 커다랗게 떴다.

그의 행동이 너무 낯설었고, 그의 얼굴도 너무 생소했다. 눈부시게 희고, 차갑게 푸르고, 짙게 붉은 그의 얼굴에서는 지금까지 그에게 전혀 존재하지 않는다고 생각하던 어떤 열기가 이글거리고 있었다. 그의 몸이 강하게 맞닿는 순간, 자신을 향한 그의 욕망이 믿을 수 없을 만큼 선명하게 느껴졌다.

맙소사. 지금까지 기치다 님은 이런 것을 내 앞에서 내내 누르고 숨기고 계셨던 건가?

등으로 차가운 기운이 쏟아져 내린다. 무서워서 온몸이 굳어 버리는 것 같다. 하지만 레니에는 그를 힘껏 밀치고 반항하려 꿈틀대는 손발을 필사적으로 막았다. 그는 지금까지 자신을 존중하고 인내해 왔다. 지금 목숨이 걸린 이 순간에 아주 잠깐 드러내신 마음을, 차마 격렬하게 거부하고 발버둥 칠 수는 없었다.

다른 분도 아니고 기치다 님이다. 받아들일 수 있어. 나는 기치다 님을……

"기치…… 읍!"

기치다는 두 손으로 레니에의 얼굴을 끌어당겨 입술을 댔다. 부드럽고 달콤할 거라 생각했던 그의 입술은 거칠고 메마르고 뜨거웠다. 그는 눈을 꽉 감고 헐떡이며 입술을 집어삼켰다.

그의 입속으로 레니에의 눈물과 흐느낌이 순식간에 스며들었다.

❖ ♯ ❖

기치다는 레니에가 사라지는 모습을 확인한 후 신관들이 널브러진 바위 쪽으로 다가갔다. 등의 상처에서 열이 올라 몸이 휘청거리고 온통 어지러웠다. 한 걸음씩 내딛는데도 땅이 훅훅 솟아올랐다. 하지만 지금 그에게는 마무리를 지어야 할 일이 있었다.

쓰러진 신관 중 민네와 이름도 모르는 이쉬브 두 명은 목이 부러져 이미 목숨을 잃은 것 같고, 야다 역시 숨이 끊어지지는 않았지만 출혈이 너무 많아 곧 죽을 것 같았다.

기치다는 그녀를 내려다보며 차갑게 말했다.

"미안하게 됐습니다. 엔누기그 야다."

야다의 입이 달싹거렸다. 들리지 않지만 의미는 알 것 같다. 기치다는 그녀의 귀에 부드러운 목소리로 속삭였다.

"야다. 당신은 황금숲에서 아크 발현 실력으로는 누구보다 뒤지지 않습니다. 그 정도 실력이라면 충분히 알티르의 자리에 도전해 보실 수 있었을 텐데 왜 그의 수족으로만 돌다가 이렇게 허망하게 죽으려는 겁니까?"

'닥쳐!'

"그렇게 평생 헌신한대도 알티르가 당신을 봐 줄 것 같습니까? 어차피 알티르 키로스는 당신을 믿지도 의지하지도 않아. 의심 많은 늙은 염소일 뿐이야."

'닥쳐, 이 사악한 거짓말쟁이. 의심과 고독은 카타조차 피할 수 없던 숲의 수호자의 운명이다. 너 역시 저 불쌍한 아이를 이용만 하려는 것 아니야?'

기치다의 얼굴에서 웃음기가 사라진다. 그는 이를 드득, 갈며 쏘아붙였다.

"내가 저 아이를 어떻게 생각하든, 어찌하든, 당신이 무슨 상관이지?"

'……뭐?'

"저 아이 걱정 전에 당신 걱정을 먼저 하는 게 좋을 텐데. 지금 황금숲에 가장 필요한 것은 제의에 필요한 제물이야. 잘 알잖아, 야다?"

'네, 네 이놈, 무슨 짓을!'

"쉬르."

부우우, 공기가 크게 진동하며 떨리는 소리가 났다. 그는 손을 허공에서 지그시 누르며 차갑게 웃었다.

"한때 황금숲에서 손꼽히게 아름다워 알티르의 총애를 받았던 미모를 뭉개 버려야 한다니 아깝긴 해. 그래도 고통은 길지 않을 테니 조금쯤은 고마워해 줄 거지? 이제 신성한 아르마누의 몸이 되어 축복을 나눠 주고 아르마누의 품 안에서 안식을 얻기를. 그간 고생 많았어, 야다."

드드득, 까르륵. 뼈가 부러지는 소리가 들렸다. 야다의 입이 벌어지고 커다랗게 뜨인 눈에서 핏물이 흘러나온다. 그의 손의 움직임에 따라 야다의 얼굴이 기괴한 형태로 일그러지기 시작했다. 입술 속에서 우드득 쩍, 하는 소리가 나더니 야다는 이제 몸부림도 없이 조용해졌다.

"딜리브 페쉬."

얼굴이 짓눌려 알아볼 수 없게 된 야다의 고개가 뒤로 툭 꺾였다. 후드드, 후드드, 곱게 올려 묶은 그녀의 매끄러운 금발이 툭툭 소리를 내며 잘려 나갔다. 기치다는 레니에의 머리와 거의 비슷한 길이로 짧게 다듬은 후 손을 저어 다시 엔을 읊었다.

"이리쿠르 수 딜리브."

짧은 머리카락은 순식간에 레니에의 머리카락처럼 짙은 갈색으로 바뀌었다.

그는 야다의 옷을 벗기고 왼쪽 가슴에서 어깨에 이르도록 큰 화상 자국을 만든 후 레니에가 두고 간 옷을 입혔다. 그리고 자신은 죽은 남자 신관의 겉옷을 벗겨 입었다.

"구르."

그는 야다의 시체를 공중에 붕 띄운 후, 신전과 신성한 나무 아르마누가 있는 쪽으로 걸음을 옮겼다. 점점 숨이 가쁘고 등에서 열이 치미는 것이 느껴진다. 그는 빠르게 걸으며 허공을 향해 길고 짧은 휘파람을 불었다.

삐이이, 휘, 휫, 삐잇. 삣. 도망치던 제물을 찾았다. 도망치던 제물을 잡았다.

삐잇, 삣. 잡은 자는 누구?

숲의 여기저기에서 동시에 휘파람 소리가 들렸다. 잠시 조용해진 틈을 타 기치다가 대답했다.

휘잇. 삐, 삐잇. 삐이이, 휘, 휫. 삣. 엔이쉬브 기치다. 반항하는 제물을 죽였다.

기치다가 찢어진 옷을 걸친 시체를 허공에 둥둥 띄워 아르마누 앞으로 끌고 갔을 때 이미 모든 사람이 제단 주변으로 둥그렇게 모여 있었다. 향은 꺼졌고, 사람들은 정신을 차렸다. 사방은 새소리조차 없이 괴괴했다.

기치다는 시체를 내려놓고 알티르에게 정중하게 고개를 숙였다. 알티르는 부들부들 떨며 처참하게 뭉개진 시체를 내려다보았다. 나직한 신음이 흘러나왔다.

"기치다. 네놈이 감히."

눈속임이긴 하지만 방금 교합 의식까지 치른 제물과, 한때 총애했던 야다의 모습을 구별하지 못할 리 없다. 하지만 기치다는 태연하게 웃음까지 머금고 설명을 시작했다.

"말을 타고 황금숲 밖으로 도주하려는 노예를 붙잡았습니다. 반항이 너무 심해 불과 무기를 사용하여 제압하는 과정에서 이렇게 되었습니다만, 그래도 제물이 도망치는 것보다는 이 자리에 다시 끌고 오는 것이 낫다고 판단했습니다."

"그대의 노고를 치하한다, 엔이쉬브 기치다. 제물을 이리 가져오라. 제의를 속행하겠다."

알티르는 부들부들 떨면서도 용케 분노를 다스렸다. 체면은 몹시 구겨졌지만, 시체로라도 이번 제의를 마치는 것이 그나마 상황을 무마할 수 있는 가장 좋은 방법이었다. 하지만 기치다는 시체를 넘겨주는 대신 빙긋 웃으며 알티르 앞으로 나서서 큰 소리로 말했다.

"그런데 놀라운 건, 제물은 이 꼴이 되기 직전에 오늘 합일 의식이 실패했다는 믿을 수 없는 말을 했습니다. 물론 저는 그렇게 믿지 않습니다만 확인은 해야 하지 않을까요?"

주변에 모인 사람들 사이로 낮은 수군거림이 휩쓸고 지나간다. 알티르는 이를 물고 부들부들 떨었다. 알티르가 숲에서 제물을 놓친다는 것부터 권위와 위엄이 진창에 박힐 일인데 하물며 풍부한 결실을 기원하는 성혼 예식에서 합일 의식조차 제대로 치르지 못했다니. 신성한 나무 아르마누의 짝은 가장 강건하고 생명력이 넘치는 자여야 했다. 알티르는 큰 소리로 외쳤다.

"사특한 거짓말로 제의를 방해하는 자는 이 자리에서 목이 잘릴 것이다!"

"누가 거짓을 말하고 누가 진실을 말하는지는……."

기치다는 나무 앞으로 한 걸음 걸어갔다. 그리고 손을 들어 천천히 아르마누의 가지를 어루만지더니 노랗게 변한 길고 굵은 가지를 휘어잡았다.

"아르마누께 여쭤 보도록 할까요."

뚜둑, 소리를 내며 가지가 부러졌다. 주변에서 헉, 하는 소리가 터져 나왔다. 알티르의 얼굴이 새하얗게 변했다.

"무슨 짓이냐!"

기치다는 손에 쥔 나뭇가지의 잔가지를 툭툭 떼어 낸 후 가지의 끝을 알티르에게 쭉 뻗었다.

"아르마누는 밭 갈고 씨 뿌리지 못할 정도로 늙은 수호자를 원하지 않는다, 키로스."

"기치다아아!"

신관들은 웅웅대는 소리를 멈추고 순식간에 조용해졌다. 키로스는 알티르가 되기 전의 옛 이름으로 알티르가 된 후로는 그 이름으로 불린 적이 없었다.

실로 오랜만에 황금숲의 알티르에게 도전자가 나타났다.

15. 황금 가지

　알티르의 선정은 전적으로 아르마누의 선택으로 알려져 있다. 아르마누의 선택임을 확실히 하기 위해 알티르와 도전하는 신관은 모든 무기를 내려놓고, 아크도 사용하지 않고, 오로지 아르마누의 손가락이라 불리는 금빛 나뭇가지를 꺾어서 그것만 무기로 사용해야 한다.

　무기가 나뭇가지만이라면 젊고 힘 있는 자가 알티르가 되어야 마땅하겠지만 아르마누의 선택은 그렇게 단순하지 않았다. 현재의 알티르 키로스는 스무 살에 전임 알티르를 죽이고 숲의 수호자가 된 후 근 40여 년간 황금숲에 군림해 왔다.

　그간 수십 명의 도전자가 있었다. 백주에 아르마누의 가지를 꺾는 자도 있었고, 밤에 암살자를 가장해 신전의 침소로 스며드는 자도 있었다. 하지만 키로스를 죽이는 데 성공한 신관은 아무도 없었다.

그는 눈부시게 반짝이던 금발이 푸석푸석한 백발로 변할 때까지 아르마누의 선택을 받았고, 신관들은 그가 아르마누의 전적인 총애를 받음을 부지불식간 인정하고 도전을 멈췄다. 그 시간이 근 10년이었다.

알티르 역시 노란빛을 띠고 있는 가지를 꺾어 들고 잔가지를 정리했다. 모두 한 걸음 두 걸음 자리에서 물러났다. 숲의 수호자에 대한 도전이 이렇게 많은 사람 앞에서 이루어진 예가 없었기에 신관들은 바짝 긴장해서 눈을 부릅뜨고 뒤로 물러앉았다.

알티르 키로스가 새하얗게 변한 얼굴로 다가와 팔을 쭉 내밀었다.

"하앗!"

길고 짧은 가지가 허공에서 부딪치며 크게 흔들렸다. 알티르의 가지는 길었으며 기치다의 것은 짧고 굵었다. 두 사람의 결투는 사실 주먹질과 발길질, 온갖 격투 기술이 동원된 맨몸 싸움이었고, 금빛을 띤 나뭇가지는 몇 번 얽히면서 바로 부러져 나가 무기로서의 기능을 상실했다.

하지만 두 사람은 그것을 손에서 떼지 않았다. 자신의 승리가 육체적인 힘의 승리가 아닌 아르마누의 선택이어야 했기 때문이다.

신관들과 신도들은 무시무시한 침묵을 지키며 두 사람의 대결을 지켜보았다. 허어, 허어, 허어. 알티르의 숨은 심하게 거칠어졌고, 기치다의 이마로는 진땀이 줄줄 흘러내렸다.

힘으로만 따지면 알티르가 젊은 기치다를 당할 수 없었을 것이다. 하지만 기치다는 태형을 당한 후로 몸이 좋은 상태가 아니었다. 제대로 쉬면서 치료할 시간도 주어지지 않아, 등의 상처는 아물기도 전에 자꾸 덧나고 열이 올랐고, 화상을 입은 팔 역시 아직 자유롭게 사용하기 힘들었다.

크게 움직일 때마다 등의 상처가 터졌고, 알티르 역시 기치다의 등을 집중적으로 공격하는 바람에 두 발로 버티고 서 있는 것만으로도 버거웠다.

움직일 때마다 툭툭 소리를 내며 터진 상처에서는 피가 줄줄 흘러내리면서 점점 어질어질해진다. 눈을 치뜨고 이를 악물었다. 햇빛이 닿는 것만으로도 등을 칼로 벗겨 내는 것 같았다. 길게 시간을 끌 수 없었다.

"핫!"

알티르의 긴 가지가 다시 붕, 기치다의 가슴 쪽을 스치고 지나간다. 붉은 피가 사방으로 튕기며 나뭇가지가 닿은 곳에 칼로 벤 듯한 긴 상처가 생겼다. 기치다는 한 걸음, 두 걸음 물러서서 상처를 손으로 꽉 눌렀다.

……역시 묵언 엔인가.

고개를 들어 맞은편을 바라보는 기치다의 입술이 기묘하게 비틀렸다. 알티르는 나뭇가지를 들고 그대로 돌진했다.

"가라! 기치다!"

순간 기치다는 손에 들고 있던 나뭇가지를 알티르에게 집어 던졌다. 나뭇가지는 쌕, 소리를 내며 날아가더니 달려오던 알티르의 갈비뼈 사이에 그대로 박혔다. 사람들 사이에서 헉, 하는 신음이 흘러나왔다. 몸을 날려 기치다의 머리를 후려치려던 알티르는 그 자리에 나뒹굴었다.

"커, 커컥, 컥, 기, 기치……."

기치다는 고꾸라진 알티르를 발로 뒤집어 폐에 박힌 나뭇가지를 빼냈다. 파팍, 굵은 핏줄기가 위로 꿀럭대며 솟구쳤다. 컥, 헉, 컥. 새하얀 수염이 순식간에 시뻘겋게 물들었다. 콰직. 기치다는 나뭇가지를 목에 박아 비틀며 그의 귀에 대고 속삭였다.

"그동안 도전했던 놈들 중에서는 당신이 묵언 엔을 쓴다는 걸 눈치챈 놈들이 하나도 없었나 봐. 난 일곱 살 때부터 빤히 보였는데 말이지."

"……허, 헉, 으헉."

"그래서 이 순간을 위해서 10년 넘도록 묵언으로 아크 사용하는 법을 연습했어."

이가 부득 갈리는 소리가 들렸다.

"……나만 그랬……는 줄 아나?"

죽어 가는 사내의 입술이 비틀렸다. 피에 젖은 수염 사이로 입술이 달싹거린다. 기치다는 눈을 가늘게 뜨고 소리 없는 그의 비웃음을 읽었다.

모든 알티르들이 그랬다. 나도 그랬고, 너도 그랬지. 네 후임 알티르도 그럴 것이다. 아니, 정확히 말하자면, 그것을 아는 자만이 알티르가 되는 것이지.

아르마누의 결정이라고? 웃기는 소리.

키로스는 고개를 뒤로 꺾으며 소리 없이 웃었다.

기치다는 싸늘한 얼굴로 피에 젖은 황금 가지를 뽑았다. 키로스의 목은 칼로 베어 낸 것처럼 완전히 몸에서 떨어져 나왔다.

기치다는 알티르의 속임수인 묵언 아크를 오래전부터 눈치채고 있었다. 결투 도중 다른 무기를 사용하거나 아크를 발현시키는 경우 '아르마누의 결정'에 불복하는 것이기 때문에 저주를 받아 그 자리에서 목숨을 잃는다고 알려져 있었다.

하지만 결국 살아남은 자는 아크를 들키지 않게 사용한 키로스였고, 같은 방법으로 자리를 유지했던 전임 알티르들이었다. 알티르들은, 신성한 아르마누의 저주가 아무런 힘이 없다는 사실을 확인함과 동시에 숲의 수호자로서의 삶을 시작하게 되는 것이다.

"그간 고생하셨습니다, 키로스. 아르마누의 품에서 편히 쉬시기를."

기치다는 웃음도 흥분한 기색도 없이, 쓰러진 자의 가슴을 벌려 심장을 파헤쳐 위로 들어 올렸다. 잠시 멈칫멈칫 술렁임이 터지더니 이내 거대한 함성이 터져 나왔다.

"우와아아아!"

"새로운, 새로운 수호자가 탄생했다!"

"아르마누의 손가락이 새로운 수호자를 선택했다!"

기치다는 키로스의 꿈틀대는 심장을 그 자리에서 조각내어 나무 주변에 뿌렸다. 알티르, 알티르 하는 거대한 함성이 숲 전체를 크게 물결치며 지나갔다.

숲의 수호자가 되면 과거의 이름은 사라지고 알티르라는 이름만으로 불린다. 숲의 수호자이며 아르마누의 반려자의 상징으로만 살아가야 한다는 의미였다.

모여 있는 신관들과 신도들의 거대한 무리는 큰 소리로 고함을 지르며 새로 숲의 수호자가 된 젊고 아름다운 사내에게 환호했다. 아르마누의 반려자가 젊고 생명력이 있어야 아르마누는 더욱 풍성한 축복과 결실을 내려 줄 것이기 때문이었다.

온몸을 피로 흠뻑 적신 신임 알티르는 단 위에 올라 두 팔을 들고 큰 소리로 외쳤다.

"아르마누를 위해 제의를 계속한다! 북을 쳐라! 제물을 수레에 올려라!"

두두두두, 타타타타. 북소리가 빠르게 흘러나오면서 사람들은 다시 흥성대기 시작했다. 야다의 시신이 수레에 올려지고, 아름답게 치장했던 말 대신 주변에 있던 신관들이 수레를 끌었다.

수레는 천천히 숲을 돌기 시작했다. 주변에 서 있던 신관들은 시신의 피를 받아 땅에 뿌리고, 살은 조각조각 떼어 내 신도들에게 던졌다. 신도들은 은혜의 상징이며 축복의 증표인 아르마누의 몸을 받기 위해 이동하는 수레의 주변으로 와 하니 몰려들었다.

신임 알티르는 단 위에 서서 그들의 모습을 무심하게 내려다보았다. 수레 주변에 바글바글 달라붙어 시신의 살점을 떼어 입에 넣는 사람들의 모습은 악귀 떼처럼 보였다. 아르마누와의 충만한 합일감 따위는 없었다. 기치다가 광장을 물끄러미 내려다보는 동안 수레에 실린 제물은 시뻘건 뼈와 머리카락, 그리고 핏빛으로 화려하게 적셔진 흰색 천 조각만 남기고 순식간에 사라졌다.

"북을 울려라!"

다시 큰 소리로 북이 울리기 시작했다. 사람들은 아르마누와 카타를 연호하며 큰 소리로 합창하기 시작했다. 미혼향은 새로 빡빡하게 올라와 신전 앞 광장을 꽉 채웠고, 제물의 피를 본 사람들은 더욱 흥분해서 날뛰었다.

본격적인 광란의 시간이 시작됐다.

❖ ⚕ ❖

"그건 알티르가 건 아크가 아니다. 제물은 아르마누의 몸……이라, 알, 알티르는 어떤 아크도 걸지 못하게 돼 있어……."

레니에를 막아선 자는 민네였다. 민네는 바위 위에 내동댕이쳐져 즉사한 것처럼 보였지만, 공격을 받기 직전에 방어 아크를 발현해 간신히 목숨을 건졌다.

하지만 뼈가 여러 군데 부러졌고, 출혈이 심해 의식이 가물가물했다. 그녀는 친구이자 동료였던 야다가 기치다의 손에 무참하게 죽는 것을 보며, 뼈가 꺾인 형상 그대로 시체처럼 누워 있다가 기치다가 사라진 후 부양 아크로 간신히 말에 올라 레니에를 쫓았다.

"알티르는 숲의 제물이라는 낙인……을 찍었을 뿐이다. 거기에 아크를 박아 네게 족쇄를 채운 것은…….”

"족쇄요? ……민네 님!"

"기치다 그 인간이다.”

말 위에서 필사적으로 버티던 민네는 결국 땅으로 굴러떨어졌다.

"그가 네 낙인에…… 아크를 거는 것을 보았다. 뭐라 하며 걸더냐?"

"제 낙인에 숲을 벗어나면 심장을 녹이는 저주가 걸렸다고, 그걸 사흘간 늦춰 주는 아크를 걸어 주신다고 하셨어요. 그동안 몸을 피해 있다가 돌아오라고…….”

"남이 건 아크를 늦춰 주는 엔 따윈 없어. 혹시 타……브 구에아 에쉬 안바……라는 엔이었니?"

레니에는 눈을 동그랗게 뜨고 고개를 끄덕였다. 민네 님이 어떻게 아셨을까? 흐, 흐흐흐. 민네의 입이 비틀렸다.

"역시 기회가 닿자마자 족쇄를 채웠구나. 그래, 그게 바로 기치다야. 검은 용처럼 지혜롭고, 뱀처럼 교활한 자……. 감춤과 위장에 능한…… 기치다.”

"대체 무슨 말씀이세요? 기치다 님은 그러실 분이 아니에요!"

레니에는 세차게 고개를 저었다. 기치다 님이 진흙인간들을 혐오하는 것은 알고 있었지만, 자신을 마음에 두고 아껴 주었던 분임은 확실했다. 레니에는 그렇게 믿었다.

"멍청한 것. 그 엔……의 뜻이 뭔지나 알아? '3일 후 발화'라는 뜻이다. 사흘 후에 사람을 죽게 만드는 '불의 아크'야. 진흙인간이 진흙인간을 경멸하는 골수 원리주의자를 믿다니, 미친 게 아니고 서야……."

민네의 목소리가 점점 늘어지기 시작했다.

"기치다의 가장 큰…… 능력은 아크가 아니라 뒤에서 일을 꾸미고 사람들을 다루는 능력이야. 알티르의 정……적이면서도 그렇게 높은 지위까지 올라가 있는 걸 보면 알 것 아니냐."

"그게…… 무슨!"

"그는 상대의 약점과 가책을 기가 막히게 이용하고, 필요하다면 혐오감 따위는 얼마든지 감추고 매끄럽게 웃을 수 있지. 네게도 진흙인간에 대한 혐오는 완벽하게 감추고, 너로 인해 입은 상처를 필요할 때 드러내지 않았어?"

"아니에요, 기, 기치다 님이 저한테…… 저한테 그러실 리가 없어요."

"하긴, 기가 막히게도 너희들은 속도 없이 기치다를 좋아하고 따르더구나. 그가 천한 진흙인간과 접촉하는 걸 하도 싫어해서 너희들 관리를 우리에게 맡긴 것도 모르고."

민네는 숨을 가쁘게 내쉬면서도 기어이 코웃음을 친다.

레니에는 눈을 크게 뜨고 그녀를 응시했다.

아냐, 지금 민네 님은 거짓말을 하고 있어.

레니에는 필사적으로 부인했다. 부인하려 애를 썼다. 하지만 가슴속으로 무언가 써늘한 기운이 스며드는 것은 어쩔 수 없었다.

기치다 님은 한없이 다정하고 부드러웠지만 자신에게 말 한 마디 없이 임신한 것처럼 꾸민 것도 맞고, 진흙인간에 대한 혐오가 짙다는 분이 어느 순간부터 사람이 뒤바뀐 것처럼 단 한 번도 그것을 내비치지 않게 되었다. 조금 아까 그의 상처를 보고 레니에가 심하게 가책을 겪은 것도 맞다.

아냐, 그건 우연이야. 일부러 그러신 게 아니라고!

하지만 도저히 부인할 수 없는 게 있었다. '타브 구에아 에쉬 안바'는 틀림없이 기치다 님 입에서 나온 엔이 맞다. 그게 정말 내 낙인을 '3일 후 발화'시키는 엔이라면······.

······왜? 대체 기치다 님은 무슨 이유로 그런 짓을 하셨지?

입술이 부들부들 떨렸다. 그를 믿고 싶어 하는 마음 사이로, 믿으면 안 된다는 목소리가 날카롭게 솟구치기 시작했다.

차라리 지금 민네 님이 거짓말을 하고 있다고 믿고 싶다. 하지만 등 뒤로 흘러내리는 느낌이 너무 좋지 않았다. 레니에는 민네에게 엉금엉금 다가가 그녀를 바로 눕히고 고개를 팔로 받쳐 주고 떨리는 목소리로 물었다.

"미, 민네 님, 그런데 저한테 걸린 게 불의 아크라는 거····· 어떻게 아셨어요?"

민네는 머리를 기댄 채 기괴하게 웃기 시작했다. 대답이 나오기까지 레니에는 한참 동안 그 웃음을 견뎌야 했다.

"내게도 똑같은 아크가 걸려 있거든. 몇 사람 더 있다. 그건 알티르 키로스가 오래전에 걸어 둔 것이지."

이건 또 무슨 말이지? 레니에는 반쯤 넋을 놓은 채 민네의 입에서 띄엄띄엄 흘러나오는 말에 귀를 기울였다.

"알티르들은 최·····측근 호위 신관들에게, 신전의 노예들에게나 박는 낙인을 찍고 그곳에 불의····· 아크를 걸어 두곤 했어. 자신을 배신하거나 도망치지 못하도록. 알티르 자릴 그렇게 탐내는 기·····치다가 그 좋은 방법을 안 배웠을 것 같으냐?"

레니에는 눈을 커다랗게 뜨고 민네의 가슴으로 시선을 돌렸다.

기치다의 공격을 받아 겉옷 이곳저곳이 불에 그을고 여밈단까지 헐겁게 벌어진 상태라, 앉은 자리에서 내려다보면 그녀의 가슴에 박힌 갈색 낙인을 어렵잖게 확인할 수 있었다.

입술이 벌벌 떨린다. 믿을 수가 없다. 이럴 수는 없다. 나는 진흙인간 노예지만 신관들은 천족이고, 더욱이 민네 님은 엔누기그다. 아무리 알티르라도 고위 신관에게 그런 짓까지 강요할 수는 없었을 것이다. 레니에는 떨리는 목소리로 물었다.

"민네 님은 왜 이런 걸 받아들이신 건가요?"

망설이던 민네는 천천히 눈을 감고 호흡을 진정시키더니 침착하게 말을 잇기 시작했다.

"우리는, 키로스를 사랑하고…… 믿은 죄가 컸다. 그라면 원리주의자들의 미친 놀음에 장단을 맞추지 않고…… 현실적이고 지혜로운 통치로 황금숲을 번영시키리라 믿었다. 그걸 위해 혈육의 인연까지 끊어 내고, 나 자신마저 버렸지."

아, 이런 맙소사.

"알티르의 숙명인 고독……과 의심에 몸부림치는 그가 안타까웠고, 우리의 사랑과 충성을 받아들이지 못하고 불신하는 상황도 증오스러웠어. 그래서……."

민네의 목소리가 모기 날갯소리만큼 작아져서 레니에는 그녀의 대답을 듣기 위해 허리를 점점 바짝 구부려야 했다.

"저는 그러면 사흘 후 돌아와서 황금숲에서 평생 벗어나지 못하고 살아야 하는 건가요?"

"그건 네 선택이지. 다만…… 먼저 그 저주를 겪었던 자로서 해줄 수 있는 말은."

민네는 후들후들 떨며 말을 잇다가 피를 쿨럭 토했다. 보기보다 부상이 심한 모양이었다. 하지만 그녀는 피를 닦아 내려는 레니에의 손을 밀어내며 필사적으로 말을 이었다.

"우리는 진심으로 그를 사랑하고 지켰지만, 알티르가 된 키로스는 끝내 우리를 믿지 못했고, 끔찍한 고독에서 벗어나지도 못했다. 왜냐하면 우리 역시 언제든 알티르가 될 수 있는 신관이기 때문에. 그것도 살상 능력이 좋은 신관."

레니에는 깊이 탄식했다. 이들의 감정은 믿을 수 없을 만큼 기괴하게 비틀려 있었다. 특히 숲의 수호자라는 자리가 가져온 지독한 불신과 처절한 고독은 믿을 수 없을 지경이었다.

"그런데 민네 님, 기치다 님이 왜 저한테 아크를 거신 거예요? 그럴 이유가 없잖아요……."

민네는 눈을 번쩍 뜨고 물었다.

"너, 혹시 그에게 무슨 약속을 했니?"

……약속?

맞다. 그분께 약속을 했다. 두 번이나 했다. 그 내용을 떠올린 레니에는 고개를 숙이고 이를 물었다. 민네의 말이 점점 아귀가 맞아 들어간다. 머릿속이 버터처럼 녹아 버리는 것 같다.

"그분을 목숨…… 걸고 지켜 드리겠다고…… 했습니다. 제 목숨과 남은 생을 모두 드려서 은혜를 갚겠다고……."

"어쩐지. 너도 스스로 덫에 걸렸구나, 우리처럼! 컥, 컥, 쿨럭!"

민네는 레니에의 옷자락을 움켜쥐고 기침을 하며 웃어 댔다.

"기치다는 키로스나 많은 알티르들을 붕괴시켰던 고독과 불신을 잘 알고 있었어. 그래서 자신을 지켜 줄 가장 가까운 사람으로, 신관이 아닌 진흙인간을 택한 거야. 그에게 특별한 감정을 품고 있고 능력도 있지만 알티르의 자리에 도전할 순 없는 너를."

"그, 그래도 기치다 님이 이러실 리가 없어요……. 저한테 이런 짓을 하실 리가……."

하지만 민네는 레니에의 가련한 항변을 무시한 채 웃기만 했다.

"하, 쿠, 쿨럭, 하하, 천하의 기치다가, 흐으, 진흙인간을 옆에 둘 생각까지 하다니, 오래 살고 볼 일이야."

레니에는 피투성이가 된 민네의 손을 잡고 울음을 삼켰다. 도저히 믿을 수도 없고 믿고 싶지도 않은 이유였다. 하지만 죽어 가는 사람이 이렇게 절박하게 거짓말을 할 이유가 있을까? 모르겠다. 정말 아무것도 모르겠다. 레니에가 이를 꽉 물고 미친 듯이 고개를 젓자, 민네는 거칠게 숨을 쉬며 입술을 들썩거렸다.

"기치다가 건 불의…… 아크를 직접 본 적이 있다. 우리에게 걸린 아크는 옅은 갈색 한 가지 색이지만, 그가 건 아크는 붉은색과 갈색, 두 가지 색으로 나타나지. 나중에…… 네 가슴에서 확인해 봐. 너는 끝까지 믿고 싶지 않겠지만."

"민네 님. 흐, 어어, 그, 말이 사실이면, 전 어떡해야 해요? 이 불의 아크를 피하려면요?"

이제는 민네의 목소리가 거의 들리지 않는다. 탁한 숨소리가 섞여서 대부분의 말은 바람 소리와 함께 흩어졌다. 레니에는 그녀의 입술을 보며 민네가 무슨 말을 하는지 필사적으로 이해하려 했다.

'불의 아크를 피하는 법은 두 가지뿐이다. 하나는 이 숲을 벗어나지 않고 죽을 때까지 숨어 사는 것, 다른 하나는 니누르갈 성 인근 나아루강 너머에 있는 북국에 가는 것이다.'

"북국이요?"

'그래. 북국의 백염산맥에는 수인종족 12부족이 흩어져서 살고 있다. 짐승들이 사는 땅은 암흑과 야만의 땅이라, 천족들의 아크가 발현하지 못한다고 해.'

"민네 님. 백염산맥까지는 말로 가도 나흘 길이에요."

'이 말을 타고 가. 북극성 방향으로 밤에도 달리면 어쩌면 사흘

안에 도착할 게다.'

"저, 저는 그러면 평생 북국에서 살아야 하는 건가요?"

'아크를 건 자가 죽으면서 마음이 너그러워져서 풀어 주기를 기다리는 것도 좋겠지. 넌 그걸 키로스라 믿고 싶겠지만⋯⋯.'

혼란스러워 미칠 것만 같았다. 믿고 싶은 자와 믿어야 하는 자가 같지 않을 때, 나는 대체 누구를 믿어야 할까. 민네가 다시 피를 꿀럭꿀럭 올리며 웃었다.

"나와 야다는 너희, 너희를 불⋯⋯쌍히 여겼다. 그래서⋯⋯ 죽기 전까지 최대한 잘 대해 줬지만 정은 주지 않으려 노력했다. 우리⋯⋯에게 받은 온정마저 세, 세상에 대한 미련으로 남을까 봐."

"민네 님⋯⋯."

"너희를⋯⋯ 제의에 보내는 것이 너무 괴로웠다. 하지만 네가 이렇게라도 살아난 걸 보니⋯⋯ 기쁘구나."

"민네 님! 민네 님? 정신 차리세요! 민네 님!"

레니에는 민네의 손을 붙잡고 울먹였다. 민네는 후들후들 떨리는 손을 들어 레니에의 머리에 얹었다. 가늘게 이어지던 날숨이 급격히 흐트러진다. 그녀는 마지막 숨을 한꺼번에 모아, 생의 최후의 축복이자 가장 간절하고 긴 축복을 내려 주었다.

"천공의 안과 자비로운 어머니 닌후르상과 대기의 엔릴과 대지와 생명수의 엔키와 달의 난나와 태양의 우투와 풍요와 전쟁의 이난나 여신께서 탐욕한 아르마누와 타락한 카타의 손에서 너를 보호하시고⋯⋯."

"민네 님! 흐으, 흐어어어! 민네 님!"

레니에는 죽어 가는 신관을 끌어안고 울부짖었다. 구역질과 눈물이 엉망으로 뒤섞여서 치밀었다. 민네의 입에서 마지막 축복이 흘러나왔다.

"다시는 황금숲에 돌아오지 말고 평안하기를."

❀　卉　❀

사흘이 거의 지나갈 무렵, 레니에는 남국과 북국의 경계인 나아루강에 도착했다. 뒤로는 북부의 곡창인 가나평원이 포진해 있고, 강 너머로는 하늘을 받칠 듯 우뚝우뚝 솟아 있는 백염산맥이 뚜렷하게 보였다.

허리와 엉덩이는 이미 부서질 듯 아프고 감각도 제대로 없다. 양을 치면서 나귀는 종종 타 보았지만, 말을 이렇게 오래 타 본 적은 없었기 때문이다. 사흘 동안 꼬박 달린 말도 머리를 흔들며 푸르르푸르르 거친 숨을 몰아쉰다.

나아루강을 앞에 놓고, 레니에는 정말 북국에 가는 게 옳을까 하는 생각 때문에 점점 미칠 지경이 되었다. 레니에는 입술을 깨물고 중얼거렸다.

"나 어떡하지? 정말 북국에 가야 해?"

민네 님이 죽어 가는 마당에 거짓말을 했으리라는 생각도 들지 않았지만, 기치다 님을 믿고 싶어 하는 마음도 여전히 끈질겼다.

기치다 님이 품은 감정이 '마음에 드는 노예를 아낀다' 정도가 아니라는 것을, 레니에는 헤어질 때 받은 입맞춤으로 확실하게 알아차리고 말았다. 그 감정을 인정하기까지 그 고귀하고 오만한 분이 감내해야 했을 고통이 오죽했을까.

레니에는 강변의 작은 배 앞에서 갈팡질팡했다. 나를 너무 좋아해서 그러셨을 거야. 나를 도저히 잃어버릴 수 없어서, 반드시 다시 만나고 싶어서 그러셨을 거야.

민네 님이 거짓말한 게 아니라 잘못 아신 걸지도 몰라. 사흘 안에 오라고 하셨잖아. 간다고 약속했잖아. 그럼 직접 가서 민네 님의 말이 정말인지부터 여쭤 봐야 하지 않을까?

그럼 지금이라도 돌아가야 할까? 돌아가면 나는 어디서 살아야 하지? 평생 기치다 님 주변에서, 숲을 벗어나지도 못하고 숨어 살아야 하나?

"아아악!"

생각은 그곳에서 끊어졌다. 말 위에 앉아 있던 레니에는 갑자기 무언가 가슴으로 내리찍히는 고통에 땅으로 굴러떨어졌다.

"아악, 아아아! 아파!"

레니에는 가슴을 움켜잡고 진흙 바닥을 뒹굴었다. 낙인 위에 불에 달군 쇳조각을 다시 눌러 대는 것 같다.

아크가 발현했음을 알아차린 레니에는 정신이 아뜩해졌다. 제기랄! 이런 식으로 발현하는 건가? 레니에는 이를 꽉 깨물고 옷깃을 벌려 상처를 확인했다.

"……정말 두 가지 색……이야?"

거무스름하게 딱지가 얹혀 있던 낙인이 붉은색 갈색 두 가지 빛깔로 달구어져 살을 태우고 있었다. 긴 창날이 둔탁한 소리를 내며 머리에 꽂히는 것 같다.

그래도 사흘 내내 달려오면서 민네 님의 말이 사실이 아닐지도 모른다고 열심히 우겨 댔는데.

아픔은 시간이 지날수록 점점 심해졌다. 손으로 눌러도, 물로 적셔도, 바닥을 뒹굴어도, 입술이 터지도록 악물어도 고통은 줄지 않았다. 몸부림을 치며 고개를 확확 흔들 때마다 눈물이 사방으로 튕겨 나갔다.

……사흘 내내 이런 고통을 겪다가 죽어야 한다고?

순간 정신이 번쩍 들었다. 사흘 내내 레니에를 괴롭혔던 망설임이 순식간에 사라졌다.

그분이 나를 사랑하시는 건 사실일지 모른다. 두려움이 가득한 내 마음에서 갓 싹을 틔운 생소한 감정도 어쩌면 그분의 것과 동일한 이름을 갖고 있었을지도 모른다.

하지만 나를 돌아오게 만들려고 이따위 고통을 내 몸에 심어 놓은 거라면, 그건 사랑이 아닌 것 같다. 이 고통을 피하기 위해 어쩔 수 없이 그분께 돌아가야만 한다면, 그것도 사랑은 아닌 것 같다. 노예가 주인의 채찍질에 굴복해서 질질 끌려가는 것을 사랑이라고 하지는 않으니까.

그럼…… 더러운 사내들이 주먹을 휘둘러 나를 제압하려던 것과, 기치다 님이 나를 속이고 박아 넣은 이 저주는, 대체 뭐가 다르지?

생생한 고통만큼이나 아픈 깨달음에 다시 눈물이 솟구쳤다.

나는 힘없는 진흙인간이라 이난나 여신의 신탁에 정신없이 끌려다니고 있지만, 날 괴롭힌다는 이유로 이난나 여신을 사랑하지는 않았다.

기치다 님도 마찬가지다. 나는 내 인생에서 이난나 여신이 둘이 되도록 놔둘 수는 없다.

"흐으, 으윽, 기, 기치다 님, 으흐, 으으……."

레니에는 한 손으로 말의 목을 끌어안고 한 손으로는 지글지글 타들어 가는 가슴을 꽉 누른 채 이를 악물고 울었다. 가슴이 아파서인지 마음이 아파서인지 잘 구별이 되지 않았다. 그냥, 가슴이 아프고, 마음이 아프고, 모든 곳이 너무 아팠다.

레니에는 눈물을 줄줄 흘리며 나룻배를 타고 강을 건넜다. 기치다가 둘러 준 머리쓰개는 나룻배의 사공에게 삯으로 주었다.

강을 건너니, 하늘을 찌를 듯이 솟아 있는 거대한 백염산맥이 어느새 성큼 가까워졌다. 한 걸음씩 산으로 다가갈수록 가슴의 통증이 서서히 가라앉는다. 하지만 깊은 속에서 솟구치는 아픔은 더 지독해졌다.

– 사흘 안에 숲으로 돌아오너라. 내가 그동안 네가 무사히 살 방법을 찾아 놓으마.

– 사흘 후에 반드시 돌아오겠습니다, 기치다 님.

– 나야말로 미안하다. 그때 너를 사 오는 게 아니었는데. 너를 보는 내내 얼마나……. 그동안…… 말 못 해서 정말 미안하다.

– 제가 오늘 무사히 살아난다면, 반드시 은혜를 갚겠습니다. 제 목숨과 남은 생을 모두 기치다 님께 드려서 이 은혜를 갚겠습니다.

레니에는 두 손으로 얼굴을 가리고 흐느껴 울며 소금산을 향해 걸었다. 가까이 보이던 소금산은 하룻길이 넘었고, 레니에는 사흘 동안 그 길을 울며 걸었다.

이 지긋지긋한 눈물이 마음속에 남은 그분에 대한 감정을 모조리 씻어 버리기를 빌었지만, 알고 보니 눈물은 무력하기 짝이 없었다. 가슴에서 마음속으로 옮겨진 아픔을 악착같이 눌러 밟으며, 레니에는 그가 생각이 나지 않을 때까지 오래오래 울었다.

16. 재회

"잊지 마라. 너는 내게 생명을 빚졌고, 나의 사람이 되기로 약속했다, 레니에."

– 제 목숨과 남은 생을 모두 기치다 님께 드려서 이 은혜를 갚겠습니다.

레니에는 3년 전의 기억을 떠올리며 눈앞의 사내를 올려다보았다. 놀라운 것은, 믿을 수 없을 만큼 아름답고 신비한 모습은 여전했지만 이제는 감탄스럽지 않았고, 이 얼굴을 다시 보면 욕설이 터질까 죽이고 싶을까 궁금했는데 그런 마음조차 들지 않는다는 것이었다.

소중한 것이 많지도 않던 짧은 인생, 사랑이란 말조차 함부로 깃들기 어려운 팍팍한 시간 속에서, 그나마 레니에를 사랑했거나 레니에가 사랑했다고 생각한 사내들은 하나같이 그녀를 배반하고 죽이려 했다.

하지만 레니에는 자신을 끌어안은 사내의 깊은 눈시울에 넘칠 듯이 물이 고이고, 긴 속눈썹마저 함빡 젖어 있는 것을 보며, 그의 목으로 숨죽인 흐느낌이 꿀꺽꿀꺽 넘어가는 소리를 들으며 3년 전의 결론에 대해 혼란이 일기 시작했다.

"무사했구나. 고맙다, 레니에. 그거면 됐다. 아르마누여, 감사합니다. 감사합니다."

깊게 힘주어 감은 그의 눈에서 다시 굵은 물줄기가 길을 낸다.

레니에는 그를 멀거니 올려다보았다. 천족이 진흙인간을 위해 눈물을 흘리고 있으면 의당 감격하고 황송해해야 마땅하겠지만, 예전과 달리 그런 마음은 전혀 들지 않았다.

아, 그래. 혐오감 따위는 얼마든지 감추고 매끄럽게 웃을 수 있는 자라 했던가. 상대의 약점과 가책을 잘 이용하는 자라 했던가.

……하긴. 그 급하고 짧은 시간에도 나를 그렇게 감쪽같이 속였던 분이었지.

한 번 진실이라는 이름의 씨앗이 들어가자, 이제는 뜨거운 눈물에 심장에 박힌 얼음이 녹는 것이 아니라, 저것이 진실일까 위장일까, 그런 생각만 두서없이 횡행하게 되었다.

천천히 마음이 가라앉기 시작했다. 레니에는 그의 얼굴을 올려다보며 무감한 목소리로 물었다.

"기치다 님, 혹시 저에게 하실 말씀 있지 않으세요?"

기치다의 몸이 꿈틀, 뒤틀리더니 레니에를 끌어안은 팔에서 힘이 빠져나간다. 레니에는 그가 제대로 이해하지 못했을까 봐 신중하게 말을 골라 덧붙였다.

"무사해서 고맙다, 대신 다른 하실 말씀이 있을 거 같아서요.

……3년 전에 제게 솔직하게 해 주셨어야 할 말씀이요."

자신을 제물로 샀던 것을 비난할 생각은 없었다. 그것은 알티르에게 받은, 거절할 수 없는 임무였을 테니까. 하지만 목숨이 경각에 달린 여자아이를 속여 충성의 맹세를 받고 저주스러운 아크까지 붙인 것은 문제가 다르다.

이건 평생을 달고 살아야 하는 족쇄였다. 레니에는 불의 아크로 인해 이 넓은 세상에서 발 디딜 곳 하나 없게 되었다. 이건 이난나의 신탁보다 더 끔찍한 저주였다.

기치다는 대답 대신 무섭게 침묵했다. 하실 말씀이 있을 텐데요. 불의 아크, 기치다 님 당신이 걸어 놓은 그 저주에 대해서 정말 하실 말씀이 없으신가요. 레니에의 말 없는 추궁에 기치다는 그녀에게서 몸을 떼고 중얼거렸다.

"3년 전에 네게 솔직하게 해야 했던 말이라고 했니?"

"예. 기치다 님."

하…… 하하.

그가 흠뻑 젖은 얼굴로 웃기 시작했다. 웃음은 기꺼운 게 아니라 허탈하거나 혹은 당혹스럽게 들렸다. 달빛과 눈물에 잠긴 그의 얼굴은 슬퍼 보이는 대신 여전히 아름다워 그 또한 당혹스러웠다. 그의 입에서 낮게 잠긴 목소리가 흘러나왔다.

"이제 와서 못 할 건 없지. 그래."

"……"

"사랑한다, 레니에."

갑자기 머리가 멍해졌다. 무슨 말을 들었는지 믿을 수가 없다. 어이없고, 허탈하고, 뭐라 말할 수 없는 감정이 폭풍처럼 밀려오더니 바로 쑥 빠져나간다.

레니에는 얼빠진 듯 웃었다. 너무 기가 막히니 웃음밖에 나오지 않았다. 대체 내가 어떻게 반응할지 알고 이따위 말을 지껄이는 걸까? 불의 아크에 대해 이런 식으로 입막음을 할 참이었나?

기치다는 이런 비웃음을 예상하지는 못했는지 눈을 크게 뜬 채, 하지만 말 한 마디 없이 레니에의 웃음을 들어 주었다.

"왜 이러세요……."

레니에는 얼굴을 찡그리고 힘겹게 감정을 눌렀다. 화를 내면 안 된다. 레니에는 이자에게 고통스러운 족쇄가 걸려 있는 상태였다. 화를 돋우면 안 되는 상황이었다. 하지만 속에서 폭발하듯 끓어오르는 말을 막을 수 없었다.

"왜 하필 지금 이러세요? 3년 전에는 그 말이 안 나왔었나요? 고귀한 천족이 진흙인간에게 그런 고백을 하시기가 너무 힘드셨어요? 그래서 3년 동안 열심히 연습이라도 하신 거예요?"

그의 미간이 안쪽으로 확 모여든다. 그의 얼굴에 나타난 감정이 경악인지, 실망인지, 좌절인지, 혹은 다른 감정인지 잘 읽히지 않았다.

그는 한 걸음 물러서서 고개를 돌리고 소매로 얼룩진 얼굴을 정돈한 후, 다시 고개를 돌렸다.

"3년 동안 연습……."

그는 레니에의 말을 천천히 되풀이한 후, 고개를 수그리고 웃었다.

"……그런 셈이지."

레니에는 저 뻔뻔한 낯짝을 후려치고 싶은 것을 꾹 눌러 참았다. 사랑이고 나발이고 이젠 다 지긋지긋했지만, 지금 멋대로 분노를 폭발시킬 순 없었다. 그녀는 차분차분 3년 전의 일을 확인하기 시작했다.

"기치다 님. 알티르 키로스 님은 제게 3년 전에 노예의 낙인을 찍으셨어요. 그렇죠?"

"그래."

"하지만 낙인이 심장으로 타들어 가도록 불의 아크를 걸었던 건 기치다 님이었어요. 그렇죠?"

기치다의 움직임이 멎었다. 그를 감싸고 있던 온기가 싸늘하게 가라앉는다.

"대체 누가 그런 이야기를 하더냐."

"그게 중요한가요? 말씀드리면 그분을 끌어내서 목이라도 치실 건가요?"

기치다의 손이 이마를 짚는다. 레니에의 반응이 이 모양인 이유를 이제야 짐작한 듯, 깊이 수그린 고개 속에서 짤막한 신음이 흘러나왔다.

레니에는 기다렸다. 자신이 어떤 대답을 원하는지조차 잘 몰라서, 그가 시인을 하면 기분이 어떨지, 부인을 하면 기분이 어떨지 짐작도 가지 않아서, 레니에는 조용히 기다렸다.

"내가 건 게 맞다."

기치다는 누구인지 따지는 대신 담담하게 시인했다.

레니에는 그의 말을 듣고서도 크게 화가 나지도, 놀랍지도 않았다. 이미 죽은 것을 알고 있는 사람의 장례식 소식을 들은 것과 기분이 비슷했다. 새로운 거짓말로 상황을 피하려 하지 않았다는 것이 그나마 다행이라면 다행이다 싶었다.

"너를 잃고 싶지 않다는 욕심 하나로 그 몹쓸 것을 걸어서 보내 놓고 끔찍하게 후회하고 괴로워했다. ……사흘 안에 돌아오는 대로 바로 풀어 줄 생각이었다."

하지만 이어지는 말을 듣는 순간, 레니에의 가슴으로 쿵, 바윗돌이 처박혔다.

맙소사. 풀어 줄 생각이었다고? 정말?

그의 말이 진심이라면, 지금 불의 아크에서 자유로워질 수 있다는 말이다. 눈앞이 하얗게 바래는 것 같고 목소리까지 덜덜 떨려서 나왔다.

"그 말씀…… 정말 믿어도 되나요?"

"내가 믿으라면 믿겠어? 내 말을 그리 잘 믿어서 3년 만에 왔구나."

"……."

"무언가를 믿는 게 억지로 되는 건 아니지. 믿든지 안 믿든지 지금 네가 원하는 대로 선택하면 되겠구나."

조금 더 무겁게 가라앉은 목소리. 꼬리가 두 개로 갈라진 애매한 대답이었다.

그의 창백한 얼굴에서는 이제 아무것도 읽히지 않는다. 레니에의 시답잖은 반응에 자존심을 다친 걸까. 노여우신 걸까. 아니면 정말 믿든지 안 믿든지 상관 안 하겠다는 건가.

하긴, 천족은 천한 진흙인간 노예 계집애 따위에게 감정을 구걸하기엔 너무 고귀한 존재였다. 하물며 인간과 말조차 섞기 싫어한다는 극단적인 원리주의자임에야.

레니에는 잠시 생각하다가 '바로 풀어 줄 생각이었다'는 말이 얼마나 입에 발린 말인지 깨닫고 쓰게 웃었다. 사흘 안에 돌아갔어도 달라질 건 없었다.

당신은 아크를 풀어 주지 않았을 거예요.

기치다는 당시 2년 동안 가택 근신의 벌을 받고 있었고, 누군가를 숨겨 주거나 보호하거나, 혹은 곁에 있던 자가 도망쳤을 때 추적해서 붙잡아 오거나 할 수 있는 상황이 아니었다.

그런 상태에서 아크를 풀어 주고도 레니에가 옆에 있어 주리라 믿는다? 기치다 님은 그 정도로 순진한 분이 아니었다.

하지만 레니에는 억지로 웃으며 고개를 끄덕였다. 지금 비위가 틀린 대로 그에게 따질 수 있는 상황이 아니었다.

레니에에게 가장 중요한 것은 불의 아크를 푸는 것이다. 그가 원하는 감정이나 관계 역시 불의 아크라는 족쇄가 깨진 후에야 온전하게 만들어질 수 있을 것이다. 레니에는 진심으로 그렇게 믿었다.

그리고 아크를 풀 기회는 지금뿐이라는 예감이 들었다. 레니에는 숨을 고르고 눈을 감은 후 공손하게 대답했다.

"기치다 님 말씀 믿겠습니다. 제가 약속한 것도 지키겠습니다. 틀림없이 지키겠습니다. 그러니 지금이라도 이 아크를 풀어 주세요."

"왜 그런 짓을 했느냐고 묻지 않니?"

"……궁금하지 않습니다, 기치다 님."

사실, 어떤 대답이 나올지 너무 잘 알아서 두려웠다. 필요를 위해 몇 년씩이나 연습했을 고백을 두 번이나 듣고 싶지는 않았다. 하지만 그의 눈이 지글지글 타오르는 것을 보고, 레니에는 한숨을 쉬며 한 걸음 양보했다.

"안 궁금한 게 아니라, 무슨 말씀을 하실지 알 것 같아서 그랬습니다."

"……내가 뭐라 할 것 같은데?"

"'너를 사랑해, 레니에. 나는 너를 도저히 잃을 수 없었어.' 아니면 '천족들의 신성한 임무 완수에 꼭 필요한 일이니 이해해 주렴, 영광스럽게 여겨 다오.' 이런 말씀일 거라 생각했어요."

레니에가 쥐어짜는 목소리로 간신히 대답하자 그는 고개를 위로 젖히고 크게 웃기 시작했다.

"놀랍구나. 고귀한 감정과 신성한 임무가 이렇게 하찮게 들릴 수도 있구나."

"아니에요, 기치다 님. 하찮은 노예가 천족들의 고귀하고 신성한 임무에 대해 뭘 얼마나 알겠어요. 언짢게 해 드렸으면 용서해 주세요. 정말 죄송합니다."

"네 입에서 이렇게 차고 살벌하게 꼬인 말이 나올 수도 있고."

레니에는 점점 초조해졌다. 그가 자신의 청을 계속 뭉개고 대답을 돌리는 것이 견딜 수 없이 화가 났다. 그래서 자신의 말이 점점 신랄하게 나오는 것을 느끼면서도 도저히 막을 수가 없었다.

"……기치다 님의 입에서 나왔던 부드럽고 다정한 말의 결과보다는 덜 차고 덜 살벌하죠."

그는 잠시 숨을 고르다가 고개를 저으며 음울한 목소리로 말했다.

"대체 어떻게 해야 내 진심을 믿겠니, 레니에?"

말하고 있잖아요. 지금까지 계속 말하고 있잖아. 레니에는 크게 한숨을 쉬고, 목구멍을 콱콱 치받고 있는 덩어리를 다시 꿀럭꿀럭 토해 냈다.

"저를 속여서 아크를 건 일에 대해 사과하시고…… 그 아크를 풀어서 절 놔주시는 거예요."

레니에는 일말의 희망을 가지고 기치다를 간절하게 올려다보았다. 그가 나를 정말 사랑한다면, 노예와 천족이라는 차이에 상관없이 미안한 마음을 가졌으면 하는 우스운 기대가 있었고, 아크 역시 당연히 풀어 주어야 한다 믿었다.

그러면 아마 이 관계는 새로운 모습으로 다시 출발할 수 있을지도 모른다. 여전히 그의 말을 믿고 싶어 하는 마음이 남아 있었다는 게 놀라웠다.

"그래. 미안하다."

그는 조금도 망설이지 않고 바로 사과했다. 하지만 잔잔한 호수처럼 물결조차 없는 목소리라 사과를 받는 건지, 밤 인사를 주고받는 건지 모를 지경이었다. 레니에가 눈을 깜박깜박하고 있자 그는 조용한 어조로 덧붙였다.

"하지만 네 아크를 풀어 줄 순 없어."

"왜요!"

레니에는 저도 모르게 고함을 질렀다.

안 된다. 결론이 이렇게 나면 안 돼. 평생 숲에서 벌레처럼 숨어서 살라고? 북국은 다시 가고 싶지 않아. 제발, 제발요! 레니에는 발을 구르며 외쳤다.

"왜요! 미안하다 하셨잖아요! 3년 전에 풀어 주실 거였다면서요! 제발요, 기치다 님. 제발 아크를 풀어 주세요. 이제 벌레처럼 두더지처럼 숨어 사는 거 싫어요."

결국 눈물이 터졌다. 하지만 기치다는 단호하게 고개를 젓는다.

"미안하지만 이젠 안 돼. 너는 사흘 후에 돌아오겠다 했지만 3년 동안 돌아오지 않았다. 나는 이제 너를 믿을 수가 없게 됐어."

"기치다 님! 잘못했어요. 앞으론 안 그러겠습니다. 절대, 앞으로는 목숨 걸고 약속을 지키겠습니다. 그러니 제발요."

"레니에! 잘못했다고 생각도 하지 않으면서 무조건 빌지 말라 했다."

기치다의 엄한 경고에도 빌지 않을 수 없었다. 레니에는 그의 다리에 매달렸다.

"무서워서 돌아올 수 없었어요. 이 아크에서 자유로워지면, 그때부터는 정말 제 의지로 약속을 지킬게요. 기치다 님이 허락하지 않으면 절대 곁을 떠나지 않고 모시겠습니다. 위대한 일곱 신께 맹세코, 약속할게요. 그러니 제발!"

그는 대답하는 대신 다리에 매달린 레니에를 거칠게 뿌리쳤다. 그는 나동그라진 레니에를 보면서 웃기 시작했다. 얼굴을 온통 일그러뜨려 가며 한참을 웃었다. 항상 따뜻하게 느껴지던 그의 웃음은 이제 백염산맥을 후려치던 엔릴의 채찍처럼 차고 아팠다.

"이 아크 때문에 그동안 고생이 많았으리라 짐작하고 있었다. 미안하고 마음이 아프다. 어떻게 해야 네 분이 풀릴지 모르겠어. 네가 원한다면 화를 내도 되고, 욕을 해도 되고, 속이 풀릴 때까지 때려도 괜찮다. 하지만 아크를 지금 풀어 줄 순 없어."

"그럼 저는 평생, 늙어 죽을 때까지 이거에 매여 살아야 한단 말씀이세요? 싫어요. 족쇄는 이난나 여신의 신탁만으로도 충분해요. 이것까진 너무 힘들어요. 제발 풀어 주세요, 기치다 님!"

레니에가 그의 소맷자락을 붙잡고 울부짖자 그가 한 걸음 물러서며 쓸쓸하게 말했다.

"영원히 안 풀어 준다는 말은 아니야. 레니에, 후일…… 때가 되면 풀어 주마. 약속할게."

"그, 그게 언젠가요?"

레니에는 눈물을 매달고 일어나 긴장한 목소리로 물었다. 그는 레니에를 물끄러미 내려다보다가 쓸쓸하게 내뱉었다.

"내가 천족의 영광을 회복하고 하늘로 올라갈 때."

……뭐가 어째?

레니에의 머릿속이 새하얗게 폭발했다.

짝, 소리가 터지고 기치다의 얼굴이 확 돌아갔다. 그의 몸이 크게 휘청대고 머리에 씌워져 있던 모자가 멀리 날아 흙바닥 위를 구르는 것이 보인다. 레니에는 이를 악물고 계속 손을 휘둘렀다.

이럴 줄도 모르고 때려도 좋다고 허락해 준 것이 얼마나 고마운지 모르겠다.

쫙, 짝, 딱, 쫙, 짝.

레니에는 체구가 작고 힘도 센 편이 아니었지만 손끝이 몹시 매웠다. 그는 손으로 뺨을 가릴 생각도 피할 생각도 않고, 이를 악문 채 고스란히 맞았다. 갓 짜낸 양젖처럼 희고 깨끗하던 뺨은 순식간에 시뻘겋게 부풀었고 금빛 폭포처럼 흘러내린 머리카락은 엉망으로 흩어졌다.

"손이 정말 맵구나."

그는 뺨을 지그시 누르며 중얼거렸다. 레니에는 눈을 똑바로 치뜨고 기치다를 올려다보았다. 3년의 동굴 생활로 잔뜩 비틀리고 날카로워진 말이 걸러지지 않고 쏟아져 나왔다.

"이거 얼마나 감사한지 모르겠네요. 말도 섞기 싫어하는 진흙 인간 노예를 이렇게나 소중하게 여겨서 이 지경으로 집착도 해 주시고, 사랑한다는 말을 억지로 하시기 위해 3년이나 연습까지 하셨다니, 황송해서 몸 둘 바를 모르겠어요. 그러면 저도 진심을 고백하는 게 예의겠지요."

"……."

"예. 저는 기치다 님을 사랑하지 않습니다."

멀리서 말을 묶어 놓고 앉아 있던 부하 전사들이 벌떡 일어나 달려오는 것이 보인다. 기치다는 한 손으로 뺨을 누른 채 눈을 꽉 감고 잠자코 레니에의 말을 들었다. 레니에는 저들이 도착하기 전에 빠른 속도로 맺힌 말을 해치웠다.

"아니, 기치다 님뿐 아니고 세상의 어떤 남자, 아니 어떤 수컷 들도 사랑하지 않습니다. 남국이나 황금숲뿐 아니라 북국에서도 겪지 않았으면 좋았을 일들을 지겹게 겪고 보니, 이제 남자들이라면 끔찍하고 소름 끼쳐요."

"겪지 않았으면 좋을 일을 지겹게 겪었다……."

그가 아무 감정도 없는 목소리로 레니에의 말을 천천히 되풀이했다.

"네. 그쯤 되니 남을 탓하기도 부질없더라고요. 저는 어딘가 몰래 숨어서 평생 혼자 살기로 맹세했어요."

"……혼자 살기로 맹세했다……?"

그는 여전히, 머리 한 구석이 비어 버린 듯한 목소리로 레니에의 말을 되풀이한다. 레니에는 더욱 단호하게 말했다.

"네. 이난나 여신과 대기의 엔릴과 대지와 생명수의 엔키의 이름으로 대신관 앞에서 맹세했으니 이제는 무를 수 없게 됐어요."

신관들을 상대할 때 운명을 정하는 위대한 신들의 이름을 팔면 편하다는 것을 레니에는 북국에서 배웠다.

"그러니까, 저를 황금숲에 끌고 가 봐야, 원하시는 건 아무것도 얻지 못하실 거예요."

레니에는 그의 대답을 들을 수 없었다. 두 명의 호위 전사가 달려와 기치다와 레니에 사이를 가로막고 선 것이다.

"네 이놈! 이게 무슨 짓이냐!"

곱슬거리는 검은 머리와 특이한 억양을 보니 황금숲의 신관도, 황금숲의 우방인 남국의 전사도 아닌 서역 전사인 듯했다. 그들은 길게 휘어진 만곡도를 빼 들고 레니에를 겨눴다.

"알티르 님! 알티르 님! 괜찮으십니까?"

"이놈! 죽고 싶으냐. 알티르 님께 무슨 짓이야!"

레니에는 망치로 머리를 얻어맞은 것 같았다. 이게 무슨 말이지? 알티르라니?

"지금…… 알티르라고 하셨나요?"

기치다는 대답하지 않았다. 레니에는 칼을 겨누고 있는 두 서역 전사를 향해 악을 쓰듯 물었다.

"지금, 기치다 님, 이분을 엔이쉬브 아니고 알티르라고 하셨나요?"

"맞다. 지금 이분은 황금숲의 수호자인 알티르 님이시다. 몰랐단 말이냐?"

레니에는 한 걸음 뒤로 물러섰다. 갑자기 발밑이 훅 꺼지는 것 같고 어지러웠다. 머리가 텅 비는 것 같다.

등 뒤로 흘러내리는 느낌이 좋지 않다. 말을 멈춰야 한다. 아무것도 묻지 말아야 한다. 듣지 말아야 할 말을 듣게 될 것 같다.

"어…… 언제 알티르가 되신 건가요?"

하지만 묻지 않을 수 없었다. 기치다는 여전히 대답하지 않았고, 그의 앞을 막고 서 있는 서역 전사들이 대신 대답했다.

"알티르께서는 3년 전 봄의 축제 기간에 알티르가 되셨다. 제의 시간에 전임 알티르가 놓친 제물을 잡아서 끌고 왔고, 수많은 증인을 앞에 두고 결투를 신청하셨다."

"그날 아르마누의 손가락은 새로운 알티르를 선택했다. 남국에서는 모르는 자가 없는 이야기이다. 넌 알티르 님을 잘 아는 자인 것 같은데 어째서 이분을 아직 엔이쉬브라 부르고 있느냐."

눈앞이 다시 새하얗게 바래는 것 같다. 자신이 도망친 날 벌어진 일이었다. 기치다 님은 부상이 심해 제대로 몸도 못 가누는 상태였다. 그런데 바로 그날 그런 짓을 하셨다고?

기치다는 한 손으로 두 사람을 뒤로 물렸다. 그리고 두 전사들이 목소리를 듣지 못할 정도로 멀찍이 떨어진 후에야 지글지글 끓어오르는 목소리로 쏘아붙였다.

"난 네게 한 약속을 지켰다."

"아⋯⋯."

"나는 네가 무사히 돌아올 수 있도록 사흘 안에 방법을 마련해 두겠다고 했다. 그리고 약속을 지켰어."

다리에서 훅 힘이 빠진다. 레니에는 자리에 주저앉을 것 같았지만 간신히 버텼다.

"네가 도망치던 날, 내 몸 상태는 정말 만신창이라 제대로 서 있을 수도 없을 지경이었다. 움직일 때마다 상처가 터졌고, 열이 심해서 앞도 제대로 안 보였어. 난 그 몸으로 수백 수천의 사람들이 모인 앞에서, 묵언 엔을 사용하는 키로스와 싸워야 했어. 키로스의 묵언 엔 능력은 황금숲에서 최고의 수준이었다."

"⋯⋯."

"나를 지지하는 세력도 그리 크지 않아서, 도전하기에 너무 이른 시기이기도 했어. 제정신이라면 절대 그런 미친 짓은 안 했겠지. 하지만 네가 그렇게 도망쳐서 영원히 돌아오지 않을까 봐 눈이 뒤집혔어."

조용조용 이어지던 그의 목소리가 어느 순간부터 점점 위태위태 휘청대기 시작했다.

"불의 아크를 걸어 놓은 거, 그래! 구차하고 비겁한 짓이었던 거 안다. 내 욕심이고, 내 잘못이다. 나도 그렇게 보내 놓고 뼈저리게 후회했어! 3년 내내, 네가 어떻게 됐을까, 혹시 죽었을까 생각만 하면 속이 숯 덩어리가⋯⋯. 아니, 됐다. 너도 이런 말은 듣고 싶지 않겠지. 어쨌든 내내 미안하게 생각하고 있었다."

"기치다 님⋯⋯."

"하지만, 네가 돌아오는 대로 사과하고 아크를 풀어 줄 생각이었어. 그러기 위해선 네 안전이 보장되어야 했고, 그러자니 알티르와의 결투를 강행할 수밖에 없었어. ⋯⋯하지만 넌 사흘이 아니라 3년이 되어 가도록 돌아오지 않았어! 3년이나!"

레니에는 자리에 주저앉았다. 갑자기 땅이 뒤집힌 것 같다. 거짓이라 믿었던 것과 진실이라 믿었던 것이 갑자기 뒤집혔다. 아니, 거짓은 여전히 거짓이고 진실은 여전히 진실이지만 결과적으로는 선과 악이 뒤집혔다. 모든 것이 정신없이 뒤집히는 중에, 그의 분노 서린 목소리가 조용히 흘러들어 온다.

"네 뜻을 확실하게 말해 줘서 고맙다. 위대하신 이난나와 엔키와 엔릴께서 너의 맹세에 영원한 보증이 되어 주시기를. 내 조상인 카타를 생각하면 사랑이라는 것은 천족에게 족쇄와 저주에 불과했으니 너는 나를 위해서 현명한 선택을 해 준 셈이구나."

레니에는 눈물을 필사적으로 참으며 그를 올려다보았다. 시뻘겋게 부풀어 오른 그의 뺨을 보니 그냥 죽고 싶다. 시간을 딱 한 뼘만 되돌리고 싶다. 레니에는 꽉 막힌 목을 틀어잡고 간신히 물었다.

"그, 그럼 아까 하신 말씀도……."

"왜? 그 말이 진심이었을까 봐 이제 신경 쓰이니?"

그는 냉랭하게 웃으며 고개를 저었다.

"3년 전에, 널 보내기 전에 그 말을 했으면 사흘 안에 돌아왔을 거란 멍청한 생각을 했었다. 3년 내내 그 생각에 시달렸다. 그게 후회되어서 한번 해 본 말이니 믿든 안 믿든 마음대로 하렴."

"……."

"감정은 어차피 변하는 것이니 영원한 진실 따윈 없을 테고, 그러면 네가 원하는 대답을 골라서 믿으면 되겠구나. 진실의 다른 얼굴은 의심이고, 의심의 씨가 뿌려진 밭에선 아무것도 자랄 수 없으니, 어차피 어느 쪽을 믿든 무슨 상관이겠니."

기치다의 차고 정갈한 목소리가 서서히 물에 잠긴다. 오만한 자존심 하나로 속이 녹아내리는 고통을 숨기고 냉소를 가장하는 그는 익숙하지 않았다.

천천히 목이 메기 시작했다. 나는 3년 전에 돌아왔어야 했을까? 3년간 삭이고 연습했다던, 저분에게는 정말 너무나 어려웠을 고백을 그렇게 경멸하고 내치지 말았어야 했을까? 혼란한 중에 조용하고 침착한 목소리가 이어졌다.

"나는 네 선택과 그 결과를 존중하고, 아무 감정도 강제하지 않겠다. 나는 황금숲의 대신관이고, 위대한 일곱 신과 싸우는 바보짓은 절대 하지 않아."

레니에는 그의 흘러내린 소매 아래로 여전히 일그러진 채 남아 있는 화상 자국을 발견하고 이를 물었다. 아마, 저분의 등에는 저 화상 자국만큼이나 큰 상처들이 여전히 남아 있을 것이다.

그에게는 천한 노예 계집애를 위해 온갖 치욕을 당하고, 노예처럼 묶여서 매를 맞았던 시간이 존재했다. 진흙인간 노예에게 사랑을 고백하기까지 자괴감과 내면의 혼란을 필사적으로 누르는 괴로운 시간이 존재했다.

그에게 확인 한 번도 하지 않고 모든 것을 지레짐작하고 비난하기 훨씬 전에, 그는 나를 위해 혼자 그 많은 것을 감수하고 있었던 것을…….

……나는 잊고 있었다.

배 속이 지끈하더니 목으로 커다란 덩어리가 울컥 치밀어 오른다. 목이 순식간에 쓴 물에 잠긴다. 쓴 물은 항상 지독한 통증을 불러일으켰다.

"됐다. 그간 진흙인간 노예 계집애 따위에게 질질 끌려다니는 내 꼴이 끔찍하게 혐오스러웠고, 내 마음이 의지대로 통제가 되지 않아 비참했는데, 이렇게 정신이 번쩍 들게 해 줘서 고맙구나. 내가 아까 했던 말은 못 들은 것으로 해라."

못 들은 것으로 해라.

레니에는 그 말이 주는 기시감에 입술을 떨었다. 속에서 무언가 꿀렁, 크게 한 번 요동치는 것 같다.

– 못 들은 걸로 해.

못 들은 것으로 해야 하는 그 말은, 결국 들어 버린 말이고, 확실히 존재하는 마음이었다. 기치다 님 말대로 감정은 어차피 변하는 것이라지만, 진실하다 믿었던 어떤 감정은 여름날 염소젖처럼 쉽게 변하기도 했지만, 그 말을 하던 덩치 큰 소년의 마음이 그 순간만큼은 진심이었다고 레니에는 여전히 믿었다.

레니에는 저 한탄과 고백이 사실임을 이제는 안다. 3년 전 그 절박하던 순간의 욕심도, 족쇄를 걸었던 것을 후회하고 풀어 주려 기다렸다는 말도, 3년간 연습했다는 그의 고백도, 이제는 꼬리를 감추고 없던 일로 덮어 버리자 하는 그 말도, 그리고 레니에에 대한 감정으로 인해 스스로에게 느꼈을 극심한 혐오와 당혹도 틀림없는 사실일 것이다.

레니에의 뺨으로 천천히 눈물이 흘러내렸다.

나는…… 아니, 우리는 서로에게 무슨 짓을 한 걸까?

그가 나를 믿어서 불의 아크를 걸지 않았다면, 내가 민네 님의 말 대신 기치다 님의 말을 믿고 사흘 안에 숲으로 되돌아왔으면 어찌 되었을까.

적어도 내가 북국에 갈 일도 없었을 것이고, 자유의 몸이 되었을 수도 있고, 기치다 님과 어떤 식으로 관계가 진전되었을지도 알 수 없다.

문득, 일곱 살 때 받았던 신탁이 떠올랐다.

이난나의 사랑을 받은 자여. **너는** 고귀하고 아름다운 자들의 사랑을 얻겠구나.

이난나의 사랑을 받은 자여. 이난나가 내리는 축복을 받아들이라. 그렇지 않으면 향기가 악취가 되고 네 운과 명은 온전치 못하리니 고귀하고 아름다운 자들의 사랑을 잃겠구나.

그 모든 갈림길에서, **너는** 네 운명을 선택해야 하리라.

갑자기 머리에서부터 얼음물이 쫙 쏟아지는 것 같다.

선택? 선택이라고?

나는 그러면 그때 혹은 오늘, 고귀하고 아름다운 분의 사랑을 잃는 길을 선택한 걸까?

레니에는 이를 물고 고개를 저었다. 정신 차려, 레니에. 너는 이제 저 신탁에 묶이지 않기로 했잖아.

일이 돌아가는 꼴을 보면, 이난나의 저주는 여전히 레니에의 발목에 족쇄처럼 남아 있고, 앞으로도 풀릴 일은 없을 것 같다.

하지만 나는 더 이상 그것에 휘둘리지는 않기로 했지.

……특히 누군가를 사랑해 그 저주까지 옮기는 짓은 절대 하지 않을 것이다.

그 결심에 생각이 닿는 순간, 레니에는 다시 정신이 번쩍 들었다.

그래. 난 내 이름을 걸고 수백 번 맹세했었다. 어떤 대신관이 멍청하게도 그걸 제 모든 것을 걸고 확증까지 해 주었다. 물론 그 역시, 결국엔 이난나의 그물을 벗어나지 못하고 레니에를 죽이려는 행렬에 동참하게 됐지만.

드디어 레니에는 '3년 전에 그 고백을 들었다면'이라는 가정을 깨끗하게 접기로 했다. 과거에 있었던 모든 가정만큼 부질없는 것은 없다. 레니에는 3년 전 운명을 선택했고, 몇 달 전 또 다른 선택을 했다. 그리고 지금도.

나는 그 결정이 나와, 나를 사랑하는 사람들을 보호하는 선택이었다고 믿으며 살 것이다. 아주 잠깐, 민네의 말을 믿었던 것을, 쿤을 살린 것을 후회할 뻔도 했는데, 이렇게 생각하니 시간을 한 뼘도 되돌릴 수 없다는 것이 얼마나 다행스러운지 모르겠다.

"다만 네 입으로 한 맹세는 지켜 주어야겠다, 레니에. 나는 이제 알티르가 되었고, 이제 정말 네가 필요하다."

한결 부드러워진 목소리가 레니에의 귓가로 흘러들어 온다.

"너는 모른다. 알티르의 자리가 얼마나 끔찍하게 외로운지. 나도 이 정도로 끔찍한 고립감일 거라곤 상상하지 못했다. 나는 역대 알티르 중 왜 그렇게 많은 이들이 카타의 신성한 임무를 등진 채 광란에 빠져 죽음을 맞았는지 이제 이해가 간다."

"숲의 수호자가 되신 지 3년밖에 지나지 않았어요, 기치다 님."

"키로스는 이 끔찍한 상태로 40년을 어떻게 보냈는지 존경스러울 지경이야."

드디어 감정을 완벽하게 통제하는 데 성공했는지, 기치다가 예전처럼 매끄럽게 웃으며 말했다. 하지만 레니에는 그의 웃음을 보며 그가 3년 전보다 무척 수척하고 야윈 것을 새삼스럽게 실감했다.

"레니에, 나는 내 몸이 지상에 머무르는 한, 네가 내 곁을 지켜 주길 원한다. 내가 자신을 지킬 수 없는 모든 시간에. 대신 네가 원하는 모든 것을 베풀겠다. 인간들이 원하는 것 중에 내가 들어줄 수 없는 것은 그리 많지 않다."

이 말 역시 사실일 것이다. 황금숲의 대신관은 지상의 어떤 왕보다도 존귀하고, 강한 힘을 가진 자다. 원하는 모든 것을 베풀겠다는 말은 허언이 아닐 것이다. 다만.

"나는 너를 대신할 다른 신관이나 노예를 찾아보려 애를 썼지만 번번이 실패했다. 나는 네가 나를 떠나지 않으리라는 보장이 필요해. 키로스에게 야다나 민네가 등에 칼을 꽂지 않으리라는 보장이 필요했던 것처럼. 나는 그래서 네 아크를 거둬들이지 못하겠어. 미안하다, 레니에."

레니에는 그의 의지를 꺾지 못하리라는 것을 알았다. 아크를 푸는 일은 전적으로 그의 의지에 달린 일이며, 이렇게 되면 레니에가 손쓸 수 있는 일이 전혀 없었다.

"아무리 그러셔도, 저는 기치다 님이 원하는 감정을 드릴 순 없을 거예요."

"이제 말하기도 지치는구나. 난 더 이상 네 감정을 요구하지 않겠다는 뜻이다. 감정과 충성을 둘 다 가질 수 없고, 네가 감정을 절대 줄 수 없다면, 난 당연히 네게 충성을 요구할 수밖에 없지 않겠어?"

"……."

"나는 천족이고, 신성한 임무를 이루려면 내 몸과 정신을 지키는 일이 가장 중요해. 네가 알다시피 난 원리주의자다. 진흙인간과 감정이 엮이는 게 전혀 기껍지 않아. 난 지금 이 상황에 안도하고 있어. 알겠니?"

레니에는 물끄러미 그를 올려다보았다. 감춤과 위장에 능한 자, 기치다. 이제 그는 자신의 감정을 완벽하게 감추고 살아갈 것이다. 그리고 신성한 임무를 위해 자신의 모든 것을 건 숲의 수호자인 기치다는 이제부터 자신에게 완벽한 충성을 요구할 것이다.

"넌 아크가 남아 있으면 어차피 황금숲에만 머물러야 할 거다. 그러면 내 측근으로 머무르는 게 가장 편하고 안전할 거야."

그렇다. 기치다 님은 신성한 임무를 위해서 내가 필요하고, 그것을 위해서라면 나에 대한 욕망 따위는 영원히 누르고 살 수 있을 것이다.

레니에는 눈을 지그시 감고 한숨을 쉬었다. 이제 포기하고 받아들여야 할 때라는 생각이 들었다. 레니에는 희미하게 웃으며 눈을 떴다.

"그럼 기치다 님, 한 가지만 여쭤 볼게요."

"그래."

"저를 해치려는 자를 해치는 것이 잘못인가요?"

부드럽게 웃으려 노력하던 사내의 얼굴이 다시 굳는다. 3년 전 똑같은 질문을 했을 때 기치다 님의 얼굴은 지금보다 훨씬 부드럽고 여유가 있었던 것 같다. 지금은 아마도 다른 대답을 하지 않을까? 이젠 자신의 목숨까지 걸린 질문이 되어 버렸으니까.

"아니."

하지만 기치다는 예전의 간결하고 명확한 대답을 되풀이했다. 레니에는 기쁘지 않았다. 기쁘지 않은 이유를 알 수 없어서, 레니에는 기어이 한 걸음 더 내디뎌 확인 사살을 하고 말았다.

"그 대상이 기치다 님이라고 해도 원망하지 않으실 건가요?"

기치다는 쓸쓸하게 웃었다.

"내가 너를 해칠 수 있을 것 같으냐. 그리고 나를 해치면 너도 아크를 영원히 풀지 못할 텐데, 꼭 그런 말도 안 되는 협박을 해야겠어?"

"말도 안 되는 일이 저한테는 너무 쉽게 일어나서요."

기치다는 눈을 반쯤 감은 채 담담하게 대답했다.

"이건 감정 따윌 구걸하는 것이 아니니 서로 공평한 것이 좋겠지. 서로를 해칠 일이 생길 때, 서로 원망하지 않는 것으로 하면 되겠지?"

너를 건드리지 않으마, 너를 해치지 않으마, 혹은 너를 원망하지 않으마, 라는 대답 대신 기치다 님은 여전히 두 개의 꼬리가 달린 대답을 했다. 기치다 님은 왜 저 대답을 택했을까. 레니에는 생각을 포기하고 고개를 끄덕였다.

"많이 늦었다. 이쯤 하고 돌아가자. 네가 고삐를 잡아 주겠니?"

하릴없다. 레니에는 그가 말에 올라갈 수 있도록 손을 깍지 끼어 내밀었다. 하지만 그는 레니에의 손을 밟고 오르는 대신 부드럽게 웃으며 그녀의 손을 지그시 잡아 물린다.

"황금숲까지 걸어가는 한이 있어도 네 손은 안 밟는다. 쉬르, 미르."

그가 바닥을 향해 손가락을 내밀고 짧게 엔을 외는 순간, 두 사람 사이로 바람이 훅, 모여들었다. 그가 허공을 딛고 서자 바람을 타고 올라가는 것처럼 몸이 훌쩍 위로 올라간다. 그가 가볍게 말에 오르는 모습을 보며, 레니에는 고개를 숙이고 쓰게 웃었다.

이런 모습을 볼 때마다 이분을 사랑한다거나, 원망한다거나, 잘해 드리고 싶다거나, 미워한다거나 하는 개인적이고 인간적인 감정을 갖는다는 것이 부질없게 느껴진다.

신에게 인간이 가져야 할 감정은 그런 게 아니다. 두려움, 경외, 헌신, 복종. 신에게 바쳐야 할 감정이란 그런 것들이었다.

하긴, 이분도 진흙인간과 감정이 엮이는 것이 기껍지는 않다 하셨지. 당연한 일이다. 내 야멸찬 대답에 오히려 고맙다 하셨지.

그래. 어차피 이렇게 되는 것이 맞다. 시간을 조금이라도 되돌릴 수 없다는 것은 정말 다행스러운 일이었다.

드디어 레니에는 그의 얼굴을 올려다보며 예전처럼 실없이 웃을 수 있게 되었다.

"아, 기치다 님, 새로운 기술을 개발하셨나 봐요."

"필요하면 뭐든 개발하게 돼 있지. 말을 타자니 어쩌겠니. 전에야 키로스의 눈치를 보느라 말을 못 탔지만, 명색 황금숲의 알티르가 본새 안 나게 나귀나 타고 다녀서야 되겠어?"

레니에가 허둥지둥 고삐를 받아 들고 3년 전처럼 앞장서자 기치다는 뒤늦게 맑은 목소리로 웃는다.

백은 10셰켈, 물로 만든 용 한 마리, 미노토스 성까지 이어지던 머나먼 오솔길, 고집 센 나귀, 바람 침대, 기치다 님, 내 웃음 한 자락을 위해 끝도 없이 튀어나왔던 무수한 아크들, 후텁지근했던 천막, 시원하고 투명한 웃음소리, 아름다운 물의 집, 희고 깨끗한 피부에 눈이 아플 정도로 붉었던 그의 상처, 깜깜한 어둠 속에서 눈부시게 빛나던, 나를 둘러싸고 춤추던 나비 떼, 별밭, 끝없이 이어지던 노란 별꽃의 길, 생각은 끝없이 이어졌다.

"그런데 나귀도 그렇지만 말 타고 달리는 거 아무나 할 일이 아니구나. 말의 등뼈가 움직일 때마다…… 으음, 몽둥이로 맞는 것 같다."

"그렇게 많이 아프세요? 하긴, 유명한 전사들도 말을 오래 타면…… 많이 아프다고 한대요."

엉덩짝 속에서 피가 쭐쭐 나기도 한대요, 하는 말을 황급히 순화했다.

"그런 것 같다. 사실 가죽 채찍으로 맞을 때보다 더 아프다. 허리 아래는 감각도 없어."

"인생 그렇죠 뭐. 본새 나는 게 쉬운 건 아니잖아요. 그런데 사실 기치다 님은 나귀를 타셔도 충분히 본새 나…… 아니, 아름다우세요."

"3년밖에 안 되었는데 북국살이가 험했나 보구나. 눈썹 하나 까딱 안 하고 마음에 없는 말도 착착 할 줄 알게 되고."

"네에, 기치다 님은 알티르가 되신 지 3년밖에 되지 않았는데, 벌써 키로스 님만큼 찌들고 홀아비 냄새를 풍풍 풍기고 계시고요."

"불쌍하면 나한테 잘하렴, 레니에."

"그럼요. 제가 또 마음이 비단결 같아서 잘해 드리죠. 하지만 공짜는 없잖아요."

"갖고 싶은 게 있으면 말하고. 말 안 하면 모른다."

"저는 많은 걸 바라지 않아요. 지한테 필요한 것은 벌꿀이 든 염소젖하고 비 안 새는 방 정도밖에 없거든요."

"다행이구나. 알다시피 내가 돈을 좀 잘 버는 편이라 석청이야 매일 한 단지씩 내줄 수 있고, 구멍 안 뚫린 지붕 한 짝 정도도 내줄 능력이 된단다. 등 기댈 벽도 필요하면 내 등이라도 빌려주마. 애석하게 떼서 줄 수는 없는 거라."

레니에는 고삐를 잡고 걸으며 히죽히죽 웃었다. 눈물이 주책맞게 튀어나오지 않게 하려면 웃을 수밖에 없었다.

3년 전, 내가 사흘이 되기 전에 돌아왔다면. 민네 님이 일러 준 진실을 믿지 말고 기치다 님의 말을 믿고 돌아왔다면. 그래서 아크에서 자유로워졌다면. 사랑을 해 볼 만하다고 아직 믿었던 그때, 오늘 들은 고백을 들었더라면. 이런 부질없는 가정이 자꾸 튀어나오지 않게 하려면 좀 더 많이많이 웃어야 했다.

"기치다 님, 정말 북국의 소금산 부족을 멸절하실 건가요?"

"그래. 일단 수인종족들의 약탈을 더 이상 두고 볼 순 없다. 특히 소금산 출신의 왕이 문제야. 약탈의 범위가 점점 넓어지고 있거든. 그대로 두면 황금숲까지 유린하고 말 거야."

"식량 교역을 끊었으니까 약탈을 하는 거죠."

"신성석을 못 가져가게 먼저 막은 건 북국 놈들이야."

"하지만 신성석은 백염산맥에 있고 그곳의 주인은 북국 사람들인데요."

"신성석은 카타와 그의 분신인 천족 전사들의 뼈와 살과 피이며, 백염산맥은 카타의 눈물이 얼어붙어 만들어진 곳이다. 어디 감히 그곳에 얹혀사는 짐승 종족들이 그런 말을 한단 말이냐."

이 문제는 영원히 해결할 수 없는 고리였다. 그리고 그 아래에는 헤아릴 수 없을 만큼 오랫동안 이어진, 증오를 부추기는 고약한 전설이 있었고, 그 전설을 믿는 천족의 후손들이 있었다.

"네, 그러면 기치다 님은 그 사람들을 모두 없애고 아르마누도 불사르신 다음엔 뒤도 돌아보지 않고 하늘로 올라가시겠네요."

그는 고개를 끄덕이는 대신 애매하게 웃어 보였다.

"그때 올라가시면 이난나 님께 좀 전해 주시겠어요?"

"무얼?"

"초강력 싸대기."

품. 기치다가 입을 틀어막는다. 레니에는 진지한 얼굴로 덧붙였다.

"그것도 양쪽으로 쌍싸대기. 제가 맺힌 게 좀 많아서."

와하하하, 하, 아하하하! 그는 목을 뒤로 젖히고 시원하게 웃었다. 몇 년 동안 웃지 못했던 것을 한꺼번에 벌충이라도 하는 것처럼, 별것도 아닌 것에 아주 오랫동안 웃었다. 서역 출신의 두 전사는 고개를 갸웃하며 레니에와 기치다를 번갈아 쳐다보았다.

"레니에, 너 혹시 여섯 날개 카타의 아버지인 우투 님과 이난나 님께서 쌍둥이 남매라는 거 모르고 있었니?"

"예? 아? 조, 족보가 그렇게 되나요?"

"나는 족보로 따지면 여섯 날개 카타의 까마득한 손자뻘인데 이난나 여신님께 쌍싸대기? 내가 하늘로 올라갔다가 도로 쫓겨나서 땅에 처박히는 꼴을 보고 싶으냐?"

"아, 그, 그렇게 되면 자동 계약 갱신인가요? 재계약이면 연봉 두 배로 올려요, 기치다 님."

"그럼 벌꿀 넣은 염소젖 두 그릇이 되니?"

"그렇죠. 기억력이 좋으시네요."

"그쯤이야. 그럼 그때도 잘 부탁한다, 레니에."

"네, 기치다 님."

그의 웃음소리가 위에서 들리기 시작했다. 하, 하하, 흐흐, 흐. 짧게 툭툭 끊어지는 웃음이었다. 레니에는 그의 웃음소리가 왜 흐느낌처럼 들리는지 알 수 없었다. 레니에는 그를 올려다보지 않았고, 그는 웃으며, 한참 웃으며 다시 물었다.

"음, 레니에, 혹시 너 3년 동안, 그러니까, 음, 몸에 무슨……."

"없었어요, 기치다 님."

달거리가 있었느냐 하는 말임을 눈치챈 레니에는 뒤의 호위 전사들이 알아채기 전에 질러 대답했다. 아하, 그랬니. 그랬구나. 그렇게 됐구나. 그는 짧게 혀를 차더니, 여전히 꿀이 든 양젖처럼 달콤하고 부드러운 목소리로 말을 이었다.

"레니에."

"네, 기치다 님."

"내가 북국의 소금산 부족을 멸하고 다시 하늘로 되돌아가는 날."

"네, 기치다 님."

"네게 걸린 아크를 풀어 주고, 네게 자유를 주고."

"네, 기치다 님."

"우리 천족들이 지상에서 쌓아 올렸던 모든 부귀와 권력, 황금 숲까지 모두 네게 넘겨주고 가겠다."

"아, 이제야 뭔가 해 볼 마음이 드네요. 그 정도 조건이면 목숨 걸고 충성하겠습니다, 기치다 님."

"농담 아닌데. 여섯 날개 카타와 아르마누와, 대지와 생명수의 엔키와 이난나의 이름을 걸…… 하. 하하하. 흐, 흐하하."

그는 말을 맺지 못하고 한참 더 웃었다. 레니에는 여전히 그를 올려다보는 대신 고삐를 쥐고 황금숲 방향을 향해 걸었다. 지금 고개를 돌려 그를 보면 보지 말아야 할 것을 보게 될 것이고, 그럼 나중에 후회할 짓을 분명 하게 될 것이다. 평생 후회할 짓을.

눈앞으로는 남국의 아름다운 밤 풍경이 펼쳐져 있었다. 검은 하늘에는 금으로 된 모래사장이 깔려 있고, 오솔길 양쪽으로는 이슬에 젖은 하얀 민들레꽃이 구름처럼 솟아 있었다.

아, 그래. 그때 기치다 님이 만들어 주셨던 별꽃의 길이 정말 아름다웠는데.

자신의 주변을 감싸고 날아다니던 수백 수천의 반짝이는 나비가 생각난다. 깜깜한 어둠 속, 자신의 좌우를 은은하게 밝히며 길을 내 주던 무수한 별꽃들, 물로 된 벽에 기대 자신을 끝까지 바라보던 기치다 님의 모습이 천천히 되살아났다. 가슴이 먹먹해진다.

나를 놓았다가, 다시 잡았다가, 다시 놓쳤다가 기어이 이렇게 곁으로 끌어당긴 집요한 분이, 결국 감정을 접어 넣겠다, 충성만 요구하겠다 하는 것이 과연 어떤 의미일까.

그리고 천족들이 지상에서 쌓아 올렸던 모든 부귀와 권력, 그리고 황금숲은 또 나한테 무슨 의미일까.

레니에는 고개를 숙이고 쓰게 웃었다. 그들의 부귀와 권력이 어느 정도인지는 짐작할 수조차 없다. 각 성의 왕들보다 더 위에 있다는 정도밖에는 모른다. 짐작할 수 없으니 감탄도 할 수 없다.

하지만, 인생에서 사랑이라는 감정을 완전히 삭제하는 대가가 그 정도라면 썩 나쁘지 않을 것 같다. 더욱이 그 정도의 힘이 있으면 이난나 여신의 지랄맞은 축복도 적당히 걸러 줄 수 있을 것 같고?

그나저나 소금산 부족을 모두 멸절해야 한다면, 소금산의 바보 대신관님은 어떻게 되는 걸까.

레니에는 말 위에서 흘러나오는 토막 진 웃음소리를 들으며, 고삐를 쥔 채 새하얀 구름 위를 밤새 자박자박 걸었다.

17. 황금색 머리카락

기치다와 레니에가 황금숲에 도착한 것은 이틀 후 동틀 무렵이었다. 기치다는 이틀 안에 도착해야 한다며 몹시 서둘렀고, 결국 레니에도 말을 타고 밤이고 낮이고 쉬지 않고 길을 재촉해야 했다. 도착할 무렵엔 네 사람 모두 철퇴로 두들겨 맞은 것처럼 온몸이 아파 죽을 지경이었다.

숲의 초입에 들어선 기치다는 두 명의 서역 전사에게 은을 달아주고 서역으로 돌려보낸 후, 휘파람을 불어 자신이 도착했음을 알렸다. 그리고 어깨를 두르고 있던 긴 아마포 숄을 레니에에게 내주었다.

"얼굴 정도는 가리는 게 좋겠다. 너를 알아볼 만한 사람들, 민네나 야다, 키로스의 측근들은 죽었고 너도 외모나 목소리가 꽤 달라지긴 했지만, 아무래도 조심하는 게 좋을 테니까."

레니에가 화려하게 수놓인 천을 보고 머뭇거리자 기치다는 금사로 수놓인 부분을 뒤집어 레니에의 머리와 얼굴을 반쯤 가리게 씌운 후, 자신의 머리장식 끈을 풀어 레니에의 이마에 묶어 주었다.

"서역 전사 중에 이렇게 머리를 가리고 다니는 이들이 있으니 그 흉내를 내는 게 안전하겠구나. 그래도 걱정스러우면 벙어리 행색을 해도 괜찮겠지. 아무래도 지금은 외부에서 사람이 많이 들어올 때잖니."

외부에서 사람이 많이 들어올 때? 황금숲은 허락받지 않은 외인은 함부로…….

"아, 이런."

레니에는 자리에서 멈췄다. 매캐한 향이 숲속에 느른하게 깔려 있었다. 신성한 나무 아르마누의 꽃은 3년 전이나 지금이나 무섭도록 붉었다. 레니에는 기치다를 보며 떨리는 목소리로 물었다.

"보, 봄의 축제인가요."

"네가 날짜를 잊었구나. 오늘이 열흘 제의의 시작 날이다. 그래서 날짜를 맞춰 오느라 몹시 서둘렀던 거고."

레니에는 기가 막혀서 말도 못 하고 그를 빤히 올려다보았다. 그럼 제의를 코앞에 두고 있던 알티르가 나를 찾으려고 숲을 벗어나 이틀 길이나 달려왔단 말인가? 아니, 이분이 제정신이신가?

"제의가 진행되는 동안 신전의 내 침소에서 쉬도록 하렴. 내 침소에 네 침대를 하나 마련하라 하마."

"기치다 님? 저는 분명…….."

레니에가 바짝 날이 선 목소리로 그를 잡아 세웠다. 기치다는 피곤한 듯 고개를 저었다.

"낮에 편한 시간에 쉬고, 밤에는 나를 지켜 달라는 뜻이다. 네 임무가 나를 지키는 것이라는 걸 잊었니?"

"아……."

레니에는 그제야 자신이 필요 이상으로 예민해졌음을 깨닫고 고개를 숙였다. 기치다는 차분하게 다시 말했다.

"나는 네게 충성을 원한다 했고, 너는 그것을 받아들였어. 나는 이제 너를 불편하게 하지 않을 거고, 네게 손댈 마음도 없다. 물론 그걸 믿는 건 네 선택이니 알아서 하렴. 안심이 안 된다면, 전에 내가 머무르던 물로 만든 집에서 쉬어도 된다."

믿는 것은 내 선택……이라.

생각해 보면 그의 말에는 예전부터 두 개의 꼬리가 달린 적이 많았다. 그의 말과 행동 중 상당 부분은 거짓도 아니고 진실도 아니며, 선하지도 않고 악하지도 않은, 애매한 영역에 있었다. 그의 말과 행동이 가져온 결과 역시 좋은 건지 나쁜 건지 애매하기만 했다.

북국에서 만났던 또 다른 대신관과는 너무 달라, 레니에는 혼란스러웠다. 또 다른 대신관은 무엇 하나 선명하지 않은 것이 없었다. 선명한 호감, 선명한 증오, 사랑, 미움, 삶, 죽음. 배신한 후 보여 주던 살의까지 투명하고 강렬하기 그지없었다.

그의 측근으로 보이는 엔이쉬브들이 멀리서 허둥지둥 달려오는 것이 보인다. 기치다의 모습이 보이자 그들은 황급히 자리에 엎드려 절했다. 레니에는 그가 정말 천족들의 수장이 되었구나 하는 것을 실감했다. 레니에는 두 손을 모으고 공손히 말했다.

"그럼 물의 집에 가 있겠습니다, 알티르 님."

기치다는 그들과 함께 신전으로 향했고, 레니에는 기치다의 예전 집이 있던 장소로 걸음을 옮겼다.

기치다의 집을 찾는 것은 어렵지 않았다. 신전을 기준으로 동북

쪽의 나무 위에 있었다. 3년 전과 여전히 다름없는 둥그런 형태의 물의 집이었다.

물끄러미 올려다보고 있노라니 멀리서 북소리, 노랫소리, 피리 소리가 들리는 것만 같다. 제의는 정오에 시작이니 아직 시간이 남았는데도 이러는 걸 보면, 아마도 깊이 숨어 있던 기억이 질질 끌려 나오는 모양이다.

레니에는 점점 속이 불편해졌다. 올해도 나와 같은 아이들 열 명이 어디선가 팔려 와서 희생을 당하겠지. 기억이 떠오르자 낙인이 다시 박히는 것처럼 괴로워졌다. 레니에는 머리와 얼굴을 가린 치렁치렁한 천을 풀어 버리고 옷자락을 동여맨 후 나무를 오르기 시작했다.

"네 이노오옴! 넌 누구냐! 그곳은 알티르의 사적인 휴식 공간이다. 외부 사람은 신관들의 집에 들어가지 못하는 것을 모르느냐!"

"으악!"

거의 다 올라갔던 레니에는 그대로 주르르 미끄러져 엉덩방아를 호되게 찧었다. 제의 준비를 맡은 신관인지, 약초로 보이는 풀 뭉치를 끌어안고 긴 카우나케스 자락을 무릎까지 걷어 올린 채 달려가던 하급 신관 하나가 눈을 부릅뜨고 다가온다.

"외부에서 온 자인가? 그렇다면 중앙 공터의 제의에만 참석할 것이지 감히 신관들의 처소에 몰래 들어가 보려 한단 말이냐! 아무리 높은 권세를 지닌 자라도 숲에 들어오면 황금숲의 신도일 뿐이라는 걸 잊었느냐!"

"아이코, 풍요의 아르마누와 여섯 날개의 카타께서 이 못난 놈을 용서하시기를! 신관님, 저는 알티르 님의 새로운 노예입니다. 니누르갈에서 이틀 거리의 길에서 알티르 님을 우연히 뵙고 은 7셰켈에 고용돼서 들어왔습니다. 제의가 끝날 때까지 이곳에 올라가 있으라 하셨습니다."

레니에는 얼른 손을 비비며 대답했다. 신관은 아하, 하며 레니에를 훑어보더니 고개를 끄덕였다.

"하긴. 알티르께서 지금 막 새로운 시동을 달고 돌아오셨다 연락은 받았다. 그게 네놈이로구나."

"아, 그러셨나요."

"흠. 노예는 제의에 참가하지 못하니 이리로 보내신 모양이구나. 그럼 올라가 있거라. 제의가 진행되는 동안은 숲을 함부로 돌아다녀선 안 된다! 알겠느냐!"

"예!"

하급 신관은 약초 뭉치를 다시 추슬러 안고 광장으로 향했다.

레니에는 나무를 다시 타려다가 얼굴을 찡그렸다. 거친 나무에 주르르 미끄러지면서 손바닥과 팔이 까진 데다가 목에 걸려 있던 돌멩이 덕에 목과 턱에도 긴 생채기가 생겨 버렸다. 짜증이 났다. 레니에는 돌을 움켜쥐고 옷 속에 넣으며 투덜거렸다.

"일진 사납네, 진짜. 이놈의 돌멩이를 버릴 수도 없고, 돌려주러 갈 수도 없고. 예쁘기를 해, 가볍기를 해. 계속 거치적대기만 하더니 결국은 피까지 보는구나."

다시 나무와 손을 번갈아 보고 있으니 한숨만 나온다. 까져서 피까지 나는 손으로 이 까칠쟁이 나무를 타고 올라가야 한단 말이지. 갑자기 민네 님 생각이 나며 조금 서글퍼졌다.

"예전에 민네 님은 멋들어지게 '바라스!' 한 마디로 휭 올려 주셨는데. 그럼 나무 꼭대기까지 휠휠…… 악, 이, 이게 뭐야! 으아악!"

레니에는 갑자기 둥실, 떠오른 몸에 기겁했다. 으아, 으아앗? 허공에서 몸이라도 가누려 버둥버둥하는 사이에 몸은 어느새 한참 위로 치솟아 레니에는 나뭇가지에 등짝을 호되게 부딪치고 말았다. 악, 아악, 와아아! 입에서 비명이 미친 듯이 터진다.

"뭐, 뭐야, 누구야! 누가 장난을 쳐!"

레니에는 더 이상 몸이 올라가지 않도록 허둥지둥 나뭇가지를 붙잡고 고함을 질렀다.

"살려 줘! 하, 하지 마세요! 무서워! 하지 마세요!"

필사적으로 주변을 둘러보았다. 축제 준비로 바쁜지, 아무리 주변을 둘러봐야 아무도 보이지 않았다. 하긴. 오늘 같은 날 한가하게 싸돌아다니며 노예에게 수작을 걸 신관이 있을 리가 없다.

하지만 이렇게 기척 없는 공격 방식을 보면 틀림없는 아크였다. 다만 어디서 공격했는지, 누가 했는지 알 수 없을 뿐이었다.

레니에는 우들우들 떨면서 자꾸 붕붕 떠오르려는 몸을 나뭇가지에 꽉 붙이고 숨을 헐떡였다. 극심하게 어지럽고 울렁거려 토할 지경이었다.

나 이렇게 죽는가 봐. 이렇게 높은 데까지 올라갔다가 갑자기 아크가 풀리면 그대로 추락해 죽는 거다. 앞이 노래진다. 이판사판, 레니에는 기치다가 사용하던 아크 소멸 엔을 외쳐 보았다.

"지이! 지이! 지이이이이!"

……어?

몸을 위로 떠미는 힘이 사라지더니 갑자기 아래로 훅, 떨어진다. 레니에는 바닥으로 추락하기 직전, 간신히 굵은 나뭇가지에 매달릴 수 있었다. 굵은 나뭇가지는 레니에를 매달고 한참 휘청거렸다. 눈물이 질질 흘러나왔다.

엉금엉금 기어 물의 집으로 들어간 레니에는 바닥에 엎어져서 한참 떨었다. 대체 무슨 일이 일어난 건지 도저히 이해할 수 없었다.

레니에는 예전의 기억을 더듬으며 손가락을 앞으로 내밀었다. 기치다 님이 자주 사용하시던 엔.

"가안……체에르."

파앗!

손끝에서 거대한 불꽃이 솟았다. 미리 마음의 준비를 하고 있던 레니에는 손을 펴서 불꽃의 방향을 옆으로 확 밀며 외쳤다.

"아실랄!"

손짓대로 밀려난 불꽃은 물벽에 닿더니 치익, 소리를 내며 꺼지고 말았다. 주저앉은 채 물끄러미 바라보던 레니에의 뺨으로 다시 눈물이 주르륵 미끄러졌다.

"뭐지…… 이거 뭐지?"

난 신관도 아니고, 아크 점토판도 없고, 신관의 피도 없고, 신성석도 없다. 신성석은 고사하고 돌멩이 한 쪽도…….

생각하던 레니에의 몸이 딱딱하게 얼어붙었다.

돌멩이 한 쪽은 있어.

그녀는 목에 걸린 시커먼 돌을 꺼내 들고 옷깃을 벌려 보았다. 손바닥과 가슴에는 나무를 오르다 까진 상처가 있었고 그곳에선 여전히 피가 방울방울 흘러나오고 있었다.

돌과…… 피.

"하지만, 이건 신성석이 아닌데."

레니에는 덜덜 떨면서 머리카락을 잡고 뽑아 보았다. 분명 기치다 님이 그랬다. 천족이 처음 아크를 발현하면 머리가 금발로…….

"어, 어떡해! 난 몰라, 어떡해."

손바닥에 놓인 것은, 벌꿀처럼 노랗게 빛나는 금빛 머리카락이었다. 다시 걷잡을 수 없이 눈물이 쏟아졌다.

"기치다 님. 기치다 님? 이게 어떻게 된 거예요? 저는 신관이 아닌데요. 저는 천족 같은 거 정말 아니에요. 기치다 님, 나 어떡해."

조금 아까까지만 해도 갈색 머리카락을 가지고 있던 노예 레니에라고요.

레니에는 금발로 변한 머리를 다시 아마포 숄로 감싸고 띠로 단단히 묶은 후 허둥지둥 나무 아래로 내려갔다. 제의가 시작되기 전에 기치다 님을 만나야 했다. 제의가 시작되려면 반나절 정도 남았으니, 지금은 분명 신전에서 의식을 준비하고 계실 것이다.

당장 가서 여쭤봐야 한다. 대체 이게 어떻게 된 건지. 내가 정말 신관이 된 건지. 노예 계집아이가 어느 날 갑자기 이렇게 신관이 될 수도 있는지.

기치다 님은 분명 진흙인간 노예 계집애 따위는 신관이 될 수 없다 하셨다. 신관의 자손들만 신관이 될 수 있다고. 그러니 지금 이 상황은 말도 안 되는 것이다.

레니에는 돌을 쥐고 흐느끼며 걷다가 멈춰 서서 다시 울었다. 눈앞이 노래졌다 하얘졌다 정신이 없다.

기치다 님. 기치다 님? 저 좀 도와주세요. 제가 정말 황금숲의 신관인지, 제가 정말 천족인지 좀 알려 주세요.

"저는 엘데 섬 어부 영감님이 섬의 숲에서 주워 온 고아예요. 거긴 황금숲하고는 아무 상관도 없는 섬이라고요. 그런데 제가 어떻게 천족이 돼요? 천족은 황금숲에서만 태어난다면서요."

모르겠다. 생각해 보면 황금숲의 신도들인 고귀한 왕과 왕족, 전사들은 축제 때 여자 신관들과 뒤얽혀 혼음했다. 그럼 천족은 혼혈일 수도 있나? 혹시 황금숲 밖에서 태어날 수도 있나? 나도 정말 몸에 천족의 피가 있어서 이런 일이 벌어지는 건가?

처음 기치다 님을 만났을 때는 신관이 되고 싶었다. 말 한 마디로 불을 일으키고 물을 끌어오고 하는 능력이 부러웠다. 하지만 지금은 아니다. 레니에는 머리카락을 계속 쥐어뜯어 색깔을 확인하며 울먹였다.

"무서워, 이러지 마. 무서워서 미칠 것 같다고."

……뭐가 무서워?

속에서 날카로운 목소리가 새롭게 튀어나왔다.

신관이 되면 좋겠다고 생각했잖아. 바보야, 자그마치 황금숲의 신관이야. 완전 팔자 펴는 거라고. 지금까지 너를 무시했던 주인 놈이나 함부로 집적대던 새끼들은 이제 너를 똑바로 쳐다보지도 못하고 네 앞에서 고개를 숙여야 한단 말이야.

웃고 있네. 네가 신관이면, 기치다 님이 너를 옆에 둘 것 같아?

네가 신관이면, 기치다 님이 너를…… 옆에…….

"잘됐네. 쫓겨나면 그것도 소원 성취잖아."

억지로 중얼거리자 또 퉁명스러운 목소리가 튀어나온다.

그렇다고 기치다 님이 너를 자유롭게 풀어 줄 것 같아?

기치다 님의 감정을 확신할 수 없다. 그가 어찌 나올지 짐작할 수도 없다.

레니에의 걸음이 느려졌다. 신전이 가까워질수록 발바닥이 땅바닥에 점점 들러붙는 것 같다. 미혼향을 아침부터 피워 두는 건지, 짙어지는 냄새마저 속을 뒤집는다.

약초에 가장 해박하다는 기치다 님이 조합해 둔 향이겠지. 피비린내를 가리는 향, 사람들을 홀리고 흥분하게 하는 미혼향은 레니에에게 심한 구토감만 유발할 뿐이었다.

신전으로 향하던 레니에는 천천히 걸음을 멈췄다. 이른 아침부터 사람들이 신전 옆의 광장에 큰 떼를 이루어 모여 있었다.

뭔가 분위기가 이상하다. 진땀이 슬슬 올라오면서 목이 졸아붙는다. 아직 아침나절인데 왜 사람들이 벌써 이렇게 많이 모여 있을까? 제의는 정오인데?

신전 옆의 거대한 아르마누, 그 옆에 만들어 둔 임시 제단과 향이 빽빽하게 오르는 청동 향로. 이상하리만큼 조용하지만 팽팽하게 긴장하고 있는 사람들.

제의가 시작되기 한참 전인데 대체 무슨 일이 생긴 걸까?

아, 혹시 기치다 님도 지금 여기 나와 계신 거 아닌가?

사람들을 헤치고 두리번거리던 레니에는 제단 쪽을 바라보다가 그대로 얼어붙고 말았다.

"……아. 마, 맙소사."

레니에는 눈을 질끈 감고 뒷걸음질했다. 기치다는 제단 위에서 제물과 교합 의식을 치르는 중이었다.

이게 뭐지? 제의 시간이 정오가 아니었어?

순간 기치다가 '일출 전에 도착해야 한다'며 밤을 꼬박 새워 길을 재촉했던 것이 떠올랐다. 맙소사. 머리가 띵해졌다. 아마 제의의 시작이 정오가 아니라 해 뜨는 시간쯤으로 바뀐 모양이다. 그것도 모르고 허둥지둥 신전으로 달려온 발을 찍어 내고 싶었다.

다시 돌아가야 해. 지금 당장!

하지만 의지와 달리 몸은 그 자리에 주저앉고 말았다. 짙은 미혼향과 예전의 끔찍한 기억이 뒤섞여서인지 다리에 힘이 풀리고 구역질이 치밀었다. 어지러워서 사방이 빙빙 돌며 한 걸음 디딜 때마다 땅이 훅훅 치솟는다.

우우, 우우우우.

제단을 응시하는 사람들이 이곳저곳에서 느른한 신음을 토하며 이상한 눈빛으로 웃는다. 레니에는 우들우들 떨며 고개를 들고 두리번거렸다.

……제기랄.

제단 쪽으로 고개를 돌렸던 레니에는 다시 고개를 옆으로 확 돌렸다.

기치다가 주재하는 축제의 분위기는 예전과 많이 달랐다. 눈속임을 위해 옷을 입은 상태로 의식을 치렀던 키로스, 레니에와 달리, 기치다와 오늘의 제물인 소녀는 완전한 나신이었다. 강렬한 태양 빛이 그의 몸으로 내리꽂혀 눈처럼 새하얀 피부와 온몸에 맺힌 땀방울을 끔찍할 정도로 선명하게 드러냈다.

결박당한 제물은 레니에와 같은 갈색 머리카락이었는데, 머리카락은 제단 위에 엉망으로 흩어져 있고, 무슨 약에 취했는지 눈을 희게 뒤집은 채 정신없이 웃고 있었다.

"아, 하하, 아하하하, 꺄하하……."

기치다의 꿈틀거림이 격해질수록 소녀의 웃음소리는 더욱 자지러지고 위로 결박당해 묶인 손이 쫙 펴졌다 오그라들기를 반복한다. 제물의 웃음소리와 대신관의 거친 숨소리가 제단 아래에 있는 사람들의 귀에까지 들린다.

레니에는 입술을 깨물고 고개를 흔들었다. 노란 머리카락 따위는 다 집어치우고, 한시바삐 이곳을 벗어나고만 싶었다. 후들거리는 다리를 추슬러 몸을 일으키는 순간, 갑자기 제단에서 날카로운 비명이 터졌다.

"끼아아아아!"

사방에서 숨을 훅, 들이켜는 소리가 들린다. 교합 의식을 마친 대신관이 몸을 일으키더니 그대로 제물의 심장에 칼을 꽂은 것이다. 약에 취해 웃다가 죽는 줄도 모르고 숨이 끊어진 제물의 얼굴엔 웃음기와 경악이 뒤섞여 기괴했다. 제물의 팔다리가 무섭게 경련한다.

"황금숲의 신관들이여, 신실한 성도들이여! 아르마누의 축복을 받으라!"

기치다는 자리에서 일어나 오른쪽 팔을 번쩍 들었다. 피에 흠뻑 젖은 손에는 펄떡펄떡 날뛰는 심장이 들려 있었다. 와아아아, 와아아! 흥분한 사람들의 고함이 화르르 치솟았다. 그는 그곳에서 흘러내리는 피를 손에 찍어 이마와 입술에 바른 후 크게 외쳤다.

"아르마누께서 약속하신다! 제물의 피와 살과 뼈는 그녀의 피와 살과 뼈이니, 이것을 받아들이는 인간, 이것을 받아들이는 대지에는 아르마누의 축복이 넘치도록 임할 것이다! 아르마누여, 숲에 생명력을 충만케 하사 저들을 많은 결실로 축복하소서!"

"축복하소서!"

"땅은 풍부한 결실로, 네 아내와 딸과 자부는 많은 자녀로, 왕들은 넓은 영토와 많은 병사로, 전사는 강한 팔의 힘으로 축복을 받으리라! 우리의 첫 어머니인 아르마누께 영광을! 우리의 첫 아버지인 여섯 날개의 카타에게 영광을!"

"영광을!"

사람들의 고함에 뒤이어 빠른 북소리가 들렸고, 이내 사람들의 노랫소리가 사방에서 천둥처럼 울리기 시작했다. 오오! 오오오! 황금숲의 알티르에게 축복을! 아르마누여, 알티르를 축복하소서! 여섯 날개의 카타여! 당신의 후손을 축복하소서!

레니에는 멍하니 제단을 올려다보았다. 피에 흠뻑 젖어 서 있는 저 잔혹한 얼굴의 사내가, 자신의 머리를 부드럽게 쓰다듬고 다정하게 달래던 그 사내가 맞을까?

핏기 하나 없이 새하얗고 매끄럽게 반짝이는 몸은 인간을 초월한 존재에 대한 경외감과 완벽한 아름다움에 대한 탐심을 동시에 불러일으켰다.

여자 신관만이 아니라 외부에서 온 사내들마저 그를 향해 눈을 번들대고 침을 삼키기 시작했다. 레니에는 더 이상 견디지 못하고 뒷걸음질 치기 시작했다. 다들 제정신이 아니다. 기치다는 이를 하얗게 드러내며 웃었다.

"제의!"

좌우에 있던 신관이 옷을 걸쳐 주고 요대를 매 주는 동안 두두두두, 타타타타, 다시 북소리가 이어졌다. 기치다는 잔뜩 일그러진 얼굴로 제단 주변을 둘러싼 신도들을 둘러보았다. 그의 무시무시한 시선과 핏발이 선 눈, 악다문 입술은 요사하고 섬뜩할 정도로 아름다운 얼굴에 지독하게 어울리지 않았다.

기치다는 두 팔을 들더니, 날카로운 목소리로 신도들을 축복하기 시작했다.

"아르마누와 카타의 아들딸들이여, 오라! 그들의 신실한 종들이여, 오라! 아르마누께서 대지와, 천족들과, 인간들에게 충만한 생명력을 베풀리라! 아르마누여, 저희를 축복하소서!"

"우와아아! 아르마누여, 축복하소서!"

"너희는 땅을 기경하고 씨를 뿌리고 결실하라! 사내들은 씨를 뿌릴 것이고, 여인들은 결실할 것이다! 이 땅에서 너희는 길게 희락하리라. 아르마누여, 저희를 축복하소서!"

그는 말이 끝남과 동시에 붉게 물든 팔을 번쩍 들었다.

"두, 우슙갈!"

그의 입에서 다시 커다란 고함이 터졌다. 순간 사방에 있던 향로에서 흩어지던 연기가 갑자기 그의 위로 회오리처럼 모여들며 거대한 형상을 만들었다. 그들의 머리 위를 온통 하얗게 뒤덮을 정도로 길고 거대한 용이었다.

"우오오오!"

"와아아아, 알티르!"

"알티르! 알티르! 위대하신 황금숲의 수호자여!"

흰 연기로 이루어진 그 형체는 흩어지지도 않고 하늘로 올라가지도 않았다. 외려 그의 손짓에 따라 서서히 아래로 내려오기 시작했다. 사람들은 이내 짙은 안개에 뒤덮인 것처럼 빽빽한 미혼향에 파묻혀 버렸다.

"북을 쳐라. 풍요한 결실을 위한 파종의 시간이며, 하늘과 땅, 아르마누와 카타의 합일의 시간이다. 하나에 하나를 더해 셋이 되고 일곱이 되고 열둘이 되어 모든 것이 충만해지리니, 그것을 믿는 그대들에게 황금숲의 축복이 있으리라!"

"축복이 있으리라!"

두두두두, 타타타타! 북이 빠르게 울리고, 기치다는 미혼향으로 부옇게 감싸인 제단 위에서 춤을 추기 시작했다. 외모와 달리 그의 춤은 격렬하고 거칠었다. 펄럭펄럭, 격렬하게 휘감기는 긴 소맷자락, 사방으로 흩어지는 긴 금발에 정신이 팔려 있던 그들은 어느덧 기치다가 허공에서 춤을 추고 있는 것을 깨닫는다.

사람들은 기치다가 보여 주는 천족의 이능에 열광했다. 그들은 고함을 지르고, 미혼향에 흠뻑 취해 춤을 추고, 노래를 하고, 제물이 실린 수레에 달려들었다. 레니에처럼 감각이 예민한 자들은 여기저기서 구토를 하며 쓰러지기도 했다.

기치다가 제단에서 내려가자 사람들은 사방에서 그를 향해 손을 뻗었다. 기치다는 제단에 가까이 서 있던 여자 신관의 목을 안고 입을 맞추었다. 여자 신관은 거절하지 않고 활짝 웃는다. 그녀의 팔이 기다렸다는 듯 그의 등과 목을 타고 올라갔다.

그것을 필두로 하여, 사람들이 서로 짝을 지어 이곳저곳에서 교합을 시작했다. 제의의 마지막 과정인 난교 의식이었다.

레니에는 덜덜 떨며 뒷걸음질 쳤다. 자신이 알고 있던 기치다 님이 아니었다. 눈을 질끈 감았다 다시 떠 보니 그는 이미 자신이 택한 여자 신관과 한 쌍의 뱀처럼 몸을 얽고 있었다.

사방에서 이상한 눈빛이 번득이는 것만 같다. 무섭고 끔찍했다. 이곳저곳에서 레니에를 붙잡는 손길이 느껴진다. 레니에는 붙잡는 손들을 뿌리치고 몸을 돌려 달리기 시작했다. 물의 집까지 도착하는 동안, 레니에는 토하고, 토하고, 쓴 물이 역류할 때까지 계속 토했다.

"기치다 님은 알티르야. 당연히 해야 할 일을 한 거야. 난 그냥, 놀란 거야. 조금 놀란 거."

레니에는 이불을 뒤집어쓰고 우들우들 떨며 필사적으로 자신을 설득했다. 하지만 제단 위에서의 그의 모습을 떠올리기만 하면 등으로 소름이 내달리고, 온몸이 떨렸다.

나 이제 기치다 님 얼굴을 어떻게 볼까? 내가 신관이면, 나도 그 축제에 의무적으로 참가하게 되는 걸까? 제단 아래 서 있던 그 여자 신관처럼, 나도 그 무리에서 그분께 손을 내미는 여자가 되는 걸까?

레니에는 천천히 머리에 두른 숄을 벗고 머리카락을 다시 뽑아 보았다. 벌꿀처럼 노랗게 빛나는 머리카락은 변하지 않았다. 물어볼 것이 태산인데, 지금은 도저히 기치다 님과 얼굴을 맞대고 물어볼 용기가 없다.

며칠만 기다려 볼까? 봄의 축제가 끝나면, 나도 진정되고 기치다 님도 다시 예전의 모습으로 돌아가겠지. 그러면 차분하게 여쭤 볼 수 있지 않을까?

"그러려면 일단 머리카락 색을 원래의 갈색으로 돌려놓아야 하는데."

레니에는 예전에 기치다 님이 금발로 바꾸었다가 다시 갈색 머리카락으로 바꾸어 주었을 때 썼던 엔을 필사적으로 생각했다.

"이리쿠르 쿠그시그 딜리브."

중얼거린 레니에는 고개를 갸웃했다. 아까와 달리 몸에서 아무 느낌이 없다. 머리를 뽑아 보니 여전히 노란 머리였다. 아니, 이게 아니었나? 이게 금발로 바꾸는 엔이었나? 그러면 다른 엔이 뭐가 있었지?

"바르, 바아르? 이거 아니었나? 왜 안 바뀌지! 아, 이건 원래대로 되돌리는 엔인가? 지금 내 원래 머리 색이 금발인 거구나. 아, 어떡해. 나 어떡해. 그럼 갈색으로 바꾸는 건 대체 뭐였지?"

한참 생각을 더듬던 레니에는 검은 돌을 손에 쥔 채 조금 자신 없는 목소리로 중얼거렸다.

"이리쿠르, 수, 딜리브."

순간, 손끝이 화끈해지면서 머리로 어떤 기운이 훅, 지나가는 것이 느껴졌다. 허둥지둥 머리카락을 다시 뽑았다.

"역시……."

떨리는 손바닥 안에는 예전과 같은 갈색 머리카락이 들어 있다. 눈이 욱신욱신하면서 갈색 머리카락이 부옇게 흐려진다.

이제는 부인할래야 부인할 수 없다. 레니에는 황금숲의 일원이었다.

❖ ✝ ❖

염소 털 깔개 위에서 몸을 말고 자던 레니에는 어딘가의 공간이 열린 듯한 느낌에 고개를 들고 눈을 비볐다. 사박, 사박, 조용한 발걸음. 지친 듯 느릿느릿한 발걸음 소리가 다가온다.

"자고 있었니?"

"네, 기치다 님."

사방은 온통 새까만데, 기치다가 들고 있는 작은 기름 등만 동그랗게 그의 얼굴을 비추고 있었다. 수행하는 신관이나 전사들을 일부러 떼어 놓고 온 듯, 주변엔 아무도 보이지 않고 기척도 느껴지지 않았다.

레니에는 그의 얼굴이 몹시 지치고 초췌해 보여 놀랐다. 낮의 얼굴이 처음 보는 모습이었듯, 지금의 이 얼굴도 처음 보는 것이었다.

그는 침대에 걸터앉아 머리를 감싸 안았다. 꺼져 들어가는 목소리가 흘러나온다.

"아까 왔었니?"

"……네."

"여기서 쉬라 했더니 왜 굳이 와서 흉한 꼴을 봤을까."

"흉하다뇨. 기치다 님께서는 알티르이시고, 맡으신 일을 훌륭하게 수행하신 겁니다."

"아, 훌륭하게 수행."

그가 웃기 시작했다. 흐, 흐흐, 흐흐흐흐.

"북국에 가 있더니 거짓말이 좀 늘었구나. 가상하다."

시인도 부인도 할 수 없다. '제 말을 믿든 안 믿든 그건 기치다님 선택입니다.' 하고 근사하게 흉내 내고 싶었는데 이런 상황에서 차마 입이 떨어지지 않았다.

"레니에, 나는 천족의 신성한 임무를 내 대에서 이루어 낼 생각이다. 그를 위해서는 무슨 짓이든 할 각오가 돼 있지. 하지만."

고개를 숙인 채 중얼대는 목소리는 이제 사위어 가는 등불처럼 가물가물, 어둑하게 잦아든다.

"이건 정말 끔찍하구나."

그는 흐득흐득 소리를 내며 웃었다.

"사람들은 지난 몇 해의 흉년이 키로스가 늙고 병들어 아르마누를 만족시키지 못해서 일어난 일이라 생각한단다. 우습지?"

"기치다 님."

"적어도 나는 키로스보다 훨씬 젊으니 아르마누가 흡족해하시리라 기대하지. 그러니 내가 어떻게 해야 할까?"

"……."

"나는 오늘 다섯 명의 여자를 안았고, 남은 아흐레 동안 비슷한 짓을 해야 할 거야. 그 짓을 위해 미혼향을 매일 죽기 직전까지 허파에 밀어 넣고 있지."

레니에는 그의 상태가 정상이 아니라는 것을 깨달았다.

"기치다 님, 미혼향에 심하게 취하신 것 같아요. 꼭 그렇게 하지 않으셔도……."

"……그럼 어찌할까? 네가 사내에게 소름이 끼치듯, 나도 이 짓거리가 구역질이 나는데. 하지만 맡은 일은 훌륭하게 수행해야 하지 않겠니? 아르마누, 그 음탕하고 사악한 여자를 만족시키기 위해서. ……모인 자들 눈요기도 되고 좋을 테지?"

기치다의 말은 이상했다. 아르마누, 음탕하고 사악한 여자라니, 적어도 황금숲의 수호자가 함부로 할 말은 아니었다. 레니에는 조심스럽게 물었다.

"기치다 님은 아르마누를 믿지 않으시나요?"

"아르마누는 나의 조상이고 첫 어머니다. 하지만 카타를 타락시키고 고귀한 인생을 진창으로 박았지. 카타는 그녀를 사랑하지 말았어야 했고, 아르마누와 짐승이 낳은 반인반수를 바로 쳐서 죽였어야 했고, 아르마누를 기다리지 말고 나무를 불태운 후 바로 하늘로 올라갔어야 했다.”

“……”

“레니에, 나는 가끔 의심스럽다. 이 임무를 정말 수행해서, 수많은 북국 사람들을 죽이고 아르마누를 불태우면, 천족들은 정말 하늘로 올라갈 수 있을까? 만약 그렇게 대살육판을 벌여 놓고도 하늘로 올라가지 못하면 어찌 될까?”

레니에는 더 이상 대답하지 않고 조용히 그의 이야기를 들었다.

알티르들의 고독과 불신은 운명처럼 예정된 것, 그는 호위 전사가 필요한 게 아니라 문드러져 가는 속을 털어놓을 사람, 아니 자신을 광기로 몰아붙이는 끔찍한 외로움에서 지켜 줄 사람이 필요한 것이다.

알티르라는 자리는 실현 불가능한 임무와, 그 보상에 대한 본능적인 탐욕, 그것이 정말 이루어질까 하는 의심, 그리고 그 모든 것에 필연적으로 따르는 처절한 고독을 끌어안아야 하는 자리였다.

“나는 천족이고, 황금숲을 지배하는 대신관이야. 하지만 하는 짓은 남창이나 협잡꾼과 다름없어. 신성한 능력인 아크를 연구해서 점토판을 만들어 팔거나 사람들을 굴복시키고, 약초들을 깊이 공부해서 고작 발정과 음심을 일으키는 미혼향이나 만들고, 진흙 인간의 씨를 유산시키고 태를 말리는 몹쓸 약차 따위나 제조하고 있지.”

레니에가 한 마디도 대답하지 못한 채 듣고만 있자, 기치다는 자조하듯 웃으며 꺼져 가는 목소리로 덧붙였다.

“……너도 마셔 봤으니 알 거 아니냐. 제의에서 빼내려 먹인 차의 끔찍한 효과가 아직도 네 몸에 남아 있으니."

레니에는 눈을 크게 떴다. 기치다는 레니에가 그 사실까지 들었으리라 여긴 듯했지만, 레니에로서는 처음 듣는 말이었다.

내가 언제 약차 따위를 먹었던가? 곰곰 생각하던 레니에는 문득 꿀을 듬뿍 넣은 염소젖을 먹고 기치다 님 앞에서 그대로 곯아떨어졌던 날을 떠올렸다. 머릿속이 띵 울렸다.

……그럼, 혹시 그때?

레니에의 반응을 미처 알아채지 못한 기치다는 여전히 몽롱한 목소리로 중얼거렸다.

"인간과 신관들과의 난교는 황금숲의 안전과 보호를 위해 어쩔 수 없이 받아들이게 된 개 같은 의례지. 하지만 천족들은 진흙인간의 피가 혈통에 섞이는 것을 증오한다. 나 역시 그런 상황은 절대 용납하지 않아. 인간의 더러운 피가 섞인 내 자식들이라니, 상상만 해도 끔찍하지 않니?"

맙소사. 만약 내가 3년 전 그의 감정을 받아들였다면 내가 겪어야 할 일이 저런 거였나? 아니, 이미 겪은 건가? 레니에는 새로 치미는 구역질을 참으며 간신히 입을 뗐다.

"기, 기치다 님, 그럼 그, 그때 저한테 약을 먹이셨던 이유, 이유는……."

"……레니에, 너 설마, 내가 만에 하나 네게 씨를 남기게 될까 봐 미리 그 차를 먹였다고 생각하는 거니?"

그는 꺼져 들어가는 목소리로 되물었다. 레니에는 대답하지 못했고 그는 머리를 감싸고 비통하게 중얼거렸다.

"난 너한테 그런 의심까지 받고 있었구나. 하, 하, 흐하……."

하지만 레니에는 그를 위로하거나 달래 줄 수 없었다. 그녀 자신부터가 지금껏 달거리가 없던 이유를 이제야 알게 된 상태라 그

충격을 추스르는 것만으로도 버거웠다. 그동안은 동굴의 환경이 좋지 않아서, 아니면 몸이 늦돼서 달거리가 없는 줄로만 알았던 것이다.

기치다 님이 그렇게 한 이유는 바로 이해가 되었다. 원망스럽지는 않았다. 하지만 자신은 지금껏 몰랐던 일이고, 뭐라 말해야 할지 입이 떨어지지 않았다.

그는 머리를 감싸 안고 소리가 짓뭉개질 때까지 오래오래 웃었다. 레니에는 그의 웃음이 그치고도 한참 후에야 간신히 무언가를 떠올리고 더듬더듬 입을 떼었다.

"기치다 님, 그럼 오늘 외부에서 온 왕족들과 교합 의식을 치른 누기그들 중에서 아이가 생긴 분들은 어찌 되나요?"

"내가 제조한 약을 먹게 되지. 효과가 좋아서 틀림없이 유산이 돼. 가끔 석녀가 되는 부작용도 있지만."

"그래도 아기가 태어나면 어떡하나요?"

"왜? 설마 내가 어미에게 자식을 죽이라고 명령이라도 할까 봐?"

기치다는 한참 히득히득 웃더니 나른한 목소리로 말했다.

"예전부터 하던 대로 왕가에 입양을 보낸다고 데려와서 맹수가 들끓는 깊은 숲이나 무인도, 작은 섬의 숲속 같은, 절대 살아날 수 없는 곳에 버리게 한다. 누기그들에게 아기를 죽이지 않았다고 맹세를 해야 하거든. 알티르와 고위 신관들 몇 명만 알고 있는 비밀스러운 임무지. 하하하, 어찌나 영광스럽고 가슴이 벅찬지 모르겠어."

맙소사, 레니에는 이제 두 손으로 입을 가리고 몸을 떨었다. 알겠다. 이제야, 이제야 내 진짜 정체를 알겠다. 내가 왜 엘데 섬 출신일 수밖에 없었는지 그 이유를 알겠다.

궁금한 것을 알게 되었지만, 전혀 속이 시원하지 않고 오히려 점점 끔찍해졌다.

그는 기름 그릇에 꽂힌 심지를 눌러 불을 끈 후 옷도 갈아입지 않고 침상 위로 허물어지듯 쓰러졌다. 이제 그가 하는 말은 너무 낮고 작아서 속삭임이라기보다 흐느끼는 소리처럼 들렸다.

"제일 끔찍한 건, 이따위 상황에서도 네게 발정이 된다는 거야."

그는 다시 웃기 시작했다. 흐, 흐흐흐, 흐흐흐흐. 웃음소리가 이어질수록 머리가 아득해지며 눈앞이 핑 도는 것 같았다. 레니에가 바짝 긴장하자 그가 맥없는 소리로 중얼거렸다.

"염려 마라, 널 어쩌겠다는 건 아니니까."

레니에는 고개를 끄덕였다. 그는 레니에를 밤마다 강렬하게 탐욕할지언정 평생 그것을 드러내지 않고 목석처럼 행세할 것이다. 그것이 레니에와 기치다가 맺은 충성 계약의 암묵적 조건이었으니까.

웃음소리는 어둠 속에서 한참 동안 이어졌고 레니에는 잠자코 들어 주었다. 마침내 그가 웃음을 멈추고 쩍쩍 갈라진 목소리로 중얼거렸다.

"어찌할까. 미혼향이 내 몸에 그저 남아 있는 모양이야."

"기치다 님?"

"……이 감각은 네가 평생 모르면 좋겠구나."

"……."

"사람을 불러오렴. 신전에 가면 오른쪽 복도 끝에 엔누기그의 숙소가 있어. 가서 '알티르께서 예비된 자를 보내라 하셨습니다.' 하면 알아서 올 자가 있을 거야. 네가 누군가 물으면 이름은 대지 말고, 알티르의 새로운 시동이라고만 하면 될 게다."

그는 다시 일어나 심지에 불을 댕겼다. 그의 얼굴은 무섭도록 창백하고 일그러져서, 깨진 설화석고 덩어리처럼 보였다.

레니에를 따라나선 이는 파라스키에라는 엔누기그로, 또렷하고 아름다운 이목구비를 갖고 있었다. 기치다의 제자이자 최측근 신관이라는 그녀는 망설이지 않고 바로 자리에서 일어나 청동거울을 펴 들더니, 머리를 다듬고 장신구를 달고 입술연지를 발랐다. 그 동작이 하도 정성스러워서 레니에는 재촉 한 번 하지 못하고 그대로 서서 기다렸다.

기치다는 방에서 얇은 자리옷 하나만 입고 침상에 앉아 있었다. 레니에가 멈칫대며 나가려 눈치를 보자 기치다는 조용히 말했다.

"나가지 말고 그곳에 앉아 있으렴. 그게 나를 수종하고 지키는 노예들이 할 일이야."

파라스키에는 분한 듯이 몸을 떨며 말했다.

"알티르, 저 아이는 내보내 주십시오."

"왜?"

"천족이 아닌 진흙인간이고, 노예이고, 사내아입니다. 알티르의 곁을 지키는 수종자가 필요한 것은 잘 알지만, 저런 자 앞에서 천족들의 은밀한 행동을 보이는 것은 큰 치욕입니다."

"뭘 잘못 알고 있구나, 파라스키에. 남녀의 교합이란 건 진흙인간 노예가 아니라 누가 보든 치욕적인 거야. 싫으면 다른 사람을 보내지 그랬니."

"이쯤이면 저를 신뢰해 주실 때도 되지 않았습니까, 알티르?"

"신뢰 대신 변함없는 애정으로 만족해 줄 수는 없을까? 응? 내가 너를 특별히 총애하는 것을 알지 않니, 파라스키에."

기치다는 달콤한 목소리로 달래듯 말했다. 그는 석고 덩어리 같던 표정을 말끔히 지우고 나른하고 애정이 넘치는 얼굴로 변해 있었다.

"옷 벗고 돌아보렴. 무기가 있는지, 신성석 장신구가 있는지 확인은 해 봐야 하니까. 그건 이해하지?"

파라스키에는 레니에가 쭈그리고 앉은 구석을 노려보며 옷을 벗고, 사지를 벌린 채 자리에서 천천히 두 바퀴를 돌았다. 레니에는 애써 외면하려 했지만 눈을 어디에 두어야 할지 알 수 없었다. 여자의 새파란 눈동자가 이글이글 타오르고 있었다.

엔누기그면 고위 신관인데 왜 저렇게 치욕스러운 짓을…….

생각하던 레니에는 그녀의 가슴에 자신의 것과 똑같은 낙인이 박혀 있는 것을 알고 눈을 질끈 감고 말았다. 갑자기 맑은 웃음소리가 들렸다.

"눈을 감으면 곤란해, 레니에. 나를 지키는 게 네 일인데."

레니에는 구석에 쭈그리고 앉은 채 침상 위를 멍하니 바라보았다. 귀라도 틀어막고 싶었지만 그마저도 안 될 일이라 그냥 생짜로 버텨야 했다.

시간은 길고, 길고, 끔찍하게 길었다. 시선을 돌릴 수도 없었다. 기치다는 교합을 하는 내내 끊임없이 눈을 돌려 레니에를 보았고, 레니에가 자신을 바라보고 있는지도 확인했던 것이다.

그가 왜 저런 짓을 하는지, 이것이 무슨 의미인지 레니에는 죽어도 알고 싶지 않았다. 그의 신음은, 웃음소리 같기도 하고, 울음소리 같기도 했다. 온몸에서 줄줄 흘러내리는 땀은 열락의 부산물 같기도 했고, 그의 몸이 눈을 대신해서 쏟아 내는 눈물 같기도 했다.

레니에는 여자의 팔이 기치다의 몸을 뱀처럼 얽고 비비는 것을 멍하니 바라보다가, 그녀의 손이 기치다에 손목에 감긴 신성석까지 감싸 안는 것을 보았다. 기치다는 눈을 꽉 감은 채 몸을 격렬하게 움직이며 거친 날숨을 뱉고 있었고, 레니에는 등 뒤를 훑고 지나가는 날카로운 살기를 느꼈다. 여자의 어깨 위로 뭉클 피어오르는 검은 아지랑이. 눈을 크게 뜨는 순간 파라스키에가 팔을 확 휘두른다. 레니에는 벌떡 일어나 고함을 질렀다.

"기치다 님!"

팍, 팔찌가 흩어지며 파라스키에가 날카로운 목소리로 외쳤다.

"쉬르 미르, 키추라 바주……."

하지만 레니에가 아슬아슬하게 빨랐다. 레니에는 자리에서 튕기듯이 일어나 여자에게 몸을 부딪쳤다. 미혼향과 교합의 열기에 잠식되어서인지 기치다의 반응은 늦었지만 레니에의 빠른 반격으로 엔이 중간에서 끊어졌다. 레니에는 여자의 팔과 허리를 부둥켜안고 바닥으로 굴렀다.

"……페쉬!"

파라스키에의 엔이 뒤늦게 끝나자 팔꿈치에서 어깨까지 뜨끔한 통증이 일었다. 레니에는 여자의 공격이 기치다 대신 자신의 팔을 스치고 지나간 것을 알았다. 아아, 천만다행이다. 레니에는 피가 줄줄 흐르는 팔로 파라스키에에게 달라붙어 고함을 질렀다.

"기치다 님! 피하세요!"

그제야 간신히 정신을 차린 기치다는 흩어진 신성석 하나를 급히 주워 올렸다. 파라스키에는 이를 갈면서 레니에를 향해 엔을 읊어 댔다. 착, 착, 촤앗! 레니에의 팔과 다리에 긴 상처가 연이어 생겼다. 하지만 레니에는 기치다가 방을 빠져나갈 수 있도록 여자의 허리에 필사적으로 매달려 바닥을 뒹굴었다.

"레니에, 비켜! 쉬르 미르, 키추라 바주, 페쉬!"

기치다는 파라스키에에게서 나온 공격을 되돌렸다. 레니에는 명령이 떨어짐과 동시에 본능적으로 몸을 비틀어 빠져나왔다.

퍽!

순간 등 뒤에서 무언가 둔탁하게 터지는 소리가 났다. 짧고 날카로운 여자의 비명과 함께, 툭, 털썩, 무엇인가 바닥에 떨어지는 듯한 무겁고 건조한 소리가 들렸다. 레니에는 우들우들 떨면서 뒤를 돌아보려 했다.

"레니에, 돌아보지 마라."

기치다가 부스럭거리며 여자에게 다가가는 기척이 느껴진다. 여자에게 무언가 속삭이는 소리가 흘러나온다. 주변을 얼려 버릴 듯 차가운 목소리가 부드러운 말투와 얽히니 소름 끼치게 무서웠다.

"주변에 키로스의 꼬리가 남아 있는 건 알고 있었다. 그게 너일 줄은 몰랐지. 획책한 자가 있을 텐데, 누구냐."

현실주의자였던 파라스키에는 기치다의 제자로 뽑힌 이래, 오랫동안 그를 암살할 기회를 기다려 왔다. 하지만 기치다는 최측근 신관들조차 독대를 하는 일을 피했고, 침실에 여자들을 부를 때마저도 살상 능력이 좋은 다른 신관들을 감시인으로 삼아 항상 두 명 이상 동석시켰다. 그래서 뜻을 이루지 못하던 차에 오늘 드디어 천재일우의 기회를 만난 것이다.

힘도 없고 아크 발현 능력도 없는, 길에서 만나 고용했다는 진흙인간 시동 소년.

기치다는 전사가 아니었고, 완력도 센 편은 아니었다. 신성석만 뺏으면 승산이 있다는 것을 파라스키에는 알고 있었다. 기치다만 제압하면 길에서 주운 시동 따위는 무서워서 도망치기 십상이고, 반항하며 달려든다 해도 눈 깜짝할 사이 해치울 수 있으리라 믿었다. 그간 기치다가 고용했던 서역 전사들의 용맹과 충성이라는 것은 정말 보잘것없었던 것이다.

하지만 가장 큰 기회인 줄 알았던 시동이 가장 큰 패착이 되었다. 시동은 그동안 파라스키에가 보았던 어떤 전사들보다 빠르게 판단했고, 가장 용맹스러운 전사가 되어 목숨까지 내놓고 싸웠다. 파라스키에는 길에서 고작 백은 7셰켈에 고용됐다는 시동 따위가 왜 이렇게 행동하는지 도무지 이해할 수가 없었다.

"아아아악!"

생각이 끊어지면서 입에서 비명이 튀어나왔다. 손이, 팔이 심하게 뒤틀리면서 피부를 칼로 도려내는 것 같은 통증이 일기 시작했다. 중간중간 나직하게 엔을 외우는 소리가 덧입혀질 때마다 통증은 혼이 빠져나갈 만큼 극심해졌다. 파라스키에는 몸을 뒤틀며 미친 듯이 비명을 질렀다.

"이쯤 해서 대 보렴. 고통 없이 가고 싶을 텐데. 말해라."

차분하고 부드러운 목소리. 예전에 몇몇 암살자들도 이런 과정을 겪었음을 아는 파라스키에는 주변에서 무엇이라도 집어 자해를 해 보려 했으나 이내 양쪽 팔과 손목 관절이 후드득, 뒤로 튕기듯 꺾여 나갔다.

레니에는 돌아앉은 채 온몸을 우들우들 떨었다. 구토가 나올 것 같다. 여자의 끔찍한 비명보다, 중간중간 비어지는 비틀리고 꺾이고 찢어지는 듯한 이상한 소리보다, 몸을 돌리기 직전 잠시 보았던, 기치다 님의 온몸을 새까맣게 감싸고 있던 안개와 이런 상황에서 흘러나오는 소름 끼치게 다정한 목소리가 지독하게 두려웠다.

사람들의 이름 서넛이 순식간에 입 밖으로 나왔다가 사라진다. 중간중간 기치다 님의 소리가 섞여 든다. 드드득, 이를 가는 소리, 혹은 이를 악문 헐떡임 비슷한 소리였다.

얼마나 시간이 흘렀을까, 뒤에서는 더 이상 아무 소리도 들리지 않는다. 하지만 레니에는 여전히 입을 틀어막고 떨고 있었다.

"레니에."

"예. 기치다 님."

"레니에."

"예, 기치다 님."

"레니에, 레니……."

그의 헐떡임인지 흐느낌인지 알 수 없는 소리가 점점 더 선명해졌다. 레니에는 돌아볼 수 없었다. 뒤에서 흘러나온 진득한 핏물이 발을 적시는데, 레니에는 그래도 뒤를 돌아볼 수 없었다.

"앞으로 너는 항상 내 시선이 닿는 곳에 있도록 해라."

"……예, 기치다 님."

"내가 잠을 자든, 밥을 먹든, 제사를 지내든, 여자를 안든, 무슨 짓을 하든."

"예, 기치다 님."

"팔을 많이 다쳤구나."

잠시 후 지혈용 약초 가루가 담긴 주머니와 흰 수건이 허공을 날아와서 레니에의 발치에 얌전히 놓였다.

"내가 지금은 너를 만질 수가 없다. 미안해, 레니에."

나가도 좋다는 말은 끝까지 나오지 않았다. 레니에가 허리를 굽혀 그것을 줍고, 혼자 약초 가루를 뿌리고 상처를 싸매는 내내, 기치다는 뒤에서 헐떡이는 듯한 기괴한 소리를 내고 있었다.

레니에는 그에게 생명을 빚진 것을 이제 막 갚았지만, 자신을 놓아 달라는 말을 해서는 안 된다는 것을 알았다.

그날 새벽, 파라스키에의 소지품 중에 황금빛이 도는 나뭇가지와 몇 가지 무기가 발견되었다. 기치다를 암살한 후 황금 가지를 보여 주며 어젯밤 정당한 결투가 있었고, 아르마누의 손가락이 자신을 선택했다고 말할 계획이었던 듯했다.

기치다는 형체도 알아볼 수 없게 된 여자의 시신을 벌거벗긴 채 나무에 높이 매달아 새의 밥이 되도록 만들었다. 그녀가 실토한 키로스의 꼬리, 즉 암살을 주동한 현실주의자 고위 신관 몇 사람도 끌려 나와 비슷한 꼴로 매달렸다.

천족은 지상에 머무르는 신이므로 이렇게 모욕해서는 안 된다 반발하는 신관들에게, 기치다는 이를 하얗게 드러내고 웃었다.

"너희를 위해 아주 좋은 선례를 남겨 주신 키로스에게 감사해라! 당장 채찍을 가져와!"

기둥에 매달린 그들은, 목숨이 끊어질 때까지 기치다에게 채찍질을 당했다. 기치다는 그들이 붉은 핏덩어리가 되어 축 늘어지고 움직임이 완전히 멈출 때까지 이를 악물고 긴 채찍을 휘둘러 댔다.

그곳에 모인 신관들은 광기에 휩싸인 알티르를 아무도 만류하지 못했다.

해가 솟았을 때, 기치다는 채찍을 집어 던지고 대신관의 희고 화려한 예복으로 갈아입은 후, 미혼향으로 자욱하게 둘러싸인 높은 제단으로 올라섰다.

"황금숲을 지배하는 위대한 신들을 찬양하라! 그들이 충만하게 합일함으로 하늘은 생명의 비를 내리고 대지는 풍성한 소산을 낼 것이다. 모인 자들이여, 크게 외쳐라! 여섯 날개 카타와 아르마누께 영광을!"

"카타와 아르마누께 영광을!"

"당신의 후손을 축복하소서!"

"축복하소서!"

"당신께 경배드리는 자들을 축복하소서!"

"축복하소서!"

빽빽하게 모인 자들의 함성이 광장 가득 솟아올랐다. 기치다는 어제와 조금도 변함없는 모습으로 제의를 집전하고, 제물과 교합하고, 제물을 죽이고, 춤을 추었다. 하지만 이제 그의 시선은 군중 속에 서 있는 키 작은 시동의 움직임을 필사적으로 좇았다.

레니에는 자신의 황금색 머리카락에 대해 영원히 침묵하기로 마음먹었다.

3부. 선택

119.9S.KU

슈비디

18. 새로운 임무

"아니, 황금숲 분위기가 왜 이래요? 알티르 자리에 도전하는 신관이 또 나타났답니까?"

텔코스는 사방을 두리번거리며 눈을 뙤록거렸다.

텔코스는 남국 헤다 섬 출신 장사꾼으로 동방과 서역을 오가며 약초와 포목, 염료 등을 거래하는데, 목통 크고 말발 좋고 각 지역의 소문에도 밝은 자였다.

그는 이제 막 서역 상행을 마치고 황금숲 외곽에 있는 '신도들의 집'에 들러 새로 나온 아크 점토판을 사려던 참이었다──물론 점토판 종류에 따른 봉납금의 액수는 다 정해져 있지만 신관들은 절대 '판다'고 하지 않았다──.

텔코스는 꽤 열성적인 신도라 아크 점토판을 종류별로 수집하려는 원대한 꿈을 갖고 있었다.

그가 가진 아크 점토판은 여러 종류가 있었는데, 불을 편하게 피울 때, 더워서 바람을 일으킬 때, 혹은 사다리조차 닿지 않는 높은 곳에 있는 과일을 따거나 물건들을 옮길 때 두루두루 편리하게 쓰였다. 다른 지역에 가져가 돈 많은 상인이나 왕족들 앞에서 한바탕 묘기를 보여 주면 몇 배 이문을 남기고 팔 수도 있었다.

그중에서도 그가 싹쓸이하다시피 사 가는 것은 비교적 최근에 나오기 시작한 '불의 아크 점토판'이었다. 그것만큼 인기가 많고 고가에 팔리는 것이 없었다. 왜냐하면 노예를 새로 샀을 때 가슴 위에 사흘 후 발현되는 불의 아크를 박아 놓으면 감시 하나 붙이지 않아도 절대 도망치지 못하기 때문이었다.

가끔 아크가 통하지 않는 북국 백염산맥으로 도망치는 경우가 있긴 한데, 그것도 북국과 사흘 이내 거리에서나 가능한 것이지, 거리가 멀면 절대 도망치지 못한다고 했다. 아크 점토판은 텔코스의 초강력 효자 상품이었다.

다만 이놈의 것이 점토를 얇게 밀어 갈대 끝으로 이상한 선을 북북 그은 다음 신관들의 피가 약간 섞인 물을 한 겹 발라 말린 것이다 보니, 어딘가 살짝 부딪치기만 해도 툭툭 깨져 나갔고, 겉 부분이 닳아 버리면 더 이상 아크가 발현되지 않았다. 그래서 텔코스는 기회만 닿으면 득달같이 황금숲으로 달려와 새 점토판을 받아 가곤 하는 것이다.

점토판을 내주던 수습 신관 우르키가 눈을 부릅뜨고 엄한 목소리로 나무랐다.

"이 천하고 경박한 장사꾼이 겁도 없이 존귀하신 분의 일을 함부로 주절거리는구나. 점토판을 받았으면 은 3세켈이나 얌전히 봉납하고 갈 것이지."

"아, 예이, 예이."

텔코스는 전대를 뒤적여 납작한 은 덩어리 세 개를 꺼냈다. 계산이 편하도록 1세켈씩 나눠 놓은 백은이었다.

텔코스가 기억하기로 몇 해 전 지금의 알티르가 전임 알티르를 죽인 후, 제대로 권력을 잡기까지 한동안 분위기가 흉흉했었다. 그런데 자신의 예민 섬세한 '분위기 감지 더듬이'에 의하면, 지금 황금숲의 분위기도 그때처럼 상당히 거식하다. 우르키는 텔코스가 내놓은 봉납 은의 무게를 천칭에 달아 보며 투덜투덜했다.

"도전하는 신관님은 무슨. 알티르께서 벙어리 노예를 호위로 새로 들인 후로는 원리주의자들이건 현실주의자들이건 다들 찍소리도 못 한다네."

"아하. 에레쉬키갈의 갈라 같다는 놈 말씀입죠?"

텔코스는 냉큼 고개를 끄덕였다. 벙어리 노예 놈에 대한 악명은 텔코스도 익히 들어 알고 있었다.

기치다가 알티르가 된 직후, 알티르의 자리에 도전하는 자들은 상당히 많았다.

기치다는 아크를 다루는 능력이 출중하고 명민한 자여서 전통적인 원리주의자들, 특히 젊은 신관 중에서는 지지하는 세력이 상당했다. 하지만 40년간 장기 집권한 키로스를 따르던 현실주의자 신관들의 세력이 너무 막강했다. 반대 세력의 반발심은 잦은 도전으로 나타났다.

다만 기치다가 키로스를 봄의 축제 때 공개적으로 죽인 방식이 너무 강렬하고 인상적이었는지, 도전자들은 대부분 백주에 도전장을 내미는 대신 비밀 대결, 즉 암습을 택했다.

기치다를 암습한 자 중 몇 명은 알티르가 침소의 불침번을 맡겼던 측근 호위였고, 몇몇은 잠자리를 같이하던 누기그들이었다. 신관 대신 서역의 전사들에게 호위를 맡겼을 때도 결과는 비슷했다.

다만 서역 전사들은 권력이나 신념이 아닌 돈에 쉽게 매수되었다. 신임 알티르는 지혜롭고 냉철한 자였으되, 알티르라면 운명적으로 감수해야 하는 불안감에서 자유로울 수는 없었다.

하지만 신임 알티르에게 도전하는 세력은 서역에서 새로 데려온 벙어리 노예를 호위 전사로 고용한 후 크게 꺾이기 시작했다. 그는 '저승 여왕의 정령'이라는 의미의 '에레쉬키갈의 갈라'라고 불렸는데, 보이지 않는 곳에서 알티르를 그림자처럼 따르고, 밤에도 대신관의 침실 천장에 올라앉아 잠도 자지 않고 주인을 지켜보며 지킨다 하였다.

그는 암살 실력도 출중하고, 돈에도 권력에도 현혹되지 않았다. 현혹할 수도 없는 것이, 그는 주인과 주인의 어린 시동 외에는 누구와도 접촉하지 않았던 것이다.

벙어리 노예에 대한 정보는 알티르가 그에 대해 한두 마디 퉁기는 것이나 알티르의 어린 시동이 그의 식사를 침실로 나를 때 투덜투덜하며 흘려 대는 내용 외에는 전혀 알 방법이 없었다.

게다가 같은 방에서 머무른다는 시동조차 벙어리 노예의 이름도 고향도 알지 못했다. 그저 성질이 사납고 난폭하며 무기들을 못 다루는 게 없다, 항상 검은 천으로 머리와 얼굴을 가리고 다니는데, 피부는 거무스름하고, 난쟁이처럼 키가 작으며 눈이 매섭다, 시체들의 상처로 미루어 짐작하면 성정이 음흉하고 손속이 잔혹한 듯하다, 어떤 신도 섬기지 않는 것을 보면 고향에서 신의 저주를 받아 방랑자가 된 듯하다, 하며 추측하는 게 전부였다.

우르키가 한숨을 쉬며 말했다.

"그래도 요새 정도만 되면 알티르께선 편히 주무시는 셈이지. 도전자가 없으니 신전도 평화롭고 아르마누께서 우리를 축복하사 몇 년째 진진 풍년이라 황금숲도 평화롭거든."

"아니, 그럼 뭐가 문젠가요?"

"지금 문제는 북국하고 신성석이라고. 더러운 짐승 새끼들이 아주 우리 골치를 푹푹 썩이고 있으니."

옆에 있던 글룸이라는 신관이 끼어들어 같이 욕을 퍼부었다.

"북국 왕이라는 덜떨어진 놈이 신성석 도굴꾼들을 아주 잡아 족치고 있잖나. 공급이 딱 끊어져서 우린 죽을 맛이라고. 그래서 남국 측에서 북국으로 가는 식량을 끊어 놓으니 이젠 시도 때도 없이 몰려 내려와서 노략질이야. 지금 니누르갈 성하고 가나평원 쪽 사정이 말이 아니야. 몰랐나?"

"아, 그 소식이야 잘 알고 있습죠. 제가 누굽니까! 동서남북의 빠꿈이 헤다 섬의 텔코스 아닙니까. 아르마누께서 이 장사꾼 전대에 돈이 넘치는 축복은 안 주셨지만, 이놈의 귓구멍에 동서남북의 소문이 차고 넘치는 축복은 주셨거든요. 말씀대로, 지금 북국에선 어디서 뿔난 망아지 같은 놈이 왕이랍시고 튀어나와선 툭하면 국경을 넘어와 분탕질을 하고 있답니다."

"수인종족 주제에 왕은 개뿔. 기껏 잘랑잘랑 칼부림 좀 배운 놈이 조무래기들 싸잡고 골목대장 하자는 거지. 천족의 아크 공격하고 비교할 거리나 되나."

"전쟁의 이난나시여, 닌후르상의 니누르갈 성과 가나평원과 아르마누의 황금숲을 보호하소서. 속히 가나평원이 평화로워지고 북국과 남국의 교역로가 다시 뚫리기를!"

재빨리 기원을 마친 텔코스가 콧김을 쉭쉭 뿜어 대며 고개를 끄덕였다.

"지금 가나평원 쪽은 분위기가 말이 아닙니다. 그러잖아도 이번 서역 상행을 마치고 돌아오는 길에 니누르갈 성에 들르지 않았겠습니까? 거기가 보리 맥주 맛이 아주 일품이거든요. 장사꾼들은 북쪽 교역로를 지나면서 니누르갈의 보리 맥주를 맛보지 않으면 자신에게 죄를 짓는 일이라고 할 정도랍니다."

"아하."

우르키와 글룸이 고개를 끄덕이며 귀를 기울였다. 텔코스라는 장사꾼이 소식통인 것은, 신도들의 집에서 일하는 하급 신관이나 수습 신관이면 대부분 다 알고 있었다. 청중이 생겨 신이 난 장사꾼은 제가 겪은 일을 줄줄 늘어놓기 시작했다.

"하지만 요 몇 해 동안은 아주 완전히 망했어요. 술도 제대로 담은 집이 없고 인심도 어찌나 야박해졌는지, 지나가는 나그네에게 빵이나 버터 한 조각, 대추야자 한 알 주는 일도 없고, 글쎄 저녁 내내 길모퉁이에 앉아 있어도 재워 준다고 데려가는 인간들이 없더라니까요? 흉흉한 소문만 가득하고. 아주 말세 다 됐어요."

마침 뒤로 다가온 다른 신관이 선반에 쌓여 있는 아크 점토판을 달각달각 뒤적이며 끼어든다.

"아, 그러면 혹시 니누르갈 성에서 북국 소문 좀 들은 게 있나?"

"소문이야 귓구멍이 미어터질 만큼 많이 듣는다니까요. 어떤 게 궁금하신갑쇼?"

"지금 황금숲의 고위 신관 두 명하고 미노토스의 왕제 퀴리오스가 특별사신으로 북국에 파견됐는데 지금까지 아무 소식도 없거든. 피디오스 왕께서 동생 걱정이 대단해. 니누르갈 성이 북국으로 향하는 관문 지역이니 아무래도 뭔가 소식이 있었을 듯도 싶은데."

텔코스는 어깨를 움츠리고 히죽 웃더니 사방을 둘러보고는 목소리를 낮추어 소곤거렸다.

"사실, 그 사신단 분들은 북국에서 진작 돌아와서 니누르갈 성에 숨어 계시답니다. 하도 기를 쓰고 입을 틀어막아서 아직 다른 성들까진 소문이 안 갔지만, 니누르갈 성에서는 알 사람들은 알음 알음 눈치채고 있지요."

"아하? 사신들이 왜 본성으로 안 가고 니누르갈 성에 숨어 있지?"

새로 들어온 신관은 우르키나 글룸보다는 친절한 성격인 듯, 말투가 부드럽고 사근사근했다. 텔코스는 새로 받은 점토판을 손으로 살살 쓸어 보며 말했다.

"송구하지만 그건 말씀드릴 수 없어요. 말을 퍼뜨리면 모가지를 날려 버린다고 하셨거든요."

"자네 목이 날아가면 내가 그들 모가지를 날려 줄 테니 그 얘기 좀 해 주면 안 될까?"

텔코스는 이게 뭔 개 풀 뜯어 먹는 소린가 싶어 그 젊은 신관의 뒤통수를 빤히 쳐다보았다. 점토판을 살펴보던 젊은 신관이 고개를 돌리며 싱긋 웃는다.

텔코스의 눈이 둥그레진다. 지금까지 보았던 신관 중에서 가장, 가장 아름다운, 아니 까놓고 말해 정신 홀라당 빠지게 생긴 신관이 자신을 내려다보고 있었다.

"혹 엔이쉬브이신가요?"

텔코스는 눈치를 보며 공손히 물었다. 새하얀 옷에 긴 옷자락과 긴 소맷단, 소맷단과 옷깃에 수놓인 금사 자수, 각종 보석으로 장식된 요대 등으로 보아 신도들의 집에서 일하는 수습 신관이나 하급 신관은 아닌 듯했다.

"아닌데."

텔코스는 씩 웃고 고개를 끄덕이며 말했다.

"어쩐지. 엔누기그님이시군요. 역시 아름다우시더라 했습니다."

뒤에서 풉, 하는 웃음소리가 들렸다. 젊은 신관이 눈썹을 찌푸리며 뒤를 돌아보았다. 그러고 보니 신관의 뒤에서 둥그런 모자를 쓴 빡빡머리 시동이 입을 가리고 어깨를 들썩이며 웃고 있었다.

"레니에, 굳이 내 입으로 설명하고 싶진 않지만, 이건 잘생겼다는 말이야."

텔코스의 등으로 뭔가 싸르르한 바람이 지나갔다. 그러고 보니 앞에서 고개를 들고 뻣뻣하게 서 있던 수습 신관 우르키와 하급 신관 글룸이 새파랗게 질린 채 바닥에 엎드려 있다?

이 분위기 파악도 못 하는 자식아, 엎드려 엎드려 엎드려!

그들은 텔코스와 시선이 닿자 입을 뻐끔뻐끔하며 소리 없는 고함을 맹렬히 질러 댔다. 젊은 신관이 나긋나긋 웃으며 다시 말을 건넨다.

"인사가 늦었구나. 나는 기치다라고 한다. 하지만 다들 알티르라고 부르지. 자네 이름은 뭐지?"

으악! 텔코스는 손에 들고 있던 점토판을 놓쳐 버렸다. 땅에 동댕이쳐진 점토판이 툭 소리를 내며 깨졌지만 그걸 투덜거릴 경황도 없었다.

그는 땅에 엎드려 으악으악 소리를 지르며 머리를 박았다. 기치다는 괜찮다거나 일어나라고 말하는 대신 여전히 꿀처럼 달고 부드러운 목소리로 말했다.

"자네 이름을 물었는데. 남국의 상인?"

"제, 제제제제 이름은, 테, 텔코스, 헤다 섬의 자주 염료 상인 히코르테스의 아들 텔코스입니다!"

"히코르테스의 아들, 헤다 섬의 텔코스. 자네한테 그 모가지가 날아갈 이야기를 듣고 싶은데. 신전으로 따라오겠나?"

"아, 아, 알티르 님, 하지만 소문을 내면 정말 그분들이 제 모가지를 날리신다고……."

"사신을 파견한 사람은 나하고 미노토스의 왕 피디오스야. 당연히 그 소문을 내가 알아야 하지 않을까?"

"아, 예!"

"그들은 특사 주제에 바로 성으로 복귀하지 않았어. 그것만으로도 무사하지 못할 일이야. 만약 네 목이 날아가면 내가 퀴리오스와 두 신관의 목을 잘라 네 무덤 앞에 바치도록 하지. 그럼 억울하진 않겠지?"

텔코스는 친절하고 부드러운 목소리가 이렇게 차갑고 살벌하게 들릴 수 있다는 것을 처음 알았다. 황금숲의 신관들이 저 젊고 사근사근한 알티르를 왜 그렇게 무서워하는지도. 다만 믿을 수 없는 것은…….

"물벼락? 물로 만든 용? 레니에, 난 저자가 남자인지 여자인지 안 궁금하다. 불공평? 설마 아직도 그때 일로 꽁하고 있어? 웃지 마라. 알티르를 놀리면 벌 받는다. 바람칼이 무섭지도 않니? 레니, 웃지 말라니까. 레니, 레니에?"

옆에서 종알종알 떠들어 대고 있는 조그만 시동 놈한테는 믿을 수 없을 만큼 자상하고 물렁물렁하다는 점이었다.

❖ ⚔ ❖

북국은 척박한 토양과 거친 기후 때문에 식량과 옷감 같은 생필품의 자급자족이 불가능했다. 북국의 대평원 지역은 끝이 보이지 않는 초지였지만 겨울이 너무 길어 곡물을 생산하기 어려웠고, 양이나 소를 대규모로 키울 수도 없었다.

북국에서 풍부한 것은 목재와 암염 등이었지만 소금으로 배를

불릴 수는 없었고, 수인종족답게 동물 길들이기와 사냥에도 천부
적이었지만 그것만으로 긴 겨울을 넘길 수는 없었다. 설상가상으
로 인구까지 점점 늘어나고 있었다.

그들은 외부인과의 접촉을 극도로 꺼렸다. 그래도 식량이 워낙
부족하다 보니 가끔 암염이나 목재, 모피 등을 짊어지고 남국의
국경 도시로 나와 식량을 구해 돌아가기도 했다. 이때까지만 해도
큰 문제는 일어나지 않았다.

하지만 신성석 도굴꾼들이 백염산맥으로 몰려들면서 문제가 불
거지기 시작했다. 도굴꾼들이 신성석을 얻기 위해 북국 사람들이
신성시하는 조상들의 무덤―백염산맥의 동굴을 계속 파헤쳤기 때
문이다.

아무리 경고를 해도 돈에 눈먼 자들이 들을 리 만무했다. 도굴
꾼들과 북국 사람들 사이의 유혈 사태는 시간이 갈수록 빈번해졌
다.

신성석의 불안정한 수급에 짜증이 난 전임 알티르 키로스는 북
국의 몇몇 부족들을 매수하기 시작했고, 어느 정도 성공을 거두기
도 했다. 협조적인 부족들의 묵인하에 상당한 양의 신성석이 안정
적으로 황금숲으로 흘러들어 가게 되었다.

원리주의자인 기치다는 조금 더 공격적으로 접근했다. 황금숲
에 우호적이었던 검은바위산 부족과 비밀리에 협상을 하고, 소금
산 부족을 완전히 멸절하기로 계약을 맺었던 것이다. 일이 성사될
경우, 검은바위산 부족과 그들에게 협조한 네 부족에게 황금숲이
소유하고 있는 너른 곡창인 쿠그시그평원의 절반을 넘겨주기로
했다.

신관들로서야, 소금산 부족을 몰살시키기만 하면 쿠그시그평원
따위가 문제가 아니었다. 빛의 영광을 돌려받고, 아르마누를 태워

영원한 생명까지 회수하고 나면 천족들은 하늘로 올라가게 될 터, 지상에서의 소유물이 아무 의미도 없게 된다.

검은바위산 부족은 기치다와 몇 차례 비밀 연락을 통해 소금산 부족의 구심점인 부족장 집안을 먼저 해치운 후 소금산으로 대대적으로 공격해 나갈 계획을 세웠다.

애석하게도 모처럼의 시도는 수포로 돌아갔다. 소금산 부족 족장의 아들 한 명이 학살에서 살아남아 차기 족장이 되었고, 후일 검은바위산 부족을 몰살한 후 남은 열한 개 부족을 통일해 버렸던 것이다.

북국, 특히 소금산 부족은 이 일로 황금숲을 철천지원수로 여기게 되었다. 당연히 신성석 도굴에 대해 더욱 강경해졌다. 젊은 왕이 백염산맥을 이 잡듯이 뒤지며 도굴꾼들을 처단한다는 소문이 남국과 서역, 동방까지 퍼져 백염산맥으로 들어가려는 도굴꾼들이 급격하게 줄어들었다.

신성석 공급이 줄어들자 가장 골치 아파진 것은 황금숲이었다. 신성석은 그들의 능력의 원천이고, 그들이 천족이라는 것을 증명하는 확고한 증거였기 때문이었다.

기치다는 북국과 국경을 맞대고 있는 남국과 공조해 봉쇄정책을 실시했다. 북국 사람들은 몇 번 교역을 시도하다가 실패한 후부터 백염산맥을 타고 내려와 국경 지역을 침략하기 시작했다. 특히 곡창인 가나북평원을 끼고 있는 니누르갈 성의 피해가 가장 컸다.

황금숲에 들어가는 신성석 가격 역시 천정부지로 치솟았다. 하지만 양측 모두 한 치도 양보하지 않았다.

"글쎄, 알티르 님. 북국 놈들이 어찌나 궁티, 없는 티를 내는지,

보리 한 됫박, 기름 한 병, 건포도 한 알갱이 남기지 않고 탈탈 털어 간답니다. 먹을 게 없으니까 포로가 생겨도 끌고 가서 노예로 부려 먹지도 못한대요. 반항하면 그냥 죽이고, 반항 안 하면 옷이랑 신발을 벗겨서 챙겨 간대요. 구멍 난 카우나케스에 해진 숄에 끈 떨어진 신발, 그런 것도 죄다 가져가고 실, 바늘, 낡은 이불, 이 빠진 그릇까지 모조리 쓸어 간다지 뭡니까. 니누르갈 사람들은 북국 짐승 놈들이라는 말 대신 요새는 북국 거지새끼들이라고 부른답니다. 하여튼 놈들이 걸핏하면 내려와 휩쓸고 지나가서 국경 쪽 분위기는 말이 아닙니다."

"그래. 그쪽 분위기가 흉흉한 건 알고 있어, 헤다 섬의 텔코스."

신임 알티르는 말투가 친구에게 대하듯 사근사근했고 사람을 녹일 것 같은 미소를 짓고 있었다. 하지만 텔코스는 말을 들을 때마다 오금이 졸아붙는 기분이었다.

저렇게 부드럽게 말하는 분께 어떻게 '냉혹한 알티르'라는 별명이 붙었는지 이해할 수 없었는데, 몇 마디 이야기를 나눠 보니 단번에 이해가 됐다. 그에게서 풍기는 기운은 텔코스가 지금까지 만나 보았던 어떤 사람보다 매끄럽고, 차고, 섬뜩했다.

"그런데 내가 보낸 사신들이 왜 연통도 없이 니누르갈 성에 숨어 있는지 모르겠어. 신관들의 목을 부지할 만한 이유가 있으면 좋으련만. ……그나저나 머리가 아파 죽겠군. 저 새는 귀한 손님이 오셨는데 왜 이렇게 시끄러울까. 얘기도 편히 못 하게."

알티르가 짧게 혀를 차더니 무언가 중얼거리며 손가락을 움직인다. 짧은 중얼거림이 끝나는 순간 창밖에서 시끄럽게 울어 대던 새 한 마리가 삐이이 비명을 지르더니 날개를 후득 꺾고 바닥으로 툭 떨어졌다.

"이제야 좀 조용하구나. 그래, 퀴리오스가 숨어 있는 이유가 뭐지?"

그는 여전히 부드럽게 웃으며 텔코스를 돌아보았다. 텔코스는 빳빳하게 얼어붙어 냉큼 대답했다.

"왕제께서는 고자가 되셨습니다, 알티르."

❖ ╬ ❖

사신단의 수장은 미노토스의 왕제인 퀴리오스였고, 황금숲에서도 두 명의 고위 신관이 자문관의 자격으로 그와 동행했다. 북국의 노략질에 진절머리가 난 니누르갈의 왕 칸토스의 통사정으로 간신히 파견된 사신단은, 여의치 않으면 최후통첩을 던지고 와도 좋다는 전권을 위임받은 상태였다.

퀴리오스는 북국의 굶주림이 턱 끝까지 닿아 있는 것을 알고 있었다. 당연히 북국의 왕이 맨발로 달려 나와 융숭한 대접을 하며 꼬리를 말고 협상에 응할 거라 생각했다.

하지만 북국의 왕은 빳빳하고 오만방자하기 그지없었다. 수인 종족답게 말이든 행동이든 미개하고 촌스럽고 야만적인 티가 철철 흐르는 데다, 무슨 배짱으로 그리 똥고집인지 신성석에 대해 조금의 양보도 없었다.

"조상의 무덤을 파헤치는 것은 사후 안식을 방해하는 것이다. 그런 자는 절대로 용서받을 수 없으며 대대로 저주를 받을 것이다."

음울하고 퉁명스러운 말투, 미노토스에서는 개돼지나 먹을 것 같은 음식을 만찬이랍시고 차려 놓은 데다 눈과 귀를 즐겁게 할 무희는 고사하고 밤 시중을 들어 줄 여인조차 들여보내지 않았다.

퀴리오스는 심사가 잔뜩 뒤틀렸다. 이것은 사절단에 대한 심한 모욕이었다. 이 수모를 받아들이는 것은 미노토스의 굴욕이자 망신이고, 나가서는 황금숲과 남국 전체를 모욕하는 짓이었다.

　내일 당장 최후통첩을 하고 남국으로 돌아가리라. 그는 왕이 베푼 저녁 만찬을 입도 대지 않고 물린 후 이를 부득부득 갈다가, 결국 침소를 살피러 들어온 시녀를 지분거리는 것으로 화풀이를 했다.

　그녀가 남국의 시녀들처럼 고분고분 쩔쩔매거나 빌었다면 그럭저럭 화풀이가 되었을지도 모르지만, 북국의 여자는 그렇지 않았다. 시녀는 왕제의 추행에 심한 거부반응을 드러내고 반발했다.

　그러잖아도 심기가 상했던 왕제는 머리끝까지 분노했다. 이까짓 하찮은 년까지 나를 무시해! 그는 완력을 써서라도 북국 계집의 버르장머리를 꺾어 놓기로 마음먹었다.

　그는 극심하게 반항하는 여자를 강제로 취하기 위해 목을 조르고 뺨을 후려치고 재갈을 물리는 것도 모자라 결박까지 해야 했다. 오늘 일을 그냥 참고 넘긴다면 미노토스는 두고두고 경멸과 모욕과 수치에 몸서리치게 될 게 분명했다.

　그날 밤 소금성은 발칵 뒤집혔다. 북국의 젊은 왕은 한밤중에 직접 나와 사신 일행을 얼음 밭에 끌어내 약식 재판을 벌였다.

　"나는 미노토스의 왕제다. 반인반수 따위가 감히 왕족과 천족을 재판해! 무엄하다, 손 놔라! 너희가 우리에게 끼친 수욕은 이보다 천배는 더한 것을 모르느냐. 우리를 이렇게 푸대접하고도 무사할 성싶은가? 나에게 손 하나라도 댔다가는 바로 남국과 황금숲의 피의 복수가 시작될 것이다! 나는 남국 제일의 도시 미노토스의 왕 피디오스의 동생이다. 나는! 나는!"

　"그러니까, 미노토스의 왕제 퀴리오스, 나는 네가 저 여자를 억지로 취하였느냐 아니냐를 다섯 번째 묻고 있다."

퀴리오스가 악을 쓰며 떠드는 동안, 북국의 왕은 제가 물을 말만 되풀이해 물었다. 제대로 된 대답이 나오지 않자 왕은 퀴리오스를 결박하여 얼음 위에 꿇린 후 주변 사람의 증언을 취합했다. 증인도 적지 않은 데다, 시녀가 필사적으로 반항하다가 팔이 부러지기도 해서 굳이 자백을 구할 필요도 없었다.

퀴리오스는 부인하지 않았고, 부인할 생각도 없었다. 눈에는 눈, 이에는 이, 모욕에는 모욕으로 갚은 것에 불과했다. 고작 하찮은 계집 하나를 취했다고 일국을 대표하는 사신이자 왕의 동생을 해치면 그건 바로 전쟁이 일어날 일이었다. 하지만 왕이 친히 도끼를 쥐고 나오자 퀴리오스는 새파랗게 질렸다.

"북국에 와서 북국의 여인을 상하게 했으니 북국의 규율대로 처분할 것이다. 물론 네가 한 도시의 왕제라 하니, 천한 자의 손에 집행을 맡겨 너를 모욕하지는 않겠다. 그러나 네게 피해를 본 여인은 네가 벌 받는 장면을 볼 권리가 있으며, 네게 침을 뱉고 돌을 던지고 뺨을 후려칠 수 있음을 알아 두기 바란다."

"저, 저 미친놈의 새끼. 네, 네가 먼저 나를 모욕, 저게, 저게에에!"

"카우나케스를 벗기고 사지를 벌려 묶어라."

북국의 왕은 두 번 말하지도 않고 도끼를 휘둘렀다. 퀴리오스는 비명조차 지르지 못하고 입에 거품을 문 채 까무러쳤고, 어떻게든 말려 보려던 두 명의 고위 신관은 그 자리에서 실신했다.

그 후의 회담은 모조리 결렬됐다. 그들은 말조차 타지 못하게 된 퀴리오스를 들것에 싣고 백염산맥을 간신히 넘어 니누르갈 성에 도착했다. 상처가 아물기까지는 긴 시간이 걸렸고 충격에서 정신을 추스르기까지는 더 긴 시간이 걸렸다.

하지만 이 소식을 그대로 본성에 전할 수는 없었다. 반미치광이가 된 퀴리오스가 '이 소문이 황금숲이나 미노토스에 들어가면 소문낸 놈들을 다 죽이고 자결해 버리겠다.' 하며 밤이고 낮이고 울부짖었던 것이다.

"저런. 많이 괴로웠겠군. 퀴리오스에게 아르마누와 이난나의 위로가 있기를."
알티르는 전혀 동정심이 느껴지지 않는 얼굴로 혀를 찼다.

❖ ✚ ❖

"……기치다 님, 미노토스의 왕제께선 사실 북국의 왕에게 고마워해야 할 거예요."
잠자리에 들기 전, 얇은 자리옷으로 갈아입은 기치다는 뒤를 돌아보고 짧게 코웃음 쳤다.
"……레니에. 너는 그 나이가 되도록 사내가 거세를 당하면 어떤 마음이 들지 짐작이 안 되니?"
"강간범의 마음 따윈 별로 짐작하고 싶지 않은데요."
속 시원하고 고소해요, 대놓고 말하지는 못하고 레니에는 짐짓 근엄한 표정으로 대답했다. 기치다는 다시 콧방귀를 뀌었다.
"속 시원하고 고소하다 하는 소리 다 들린다."
"기치다 님은 왜 그런 쓸데없는 소리만 골라 들으시고."
레니에는 혀를 쏙 내밀었다.

텔코스라는 장사꾼의 보고는 황금숲에 엄청난 반향을 일으켰다.
"고작 시녀 하나 때문에 일국의 왕제를 고자로 만들어?"

"그 짐승 새끼들이 정말 미쳤나!"

이야기를 들은 자들의 반응은 과격했고 그 소문으로 신전의 안팎은 진종일 들들 끓었다. 신관들은 한결같이 북국 왕이 제정신이 아니다, 전쟁을 하고 싶어 고의로 도발한 게 틀림없다, 하고 흥분했다.

하지만 레니에는 그런 반응이 거북하고 불편했다. 레니에가 알기로 그것은 도발이 아니고 북국에서 당연히 통용되는 상식이었다. 특히 그곳의 왕이 레니에가 알고 있는 그 소년이 맞다면 그것은 전쟁 도발과 전혀 상관없는 '공평하고 정의로운 북국식 재판'일 가능성이 매우 컸다. 생소한 곳에 사신으로 갔으면 왕제 역시 적당한 예의를 갖추고 몸을 사렸어야 했다는 생각이 들었다.

하지만 북국의 전통이나 분위기에 대해 아무것도 모르는 사람들은 자꾸 고의적인 도발이라는 쪽으로 분위기를 몰아가고 있었다. 레니에는 신경 쓰지 않으려 애를 썼지만 그래도 자꾸 신경이 쓰였다. 기치다 님이 그 분위기에 휩쓸려 상황을 잘못 판단할까 봐 걱정이 되기도 했다.

레니에는 기치다의 눈치를 힐끔 보고, 자신이 알고 있는 북국에 대한 몇 가지 정보를 슬쩍슬쩍 흘리기 시작했다.

"기치다 님, 제가 들은 소문으로는요, 북국 사람들은 높은 집안 사람들일수록 남녀 관계가 굉장히 엄하대요. 부인도 한 명밖에 못 두고, 첩도 둘 수 없대요."

"왕이나 왕족이나 전쟁에 승리한 장군들도? 포로를 첩으로 들이지도 못한다고?"

"네. 왕도요."

"흐응. 그것참 특이하구나. 아니, 딱하다고 해야 하나? 그래서?"

"성인식 전까지 남자 여자 따로 내외하면서 지내고요, 그때까진 연애는 고사하고 손도 못 잡는 것 같아요. 기껏 잡아 봐야 엄마 손, 유모 손! 그러다가 성인식 마치고 눈 맞은 사람하고 바로 결혼하나 봐요."

"부모 대신 자기가 스스로 혼처를 결정한단 말이냐? 수인종족답구나. 갓 성인식을 치렀으면 사람 내면이나 깊이보다 외모에 쉽게 홀릴 테고, 집안 가문 품성 같은 건 따질 겨를도 없을 텐데."

"글쎄 말이에요. 수인종족이라 그런지, 다들 정력들이 뻗쳐서는 간 보고 저울질할 겨를도 없나 봐요. 그런데 웃기는 건, 그렇게 엄벙덤벙 결혼해도 '어지간한 문제' 아니면 사별할 때까지 우직하게 해로한다고 하더라고요."

"그래? 그런데 레니에, 그 얘기가 '미노토스의 왕제가 북국 왕에게 고마워해야 할 이유'와 무슨 상관이 있니?"

"그 '어지간한 문제'라는 게 외도와 강간이거든요."

— 북국에선 네가 힘들게 여기는 일이 허용되지 않는다. 북국은 남녀 관계가 엄격하며 강제로 여인을 취하는 자는 큰 벌을 받는다.

— 아하?

— 북국에는 남녀 창부가 존재하지 않는다. 우투 신전에도 남자를 상대하는 여신관이 없다. 첩도 정부도 허용하지 않는다.

— 쿤, 겉으로 봐선 알 수 없는 거야. 남국에도 당연히 첩 만들거나 바람피우는 걸 장려하지는 않지. 하지만 남자 중에서 힘깨나 있다, 돈깨나 번다 싶은 놈들은 어김없이 여자를 몇 명씩 두고 있는걸.

— 적어도 북국에선, 아니, 내가 아는 자 중에서는 그런 일이 없다.

— 그건 네가 아직 어린애라…… 아니아니, 서, 성인식을 안 해서 그래. 결혼한 아저씨들이 애들을 야시시한 얘기판에 끼워 주겠어?

– 그건…….

– 남자들 모인 술자리에선 지저분한 이야기가 나오게 돼 있다고. 내가 잔치나 술자리 심부름하면서 한두 번 들어 본 줄 알아? 세상 점잖은 것 같던 놈들도 친구 만나 술 한잔하면서 마누라 흉이나 보고 있더라! 할 소리 안 할 소리 다 해 가면서!

– 아니다. 북국 사나이들은 아무리 심하게 취해도 제 여자의 결점을 남들 앞에 재밋거리로 내놓지 않는다. 여자도 마찬가지다. 우투 앞에서 부부가 되기로 서약했으면, 어떤 결점이 있어도 서로 한쪽 눈 감고 한쪽 귀 막고 아끼면서 사는 것이다. ……음, 한 가지 이유는 빼고.

– 그게 뭔데, 쿤?

– 그건 다른 자와…… 성교를 하는 것이다.

– 아, 아하. 그야 뭐. 남국에서도 바람피우다 헤어지는 사람 꽤 있어.

– 북국에선 죽는다.

– 응? 뭐뭐뭐?

– 그자와 상간한 자는 배우자의 손에 반드시 죽는다.

– 야, 너희는 그럼 남자든 여자든 바람피우면 싸우고 갈라서는 게 아니고 죽는 거야?

– 죽는다. 배우자가 아닌 사람의 몸을 강제로 취해도 죽는다. 한 사내가 여자의 몸을 강제로 범한 것이 밝혀지면, 여자 집안사람들은 남자 여자 아이들까지 모조리 달려가서 강간한 사내의 목을 요구한다. 거절하면 몰려간 사람들이 집을 부수고 들어가서 그 남자를 찢어 죽인다.

– 으으으, 야…….

– 그 과정에서 다른 희생자가 나오면, 그 복수를 하러 상대편 사

람들이 몰려간다. 몇 번의 복수가 오가다가 양쪽 집안이 송두리째 사라지는 경우도 많다. 하지만 그 전통은 사라지지 않는다. 북국 사람들에게 명예는 목숨보다 귀하고, 명예를 지키기 위한 살인은 법이고 정의다.

"그래도 왕제께서는 목숨은 구하셨잖아요. 안 그러면 여자 집안사람들이 떼로 몰려가 왕제님을 찢어 죽였을 거예요. 명예를 위한 복수는 주변에서 아무도 말리지 않아요. 그러니까 북국의 왕이 한 짓은 왕제님께 은혜를 베푼 거라고요."

레니에는 용감하게 결론을 내렸다. 기치다는 얼빠진 얼굴로 레니에를 내려다보더니 한참 만에야 고개를 절레절레 흔들면서 이불 안으로 들어갔다.

"아무리 그래도 피디오스나 퀴리오스에게 고마워하라는 말을 전할 수는 없을 것 같다."

"그럼 기치다 님은 어떻게 하실 건데요?"

"뭘 어떻게 하니. 그냥 이대로 험악한 분위기를 점점 고조시키다가 북국하고 남국이 전면전을 치를 때까지 기다리는 거지. 북국이 열두 부족으로 갈라져 있을 때 복속시켰으면 편했을 텐데. 하다못해 소금산 족장의 아들을 놓치지만 않았으면."

레니에는 쿤의 집안을 멸살하려 획책했던 것이 기치다라는 것을 처음 알았을 때 크게 충격을 받았었다. 며칠 동안 심란해서 잠도 제대로 못 잘 정도였다. 하지만 황금숲 원리주의자들의 염원을 생각하면 놀랄 일도 아니었다.

기치다의 계획은 치밀한 사전 준비와 결단, 혼사를 빙자한 속임수까지 완벽했다. 쿤이 레니에의 도움으로 살아남지 않았다면 구심점 없이 붕괴된 소금산 부족은 검은바위산 부족의 손에 멸절되고, 모든 것은 기치다의 계획대로 흘러갔을 것이다.

"그럼 지금쯤 기치다 님은 완전한 천족이 되어 저 위에서 저를 내려다보고 계셨겠죠. 저는 기치다 님을 뵙지도 못했을 거고요."

"입에 발린 말 좀 어지간히 해라. 하여튼 좋은 정보 고맙구나. 나도 북국의 왕이 고의로 도발한 건지 아닌지 좀 애매했거든."

기치다는 푸스스 웃더니 이내 입을 가리고 길게 하품을 했다.

"어쨌든, 소금성의 루갈은 북국 전체의 구심점이고 우리를 가장 증오하는 놈이야. 그대로 둘 순 없어. 우리에게 비밀리에 협조하는 부족이 네 부족 정도 더 있었는데 왕이 하도 강경해서 우리한테 등을 돌리고 있어. 조만간 무슨 수를 내기는 해야 해. 이대로 두면 북국은 왕이라는 놈을 중심으로 점점 강해질 거고, 그러면 우리가 손쓸 방법이 없게 돼."

기치다는 레니에와 함께 있을 때 속을 잘 털어놓는 편이었다. 딱히 레니에가 입이 무거워서라기보다 그녀를 신뢰하고 싶어 하는 마음을 그런 방식으로 표현하는 것 같았다.

그는 또한 레니에 앞에서만큼은 긴장을 풀고 편하게 행동했다. 레니에는 기치다가 그런 행동을 하기 위해 의도적으로 노력하는 것을 알고 있었다. 레니에의 앞에서 방심하고 먹고, 안심하고 자고, 탁자에 기대어 졸거나 하품을 하거나 우스운 꼴을 보이는 것을 부끄러워하지 않기 위해, 기치다 역시 많은 노력이 필요했다.

완벽한 것 같던 기치다도 실수를 했다. 그는 아크를 다루는 데 가장 뛰어난 실력을 갖고 있었지만 새로운 기술을 개발할 때면 아크의 통제에 실패하여 흉한 꼴을 보일 때도 있었다. 그는 물벼락을 맞거나 머리카락을 태워 먹다가 레니에에게 들키기라도 하면 필요 이상으로 짜증을 냈다.

웃지 마라, 레니에. 새로운 기술 개발이 쉬운 줄 아니? 웃지 말라고 했다, 마른 옷이나 가져오라니까, 레니에! 그가 물에 젖은 생쥐 꼴로 절벅절벅 들어와 레니에에게 어깨를 으쓱하고 지나갈 수 있게 되기까지는 1년이 훨씬 넘게 걸렸다.

기치다는 레니에와 함께 있을 때 가장 기치다다우면서, 가장 기치다답지 않았다. 다만 레니에에게 약속한 말은 철저하게 지켰다.

그는 레니에에게 충성만을 요구했고, 사적인 감정은 요구도 기대도 하지 않았다. 레니에가 그의 침소를 지키는 최측근 호위 전사가 된 지 8년이 되어 가는데, 도착했던 첫날 밤을 제외하면, 레니에가 신경 쓸 만한 어떤 감정도 보여 주지 않았다. 마음의 한 부분을 칼로 동그랗게 도려내서 늪에 버린 것처럼 투명하고 심드렁한 반응이었다.

레니에는 종종 궁금했다. 천족들은 인간과 달리 성욕과 감정을 자유자재로 끊고 버릴 수 있을까. 지금까지 그의 태도나 행동을 보면, 8년 전의 고백이 그녀를 묶어 두려던 연극처럼 느껴질 지경이었다.

혹은, 지금 저분은 여전히 놀라운 의지와 자제력으로 감정을 눌러 두고 있는 걸까.

기치다의 말은 항상 두 갈래, 세 갈래의 꼬리를 가진다. 시간이 흘러감에 따라 진실도 되고 거짓도 되고, 선한 일도 되고 악한 일도 되고 결과가 좋게 느껴지기도 하고 나쁘게 느껴지기도 한다. 다만, '충성과 감정 중에서 하나를 버려야 한다면 감정 따위는 당연히 버릴 수 있다'는 그의 말이 사실이라는 것만은 확신할 수 있었다.

"기치다 님, 정말 소금산 부족 사람들을 다 없애실 건가요?"

"기회가 되면. 아니, 기회를 만들어서라도. 너는 우리의 오랜 염원이 무언지 알면서 그리 묻는 거냐."

"지금도 천족들은 충분히 고귀하고 영광스러운 자리에 계세요. 꼭 하늘로 올라가셔야 하나요?"

기치다는 등을 돌리고 누운 채 한참 침묵하다가 조용히 대답했다.

"천족의 간절한 열망을 진흙인간들이 이해하지 못하리라는 건 잘 안다. 이해를 바라지도 않아. 그래도 너만큼은 날 이해하는 척이라도 해 주렴."

"네. 죄송합니다. 기치다 님."

"괜찮다."

"……."

"레니에. 혹시 북국에서 북국 사람과 같이 지냈었니?"

"아뇨."

"신성석 동굴에만 박혀 있던 것치고 남들이 모르는 이야기를 꽤 자세히 아는 것 같아서."

"조난한 북국 사람을 구해 준 적이 있어서요. 말씀드린 적 있죠? 그때 며칠 동안 같은 동굴에서 지내긴 했었어요."

"그 사람에게 북국 풍습에 대해 이야기를 들은 거니?"

"네."

"남자였니?"

"……우와. 자그마치 황금숲의 알티르 님께서 질투를 다 하시네."

레니에는 짐짓 킬킬대고 웃다가 최대한 태연하고 익살스럽게 대답했다.

"애석하게도 어린애였어요. 성인식도 안 한 남자애."

"아, 그래? 그런데 질투라니 이상한 말이구나. 궁금해서 물어본 것뿐인데."

"아이 젠장, 제가 오해했네요. 가문의 영광이 될 뻔했는데."

"웃지 마라."

"아, 네."

"레니……. 웃지 말라니……."

"네. 안 웃어요, 기치다 님."

"그래, 착하……."

그의 목소리가 조금씩 사그라들더니 이내 고른 숨소리가 들리기 시작했다.

레니에는 그의 잠든 얼굴을 확인한 후 조용히 불을 끄고 그의 침대 아래에 깔린 양털 위에 조심스럽게 앉았다.

"……레니에."

"네."

그는 완전히 잠이 들기 전까지 레니에의 이름을 몇 번씩 되풀이해서 불렀다. 별 의미는 없이, 레니에가 옆에 있는 것을 확인하려는 것 같았다. 레니에는 그때마다 네, 기치다 님. 네, 여기 있습니다, 하며 꼬박꼬박 정성을 다해 대답했다.

레니에가 그를 지키는 방법은 그의 침대 곁에 앉아 이렇게 밤을 보내는 것이었다. 기치다는 깨어 있을 때는 자신을 지킬 능력이 충분했다. 그는 스스로를 지킬 수 없는 시간에 자신을 지켜 달라 했고, 레니에는 그렇게 했다.

레니에는 그가 잠을 자는 동안 허락받지 않은 기척과 살기를 분별해 기치다를 깨우거나 직접 암살자들과 목숨을 걸고 싸워 그들을 처단했다. 그것이 기치다에게 받은 가장 중요한 명령이었다. 레니에의 손속은 매섭고 정확하고 군더더기가 없었다.

— 레니에, 너는 나를 지키는 전사이며, 적과 맞서 싸우는 일이므

492

로 이것은 네게 정의다.

— 불필요한 번뇌가 더 이상 너를 잠식하지 못하도록, 위대한 천족 전사 여섯 날개의 카타께서 너를 보호하시기를.

레니에는 도전자들을 자신의 손으로 처리할 때마다 기치다를 무사히 지켜 냈음을 다행으로 생각하게 되었다. 이런 마음이 신기하게 여겨지기도 했다.

신성석 동굴에서 자신을 지키는 과정에서 다섯 명의 사내가 죽었을 때는 왜 이런 마음이 들지 않았을까? 기치다 님이라면 그때 나처럼 고통스러운 가책에 시달리지 않았을까?

저들이 잘못해서 마땅히 갈 곳으로 간 것을 내가 왜 괴로워해야 한단 말이니?

그의 담담하고 투명한 목소리가 들리는 것 같아, 레니에는 피시시 웃고 말았다. 기치다 님은 틀림없이 그랬을 것이다.

레니에가 측근 호위를 맡은 지 얼마 지나지 않아, '알티르를 보이지 않게 지키는 벙어리 전사', '에레쉬키갈의 갈라'에 대한 소문이 빠르게 퍼지기 시작했다.

알티르의 시중을 드는 수다쟁이 노예 소년은 꿀이 듬뿍 밴 벌집한 덩어리나 대추야자 한 자루에 벙어리 호위 전사에 대한 무시무시한 이야기를 한두 가지씩 흘려 주었다. 기치다는 신관들의 질문에 애매한 말로 대답해서 저들이 각자 믿고 싶은 대로 믿도록 만들었다. 그들이 두려움에 떨수록 암살자의 수는 점점 줄어들었다.

하지만 레니에는 자신의 진짜 임무가 무엇인지 잘 알고 있었다.

타박타박, 톡톡.

발걸음 소리가 들린다. 기치다의 어깨가 잠시 꿈틀거린다.

"니……. 으음. 밖에 소리가……."

"네. 수직 신관이 문 앞을 지나가는 소리입니다."

"넌, 어디……."

"저는 여기 옆에 있습니다."

그것은 정신을 붕괴시킬 것 같은 의심과 고독에서 기치다를 지키는 것이다.

통, 통, 타박타박.

밖으로 사람들이 지나가는 소리가 연이어 들린다. 레니에는 눈을 감고 소리에 귀를 기울였다.

문을 지키는 다른 신관들은 아무도 방 안으로 들어오지 못한다. 기치다가 밤에 품는 여인들은 알티르와 시중을 드는 어린 시동 외에는 아무도 보지 못한다. 그들은 알티르의 침소 안 어떤 비밀 공간에 검은 천으로 얼굴을 가린 무시무시한 벙어리 노예가 있다고 굳건하게 믿고 두려움에 몸을 떨었다.

자박자박자박. 새로운 발걸음 소리가 들린다. 그 조심스러운 움직임엔 두려움이, 짧게 끊어지며 반복되는 움직임에는 호기심이 스며 있다.

생소하다. 익숙하지 않은 소리인데.

아, 알겠다. 낮에 만났던, 얼굴이 동그랗고 머리가 보글보글하고 배가 불룩한 장사꾼의 얼굴이 떠오른다. 전대에 돈이 모이는 축복 대신 동서남북의 소문이 귀에 모이는 축복만 받았다는 헤다 섬의 장사꾼. 북국의 소식에도 환한 장사꾼, 텔코스. 그의 발걸음 소리가 저렇게 경쾌하면서도 뒤꿈치를 살짝 끄는 소리였다.

그 장사꾼은 신전 옆의 객사에서 머무르게 했는데, 왜 여기까지 들어왔을까. 그가 웃으며 수직 신관들에게 수작을 붙이는 걸 보니 아마 알티르의 무시무시한 벙어리 전사에 대해 다른 사람에게 주워섬길 무언가를 얻어 가고 싶은 모양이다.

그 장사꾼이 고맙기도 하고 밉기도 하고, 내일 다시 만나고 싶기도 하고 피하고 싶기도 하다. 그 자식에 대한 소문을 뭔가 더 알고 있을 것만 같은데 그걸 물어봐도 되는지, 아니, 그놈의 소식을 조금 궁금히 여겨도 되는지 영 모르겠다.

어쨌든 소금성에서 죽지 않고 살아 있고, 여전히 골 때리는 짓을 일삼고 있다니 그나마 다행이라 해야 할까. 간만에 소식을 들었으니 반갑다고 해야 할까. 내실의 아름다운 왕비에게 여전히 휘어잡혀 살고 있는지, 아이들을 많이많이 낳았는지 조금 궁금히 여겨도 되는 걸까.

후으읍. 으음. 누워 있는 사내의 입술이 달싹거린다. 소리는 나지 않지만 레니에는 차분하게 대답했다.

"네, 기치다 님. 저 여기 있습니다."

진흙탕 같은 마음속에서 꿀렁꿀렁 솟구치는 목소리가 징그러워, 레니에는 씁쓸하게 웃었다.

❖ ⚜ ❖

레니에는 새벽에 기치다가 일어나면 그의 의대 시중을 들고 머리를 공들여 장식해 준 후, 구석에 놓인 작은 침대에 들어가서 자기 시작한다. 점심때가 되면 기치다는 호위 신관을 모두 물리고, 꿀을 넣은 염소젖과 흰 빵, 무화과와 대추야자, 소금과 육두구와 정향을 뿌려 구운 고기 등을 직접 들고 와 레니에와 함께 식사를 하곤 했다.

기치다는 기척을 죽이고 레니에가 자는 침상 옆으로 갔다. 레니에는 잠이 많은 편이 아닌 데다 얕게 자는 편이라, 기치다는 그녀가 곤하게 자고 있으면 깨우지 않으려 노력했다. 레니에는 살기에 몹시 예민했지만 기치다의 일상적인 기척에는 깨지 않고 편하게 자곤 했다.

기치다는 큰 쟁반을 내려놓고 곁에 놓인 의자에 소리 나지 않게 앉았다.

사방은 조용했다. 레니에의 고른 숨소리밖에 들리지 않는다. 기치다는 눈도 깜박거리지 않고 잠든 얼굴을 응시했다.

기치다가 레니에를 향유할 수 있는 유일한 방법은, 이렇게 자고 있을 때 옆에서 조용히 얼굴을 바라보는 것뿐이었다. 이 짧은 시간은 그에게 숨 막히게 달콤하면서도 한없이 맵고 썼다.

그녀의 긴 속눈썹이 움직이지 않는다. 천천히 움직인다, 움직이지 않는다, 미간이 구겨지고 눈썹이 파르르 떨린다. 붉고 도톰한 입술이 움찔거리며 앞으로 살짝 튀어나온다.

무슨 힘든 꿈을 꾸는 걸까.

"……으음."

악몽일지, 예전의 괴로웠던 일을 꿈에서 여전히 반복하는 건지. 찌푸려진 얼굴이 울 것처럼 일그러진다. 기치다는 레니에를 깨울까 잠시 망설였다. 별로 듣고 싶지 않은 무언가가 나올 것 같다. 하지만 결국 그는 가늘게 한숨을 쉬며 레니에에게서 나올 말을 기다렸다.

"……쿤……."

기치다는 눈을 감고 입술 속의 점막을 자근히 깨물었다. 아무리 시간이 흘러도 도무지 사라지지 않는 저 이름, 저 이름. 파르르르 떨리는 속눈썹에 작은 물방울이 맺힐 동안 기치다의 주먹으로 힘이 쭉 뻗쳐 들어간다.

"죽지 마, 너 이대로 죽으면, 나한테 죽어……."

기치다의 입에는 비틀린 웃음이 걸렸다. 이렇게 지독하게 꼬리가 긴 꿈이라니.

잊을 만하면 되풀이되는 꿈속의 어느 겨울, 소금산 깊은 동굴에서의 두 번의 이레.

기치다는 그동안 레니에가 눈치채지 못할 선에서 그 꿈의 내용을 한두 가지씩 그녀에게 확인해 왔다. 계속 동일하게 반복해서 튀어나오는 소년의 이름, 그 소년과 있었던 일들은 꿈이면서 꿈이 아니었다.

쿤. 그녀가 북국에서 구했다는 소년의 이름. 처음에 이곳에 돌아왔을 때는 새벽마다 그녀의 꿈을 어지럽히는 것 같아 신경을 거스르는 수준이었지만, 시간이 흐르면서 기치다는 얼굴도 나이도 모르는 북국의 소년에게 심한 살심을 느끼게 되었고, 동시에 자신에게 깊은 자괴감을 느끼곤 했다.

소금성의 쿤. 북국에서 높은 집안에 속한 자, 전사 혹은 사냥꾼. 큰 부상을 당했던 자. 당시 성인식도 치르지 못했던 어린 나이. 그녀를 배신하고 죽이려 했던 것으로 여겨지는 수인종족 소년. 레니에가 이를 갈며 증오하고 있는, 하지만 그 증오로 인해 오히려 잊을 수 없게 된 그 이름.

……그 소년의 이름이 현재 북국 열한 개 부족의 루갈의 이름과 같다는 것은, 우연일까.

"이난나, 이 고약한 여자."

기치다는 다시 웃었다. 웃음 끝이 쓰고, 쓰다. 입에 고이는 쓴 물은 항상 하나의 쓴 결론으로 이어졌다.

하지만 기치다는 그 뒤로 자연적으로 이어지는, 천족으로서는 결코 품지 말아야 할 생각을 제때에 막을 수 있었다. 그는 쓴웃음을 거두고 조용히 자리에서 일어섰다.

미노토스의 왕제 퀴리오스와 두 명의 신관이 곧 황금숲에 도착하리라는 전갈이 있었다. 니누르갈의 왕 칸토스와 미노토스의 왕 피디오스도 늦지 않게 황금숲에 당도했다.

전서구의 소식대로라면, 오늘 안에 남국 열 개 도시와 섬의 왕들, 혹은 지역을 다스리는 대신관, 그리고 남국과 국경을 접하고 있는 서역 두 개 도시의 전권 사신全權 使臣이 황금숲의 신전에 도착할 것이다.

때가 다가오고 있다. 이렇게 맞춤한 듯 모든 조건이 모여드는 것은 지금껏 없던 일이고, 앞으로도 없을 것이다. 기치다는 이번 기회가 황금숲으로서는 신성한 임무를 완수할 마지막 기회라는 것을 직감했다.

황금숲은 이 기회를 절대 놓치면 안 될 것이다. 그리고 그 일을 위해서는 각 도시의 왕들도 함부로 대할 수 없는 고귀한 천족 대신관 기치다의 역할이 가장 중요했다.

그리고 눈앞의 작은 노예에 대해서도 결단을 내려야 할 때가 다가오고 있었다.

기치다는 레니에의 잠든 얼굴을 물끄러미 내려다보며 생각에 잠겼다.

내 욕심에 의해 너는 혹시 불행했을까, 혹은 행복했을까.

내 결정에 의해 너는 혹시 불행해질까, 혹은 행복해질까.

내가 원하는 길, 내가 가야 하는 길, 네가 원하는 길, 네가 가야 하는 길.

단 한 자락도 겹치는 곳이 없는 네 갈래의 길.

나는 결국 어떤 길을 선택하고, 어떤 길을 포기해야 할 것이다.

……이렇게 숨 막히게 달콤하고 아름다웠던 시간에 대해서도.

19. 북국의 밀사

　회담장의 분위기는 흉흉했다. 회담장에 모인 자들은, 니누르갈의 칸토스, 미노토스의 피디오스, 크레토스의 그노스, 미켈로스의 아카이스, 아이기스 군도의 히레오스 대신관, 아바크의 바라, 니니갈의 기를라, 비르투키의 우슘갈, 우눅쿨라바평원의 아슐라, 우부르알라산지의 파올리아 여왕, 남국의 국경과 가까이 있는 서역 키시 성의 전권 사신, 우루크의 전권 사신으로, 기치다까지 포함해 모두 열세 명이었다.

　각 도시를 통치하는 왕 혹은 대신관들은 무장을 해제한 후, 시동들만 하나씩 달고 회담장인 황금숲의 신전에 들어서야 했다. 레니에 역시 기치다의 꼬리로 달랑달랑 따라 들어갔다가 회담장의 살벌한 분위기에 단박에 어깨를 움츠리고 말았다.

　왕의 시동들은 장중한 수사와 과장된 몸짓으로 자신의 주인을 소개했고, 레니에는 가장 나중에 일어나 기치다를 소개했다.

"지상에 머무르는 고귀한 천족의 수장이시며 황금숲의 수호자이며 신성한 아르마누와 여섯 날개의 카타를 섬기는 대신관, 알티르 기치다 님이십니다."

레니에의 긴 소개가 끝나자, 그곳에 모여 있던 열두 명의 통치자들과 시동들은 모두 자리에서 일어나 기치다에게 고개를 숙여 예를 표했다. 기치다가 가볍게 고개를 끄덕여 답례하고 자리에 앉는 것으로 북국 토벌을 위한 비밀 회담이 시작되었다.

"북국의 만행을 도저히 묵과할 수 없는 상황에 이르렀소."

먼저 운을 뗀 것은 남국에서 가장 큰 도시 미노토스의 왕인 피디오스였다.

"그 더러운 거지새끼, 짐승 새끼들, 부족끼리 갈라져 다투고 있을 때 싸그리 작살을 냈어야 했는데, 아예 씨를 말려 놓았어야 했어!"

뒤이어 니누르갈 성의 왕 칸토스의 격분한 목소리가 터졌다. 니니갈 성의 기를라 왕이라는 자가 까랑까랑한 목소리로 말을 받았다.

"옳소. 하지만 지금도 늦은 건 아니지. 우리 열 개 성이 힘을 합친다면 충분히 북국을 정복할 수 있는 일이오."

"이제 우리 니누르갈 성만의 문제가 아니게 됐소! 북국의 야만인 새끼들은 이제 무시로 남국의 국경을 침범하고 노략질하고 있소이다. 처음에는 가나평원의 외곽만 깔짝이면서 호밀 단이나 털어 가는 정도더니 이제는 아바크의 검은 곡창 쉬냐르평원까지 넘보기 시작했소."

칸토스는 주먹을 움켜쥐고 허연 수염까지 부들부들 떨며 외쳤다. 북국 사람들에게 가장 오랫동안 시달리고 노략질당한 칸토스는 당장이라도 북국으로 밀고 올라가고 싶어 이를 갈고 있었다.

"하지만 그 일로 우리가 귀한 전사들을 차출해야 할 이유가 무엇이오? 우리는 북국과 아무런 교류가 없을 정도로 멀고 피해를 본 것도 없소. 니누르갈이나 니니갈이 우리에게 해 준 것이 무엇이기에 우리에게 전사를 내놓으라 하는 거요?"

팔짱을 낀 채 말을 끊은 자는 가죽 갑주 차림의 파올리아 여왕이었다. 파올리아가 다스리는 우부르알라산지는 남국에서 유일하게 여자들로 가문이 이어지는 지역이었는데, 그곳의 여인들은 기골이 장대하고 사나운 전사들로, 활을 잘 쏘는 것으로 유명했다.

"에레쉬 파올리아께서는 아직 그들의 기세를 실감하지 못하시나 본데, 이대로 두었다가는 남국 최남단인 크레토스 섬, 아이기스 군도까지 놈들이 침공할 날이 머지않았소! 위에서 막아 주던 니누르갈, 니니갈, 아바크, 비르투키가 차례로 유린당해 황폐해지면 다음은 황금숲과 미노토스, 우부르알라요. 게다가 우부르알라산지는 고립된 지역 아니오? 고작 여자 전사들만으로 북국 수인 종족의 침공을 막을 수 있다 생각하오?"

"우부르알라의 파올리아는 당신의 말에 분노한다! 우리는 위대한 전사 이난나 여신의 축복을 받은 전사들로, 우부르알라산지는 어느 도시, 어떤 왕에게도 침공을 허용한 바 없다! 그대 칸토스, 니누르갈의 왕이여, 그대들은 용맹한 남자 전사가 그리 많아서 고작 짐승 떼에게 영지를 유린당했는가!"

"뭐가 어째?"

"남국의 남부 지역에 그대들이 해 준 것이 무엇인가 기억하라. 우리 우부르알라, 우눅쿨라바, 크레토스, 미켈로스, 아이기스 군도의 협조를 얻으려면 우리가 무엇을 얻게 될 것인가를 먼저 말하라! 그대들이 요구하는 의리에 합당한 선행이 우리에게 당도한 적이 없다!"

파올리아의 목소리는 신전을 쩌렁쩌렁 울렸다. 아이기스 군도의 히레오스 대신관이 자리에서 일어섰다.

"에레쉬 파올리아의 말이 옳소. 나 아이기스의 히레오스는 아직도 기억하고 있소. 굶주림에 시달리다 미노토스와 니누르갈에 사신을 파견했을 때 그대들이 사신의 수염을 잘라 모욕한 일과, 서역과 동방의 교역로를 이용하고자 청할 때 1백 탈란트(3,400kg)의 백은을 요구했던 일. 우리는 그 은을 마련할 수 없어 1백 대의 쿠하(가죽배)로 거친 해로를 뚫고 동방 서역 교역로를 개척해 위기를 넘겼음이니, 이제 와서 당신들의 필요에 우리 귀한 전사들의 피를 흘려야 할 이유가 무엇이오?"

남국의 열 개 지역은 100년도 더 전에 왕들이 모여 위급한 일이 있을 때 서로 돕기로 피의 맹세를 한 바 있으나, 세월이 많이 흘러 그때의 혈약은 빛이 바랬다. 미노토스의 왕제가 북국에 가서 차마 말 못 할 대우를 받았다는 것도, 니누르갈 성이 몇 년 동안 황폐할 정도로 약탈을 당하고 있다는 것도 그들의 공분을 불러일으키지 못했다. 차 한 잔 비울 시간도 되지 않아 회의 장소는 격렬한 노성으로 꽉 차 버렸다.

……잘들 논다.

구석 자리에 앉아 있던 레니에는 왕들의 회의라는 것이 동네 아이들 싸움박질과 크게 다를 것도 없다는 것을 알게 되었다. 그들은 손가락질을 하고 탁자를 주먹으로 쾅쾅 내리치고, 욕을 하고 큰 소리로 고함을 질러 댔다.

레니에는 차라리 이렇게 우스꽝스러운 꼴을 보게 되어 다행이라 생각하기로 했다. 북국과 관련된 이야기만 나오면 레니에는 무언가가 자꾸 거슬렸고, 불편했고, 말 한 마디 한 마디에 신경이 쓰였다. 아무렇지 않게 행동하려고 노력했지만 그게 기치다 님께도 아무렇지 않게 보일지 확신할 수 없었다.

한숨을 쉬던 기치다가 조용히 자리에서 일어났다.

"우리는 근사한 명분을 벗어 버릴 때가 된 것 같습니다."

큰 소리를 내며 싸우던 왕들과 대신관들이 일순 조용해졌다.

레니에가 보기에 이 회합은 기치다 님이 주선하지 않았으면 성사되지 못했을 것이다. 그는 대륙의 어떤 왕보다 더 정치적이며, 각 도시의 어떤 대신관보다 우위에 있었다. 엄밀히 말하면 대신관이라기보다 대신관들이 경배해야 할 대상에 가까운 자라 볼 수 있었다.

"빛바랜 혈맹의 명예와 의리를 위하여 전사들을 모으기엔, 지금까지 각 도시의 관계가 그리 순탄치는 못했었죠. 연합하여 북국을 정복할 경우, 각 지역이 어떤 것들을 얻게 될지 허심탄회하게 따져 보는 것이 빠를 것입니다."

기치다는 좌우를 둘러보며 매끄럽게 웃었다.

"이런 사태가 있기 전, 황금숲에서 그들을 분산시켜 세력을 약화시킨 후 백염산맥에서 몰아내려 시도한 바 있었습니다. 안타깝게도 성사되지는 못했습니다만."

레니에가 기치다에게 들은 바로는, 황금숲에 협조하기로 한 북국 부족은 검은바위산 부족 외에도 네 부족이 더 있었다. 얼음호수 부족, 일몰산 부족, 구름산 부족과 시랑산 부족. 그 다섯 부족은 소금산 부족을 멸절시킨 후, 황금숲의 쿠그시그평원으로 터를 옮기기로 기치다와 합의한 상태였다.

그들은 온화한 기후의 목초지에서 양과 염소를 방목하여 고기와 털과 젖을 얻고, 기름진 밭에서는 호밀과 올리브와 대추야자를 심어 경작하리라는 기대에 들떠, 소금산 부족의 몰살을 서둘렀다.

그 뒤의 일은 모두 다 알고 있었다. 북국의 젊은 왕이 어떻게

503

살아남았고, 어떻게 그들을 멸절시켰는지. 검은바위산 부족에는 칼을 잡고 활을 쏠 줄 아는 전사가 3천에 이르렀으나 그가 이끄는 기백의 전사들을 감당하지 못하고 몰살당했다.

그 상황에서 남은 네 부족이 남국으로의 귀화를 실행할 수 있을 리가 없었다. 얼음호수 부족, 일몰산 부족, 구름산 부족과 시랑산 부족은 찍소리도 하지 않고 북국의 새로운 왕에게 충성을 맹세했다.

북국은 최근 몇 해 동안 굶주림에 크게 시달렸다. 남국 사람들은 그 이유를 한발이나 홍수로 꼽았지만 기치다의 견해는 달랐다. 북국은 애초부터 농경 지역이 아니니 한발이나 홍수가 식량 수급에 아주 큰 영향을 미친다고 보기는 어렵다는 것이 그의 견해였다.

"제가 추측하기에, 북국은 통일 이후 부족 간 내전이 사라지면서 빠른 속도로 인구가 늘고 있습니다."

"……."

"전사들의 수가 폭발적으로 늘고 있다는 징후가 보입니다. 그들은 새로운 왕을 중심으로 무섭게 세력을 키우고 있습니다. 문제는, 인구가 더 늘어나면 필히 농경으로 식량을 감당해야 할 터인데, 북국은 농경에 적당한 기후가 아니라는 것입니다. 그들을 이대로 방치한다면, 그들은 남국을 약탈하는 것이 아니라 아예 대대적으로 침공하여 그 자리에 짐승의 깃발을 꽂고 거주하는 날이 오게 될 것입니다. 그렇게 되면 남부의 우부르알라산지와 우눅쿨라바, 미켈로스, 크레토스, 아이기스 군도도 조만간 북국의 화마에 휩쓸리게 될 것입니다. 단지 시간문제죠."

"그렇다면 다시 묻겠노니, 우리가 북국 토벌에 참가할 경우 얻게 될 것이 무엇인지 알게 해 주시오. 고귀한 알티르, 황금숲의 수호자여.”

“에레쉬 파올리아, 전쟁에 참가한 도시에서는 백염산맥의 귀한 목재와 아름다운 석재와 암염, 북쪽 바다의 고래기름, 진귀한 약초, 가장 단단한 비율로 주조된 청동, 그리고 힘 좋은 노예와 여인들과 최고의 기술력을 지닌 야장들을 얻게 될 것입니다.”

“…….”

“북국 사람들은 몸이 크고 강건한 수인종족이라, 마소처럼 험히 부려도 다른 연약한 노예들처럼 쉬이 죽지 않고 버티어 냅니다. 그들의 노역을 통해 큰 역사를 일으키소서. 남부의 왕들께서는 백 개의 별실이 있는 아름다운 궁궐과 두 대의 수레가 통행할 정도로 넓고 강고한 성벽, 위용이 당당한 신전, 일곱 층의 지구라트, 잘 정비된 수로와 벽돌이 깔린 도로를 갖게 될 것입니다.”

참전에 반대하던 남부 지역의 다섯 왕과 신관들의 표정이 흔들렸다.

남부에 있는 도시들은 북부에 비해 부요하지 못해 아름다운 궁궐이나 성벽, 신전 등에 크게 유혹을 받았다. 목재와 석재와 노예, 특히 단단하게 주조된 청동은 충분히 혹할 만한 조건이었다.

단단한 청동을 만들기 위한 구리와 주석의 합금비는 성마다 가장 중요하게 다루어지는 기밀로, 그 비율을 아직 알지 못하는 남부 지역의 무기는 북국이나 북부 지역의 도시들에 비해 쉽게 이가 나가거나 부러졌다. 약한 전사보다 약한 무기가 전투에서 치명적인 결과를 초래한다는 것은 여기 모인 왕들이 가장 잘 알고 있다.

“북국은 현재 열한 부족의 연맹인데 우리 측으로 돌아설 가능성이 있는 부족이 넷이 있습니다. 그중 적어도 두 부족만이라도 우리에게 협조한다면 북국의 점령은 수월하게 풀릴 것입니다. 그러면 각 성의 왕들께서는 북국의 한 부족 전체를 노예로 삼을 수 있을 것입니다. 현재 제가 파악한 바로, 각 부족에서 무기를 잡을 수 있는 성인 전사의 수는 2~3천 안팎을 헤아린다고 합니다."

모인 왕들과 신관의 눈이 크게 벌어졌다. 생각보다 많은 인구다. 성인 전사의 수가 2~3천이면 부족 전체의 인구수는 만 명이 넘는다고 추산할 수 있다. 그 정도의 노예가 왕에게 주어진다면, 도시 자체를 완전히 새로 정비할 수 있을 것이고, 왕을 위한 강력한 군대도 만들 수 있을 것이었다. 기치다는 우아하게 웃으며 말을 맺었다.

"전쟁에 참가하지 않은 도시는 이웃 성이 번영하는 모습에 밤마다 잠을 이루지 못할 것입니다. 미노토스와 우부르알라, 우눅쿨라바, 그리고 우루크를 지키시는 전쟁의 이난나께 영광을. 각 도시를 보호하시는 위대한 일곱 신께 영광을."

진짜, 여우 중의 백여우 중의 상여우라니까.

레니에는 기치다의 여우 같은 낚시질에 혀를 내둘렀다. 저런 모습을 한두 번 본 것도 아니지만, 볼 때마다 참 대단하다 싶다. 왕들의 자존심을 건드리지 않을 선까지만 폭폭 찔러 위협을 한 후에 코앞에 미끼를 들이대고 살살 꾀는데, 그 미끼가 도저히 거절할 수 없을 정도로 달콤한 꿀 덩어리인 것이다.

물자가 부족해 무기도 제대로 못 만들고, 궁궐도 신전도 제대로 못 짓고 납작한 벽돌집에서 거하는 왕들이 저런 말을 들으면 얼마나 혹하겠냐 말이다.

게다가 전쟁의 이난나 여신을 섬기는 중부 쪽의 미노토스하고 남부 쪽의 우부르알라, 우눅쿨라바, 그 앙숙들을 한데 묶어 버리는 솜씨 좀 봐라. 타고났다, 타고났어.

"그렇다면 황금숲도 이번 전쟁에 참전한다는 뜻입니까?"

"그렇습니다. 저를 포함한, 아크를 잘 다룰 수 있는 남녀 신관들로 천 명 이상 차출하도록 하겠습니다."

사방에서 낮은 신음이 흘러나왔다. 신관들의 수는 많아야 천에서 일이백을 넘지 못한다. 즉 어린아이들을 제외한 거의 모든 신관들을 동원하겠다는 뜻이다. 게다가 알티르가 직접 출전한다는 것은 황금숲에서는 모든 것을 걸겠다는 의미였다.

파올리아 여왕이 조심스럽게 물었다.

"그렇다면 황금숲이 이 전쟁을 마치고 얻을 것은 무엇이겠습니까?"

"황금숲이 원하는 바는 크지 않습니다. 신성석의 자유로운 교역을 원할 뿐입니다. 소박하게 살아가는 신관들이 목재, 석재와 기름에 탐을 낼 이유도 없고, 무기를 만들어 무엇하겠습니까."

아아, 소박?

레니에는 저도 모르게 톡 튀어나올 뻔한 웃음을 누르기 위해 입술 끝을 꼭 오므렸다.

아니, 대체 소박하다는 말의 뜻이 언제 저렇게 경천동지할 정도로 바뀌었나 모르겠다.

아, 물론 신관님들이야 신성석만 있으면 못 할 게 없으니까 그러실 순 있겠다. 하늘에서 물벼락도 내리시는 분이 수로가 무슨 소용이 있으며, 손끝으로 불을 펑펑 피우는 능력자들이 기름등잔이 무슨 소용이며, 보이지 않는 바람칼을 수백 개 집어 던질 수 있는데 청동 야장이 뭐 그리 아쉬울까.

그의 시선이 레니에의 얼굴을 스치고 지나가다가 잠시 멈춘다. 무엇을 읽었는지 미간이 살짝 꿈틀, 한다.

"다만, 전리품 중 노예만은 받도록 하겠습니다. 소금산 부족민들이 저희의 몫이 될 것입니다."

모인 왕들은 보일락 말락 고개를 끄덕였다. 그래, 그거야말로 황금숲이 전쟁에 적극 참가하는 진짜 이유겠다. 황금숲의 전설과 신관들의 오랜 숙원을 모르는 왕들은 없었고, 더욱이 젊은 알티르는 원리주의자 중에서 가장 강경한 자라고 들었다.

그렇다면 소금산의 노예들은 황금숲을 위해 노역을 하는 게 아니라 모조리 몰살당할 용도겠다. 그들은 무거운 침묵으로 동의를 표했다.

"절박한 쪽이 굽히게 돼 있으니, 서역과 동방의 우회 교역로를 완전히 끊어 버리면 오래 버티지 못하고 산에서 기어 내려와 회전에 응할 수밖에 없습니다. 가나평원과 니누르갈 성의 외곽에 연합군을 배치하고 소규모 약탈을 막으면서 기다리시면 됩니다. 약탈과 기습에 강한 전사들은 진형과 대열을 갖춘 정식 회전에서는 결코 이길 수 없습니다."

"그들은 새가 모는 하늘수레를 타고 강궁으로 공격한다 들었는데 그것을 어찌 막을 생각입니까, 알티르?"

"아이기스 군도의 히레오스 대신관이시여. 운명을 정하시는 위대한 일곱 신께서는 짐승들이 인간의 영역에 들어올 때 인간에게 굴복하도록 운명 지으셨습니다. 짐승의 무리는 백염산맥을 넘는 순간 아크의 힘을 알게 될 것입니다. 새 수레가 하늘을 새까맣게 채운다 한들, 아크로 새들의 날개를 자르고 새를 탄 자들을 추락시켜 그들의 목을 꺾어 놓으면 그만입니다."

긴 회담 끝에 남국 열 개 도시의 왕들은 연합군의 결성을 승인했다. 숲의 수호자는 다른 도시의 왕이나 대신관과 격이 다른 존재였고, 그의 설득은 거부하기 어려울 정도로 달콤하기도 했다.

각 성에서 차출할 전사들의 수를 정하고 보급에 대해 의논하고 지휘관이 선출되기까지 레니에는 구석 자리에 앉아 조용히 기다렸다. 긴 시간이었지만 지루하지는 않았다.

총사령관은 미노토스의 피디오스 왕이 되리라는 예상을 깨고, 기치다가 맡게 되었다. 북부와 중부 성들에 대한 해묵은 반감이 있는 남부 지역의 통치자들이 피디오스의 지휘를 받는 것을 반대했던 것이다. 기치다는 자리에서 일어나 그들에게 가볍게 고개를 숙이는 것으로 총사령관직을 수락했다.

니누르갈의 가나평원. 7만 명의 남국 연합군. 적절한 개전 시기로는 식량 보급을 감안해, 본격적인 밀 수확철인 시마누 월(현 5~6월) 정도가 좋으리라는 의견이 대세였다.

모이는 시기는 각 도시 군사들의 연합 훈련을 고려해 두 달 정도 앞당겨졌다. 한 해의 첫 달인 니사누 월(현 3~4월), 춘분절 직후였다.

❖ ⚕ ❖

"북국과 정면 대결하기 전에, 우리가 해야 할 일이 두 가지가 있어."

긴 복도를 앞장서 걸으며 기치다가 말했다. 무심한 목소리였다.

"어떤 일인가요, 기치다 님?"

"북국의 부족들끼리 반목하게 해서 힘을 빼 두어야 해."

"어떻게 하시게요?"

"너라면 어떻게 하겠니?"

기치다는 종종 레니에를 시험하듯 물었다. 이럴 때마다 레니에는 몹시 골치 아팠지만 고용주가 고용주이니만큼 참아야 했다.

"전에 남국에 협조하겠다고 한 네 부족과 비밀리에 접촉해 봐야 하지 않을까요? 전쟁 중 배후에서 공격을 해 줄 수 있는지 타진을 해 봐야죠."

"그렇지. 똑똑하구나."

"그런데 지난번처럼 북국 사정 모르는 왕제님 같은 분이 갔다간 일이 볼만하게 풀릴 텐데요. 어떤 신관님을 파견하실 건가요?"

"신관? 네가 황금숲의 신관들을 너무 과대평가하는구나. 천족들은 너무 곧이곧대로인 데다 약해 빠져서 아크를 쓰고 얼굴이 반반한 것 말고는 아무짝에도 쓸모없어, 레니에."

"우와, 신관님들을 그렇게 막 두드려 까도 괜찮으세요?"

"내가 알티르인데 누가 뭘 어쩐단 말이니."

기치다의 맑은 웃음소리가 그의 등을 타 넘어 레니에의 앞에서 퍼졌다.

"그리고 그보다 훨씬 중요한 일이 하나 더 있지. 그 일만 성공하면 이번 전쟁은 반 넘게 이기고 들어가는 거야. 천족들은 보낼 수 없다. 북국에 대한 정보에 밝고 기민한 자와 암습에 능한 전사들, 충성스러운 전사들이 필요해."

"네."

레니에는 조용히 고개를 끄덕였다. 북국과의 전쟁 이야기가 자꾸 구체화할수록 속이 편하지 않았다.

"이럴 줄 알고 북국에 잠입할 밀사를 두 명 뽑아 두었지. 그 이상의 적임자는 없을 거야. 지금 접견실에서 기다리고 있어."

아하. 어쩐지. 미리 적임자들을 준비해 두셨구나.

레니에는 얼굴도 모르는 밀사들에게 잠시 애도를 표했다. 어느 성에서 차출된 전사인지 모사인지는 모르겠지만 가서 개고생은 필수고 살해당하는 것도 '필수에 가까운' 선택사항이라는 건 장담할 수 있겠다.

일단 교역이 전면 중단된 상태라 침투하기도 어렵거니와 그들과 마음을 트고 교류하거나 정보를 캐기는 더욱 어려울 것이다.

북국 사람들은 타국 사람들에 대해 엄청 배타적이다. 장사치들의 교역은 환영하지만 그들 안에 들어가 어울려 살거나 무언가를 조사하는 일은, 특별한 연고나 인연이 없는 한 불가능하다고 봐야 했다.

"그 '훨씬 중요한, 다른 한 가지 일'은 뭔가요?"

"적을 분열시키려면 그들을 묶고 있는 끈부터 끊어야 하지. 넌 지금 북국을 하나로 묶고 있는 게 뭔지 알고 있니?"

"……잘 모르겠어요."

레니에는 조심스럽게 대답했다. 뻔히 알지만 안다고 대답할 수 없는 질문이었다. 마음이 점점 술렁술렁하고 뭉근하게 북적이기 시작했다. 흐음. 기치다가 애매한 콧소리를 내며 웃었다.

"그 끈을 끊지 않으면, 우리는 대단히 어려운 전쟁을 치러야 한다."

레니에는 도저히 걸음을 옮길 수 없었다. 복도에 그대로 붙어서서 발을 떼어 내려고 애를 쓰는데, 발이 떨어지지 않는다. 기치다는 뒤도 돌아보지 않고 걸음을 옮기며 여전히 평이한 목소리로 말했다.

"한 가지 물어볼 게 있어. 레니에."

"예. 말씀하세요, 기치다 님."

왜인지 목이 서서히 눌리는 것만 같다. 기치다 님의 목소리도 조금 눌린 듯, 흔들리는 듯 느껴지는 것이 이상했다.

"넌 8년 전에 나한테 충성을 바친다고 약속했어. 그렇지?"

"……예. 그랬습니다."

레니에는 떨리는 목소리로 대답했다. 기치다의 목소리가 조금 더 부드러워진다.

"지금 똑같은 질문을 다시 한다면, 넌 여전히 충성을 바친다고 약속하겠니?"

레니에는 천천히 입을 틀어막았다.

이건, 이건 단순히 충성을 확인하는 질문이 아니다.

이것은, 선택을 확인하는 질문이다. 그때의 선택을 후회하지 않는지.

아니, 그것도 아니다. 그때의 선택을 확인하는 질문이 아니다.

……그는, 지금 다시 묻고 있다. 이렇게 난데없이. 이렇게 뜬금 없이 다시 묻는다. 레니에, 혹시 지금은 나를, 이제는 나를, 나 기 치다를.

레니에는 몸을 떨었다. 지금 기치다 님은 평생 꿈꾸었던 신성한 임무의 완수를 눈앞에 두고 있다. 지금까지 아무도 해내지 못한 신관들의 승천의 꿈을 드디어 이루어 내려 하는데, 손에 잡힐 정 도로 가까이 밀어붙였는데 왜 지금 저런 걸 물어보실까?

8년간 그의 마음속 가장 깊은 곳에 눌려 있던 지독한 감정이 몸 부림을 치며 일어나는 것이 보인다. 뿌옇게 주변을 흙탕물로 만들 어 버리는 것이 보인다. 왜 하필 이럴 때!

……아니, 어쩌면 너무나 당연하게도 이럴 때.

하지만, 이러시면 안 되잖아요, 기치다 님.

그걸 지금 저한테 이렇게 물어보시면 안 되잖아요…….

레니에는 주먹을 꽉 움켜쥐고 눈을 부릅떴다. 살면서 지독하게 고약한 선택은 항상 레니에의 몫이었고, 레니에는 결과가 어찌 되 든, 선택하는 것을 남에게 넘기거나 포기한 적은 없었다. 이번에 도 마찬가지였다.

"물론이에요, 기치다 님. 저는 그때나 지금이나 기치다 님의 가장 충성스러운 측근 전사입니다."

명민한 대신관은 총명한 시동이 자신의 의도를 파악했다는 것을 알았고, 그 대답이 의미하는 바도 알았다.

대답을 듣기 위해 잠시 걸음을 멈추었던 그는 고개를 끄덕이며 다시 발걸음을 떼었다. 길고 아름다운 머리카락이 바람에 가볍게 흔들리고, 그의 웃음소리가 머리카락을 따라 뒤로 가볍게 흩어졌다.

"그래. 그렇게 대답해 줄 거라 생각했어. 고맙다, 레니에."

"……기치다 님."

"그동안 나를 헌신적으로 잘 지켜 주었던 것도 정말 고맙다."

이 인사는 아무래도 이상하다. 레니에는 목이 졸리는 듯한 느낌을 참으며 간신히 대답했다.

"기치다 님을 지키는 것이 제가 맡은 임무인걸요."

"그래, 그간 나를 위해 힘든 임무를 오래 맡아 주었지. 미안하고 고마웠다. 이번 일이 아마 나를 위한 마지막 임무가 되겠구나."

"……예?"

"이번 임무만 완수하고 오면, 네 가장 간절한 염원을 이루어 주겠다, 레니에."

레니에는 온몸을 부들부들 떨었다. 이게 무슨, 무슨 말이지? 한참 앞서가는 기치다의 등을 향해 레니에가 쥐어짜듯 물었다.

"제 가장 간절한 염원이 무엇인지 아세요, 기치다 님?"

"10년의 간절한 염원을 내가 모르리라 생각했니?"

그의 뒷모습이 천천히 멀어진다. 아니다, 그가 문득 자리에서 멈춰 선다. 하지만 돌아보지 않고, 그는 담담하고 맑은 목소리로 말했다.

"네가 이번에 목숨을 거둬 와야 할 자는, 레니에."

"예, 기치다 님."

"도끼 한 자루로 부족 하나를 몰살해 버린 북국 제일의 전사이자."

"……예."

기치다 님은 알고 있었다. 내가, 내가 북국에서 구해 줬던 게 누구인지.

"백염산맥 소금성의 주인이며."

"……예."

그리고 소금성에 대해 잘 알고, 그곳의 왕에게 가장 접근하기 쉽고, 그를 가장 증오하는 사람이 누구인지, 진작부터 알고 계셨다.

"분열돼 있던 열두 개 부족을 통일한 북국의 왕, 쿤이다."

도저히 대답이 나오지 않는다. 누군가 심장을 칼끝으로 찍어 대는 것 같다.

기치다 님, 혹시…….

그가 저를 죽이려고 백염산맥을 다 뒤지고 다녔다는 걸 알면서도, 제 정체를 들키는 순간 죽게 되리라는 걸 알면서도 저를 보내시는 건가요?

눈물이 천천히 뺨을 타고 흘러내린다. 앞에서는 다시 웃음소리가 흘러나오기 시작했다. 기쁠 때 웃는 대신 필요할 때 웃으며, 슬플 때 우는 대신 필요할 때 눈물을 보이도록 스스로를 단련시킨 사내는 새로이 충성을 맹세한 전사에게 등을 돌린 채, 부드럽고 달콤한 목소리로 웃는다.

그의 고요한 음성이 레니에의 턱에 맺힌 눈물을 건드려 툭 떨어뜨린다.

"내 마지막 명령이다. 무사히 돌아오너라, 레니에."

❖ ⚜ ❖

"아, 알티르 님, 이렇게 다시 뵙게 되어 여, 영광이올시다. 이거원 염통이 이렇게 벌렁거려서야. 그, 그런데 이 천한 장사꾼을 무슨 일로 긴히 뵙자 하셨는지요?"

접견실의 문이 열리자마자 꽤 익숙한 목소리가 쟁쟁 튀어나온다. 뒤이어 꽤 낯익은 동글동글한 얼굴이 뎅그런 고리눈을 둥글둥글 굴리더니 냉큼 엎드려 절을 한다.

레니에는 멍하니 서서 눈을 깜박였다.

– 이럴 줄 알고 북국에 잠입할 밀사를 두 명 뽑아 두었지. ……지금 접견실에서 기다리고 있어.

그런데 접견실에 있는 사람은, 동서남북의 소문이 귀에 넘쳐 나는 축복을 받았다는 헤다 섬의 수다쟁이 장사꾼 한 명뿐이었다.

20. 짐승들의 땅

"레니에, 잘 들어 둬. 나, 헤다 섬의 텔코스로 말할 것 같으면, 백염산맥 쪽 교역로가 막히기 전에는 장장 15년 동안 북국과 동방, 서역을 넘나들면서 대규모 무역을 해 온, 거상이라면 나름 거상이랄 수 있는데 말이지."

"거상이요? 썰매 다섯 대로 소금 장사, 옷감 장사 했다면서요."

진실을 밝히기가 무섭게 뒤통수에서 거대한 충격이 몰려왔다.

"어쨌든 관록으로 보나! 경험치로 보나! 현재 남국에선 나 이상가는 북국 전문가는 드물 거야. 그러니 내가 말하는 주의사항을 귓구멍 털고 들어 둬."

"······아, 예."

"북국 놈들은 겉으론 멀쩡하니 사람처럼 말하고 사람처럼 입고 다녀도 알맹이는 짐승이야. 한 번 욱하면 주먹이, 두 번 욱하면 칼이 튀어나와. 오죽하면 수인종족이라 하겠어? 북국 놈들 앞에

517

선 그저 시비 안 털리고 눈에 안 띄는 게 최고야. 알았어?"

"……아아, 예."

"어딜 가나 입조심, 조신조신 몸조심! 특히 아랫도리 조심! 미노토스의 왕제님 이야기도 들었을 테지만, 원래 여기선 여자 문제가 걸렸다 하면 거시기가 아니라 모가지가 날아가. 알았어?"

"……아아아, 예."

콧물을 훌쩍거리며 떠들어 대는 텔코스와 열심히 삽질하는 레니에 사이로 칼날처럼 아린 북풍이 쌔애액 쒸이익 소리를 내며 지나간다.

사방 새하얀 지평선밖에 보이지 않는 허허벌판이라 바람의 위세는 무시무시한데, 저 빌어먹을 장사꾼은 언제 잔소리 끝내고 천막 치는 일 좀 도와주려나. 순간 뒤에서 와르릉 고함이 터졌다.

"시발, 대답에 영혼이 없구나. 네놈이 고자가 되는 건 상관없지만 나 헤다 섬의 텔코스! 노예 놈의 태도가 불량한 건 못 참아! 돈안 줘. 난 알티르 님처럼 자상하고 친절하지 않다고! 주인님 말씀 씹다가 돈도 못 받고 잘린 놈으로 이름을 휘날리고 싶으냐. 엉?"

"아, 그건 아니죠. 돈은 중요하죠. 네."

"바로 그거지! 돈을 받으려면 뒈지지 말고 살아 돌아가야 하고, 그러려면 주인님 말씀을 새겨들어야지."

"아, 예."

"숲에서 맹수를 만날 때 어떻게 해? 찍소리 않고 납작 엎드려서 놈이 지나가길 기다리지? 북국에서도 마찬가지야. 우리의 인생 목표는 굵고 짧고 장렬한 거 아니지? 점토판에 이름 안 남아도 되니까 가늘고 길게 벽에 똥칠할 때까지 사는 거지?"

"아, 좀! 인간적으로 벽에 똥칠하는 걸 인생 목표로 삼고 싶진 않다고요!"

레니에가 지금까지 겪어 온 일이 워낙 점잖다 보니, 오늘 밤에 잠자리에 들어서 내일 아침에 무사히 일어나리란 보장이 없었다. 그러니 맛있는 것이 있으면 내일 생각하지 않고 오늘 배 터지게 먹고, 하고 싶은 일이 있으면 오늘 직성이 풀리도록 하는 것이 레니에 기준에선 가장 남는 장사였다.

오늘 먹고 내일 배 째는 삶이란 그 얼마나 간결하고 우아하고 실속 있느냐. 그에 비해 '벽에 똥칠'을 향해 달려가는 가늘고 긴 미래란 너무나도 멀고 슬픈 목표였다.

하지만 레니에는 임시 주인 놈을 설득하는 대신 용케 참았다. 한 마디를 하면 주인 놈의 주둥이에서 백 마디가 튀어나올 것을 알기 때문이다. 현재 텔코스는 레니에를 은 7세켈에 두 달간 단기 고용한, 엄연한 고용주였다.

레니에는 저런 자를 밀사로 발탁한 기치다 님의 안목이 심각하게 의심스러웠다.

텔코스는 관록 있는 장사꾼답게 '밀사 계약'에서도 탁월한 밀고 당기기 기술을 선보였다. 예전에도 느낀 바 있지만 기치다 님은 아크 실력으론 천하제일이고 왕들을 구워삶는 실력도 혀를 내두를 정도지만 닳고 닳은 장사꾼들과의 흥정은 영 젬병이었다. 자칭 '북국 전문가'라는 헤다 섬의 장사꾼은 황금 10마나(약 5.7kg)와 알티르가 직접 제작한 '불의 낙인' 아크 점토판 백 장으로 판돈을 키운 후 밀사 계약을 수락했다.

하지만 기치다 님에게도 마지막 한 방이 남아 있었다. 그는 텔코스에게 '먼 길 가자면 똘똘한 심부름꾼이 하나 필요할 텐데.' 하며 상냥하게 운을 뗐다. 일 잘하고 똑똑하며, 목동 생활도 오래해서 자잘한 들짐승 정도는 알아서 쫓아낼 수 있는, 꽤 쓸모 있는 놈이 하나 있다고도 했다.

레니에의 등으로는 식은땀이 쪼르르 흘렀고, 눈치 빠른 장사꾼은 바로 '날 감시할 놈이 하나 붙겠구나.' 하고 이해했다.

변수가 워낙 많은 일이라, 많은 인원이 갈 수 없었다. 의심을 사지 않기 위해 호위 전사조차 따라갈 수 없는 상황이었다. 텔코스는 울며 겨자 먹기로 알티르의 빡빡머리 시동을 일꾼으로 고용했고, 상행이 끝나는 대로 레니에에게 은 7셰켈을 지불하기로 약속했다.

뒤이어 천족 대신관님은 '의심을 살 만한 상황이 되었을 때, 신을 걸고 맹세라도 하려면 진짜 돈을 내고 고용해야 한다.'고 사근사근 설득하기 시작했다. 그야말로 상냥한 날강도 같았다. 원래 장사란 살을 주고 뼈를 취하는 법, 큰 날강도는 작은 날강도에게 굴복했다.

레니에가 보기에 텔코스는 동료나 친구로는 정이 많고 유쾌한 사람일 수 있지만, 고용주로서는 영 아니올시다였다. 알티르의 시동이었다고 뒤통수 후려치기를 면제해 주는 법도 없었고, 잔소리는 그야말로 상상 초월이었다.

하지만 레니에는 차라리 그가 진종일 떠들어 대는 것이 오히려 고마웠다. 북국에 들어오면 자꾸 잡스러운 생각이 나고 기분이 가라앉을 것 같았는데, 텔코스의 잔소리 덕에 옛날 생각 따위에 잠길 틈이 없었다.

안 그랬으면 자신이 다시 마주쳐야 할 누군가에 대한 생각 때문에 몹시 심란해졌을 것이다. 그와 마주쳐서 벌어질 일에 대한 예상까지 연결되면 아마 밤에 잠도 이루지 못했으리라.

천만다행으로 저놈의 혓바닥은 눈뜰 때부터 시작해서 잠들기 직전까지 얼어붙는 법이 없었다. 엔키 님이나 닌후르상 여신께서는 저 인간을 만들면서 아무래도 대판 싸움이라도 했던 게 틀림없다. 그래서 홧김에 진흙을 바닥에 집어 던져 발로 대충 치대 얼굴과 몸을 만든 다음에 혓바닥은 쉴 새 없이 까불대는 개 꼬랑지를 떼어다 붙인 거다.

"에휴, 텔코스 님, 그래도 다 사람 사는 곳이잖아요. 너무 그러지 마세요."

"저거 또 속 터지는 소리 한다. 지금 북국 왕의 선조가 사람이 아니고 식인수리라는 건 아냐? 그놈이 자식새끼 낳아 준 마누라까지 잡아먹었다는 얘기는 알고나 있냐? 재수 없으면 우리도 장사 잘 하다가 그 꼴 안 난다고 누가 보장해? 오늘은 팔 한 짝, 내일은 다리 한 짝! 따라 해 봐! 시발 놈의 후손은 시발 놈이다! 엉? 엉?"

"시발 놈의 후손은……. 아 진짜! 도와줄 거 아니면 일이라도 하게 놔두세요, 좀! 추워 죽겠는데 천막 좀 치게! 구멍을 네 개나 더 파야 한다고요!"

다시 뒤통수에서 빡 소리가 났다. 아, 씨발! 레니에는 뒤통수를 감싸고 쭈그려 앉았다.

"이게 아주 힘쓴다고 유세하네? 비실비실 비쩍 말라비틀어지고 손목 발목 뼈다귀는 꼭 생선 가시같이 가늘가늘한 새끼가! 사냥은 개뿔, 짐꾼으로도 못 써먹을 놈! 아무래도 7셰켈을 사기당한 거야. 확 잘라 버릴라!"

레니에는 뒤통수를 문지르며 진지하게 생각에 잠겼다. 진실로 말세다. 황금숲 대신관의 최측근 전사가 고작 은 7셰켈에 팔려 와서 걸핏하면 처맞고 이런 말이나 듣고 있어야 한다니.

어쩔까. 저놈의 시끄러운 물건을 죽일 수도 없고, 살릴 수도 없고.

……아니, 죽일 수는 있는데 살릴 수는 없는 거구나.

레니에는 멀뚱하니 그를 바라보며 잠시 고민에 잠겼다. 저걸 확 그냥, 뒤통수를 한 대 쳐서 엎어 놓고 주둥이만 꽉꽉 묶어서 썰매 꽁지에 매달아 끌고 갈까.

잠시 후 레니에는 장사꾼의 살인적 수다에 얌전히 복종하기로 비장하게 결심했다. 개 열두 마리가 끄는 썰매 다섯 대를 백염산 맥까지 혼자 몰고 갈 자신이 없었고, 침묵 속에서 앞으로 해야 할 일을 상상하며 닷새 길을 버틸 자신은 더더욱 없었던 것이다.

어쩌면 기치다 님이 이 장사꾼을 택한 것은 가장 탁월한 선택인지 모른다. 교섭 밀사로서가 아니라 잡생각 많은 암살자의 파트너로. 레니에는 싱긋 웃으며 고용주님께 공손하게 물었다.

"텔코스 님은 그렇게 북국 사람들을 무서워하시면서 어떻게 15년이나 장사를 다니셨어요?"

"돈의 힘이지."

레니에는 모든 것을 평정하는 그의 결론에 드디어 고개를 끄덕였다.

❈ ⚕ ❈

백염산맥의 사잇길을 통한 교역로가 막혀 있기 때문에, 레니에와 텔코스는 굉장한 고난의 행군을 감내해야 했다. 동방 국경으로 우회해 북국의 부동항을 통해 입국해서, 북국의 대평원을 가로질러 백염산맥으로 들어가는 행로였다.

하지만 이 행로가 지랄 같은 것이, 대평원은 1년의 절반이 얼음과 눈보라로 뒤덮이는 지역이었다. 초여름이 돼서 이 넓은 들이 꽃들과 키 작은 풀로 가득 뒤덮이면 물건을 잔뜩 짊어진 북국 말 수십 마리를 끌고 기세 좋게 가로지를 수도 있다는데, 눈과 얼음

밖에 보이지 않는 허허벌판에선 어림없는 소리. 털이 **빽빽**한 북극 말이나 개가 끄는 썰매 다섯 대가 한계였다.

언제 무슨 일이 벌어질지 모르고 악천후 때문에 도착 시간조차 가늠이 안 되는 길이었다. 그래서 기치다는 레니에의 불의 아크를 두 달이나 연장해 주어야 했다.

눈보라 속에서 간신히 천막이 세워졌다. 레니에는 나무 기둥들을 얼음에 박아 뼈대를 세운 후 순록 가죽을 덧대 만든 천막을 씌우고, 사방에 쐐기를 박아 고정했다. 바닥의 바람구멍은 짐을 끌어와 꼼꼼하게 막았다. 그리고 작은 썰매 두 대를 천막 안으로 들여 침상 두 개를 만들었다.

텔코스가 화로에 불을 피워 천막의 한가운데 놓았다. 불길이 천천히 나무를 먹어 들어가며 타닥타닥 소리를 내기 시작했다.

장사꾼은 안에 털을 덧댄 가죽 신발을 벗고 흠뻑 젖은 아마포 발싸개를 풀어 불 앞에서 흔들며 말렸다. 구린내가 천막 안에 자욱하게 퍼졌지만 레니에는 웃고 말았다. 자신의 발싸개도 사정은 비슷할 것이다.

"자, 저녁 준비하겠습니다. 시장하시죠?"

레니에는 불이 솔솔 올라오는 질화로 위에 양털 뭉치로 고이 감싸 둔, 바닥이 평평한 질그릇을 꺼내 얹었다. 눈을 녹인 물과 곡식 가루, 건육, 말린 채소, 딱딱하게 얼어붙은 버터, 소금 따위가 대중없이 들어갔다. 추운 겨울에는 버터가 듬뿍 들어간 걸쭉하고 뜨끈한 고기 국물만큼 좋은 게 없었다.

두 사람은 한참 동안 말도 없이 음식을 먹어 치웠다. 열두 마리의 개들도 고깃덩이를 게걸스럽게 먹어 치운다. 천막 안에서는 후루루 쩝쩝 시근시근하는 소리밖에 들리지 않았고, 천막 밖에서는 부우우우, 쿠우우우, 싸락눈을 잔뜩 머금은 바람이 가족 잃은 늑대처럼 날카로운 목소리로 울어 댔다.

"이봐, 빡빡이. 이쯤 해서 솔직하게 말해 봐. 너 북국에서 살았던 적 있지?"

레니에는 엉덩이를 움찔 뒤로 물렸다. 텔코스는 양털 깔개를 펴고 벌렁 누운 채 배를 슬슬 어루만지며 느긋하게 웃고 있었다.

"에이, 뜬금없어라. 그게 무슨 말씀이세요?"

"내 눈은 못 속여."

텔코스는 길게 기지개를 켜며 말했다.

"남국의 쪼끄마한 엘데 섬하고 황금숲에서만 살았다는 놈이 북국 오는데 겁 하나 안 내고, 이것저것 아는 것도 많아. 온통 얼음으로 뒤덮인 허허벌판에서 별을 보면서 방향을 찾고, 눈을 파서 척척 굴을 만들고 천막을 친다? 나같이 북국만 15년 넘게 드나들었던 장사치한테도 쉬운 일이 아닌데?"

"……."

"게다가 네놈 천막 치는 방식이 남국이나 서역의 방식이 아니야. 이런 식으로 틈새 바람을 완전히 막는 방법은 북국 토박이나 신성석 동굴에서 몇 년간 굴러먹은 놈들만 사용하는 거지. 일단 남국 토박이는 틈새 바람의 무서움을 알지도 못하거니와, 생전 한 번도 겪어 보지 못한 추위에 그냥 넋이 나가 버리거든."

이런 젠장. 저 수다쟁이 뚱뚱보는 쓸데없는 데서 굉장히 눈치가 빨라서 처음부터 불안불안했었다.

"더욱이 황금숲의 알티르께서 북국하고 한판 전쟁을 하려고 호시탐탐하는 이 판에 고작 잔심부름꾼 노예 놈을 감시인으로 딸려 보낼 리는 없지. 안 그래?"

"잔심부름꾼 노예 놈 맞는데요. 이난나 여신께 맹세코 사실입니다!"

레니에는 태연하게 고개를 저으며 부인했다. 하지만 텔코스는 비시시 웃더니 레니에의 어깨에 팔을 턱 얹었다.

"빡빡이. 나도 가끔 위대한 신들의 이름을 팔아먹긴 하지만 그것도 너무 자주 하면 안 돼. 이름의 주인이 노하신다고. 그보다, 이 정도면 인간적으로 쌓인 정도 많은데, 툭 까놓고 말할 때도 되지 않았어? 우리가 추구하는 가늘고 긴 인생 목표를 위해서."

"······."

"며칠 안 있으면 백염산맥에 도착하잖아. 가면 무슨 일을 당할지 몰라. 여차하면 모가지가 날아갈지도 모르는 상황인데, 동료조차 믿지 못한다면 어떻게 무사히 집에 돌아가겠어? 농담 아니야. 서로 무슨 생각을 하는지 정도는 알아야 만약의 사태가 벌어질 때, 상황에 맞는 판단을 내릴 거 아니겠어?"

"상황에 맞는 판단이 뭐가 있겠어요. 만약의 사태가 터지면 뒤도 돌아보지 말고 각자 튀는 걸로 해야죠."

그런데 웬일로 주인 나리의 뒤통수 작렬이 터지지 않는다? 텔코스는 꽤나 진지하고 심각한 얼굴이었다.

"물론 북국에선 그게 현명한 판단이겠지만 문제는 네놈이 알티르께서 총애하는 시동이라는 점이야. 무사히 돌려보내지 못하면 내 입장이 상당히 거시기해진다는 뜻이지. 게다가 날 감시하는 거 말고 다른 일도 해야 하는 게 뻔하잖아. 알티르 님이 돌대가리도 아니고."

아, 빌어먹을. 이 작자는 장사를 너무 오래 했어. 레니에가 눈썹을 찡그리자 그가 이마에 쭈글쭈글 주름을 잡더니 툭 말한다.

"뭐, 대충 짐작은 가. 신성석을 몰래 반출할 길을 뚫어 보라는 알티르의 밀명이 있었겠지. 그렇지?"

다행히 레니에의 진짜 임무까지는 눈치채지 못한 듯했다. 레니에는 수긍도 부인도 않고 잠자코 있었다.

텔코스는 레니에가 백기를 들 때까지 달달 볶아 대기 시작했다. 그가 동서남북의 소문이 귀에 넘치는 축복을 받은 이유를 알 것 같다. 그는 궁금한 것이 있으면 기어이 알아내야 직성이 풀리는 성격이었고, 꽤 끈덕지고 집요하기까지 했다. 레니에가 꿈쩍도 안 하자 그는 짐짓 너그러운 표정으로 돌아가 고개를 끄덕였다.

"좋아. 밀명일 테니 그것까지 묻지는 않을게. 이것만 알려 줘. 빡빡이 너, 예전에 북국에 와 본 적이 있지?"

"……있습니다."

레니에는 잠시 망설이다 짧게 대답했다. 어차피 털린 것이면, 의심받지 않을 선까지 사실을 이야기해 주고, 만약의 사태에 대비하게 하는 것이 나을 것 같다.

"이럴 줄 알았다니까. 어쩐지 알티르 님이 웃는 품이 영 수상하더라니. 그래, 북국 사람들하고 살았었나?"

"……그럴 리가요. 어릴 때 백염산맥의 신성석 광산에 잠시 숨어 있던 적이 있었어요."

레니에는 아무렇지도 않은 목소리로 대답했지만 텔코스는 눈을 휘둥그레 떴다.

"휘! 설마설마했더니 신성석 광산? 그 개막장 도굴꾼들 사이에서 지냈다고? ……어쩐지. 알티르가 신성석 때문에 골라 보낸 사람이 맞았군그래."

텔코스는 얼빠진 목소리로 중얼거렸다. 그래도 '너도 혹시 불의 낙인이 박힌 도망 노예였느냐.' 물으려던 말은 얼른 삼켰다. 나이도 어린데 그런 경험을 했다는 건 굉장히 힘든 상처가 있을 거라는 뜻이었으니까.

텔코스는 호기심이 많기는 했지만 남의 상처까지 후벼 파는 사람은 아니었다. 레니에는 덤덤한 얼굴로 고개를 끄덕였다.

"물론 신성석을 캐려고 들어간 건 아니었어요. 그때 전 의지할 데 없는 고아였고, 어쩌다 보니 북국까지 흘러 들어가서 숨어 있었던 것뿐이니까요. 그런데 이거, 절대 다른 데서 말씀하시면 안 돼요."

크와하하하! 텔코스는 호기롭게 웃더니 다시 바짝 얼굴을 들이대고 소곤거렸다.

"당연하지, 나 입 무거워. 신용 하나를 재산으로 살아온 헤다섬의 텔코스 아니냐. 때려죽여도 말 안 해. 그때 북국 사람을 만났던 거군그래?"

"네. 그곳에 있을 때 조난한 북국 소년 한 명을 구해 준 적이 있었어요. 정신 들 때까지 한 며칠 돌봐 주다가 돌려보냈는데, 그때 북국 사람이 어찌 사는지 이것저것 이야기를 좀 들었어요."

"아, 어쩐지. 그럴 것 같더라니."

"외모나 생각이나 생활 방식 같은 게 우리랑 약간 다르긴 했지만, 수인종족이라고 특별하진 않더라고요. 우리처럼 다치면 아파하고 좋으면 웃고 슬프면 눈물 흘리고 그러는 보통 사람이었어요."

"이봐, 겨우 꼬꼬마 한 놈 만난 걸 가지고 북국 사람들을 판단하진 말라고. 난 북국 상행만 15년이고 북국 사람을 적지 않게 만나 봤어. 같잖은 배신이나 여자 문제 따위로 격분해서 피의 복수를 하고 모가지 날리는 꼴을 한두 번 본 게 아냐. 괜히 수인종족이라 하는 게 아니라고."

"배신……이라. 하긴, 그럴 수도 있겠네요."

레니에는 잠자코 질화로의 불씨를 헤집었다. 화로 속에서 타그락, 타닥 하는 소리가 조용하게 들리는 중에 갑자기 거칠고 나직한 목소리가 끼어들었다.

– 북국 사람들은, 은원을 잊지 않는다.

레니에는 가만히 눈을 깜박거렸다. 북국에 들어온 후부터 다시 들리기 시작한 목소리.

– 나는 후와투와 카할라의 아들, 소금성에 사는 쿤이다. 네 이름은? 고향은? 아비의 이름은?

레니에는 새빨갛게 타오르는 불꽃을 물끄러미 바라보며 씁쓸하게 웃었다. 이놈의 목소리는 지긋지긋할 정도로 끈덕진 데다, 북국에 들어온 이후로는 끔찍할 정도로 생생해졌다.

– 네 이름이 알고 싶다.
– 이름이 안 되면 나이라도 알려 줄 수 있나? 나는 열여섯 살이고, 춘분절이 돌아오면 열일곱 살이 돼서 성인식을 치르게 된다.

그래. 성인식을 앞둔, 덩치는 커다랗지만 얼굴은 앳되어 보이던 그 녀석은 나와 동갑이었다.
지금은 어떻게 변했을까 아주 조금 궁금하긴 하다.

– 나는 네게 목숨을 빚졌으니, 반드시 은혜를 갚을 것이다.

……은혜? 은혜라고 했니?

레니에는 풀썩 쓴웃음을 지었다.

그래. 은혜는 갚고 싶고, 했던 짓은 무르고 싶고, 결혼하고 보니 지저분한 과거는 지워 버리고 싶고? 그래서 결론이 죽여서 은혜를 갚는 걸로 났니? 내가 편하게 죽는 게 소원이라고 하니까 그거 들어주려고 했던 거니?

하긴. 네 조상인 식인수리도 아이까지 낳아 준 아르마누를 잡아먹는 걸로 은혜를 갚았었지. 그 직계 후손이라는 놈이니 그런 식으로 은혜를 갚는다 해도 썩 놀랄 일도 아니지.

⋯⋯좀 늦었지만, 나도 네게 은혜를 갚으러 왔어.

21. 재회

레니에는 탁탁, 불꽃 튀는 소리를 들으며 미간을 찡그렸다. 그동안 잊고 살았다고 생각했지만 사실은 전혀 잊히지 않았다. 북국에 발을 디디는 순간부터, 정확히 말하면 기치다에게 밀명을 받는 순간부터 그에 대한 모든 것이 미친 듯이 수면으로 떠오르는 중이다.

소금성의 쿤, 후와투와 카할라의 아들.

성인식을 목전에 두고 있다 했는데 썩 어른스러워 보이진 않았다. 북국 사람답게 덩치는 큰 편이었지만, 어딘지 동그스름한 얼굴과 주근깨가 살짝 얹힌 뺨엔 앳된 기가 여전히 남아 있었다. 유일하게 어른스러웠던 것은, 우스꽝스러울 정도로 고리타분한 말투와 단단하게 근육이 박힌 팔다리뿐이었다.

구불구불하고 덥수룩한 적갈색 머리카락이 엉망으로 뒤엉켜 어깨를 뒤덮고 있었다. 피부는 눈에 반사된 햇볕에 그을려 거무스름했고, 눈썹은 굵고 짙었고, 귀와 코는 큼직하고 두터웠다.

……이렇게 자세하게 기억이 날 건 또 뭐람.

"그나저나 어렸을 때 이난나 여신의 축복인지 사랑점인지 받았다면서?"

텔코스가 다시 들이대며 캐기 시작한다. 이놈의 장사꾼은 주변 사람에게 관심이 많았고, 개개인에 대한 정보를 소상하게 기억하는 편이었다. 자상하다면 자상했고, 귀찮다면 귀찮았다.

"사랑점이 뭐예요! 신탁이요, 신탁! 봉납물로 밀빵하고 무화과 두 개를 드렸으니 엄연한 신탁이었다고요!"

"변이나 똥이나 그게 그거지, 그 후로 어떻게 됐어?"

"어떻게 되긴 뭘 어떻게 돼요. 이렇게 살고 있죠."

"이 자식이 속 시원하게 말 안 하고 맨날 말꼬리 빼지, 엉?"

기치다가 레니에를 딸려 보내며 텔코스에게 '이난나 여신께 특별한 축복을 받은 아이이니 함부로 대했다간 여신의 진노를 받을 것'이라 경고를 한 것이 문제였다.

왜 그런 경고를 했는지는 잘 알겠지만 결과적으로 레니에만 몹시 귀찮아지고 말았다. 텔코스는 남녀 애정 문제라든가 사랑점이라든가 지저분하고 잡다한 소문이라면 아주 눈을 반짝이며 달라붙었고, 밤마다 그 결과가 어찌 되었느냐 닦달을 해 댔다.

"아, 그래서 어찌 됐냐니까? 예언이 맞았어? 고귀한 집안의 아리따운 아가씨들이 치맛자락을 걷어 올리고 너한테 들이대고 그랬어?"

"에휴. 텔코스 님, 생각 좀 해 보세요. 만약 그랬으면 제가 바로 팔자 고쳤지, 은 7셰켈에 팔려 와서 이 구박을 받고 있겠어요?"

"흠, 봉납물이 좀 구려서 그랬나? 늙은 신관이라 영발이 달랑달랑했나? 그럼 넌 지금까지 사랑하는 사람도 하나 없었어? 새끼,

능력 없네.”

“에이, 저를 어떻게 보고! 당연히 있었죠. 제가 좋아하던 사람도 있었고, 절 좋아하던 사람도 있었고. 음……. 뭐 아름답고 귀한 분도 있긴 했네요. 신탁이 맞긴 맞았던 건가?”

레니에는 길게 하품을 하며 기지개를 켰다. 이번엔 옆구리에 발길질이 들이박혔다.

“이거 보게. 내숭이 보통이 아니었네. 얘기 좀 해 봐. 누구야? 왕족이었나? 어느 집안 영애였어? 예뻤나?”

“왕족인 건 맞고……. 한 명은 예뻤어요. 눈깔이 튀어나올 정도로요.”

레니에는 말을 해 놓고도 키득키득 웃었다. 예쁘지, 그 정도로 아름다운 사람은 온 세상을 뒤집어도 찾을 수 없을 것이다.

“오, 오오! 그게 누군데?”

“누군지 말했다가 들키면 저도 텔코스 님도 목이 달아날 거예요.”

“아, 그건 그렇지. 귀한 집 아가씨면 말조심해야지, 응응.”

텔코스는 아쉬운 듯 입맛을 다시며 바짝 다가앉았다.

“또 한 명은? 그만큼은 안 예뻤나?”

“예쁘……다고는 빈말로라도 어려운데…….”

“까놓고 말해 봐. 못생겼나?”

“……네.”

“에헤이, 그런데도 좋았어? 응? 좋았어? 으하하하.”

텔코스는 배를 쥐고 웃으면서 물었다.

“그래도 그때는 귀여워 보였어요. 안쓰럽고 애틋하고? 하여튼 자꾸 신경이 쓰이더라고요. 뭐, 저도 뭣도 모를 때라.”

“뭘 엉뚱한 소릴 해. 밤이라 예뻐 보였던 거지. 속궁합이 잘 맞으면 못생긴 거 다 까먹게 돼 있어. 맞지?"

"잘 맞았던 건 아닌데요……."

잘 안 맞은 정도가 아니라 최악이었다. 레니에의 거부반응과 자신의 미숙함 때문에 내내 헤매면서 당황해하던 놈은 나중에 너무나 비참해했고, 레니에는 녀석의 그런 모습 때문에 더 아프고 서글펐다.

하여간 처음부터 끝까지 엉망진창이었던 기억밖에 없었다. 그래도 이상한 건, 그때는 놈의 얼굴이 못생겼단 생각이 들지 않았다는 거였다.

"그래서 차였구먼? 에라이 고자 같은 새끼. 침상에서 자지러지게 녹여도 넘어올까 말까 할 텐데. 으이구, 빙충이 한 마리가 사내 망신은 다 시키네. 입에 들어오는 꿀도 질질 흘리고 말아. 그래, 네놈은 누굴 더 좋아했어?"

"글쎄요. 하도 오래돼서 기억이……."

"그럼 누가 더 좋아했어?"

"글쎄요. 그것도 하도 오래돼서 기억이……."

드디어 뒤통수에 거대한 충격이 다시 밀려들었다.

"이런 의뭉한 놈. 말해 봐야 뉘 집 아가씨들인지도 모르는데 뭘 그렇게 꼭꼭 숨기고 지랄이람?"

"아 씨, 진짜 고만 좀 때려요! 대가리가 남아나지 않겠어요!"

"이따위 모지리 대가리는 맞아도 싸! 양손에 떡이 쥐여져 있는데, 아무라도 하나 잡아서 팔자를 고쳐 볼 것이지, 어째 여전히 돈 몇 셰켈에 팔려 다니는 신세야 그래? 귀부인들께 총애받는 남자 노예들 위세가 얼마나 당당한지 알아? 대체 왜 깨진 거야?"

레니에는 화로에 장작을 집어 던지며 투덜대기 시작했다.

"둘 다 저를 버렸어요. 다른 사람하고 결혼하고선 저를 죽이려고 들들 쫓아다니질 않나, 저주를 걸지 않나, 사지로 밀어 넣지 않나, 둘 다 아주 걸작이었어요. 누가 이난나 여신의 축복 아니랄 까 봐, 둘 다 여신이랑 똑같은 짓을 하더라고요. 이난나 여신이 남편 두무지 왕을 자기 대신 저승으로 밀어 넣었다는 얘기는 아시죠? 이난나 여신의 애인들 팔자가 얼마나 정신 사납게 꼬였는지 도 아시죠?"

"어……."

"그래서 전 그 신탁은 안 믿기로 했어요."

웅얼대던 레니에는 길게 하품을 하며 물었다.

"그런데 텔코스 님, 혹시 북국 왕 얼굴 본 적 있어요?"

"글쎄? 본 적은 없는데 괴물 같다는 소문은 많이 들었지."

"어떤 소문이요?"

"꼬꼬마 시절에 큰 도끼 한 자루만 들고 사냥을 나갔는데, 한겨 울 백염산맥에 혼자 들어가서 검치호를 잡아 왔다고 했던가? 사 람 키 두 배는 되는 검치호가 말이지, 대가리가 정확하게 두 개로 쪼개져 있었고, 다른 곳엔 상처 하나 없었다고 하더라고. 뭐 원래 무식한 놈들일수록 허풍이 좀 세니 걸러 들어야지."

"그건 그렇죠."

순간 거칠게 쉰 목소리가 귓속으로 다시 스며들었다.

– 나 사냥 잘한다. ……혼자 어른 키 두 배만 한 검치호를 잡은 적 도 있어. 그놈한테 뽑아 놓은 엄니가 내 허리까지 왔다.

소년의 목소리는 전혀 자랑스럽지 않았다. 거칠고 슬픔에 잠 겨 있었다. 통통한 장사꾼의 목소리가 가물가물 작아진다.

"한번 큰 소리로 포효하면 산군 대호든 떼 지어 사는 늑대든 모두 꼬리를 사리고 머리통을 땅바닥에 박는다고 하질 않나, 대평원을 내닫는 순록 떼를 쫓아가서 맨손으로 잡았다지 않나, 저 가파른 백염산맥의 절벽도 큰수리가 날아오르는 것처럼 올라간다고 하지 않나. 원 뻥을 쳐도 적당히 쳐야 말이지."

"그러게 말이에요……."

─ 나는 검치호보다 강하고 큰뿔사슴보다 빨리 달릴 수 있고, 이 절벽도 새처럼 가볍게 오를 수 있다.

자꾸 끼어드는 목소리에 짜증이 났다. 레니에가 눈썹을 찌푸리자 텔코스는 냄새나는 아마포 발싸개를 불 앞에서 펄럭대다가 고개를 갸웃했다.

"왜 얼굴이 그래? 백염산맥에 다시 가는 게 겁나?"

"……겁이 안 난다면 거짓말이겠죠."

그를 만나는 것이 두려웠다. 물론 그는 레니에를 알아보지 못할 것이다. 그는 레니에의 얼굴을 보지 못했고, 나이도 이름도 모른다. 목소리도 외양도 그때와 많이 달라졌다.

다만 이해가 안 가는 것은…….

레니에는 제멋대로 흔들리는 손을 물끄러미 응시하며 생각했다.

나는 뭐가 두려운 걸까.

텔코스는 어느새 곯아떨어진 레니에를 바라보며 혀를 찼다. 그동안 과거 이야기를 자꾸 숨기는 것이 내내 신경 쓰였는데 겪었던 일이 워낙 기박해서 그랬던 모양이다.

신성석 동굴이라니. 아직도 새파랗게 젊은 놈의 팔자가 신산하기도 하지. 안쓰러워진 그는 자리에서 일어나 털 이불을 턱까지 끌어 올려 주었다.

"음, 으으……."

힘들었는지 가늘게 앓는 소리가 흘러나왔다. 고개를 흔드는 서슬에 머리를 감싸고 있던 두꺼운 양털 모자가 아래로 툭 굴러떨어지며 짧게 밀어 버린 머리가 눈에 들어온다. 보통 남국의 노예들은 머리를 미는 경우가 많았지만 북국에서 그랬다간 머리로 체온이 죄다 빠져나가 단박에 얼어 죽을 일이었다.

모자를 다시 씌워 주려고 집어 든 텔코스는 고개를 갸웃했다. 뭔가 좀 눈에 설고 이상했다.

"잠깐만. 이놈이 금발이었나?"

텔코스는 고개를 갸웃거렸다. 노르스름한 머리카락이 이끼 정도 높이로 보송보송 솟아 있었다. 황금숲에서 모자 뒤로 얼핏 봤을 때는 갈색 머리카락이었던 것 같았는데? 모자가 머릴 푹 덮고 있어서 잘못 봤나?

"젠장, 나도 나이를 먹었구나."

텔코스는 고개를 흔들며 혀를 찼다. 하긴, 이 북국에선 머리통이 모가지에 잘 붙어 있는 게 중요한 것이지, 머리카락이 똥색인지 금색인지는 아무 상관이 없었다.

그는 털모자와 매듭이 풀려 바닥에 떨어진 가죽끈 목걸이를 주워 레니에의 머리맡에 놓아 주었다. 목걸이에는 가죽으로 된 작은 주머니가 달려 있었는데 그곳에는 부싯돌로 보이는, 꽤 큼직한 돌 조각이 들어 있었다.

텔코스는 속을 알 수 없는 시동을 딱하게 여겼다. 이 녀석은 북국에 알 수 없는 사연이 많은 것 같았고, 알티르는 차고 속을 알 수 없는 무서운 자였다. 그런 알티르가 녀석에게 적당히 쉬운 일을 시켰을 것 같지 않았다.

"자자, 빡빡이. 오늘은 좀 편히 자. 북국에 오면서 내리 악몽에 시달리고 헛소리를 하더니만, 앞으로 갈 길이 먼데 어쩌려고 그래."

텔코스는 잠시 있다가 한숨을 쉬며 중얼거렸다.

"신성석 동굴이라니. 세상에, 나이도 어렸다면서 대체 무슨 일에 휘말려서 막장 쓰레기들만 모인 곳에 몇 년씩 처박혀 있었던 거냐."

가르륵, 대답 대신 가늘게 코 고는 소리만 흘러나왔다.

❖ ⚕ ❖

"레니에, 일어나! 아, 빡빡이 새끼, 일어나라고! 눈 그쳤어!"

레니에는 길게 하품을 하며 천막 밖으로 나왔다. 눈보라가 그친 하늘은 눈이 시릴 정도로 새파랬고, 사방이 온통 하얀 지평선이라 눈썹이 저절로 구겨졌다.

눈보라에 가려 보이지 않던 백염산맥이 드디어 웅장한 위용을 드러낸다. 북국의 남쪽 경계인 백염산맥의 높고 거친 봉우리가 먼 발치에서 높직높직 솟아 있었다.

"대단하지? 저기가 바로 유명한 백염산맥이야. 아, 맞다. 신성석 도굴꾼들하고 함께 지냈다면 모르지는 않겠지."

"에이, 그럼요."

"저 열두 개의 봉우리 중에서 가장 높은 게 소금산이야. 성도 새하얀데 주변도 온통 눈부시게 하얗고 투명한 바위들이라 아주 장관이야. 소금성에 가 본 적은 없지? 안 궁금해?"

"전혀 안 궁금해요. 실은 가고 싶지도 않다고요."

연막 위장 발언이 아니라 현재 레니에의 솔직한 심정이었다.

"궁금하지 않아도 들어 둬. 외부 상인들의 거래는 대부분 소금성 인근에서 이루어져. 북국 열두 개 부족의 성 중에서 소금성이 있는 도시가 제일 크고 번화해. 니누르갈 성에서 백염산맥 쪽 교역로를 막은 게 벌써 몇 년 돼서, 우리가 들어가면 사람들이 바글바글 몰려들 거라고."

"아, 네."

"중간에 눈보라만 잘 피하면 완전 대목을 맞출 수 있어. 달포만 지나면 금방 춘분절이야. 춘분절 축제 때 쓸 옷감이나 선물도 엄청 나가고, 왕실에 들어가는 새해 선물도 미리 다들 사 놓더라고. 소금성에서도 답례 선물을 대규모로 구입하지. 게다가 오랫동안 교역이 막혔으니 물건 내놓기가 무섭게 훨훨 팔려 나갈 거야. 우린 은을 흙 퍼 담듯 쓸어 모을 수 있을 거라고!"

레니에는 고개를 끄덕였다. 그가 춘분절 때 성인식을 한다고 했던 말이 떠올랐다. 레니에는 각종 선물 더미에 파묻혀 있을 덩치 큰 소년과 북국 최고의 미인이라는 여자를 상상하며 씁쓸하게 웃었다. 그에게 받았던 돌 조각 따위를 지금까지 버리지 못하는 자신이 머저리 같았다.

"일단은 북국도 춘분절이 대목이군요. 그럼 소금성에서도 답례품을 살 테니까 저희를 궁으로 불러들일까요? 그럼 왕이나 왕비님이나 왕족들을 볼 기회가 생길까요?"

"오홍! 혹시 알티르께서 왕의 친인척 쪽으로 신성석을 구할 선을 알아보라 하시던가?"

"아 진짜, 아니라니까 자꾸 이러시네!"

"아 글쎄, 걱정 말래도! 아르마누와 카타께 맹세코 죽어도 말 안 한다니까?"

거짓말을 할 때마다 이난나의 이름을 팔아먹었던 레니에는 저놈의 맹세가 도무지 믿어지지 않았다.

"왕비는 본 적 있나요? 자식들은요? 자식도 있다 들었는데."

레니에의 시큰둥한 물음에, 장사꾼은 자신이 알고 있는 정보를 부지런히 털어놓았다.

"예전에 소문만 얼핏 들었지. 굉장한 미인이라고. 내가 내실의 왕비님을 뭔 용쓰는 재주로 보겠냐? 가족을 모조리 잃은 후에 바로 결혼했다는 걸 보면 대가 끊어질까 봐 어지간히 걱정했던 모양인데. 그나저나 애들이 있었대? 애들 얘기 한 번도 못 들었는데? ……뭐 뻔하지. 어린애들 살고 죽는 문제가 맘대로 되나. 닌후르상의 가호가 있어야 하는 법이지."

레니에는 눈을 가늘게 뜨고 생각에 잠겼다. 그래. 놈은 식인수리의 직계 혈통인데 유일하게 살아남은 놈이라 했었다. 대가 끊어질까 봐 급하기도 했겠지. 그런데 아이가 없나? 저자가 모르는 걸까. 아니면 낳았는데 죽었을까.

레니에는 순간 얼빠진 목소리로 웃고 말았다. 만약 아이가 죽은 거라면, 녀석이 얼마나 힘들어했을까, 하는 생각이 스치고 지나갔던 것이다. 잠시지만 그런 생각을 한 자신을 믿을 수가 없었다.

레니에는 백염산맥 쪽으로 시선을 돌렸다. 가끔 궁금했다. 그의 곁을 차지하고 있는 여자는 어떤 사람일지. 무시무시한 피바람을 몰고 다니는 북국의 전사는 내실의 아름다운 왕비 앞에서 어떤 모습을 보일지.

그 여자는 알고 있을까? 그 잔혹하고 피에 주린 왕에게도 조그만 여자아이의 도움이 없이는 목숨도 부지할 수 없을 만큼 약한 순간이 있었다는 거. 눈물을 보이는 것을 그렇게 부끄러워하면서도 얼굴도 모르는 노예 계집애 앞에서 얼굴이 흠뻑 젖도록 몇 번이나 울기도 했었다는 거. 울음을 참을 때면 입술을 보기 싫게 실룩거리고, 무안할 때면 귀와 목덜미까지 빨개지고, 콧잔등이 까지도록 문지르는 습관이 있었다는 거. 저도 모르게 귀를 쫑긋거리고 움직일 때도 있고, 긴장할 때마다 발바닥이 하얗게 되도록 발가락을 오므리는 귀여운 버릇이 있다는 거.

그리고 성인식이 코앞이라고 큰소리를 친 주제에 밤일에 너무 무지하고 서툴러서, 그것을 몹시 비참해했다는 거.

레니에는 소금성 내실의 주인이 절대 알지 못할 쿤의 모습을 기억하는 유일한 사람이었다. 그 생각에 잠시 우월감을 느끼던 레니에는 짧게 헛웃음을 삼켰다.

……내가 미쳤나 보다.

"텔코스 님? 저거…… 보이세요?"

개들에게 고삐를 채우고 떠날 준비를 하던 레니에가 일순 얼굴을 굳혔다. 구름 한 점 없이 새파란 하늘, 하지만 뭔가 거슬렸다. 레니에가 눈을 가느스름하게 뜨고 하늘을 노려보자 텔코스가 조심스럽게 물었다.

"무슨 일이야?"

"백염산맥 방향에서 거슬리는 움직임이 있어요. 1~2리그 정도 되는 거리인데요."

"왜? 뭐 이상한 게 보여?"

레니에만큼 눈이 밝지는 않은 장사꾼이 눈썹을 찡그리며 두리번대다가 움직임을 딱 멈춘다. 새파란 하늘 위에서 작은 점들이 벌레처럼 희미하게 일렁이다가 점점 윤곽이 선명해진다. 순간 등으로 차가운 물이 쫙 쏟아져 내리는 것 같았다.

"북국 사람들이 오는 것 같……은데요."

"뭐? 그게 무슨 말이야? 설마 그럼, 저건……."

"제기랄! 북국의 하늘수레 안마르예요. 미치겠네. 하나, 둘, 셋, 넷……. 열 대 가까이 되는 것 같습니다."

"맙소사, 아예 대부대가 뜨셨군!"

"방향이 정확하게 우리 있는 쪽인데요. 그냥 지나가는 거면 좋겠는데 느낌이 영……."

"아오, 시부럴. 몇 년 만의 상행이라 도적 떼가 떴나 본데."

장사꾼은 욕설을 퍼부으며 어디 숨을 곳이 없는지 황급히 두리번대기 시작했다. 레니에는 급하게 개들을 불러들였다.

파란 하늘에 검은 씨를 뿌려 놓은 것 같던 형상이 순식간에 가까워진다. 대오를 이룬 일고여덟 마리의 새들과 아래에 매달린 검고 둥그런 수레들이 하나씩 형체를 드러내더니 이내 새들의 날갯짓 소리까지 들릴 정도가 되었다. 레니에가 뒤를 돌아보며 물었다.

"예전에 이렇게 거창한 환영식을 받은 적 있으세요?"

"환영식은 얼어 죽을! 난 북국에 드나든 지 15년이지만 안마르가 날아다니는 건 먼발치로 한두 번밖에 못 봤어. 이렇게 떼를 지어서, 그것도 나를 향해 날아오는 건 처음 본다고!"

환한 낮에 보니 안마르의 속도는 정말 대단했다. 개 열두 마리가 썰매를 끌고 뛰는 속도보다 대여섯 배는 빠른 듯했다. 게다가 움직임은 믿을 수 없을 만큼 정치했다.

어마어마하게 커다란 날개를 펼친 맹금들이 바람을 타고 일사불란하게 움직이는데 자로 움직임을 맞추기라도 한 것처럼 흐트러짐이 없었다. 엄폐물 하나 없이 훤하게 트인 설원에서 저들을 피하는 건 애초에 불가능했다.

"지금 도망치는 건 늦은 것 같아요."

"아우우우, 씨발! 알아! 말 안 해도 지금 상황이 우라지게 엿 같다는 건 잘 안다고! 하필 숨을 곳 하나 없는 데서 도적 떼야! 엿새 동안 거시기가 얼 정도로 추운 눈밭만 달려왔는데 여기서 이렇게 뒈지는 거야? 아이고, 억울해!"

텔코스는 얼굴이 시퍼렇게 질린 채 이에서 딱딱 소리가 날 정도로 떨었다. 귀를 바짝 세우고 잇몸을 드러내며 으르렁대던 개들은 어느새 꼬리를 사타구니로 말아 넣고 주둥이를 바닥에 박으며 끙끙대기 시작했다.

"정말 도적 떼일까요? 안마르 다루는 건 오래 훈련이 필요해서 북국에서도 제대로 된 전사 아니면 잘 다루지 못하는 걸로 알고 있어요."

"그럼 뭔데? 설마 이 추운 날씨에 전사들이 떼를 지어서 허허벌판을 순찰한다고?"

"글쎄요. 그리고 보니 순찰만 하는 거면 안마르 한두 대만으로도 충분할 텐데요."

레니에의 등으로 진득하게 땀이 돌았다. 안마르 부대는 지척으로 가까워지는데 타고 있는 자들의 정체가 뭔지 짐작도 되지 않는다.

도적 떼라면 물건 약탈을 위해 상인들을 바로 죽일 것이니 이판사판 싸워야 할 것이다. 하지만 아무리 생각해도 중과부적이고, 텔코스는 싸우는 데 방해가 됐으면 됐지 전혀 도움이 되지 않을 것이다.

만에 하나 북국의 관리나 초병들이라면 살아날 가능성이 커진다. 일단 타국인들을 무조건 죽이지는 않을 것이고, 백염산맥 쪽 교역로가 모조리 끊어진 지 오래라, 현재 북국에서 타국의 상인이란 천금처럼 귀한 존재일 것이다.

"자, 자넨 겁도 안 나? 어째 떨지도 않아?"

그러고 보니 생각만큼 떨리지 않는 것이 이상했다. 레니에는 자신의 인생이 남에게 크게 얽혀 있지 않음에 뒤늦게 감사했다. 시금까지 살면서 웃을 일도 기쁠 일도 별로 없었지만, 죽는 것이 딱히 두렵지도 않았다. 아쉬워할 사람도 없으니 속도 편하고.

아. 알티르께서는 내가 죽으면 아쉬워하실 수도 있겠구나.

— 네 목숨은 내게 속했으니…….

무사히 돌아오라는 명령에 끝까지 대답하지 않자, 알티르는 조용하게 덧붙였다.

— 내 허락 없이 네 임의로 처분할 수 없다.

눈부시게 빛나는 황금색의 머리카락이 눈앞에서 너울처럼 흔들렸다. 그의 새하얗고 서늘한 손이 레니에의 정수리에 길게 머물렀다. 일반적인 축수 동작보다 훨씬 길어, 레니에는 그 손길에서 이해하기 어려운 몇 가지 감정을 느꼈다.

차가운 입술이 이마에 잠시 와 닿는다. 한 호흡의 길이도 되지 않을 만큼 짧게.

— 반드시 살아서 돌아오너라, 레니에.

거대한 날개로 미끄러지듯 날던 새들은 두 사람이 쳐 둔 천막 위까지 오더니 그 위를 한 바퀴 빙 돌고는 천천히 하강하기 시작했다.

누움마는 대륙에서 몸집이 가장 큰 수리의 일종으로, 날개를 활짝 펼치면 남자 세 명의 키만큼이나 되었는데 날개의 추력이 어마어마해서 날개 치는 소리가 바위 깨지는 소리처럼 들렸고, 사람을 여럿 태운 안마르를 매달고도 거뜬하게 하늘로 솟아올랐다.

안마르는 사람이 여러 명 들어갈 수 있을 정도로 큰 바구니 형태의 수레인데, 가볍고 부드러운 나뭇가지로 틀을 엮고 수염고래의 수염과 동물의 뒷다리 심줄을 꼬아 만든 끈으로 묶은 것을, 물고기의 부레를 녹인 아교로 단단히 고정한 후 겉에 가죽을 씌워 만든다 하였다. 가볍고 탄탄했으며, 아래에 양털을 몇 겹으로 두껍게 덧대어, 바위에 부딪혀도 잘 부서지지 않는다고 했다.

이 훌륭한 탈것이 북국에서만 이용되는 이유는 딱 두 가지였다. 누움마는 북국의 서늘한 환경을 벗어나면 더위를 견디지 못하고 죽었다. 습기가 많은 곳에선 날개가 무거워져 제대로 날지도 못했다.

그리고 북국 사람들 말고는 어느 나라 사람들도 누움마를 길들일 수 없었고, 자유자재로 모는 것은 더더욱 할 수 없었다. 야생의 누움마는 염소나 늑대도 쉽게 잡아먹는 맹금이었던 것이다.

"후워어, 후워어어! 이러러릿! 후워어!"

귀청이 터질 듯한 새들의 날갯소리 사이로 새를 부리는 전사들의 목소리와 휘파람 소리가 날카롭게 들린다. 그들은 누움마의 목과 가슴을 묶은 줄을 고삐 삼아 새들을 자유자재로 부렸다.

안마르는 땅에 닿을락 말락 할 때까지 조심스럽게 하강하더니, 깃털이 내려앉듯 얼음 위에 부드럽게 안착했다.

수레 안에는 누르고 검은 털가죽으로 된 옷으로 몸을 감싸고 있는 거대한 사내들이 버티고 서 있었다. 그들은 키가 몹시 크고 어깨가 지나치게 넓어 거인처럼 보였다.

사내들이 얼음 위로 껑충 뛰어내린다. 모두 칼을 차거나, 활을 들었거나, 창을 가졌거나, 허리춤에 철퇴나 무릿매를 늘어뜨리고 있었다.

아홉 명의 사내는 레니에와 텔코스를 빙 둘러쌌다. 레니에는 텔코스를 등 뒤로 끌어당긴 후 손을 들어 아무런 무기가 없다는 것을 보여 주었다.

"무릎을 꿇고 고개를 숙여라!"

앞에 선 전사의 호통에 두 사람은 황급히 자리에 엎드려 고개를 숙였다.

가장 나중에 내렸던 덩치 큰 사내가 천천히 앞으로 나섰다. 바람에 날리는 적갈색 머리카락이 얼굴과 어깨에 엉망으로 흩어져 있었다. 키는 레니에보다 머리 두 개는 커 보였는데, 양털 술을 길게 늘어뜨린 카우나케스에 새까맣고 반들반들한 흑호의 털가죽까지 몸에 두르고 있어서인지 위용이 무시무시했다.

그는 앞에 엎드려 있는 레니에를 내려다보더니 한참 후 낮은 목소리로 물었다.

"북국 사람이 아니군. 남국의 상인인가?"

"예."

"이름을 대라."

레니에는 등 뒤에 있는 가련한 장사꾼이 이를 덜덜 떠는 소리를 들으며 차분한 목소리로 대답했다.

"뒤에 있는 사람은 헤다 섬의 염료 상인 히코르테스의 아들 텔코스로 남국과 서역의 귀한 물화를 북국의 암염과 교역하러 가는 길입니다."

"……."

"헤다 섬의 텔코스는 지난 15년간 북국을 오가며 아무 문제도 일으키지 않았습니다. 남국과 연결된 백염산맥 쪽의 교역로가 막혀, 동방과 연결된 부동항을 통해 북국의 중앙평원을 가로지르는 우회길로 들어왔습니다. 저는 그의 짐꾼으로 고용된 종자從者입니다."

"두려움이 없는 자로군. 네 출신과 이름을 대고 모자를 벗어라."

레니에는 두 겹의 양털 모자를 벗고 다시 고개를 깊이 수그렸다. 차가운 바람이 맨머리에 와 닿자 정신이 어찔했다.

"남국 엘데 섬의 레니에라고 합니다. 부모의 기억이 없는 고아라 아비의 이름을 고하지 못해 송구합니다."

취조하던 덩치 큰 전사는 레니에의 박박 밀어 버린 노르스름한 머리를 바라보더니 퉁명스럽게 내뱉었다.

"추울 테니 모자는 써도 좋다. 그리고 헤다 섬의 상인은 얼굴을 보여라."

텔코스가 주춤대며 고개를 들더니 그와 시선이 마주치자마자 냉큼 얼음 바닥에 이마를 박았다. 나, 남국 헤, 헤다 섬의 히, 히 코르테스의 아, 아들, 테, 텔코스입니다. 너무 두려워 입이 얼어붙었는지 입에서는 제 소개를 하는 말조차 제대로 나오지 않았다. 덩치 큰 사내는 굵고 웅웅 울리는 목소리로 한 마디 한 마디 눌러박듯 말했다.

"헤다 섬의 상인 텔코스. 자네는 3년 만에 북국에 처음 들어온 남국 상인이다. 알고 있는가?"

"예, 예?"

"현재 남국과 북국은 소규모 우회 교역마저 모두 단절됐다는 뜻이다. 황금숲의 알티르는 남국과 서역 연합군을 모아 전쟁 준비를 하고 있고. 그대도 알고 있을 텐데?"

그야, 댁네 잘난 왕께서 사신의 거시기를 찍어서 돌려보냈으니까 그렇지. 텔코스는 턱밑까지 차오른 말을 삼키고 얌전히 고개를 조아렸다. 사실 거시기가 무사하든 찍혔든 어차피 전쟁은 터질 일이었다.

"그대는 황금숲과 북국의 관계가 최악으로 치달은 상황에 북국으로 들어온 남국의 상인이다. 게다가 그대는 항구의 여인숙에서 며칠 전에 받았다는 황금숲의 점토판을 자랑했다."

"……어, 그, 그건!"

"그 보고를 듣고 너희의 행적을 계속 추적하고 있었다. 간자와 밀사들에게는 백염산맥의 진입을 허용하지 않는다. 그대들의 행보를 해명하라."

이런, 레니에는 속으로 혀를 찼다. 어디서 들통이 났나 했더니. 저 인간이 여인숙에서 술을 곤드레로 마시고는 새 점토판을 그렇게 자랑질할 때 아무래도 뜯어말리고 싶더라 했는데 그때 감시망에 걸렸구나.

상황을 보아하니 지금 와 있는 이들은 뇌물을 먹여서 보낼 수 있는 초병이나 하급 관리가 아니었다. 북국에서 꽤 높은 지위에 있는 무장이나 고급 관리들로 보였다. 도적 떼는 아니었지만, 대놓고 싸울 수도, 튈 수도 없으니 도적 떼보다 더 골치 아픈 상대였다. 레니에는 고개를 수그린 채 빠르게 머리를 굴렸다.

"대답 올리기에 앞서 하문하시는 분의 존함을 여쭈어 봐도 되겠습니까."

덜덜 떠는 텔코스를 대신해서 레니에가 물었다. 이쪽이 신분을 밝혔으면 상대도 신분을 밝히는 것은 모든 나라에서 통용되는 예의였다. 상대의 신분을 알아야 그에 맞는 예우와 대답을 할 수 있기 때문이었다. 무겁고 써늘한 대답이 흘러나왔다.

"후와투와 카할라의 아들이며 소금성의 주인, 북국 열한 개 부족 연합의 루갈, 쿤이다."

뒤에서 헉, 하고 숨을 들이켜는 소리가 들린다. 레니에는 고개를 번쩍 들었다.

……쿤?

8년의 세월은 길었다. 앳된 기색이 모조리 사라진 소년은 전혀 다른 얼굴의 전사가 되어 있었다.

— 우리는 반드시 다시 만날 것이다.

그에게서 마지막으로 들었던 말이 꼬리를 물고 귓가에서 펑펑 터졌다. 한때 그렇게 궁금해했던 소년의 눈을, 레니에는 8년 만에 처음 보았다. 소년의 눈은, 이렇게 깊고 아름다운 잿빛 눈동자를 머금고 있었다.

그리고 지금 그 눈동자는 차고 음습한 시선으로 자신의 몸을 쪼갤 듯이 노려보고 있다.

— 우리 조상의 심장에 걸고 맹세한 말은 흩어지지 않는다. 우리는 반드시 다시 만날 것이다.

— 북국 사람들은, 은원을 잊지 않는다. 절대 잊지 않는다. 제대로 은혜를 갚을 기회를 다오.

— 가지 마! 가지 마! 가지 마아아! 이름이라도 알려 주고 가! 제발!

소년이 피를 토하듯 울부짖는 소리가 귀청을 찢었다.

– 해야 할 일을 마무리하면, 네게, 네게 반드시 하고 싶은 말이 있다.

– 그렇다면 기다려라. 할 일을 마무리 짓고 오겠다. 성인식도 마치고, 네 말대로 너에 대한 생각도 더 많이 하고 오겠다. 그때 와서 네게 하고 싶은 말을 분명하게 말하겠다. 그럼 되겠나? 기다려 줄 수 있겠나?

내게 하고 싶은 말⋯⋯.

후와투와 카할라의 아들, 소금성의 주인이자 북국 열한 개 부족을 통일한 피의 군주, 쿤.

너는 8년 전, 눈이 새하얗게 쌓여 있던 백염산맥 기슭에서 나한테 무슨 말을 하려고 했었니?

레니에는 불현듯 그것이 궁금해졌다.

〈2권에서 계속〉

외전 1. 자장가 — 쿤

발치에서 몸을 둥그렇게 말고 낡아 빠진 양털 위에서 새끼 곰처럼 굴러다니는 저놈은, 남의 팔이나 다리 근처에서 둥굴둥굴 뭉기적뭉기적하다가 정작 몸이 닿으면 화들짝 놀라서 엉덩이를 뒤로 빼는 덩치만 큰 저놈은, 현재 열여섯 살이고 조금 있으면 열일곱 살이 되며, 춘분절이 지나면 성인식을 한다고 빡빡 우기고 있는 저놈의 자식은…….

애다. 완전히 덩치만 산만 한 어린애라고.

녀석에게 어쩌다 이렇게 고약한 습관이 들었는지 모르겠는데, 자기 전에 적적할까 봐 시작한 옛날이야기 시간이 저 녀석의 일과에서 가장 중요한 부분이 되어 버린 것 같다. 유일한 낙이라는 표현이 더 맞으려나.

저녁을 먹고 나면 그때부터 엉덩이가 들썩들썩하고 손을 꾹 쥐고 발을 꼼지락대며 이야기를 재촉하기 시작한다. 귀를 쫑긋 세우고 입을 살짝 벌린 채—아마 수건으로 가려 놓은 눈은 힘을 빡빡 주어 부릅뜨고 있겠지— 이야기를 통째로 외울 것처럼 집중한다.

그러면서 옛날이야기는 밤에만 들어야 한다는 규칙이라도 정해 놓은 건지, 밤 시간을 손꼽아서 아주 애타게 기다린다. 생각해 보면, 낮에 얘기해 달라고 부탁할 수도 있는 거 아니냐고? 어차피 사냥 못 나가면 종일 시간 많은데?

"아니다. 북국에선 옛날이야기는 밤에만 듣게 되어 있다."

너무나 단호한 대답에, 그리고 너무나 이상한 전통에 레니에는 고개를 갸웃했다.

"왜? 누가 그런 말을 해?"

"우리 어머니가 그러셨다. 나는 어릴 때 노래도 좋아하고 옛날 이야기도 좋아해서 어머니나 유모한테 하루 종일 해 달라고 부탁 드렸다. 같은 이야기를 하루에 백 번 들어도 괜찮다고 말씀도 드렸다. 하지만 어머니께서는, 북국에선 노래나 옛날이야기는 밤에만 듣는 거라 하셨고, 옛날이야기를 너무 오래 들어도 꿈에 고약한 갈라들이 나타나 오줌을 싸게 만든다고 하셨다."

"아, 그렇구나."

레니에는 진지하게 고개를 끄덕였다. 물론 레니에는 얼굴도 모르는 카할라라는 여자가 북국의 전통이라는 미명하에 아들에게 사기를 치고 심지어 수치심을 자극하는 협박까지 자행해 왔다는 것을 금방 알아차렸지만 진실 선언을 해 줄 생각은 전혀 없었다.

카할라를 비난할 마음은 손톱만큼도 들지 않는다. 왜냐하면 이 덩치 큰 녀석이, 그러니까 어린아이 시절에도 덩치가 컸을 것이 분명한 이 녀석이 어머니나 유모의 치마꼬리를 붙잡고 뚝심 있게 종일 졸라 대는 모습이 자연스럽게 상상이 됐기 때문이다.

그래, 이해한다. 나라도 충분히 그런 거짓말을 했을 것이다. 나는 분명히 일곱 신의 이름까지 걸고 거짓말을 했을 것이다.

다행인지 불행인지, 이제 이 녀석은 열여섯 살이고, 조금 있으면 열일곱 살이 되며, 춘분이 되면 성인식을 하기 때문에 이불에 오줌 싸게 만드는 갈라 따위의 사기나 협박은 통하지 않게 되었다.

그렇다. 어른과 어린이의 중요한 차이점은 생떼나 협박이 아닌 '협상'이 가능해진다는 점이다. 주고받기, 밀고 당기기, 거래! 그 얼마나 아름다운 말이냐. 레니에는 그에게 '어른다운 거래'를 하기로 마음먹었다.

"쿤, 나는 밤마다 이렇게 길고 재미있고 슬픈 이야기를 해 주는데, 너는 뭐 해 줄 거 없어?"

쿤은 당황한 듯 코를 문질렀다. 은원 개념이 확실한 북국 사나이는 자신이 공짜로 옛날이야기를 받아먹고 있었다는 것을 불현듯 깨달았다. 하지만 자신이 아는 이야기를 죄다 끄집어내 보아야, 황금숲의 길고 재미있고 슬픈 이야기에 비하면 턱없이 짧고 형편없고 시시하게 느껴졌다.

그는 이마에 주름을 잔뜩 잡고 이야깃주머니 속에 굴러다니는 몇 개의 이야기 중 그래도 '있어 보이는 것'을 고르느라 진땀을 빼기 시작했다.

레니에는 쿤이 너무 심하게 고뇌하는 것이 딱해서 다시 타협안을 제시했다.

"에이, 얘기는 됐고, 노래나 좀 해 봐라."

"노, 노래?"

갑자기 그의 목소리가 다섯 배쯤 확, 올라갔다. 레니에는 그의 과잉반응에 고개를 갸웃했다.

"뭘 이렇게 놀라? 옛날이야기 들으면서 자장가 같은 것도 들었을 거 아니야. 그럼 내가 옛날이야기를 하면, 너는 잘 때 나한테 노래나 좀 불러 주면 되겠다. 야, 좋다 좋다."

물론 레니에는 그가 음치 중의 상음치인 것을 몰랐고, 지금까지 남 앞에서 노래를 단 한 번도 부르지 않았던 찬란하고도 유구한 역사가 있다는 것도 전혀 몰랐다. 하지만 레니에의 부탁이라면 거절하지 않기로 맹세라도 한 듯, 쿤은 발가락을 꼼지락대며 진땀까지 쫄쫄 흘리다가 결국 다른 사람이 절대 듣지 못할 소리로 조그맣게 노래를 부르기 시작했다.

사랑하는 아버지를 잃었다
큰수리, 바위에 올라앉아 울었다
눈물이 얼어붙어 소금산……

레니에는 첫 소절이 끝나기도 전에 대가리를 후려치고 싶을 정도로 후회했다. 녀석에게는 음의 높낮이라는 개념이 없는 것 같다. 목소리를 크게 내면 높은 줄 알고, 작게 내면 낮은 줄 알았다. 박자조차 전혀 맞지 않아서, 낮은음에서는 마냥 늘어지고, 높은음에서는 확 쪼그라붙었다. 동네에서 노래 잘한다 소리깨나 듣던 레니에는 듣는 것 자체가 너무너무 괴로웠다.

그래도 레니에는 불쌍한 음치에 대한 예의는 갖춰 주고 싶었다. 재능이 없는 것은 죄가 아니다. 게다가 저런 완벽한 음치가 단 한 번도 사양하지 않고 노래를 불러 댄다는 것이 얼마나 용감무쌍하며 갸륵한가.

그녀는 정말 최선을 다해서 예의를 지켰다. 노래 중간중간 손뼉도 쳐 주고, 잘한다 잘한다 추임새도 넣어 주고, 중간에 그만하라

타박하지도 않고 끝까지 노래를 들어 주었다.

　사랑하는 아버지를 잃었다
　큰수리, 바위에 올라앉아 울었다
　눈물이 얼어붙어 소금산

　사랑하는 아내를 잃었다
　큰수리, 바위에 올라앉아 울었다
　눈물이 얼어붙어 소금길

　사랑하는 친구를 잃었다
　큰수리, 바위에 올라앉아 울었다
　눈물이 얼어붙어 소금바위

　사랑하는 동료를 잃었다
　큰수리, 바위에 올라앉아 울었다
　눈물이 얼어붙어 소금강

　결국에는 목숨을 잃었다
　큰수리, 더 이상 울지 못한다
　그 몸이 얼어붙어 소금기둥

　레니에의 응원이 이어질수록 쿤의 목소리는 점점 커졌다. 노래
가 끝날 때쯤 되니 주먹을 쥐고 아래위로 흔들면서 나름 박자 맞
추는 흉내까지 내 가며 열심히 불렀다. 레니에는 다시는 이 녀석
과 '어른의 거래' 따위 하지 않기로 결심했다.

열심히 손뼉을 쳐 주고 아, 한고비 넘겼다, 하고 안도하는 순간, 레니에의 귀에 조심스러운 소리가 들렸다.

"……노래 괜찮은가?"

난생처음 남 앞에서 이렇게 큰 소리로 노래를 불러 본 소년의 얼굴에는 긴장감과 기대감이 가득했다. 레니에는 '나는 카할라다'를 열 번쯤 속으로 중얼거린 후에 말했다.

"그래, 노래 잘하네. 고마워."

순간 레니에는 그의 얼굴로 확 퍼지는 안도의 기색과 자랑스러워하는 표정을 보고 크게 당황했다. 혹시 자신이 음치인 걸 모르는 걸까?

불길한 예감은 어쩌면 이렇게 한 번도 어긋나지 않을까? 그가 훨씬 자신만만해진 얼굴로 허리를 폈다.

"그럼 내가 너 잠들 때까지 노래를 해 주겠다. 매일 내가 이 노래를 자장가로 불러 주겠다."

"아, 아니, 안 그래도 괜찮아. 안 그래도……."

"아니다. 재미있는 이야기를 들었으니 매일 자장가 불러 주는 걸로 갚겠다."

그러더니 이제는 아까보다 한결 자신만만하고 우렁찬 목소리로 노래를 부르기 시작했다.

사랑하는 아버지를 잃었다
큰 수리, 바위에 올라앉아 울었다……

갑자기 저 뒤쪽에서 세데크가 버럭 고함을 질렀다.

"야, 이 개새끼야, 노래 안 멈추면 모가지에 칼을 박아 버릴 테다!"

쿤은 들은 척도 하지 않고 더욱 큰 소리로 노래를 불렀다.

큰수리, 바위에 올라앉아 울었다
눈물이 얼어붙어 소금길……

"저 새끼가 미쳤나. 오밤중에 잠이나 처자지, 왜 남의 잠을 깨우고 지랄이냐! 죽여 버린다!"

쿤은 황급히 노래를 멈췄다. 모가지에 칼을 박는다고 할 때는 까딱도 안 하더니 잠이 깬다는 말에는 얼른 노래를 멈추고 아쉬운 얼굴로 발가락을 꿈지럭거린다.

동굴에 들어온 지 3년 만에 처음으로 세데크가 고마워지는 순간이었다. 레니에는 더 이상 노래가 나오지 않도록 얼른 말을 돌렸다.

"너희 조상 노래야?"

쿤은 고개를 끄덕이며 말했다.

"맞다. 조상 큰수리가 불렀다고 하는 노래다."

그 말에 레니에는 쿤이 자신이 음치인 것을 모른다는 것 이상으로 경악했다.

사람이 되고 싶어서 소녀들을 끝도 없이 잡아먹고 자식을 낳아준 아내까지 먹어 치웠다는 식인수리는, 노래 속에서 같잖게도 비련의 주인공 시늉을 하고 있었다.

아니, 자기가 먹어 놓고 울긴 왜 울어! 손뼉 한 번 딱 치면 기억이 몽땅 날아가는 닭이냐! 다행히 쿤이 상상 이상의 음치라 노래의 내용에 분노할 기분은 들지 않아서, 레니에는 예의 바르게 화두를 돌릴 수 있었다.

"눈물이 모여서 얼어붙어 소금산이 됐다니 굉장해. 어지간히도 많이 울었나 보네.”

“허무맹랑하다. 세상 사람들의 눈물을 모두 모아 얼린다 해도, 지금까지 살다 죽은 사람들의 눈물까지 모두 모은다 해도 이렇게 높은 산이 될 수는 없을 것이다.”

레니에의 눈이 실쭉 가늘어졌다. 식인수리의 노래가 같잖은 것은 같잖은 것이고, 놈의 말이 못마땅한 것은 못마땅한 것이었다.

“안 될 건 뭐야. 나만 해도 이런 옛 같은 팔자로 신들처럼 영원히 살아야 한다면 이런 소금산이 몇 개쯤 더 생길 수도 있을 것 같은데?”

레니에가 생각하는 세상은, 온통 짜고 쓰고 매운 눈물로만 이루어져 있었다. 이난나의 사랑, 이난나의 축복, 황금숲의 노예 낙인, 낙인에 걸린 저주, 갖가지 족쇄에 매인 어린 여자아이가 맞닥뜨리는 세상이란 짠물에 푹 절인 장아찌 덩어리였다.

쿤은 한참 동안 생각에 잠겨 있다가 조용히 고개를 들었다.

“넌 지금까지 살면서 눈물 흘릴 일이 그렇게나 많았나?”

“그럼. 내가 지금까지 모은 것만 얼려도 작은 언덕 하나는 만들어질걸?”

쿤은 레니에 쪽으로 고개를 돌리고 한참 침묵했다. 울대뼈가 한 번, 두 번 울렁거리는 모습을 보며, 레니에는 저 울대뼈 아래 무슨 말을 눌러 놓고 있는 건지 궁금해졌다. 그는 잠시 후 덤덤하게 말했다.

“네 눈물이…….”

“응?”

“전부 나한테 오면 좋겠다.”

레니에는 녀석을 물끄러미 바라보았다. 자신의 무언가를 자꾸 앞장서서 떠안으려고 하는 녀석이 못마땅했다.

"저거, 욕심 더덕더덕한 거 봐? 어디 뺏어 갈 게 없어서 그런 걸 가져가냐?"

"……."

"내가 경고하는데, 넌 그럼 천하 없는 울보가 될 거야. 내가 엄청 잘 울거든."

"상관없다. 나도 어렸을 때 엄청 잘 울었다. 소금성 천장이 내려앉을 정도로, 아! 그, 그게. 내 말은."

북국의 사나이는 울지 않는다 어쩌고 하며 콧김을 뿜던 놈이 얼결에 엄청난 흑역사를 실토하고 당황해했다. 레니에는 깔깔대고 웃었다.

"그래, 좋아. 그래도 다 가져가면 안 되니까, 꼭 필요할 때 딱 한 바가지만 퍼 가."

레니에는 인심 좋게 허락했다. 아무래도 놈의 노래를 끝까지 참고 들어 준 대가는 조금쯤 받아야겠다는 생각이 들었다.

그리고 눈물 한 바가지 정도는, 인생에서 한 번쯤 흘려도 괜찮을 양이라는 생각이 들었다.

외전 2. 어느 오후의 수업 시간 — 기치다

"어서 와라, 거기 의자에 앉으렴. 아니, 그런데 왜 이렇게 잔뜩 풀이 죽었어?"

방에 처박혀서 벽에 머리만 박고 있던 레니에는 결국 이레 만에 기치다의 소환령을 받고 쭈뼛쭈뼛 물의 집으로 끌려갔다. 안 가겠다고 고집을 부리려는 순간, 야다의 허리춤에서 바로 채찍이 튀어나오는 통에 찍소리도 못 하고 질질 끌려올 수밖에 없었다.

하지만 레니에의 의기소침은 물 한 그릇 따를 시간만큼밖에 이어지지 않았다. 기치다 님이 들고 온 커다란 쟁반에는 노란 꿀이 뚝뚝 떨어지는 벌집 조각과 계핏가루를 넣은 꿀과자와 마른고기, '꿀의 아크가 걸린(?)' 염소젖이 한 사발이나 얹혀 있었던 것이다.

저도 모르게 입이 벌쭉 벌어졌다. 기치다 님은 레니에의 기분 풀어 주는 방법을 너무나 잘 알고 있었다.

"지난번에 많이 놀라게 해서 미안하다. 네게 아크를 쓸 때는 꼭 미리 말을 하도록 하마. 그리고 이거 받으렴."

그는 다정하게 웃으며 작은 주머니를 건네주었다. 양털로 짠 천에 붉은색과 노란색으로 곱게 물을 들인 것이었다. 레니에는 무엇인지 몰라 손을 내밀지도 못하고 주춤거렸다. 손바닥만큼 작은 사각 점토판이었다.

"……아크 점토판인가요?"

"금방 아는구나. 하긴 다른 사람이 쓰는 걸 보긴 했겠다."

"이렇게 직접 만져 본 적은 없어요. 주인어른께선 아크 점토판을 만지지도 못하게 하고 구경도 못 하게 하셨거든요. 청소하면서 손만 대도 말채찍으로 스무 대씩 때렸어요."

"고약한 주인이로구나. 어쩐지 생기기도 두꺼비처럼 고약하고 목소리도 오리가 꽥꽥대는 것 같더라니."

세상에. 두꺼비같이 생겼다고! 오리라고! 천족인 기치다 님이 저런 말씀을 하시다니! 신이 난 레니에는 전 주인을 자근자근 씹어 대기 시작했다.

"인상이나 목소리만 고약한 게 아니에요! 심보는 아주 사갈(뱀과 전갈) 같아요. 못생기고 심술이 더럭더럭 고약하기 이를 데 없고요. 배불뚝이 대머리 주제에 잘생긴 줄 알고 이난나 여신의 신전에 갈 때마다 머리장식을 매번 다르게 하고, 수염을 이리 꼬고 저리 꼬고, 옷도 색깔 있는 것으로 바꿔 입고, 겨드랑이에 향 기름을 아주 들이붓고 가죠! 소똥에 분칠하고 레몬수를 뿌린다고 그 냄새가 어디 가나요? 그래 놓고는 그곳의 여자 사제님들한테 눈을 찡긋쨍긋하고 집에 있는 여자 노예들한테는 징그럽게 웃으면서 허리를 꼬집고 엉덩이를 만지고 그랬죠. 어, 그런데 기치다 님, 이 귀한 아크 점토판을 저한테 왜 주시는 건가요?"

새 주인 앞에서 맹렬하게 전 주인 흉을 보던 레니에가 아차 싶어 황급히 말을 돌렸다. 기치다는 다시 커다랗게 웃음을 터뜨렸다.

"빨리도 물어본다. 놀라게 한 사과 의미로 주는 선물이야. 그리고 황금숲에 왔으면 아크가 어떻게 쓰이는지 정도는 알아야 하지 않겠어?"

레니에는 점토판을 자세히 살펴보았다. 이상한 그림 같은 것들이 날카로운 갈대 끝으로 눌려 얼기설기 얽혀 딱딱하게 굳어 있었다. 안에 있는 그림이 하도 생소해서 레니에는 한참 들여다보았다.

"이건 뭔가요? 무슨 그림인가요?"

"저기 있는 갈대 끝으로 찍어서 그은 거란다. 뭐처럼 보이니?"

끄트머리에 작은 세모 모양이 달린 막대기가 가로로 세로로, 길고 짧게 두서없이 얽혀 있었다. 가장 왼쪽 것은 머리가 삼각으로 뾰족하고 발이 해파리처럼 자글자글한 모양이었고 가운데 것은 네 개의 막대기를 겹친 모양, 끝의 것은 주둥이가 뾰족한 생선처럼 보였다.

"물고기? 해파리? 불가사리? 나무? 이상해요. 뭐가 뭔지 모르겠어요."

"해파리? 불가사리? 그거야말로 난 무슨 말인지 모르겠구나. 강에서 나는 생선은 알겠다만."

아. 레니에는 그제야 기치다 님이 평생을 황금숲에서만 살았던 분이라는 것이 떠올랐다. 섬에서 살았던 레니에에게 해파리, 불가사리란 사과나무나 얼룩이 양만큼이나 흔한 것이었지만 기치다 님에게 해파리, 불가사리는 그야말로 미지의 생물이겠구나. 기치다 님도 모르는 게 있다 생각하니 레니에는 조금 가슴이 두근거

렸다.

"어쨌든 이건 동물이나 물건을 그린 건 아니야. '소리'를 그린 거란다."

"소리요? 소리가 어떻게 그림이 돼요?"

"신관들이나 지혜로운 사람들이 소리와 그림을 짝짓는 약속을 정해 두었지. 우리끼리는 '글자'라고 부르는데, '글자'는 우리 입 밖을 나가서 흩어지는 소리를 붙잡아 둘 수 있어."

레니에가 무슨 말인지 몰라 어리둥절하자 기치다는 허리를 구부리고 자세히 설명을 시작했다.

"여기 보렴. 선이 네 개가 한꺼번에 겹쳐진 게 보이지? ✳ 이런 그림이 나오면 다들 '안'이라는 소리로 읽도록 하자. 이런 사각형 안에 짧은 선이 네 개 그어져 있으면 ◈ '키'라는 소리로 읽도록 하자. 이런 식으로 소리와 그림의 짝을 정해 둔 거야. 알다시피 '안'은 '하늘'이고 '키'는 땅이잖니. 그럼 말로 전해 주는 사람이 없어도 내가 원하는 내용을 전할 수 있게 되지."

"우와! 그럼, 이 아크 점토판을 만든 사람이 자리에 없거나 죽어도 다른 사람이 똑같이 말할 수 있다는 건가요?"

"그렇지."

"와, 진짜 신기해요. 그럼 신관님들은 뭔가를 약속하거나 오래오래 전할 말이 있을 때, 따로 '기억하는 아이'나 '노래하는 자'들을 부르거나 약속의 돌무더기를 쌓아 두거나 하지 않으세요?"

"그래. 황금숲에선 그런 것들이 필요 없어. 사람은 고작 40년, 아주 오래 살아야 60년을 살지만 글자는 신들처럼 영원한 생명을 갖고 있단다. 인간이 만든 것 중에서 신성을 지니게 된 유일한 것이지."

레니에는 입을 멍하니 벌린 채 이야기에 집중했다. 진심으로,

진심으로 분하고 억울했다. 이 획기적인 것들을 10년만 먼저 알았더라면 기억하는 아이로 동네방네 불려 다니며 장렬히 얻어터지는 일은 없었을 텐데.

"그런데 신관님들은 이렇게 좋은 걸 왜 널리 알려 주지 않으시나요?"

"그야, 황금숲의 장사 밑천이니까. ……농담이다 레니에, 농담!"

기치다는 레니에의 눈이 데굴데굴 구르는 것을 보자 손을 저으며 웃었다.

"그럼 기치다 님, 그 힘이 어떻게 이 점토판에 붙잡혀 있나요?"

"신성석의 아크를 꺼내는 '엔'을 발현하면서, 그 소리를 글자로 바꿔서 점토판에 새겨 두는 거야. 그런 다음에 계약자가 발한 주문이라는 증거로 신관들의 피가 조금 섞인 물을 점토판 위에 발라. 매번 피를 내서 쓸 수는 없으니까. 그러면 나중에 다른 사람이 이 점토판에 손을 얹고 새겨진 '소리'를 읽을 때 내가 걸어 둔 아크가 발현되는 거지."

레니에는 손바닥 안에 놓인 점토판을 내려다보았다. 기치다 님이 직접 새겨 만드신 것. 기치다 님의 능력이 담겨 있는 것. 가슴이 두근두근한다. 레니에는 점토판에 새겨진 '글자'들을 가만히 더듬어 보았다.

"기치다 님, 그러면 여기 있는 이 그림들은 어떻게 읽어요?"

기치다는 레니에의 옆에 바투 다가앉아 한 글자씩 읽어 주기 시작했다.

"이건 간체르, 라고 읽는다. 가안, 체에르, 하고 중간을 길게 빼서. 이 모양이 가, 아안, 요기부터가 체에르. 이렇게."

"많이 들어 봤어요. 불을 일으키는 엔이지요?"

기치다가 눈을 가늘게 하며 빙그레 웃었다.

"그래. 지난번에 왔을 때도 봤었지? 이게 바로 그 간체르―'불꽃을 일으키는 소리'의 형상이다."

레니에는 눈을 크게 뜨고 '불을 일으키는 소리'를 나타낸다는 이상한 그림을 열심히 들여다보았다. 그냥 갈대 끝으로 이리저리 찍찍 눌러 둔 것뿐인데 그 모양이 살아 있는 것만 같고, 성스럽고 별스러운 무언가가 그 속에서 큰 소리를 내며 튀어나올 것만 같았다.

기치다의 손이 레니에의 손을 끌어당겨 점토판 위로 가져갔다.

"점토판에 새겨진 글자와 손이 닿으면 된다. 그럼 내 피를 묻히고 주문을 외우는 것과 같은 상태가 되는 거야. 이건 겉 부분이 닳아 버릴 때까지 사용할 수 있지."

"네에."

두근두근두근, 갑자기 가슴이 미친 듯이 뛴다.

"그 상태로 불을 일으킬 장소와 불의 크기를 마음으로 정확하게 상상해. 너무 큰 불꽃을 일으키면 주변을 태울 수도 있으니 적당히 조정하고, 불이 나온 다음엔 손과 시선으로 방향을 옮기면 돼. 자, 한번 해 봐. 가안체에르."

"가안체에르."

순간 점토판에서 뜨끈한 기운이 훅, 치솟아 몸을 훑고 지나가는 것 같더니 손끝에서 커다란 불이 화르르 피어올랐다. 사실 궁금한 마음에 불꽃의 크기까지는 생각하지 않고 엔을 읊었던 건데, 불덩어리가 두 사람의 몸뚱이보다 크게 나오는 바람에 레니에는 기겁했다.

"아실랄!"

미리 준비하고 있던 듯, 기치다가 레니에를 확 감싸 안더니 주문을 외웠다. 커다랗게 일었던 불꽃은 물로 된 벽으로 밀려가 칙, 소리와 함께 꺼졌다.

"우, 우와, 기, 기치다 님! 지금, 제 손에서, 막, 불이, 막막! 간체르, 하니까, 펑, 하고 손에서 나왔는데, 신기해요! 기, 기치다 님이 아실랄, 하니까, 제가 만든 불이 확 움직여서!"

레니에는 너무 흥분해서 정신없이 떠들어 댔다. 놀라는 것도 까먹고, 무서운 것도 까먹고, 기치다 님이 감싸 안고 있다는 것까지 모조리 까먹어 버렸다. 지금 레니에의 머릿속에 있는 것은 오직 한 가지뿐이었다.

"간체르, 아실랄, 간체르, 아실랄……."

레니에는 점토판을 꼭 쥔 채 얼빠진 얼굴로 주문을 반복했다. 기치다는 레니에를 감싸 안은 채 목을 뒤로 젖히고 한참 웃어 댔다.